REMIGIUSZ MRÓZ

OSKARŻENIE

CZWARTA STRONA

Redaktor prowadząca: Monika Długa
Redakcja: Karolina Borowiec
Korekta: Magdalena Owczarzak
Projekt okładki: Mariusz Banachowicz
Projekt typograficzny, skład i łamanie: Stanisław Tuchołka / panbook.pl
Fotografie na okładce:
www.shutterstock.com/indira's work
www.shutterstock.com/Nejron Photo

Książkę wydrukowano na papierze Creamy 60 g/m² vol. 2,0
dostarczonym przez **ZiNG** Sp. z o.o.
www.zing.com.pl

ISBN 978-83-7976-712-0

CZWARTA STRONA
Grupa Wydawnictwa Poznańskiego sp. z o.o.
ul. Fredry 8, 61-701 Poznań
tel.: 61 853-99-10
fax: 61 853-80-75
redakcja@czwartastrona.pl
www.czwartastrona.pl
Druk i oprawa: WZDZ - Drukarnia „LEGA"

Dla Moniki,
matki chrzestnej całej tej serii

Alienus dolus nocere alteri non debet.

Nikogo nie powinien obciążać cudzy podstęp.

Rozdział 1
Sigma

1

ul. Argentyńska, Saska Kępa

Po przebudzeniu nie pamiętała snów – i może dlatego wolała je od rzeczywistości. Jeszcze niedawno Joanna Chyłka wychodziła z założenia, że sen jest mitrężeniem czasu i przykrą koniecznością, której należy za wszelką cenę unikać. Od kiedy jednak wściekły tłum napadł na nią pod kancelarią i jeden z zebranych oblał ją kwasem, wszystko się zmieniło.

Uciekała w sen, bo tylko w ten sposób mogła odnaleźć nieco spokoju. I jeśli życie było książką, a sny obrazami, które ją ilustrują, to Chyłka od pewnego czasu przerzucała jedynie puste kartki.

Przebudzała się co jakiś czas i właściwie nie mogła przypomnieć sobie, kiedy ostatnio przespała całą noc. Najczęściej nie sprawdzała godziny, nie miała ku temu powodu – od wielu tygodni była na zwolnieniu i ani myślała wracać do pracy. Raz po raz zastanawiała się nawet, czy kiedykolwiek pojawi się jeszcze w biurowcu Skylight.

Teraz jednak podniosła komórkę i spojrzała na potłuczoną szybkę. Mogła ją wymienić, ale w jakiś sposób wydawało się to niewłaściwe. Razem z ekranem pękło bowiem znacznie więcej.

Zobaczywszy, że dochodzi czwarta nad ranem, Joanna obróciła się na wznak i wbiła wzrok w sufit. Szeroko otwarte oczy i ani śladu snu kazały jej sądzić, że tej nocy nie ma co liczyć na wytchnienie.

Podniosła się ociężale, a potem usiadła przed laptopem w kuchni. Sprawdziła skrzynkę mailową i wiadomości w social mediach. Nikt nie próbował się z nią skontaktować, a ona się temu nie dziwiła. Odsunęła wszystkich, budując wokół siebie wysoki mur z zasiekami. Uznała, że samotność to jedyne lekarstwo, które może jej pomóc.

Niechętnie spojrzała na stos tradycyjnej korespondencji na stole. Przypuszczała, że przynajmniej kilka najbliższych osób mogło próbować skontaktować się z nią w ten sposób. Nie, właściwie jedna. Pozostałe trudno było nazywać najbliższymi.

Nie włączając światła, sięgnęła po pierwszą kopertę i rozerwała ją. Położyła list na klawiaturze macbooka, by ekran robił za lampkę. Jaskrawy blask ją oślepiał, ale przebiegła wzrokiem tekst.

Spodziewała się różnych wiadomości, lecz nie takiej. Przez moment się zastanawiała, patrząc na podpis na końcu listu. Znała nazwisko kobiety, która do niej napisała. Zresztą kojarzył je każdy, bez względu na to, czy interesował się opozycjonistami z czasów PRL-u, czy nie.

Jakiś czas temu taka prośba byłaby normalką. Klienci ustawiali się do niej w kolejce, a ona mogła wybierać, którą sprawę wziąć. Choć bywało i tak, że to sprawy wybierały ją.

Tej z pewnością by nie wzięła.

Tadeusz Tesarewicz był legendą Solidarności, przesiedział kilka lat w komunistycznych więzieniach, był internowany, a Służba Bezpieczeństwa swego czasu otoczyła go całym wianuszkiem tajnych współpracowników. Mimo to do tysiąc dziewięćset osiemdziesiątego dziewiątego roku robił wszystko, by obalić niedemokratyczny ustrój.

Sposób, w jaki walczył, zawsze był dla Chyłki godny podziwu. Problem polegał na tym, że walka Tesarewicza nie skończyła się wraz ze zwycięstwem nad komunistycznymi władzami. Prowadził ją dalej, niestety – sam ze sobą.

Rezultat był makabryczny. Cztery ofiary, cztery zmasakrowane ciała, które odnaleziono na obrzeżach Warszawy. Wszystkie te osoby zostały seksualnie wykorzystane przed śmiercią, wszystkie miały amatorskie tatuaże wykonane *post mortem*.

A teraz jego żona chciała, by to Chyłka podjęła się obrony zwyrodnialca. Joanna pokręciła głową, a potem odłożyła list i spojrzała na ekran laptopa. Zaczęła bez celu wałęsać się po internecie, sądząc, że zaraz zapomni o propozycji kobiety.

Nowe dowody. Pewnie, każdy skazaniec odsiadujący dożywocie prędzej czy później zaczynał ich szukać. A jeśli nie mógł ich znaleźć, jego bliscy robili wszystko, by je stworzyć, licząc na wznowienie postępowania.

Tak było i w tym wypadku. Żona Tesarewicza z pewnością nie dotarła do niczego przełomowego. Sprawa została dogłębnie zbadana, materiał dowodowy był nie do podważenia. Żaden rozsądny adwokat nie podejmie się ponownej obrony byłego opozycjonisty, bo będzie stał na z góry przegranej pozycji.

A mimo to coś nie dawało Chyłce spokoju. Co chwilę spoglądała na złożoną kartkę papieru, starając się stwierdzić, co jej nie gra. W końcu westchnęła, otworzyła list, a potem sięgnęła po telefon.

Popękana szybka utrudniała wybranie numeru i Chyłka uświadomiła sobie, że po raz pierwszy, od kiedy wyszła ze szpitala, staje przed takim problemem. Dotychczas obsługa telefonu wiązała się jedynie z odrzucaniem połączeń lub wyciszaniem dzwonków.

Przypuszczała, że kobieta o tej porze nie odbierze. Stało się jednak inaczej, zupełnie jakby Łucja Tesarewicz czekała z komórką w dłoni.

– Tak? – rozległ się głos w słuchawce.

– Wspomina pani każdą swoją kretyńską decyzję, czy jak? Joannie odpowiedziało milczenie.

– Halo? – upomniała się o uwagę Chyłka.

– Tak, jestem… tylko nie bardzo rozumiem, co pani…

– Ja zazwyczaj tak spędzam te noce, kiedy nie mam spania. Mówię swojemu mózgowi: czas się wyciszyć i wyłączyć, a on odpowiada mi: *hola señora*, przeanalizuj najpierw każde potknięcie, które w życiu zaliczyłaś.

– Ależ… – Łucja na moment urwała i nabrała tchu. – Kim pani jest?

– Dla jednych zbawieniem, dla innych przekleństwem.

Rozmówczyni znów zamilkła.

– Joanna Chyłka.

Mechanicznie chciała dodać „z kancelarii Żelazny & McVay", ale coś ją powstrzymało. Być może fakt, że sama nie wiedziała, czy nadal powinna wymachiwać tym sztandarem.

– Jezus Maria…

– Nie, naprawdę Chyłka.

– Nie liczyłam, że pani zadzwoni.

– Gdyby pani nie liczyła, nie wysłałaby pani listu.

Łucja nie odpowiadała, zbita z tropu bezpośredniością. Po tylu latach w zawodzie Joannę nadal zaskakiwało, jak konsternująca dla klientów potrafi być zwykła logika.

– Usiłowałam wcześniej skontaktować się z panią przez kancelarię.

– Mhm.

– Ale powiedziano mi, że przebywa pani na zwolnieniu. I nie wiadomo, kiedy pani wróci do pracy.

Właściwie ani Żelazny, ani McVay nie mogli być pewni, że stanie się to kiedykolwiek. Słusznie jednak zachowywali to dla siebie.

– Więc wpadła pani na to, żeby skaperować mnie mimo tego, że nie pracuję.

– Owszem, ponieważ…

– Co panią do tego popchnęło? W tym wieku już chyba pani nie pije, o marihuanie raczej wie pani tylko tyle, że to jakiś susz, którego minister zdrowia nie chce hodować. A o ile mnie pamięć nie myli, podczas procesu męża nikt nie stwierdził, żeby była pani niepoczytalna.

Rozmówczyni głośno przełknęła ślinę, a Joanna stwierdziła w duchu, że kilkutygodniowa izolacja od ludzi wyszła jej na dobre. Dzięki temu nie była wobec nich tak opryskliwa jak zwykle.

– No? – dodała. – Co pani strzeliło do głowy?

– Cóż…

– Musiała pani wiedzieć, że nie wezmę teraz żadnej sprawy.

– Nie wiedziałam.

– Zwolnienie nie zasugerowało pani, że mogę… bo ja wiem, nie pracować?

– Zasugerowało, jednak…

– Nie widziała pani materiałów w telewizji? Nie wie pani, jaki numer wywinął mi pewien obszczymur przed wejściem do kancelarii?

Najwyraźniej nie wiedziała, a przynajmniej do takiego wniosku doszła Chyłka, kiedy rozmówczyni przez jakiś czas nie odpowiadała. Joanna szybko połączyła fakty. Tesarewicz i jego żona byli twardogłowymi prawicowcami, którzy zapewne szerokim łukiem omijali TVN24 i NSI. Przy odrobinie szczęścia Łucja rzeczywiście mogła nie wiedzieć, co się stało. W końcu nie był to news dnia.

– Broniłam potencjalnego terrorysty – wyjaśniła Joanna. – W nagrodę oberwałam kwasem solnym.

– Przykro mi – odparła kobieta, ale w jej głosie nie dało się słyszeć współczucia.

– Mnie też, paskudna sprawa – przyznała Chyłka, rozglądając się za czymś do picia. – Ale to uświadomiło mi, żeby od obrony takich ludzi trzymać się z daleka. Chyba rozumie pani, do czego zmierzam. Pani mąż to niesławny Tatuażysta.

Kobieta nie odpowiedziała.

– Też mi się nie podoba, że media tak go ochrzciły – dodała adwokat. – Ale sam spieprzył sprawę. Gdyby zabijał w jednym miejscu, miałby chociaż pełny przydomek. Ja na jego miejscu wybrałabym Domaniewską. Tatuażysta z Mordoru. Niezłe, prawda? A tak, nie było dużego wyboru. „Tatuażysta spod Warszawy" brzmi raczej słabo, jakby mąż dojeżdżał z igłą do klientów.

Łucja odchrząknęła.

– Być może się pomyliłam – odezwała się.

– Być może tak.

Joanna przyznała w duchu, że ona także. Niepotrzebnie w ogóle oddzwaniała do kobiety, lepiej było zostawić jej prośbę bez odpowiedzi. Przynajmniej dopóty, dopóki nie rozwiąże własnych problemów.

Westchnęła, a potem podniosła się i podeszła do lodówki.

– Więc dlaczego pomyślała pani, że wezmę tę sprawę? – spytała, sięgając po butelkę z grenadyną.

– Nie wiem. Niepotrzebnie zabieram pani...

– Moment, moment. Skoro już ten czas mi pani zabrała, to niech się chociaż dowiem.

Nalała sobie na dno kieliszka, dopełniła tonikiem, a potem usiadła przy stole. Łucja zapewne zastanawiała się, czy w ogóle opłaca jej się kontynuować rozmowę.

Chyłka dopiero teraz zrozumiała powód swojego zainteresowania. Żona Tesarewicza nie była stetryczałą staruszką, której umysł powoli zachodził mgłą, a powszechnie szanowaną emerytowaną profesor socjologii. Wciąż pozostawała aktywna, udzielała wywiadów, pisała artykuły, a od czasu do czasu wygłaszała gościnne wykłady. Z prawem wprawdzie nie miała nic wspólnego, ale przecież doskonale zdawała sobie sprawę, jak mocny był materiał dowodowy przeciwko mężowi.

– Nie jest pani w ciemię bita – podsumowała Joanna. – Musi pani mieć jakieś konkrety. A ja jestem ich ciekawa.

– W takim razie obawiam się, że pani ciekawość pozostanie niezaspokojona.

Niespodziewanie rozłączyła się, zanim Chyłka zdążyła zareagować. Cóż, właściwie prawniczka nie powinna liczyć na nic innego po tym, jak obcesowo potraktowała potencjalną klientkę. Co jakiś czas pierwsze rozmowy kończyły się właśnie w taki sposób. Za dzień lub dwa Łucja wszystko przemyśli, zadzwoni do niej i przedstawi wszystkie szczegóły.

Rankiem, po kilku godzinach snu, Chyłka przekonała się, że tym razem tak się nie stanie.

Ciało Łucji Tesarewicz znaleziono w jej mieszkaniu. Nie odkryto żadnych śladów włamania ani tropów świadczących o tym, by doszło do zabójstwa. Wszystko wskazywało na naturalną śmierć.

A mimo to Chyłka wiedziała, że to nie może być przypadek.

2

ul. Zawodzie, Mokotów

Kordian Oryński wygrał dwa pierwsze sety, a w trzecim było osiemnaście do czternastu dla niego, kiedy zadzwonił telefon. Jeden z kawałków Iron Maiden był przypisany tylko do jednej osoby.

Młody prawnik odbił lotkę i zerknął w kierunku komórki leżącej na ławeczce przy korcie. Tyle wystarczyło, by skrót zrobiony przez przeciwnika pozostał bez odpowiedzi. Lotka wróciła na połowę kortu Kordiana i spadła tuż za siatką.

– Piętnaście osiemnaście – rzucił chudzielec stojący po drugiej stronie. – Jeszcze przerżniesz.

Oryński trwał w bezruchu, patrząc na wibrujący telefon.

– Mówiłem, że lepiej byś zrobił, zostając przy squashu – ciągnął Kormak. – I to nie tylko dlatego, że na Jerozolimskich mieliśmy karnet.

Prawnik obrócił rakietę w dłoni i przez moment się zastanawiał. Może wybrała numer przez przypadek? Nie miał od niej żadnych wieści od kilku tygodni i nie było powodu, żeby odzywała się teraz.

– Zordon?

Oryński spojrzał na przyjaciela.

– Rzuciłem ci wyzwanie – dodał chudzielec. – Przydałaby się choćby licha riposta.

– Chyłka dzwoni.

– Co?

Najwyraźniej dopiero teraz usłyszał pierwsze riffy *The Evil That Men Do*.

Kormak zważył lotkę w dłoni, odrzucił ją na bok, a potem zbliżył się do siatki. Złapał za nią i spojrzał z niedowierzaniem na Oryńskiego.

– Ustawiłeś sobie na nią specjalny dzwonek?

– Adekwatny.

– Tak się robiło w gimnazjum, stary. I to tylko po to, żeby wiedzieć, kiedy dzwonią rodzice.

Kordian zignorował uwagę i ruszył w stronę ławki, odnosząc wrażenie, że każdy kolejny krok jest okupiony coraz większym wysiłkiem. Kiedy w końcu podniósł telefon, ten przestał dzwonić. Oryński nabrał tchu i kliknął nieodebrane połączenie.

Kormak stanął obok.

– Powiedziałbym, żebyś się pospieszył, bo czas nam ucieka, ale ona i tak wyrzuci z siebie wszystko najszybciej, jak się da, a potem się rozłączy.

Trudno było temu zaprzeczyć. Oryński przyłożył komórkę do ucha i czekał, niepewny, co usłyszy. W normalnych okolicznościach mógłby spodziewać się kąśliwej uwagi, ironicznego komentarza albo innego przejawu „chyłkowatości". Te jednak do zwyczajnych nie należały. Zbliżyli się do siebie, poszli o jeden krok za daleko, a klamka w ich relacjach zapadła. W ostatniej chwili los jednak wsunął stopę między drzwi, uniemożliwiając ich ostateczne zamknięcie.

Być może decyzja o zerwaniu kontaktu była najlepszą, jaką mogli podjąć.

Kordian nerwowo czekał, aż Chyłka odbierze, a każdy kolejny sygnał zdawał się dłuższy od poprzedniego. W końcu na linii zaległa cisza.

– Mamy sprawę – rzuciła Joanna.

– Nie nazwałbym tego w taki sposób, ale...

– Nie mówię o nas – przerwała mu beznamiętnym głosem. – Ale o robocie.

Oryński wepchnął rakietę do torby, a potem usiadł na ławce. Przetarł twarz ręcznikiem i sięgnął po napój izotoniczny. Wyszedł z założenia, że im dłużej powstrzyma się od odpowiedzi, tym mądrzejsza ostatecznie będzie.

Szybko uświadomił sobie, że tylko się łudzi.

– Jaja sobie robisz? – zapytał. – Nie odbierasz moich telefonów, udajesz, że nie ma cię w domu, nie odpisujesz na...

– Długo będziesz tak pytlował?

– Jeszcze chwilę.

– Zostaw to na inną okazję – odparła, a on w tle usłyszał głośne dźwięki jakiejś starej hardrockowej kapeli. Najwyraźniej Chyłka nastrajała się bojowo. – Bo mamy coś naprawdę dobrego.

– Nadal traktuję to w kategoriach żartu.

Joanna westchnęła na tyle głośno, żeby nie uszło to jego uwadze.

– Wpadnij na Argentyńską, pogadamy.

– Nie zamierzam. Byłem tam trzy razy, nikt mi nie otworzył.

– Musiałam akurat gdzieś wyjść.

– Nie wychodzisz od tygodni.

– Ta?

– Kormak to sprawdził.

Przyjaciel wybałuszył oczy, jakby właśnie usłyszał wyrok skazujący go na śmierć przez rozstrzelanie. Oryński zignorował go i powiódł wzrokiem wzdłuż bocznego oświetlenia kortu. Zatrzymał spojrzenie w rogu i się zamyślił. Co jej strzeliło do głowy? I co sobie wyobrażała?

– Jesteś tam, Zordon? – spytała. – Czy muszę mieć kryształy komunikacji, żeby się z tobą dogadać?

– Co?

– Nie tak się kontaktowali z twoim imiennikiem Power Rangers?

– Nie. Mieli centrum dowodzenia, które... – Kordian urwał i pokręcił głową z niedowierzaniem. – Nieważne. Powiedz mi lepiej, co z...

– U mnie wszystko okej.

– Okej?

Nie odpowiadała.

– Zostałaś oblana kwasem, po raz pierwszy w karierze poszłaś na zwolnienie, a oprócz tego...

– Dziwisz się? – odburknęła. – Cierpię na przypadłość zwaną zaawansowaną ciążą. Jak wchodzę do wanny, właściwie nie jestem kąpiącą się kobietą, tylko ludzką łodzią podwodną.

Oryński pociągnął łyk izotonika.

– Mam bebzol jak stąd do wieczności – ciągnęła. – A pasożyt produkuje tyle CO_2, że ONZ niedługo rozciągnie na mnie sankcje z Protokołu z Kioto.

Kordian uśmiechnął się pod nosem. Po tym, co wywinęła mu Chyłka, nie powinien w ogóle do niej oddzwaniać. Co dopiero mówić o przejściu nad tym do porządku dziennego.

A jednak była patronka potrafiła spacyfikować wszelkie pretensje i wyrzuty, zanim rozmówca zdążył je wyrazić.

– Nie mogę pójść nawet do Hard Rock Cafe, co dopiero do kancelarii – dodała.

– Ale sprawę możesz przyjmować?

– Jeśli jest ciekawa, to nie tyle mogę, ile muszę.

– A ta według ciebie jest?

– Żebyś wiedział – potwierdziła, a w jej głosie zadrgała dobrze mu znana nuta podniecenia. – Napisała do mnie pewna kobieta, która chciała, żebym zajęła się siedzącym za kratkami mężem.

– To rzeczywiście brzmi jak...

– Zaraz potem kojfnęła.

– Co powiedziałaś?

– Że odwaliła kitę.

Kordian uniósł brwi.

– A, zbyt niedelikatnie – zmitygowała się Joanna. – W takim razie powiedzmy, że usnęła snem wiecznym. I stało się to tuż po tym, jak się do mnie zgłosiła.

Oryński nie miał zamiaru jej przerywać, wiedząc, że bez dopytywania dostanie wszystkie informacje w pigułce. W przeciwnym wypadku byłyby z pewnością przeplatane licznymi przytykami.

Jej głos brzmiał całkiem nieźle. Zupełnie jakby po procesie Al-Jassama nic się nie wydarzyło. Jakby nie doszło do tego, że mogła stracić dziecko. I jakby nie została oszpecona do końca życia.

Wyłuszczyła mu wszystko, zwyczajowo nie ustępując prędkości kałasznikowowi. Kiedy skończyła, ponowiła zaproszenie na Argentyńską, które w istocie było zgrabnie ujętym rozkazem.

– Chcesz bronić Tatuażysty? – spytał Oryński. – Tylko dlatego, że jego żona umarła?

– Zaraz po tym, jak odkryła nowe dowody.

– Przynajmniej tak twierdziła – mruknął Kordian, dostrzegając, że przyjaciel wrzucił już wszystko do torby i najwyraźniej był gotowy do wyjścia.

Kormak znał go zbyt dobrze, by łudzić się, że dokończą mecz. Ruszył do szatni, a Oryński zawiesił ręcznik na karku i usiadł wygodniej.

– Nie. Mówiła prawdę.

– Jesteś pewna?

– Tak.

Czekał, aż powie więcej, ale najwyraźniej nadszedł ten moment, w którym spodziewała się, że sam zainteresuje się sprawą i pociągnie ją za język. Tańczyli ten taniec zbyt długo, by którekolwiek z nich zapomniało kroków.

– Skąd ta pewność? – spytał w końcu Kordian.

– Stąd, że znalazła dowód na to, że jedna z ofiar żyje.

Oryński pewnie roześmiałby się w głos, gdyby nie to, że w głosie Chyłki słyszał znane ożywienie. W przypadku każdej innej osoby znaczyłoby to tylko tyle, że sprawa wzbudziła w niej emocje. Jeśli jednak chodziło o Joannę, był to dowód, że coś jest na rzeczy.

Tyle że kłóciło się to z logiką.

– Tatuażysta został skazany za zabójstwo czterech osób – zauważył Kordian. – Wszystkie ciała znaleziono w kilku miejscach pod Warszawą. Dowody jednoznacznie wskazywały na niego.

– Więc jeden z trupów zmartwychwstał.

– Chyłka...

– Kobieta trafiła na jego materiał DNA na innym miejscu przestępstwa – kontynuowała Joanna. – Jedna z ofiar żyje, Zordon.

– W takim razie kogo pochowano?

– Na pewno niewłaściwą osobę. Tyle wiem.

– Ale...

– Poza tym pal licho zwłoki. Do tej pory został z nich szkielet, parę ścięgien i trochę kości. Mnie interesuje niewinny facet, który jeszcze żyje. O ile jego więzienną egzystencję można tak nazwać.

Oryński przypuszczał, że nie – chyba że miałby być wyjątkowym optymistą. Gdyby Tadeusz Tesarewicz siedział za same zabójstwa, mógłby cieszyć się respektem współwięźniów. Fakt, że gwałcił nieletnie ofiary, z pewnością jednak uczynił z niego cel dla niejednego osadzonego.

Ale być może mu się należało.

Dowody były na tyle mocne, że nie istniała najmniejsza wątpliwość co do winy. Nie mogły zostać spreparowane, nie w takiej ilości i w takim charakterze.

– Wyciągasz zbyt pochopne wnioski – odezwał się Kordian. – I to tylko dlatego, że chcesz czymś zająć głowę.

– Zajmuję ją nieustannie, myśląc o tym, że za kilka miesięcy wydalę intruza – odparła pod nosem. – I skurczybyk przez następnych kilkadziesiąt lat będzie miał czelność świętować ten dzień, mimo że sprowadził wtedy na matkę niewyobrażalny, rozdzierający ból.

Oryński zamilkł, nie bardzo wiedząc, co odpowiedzieć. Zająknięcie się o cesarce nie wydawało się najlepszym pomysłem.

– Wiesz, co robią Huiczole? Indiańskie plemię z Meksyku?

– Nie. I chyba nie chcę wiedzieć.

– Podczas porodu zawiązują linę na genitaliach sprawców ciąż. Kiedy kobieta rodzi, pociąga za drugi koniec, zaciskając pętlę. Chodzi o to, żeby delikwent poczuł choć namiastkę tego, co ona przeżywa.

Kordian głośno przełknął ślinę.

– Tym bardziej nie możesz wziąć tej sprawy – zauważył.

– Nie jestem dziurawą boją, Zordon, tylko łodzią podwodną. Mogę pływać bez problemu.

– Nie po tych wodach.

– Wręcz przeciwnie. A ty wybierzesz się w rejs ze mną.

Zaśmiał się cicho. Sprawnie omijali niewygodny temat, który właściwie przesądzał, że Kordian nie mógł brać udziału w sprawie.

– Nie wiem, czy pamiętasz o paragrafie…

– Trzydziestym ósmym Regulaminu aplikacji adwokackiej i egzaminu adwokackiego? – wpadła mu w słowo. – Tak, pamiętam.

– Jest w nim zapisane, że kto odstępuje od egzaminu, otrzymuje wynik niedostateczny.

– Wiem, wiem. Od jakiegoś czasu staram się wykazać jego wewnętrzną sprzeczność, niezgodność z Konstytucją, Kartą Praw Podstawowych, Wielką Kartą Swobód i innymi takimi.

– I jak ci idzie?

– Tak samo jak tobie, kiedy wybiegłeś z egzaminu, chcąc mnie ratować.

Odchrząknął nerwowo, przypominając sobie, w jak opłakany sposób się to zakończyło. Kiedy dotarł pod Skylight, na miejscu nie było już Chyłki ani ratowników medycznych, zostali jedynie policjanci. Karetka odwiozła Joannę do szpitala, a tłum się rozchodził. Sprawcy nie odnaleziono, choć jedna ze zgromadzonych pomogła stworzyć portret pamięciowy.

Kariera Oryńskiego zakończyła się, zanim na dobre się rozpoczęła. Wprawdzie nadal pracował w Żelaznym & McVayu, przypuszczał jednak, że niebawem się to zmieni. Firmie nie opłacało się trzymać na liście płac niekończących aplikacji pracowników.

– A więc postanowione – odezwała się Chyłka. – Przyjeżdżasz, a potem zabieramy się do roboty.

– Nie mogę prowadzić spraw.

– Nie będziesz prowadził niczego poza swoim rydwanem ognia, nie przejmuj się. Kończcie z Kormakiem tego swojego squasha i...

– Przerzuciliśmy się na badmintona.

Nie przeszło mu nawet przez myśl, żeby zapytać, skąd Chyłka wie, co robią. Udowodniła już, że na polu inwigilacji nie ustępuje służbom specjalnym.

– A ja na bronienie niewinnych – oznajmiła. – Więc zasuwaj na Saską, czekam.

Nie czekała natomiast na żadną odpowiedź. Oryński usłyszał dźwięk przerwanego połączenia, ale nie odsunął telefonu od ucha. Trwał w bezruchu przez jakiś czas.

Zrozumiał dwie rzeczy. Po pierwsze Joanna nie odpuści, choćby miała tuż przed rozwiązaniem wygłaszać mowę końcową. Po drugie będzie to jego ostatnia sprawa w kancelarii Żelazny & McVay.

I zanosiło się na to, że opuści firmę z hukiem. Im dłużej się nad tym zastanawiał, tym bardziej intrygowało go, czy to możliwe, by jedna z ofiar wciąż żyła. Ślady DNA, które odnaleziono, musiały być przekonujące, inaczej Chyłka nie podjęłaby się sprawy.

W końcu Kordian wsunął komórkę do torby, przerzucił ją przez ramię i ruszył do szatni. Uznał, że koniec rozgrzewki. Czas brać się do roboty.

3

ul. Argentyńska, Saska Kępa

Daihatsu YRV byłoby widoczne z daleka, nawet gdyby nie miało żółtej karoserii. Chyłka wypatrzyła rydwan ognia, kiedy tylko wyłonił się zza zakrętu. Uniosła rękę, a potem ruszyła przed siebie. Nie miała zamiaru tracić czasu.

Kolebała się na boki nieco bardziej, niżby to wynikało z potrzeby, ale przedstawienie było konieczne, by Zordon nieco przyspieszył.

Pod względem ogólnych przypadłości związanych z pasożytem mogła uznać się za szczęściarę. Geny odziedziczyła po matce, a ta dobrze zniosła obydwie ciąże. Podobnie jak Chyłka nie utyła zbytnio, a obawiać się o późniejsze rozstępy musiała tylko trochę.

Mimo to Joanna nie mogła się doczekać, kiedy pozbędzie się zbiornika balastowego i marynarza, którego miała na pokładzie.

Oryński zatrzymał się obok niej i szybko sięgnął do drzwiczek. Powstrzymała go uniesioną dłonią, a drugą złapała klamkę.

– Siedź, Zordon – rzuciła. – Potrafię jeszcze sama otworzyć sobie drzwi.

– Na pewno?

Spojrzała na niego pytająco, zajmując fotel pasażera. Mogła ukryć oparzenia po kwasie pod chustą lub za wysokim kołnierzem, ale nie miała zamiaru. Ślady zostaną na całe życie, prędzej czy później każdy i tak je zobaczy.

– Mam wątpliwości, bo kilka razy próbowałem dostać się do twojego mieszkania i…

– Będziemy to wałkować?

– Tak. Niczym Wałkuski tematy amerykańskie.

– W takim razie przygotuj sobie monolog.

Włączył światła awaryjne, wbijając wzrok przed siebie.

– Moglibyśmy chociaż prześliznąć się po temacie – zauważył.

– Po co?

– Oczyścimy atmosferę.

– Nie licz na to. Już ci mówiłam, że darmozjad za punkt honoru postawił sobie zwiększanie efektu cieplarnianego.

– Mam na myśli…

– Wiem, co masz na myśli – ucięła. – I jedź.

– Dokąd?

– Do Skylight.

Zerknął na jej szyję, przelotnie, jakby obawiał się, że jego spojrzenie uwydatni blizny. Chyłka czekała w milczeniu, aż Kordian sam przekona się, że nie jest tak źle, jak początkowo się na to zanosiło.

Większość kwasu trafiła na ubranie, napastnik zdołał oparzyć jedynie niewielki pasek tuż pod lewym uchem. Niewielki z obiektywnego punktu widzenia – zaraz po zdarzeniu Chyłka odnosiła wrażenie, że blizna zajmie pół szyi.

– Już? – spytała w końcu.

Kordian wyłączył awaryjki, a potem w swym niezbyt dynamicznym stylu ruszył naprzód. Znów na moment zamilkli, patrząc na drogę przed nimi.

– Powinniśmy chociaż rozstrzygnąć fundamentalne sprawy – zauważył, kiedy zjeżdżali z mostu Łazienkowskiego na Armii Ludowej.

Chyłka powiodła wzrokiem po mieniących się na zielono drzewach po obu stronach dwupasmówki, a potem zawiesiła spojrzenie na ledwo widocznym wieżowcu przy rondzie Jazdy Polskiej. Dopiero teraz uświadomiła sobie, jak przez ostatnie tygodnie brakowało jej miejskiego zgiełku i warszawskiej panoramy.

– Wszystkie najważniejsze kwestie już ustaliliśmy – odezwała się. – Zgłosiła się do mnie po pomoc kobieta, którą normalnie bym olała. Raczyła jednak umrzeć, więc przyjrzałam się sprawie i postanowiłam bronić jej męża.

– A on o tym wie?

– Jeszcze nie.

– Tak myślałem – odbąknął Kordian. – Poza tym miałem na myśli nas, nie sprawę.

– My jesteśmy jak kompromis aborcyjny, Zordon. Trwa *status quo* i jeśli którakolwiek ze stron go naruszy, druga wyjdzie na ulice.

– Nie bardzo – zaoponował. – Bo przypominam sobie pewne zajście w mojej kawalerce, które...

– Nazywasz to zajściem? Postarałbyś się trochę, wymyśliłbyś coś romantycznego. Coś w deseń wezbranej fali namiętności, tsunami rozpalonych pocałunków i tak dalej.

– Skończyłoby się to kpiną z twojej strony.

– Otóż to – przyznała z uśmiechem.

Wychodziła z założenia, że im więcej dystansu zachowa, tym szybciej załatwi kwestie, o których nie miała zamiaru rozmawiać. Na dobrą sprawę nie było to doraźne rozwiązanie, ale jej filozofia życiowa, choć nawet przed sobą nie była gotowa tego przyznać.

– O ile mnie pamięć nie myli, zawarliśmy też pewną umowę – dodał. – Po aplikacji mieliśmy spróbować…

Urwał, sądząc może, że dokończy za niego. Nie kwapiła się do tego. W tej sytuacji mówienie o „byciu razem" wydawało się równie absurdalne jak założenie, że jedna z ofiar Tesarewicza wstała z grobu.

– Po zdanej aplikacji – poprawiła go po chwili Chyłka.

Oryński popatrzył na nią z niedowierzaniem, ale energicznym gestem szybko upomniała go, by skupił się na drodze. Kolejny samochód śmignął między nimi a autobusem, który zdawał się jechać szybciej niż daihatsu.

– Naprawdę to powiedziałaś?

Joanna wzruszyła ramionami.

– Sporo mówię.

Znał ją na tyle dobrze, by wiedzieć, że na obszerniejszy komentarz nie powinien liczyć. Po chwili skinął głową i spojrzał na nią w sposób, który w języku jagańskim opisywało jedno słowo. Chyłka była pewna, że pomyśleli o nim w tym samym momencie.

– Nie drąż, a zaskarbisz sobie moją wdzięczność, Zordon.

– Okej.

– Tak po prostu?

– Przy tej sprawie będziemy spędzać ze sobą całe dnie, Chyłka. Okazji do rozmowy będzie aż nadto.

– To groźba?

– Oczywiście.

W takich chwilach najdobitniej zdawała sobie sprawę, dlaczego się do siebie zbliżyli. Większość facetów na jego miejscu nie puściłaby płazem tego, co zrobiła. On jednak potrafił wejść w jej skórę, zrozumieć, dlaczego potrzebowała samotności. Nie, nie samotności, izolacji.

I dlaczego musiała z nią skończyć.

– Po co jedziemy do kancelarii? – zapytał.

– Oznajmić Żelaznemu, że bierzemy tę sprawę.

– Może najpierw jednak pogadalibyśmy z klientem?

– Nie. Tesarewicz zgodzi się bez gadania.

– No tak – mruknął Kordian. – Bo każdy, kto odsiaduje dożywocie, tylko marzy o tym, by pewnego dnia pojawiła się brzuchata prawniczka i zaproponowała mu wcześniejsze wyjście.

– Waż słowa.

– Ważę bardziej niż zwykle, mając na uwadze twój stan.

– I przyspiesz, do kurwy nędzy. Przecież autobus prawie nas łyknął, wyjeżdżając z zatoczki.

Posłał jej krótkie, ale pełne troski spojrzenie.

– Nie mogę – oświadczył. – Muszę dbać o ciebie i kruszynę.

Zbyła jego ripostę milczeniem, przypuszczając, że jakakolwiek odpowiedź doprowadzi do potoku innych uwłaczających synonimów określających pasożyta. Oryński nieraz udowodnił, że inwencji mu w tej kwestii nie brakuje. I że korzystanie z niej w ten sposób daje mu wyjątkową satysfakcję.

Zaparkowali przy placu Defilad, tuż obok samochodu Żelaznego. Chyłka wysiadła z daihatsu, klnąc pod nosem. Irytowała ją świadomość, że nawet tak prosta czynność wymaga od niej wysiłku.

Wjechali na dwudzieste pierwsze piętro biurowca w milczeniu, zupełnie jakby przerwanie ciszy miało doprowadzić do poważnej rozmowy, która od początku wisiała w powietrzu.

Idąc korytarzem w kierunku gabinetu imiennego partnera, Chyłka czuła na sobie wzrok wszystkich prawników. Kiedy mijali wejście do noryobory, gdzie tłoczyli się aplikanci i praktykanci, Kordian na moment zwolnił.

– Tak, tak, Zordon, wrócisz tam prędzej czy później.

Uniósł brwi.

– Chyba że cię wylejemy, rzecz jasna.

– Brałem to za pewnik.

– Niesłusznie – odparła, zatrzymując się obok wejścia do open space'u. – Jesteś jedynym aplikantem z Żelaznego & McVaya, który oblał egzamin. Musimy przykładnie cię ukarać, samo zwolnienie to za mało. Wrócisz do tej brojlerni, jeśli cokolwiek będzie ode mnie zależało.

Oboje powiedli wzrokiem po pracownikach stłoczonych jak sardynki. Chyłce w głowie się nie mieściło, że robią wszystko i wylewają siódme poty, by zdobyć pieniądze na nowe, większe, lepsze mieszkanie w prestiżowej dzielnicy, a potem wpadają do niego tylko po to, by się przespać, i wracają do roboty.

– Naprawdę powinniśmy wprowadzić japońskie zasady – burknęła.

– 5S czy 1B?

– Jeden burdel już tu jest – odparła, a potem ruszyła w głąb korytarza. – Mam na myśli szkolne zwyczaje z Kraju Kwitnącej Wiśni. Nie mają tam ani dozorców, ani woźnych, ani sprzątaczek. Młodzi sami dbają o porządek.

– Z pewnością by się to sprawdziło. Szczególnie jeśli wziąć pod uwagę lodówkowy chaos w pokoju socjalnym i...

– Nauczyłoby to tych głąbów higieny pracy. I tego, że wszyscy jadą na jednym wózku.

Czasem odnosiła wrażenie, jakby ci ludzie istnieli w swoim własnym, zbyt skomplikowanym do zrozumienia świecie. Liczne układy, zależności, ukryte antypatie i zadry zdawały się powszechniejsze niż w polityce.

– Skoro już o wózkach mowa...

– Nie mam jeszcze upatrzonego – ucięła. – Czekam, aż BMW wypuści jakiś model dla samotnych matek.

Kordian zmarszczył czoło w głębokim namyśle.

– Iks niewiniątka? – podsunął.

– Raczej iks zawiniątka. Albo iks chłopiątka. Jak zwał, tak zwał, ważne, żebym deklasowała inne matki na placu zabaw.

Przyspieszyła kroku, uświadamiając sobie, że od teraz dziecko stanie się jej osobistym Rzymem – wszystkie drogi konwersacji będą prowadzić właśnie do niego.

Weszła do gabinetu imiennego partnera bez pukania. Artur Żelazny siedział przy niewielkim stoliku obok okna, przeglądając „Puls Biznesu". Bez zdziwienia popatrzył na Joannę i zupełnie zignorował Oryńskiego.

– A więc pogłoski o twojej śmierci były przesadzone – powitał ją.

– Tylko po części – odparła, gładząc się po brzuchu.

Opadła ciężko na wolne krzesło przy stole, a Kordian stanął obok i wyjrzał przez duże, przeszklone okno. Chyłka nabrała głęboko tchu. Dobrze się czuła, widząc stłoczone śródmiejskie wieżowce, ale komfort będzie jeszcze większy, kiedy znajdzie się w swoim gabinecie.

– Biorę pewną sprawę – oznajmiła. – To znaczy bierzemy.

– Ty i… – urwał i spojrzał na brzuch.

– Nie, nie, szkodnik jeszcze nie umie niszczyć ludzi na salach sądowych. Na razie skorzystam z asysty niedoszłego adwokata.

Żelazny pokręcił głową.

– Nie ma takiej możliwości.

– E tam – odparła nonszalancko. – W przypadku Zordona nic nigdy nie jest pewne. *Ergo* wszystko jest możliwe.

Artur poślinił palec, a potem przerzucił stronę gazety. Po biurze rozszedł się przyjemny zapach farby drukarskiej. Żelazny odchrząknął.

– Oczywiście cieszy mnie, że się pojawiłaś – oznajmił. – Ale to nie miejsce ani pora na takie rozważania.

– Masz rację. Zresztą i tak już postanowiłam.

Podniósł wzrok znad dziennika.

– Wzięłam sprawę Tadeusza Tesarewicza.

– Co zrobiłaś? – spytał, składając gazetę.

– Będę bronić Tatuażysty. Domniemanego.

– Czyś ty…

– Nie zwariowałam – zastrzegła. – Choć nie wykluczam, że jak szkodnik będzie dalej kręcił mi takie piruety w jamie macicy, może się to zmienić.

Żelazny po raz pierwszy zerknął na Kordiana. Wymienili się niepewnymi spojrzeniami, jakby właśnie usłyszeli coś, co do uszu mężczyzn nigdy nie powinno dotrzeć.

– Typowe – skwitowała Chyłka. – O pochwach możecie ględzić godzinami, ale jak tylko wspomni się o macicy, kładziecie uszy po sobie.

Żaden z nich się nie odezwał. Joanna westchnęła, a potem wyprostowała się i złożyła dłonie na odcinku lędźwiowym.

– Tesarewicz jest niewinny – oznajmiła. – Jedna z ofiar żyje.

Artur nie wyglądał na zainteresowanego. Nie dziwiło jej to, bo podczas wieloletniej kariery nasłuchał się wystarczająco dużo podobnych deklaracji. I zapewne wydawało mu się, że wie, jaki jest prawdziwy powód, dla którego Joanna podjęła się obrony. Znał jej poglądy, zdawał sobie sprawę, jak niewygodnie jej było mościć się po lewej stronie sceny politycznej, kiedy broniła Roma, a później muzułmanina. Sądził, że teraz próbuje wkupić się w łaski prawicy, oczyszczając jedną z jej legend.

Żelazny jednak nawet nie zająknął się na ten temat.

– Skąd ta informacja? – spytał.

– Od żony.

– Nieboszczki?

– A wyglądam ci na medium? – odburknęła. – Nie, powiedziała mi o tym przed śmiercią.

– Aha.

– Nie robi to na tobie żadnego wrażenia.

– Nie – przyznał, a potem powoli się podniósł. – Tatuażystę skazano na podstawie zeznań świadków i śladów DNA. Był pełen komplet. Nie mogło dojść do błędu.

– Ale do manipulacji tak.

– Wątpliwe – zaoponował ze spokojem, siadając przy biurku.

Chyłka obawiała się, że zaraz sięgnie po spinki. I tak się stało. Zaczął obracać je w dłoni jak kostki do gry, a nieprzyjemny metaliczny dźwięk rozszedł się po pokoju.

Kordian skorzystał z okazji i usiadł przy stole. Oboje spojrzeli na Żelaznego.

– W tej sprawie przeanalizowano kilkaset tomów akt, przesłuchano kilkudziesięciu świadków, wykonano rzetelne badania i bez cienia wątpliwości uznano, że Tesarewicz zamordował wszystkie cztery ofiary.

– Więc dlaczego jedna żyje?

Artur przyjrzał się spinkom, jakby stanowiły święte przedmioty. Wzruszył ramionami.

– Mówisz, że pojawił się jakiś materiał DNA?

– Tak, na miejscu innego przestępstwa.

– I to jedyny dowód?

– To i fakt, że osoba, która mi o tym powiedziała, zaraz potem się odmeldowała.

– Ludzie umierają.

– Tak – przyznała. – W tempie ponad sześciu tysięcy sztuk na godzinę, ale liczą się okoliczności.

– Które są takie, że materiał mógł zostać podłożony.

– Nie został.

– Skąd ta pewność?

Chyłka posłała mu zdawkowy uśmiech, nie mając zamiaru odpowiadać. Imienny partner powinien wiedzieć, że pewnych rzeczy po prostu z niej nie wyciągnie.

– Rozmawiałaś ze Szczerbińskim – odezwał się nagle Kordian.

Żelazny spojrzał na niego z wyraźnym zdziwieniem, jakby nie spodziewał się, że Oryński w ogóle zabierze głos podczas tej rozmowy.

– I potwierdziłaś, że materiał jest świeży – dodał Kordian, obracając się do niej. – Wiesz znacznie więcej, niż nam powiedziałaś.

– A wy wiecie tyle, ile powinniście. Luki wypełnijcie zaufaniem, jakie do mnie macie.

W przypadku Oryńskiego być może wystarczyłoby materii, ale nie mogła tego samego powiedzieć o Żelaznym. Wykopali pod sobą niejeden dołek, a jego zakulisowe gry z kancelarią Czymański Messer Krat podczas ostatniej sprawy spowodowały, że zaufanie nadwątliło się jeszcze bardziej.

Przez moment Chyłka i Artur mierzyli się wzrokiem. Oboje wiedzieli, do czego to wszystko prowadzi. I oboje byli świadomi, że nie ma sensu tracić czasu na podchody.

– W porządku – odezwał się w końcu Żelazny. – Transakcja wiązana.

– Mhm – potwierdziła.

– Ty wyłożysz wszystkie karty na stół, a ja zastanowię się nad wzięciem sprawy.

– Nie ma nad czym, już ją wzięłam.

– Jesteś na zwolnieniu. Brać możesz jedynie witaminy i minerały.

– Raczej coś na zgagę, bo nie opuszcza mnie od miesięcy – odbąknęła. – Ale oboje wiemy, że te negocjacje nie sprowadzają się ani do podjęcia się obrony, ani do mnie.

Spojrzała wymownie na Kordiana, a Żelazny powoli skinął głową.

– Rozważę, czy Oryński może ci pomóc. W ramach pożegnania z kancelarią.

Chyłka przymknęła oczy. Najwyraźniej czekało ją prowadzenie walki na kilku frontach, ale niespecjalnie się tym przejmowała. Właściwie przywykła do poczucia permanentnego oblężenia.

– Więc? – ponaglił ją.

Joanna nabrała tchu, uznając, że mogło być gorzej. Istniało pewne prawdopodobieństwo, że Artur będzie szedł w zaparte, nie chcąc ładować się w kolejną zbyt głośną sprawę. Po komplikacjach z Al-Jassamem kurz nadal nie opadł, choć opary na bieżąco rozgarniał korowód klientów zainteresowanych zatrudnieniem obrońców z kancelarii Żelazny & McVay.

Imienny partner jednak nie oponował. Przypuszczała, że to nie kwestia zawodowej kalkulacji, ale ich stosunków. Jakkolwiek ścierali się ze sobą w pracy, Artur żywił wobec niej pewną sympatię. I zależało mu na tym, by Chyłka znów nie sięgnęła dna.

– Swojego źródła w policji nie zdradzę – zastrzegła.

– Chyba nie musisz – bąknął Oryński.

Zignorowała uwagę. Powinien wiedzieć, że Szczerbiński nie jest jedyną osobą, do której mogła się zwrócić.

– Powiem wam za to, co nasze orły w mundurach ustaliły do tej pory.

– Prokuratura jeszcze nie przejęła sprawy? – spytał Artur.

– Nie, rzecz jest świeża jak doniesienia o kolejnych wtopach Donalda Trumpa na Twitterze.

Żelazny ponaglił ją ruchem ręki.

– Wszystko zaczęło się tak, jak każda dobra historia – oznajmiła Joanna, rozsiadając się wygodniej.

– Od rozkładających się zwłok? – podsunął Oryński.

Chyłka skwitowała to pełnym uznania skinieniem głowy.

– Doceniam ten pogląd, Zordon – powiedziała. – I zgadzam się z nim w pełnej rozciągłości. Ale tym razem, niestety, chodziło o coś innego.

– A konkretnie?

– Jedną z ofiar Tatuażysty był dziesięcioletni chłopak, który...

– Wszyscy czterej mieli po dziesięć lat – wtrącił się Żelazny. – Wiek i płeć były kluczem, według którego zabójca dobierał cele.

– Co ty powiesz?

Zaległo niewygodne milczenie. W końcu Artur znów odchrząknął i uniósł lekko otwarte dłonie, sugerując, że nie będzie przerywał.

– Ten, o którym mówię, nazywał się Maciek Lewicki i według prokuratury był ostatnią ofiarą Tesarewicza. Jego zwłoki znaleziono w dwa tysiące trzynastym roku w Markach, przy Lisim Jarze.

– Przy czym? – spytał Kordian.

Joanna przewróciła oczami.

– Ulica niedaleko Piłsudskiego, jest tam niewielkie osiedle. Ciało chłopaka odkryli przy zapuszczonym, niemal dzikim boisku pod lasem. – Na moment zawiesiła głos i spojrzała w okno. – Nosiło ślady gwałtu, zmiany pośmiertne wskazywały na znęcanie się, a oprócz tego znaleziono to, co później stało się znakiem rozpoznawczym mordercy, tatuaż.

– Tyle wie każdy, kto oglądał wtedy wiadomości – zauważył Artur. – Twierdzisz, że teraz odnaleziono gdzieś materiał DNA tego chłopaka?

– Tak. Włosy razem z cebulkami.

– Więc to ma być rzekomo świeży ślad.

– Z trumny takich raczej nikt by nie wyciągnął.

– Ktoś mógł wcześniej je zdobyć, a potem przechować do odpowiedniego momentu – odparł Żelazny i głośno wypuścił powietrze, jakby tłumaczenie oczywistych rzeczy przychodziło mu z niemałym trudem.

Chyłka zerknęła na Kordiana. Marszczył czoło, bacznie jej się przyglądając. Do tej pory musiał już zrozumieć, że nie wzięła tej sprawy dlatego, że odnaleziono materiał. Jakkolwiek świeży by nie był, nie wystarczyłoby to, żeby podjęła ostateczną decyzję.

– Kontynuuj – ponaglił Artur. – Te włosy znaleziono na miejscu innego zabójstwa, tak?

– Nie.

– Przecież powiedziałaś…

– Mówiłam, że na miejscu przestępstwa. Ale nic nie wspominałam o zabójstwie. Co jest z tobą nie tak, że wszędzie widzisz trupy?

Obaj mężczyźni unieśli brwi, czekając na więcej. Joanna musiała przyznać, że dobrze czuła się w roli dilera dozującego środki pobudzające dwóm osobom, które były od nich uzależnione.

Naturalny instynkt prawniczy kazał im poszukiwać takich historii, myśli od razu wskakiwały na odpowiedni tor, a umysł zaczynał szukać sposobów, by wyeksploatować temat.

Dokładnie tak samo działał jej mózg.

– Chodzi o inne przestępstwo – dodała, a potem spojrzała na Zordona. – Stypizowane w artykule dwieście osiemdziesiąt dziewięć paragraf jeden kk.

Oryński się zawahał.

– Zabór pojazdu w celu krótkotrwałego użycia? – rzucił.

– Żartujesz sobie? – spytał Artur.

– Nie. Doszło do występku, mili panowie – odparła z satysfakcją Joanna, w końcu odrywając wzrok od okna. – I to nawet nie w typie kwalifikowanym.

Kordian potrząsnął głową, jakby nie chciał dopuścić do siebie tej wersji.

– O czym ty mówisz? – zapytał.

– O tym, że wtedy jeszcze niezidentyfikowany sprawca zwinął na Targówku samochód, przejechał nim przez całe miasto, a potem zostawił go na Woli. Zajęło mu to raptem kilka godzin, więc jego haniebny czyn wypełnił znamiona zaboru pojazdu.

Otrzepała ręce i uśmiechnęła się do obydwu rozmówców.

– W aucie znaleziono włosy Maćka Lewickiego, nieżyjącego od czterech lat.

– Ale… – zaczął Kordian.

– Zarzutów mu jeszcze nie postawiono – nie dała sobie przerwać. – Ale z pewnością niedługo się to stanie, jako że mają nagranie z monitoringu. I nie ulega wątpliwości, że chłopak żyje. I kradnie samochody.

Tym razem urwała, licząc na jakiś odzew. Nie doczekała się go.

– A tymczasem w więzieniu za jego zabójstwo zamknięto niewinnego człowieka – dodała. – Którego stamtąd wyciągnę. I to szybko.

4

Kawalerka Oryńskiego, ul. Emilii Plater

Prokuratura właściwie nie miała się nad czym zastanawiać. Materiał DNA i nagranie z kamer były wystarczające, by wszcząć postępowanie przeciwko chłopakowi. Problem polegał na tym, że w świetle prawa Maciek nie żył. W jego cieniu jednak sytuacja najwyraźniej jednak była odmienna.

O ile Kordian dobrze sobie przypominał, za to konkretne przestępstwo groziła kara pozbawienia wolności od trzech miesięcy do lat pięciu. Niespecjalnie dużo, szczególnie że auto nie przedstawiało wielkiej wartości, a sprawca dość szybko je porzucił.

Konsekwencje dla prokuratury były jednak przemożne.

Oryńskiego nie dziwiło, że nikt do tej pory nie zająknął się o sprawie. Zapewne jeszcze nie podjęto decyzji, od której strony podejść do problemu. I czy w ogóle. Na tym etapie prokuratura mogła jeszcze próbować zamieść sprawę pod dywan, nieświadoma, że wieść zaczęła rozchodzić się już po drugiej stronie barykady.

Ani tego, że będzie podróżować z coraz większą prędkością. Każdy adwokat zapragnie bronić Tadeusza Tesarewicza i pomóc mu wydoić państwo na grube miliony. Proces będzie głośny, a ostatecznie może zakończyć się na szczeblu europejskim.

Kordian spojrzał na swoje odbicie w łazienkowym lustrze. Jeśli sprawa byłego opozycjonisty rzeczywiście będzie ciągnęła się tak długo, ktoś będzie musiał ją przejąć. Chyłka do tego czasu dawno pójdzie na macierzyński, a on… cóż, nie miał pojęcia, co się z nim stanie.

Mała kancelaria na obrzeżach miasta, doradztwo prawne, może praca jako in-house w jakiejś korporacji, która przymyka oko na niezdany egzamin adwokacki. To właściwie wyczerpywało katalog możliwości.

Oderwał wzrok od lustra i opłukał twarz zimną wodą. Przynajmniej odejdzie w dobrym stylu, dla odmiany w końcu broniąc kogoś, kto na to zasługiwał.

Oryński szybko się ogolił, niepewnie spoglądając na zegarek. Chyłka nie należała do cierpliwych osób, a o poranku ta cecha jej charakteru zdawała się przyćmiewać wszystkie inne.

Spryskał się jeszcze perfumami Giorgio Armani, które w jakiś sposób zdawały się dodawać mu pewności siebie, a potem wyszedł z mieszkania. Żółte daihatsu stało tam gdzie zawsze, tuż obok samochodu Żelaznego. Zamysł polegał na tym, by szef, parkując codziennie rano, odnosił wrażenie, jakby Kordian był już dawno na posterunku.

Teraz tworzenie takich pozorów nie miało sensu. Właściwie niewiele rzeczy po sprawie Al-Jassama jeszcze go miało.

Chyłka oberwała najmocniej. Najpierw poprzez falę internetowej nienawiści, a ostatecznie bezpośredni atak. Cała sprawa odbiła się jednak także na innych.

Oryński wsiadł do samochodu, spojrzał na godzinę, a potem z powrotem otworzył drzwiczki. Miał jeszcze chwilę, by zapalić. Sztachnął się kilkakrotnie z łapczywością, jakby od tego zależało jego życie, a potem pojechał w kierunku Argentyńskiej.

Nie musiał długo czekać na Chyłkę. Kiedy wsiadła do daihatsu, pociągnęła nosem z wyraźną dezaprobatą.

– Coś nie tak? – zapytał Kordian.

– Nie, nie, wszystko jest w jak najlepszym porządku.

– A mimo to marszczysz się jak dziecko w kąpieli.

Joanna wzruszyła ramionami. Przez chwilę milczeli.

– Znasz mój stosunek do papierosów – odezwała się w końcu.

– Raczej znałem. Od kiedy jesteś w stanie błogosławionym, trudno stwierdzić, w jaki sposób twoje poglądy ewoluowały.

– Są *constans* – zapewniła. – Wciąż uważam, że fajki wpływają korzystnie na środowisko naturalne.

– Korzystnie?

– Usuwają jego największy problem. Ludzi.

Oryński uśmiechnął się blado, a potem zapuścił silnik i ruszył w stronę Białołęki. Miał wrażenie, że bywa w tamtejszej placówce przy Ciupagi znacznie częściej, niż powinien, ale takie były uroki parania się prawem karnym w praktyce. Oswoił się z białołęckim mamrem na tyle, że nie czuł już nawet charakterystycznego więziennego zapachu, kiedy wraz z Chyłką czekali na Tesarewicza w sali widzeń.

Były opozycjonista wszedł do środka i rozejrzał się, mrużąc oczy. Twarz miał pomarszczoną, czoło wysokie, a siwe włosy ostały się jedynie na samym czubku.

– Anthony Hopkins – odezwał się Kordian. – I to nie w wersji z *Hannibala*, a z *Westworld*.

– Raczej z *Thora*.

– A to jakaś różnica?

– Całkiem spora.

– Wybacz, ostatnio nie orientuję się tak dobrze jak ty – odparł pod nosem Oryński. – Może dlatego, że przez parę tygodni harowałem jak wół, podczas gdy ty siedziałaś w domu, oglądając filmy i seriale.

– Czytałam – sprostowała. – Książki w starciu z obrazem są jak hipotetyczna walka Pudzianowskiego z Piotrem Żyłą w MMA. O ile ten drugi nie zabrałby ze sobą nart.

Tadeusz w końcu wypatrzył dwójkę prawników i ruszył w ich stronę. Nie spieszyło mu się.

– Dają mi władzę – ciągnęła Chyłka. – Sama decyduję, jak wyglądają postacie, jak się zachowują i tak dalej. W filmie czy serialu reżyser mnie z tego odziera. Pieprzę taki układ.

Może i słusznie, przyznał w duchu Oryński. Nie odezwał się jednak, bo Tesarewicz stanął przy stole, omiatając ich wzrokiem. Zaległa cisza, jakby wszyscy czekali, kto pierwszy wyciągnie rękę.

– Klapnie pan? – odezwała się w końcu Joanna.

Tadeusz nawet nie drgnął.

– Na Boga, w którym miesiącu pani jest?

– Nie wiem, straciłam rachubę.

– W szóstym?

– Bez przesady. Wprawdzie długa droga za mną, ale jeszcze dłuższa przede mną. Podobnie jak w pana przypadku.

Nawet mimo różnicy wieku, nieczęsto się zdarzało, by Chyłka od początku tytułowała innych per pani lub pan. Kordian ściągnął brwi, dochodząc do wniosku, że chyba pomylił się co do motywacji Joanny.

Wzięła tę sprawę nie po to, by ocalić siebie lub niewinnego człowieka. I nie ze względu na to, że obrona Tesarewicza wydała jej się ciekawym kazusem. Chodziło o coś innego. O szacunek do tego człowieka.

Tadeusz stał po jej stronie sceny politycznej, w dodatku po bezkompromisowej walce w czasach PRL-u postanowił wycofać się z polityki w wolnej Polsce. Uznał, że zrobił wszystko, co powinien, więc oddał pole młodszym i bardziej perspektywicznym kandydatom na posłów i senatorów.

Był jednym z niewielu, którzy uniknęli taplania się w bieżącym mule politycznym. Szanowano go właściwie od prawa do lewa, mimo że nigdy nie krył się ze swoimi konserwatywnymi poglądami.

Wszystko to jednak skończyło się cztery lata temu. Z wielkim hukiem, który potrafi spowodować tylko upadający autorytet.

– Moja ciąża to jednak nic w porównaniu z tym, co pana czeka – dodała Joanna. – Usiądzie pan czy będzie nad nami wisiał jak miecz Damoklesa?

– Miecz oznacza nieubłagane zagrożenie – odezwał się Tesarewicz, wreszcie zajmując miejsce. – Tymczasem ja dla państwa żadnego nie stanowię.

– W pewnym sensie pan stanowi – odparła Chyłka. – Bo jeśli będziemy pana bronić, *de facto* sami będziemy potrzebować ochrony.

– Nie rozumiem.

– Ktoś pana wrobił. Ktoś zarazem skurwysyńsko przebiegły i zaradny.

Tadeusz spojrzał na Oryńskiego, jakby oczekiwał, że to właśnie on rozwinie temat. Kordian zdawał sobie jednak sprawę, że nie opłaca się nawet otwierać ust, bo Chyłka i tak wpadnie mu w słowo. Musiała się wygadać, innej możliwości nie było.

– Już pan rozumie?

– Przyznam, że…

– Jako pańscy obrońcy będziemy narażeni na ten sam stopień zaradności, który sprawił, że przywalili panu dożywocie.

– Miałem na myśli raczej sam fakt obrony.

– Co proszę?

Tesarewicz rozłożył lekko ręce, zwracając na siebie uwagę jednego z klawiszy stojących przy wejściu do sali. Funkcjonariusz przypatrywał im się przez chwilę, a potem na powrót zainteresował się pozostałymi osadzonymi.

– Kim państwo są? – spytał Tadeusz.

– Pańskimi obrońcami.

– Mam już…

– Nie, dotychczas miał pan jedynie namiastkę adwokata.

Kordian z namaszczeniem pokiwał głową, jakby Chyłka przedstawiła prawdę objawioną. Prawniczka sięgnęła do torby, wyjęła plik kartek, a potem położyła je na stole. Podsunęła je bez słowa Tadeuszowi.

– Podpisze pan to wszystko i będziemy mieć papierologię z głowy.

– Co to jest?

– Cyrograf na usługi Joanny Chyłki – odparła, obracając papiery. – Podpisuje pan, oddaje mi swoją duszę, a ja wypuszczam ją z więzienia jak dżina z butelki. Pasuje?

Tesarewicz wyprostował się i mruknął coś pod nosem. Wyglądał na człowieka mocno doświadczonego przez życie, a każda z licznych zmarszczek zdawała się świadectwem trudności, z jakimi się zmagał. Najpierw opresje władz, potem niezbyt udana kariera w III RP i więzienie, a teraz śmierć żony.

Kordian oderwał wzrok od mężczyzny. Patrzenie na niego w jakiś sposób stawało się coraz bardziej dojmujące.

– To pani jest tą prawniczką, do której zgłosiła się Łucja…

– Tak. Zrobiła to zaraz po tym, jak odkryła nowe dowody.

Nie widać było po nim żadnego zaskoczenia. Żona musiała na bieżąco informować go o wszystkim, a może wręcz działała na jego polecenie. Jeśli tak, to do całego ciężaru życiowych doświadczeń trzeba było dołożyć kilka kilogramów poczucia winy za to, co ją spotkało.

Jakby na potwierdzenie tej myśli Oryńskiego, Tadeusz opuścił wzrok. Wpatrywał się przez chwilę w blat, a potem drgnął i spojrzał na papiery.

– Twierdziła, że tylko pani może pomóc.

– I nie pomyliła się – zapewniła Joanna. – Nie dość, że stąd pana wyciągnę, to wystąpię o odszkodowanie i zadośćuczynienie od Skarbu Państwa. Zaśpiewam dwadzieścia pięć milionów.

Kordianowi przez moment wydawało się, że się przesłyszał. Nadal w pamięci miał wytyczne, które usłyszał podczas pierwszego dnia w pracy. „Nigdy, ale to przenigdy nie mów klientowi, że wygrasz sprawę". Wysokość kwoty rzuconej przez Chyłkę dodatkowo pogłębiała jego dezorientację.

– Nie chcę pieniędzy – zadeklarował Tesarewicz.

– Nieistotne. Weźmie je pan, ale wcześniej podpisze, co trzeba.

Oryński przypuszczał, że przekonanie Tadeusza do złożenia podpisu będzie wymagało jeszcze trochę wysiłku.

Pomylił się. Najwyraźniej pewność żony co do tego, że tylko Chyłka może go wybronić, była wystarczająca.

Tesarewicz przejrzał pierwszy plik, podpisał, a potem zaczął czytać kolejny.

– Przyspieszy pan? Intruz ciśnie mi na pęcherz.

Były opozycjonista podniósł wzrok z niepokojem.

– Spokojnie – dodała Chyłka. – Permanentne parcie to nic w porównaniu z innymi rzeczami. Niech pan sobie wyobrazi, że na widok kawy robi mi się niedobrze, podobnie się dzieje, kiedy czuję dym papierosowy. No i wzdęcia. One są prawdziwym przekleństwem.

Tesarewicz tkwił w bezruchu z długopisem między palcami.

– Gdyby pasożyt produkował hel, orbitowałabym już gdzieś w okolicach Międzynarodowej Stacji Kosmicznej.

– Pani mecenas...

– No?

– Nie jestem przekonany, czy aby...

– Mój stan jest sprawą drugorzędną – zapewniła. – Niedługo wyeksmituję lokatora, a następnego dnia wracam do picia, palenia i roboty na pełnych obrotach. – Wskazała na kartkę papieru. – A teraz autograf. I bierzmy się do pracy.

Chwilę później przynajmniej pod względem prawnym wszystko zostało dopięte na ostatni guzik. Chyłka wrzuciła kartki do torby, skrzyżowała ręce na brzuchu i odgięła się na krześle.

– *Bueno* – rzuciła. – Od teraz wszystko, co pan powie, jest objęte tajemnicą adwokacką. Czy quasi-adwokacką, bo mój pomagier nie zdał egzaminu.

– Z przyczyn niezależnych ode mnie – zauważył Oryński.

Tesarewicz milczał. Nie patrzył na nich jak na dwójkę idiotów, więc Kordian uznał, że mają do czynienia z wyjątkowo wyrozumiałym człowiekiem.

– Zacznijmy od tego: czy zgwałcił pan któregokolwiek z tych chłopaków? – spytała Joanna.

– Nie.

– A zabił pan któregoś?

– Nie.

Żadnego obruszenia, kompletny brak emocji. Ciekawa reakcja, uznał w duchu Oryński.

– Znał ich pan w ogóle?

– Nie.

– Wasze ścieżki mogły się gdzieś przeciąć? – kontynuowała Chyłka. – Mieszkaliście niedaleko siebie, mogliście robić zakupy w tym samym osiedlowym, wyprowadzaliście psy w jednej okolicy?

– O ile wiem, nie.

– A dobrze pan wie?

– Nie śledziła pani procesu? Organy ścigania dogłębnie…

– Nie interesują mnie machinacje prokuratury, pana również nie powinny – przerwała mu. – Chcę wiedzieć, co ustalili państwo na własną rękę.

Tesarewicz przez chwilę jej się przyglądał, jakby nie mógł zdecydować, czy podpisanie jakiegoś papieru rzeczywiście pozwala mu przedstawić wszystkie fakty.

– Nie ma żadnego związku między mną a tymi chłopcami.

– Więc skąd pański materiał DNA na ich ciałach?

– Przypuszczam, że nietrudno było go zdobyć, jeśli wziąć pod uwagę moje częste wystąpienia publiczne.

Miał rację. Mimo że nie angażował się w politykę, przynajmniej kilka razy w miesiącu odwiedzał uczelnie w całej Polsce, opowiadając o stanie wojennym, Solidarności, kolportowaniu podziemnej prasy i innych rzeczach, które niespecjalnie interesowały studentów. Na wykładach nie pojawiały się tłumy, ale wydarzenia te zapowiadano z dużym wyprzedzeniem. Gdyby ktoś chciał ściągnąć odciski palców, podebrać materiał DNA czy nawet ślad cheiloskopijny, miałby odpowiednio dużo czasu, by się do tego przygotować. Podłożenie tego czy innego dowodu na miejscu przestępstwa nie nastręczałoby problemu.

– A świadkowie? Twierdzą, że pana widzieli.

– Z oddali.

– Więc ma pan klona?

– Dobrze pani wie, jak działa ludzka pamięć. I jak niewiele trzeba, żeby pomylić jednego siwego mężczyznę z drugim.

– Ano wiem – potwierdziła. – Ale musiałam się przekonać, jak pan się do tego wszystkiego odnosi.

– Odnoszę się z niedowierzaniem. Od samego początku.

– Nie dziwię się.

– Nie wiem, kto ani dlaczego miałby dopuścić się tak daleko idącej manipulacji.

Chyłka przewróciła oczami.

– Piekło w *Boskiej komedii* ma dziewięć kręgów, ludzka natura z pewnością więcej. I w każdym panuje jeszcze większy mrok niż u Dantego na samym dnie.

– Być może – przyznał Tesarewicz.

Prawnicy czekali na więcej, ale były opozycjonista zamilkł. Dali mu jeszcze chwilę, a potem zaczęli sami podpytywać go o inne szczegóły, które w toku rozprawy mogły okazać się kluczowe.

Niecałą godzinę później opuścili białołęcką placówkę. Kordian od razu sięgnął po paczkę marlboro. Chyłka zerknęła na niego z ukosa, ale to nie przeszkodziło mu w zaciągnięciu się z lubością.

– Co sądzisz? – spytał, wypuszczając dym.

– Że nie masz pojęcia, skąd wziął się czerwony trójkąt na paczce.

– Hę?

– Pierwotnie to były fajki dla kobiet. A ten kształt miał imitować ślad szminki, jaki zostawiamy na ustniku.

Kordian spojrzał na papierosa.

– I wspominasz o tym, bo…

– Chcę podkreślić, jaka to niesprawiedliwość, że taki amator jak ty może swobodnie wtłaczać nikotynę do płuc, podczas gdy taka koneserka jak ja musi pauzować.

Odpowiedź ograniczył do lekkiego uśmiechu.

– Miałem na myśli Tesarewicza – uściślił. – Wierzysz mu?

– A czemu miałabym nie wierzyć?

Oryński wzruszył ramionami.

– To nie było pytanie retoryczne, Zordon. Odpowiadaj.

– Ale myślałem, że…

– Że wierzę ślepo we wszystko, co ten facet mówi? Nie żartuj sobie. Ma świetne CV, moją dozgonną wdzięczność za kozactwo w PRL-u i usunięcie się potem z polityki, ale nie jestem ślepa. Widzę, że kłamie.

– O czym ty mówisz?

– Nie zapytał o Maćka Lewickiego. Nie zainteresował się choćby przelotnie tym, jakim cudem widziano go w skradzionym samochodzie. Ani tym, czyje ciało znajduje się w jego rzekomym grobie.

Kordian obrócił się do Chyłki, a ta skorzystała z chwili nieuwagi i wyjęła mu papierosa spomiędzy palców. Powąchała go, skrzywiła się i rzuciła na bok.

– Zachowywałbyś się tak na jego miejscu? – zapytała, ale nie czekała na odpowiedź. – Tesarewicz wie więcej, niż pozwolił nam sądzić. A ta sprawa śmierdzi. Bardziej niż marlboro.

Nie sądził, że kiedykolwiek usłyszy z jej ust takie porównanie. Tesarewicz nagle wydał mu się mniej nieskazitelny niż jeszcze przed chwilą.

Wróciwszy do kawalerki, nie mógł pozbyć się tej myśli. Ciągnęła się za nim jak smugi kondensacyjne za samolotem na niebie. Różnica polegała na tym, że te nie chciały zniknąć.

Był to jednak tylko początek jego problemów.

Przed snem sprawdził skrzynkę pocztową i znalazł w niej wiadomość od nieznanego nadawcy. Szybko przekonał się, że konto założono na Guerilla Mail – serwisie, który oferował utworzenie anonimowego adresu, wygasającego po sześćdziesięciu minutach.

Wiadomość była krótka. Składała się wyłącznie z cyfr.

76-75-5.

Tyle wystarczyło, by przez całą noc Oryński nie zmrużył oka. Rankiem zrozumiał, że ma ogromny problem.

5

Jaskinia McCarthyńska, Skylight

Chyłka przysiadła na skraju biurka Kormaka, wspierając się pod boki i głośno stękając. Oryński i chudzielec sprawiali wrażenie, jakby zamierzali czym prędzej wstać z krzeseł i zostawić ją samą w niewielkiej kanciapie.

– Nie umieram – zadeklarowała. – Mam tylko bóle spojenia łonowego i pachwin.

Szczypior głośno przełknął ślinę, Kordian rozejrzał się niepewnie.

– A na dokładkę nachrzania mnie więzadło obłe macicy.

– Sprawia ci to przyjemność, prawda? – spytał Oryński.

– Nie, nie jestem masochistką.

– Mam na myśli informowanie nas o tym.

– A, to – odparła, odginając się jeszcze bardziej. – Tak.

Odwróciła się do Kormaka i posłała mu pytające spojrzenie. Szczypior poruszył się nerwowo, po czym wbił wzrok w stojący na biurku laptop. Joanna nie miała żadnych wątpliwości, że chłopak przez co najmniej osiem ostatnich godzin nie opuszczał swojej jaskini, szukając jakichkolwiek śladów po Maćku Lewickim.

– Więc? – spytała Chyłka.

– Nie mam nic.

– Nie chcę tego słyszeć.

– W takim razie muszę skłamać – odparł Kormak. – A tego nie lubisz.

– Kłamstw? Przeciwnie. W dużej mierze właśnie z nich żyję.

– Tak czy owak niczego nie odkryłem – mruknął chudzielec. – Lewicki pojawił się znienacka i tak samo zniknął. Policja go szuka, ale na razie cichaczem. Niebawem pewnie zabiorą się do roboty pełną parą, ale do tego czasu… – Urwał i rozłożył ręce.

Joanna podniosła się i zaczęła krążyć po niewielkim gabinecie.

– Można by to przyspieszyć – zauważył Kordian. – Wystarczyłby anonimowy mail do kogoś z NSI lub TVN24. Zmartwychwstanie jednej z ofiar Tatuażysty to dość chodliwy temat.

Chyłka przeszła od ściany do ściany, a potem zawróciła. Zerknęła na Kordiana i przemknęło jej przez myśl, że wygląda, jakby całą noc nie spał. O imprezowanie w środku tygodnia go jednak nie podejrzewała, nie w tej sytuacji. Jeśli już, to o upijanie się w dokuczliwej samotności.

– Wszyscy zaczną go szukać, nie tylko policja i media – dodał Oryński.

Zatrzymała się i uniosła wzrok.

– Tylko czy właśnie na tym nam zależy? – odezwała się.

– Raczej – potwierdził Kordian. – Przynajmniej jeśli chcemy oznajmić światu, że Tesarewicz nie zabił chłopaka.

– Tak, tak… mam na myśli to, czy nie lepiej byłoby, gdybyśmy znaleźli go bez szumu.

– Może i lepiej. Tyle że to niewykonalne.

– Pewien jesteś? – spytała z powątpiewaniem.

– Skoro Kormak go nie znalazł, mam co do tego przekonanie graniczące z pewnością.

Szczypior docenił to wotum zaufania zdawkowym skinieniem. Chyłka znowu zaczęła krążyć po pokoju. Cały czas miała wrażenie, jakby w jej brzuchu trwała trzecia wojna światowa. Sporadyczne bulgotanie zupełnie wytrącało ją z równowagi i nie pozwalało zebrać myśli.

Na powrót przysiadła na biurku i westchnęła.

– Ukradł samochód, żeby przejechać z Targówka na Wolę – bąknęła. – Po co?

– Właściwie nie ukradł, tylko…

– Dokonał zaboru, tak, tak. Nie poprawiaj mnie, niedoszły adwokacie.

Kormak skrzywił się, a Oryński udał, że nie usłyszał przytyku. Być może było jeszcze za wcześnie, żeby je robić, pomyślała Chyłka. Trzeba odczekać choć trochę, zupełnie jak po śmierci celebryty, który przedawkował i przeniósł się na tamten świat. Niepisana zasada mówiła, że w pierwszych dniach należy wytweetować odpowiednią liczbę wyrazów współczucia. Dopiero po miesiącu lub dwóch w programach rozrywkowych można było dworować sobie do woli.

– To nie ma sensu – ciągnęła. – Do czego potrzebne było mu auto? Mógł pojechać komunikacją miejską. A na upartego przejść się. Z Lasu Bródnowskiego na Cmentarz Wolski ciągnąłby z buta ile? Dwie godziny?

– Dwie i pół – odparł Kormak.

– A to niemal skrajne miejsca tych dzielnic – dodała Chyłka. – Nie opłacało się kraść auta.

– Więc dlaczego to zrobił?

– Bo chciał, żeby go zauważono – oceniła. – Albo to, albo jest nienormalny.

Kordian się skrzywił.

– Po czterech latach nagle poczuł wyrzuty sumienia? – spytał.

– Może. W końcu wystarczyłoby, żeby się pokazał, a Tesarewicza prawdopodobnie by nie skazano.

Joanna rozmasowała kark, kręcąc głową na wszystkie strony.

– I ciekawi mnie, dlaczego tego nie zrobił – dodała. – Co mu szkodziło ujawnić, że żyje? I co robił przez te cztery lata?

Pytań miała znacznie więcej, ale te dwa były teraz kluczowe, by w ogóle myśleć o odnalezieniu chłopaka, zanim zrobią to śledczy lub dziennikarze.

Wyglądało na to, że w sądzie sprawa może okazać się mniej skomplikowana niż poza nim. Chyłka przypuszczała, że bez problemu doprowadzi do wznowienia procesu i wzruszy wyrok. Dotarcie do prawdy mogło okazać się jednak trudniejsze.

Popatrzyła na Kormaka i Oryńskiego, ale obaj uniknęli jej spojrzenia.

– Załóżmy, że zaiwanił auto, bo celowo chciał zostawić ślady i pojawić się na monitoringu – powiedziała, a potem wymierzyła palcem w Kordiana. – Czy termin „zaiwanić" odpowiada stanowi faktycznemu, czy profesor Zordonus pragnie zgłosić obiekcje?

– Jest adekwatny.

– Świetnie. W takim razie przyjmijmy na moment taką wersję.

– Przyjmuję ją. I co dalej?

– Lewicki porzuca auto na Woli, a potem znów przepada jak kamień w wodę. Po co?

– Bo chce, żeby pojawiły się wyłącznie niedomówienia, a nie fakty? Bo nie chce zdradzić nic więcej? Bo może sam był zamieszany w zabójstwa pozostałych chłopaków?

Taka była logiczna konkluzja, ale na dobrą sprawę przy tylu niewiadomych można było wyciągnąć ich przynajmniej kilka. Chyłka zastanawiała się przez moment nad innymi, po czym uznała, że niczego sensownego to nie przyniesie.

Chciała podejść do sprawy zgodnie z zasadami sztuki. Postępować tak, jak powinna, by nikt nie mógł jej niczego zarzucić. By ten jeden raz sama nie mogła tego zrobić.

Tyle że to nie był sposób, w jaki działała. Ani dzięki któremu osiągała efekty.

Sięgnęła po telefon, wybrała numer, a potem położyła komórkę na biurku i włączyła głośnik. Szczerbiński odebrał na moment przed tym, jak przebrzmiał jeden z ostatnich sygnałów.

– Chyłka?

– A co, wyświetlacz ci nie działa? – odparowała. – Czy usunąłeś mnie z kontaktów?

Namyślał się nad odpowiedzią moment za długo.

– Nie spodziewałem się telefonu od ciebie.

– Słusznie. Bo nie mam powodu, żeby się z tobą kontaktować.

– A jednak rozmawiamy.

– Bo powód się pojawił.

– Zawodowy?

– Tylko na takie możesz liczyć.

Było coś dziwnie satysfakcjonującego w tym, że Szczerbaty nie miał pojęcia o dwóch osobach przysłuchujących się rozmowie. Nie rozumiała do końca, co powoduje to uczucie. Tak samo jak nie pojmowała swojej rezerwy względem aspiranta, z którym jeszcze niedawno łączyło ją znacznie więcej niż z kimkolwiek innym.

– Więc chyba powinienem się rozłączyć, bo ostatnio pomogłem ci bardziej, niż powinienem.

– Nie – zaoponowała. – Nie powinieneś w ogóle odbierać, Szczerbaty.

– Cóż...

– Wiem o Maćku Lewickim.

– O kim? I co?

– Nie graj głupa, z pewnością trąbicie już o nim w komendzie.

– Nie wiem, o czym mowa.

– Wiesz, wiesz – uparła się. – Ty i cała reszta stupajków.

– Stupajków?

– W dodatku niebawem ten krąg się znacznie rozszerzy – kontynuowała. – Zamierzam wysłać kilka wiadomości do znajomych dziennikarzy. Przede wszystkim do Zygzaka z NSI. Kojarzysz go?

– Trudno nie kojarzyć.

– Od początku powątpiewał w winę Tesarewicza, swego czasu upierał się nawet, że to wszystko manipulacja mająca na celu umniejszyć rolę dawnego opozycjonisty.

Szczerbiński nie dopytywał, o co chodzi, co właściwie samo w sobie było wymownym komentarzem. Wiedział o sprawie. Jeszcze moment wcześniej Joanna nie była tego pewna, ale poznała Szczerbatego na tyle, że chwilowe milczenie wystarczało do wyciągnięcia wniosków.

– Ależ będzie impreza w mediach – dodała. – Szczególnie jak się okaże, że trzymalibyście to dalej w tajemnicy przez Bóg jeden wie ile dni.

Wciąż nie odpowiadał. Mógł zacząć kłamać jak najęty, próbować się uratować, ale postanowił milczeć. Był jedynym mundurowym, do którego mogła zadzwonić, mając pewność, że nie usłyszy kłamstw ani wykrętów.

– Nie odzywasz się, Szczerbaty.

– Tak?

– Wyobrażam sobie, że przywołałeś już rzecznika prasowego i teraz na migi dajesz mu znać, że powinien zacząć układać zgrabne formułki dla prasy.

– Niezupełnie.

– Więc będziesz brnął?

– Nie.

Wychwyciła w jego głosie dziwną, dotychczas niespotykaną wyniosłość. Spojrzała na Oryńskiego, a ten zmarszczył czoło, jakby wyłapał tę samą nutę. Czekali w milczeniu na to, co powie funkcjonariusz.

– Ten suspens mnie zabija – odezwała się Joanna. – Więc niech trwa.

Szczerbiński głośno nabrał tchu.

– Oscar Wilde – wyjaśniła. – Choć nieco go sparafrazowałam.

– Musiałem po prostu przejść do innego pokoju – odparł policjant.

– Hitchcockowskiej przyszłości więc ci nie wróżę.

Funkcjonariusz znów zamilkł, a po chwili rozległ się dobrze słyszalny dźwięk zamykanych drzwi i skrzypienie krzesła. Chyłka przypuszczała, że zamknął się w swoim gabinecie.

– Podejrzewam, że i tak niebawem dowiesz się wszystkiego – odezwał się Szczerbiński.

– Ba. Zawsze prędzej czy później dokopuję się do prawdy. A jeśli nie potrafię sama tego zrobić, angażuję mojego nornika. On potrafi…

– Nie to miałem na myśli – uciął rozmówca. – Niedługo mamy konferencję prasową, wszystko wyjaśnimy.

Joanna przypuszczała, że „wszystko" w tym wypadku oznacza jedynie część prawdy, ale zachowała tę uwagę dla siebie. Nie zamierzała przeszkadzać Szczerbatemu, kiedy ten najwyraźniej chciał przekazać jej jakieś konkrety.

– To znaczy? – spytała. – Co macie zamiar wyjaśniać?

– Nieoczekiwane pojawienie się Lewickiego.

– Nieoczekiwane? Raczej niesłychane. Ostatni raz taki numer wykręcił pewien nazarejczyk jakieś dwa tysiące lat temu.

– Posłuchaj…

– Słucham.

– Ten chłopak się do nas zgłosił.

Chyłka otworzyła usta, ale się nie odezwała. Po raz pierwszy od niepamiętnych czasów nie wiedziała, co powiedzieć. Gdyby rozmawiała z kimkolwiek innym, pomyślałaby, że rozmówca sobie z niej kpi. W przypadku Szczerbińskiego to nie wchodziło w grę – był zbyt porządnym facetem.

– Jesteś?

– Tak. Zastanawiam się, czy mówimy o tym samym – odparła i potrząsnęła głową, wracając do siebie. – Jezus się do was zgłosił?

Szczerbaty zaśmiał się cicho, wypuszczając powietrze nosem.

– Lewicki raczej go nie przypomina – powiedział. – Chłopak ni stąd ni zowąd przyszedł na komendę.

– Kiedy?

– Kilka godzin temu.

– I co powiedział?

– Nic – odparł policjant, a ona mogłaby przysiąc, że wzruszył przy tym ramionami. – Od kiedy się zjawił, nie odezwał się słowem. Najpierw sami próbowaliśmy z nim porozmawiać, potem uznaliśmy, że trzeba ściągnąć specjalistę.

– Od czego? Waterboardingu?

– Nie stosujemy tortur.

– Tak wam się tylko wydaje – odparła, mimo woli gładząc się po brzuchu. – Każda wypowiedź mundurowego w mediach to katorga dla moich uszu. Ta wasza nowomowa, to pustosłowie, ten „dzień dzisiejszy", „w chwili obecnej" i…

– Interesuje cię meritum?

– Bardzo. Kontynuuj.

Szczerbaty odchrząknął i chyba zmienił pozycję, bo znów słychać było skrzypienie krzesła. Chyłka popatrzyła na Oryńskiego, który wbijał w nią wzrok. Trudno było stwierdzić, co ma oznaczać to spojrzenie.

– Przypuszczamy, że z Lewickim coś jest nie tak – podjął aspirant. – Dopóki nie przyjedzie psycholog, niczego nie przesądzimy, ale na moje oko ten chłopak jest autystyczny.

– Żartujesz?

– Nie. Nie ma z nim absolutnie żadnego kontaktu, wodzi wzrokiem wokół, jakby szukał zagrożenia, i wyraźnie się denerwuje.

– Udaje?

– Chciałbym, żeby tak było – odparł ciężko Szczerbiński. – Ale musiałby być wyjątkowo dobrym aktorem. – Na moment urwał. – Niestety wygląda to przekonująco, Chyłka.

Joanna znów potarła się nerwowo po karku. Jeszcze przed momentem sytuacja była dla jej klienta dość klarowna, teraz jednak stała się znacznie bardziej skomplikowana. Ostatecznie liczyło się wprawdzie przede wszystkim to, że chłopak żyje, ale bez szczegółów na temat jego zniknięcia trudno będzie zbudować wiarygodną wersję dla sądu.

– Miał przy sobie jakieś dokumenty? – spytała. – Ktoś z przechodniów widział, czy był sam?

– Nie mogę dzielić się z tobą szczegółami na temat...

– Możesz. Daję ci przyzwolenie i moje błogosławieństwo – ucięła. – Poza tym już się dzielisz.

Nie pierwszy i nie ostatni raz, skwitowała w duchu. Wiedziała doskonale, że żeruje na uczuciach, które żywił do niej Szczerbaty, ale nie miała sobie nic do zarzucenia. Od początku stawiała sprawę jasno. Fakt, że on w pewnym momencie zaczął widzieć to inaczej, miał drugorzędne znaczenie.

Jej myśli skręciły niebezpiecznie w stronę ojca dziecka. Szybko je odsunęła.

– O której jest ta konferencja? – zapytała.

– Za dwie godziny.

– Świetnie. Zdążę więc z nim porozmawiać.

– Wiesz dobrze, że...

Rozłączyła się, zanim zdążył dokończyć. Popatrzyła znacząco na Kordiana i nie musiała się odzywać, by ten ruszył w kierunku drzwi. Przytrzymał je, a potem przepuścił ją w progu.

Do żółtego daihatsu na placu Defilad szli w milczeniu. Dopiero gdy znaleźli się w aucie, Oryński nabrał głęboko tchu i się odezwał:

– Ten chłopak był zdrowy, zanim zniknął.

– Wiem.

Kordian obrócił kluczyk w stacyjce, a kilkunastoletni, nieco ponad litrowy silnik cicho zarzęził.

– Co to wszystko znaczy? – spytał Oryński.

Nie miała dla niego odpowiedzi i na tym etapie być może lepiej było nawet jej nie poszukiwać. Sam fakt pojawienia się Lewickiego był wystarczająco frapujący, dodatkowe elementy tej niejasnej układanki zdawały się nadmiernym zawikłaniem, by objąć to umysłem.

– Jedź – rzuciła. – Dowiemy się czegoś na miejscu.

6

Zakład karny, Białołęka

Tadeusz Tesarewicz mógł spodziewać się ostatniej wizyty, ale kolejna była dla niego zupełną niespodzianką. Znał nazwisko człowieka, który chciał się z nim zobaczyć, ale nie było żadnego powodu, by mężczyzna o to zabiegał.

A mimo to teraz siedział naprzeciwko niego i bacznie mu się przyglądał.

– Kondolencje z powodu odejścia żony – odezwał się.

W jego głosie nie było nuty współczucia. Wypowiedział to z zupełną, niemal mechaniczną obojętnością. Były opozycjonista uznał, że najlepiej zrobi, jeśli nie odpowie.

Nie miał zresztą zamiaru rozmawiać z nikim o Łucji. Z emocjami musiał zmierzyć się sam, a na sformułowanie zarzutów przyjdzie jeszcze pora. W sprawie śmierci żony zbyt dużo było znaków zapytania, by to zostawił.

– W mediach mówili, że na pogrzebie będą tłumy studentów – dodał gość.

– Przypuszczam, że tak.

– Była dość lubiana, prawda?

Tadeusz skinął lekko głową. Głos rozmówcy wciąż był zupełnie neutralny, a mimo to Tesarewicz miał wrażenie, jakby pod tym pytaniem kryło się przypomnienie, że jemu nie dane będzie uczestniczyć w ostatnim pożegnaniu Łucji.

Mężczyźni przez chwilę patrzyli na siebie w milczeniu.

Tadeusz zastanawiał się, czego chce od niego niespodziewany odwiedzający. Nic ich nie łączyło, w niczym nie mogli się sobie przydać.

– To zastanawiająca sprawa – odezwał się po chwili gość.

– Tak pan sądzi?

– Pan również – zapewnił mężczyzna, a kąciki jego ust lekko drgnęły. – To nie przypadek, że pańska żona zgłosiła się do mecenas Chyłki z nowymi dowodami, a zaraz potem odeszła.

Tesarewicz zmarszczył czoło, a bruzdy na całej jego twarzy się uwydatniły.

– Skąd pan o tym wie?

– Interesuję się tym i owym.

Tadeusz zrobił głęboki wdech i pochylił się lekko nad stołem.

– Może nie powinien pan.

– Może – przyznał gość. – Ale czasem nie ma się wyboru. Pan natomiast go miał.

– W jakim sensie?

– Mógł pan odmówić Chyłce. Dlaczego pan ją zatrudnił?

Ostatnim, czego spodziewał się Tesarewicz, była rozmowa na temat zmiany obrońcy. Kto przysłał tego człowieka? Jego poprzedni adwokat? Nie, raczej nie. Z tamtym mecenasem pożegnali się w dobrej atmosferze. Poza tym to nie ten kaliber.

Były opozycjonista uznał, że znalazł się w jednej z tych sytuacji, gdy mniejsza liczba zadanych pytań może przełożyć się na więcej odpowiedzi.

– Chcę poznać prawdę – odparł. – A Joanna Chyłka potrafi do niej dojść.

– Prawdę odnośnie do czego?

– Mojego skazania. Tego, co się stało z tymi dziećmi. Śmierci mojej żony.

Mężczyzna przez moment milczał, nie poruszając się. Wbijał wzrok prosto w oczy Tadeusza, ale ten miał wrażenie, jakby rozmówca nie patrzył na niego, tylko na jakiś punkt za jego głową.

W końcu gość lekko się uśmiechnął.

– A nie interesuje pana, skąd nowe dowody? – spytał. – Ani w jaki sposób pańska żona dowiedziała się, że Maciek Lewicki żyje?

Tesarewicz nie miał zamiaru odpowiadać na retoryczne pytania.

– Miałem w tym pewien udział – dodał mężczyzna z wyraźnym zadowoleniem.

– Pan?

– Oczywiście nie mogę przypisać zasług jedynie sobie. To był wysiłek większej liczby ludzi.

– Ale...

Gość się podniósł.

– Pomogłem panu raz – odezwał się. – Pomogę jeszcze w przyszłości. Warunek jest tylko jeden.

Tadeusz zmarszczył brwi. Takie sformułowanie nigdy nie wróżyło niczego dobrego. Jeśli wymogów było przynajmniej kilka, sytuację można było uznać za powszednią. Jeśli kryterium było tylko jedno, oznaczało to komplikacje.

– Jaki to warunek? – zapytał Tesarewicz.

– Poufności.

– To znaczy?

– Proszę robić to, co tak dobrze robił pan podczas PRL-u, czyli zachować absolutną tajemnicę.

Tadeusz wymownie się rozejrzał.

– Klawisze i inni współosadzeni mnie nie interesują – zapewnił mężczyzna. – Liczy się to, żeby o tej rozmowie nie dowiedział się nikt poza murami więzienia.

– Czyli konkretnie moi obrońcy.

– Owszem.

– I jaką ma pan gwarancję, że zachowam to dla siebie?

– Żadną – przyznał gość, zapinając guzik marynarki. – Ale przypuszczam, że jest pan rozsądnym człowiekiem. A ja mam jeszcze sporo kart do odkrycia. Kart, które panu pomogą.

Tesarewicz przypatrzył mu się, starając się ocenić, czy mówi prawdę.

– Zachowam je jednak dla siebie, jeśli tylko się dowiem, że wspomniał pan o mnie komukolwiek.

Czy to możliwe, by ten człowiek poinformował Łucję o nowych dowodach? Nigdy nie zdradziła, jak wpadła na trop Lewickiego. Być może usłyszała od tego człowieka podobne ultimatum.

– Chce pan stąd wyjść? – spytał odwiedzający.

– Oczywiście.

– W takim razie niech pan pozwoli sobie pomóc. Na moich zasadach.

Tesarewicz miał wątpliwości, czy motywy kierujące tym człowiekiem mają cokolwiek wspólnego z jakimikolwiek zasadami. Mimo to skinął głową. Nie miał innego wyjścia.

7

Al. Jerozolimskie, Śródmieście

Przeciągły ryk klaksonu sprawił, że Kordian odwrócił się i posłał wrogie spojrzenie kierowcy w samochodzie stojącym za daihatsu. Chyłka wyglądała, jakby miała zamiar otworzyć drzwiczki i ruszyć na niecierpliwca jak taran.

Ostatecznie jednak odwróciła się do Oryńskiego i to na nim skupiła całą swoją złość.

– Niewiarygodne – rzuciła.

– Skąd mogłem…

– To nie żaden rydwan ognia, a pieprzona żółta trumna na kółkach.

– Każde auto może się rozkraczyć, nawet najnowsza iks piątka.

Joanna pokręciła głową.

– Kupiłeś zasranego dezela, Zordon.

– Cena była niewysoka.

– Tak jak twoja kondycja psychiczna.

Wcisnął pedał gazu, a potem jeszcze raz przekręcił kluczyk w stacyjce. I to jednak nic nie dało, silnik wciąż nie chciał zaskoczyć.

– Zresztą za tego japońskiego klekota komis powinien ci dopłacić.

– Myślałem, że ci się spodobał.

Wciąż próbował odpalić, ale dźwięk wyraźnie sugerował, że z zapłonem wszystko jest w porządku. Zawinił akumulator, który Oryński od jakiegoś czasu planował wymienić. Właściwie od momentu, kiedy kupił YRV.

– Mówiłam, że kolor jest w dechę – odparła przez zęby. – Ale że sam wehikuł nadaje się do muzeum, kurwa, osobliwości.

Kordian przełknął ślinę.

– Cholerny samurajski trajkot nie powinien nigdy wyjeżdżać na drogę. Chyba że na dojazdową do złomowiska.

– Zaraz odpali.

Zgromiła go wzrokiem, a potem zerknęła w lusterko. Mimo że mieli włączone światła awaryjne, raz po raz rozlegały się dźwięki klaksonów. Oryński nie mógł się dziwić, sam na miejscu innych kierowców też w rekordowo szybkim czasie zacząłby odchodzić od zmysłów.

– Niewiarygodne – powtórzyła Joanna. – I to jeszcze na głównej arterii miasta.

– Ale…

– Nie słyszałeś, że akumulator ledwo zipie?

– Słyszałem. Zamierzałem nawet go wymienić, tyle że skumulowało mi się trochę spraw…

– Zaraz skumulują ci się na twarzy jeszcze moje pięści – syknęła, a potem kopnęła w schowek pasażera.

Spojrzał niepewnie na jej brzuch, a ona uniosła otwarte dłonie.

– Jestem spokojna – zadeklarowała.

– Widzę.

Wyjęła telefon, a potem przyłożyła go do ucha tak energicznie, że Kordianowi wydawało się, że przywaliła sobie w skroń.

– Jesteś w pracy? – rzuciła do słuchawki. – Świetnie. Masz klemy?

Oryński w końcu przestał piłować silnik i osunął się lekko na fotelu kierowcy.

– Nie, japońska imitacja samochodu rozkraczyła się na środku Jerozolimskich, korek zobaczysz ze swojego biura – bąknęła Chyłka. – W porządku, czekamy.

Kordian przez moment zastanawiał się, czy zapytać, na kogo właściwie czekają. Ostatecznie uznał jednak, że najroztropniej będzie przez moment się nie odzywać. Przypuszczał, że zjawi się któryś ze znajdujących się najwyżej w hierarchii prawników, ale po kilku minutach dostrzegł starą skodę, za kierownicą której siedziała Anka z Recepcji.

Podpięli jeden akumulator do drugiego. Ładowali w milczeniu.

Chyłka raz po raz wyrzucała z siebie kolejne przekleństwa, patrząc na mijające ich samochody. Kierowcy kręcili głowami z irytacją, nieświadomi tego, że tylko bardziej drażnią bestię.

– Kurwa ich mać.

– Musisz tak rzucać mięsem? – mruknęła Anka.

– Tak. To lalochezja.

– Co?

– Od dwóch greckich terminów. *Lala* i *khezo*. Mowa i wydalanie.

– Aha.

– Oznacza wyładowywanie się przez przeklinanie.

– Innymi słowy twój styl bycia.

Chyłka się nie odezwała, a Kordian pochwalił ją w duchu. Od ostatniej sprawy między tymi dwiema dochodziło do pewnych tarć, choć Oryński nie pamiętał już powodu. Z pewnością był związany z Kormakiem, a konkretnie z tym, jak instrumentalnie traktowała go prawniczka.

Pod komendę dotarli spóźnieni, ale jeszcze przed rozpoczęciem konferencji prasowej. Kordian wchodził do budynku niechętnie, pamiętając swoją ostatnią wizytę. Trafił tutaj nie w charakterze obrońcy, ale oskarżonego. A to, co działo się potem, stanowiło początek całego szeregu problemów.

– Jeśli chodzi o tę lalochezję… – odezwał się Oryński, kiedy szli w kierunku oficera dyżurnego.

– To prawda. Naukowcy udowodnili, że to potrafi zmniejszyć nie tylko napięcie psychiczne, ale też fizyczny ból.

Stanęli przed funkcjonariuszem, który leniwie uniósł wzrok znad papierów.

– Chodzi o szereg neuroprzekaźników, które się wtedy uaktywniają – rzuciła Joanna, a potem postukała palcem w blat przed mężczyzną. – Gdzie znajdę Szczerbińskiego?

Policjant spojrzał na jej dłoń.

– Następne stuknięcie będzie w łeb – zapowiedziała. – Gdzie aspirant?

Zapewne gdyby nie wiedział, z kim ma do czynienia, uznałby, że właściwie doszło do znieważenia funkcjonariusza publicznego. Chyłka bywała tu jednak wystarczająco często, by mundurowi żywili do niej niejaką sympatię.

– Czeka w korytarzu – odparł policjant, wskazując kierunek.

Ledwo się odwrócili, zobaczyli wysokiego funkcjonariusza w pełnym umundurowaniu. Kordianowi przyszło na myśl, że Chyłka właściwie musiała mieć nierówno pod kopułą, by na pewnym etapie spławić Szczerbińskiego i wybrać jego.

Pokręcił głową, starając się odsunąć podobne dywagacje.

Aspirant wskazał im jedną z ławek. Usiedli po jego lewej, patrząc na niego ponaglająco.

– Nie spieszyło wam się.

– Zatrzymały nas szalejące hormony – odezwał się Oryński.

Policjant spojrzał na niego pytająco.

– Humorki ciążowe – dodał Kordian.

Joanna zbyła to milczeniem, masując jedną ręką odcinek lędźwiowy.

– Mieliśmy coś do załatwienia po drodze – ucięła. – A ty najchętniej byś nas tu nie widział, więc nie sil się na pozory.

Odwrócił głowę w kierunku wejścia do komendy, a potem spojrzał na prawniczkę z ukosa.

– Zależy mi na wyjaśnieniu tej sprawy tak samo, jak wam.

– Bzdura. Najchętniej zakopałbyś prawdę tam, gdzie nie dociera słońce.

– Nie. Wszyscy chcemy to rozwiązać. Prokuratorzy być może będą bronić swoich wcześniejszych ustaleń, ale…

– A, taką macie koncepcję. Jak nie udaje się skazać jakiegoś sukinsyna, to wina prokuratorów. Jak któryś okazuje się jednak niewinny, też oni skrewili.

– Nie wiedziałem, że masz w zwyczaju ich bronić.

– Nie mam. Ale w tym wypadku to wy zawaliliście w pierwszej kolejności – odparła stanowczo. – Zaczęliście ścigać człowieka, mimo że jedna z jego rzekomych ofiar żyła.

– Nie my go oskarżaliśmy. I nie my go sądziliśmy.

– Bogu niech będą dzięki. Gdyby system był tak skonstruowany, sama moja lalochezja wpędziłaby mnie za kratki.

– Co takiego?

– Mniejsza z tym – odparła i machnęła ręką. – Mów, co ustalił psycholog.

Szczerbiński oparł ręce na kolanach i pochylił się. Oczekiwał chyba, że prawnicy przyjmą równie konspiracyjną pozę, ale Kordian i Chyłka ani drgnęli. Joanna posłała za to funkcjonariuszowi ponaglające spojrzenie.

– Twierdzi, że chłopak rzeczywiście ma jakieś zaburzenia.

– Więc nie udaje?

– Według niego nie.

– A to w miarę rozgarnięty spec?

– Myślę, że tak.

– Na tyle, że rozpoznałby u Russella Crowe schizofrenię już na samym początku *Pięknego umysłu*, czy na tyle, żeby po pierwszych scenach *Hannibala* zorientował się, że Anthony Hopkins zajada się podejrzanie krwistym mięsem?

Szczerbiński milczał i Kordian właściwie mu się nie dziwił. Trudno było znaleźć właściwą odpowiedź.

– Myślę, że możemy zaufać jego opinii.

– To się okaże, jak stanie na miejscu dla świadków.

– Zamierzasz go powołać? Po co?

– Ot, tak. Lubię maglować psychologów. Wiedziałeś, że w stanie Nowy Meksyk poddano pod głosowanie poprawkę, która nakazywałaby im noszenie czarodziejskich czapek podczas składania zeznań?

– Nie – odparł i westchnął. – I do niczego ci niepotrzebna ekspertyza. W zupełności wystarczy to, że chłopak żyje.

– Nie, nie, Szczerbaty. Chcę wiedzieć, co się z nim działo. Chcę wiedzieć, czy naprawdę nie kontaktuje. I wreszcie chcę wiedzieć, dlaczego ktoś cztery lata temu uznał, że jego truchło znalazło się pod Warszawą.

Policjant znów zamilkł.

– Ktoś, to znaczy konkretnie wy – dodała. – Bo jeśli dobrze rozumiem cały ten proces wymierzania sprawiedliwości, to zaczyna się on właśnie od was.

– Cóż...

– I wbrew temu, co mówisz, to na was spadnie największa porcja gnoju. A ja będę stać nad wami i spychać ją prosto na wasze łby.

Wyprostował się i znów popatrzył w kierunku drzwi, jakby szukał ratunku. Drogi ucieczki jednak nie miał – i najpewniej na tym etapie już dobitnie to sobie uświadomił. Spojrzał z powrotem na Joannę, tym razem skupiając się na bliznach na szyi.

– Wszyscy udają, że tego nie widzą – odezwała się. – Tobie też proponuję przyjąć taką strategię.

– Nie widzą czego?

– Piętna dżihadu.

Wydawał się nieco skołowany.

– Tak to nazywam – odparła, przesuwając palcem po szramie. – Dżihad mnie tak urządził, choć nie w sensie islamskim. Tak czy owak, weź sobie moją radę do serca.

– W porządku.

– W tym i drugim wypadku.

– A była jeszcze jakaś rada?

– Tak, niewypowiedziana – odparła z lekkim uśmiechem. – Sprowadzała się do tego, że odpuszczę policji i skupię się na prokuraturze, jeśli tylko pozwolisz mi pogadać z tym gościem.

– Z Lewickim? Nie ma mowy.

– Nie, z tym od czubków.

– On już...

– Nigdzie nie poszedł – ubiegła go. – Siedzi gdzieś tutaj i klepie dla was opinię. A ja chcę z nim porozmawiać.

– Powie ci tyle, ile ja.

– Może. Nie oczekuję przecież, że nagle dowiem się, czy trzech pozostałych chłopaków też nie pałęta się gdzieś po świecie, zamiast leżeć w trumnach na Bródnie. Bo tam chyba wszystkich pochowano, prawda?

– Trzech.

– W tym tego, który siedzi teraz w jednym z waszych pokoi.

Szczerbiński skrzywił się i poruszył nerwowo, jakby kierunek, w którym zmierzała rozmowa, był dla niego wyjątkowo niewygodny.

– Sprawdzamy wszystko, Chyłka.

– O, nie wątpię – odparła, podnosząc się ociężale. – Zastanówcie się też nad pozbieraniem funduszy na łapówki, bo chyba tylko to może was uratować.

Kordian również się podniósł.

– A może już daliście w łapę rodzicom tych chłopaków, żeby milczeli?

Policjant nie odpowiadał.

– Nie? – ciągnęła. – No tak, bo nic jeszcze nie wiedzą.

– Lewicki...

– Wychował się w domu dziecka, wiem. Znam akta sprawy. Pozostali pochodzili jednak z pełnych rodzin. Rodzin, które mają prawo dowiedzieć się, co jest grane.

– Konferencja prasowa zaraz…

– E tam – ucięła Joanna, machnęła ręką, a potem wyjęła z kieszeni telefon z pękniętą szybką. Stuknęła w niego kilkakrotnie, jakby był rosyjskim sprzętem wymagającym odpowiedniej czułości.

– Co robisz?

Posłała mu niespecjalnie szczery uśmiech, a potem uniosła komórkę tak, by widział, że wybrała numer Zygzaka. Zanim aspirant zdążył się odezwać, połączenie z dziennikarzem zostało nawiązane.

– Telefon z zaświatów – odezwał się Flesiński.

– Jeśli to aluzja, że jestem bogiem, to powiem tylko: nie przesadzaj, Zygfryd.

– Bynajmniej – odparł dziennikarz NSI. – Chodziło mi raczej o tę drugą stronę.

– W takim razie doceniam komplement.

– Zawsze je ode mnie usłyszysz – zapewnił. – Szczególnie kiedy coś dla mnie masz, tak jak teraz.

Uśmiech nie schodził jej z twarzy. Szczerbiński podniósł się powoli, skrzyżował ręce na piersi i posłał jej długie spojrzenie. Przez moment trwały między nimi bezgłośne negocjacje.

– Bo nie dzwonisz do mnie bez powodu, prawda?

– Oczywiście, że nie. Mam dla ciebie same ciekawe wieści.

– W takim razie słucham.

Zanim zdążyła zająknąć się o tym, że jeśli się pospieszy, wyprzedzi policję w przekazaniu elektryzującej wiadomości, Szczerbiński skinął lekko głową. Tyle wystarczyło.

Teraz pozostało jej tylko rzucić coś Zygzakowi. Cokolwiek, byleby nie drążył, dlaczego do niego zadzwoniła.

– Będzie konferencja przed komendą na Muranowie – odezwała się.

– Tak?

Oryńskiego nie dziwiło, że dziennikarz nie ma o tym pojęcia. Nic nie wskazywało na to, że szykowała się duża sprawa.

– Wyślijcie jakiegoś dobrego reportera – poradziła Joanna, a potem się rozłączyła. Wsunęła komórkę do kieszeni żakietu i popatrzyła na Szczerbińskiego. – A ty prowadź do psychologa.

Kordian mimowolnie się uśmiechnął.

– W pewnym sensie zawsze chciałem usłyszeć od ciebie to zdanie – zauważył cicho.

Zignorowała komentarz, jakby wciąż miała mu za złe, że nie zainteresował się w porę wymianą akumulatora. Przeszli przez niewielki korytarz, po czym znaleźli się w pomieszczeniu z kilkoma biurkami. Wszystkie były obsadzone, ale tylko przy jednym z nich siedział mężczyzna bez munduru.

Szczerbaty przedstawił im lekarza, a potem przysiadł na blacie, ani myśląc, by zostawić prawników sam na sam z mężczyzną.

Chyłka wypytywała o wszystko, co mogło mieć jakiekolwiek znaczenie, ale nie dowiedzieli się zbyt wiele. Według psychologa niemal połowa wszystkich chorób psychicznych wywoływała pierwsze objawy, kiedy pacjenci osiągali wiek czternastu lat. Lekarz podkreślił jednak dobitnie, że konieczne jest przeprowadzenie badań, bez których nie rozstrzygnie, czy chłopak udaje, czy rzeczywiście cierpi na zaburzenia rozwoju psychicznego.

– A gdybym przystawiła panu pistolet do skroni i powiedziała: albo ja będę strzelać, albo pan? – spytała Chyłka.

– To pociągnęłaby pani za spust, bo nie mam zamiaru…

– Niech pan da spokój. Rozmawiamy tylko, to nie przesłuchanie. Może pan określić jakieś prawdopodobieństwo, zna się pan na tych sprawach.

– Owszem, ale…

– Więc to możliwe czy nie? Mógłby udawać?

Lekarz spojrzał pytająco na Szczerbińskiego, a ten westchnął i dał przyzwolenie lekkim ruchem głowy.

– Oczywiście, że możliwe – odparł psycholog. – Mógł wyuczyć się, jak wyglądają objawy zaburzenia semantyczno-pragmatycznego, zespołu Aspergera czy ogólnie rzecz biorąc, autyzmu. Jeśli przygotowałby się odpowiednio, mógłby początkowo nas zwodzić. Ostatecznie jednak liczę na to, iż ustalimy, jak jest naprawdę.

– Nie ma sposobu, żeby utrzymywał tę farsę dłużej?

– Cóż, teoretycznie…

– Może was tak wodzić za nos, aż osiągnie cel?

– Nie wiem, jaki to miałby być cel.

– Ja też nie – przyznała Chyłka. – Co nie znaczy, że go nie ma.

– Może chłopak jest po prostu chory.

Oryński pomyślał, że właściwie pasowało to do wersji, którą niedawno przedstawiła Joanna. Argumentowała, że albo Lewicki zwariował, kradnąc samochód, by przejechać nim z Targówka na Wolę, albo kryje się za tym dużo, dużo więcej. Pierwsza wersja wydawała się teraz znacznie prawdopodobniejsza.

Psycholog zdawał się z tym zgadzać.

– Brzytwa Ockhama – powiedział. – W naszym zawodzie sprowadza się do poszukiwania jak najmniejszej liczby przyczyn wystąpienia symptomów.

– Nie tylko w waszym – odbąknęła Joanna. – Choć u was funkcjonuje dobra odmiana brzytwy, a raczej jej antyteza.

Psycholog uniósł brwi, jakby pierwszy raz o tym słyszał.

– Maksyma Hickhama – wyjaśniła. – Lekarza, który uznał, że… pozwoli pan, że zacytuję: „pacjent może mieć tyle chorób, ile mu się, kurwa, podoba".

– Nie słyszałem o tej maksymie.

– Szkoda, bo oddaje rzeczywistość znacznie lepiej niż brzytwa.

– Polemizowałbym.

Kordian uśmiechnął się w duchu. Chyłka pokierowała tą rozmową w taki sposób, że właściwie uzyskała potwierdzenie wstępnej diagnozy. A przynajmniej tak podpowiadała logika, jeśli wziąć pod uwagę, że psycholog zaczął bronić koncepcji Ockhama.

Joanna najwyraźniej doszła do podobnego wniosku, bo przeniosła wzrok na Szczerbińskiego, uznając temat za zamknięty.

– Miał przy sobie jakieś dokumenty?

– Nie.

– Pieniądze?

– Też nie.

– Coś, dzięki czemu mógł ukraść… – Urwała i popatrzyła na Oryńskiego. – Wybacz, Zordon. Coś, dzięki czemu mógł dokonać zaboru pojazdu?

Szczerbaty pokręcił głową.

– To może chociaż telefon? Kartę debetową, bilet miesięczny albo klucze do mieszkania?

– Nie.

– Do cholery, Szczerbaty. Miał cokolwiek oprócz ubrania?

– Jedynie świstek papieru – odezwał się lekarz, najwyraźniej czując się nieco pominięty. – Nic poza tym.

Oryński przypuszczał, że zobaczy na twarzy policjanta niezadowolenie, ale najwyraźniej informacja była na tyle nieistotna, że ten nie miał obiekcji, by przekazać ją prawnikom.

– O jakim świstku mowa? – spytała Joanna. – Paragon? Bilecik parkingowy?

Powiodła wzrokiem od jednego do drugiego.

– Naprawdę muszę wszystko z was wyciągać? Prędzej czy później i tak to zobaczę.

Lekarz spojrzał wymownie na Szczerbińskiego, a policjant nabrał głęboko tchu.

– To skrawek papieru wielkości listka gumy – powiedział. – Do niczego ci się nie przyda.

– Ale z jakiegoś powodu chłopak go miał.

– Czy ja wiem…

– Co było na tym świstku?

– Nic, co podsunęłoby nam jakikolwiek trop – odparł ciężko Szczerbaty. – Kilka cyfr. Siedem, sześć, siedem, pięć, pięć.

Kordian zamarł.

Przez moment miał wrażenie, że tylko śni. Potem poczuł, jak uginają się pod nim nogi.

8

Gabinet Chyłki, Skylight

W kancelarii czuła się lepiej niż w domu. Choć może powinna w ten sposób określać to miejsce, a mieszkanie przy Argentyńskiej jako sypialnię. Wprawdzie w ostatnim czasie zaszyła się właśnie tam, ale gdyby to zależało wyłącznie od niej, wybrałaby raczej swój gabinet w Skylight.

W otoczeniu kodeksów i komentarzy, w minimalistycznym, biurowym wnętrzu czuła się najlepiej. Rzadko wprawdzie sięgała po któreś tomiszcze, ale sam fakt, że ją otaczały, wiązał się z komfortem.

Chyłka otworzyła laptopa i weszła na portal „Rzepy". Prognoza medialnej pogody na dziś była jednoznaczna – nadciągał huragan Tadeusz. Dzień po wizycie na komendzie wszystkie redakcje wprost oszalały. Nad Polską znalazł się front masowego rozgrzeszania byłego opozycjonisty, a największe opady niechęci zanotowano nad prokuraturą i policją.

Był to przyjemny klimat. Przynajmniej dla niej. Wszystko wskazywało na to, że po perturbacjach związanych z Al-Jassamem jej życie znów wychodziło na prostą. Joanna na moment zamyśliła się, zawieszając wzrok za oknem. Z odrętwienia wyrwało ją pukanie do drzwi.

Zerknęła na zegarek. Minuta po dwunastej.

Oznaczało to, że ktokolwiek przyszedł, orientował się w jej rozkładzie dnia. Jeszcze sześćdziesiąt sekund wcześniej gość naraziłby się na burę, bo Chyłka pozwalała zawracać sobie gitarę dopiero od południa.

– Włazić! – poleciła.

Drzwi się otworzyły, w progu stanął Oryński. Znów wyglądał, jakby całą noc nie zmrużył oka.

– Egzaminy już oblałeś, Zordon – powitała go. – Nie musisz dłużej ślęczeć do białego rana z nosem w książkach.

Rozpiął guzik marynarki i opadł ciężko na krzesło przed biurkiem, zupełnie jakby to on nosił dodatkowy balast.

– Do kolejnej próby został ci rok, zdążysz jeszcze opanować podstawy.

– Nie wiem nawet, czy...

– Podejdziesz do egzaminów, to oczywiste.

Nie odpowiedział.

– I będziesz to robił do skutku. Od wejścia w życie ustawy Gosiewskiego nie ma limitu, możesz dobijać się do zawodu, ile wlezie.

– A jednak...

– W twoim wypadku strzelałabym na jakieś... – urwała i zmrużyła oczy. – Trzy, cztery podejścia. W końcu się uda.

Słowa same wychodziły z jej ust. Zdawała sobie sprawę, że doszło do zauważalnego regresu w ich relacjach. Tuż po zakończeniu ostatniej sprawy wszystko wydawało się przesądzone, oboje byli pewni, w którym kierunku pójdą. Teraz jednak w jakiś sposób wrócili do punktu wyjścia.

Przez moment patrzyła na Oryńskiego w milczeniu, kiedy ten wpatrywał się w widoczny z jej okna Pałac Kultury.

– Jaki mamy plan? – zapytał.

Pytanie było wieloznaczne, ale tym razem Chyłka uznała, że brzytwa Ockhama będzie odpowiednim narzędziem.

– Doprowadzamy do wznowienia postępowania, miażdżymy prokuraturę w sądzie, a potem występujemy o odszkodowanie i zadośćuczynienie od tego bandyckiego państwa.

– W wysokości dwudziestu pięciu milionów.

– Zgadza się.

– To dość sporo.

– Co ty?

– Dążę do tego, że Bogucki po oczyszczeniu z zarzutów zabójstwa Papały dostał... ile? Ponad milion?

– Nie pamiętam. Możliwe.

– A przesiedział w więzieniu kawał czasu.

– Za zabójstwo „Pershinga" – odparła pod nosem Chyłka. – Zresztą to zupełnie inna sprawa. Ja wykażę, że państwo nie tyle się pomyliło, co z premedytacją zniszczyło legendę opozycji.

„Ja" było w tej sytuacji kluczowe – i to nie tylko ze względu na egocentryzm Chyłki. Aż do następnego egzaminu Kordian nie mógł występować przed sądem, tracił niemal wszystkie uprawnienia, jakie wiązały się z robieniem aplikacji.

Oboje zamilkli, jakby w tym samym momencie zaczęli rozważać wszystkie implikacje tego, co się stało.

– Żaden sędzia o zdrowych zmysłach nie przyzna tyle Tesarewiczowi – mruknął Oryński.

– O zdrowych zmysłach nie – potwierdziła Chyłka. – Ale ilu takich jest?

– Z pewnością kilku się znajdzie.

Machnęła ręką, jakby prawdopodobieństwo rzeczywiście było nikłe. Tak naprawdę jednak sama nie liczyła na to, że uda się wydoić fiskusa na tak dużą kwotę. Nie o to chodziło.

– To wszystko strategia pod tytułem „pięścią w ryj" – zadeklarowała.

Kordian zmarszczył czoło.

– Nie słyszałeś o niej?

– Nie.

– Nic dziwnego, że nie zdałeś. Nie masz pojęcia o zawodzie adwokata.

– I wszystko wskazuje na to, że nie będę mieć – odparł cicho. – Co to za quasi-strategia?

– Nie żadna quasi, a prawdziwa przedsądowa taktyka, oparta na pogłębionych badaniach naukowych.

– I kto nazwał ją „pięścią w ryj"?

– Ja, ale to nie ma znaczenia – powiedziała, odginając oparcie fotela. – Polega ona na tym, że najpierw walisz kogoś w ryj, a potem go szczypiesz. Szczypanie w porównaniu z ciosem między oczy jest niczym, więc ofiara nie zwraca na to uwagi.

Oryński nie odpowiadał.

– Walniemy więc sąd dwudziestoma pięcioma milionami, a potem zaproponujemy mniej.

– To jest technika „drzwiami w twarz", Chyłka.

– E tam.

– Jeśli chcę pożyczyć od ciebie stówę, powinienem zacząć od jakiejś absurdalnej kwoty, poprosić choćby o tysiąc. Będziemy schodzić w dół, a tobie w końcu zrobi się głupio i tę stówę mi dasz.

– Mnie nigdy nie jest głupio.

– Nie szkodzi. Tak to obrazują normalni ludzie.

Rzeczywiście tak było, ale nie miała zamiaru tego przyznawać. Koncepcja z tłuczeniem ofiary znacznie bardziej do niej przemawiała.

– Na ile realnie liczymy? – spytał Oryński.

– Na mendel.

– Nie jestem oblatany w staropolskim.

– Rzeczywiście – przyznała. – Zapomniałam, że znacznie lepiej posługujesz się mową lokalsów ze Zbawiksa.

– Mówiłem ci, że nikt już tak…

– Ja cały czas to słyszę.

– Może to jakieś głosy w twojej głowie?

Rzucił tę uwagę lekko, niemal mimowolnie, a jednak było w niej coś, co świadczyło, że ma do niej pretensje. Nie dziwiła się. Na jego miejscu w ogóle nie podjęłaby się wspólnego prowadzenia sprawy. Co więcej, pewnie zerwałaby na dobre wszystkie kontakty.

– Tuzin to dwanaście, tyle pewnie wiesz – odezwała się. – Mendel piętnaście.

– Mhm.

– Kopa sześćdziesiąt, czyli pięć tuzinów lub cztery mendle. A gros to sto czterdzieści cztery, czyli tuzin tuzinów. Wszystko proste.

Oryński pokiwał głową z nadzwyczajną wdzięcznością.

– Dzięki – rzucił. – Znając już staropolskie miary, mogę spokojnie umierać.

– Spokojnie. Poczekaj na koniec sprawy Tesarewicza. Potem popełnisz jakieś efektowne prawnicze seppuku czy co tam masz w planach.

Ona też rzuciła uwagę luźno, ale na dobrą sprawę jego blada cera, podkrążone i przekrwione oczy pasowały do wizerunku osoby, której przynajmniej chwilowo przyszło do głowy, żeby ze sobą skończyć.

Szybko odsunęła tę absurdalną myśl. Przesadzała, a wszystko przez niepotrafiące się uspokoić hormony. Uznała, że najwyższa pora skupić uwagę na sprawie. Swoją i Zordona.

– Kormak wyczarował coś z tych cyfr? – spytała.

Oryński drgnął nerwowo, jakby powiedziała coś niepokojącego albo wyrwała go z głębokiego zamyślenia. Najwyraźniej nie ona jedna miała problemy ze skupieniem się. A on z deficytem snu odpływał zapewne jeszcze bardziej.

– Nie – powiedział. – Mogą właściwie odnosić się do czegokolwiek. Od oznaczenia uszczelki samoprzylepnej do drzwi i okien aż po kod pocztowy pewnej gminy w południowo-wschodnim Meksyku.

Chyłka zabębniła palcami o blat.

– Trzeba to zawęzić – odparła.

– Jak?

– Zapytać Tesarewicza, co mówią mu te liczby.

– Może nic.

– Nie – zaoponowała stanowczo. – Nieprzypadkowo znaleziono je przy młodym.

– Nieprzypadkowo, to znaczy…

– Dostaliśmy je jako wskazówkę, Watsonie.

Oryński spojrzał na nią z powątpiewaniem.

– Coś ci nie pasuje? Sherlock nie może być kobietą?

– Jakoś…

– Teraz płeć nie ma już żadnego znaczenia, Zordon – odparła, unosząc wzrok, jakby ubolewała nad kierunkiem, w którym zmierzał świat. – Brytyjskie Stowarzyszenie

Medyczne wydało nawet zalecenie, byś nie mówił o mnie jako o „kobiecie w ciąży", ale o „osobie w ciąży".

– Zrobi się.

– W przeciwnym wypadku możesz przecież urazić tych wszystkich mężczyzn, którzy też zaszli.

– Tego byśmy nie chcieli.

– Nie, oczywiście, że nie. Natomiast chcielibyśmy poznać znaczenie tych cyfr, nieprawdaż?

– Mhm.

– A to osiągniemy tylko dzięki rozmowie z Tesarewiczem.

– Skąd ta pewność?

– Stąd, że skoro jest to wskazówka, to zaadresowano ją do konkretnej osoby. Stanowi sygnał przeznaczony dla kogoś, kto zna znaczenie tych liczb. A tym kimś jest właśnie nasz były opozycjonista.

– Może.

Jego rezerwa była dla niej niezrozumiała. Nie twierdziła przecież, że to zakonspirowana wiadomość, którą potrafił rozszyfrować jedynie Tadeusz.

– Ale możliwe jest też, że to przypadkowy świstek papieru. Skrawek faktury, rachunku…

– Technicy twierdzą, że nie.

– Raczej Szczerbiński twierdzi, że oni twierdzą – poprawił ją cicho.

– Nie ufasz mu, Zordon? Konkurentowi w walce o względy wybranki twojego serca? Nie może być.

– Byłemu.

– Co?

– O ile mnie pamięć nie myli, ta rywalizacja się zakończyła.

W gabinecie zaległa niewygodna cisza. Chyłka przypuszczała, że jeszcze kilka takich podchodów, a rzeczywiście będą musieli skończyć z żartami i porządnie się rozmówić. Problem polegał na tym, że nie miała pojęcia, czym by się to skończyło. I czym chciałaby, by się skończyło.

– Nie mamy teraz czasu na słonie w pokoju – oznajmiła.

Kordian uniósł brwi.

– Gigantyczne stworzenia, Zordon, które stoją obok nas, a my udajemy, że ich nie widzimy.

– Tak, wiem, co oznacza *elephant in the room*. Ale nie...

– Co? Chcesz udawać, że nie mamy o czym rozmawiać?

– Przeciwnie.

– W takim razie nie trzaskaj takich zdziwionych grymasów.

– Trudno tego nie robić, kiedy ma się do czynienia z wyjątkowo...

– I trzymaj nerwy na wodzy.

– W porządku – odparł, poprawiając nerwowo poły marynarki. – Ale mogę to robić jeszcze tylko przez pewien czas.

Westchnęła i podniosła się zza biurka. Spojrzała na zegarek i stwierdziła, że do umówionego spotkania z Tesarewiczem nie ma wystarczająco dużo czasu, by uporać się z tutejszym słoniem.

– Nadal nie wiem nawet, kim jest ojciec – dodał Kordian, też się podnosząc.

Stanęła przy oknie i wyjrzała na plac Defilad. Najpierw sprawa, potem osobiste problemy. Tak to zawsze wyglądało i powinno wyglądać nadal.

– Nie wiesz? – odbąknęła. – Kormak nie puścił pary?

– Nie.

– Myślałam, że wykaże się męską solidarnością.

– Przegrała w starciu z instynktem samozachowawczym.

Położyła dłonie na brzuchu i powiodła wzrokiem wzdłuż korkujących się Alei Jerozolimskich. Za chwilę powinni wyjść, o ile nie mieli zamiaru się spóźnić na widzenie.

– A potrzebne ci to do czegoś? – spytała. – On i tak nie dowie się, że jest ojcem.

– Może powinien.

– Na dobrą sprawę nawet go nie znam, Zordon – odparła, obracając się. – I nie mam zamiaru wpuszczać nieznajomego do mojego życia tylko dlatego, że…

– A jednak wpuściłaś go do…

– *Hola* – powstrzymała go, unosząc dłoń. – Masz prawo być wkurwiony, ale jak tylko zaczniesz szarżować, wszystkie wynikające z tego korzyści odgalopują w siną dal.

Przez moment miała wrażenie, że odpuści, ale ostatecznie emocje musiały wziąć górę.

– Powinnaś się z tym zmierzyć – odparł. – Chociaż z tym, skoro z pozostałymi sprawami nie potrafisz.

– Ta?

Skinął nerwowo głową.

– On ma prawo wiedzieć.

– On jest dla mnie zupełnie obcą osobą.

– Jeśli nie liczyć drobnego, niemalże zupełnie nieistotnego faktu, że cię zapłodnił.

Prychnęła cicho, a potem energicznym ruchem zerwała żakiet z oparcia fotela.

– Pieprzę to – rzuciła, ruszając w stronę drzwi.

Oryński poszedł za nią. Wyszli na korytarz, a potem bez słowa skierowali się w stronę wind. Kilka osób spojrzało ukradkiem na dwójkę prawników sunących przez korytarz jak buldożer. Większość jednak udawała, że ich nie widzi, zawczasu usuwając się z drogi.

– To anonimowy, nic nieznaczący gość – rzuciła Joanna, wciskając guzik.

Kordian stanął obok.

– Który z czasem powinien stać się mniej anonimowy, skoro to ojciec twojego dziecka.

Obróciła się do niego i posłała mu długie spojrzenie, na które nie odpowiedział.

– Wiesz, jak go poznałam, Zordon? Wiesz, dzięki czemu chudzielec w ogóle go namierzył?

– Nie.

– Po pijaku dla zabawy założyłam konto na Tinderze.

– Co?

– Tak, tak. Wszystko przez aplikację, której dziesiątki milionów ludzi używają, żeby umówić się na randkę lub szybki seks.

Rozległ się sygnał dźwiękowy, drzwi windy się rozsunęły. Kordian drgnął dopiero, kiedy Chyłka weszła do środka.

– I właściwie chyba nie powinnam dziwić się swojej pijanej wersji, że się zdecydowałam – dodała po chwili Joanna. – W końcu Tinder to narzędzie idealne. Zaoszczędza czas, pozwala znaleźć...

– To zwyczajne sito dla potencjalnych partnerów seksualnych.

– No tak – przyznała. – Ale takie samo masz w głowie, kiedy siedzisz w barze czy stoisz na przystanku i rozglądasz się za atrakcyjnymi kobietami. W realnym świecie przesuwasz wzrokiem po ludziach, w Tinderze palcem po ekranie.

Dojechali na parter w milczeniu.

– Nie wierzę, że zaszłaś w ciążę po pierwszym użyciu Tindera – odezwał się Oryński, kiedy drzwi windy się rozsunęły.

– Pierwszym i ostatnim. Po pijaku skasowałam aplikację i zapomniałam o całej sprawie. – Zrobiła pauzę i pogładziła się po brzuchu. – No, może prawie o całej. Sporo czasu zajęło Kormakowi dojście, w jaki sposób poznałam „W". Potem miał już z górki.

Wyszli na korytarz, ale natychmiast się zatrzymali, widząc Artura Żelaznego. Był w pełnym umundurowaniu, miał kamizelkę, brustaszę i nieodłączne spinki na mankietach wysuniętych za rękawy marynarki na odpowiednią długość.

Spojrzał na Chyłkę, jakby zobaczył ducha.

– Właśnie do ciebie szedłem – oznajmił.

– W takim razie minęliśmy się.

– Mam sprawę.

– Nie wątpię – odparła, przewracając oczami. – I to raczej poważną, skoro gotów byłeś zjawić się we własnej osobie w mojej oazie spokoju. Oku prawniczego cyklonu, które co do zasady zamknięte jest dla takich mącicieli jak ty.

Zrobił krok w jej kierunku i stanął nadzwyczaj blisko.

– Musimy porozmawiać.

– Nie ma problemu. Lubię rozmawiać z ludźmi, jestem też dobrym słuchaczem.

– Mówię poważnie.

– Ja też, Zordon potwierdzi.

Spojrzała na Oryńskiego, ale ten zdawał się bagatelizować rozmowę tak, jak Żelazny ignorował jego obecność.

– Masz chwilę? – zapytał Artur, choć na dobrą sprawę nie zabrzmiało to jak pytanie.

– Nie.

– Posłuchaj, naprawdę musimy...

– Jadę teraz do klienta – wpadła mu w słowo. – Jak wrócę, przyjdę do paszczy lwa.

Ruszyła przed siebie, nie czekając na odpowiedź. Wychodząc ze Skylight, obróciła się przez ramię i zobaczyła, że Żelazny odprowadził ich wzrokiem. Zachowywał się dziwnie, najwyraźniej coś istotnego rzeczywiście było na rzeczy.

Świetnie, uznała, tylko tego było jej w tej sytuacji potrzeba.

Do daihatsu poszli w milczeniu. Chyłka przypuszczała, że cisza nie potrwa długo, bo trudno jej będzie powstrzymać się przed komentarzem, gdy samochód ponownie nie zapali. Silnik zaskoczył jednak od razu, a dźwięk zapłonu sugerował, że akumulator jest nowy.

Nie odezwała się słowem. Przez całą podróż na Białołękę kilkakrotnie odnosiła wrażenie, jakby Kordian miał zamiar coś powiedzieć. Była zadowolona, że jednak się na to nie zdecydował. I tak zmarnotrawili wystarczająco dużo czasu na zajmowanie się sprawami, które ostatecznie rozwiążą się same. A przynajmniej powinny.

Weszli do sali widzeń i dostrzegli Tesarewicza przy tym samym stoliku, co poprzednio. Sprawiał jednak zupełnie inne wrażenie.

Usiedli naprzeciwko, ale więzień nawet na nich nie spojrzał.

– Następny – mruknęła do siebie Joanna.

– Słucham?

– Otaczają mnie mruki.

Tadeusz zerknął na Oryńskiego, nie odpowiadając. Chyłka nie miała zamiaru ciągnąć tematu – ani tego, ani jakiegokolwiek zastępczego. Po zmitrężeniu czasu i energii na relacje międzyludzkie oczekiwała wyłącznie konkretów.

– Siedem, sześć, siedem, pięć, pięć – wyrecytowała. – Co to znaczy?

Tesarewicz przez moment się zastanawiał. Wyglądało na to, że w istocie stara się znaleźć odpowiedź na pytanie. Ostatecznie jednak wydął lekko usta i pokręcił głową.

– Nic mi to nie mówi.

– Niech pan się zastanowi.

– Właśnie to zrobiłem.

Nachyliła się do niego.

– To z jakiegoś powodu istotny ciąg – podkreśliła. – Policja znalazła kartkę z tymi cyframi w kieszeni Maćka Lewickiego.

Jeśli były opozycjonista wiedział więcej, niż dotychczas zdradził, to nie dał tego po sobie poznać. Joanna przypatrywała się każdemu mięśniowi jego twarzy. Wszystkie układały się w wyraz rzeczywistej konsternacji.

– Kartkę? – spytał.

– Ktoś zostawił panu wiadomość.

– Mnie?

– Będzie pan tak dopytywał czy zaczniemy się głowić nad tym kto i dlaczego?

Jeszcze przed momentem Tadeusz wyglądał, jakby wizyta obrońców była mu w najlepszym wypadku obojętna, a w najgorszym stanowiła utrapienie. Teraz jednak w jego oczach pojawiło się pewne ożywienie.

– Nie rozumiem, co ktokolwiek miałby w ten sposób osiągnąć – powiedział. – I kto właściwie miałby wysyłać mi jakąkolwiek wiadomość?

– Z pewnością ktoś, kto za to wszystko odpowiada.

– Sądzi pani, że jest taka osoba?

– A co, ci chłopcy sami się zgwałcili i zabili?

Przez moment miała nadzieję, że tylko to pomyślała, a nie powiedziała na głos. Tylko przez moment.

Kiedy Tesarewicz się podniósł, zrozumiała, że uwaga była niepotrzebna.

– To chyba wszystko, co powinniśmy omówić – oznajmił.

– Zaraz...

– Nie wiem, co znaczą te liczby.

– Niech pan siada.

Nie miał najmniejszego zamiaru. Kiedy tylko podszedł strażnik, Tadeusz skinął im głową, a potem się oddalił. Chyłka miała nieodparte wrażenie, że to spotkanie miałoby identyczny finał bez względu na to, czy rzuciłaby tę uwagę o chłopcach, czy nie.

– Coś jest na rzeczy, Zordon – mruknęła.

Oryński nie odpowiadał.

– Słyszysz?

Spojrzała na niego, ale zobaczyła, że jest myślami daleko. Zdawał się nawet nie odnotować, że Tesarewicz ich zostawił. Co tu się działo, do cholery?

9

Hard Rock Cafe, ul. Złota

Jeszcze nie tak dawno temu Kordian nigdy nie powiedziałby, że spotka się w Hard Rocku z szefem. Kiedy jednak sytuacja stawała się kryzysowa, Żelazny zdawał się właśnie w tym miejscu upatrywać adekwatnej lokalizacji, by rozmówić się ze swoim pracownikiem. Aktualne okoliczności z pewnością to w jego mniemaniu usprawiedliwiały.

Oryński czekał cierpliwie, podgryzając krewetki. Właściwie stanowiły tutaj jedynie starter, ale jemu zupełnie wystarczały na obiad. Tym bardziej, że dorzucano do nich frytki, z których za każdym razem zamierzał zrezygnować, ale nigdy mu się to nie udało.

Artur wszedł do środka sprężystym krokiem pewnego siebie człowieka. Rozejrzał się, a potem szybko skierował w stronę Kordiana. Nie sprawiał wrażenia, jakby czuł się tutaj nie na miejscu.

Usiadł przy stoliku, a potem w jakiś sposób udało mu się szybko ściągnąć kelnera wzrokiem. Zamówił tylko kawę po irlandzku, co dowodziło, że nie ma zamiaru spędzić tu zbyt wiele czasu.

– Rozmawiałem z Chyłką – oznajmił, jakby to miało cokolwiek tłumaczyć.

I jakby Oryński nie był świadomy tego, że zaraz po powrocie z Białołęki Chyłka poszła prosto do gabinetu imiennego partnera. Spędziła w nim dobre pół godziny, po czym opuściła go, trzaskając drzwiami. Na moment w całej kancelarii zasady fizyki zdawały się odwrócone.

Kłębiący się na korytarzu ludzie zamarli, z noryobory przestały dochodzić dźwięki trzody korporacyjnej, a wszyscy kurierzy nagle znikli. Zapanował spokój.

Po tym, jak Joanna przeszła do swojego gabinetu jak huragan, wszystko wróciło do normy. Chwilę później Oryński zauważył na służbowym mailu wiadomość od szefa, który polecił mu stawić się w Hard Rocku.

– Tak, wiem, że pan rozmawiał – odezwał się Kordian. – Wszyscy w kancelarii chyba to odnotowali.

– To nie była łatwa rozmowa.

– Żadna z Chyłką nie jest.

Żelazny uśmiechnął się, ale nie było w tym cienia wesołości. Poczekał na swoją kawę, a potem upił łyk i kiwnął do siebie głową, jakby postanowił, że czas najwyższy przejść do konkretów.

– Ma przed sobą trudną sprawę – oświadczył.

Nie, jednak jeszcze nie pora na konkrety, uznał w duchu Oryński. To wciąż był jedynie wstęp. W dodatku niepokojący, bo szef rzadko owijał w bawełnę. Właściwie zdarzało mu się to tylko wówczas, kiedy temat był wybitnie niewygodny.

Czego mógł chcieć? Odsunięcia Chyłki od sprawy, przynajmniej do czasu, aż urodzi i dojdzie do siebie? Nie, musiał wiedzieć, że Kordian nie ma takiej mocy sprawczej. I że potrzebowałby wyjątkowo kuszącej alternatywy, by Joanna zajęła się kimś innym, a Tesarewicza zostawiła innemu prawnikowi.

Nie było sensu się zastanawiać. Szczególnie że Oryński znalazł się tu właśnie po to, by poznać szczegóły.

– Do czego pan dąży? – zapytał.

– Do tego, że powinna działać z kimś w duecie.

– Jak ostatnio sprawdzałem, tak właśnie było.

– Nie możesz występować w sądzie, Kordian. Kiedy Chyłka pójdzie na macierzyński, wasz klient zostanie bez reprezentacji.

– Kogoś pan z pewnością przydzieli.

– Kogoś, kto będzie musiał dopiero wdrożyć się w sprawę. A to zawsze odbywa się ze szkodą dla klienta.

– Myślę, że sobie poradzimy – zapewnił go Kordian, odsuwając pancerz krewetki. – Poza tym trudno mi sobie wyobrazić Chyłkę biernie leżącą w łóżku i lulającą do snu pasożyta.

– Widzę, że przyjąłeś jej siatkę terminologiczną.

– To silniejsze ode mnie – odparł pod nosem. – Tak samo jak silniejsza od niej jest potrzeba, by być cały czas w robocie. Zna ją pan i wie doskonale, że…

– Muszę chyba postawić sprawę jasno – przerwał mu Żelazny.

Zrobił kolejny łyk, a Oryński odniósł wrażenie, że pucharek z kawą jest w istocie klepsydrą odmierzającą czas do końca tej rozmowy.

– Odsuwa mnie pan od sprawy? – zapytał.

– Niestety, jestem zmuszony pójść o krok dalej.

– Słucham?

Żelazny sięgnął do wewnętrznej kieszeni marynarki, skrzywił się, jakby wyciągnięcie z niej czegoś stanowiło niemały wysiłek, po czym położył na stole kartkę papieru.

– Co to jest?

– Rozwiązanie łączącej nas umowy.

Kordian nie zwlekał. Natychmiast sięgnął po dokument. Gdyby łączył go z kancelarią stosunek regulowany przez prawo pracy, być może dwa razy by się zastanowił. Wszelkie wypowiedzenia wymagały odpowiedniego dostarczenia, a pracownicy odnajdywali wciąż nowe sposoby, by informacja do nich nie dotarła.

On był jednak w diametralnie innej sytuacji. Nie wiedział, jak jest w innych miastach, ale w Warszawie Okręgowa Rada Adwokacka pozwalała aplikantom prowadzić własną działalność gospodarczą, a kancelaria Żelazny & McVay preferowała tę formę. Aplikantów zatrudnionych na umowę o pracę można było policzyć na palcach jednej ręki. I tylko ich chroniło prawo pracy.

– Zaraz…

– Niestety, jesteśmy zmuszeni cię zwolnić, Kordian.

Oryński z niedowierzaniem spojrzał na wydruk. Przebiegł wzrokiem po lapidarnych postanowieniach, które sprowadzały się do oznajmienia, że umowa zostaje wypowiedziana za porozumieniem stron. I ze skutkiem natychmiastowym.

– Ale…

– Mam jeszcze jedną wersję.

Żelazny sięgnął do drugiej poły.

– Ta jest jednostronnym wypowiedzeniem – powiedział. – Przy czym oczywiście będą przysługiwać ci z tego powodu wszelkie uprawnienia.

Kordian oderwał wzrok od kartki. Miał wrażenie, że ręce spociły mu się do tego stopnia, iż zostawi mokre ślady na wydruku.

– Decyzja, który dokument podpiszesz, należy do ciebie – oznajmił Artur.

Obaj wiedzieli, że gdyby tak naprawdę było, nie siedzieliby teraz w Hard Rock Cafe. Decyzja została podjęta bez udziału Kordiana. Bez udziału Chyłki. Zapadła wśród większości partnerów, nieformalnie, podczas jednego z wieczornych spotkań przy piwie. Ktoś uznał, że najlepiej będzie pozbyć się Oryńskiego.

Ale dlaczego? Czy oblany egzamin naprawdę był wystarczającym powodem? Wielkie, renomowane kancelarie trzymały aplikantów mimo to. Żelazny & McVay wprawdzie słynął z bezkompromisowości, ale Kordian zdążył wyrobić sobie markę. Z pewnością powinno to mieć znaczenie.

– Muszę cię jednak ostrzec – dodał Żelazny. – Jeśli zdecydujesz się nie podpisać dokumentu, który trzymasz w dłoniach, będę zmuszony opisać naszą… sytuację kolegom.

Przez kolegów rozumiał oczywiście wszystkich dobrych znajomych w samorządzie zawodowym. Wszystkich, u których Oryński mógłby po rozwiązaniu umowy z kancelarią szukać nowego zatrudnienia.

– Referencje oczywiście otrzymasz ode mnie najlepsze – zapewnił. – Ale to, jak skończy się nasza współpraca, wpłynie na ich ostateczny kształt.

Kordian się nie odzywał. Nie wiedział, co powiedzieć.

Żelazny się napił, a potem oblizał piankę z ust. Zrobił głęboki wdech, jakby do kawy wlano mu nie kapkę, a całą szklanicę irlandzkiej whisky.

– Rozumiesz to, prawda?

Pierwszy szok ustępował, uczucie marazmu z każdą chwilą stawało się coraz mniejsze. Pierwsze myśli zaczynały formować się w głowie Oryńskiego, ale prędkość, z jaką to robiły, odpowiadała tempu rozwijania się życia na Ziemi.

– Kordian?

– Tak, rozumiem.

– Świetnie.

Żelazny ponownie sięgnął do marynarki, tym razem wyjął długopis. Przekręcił nakrywkę, a potem położył go na dokumencie. Wskazał wzrokiem miejsce, gdzie Oryński powinien postawić podpis.

– Naturalnym odruchem jest, by odmówić – dodał. – Ale miej na uwadze, że kiedy stąd wyjdę, ta oferta wygaśnie.

Kordian szybko zważył wszystkie za i przeciw. Szef miał rację – w pierwszym momencie miał ochotę zrobić wszystko, by nie doszło do rozwiązania za porozumieniem stron.

Problem polegał na tym, że czekał go trudny rok. Bez wsparcia niełatwo będzie zaczepić się gdziekolwiek, a przy niechęci Żelaznego mógł właściwie pożegnać się z jakąkolwiek dobrą perspektywą.

Artur przypatrywał mu się przez chwilę, zupełnie jakby dokładnie wiedział, jakie myśli kłębią się Oryńskiemu w głowie. Być może tak było. Podobnych rozmów adwokat musiał odbyć na pęczki, a wszystkie przebiegały według jednego scenariusza.

– Zapewniam, że nie zostaniesz na lodzie.

– To znaczy?

– Pomogę ci znaleźć dobrze płatną pracę jako in-house w jednej z dużych korporacji. Być może nawet z tych największych.

Oryński spojrzał na długopis z logo kancelarii Żelazny & McVay.

– Z nami w CV z pewnością zainteresują się tobą w PricewaterhouseCoopers, kiedyś chciałeś tam trafić, prawda?

Przygotował się do tej rozmowy. Wprawdzie nietrudno było dotrzeć do osób, którym Kordian niegdyś wspominał o takich planach, wiązało się to jednak z pewnym wysiłkiem. Wysiłkiem, którego Żelazny zazwyczaj nie podejmował.

– Ale to niejedyne miejsce. Pomyśl o Ernst & Young, Accenture, Cisco... masz wiele możliwości.

To prawda, żadna jednak nie wiązała się z tym sposobem praktykowania prawa, który go interesował. Z trudem przełknął ślinę, tak naprawdę dopiero teraz uświadamiając sobie, że to dzieje się naprawdę. Jego kariera w Żelaznym & McVayu dobiegła końca.

Mógł kopać się z koniem, walczyć do upadłego i być może zostać w kancelarii kilka miesięcy dłużej. W dodatku miałby czas, by zastanowić się nad pozwem, być może ugrałby coś w sądzie.

Nie, nie miało to żadnego sensu. Decyzja zapadła, rzeczywistości nie uda mu się zakłamać. A ona sprowadzała się do tego, że to koniec.

Podniósł długopis i przyjrzał się napisowi.

– Chyłka o tym wie? – spytał, nie podnosząc wzroku.

– Tak, przed momentem ją o wszystkim powiadomiłem.

– I?

– Nie może tego zablokować.

Oryński popatrzył w kierunku drzwi. Miał na myśli raczej to, czy Joanna wie, jaki dokument za moment zostanie podpisany. Zapewne nie, inaczej dawno wparowałaby do Hard Rocka i skomplikowała sprawę. Zupełnie niepotrzebnie. Była prosta.

Kordian złożył podpis, Żelazny pokiwał głową z uznaniem, a potem schował dokumenty. Wręczył mu jeszcze jeden.

– Dla ciebie – powiedział, jakby dawał mu nie drugi egzemplarz, a co najmniej prezent pożegnalny.

Artur szybko dopił kawę, po czym wyjął banknot stuzłotowy i wetknął go pod spodek. Podniósł się i posłał Oryńskiemu lekki uśmiech.

– Referencje będą świadczyły, że z ciebie chłop na schwał.

Kordian miał wrażenie, że ostatnim razem takie określenie słyszał jeszcze w ubiegłym stuleciu.

– Zaczniesz nową, emocjonującą przygodę.

Oryński nie odpowiedział. Milczał aż do momentu, kiedy Żelazny wyciągnął do niego rękę. Chłopak rzucił zdawkowe „do widzenia", ale zrobił to na tyle cicho, że Artur mógł nie usłyszeć.

Chwilę później Kordian został sam przy stoliku. Wodził wzrokiem od kancelaryjnego długopisu do banknotu. Miał wrażenie, jakby znalazł się w innej rzeczywistości.

By w ogóle zaczęła przypominać tę, którą znał, zamówił łososia. Ledwo jednak uszczknął pierwszy kawałek, do restauracji wpadł podmuch powietrza z zewnątrz. A wraz z nim nadciągnął huragan.

Chyłka stanęła przy stoliku i zgromiła Oryńskiego wzrokiem.

– Ty skretyniały durniu – syknęła.

Nie sprawiała wrażenia, jakby miała zamiar usiąść.

– Co ty zrobiłeś?

– Podpisa…

– Nie to mam na myśli.

Zanim zorientował się, w czym rzecz, powietrze w Hard Rock Cafe znów zdawało się zadrgać. Joanna obejrzała się przez ramię, a on popatrzył w kierunku drzwi. Do środka weszło dwóch umundurowanych policjantów, bacznie się rozglądając.

Kiedy wbili wzrok w Oryńskiego i ruszyli przed siebie, nie mogło dłużej ulegać wątpliwości, dlaczego się tu zjawili.

Kordian podniósł się z krzesła.

– Niech cię chuj, Zordon – powiedziała Chyłka.

Nie rozumiał, co się dzieje. Funkcjonariusze wyglądali, jakby mieli ostatnie dzielące ich metry przebiec. Podeszli do stolika, jeden z nich położył rękę na odpiętej kaburze pistoletu.

– Kordian Oryński?

– Tak, ale…

– Jest pan zatrzymany.

Kordian spojrzał na Chyłkę. Sprawiała wrażenie, jakby chciała rzucić się policjantowi do gardła.

– Zaraz, to jakieś…

– Proszę zachować spokój.

Wyraźnie nie spodziewali się problemów, ale byli gotowi w każdej chwili odpowiednio na nie zareagować. Obserwowali każdy jego najmniejszy ruch, chyba nie zdając sobie sprawy, że to nie na niego powinni zwracać uwagę.

– Pójdzie pan z nami – oznajmił jeden z nich.

Ręka funkcjonariusza drgnęła, jakby miał to być wystarczający sygnał. I może był.

Kordian pod obstawą dwóch policjantów ruszył w kierunku wyjścia.

– Chyłka… – rzucił jeszcze. – Te numery…

Joanna odprowadziła go wzrokiem, nie ruszając się ani o krok.

10

pl. Defilad, Śródmieście

Puste miejsce parkingowe obok żółtego daihatsu potwierdzało to, czego Chyłka i tak już się domyślała. Żelazny o wszystkim wiedział. Zawczasu załatwił formalności, by kancelaria nie została zamieszana w sprawę, a potem czym prędzej się zwinął.

Jeśli potrzebowała dodatkowego potwierdzenia, wystarczył fakt, że imienny partner nie odbierał telefonu. Wybrała numer drugiego, ale Harry McVay miał zajęte. Zaklęła cicho, rozglądając się.

Próbowała dobić się do Brytyjczyka jeszcze przez chwilę, wychodząc z założenia, że ma włączoną usługę, która informuje go o tym, że powinien skończyć rozmowę, bo ktoś usilnie stara się z nim skontaktować.

W końcu szybki, przerywany sygnał ucichł.

– Spokojnie – powitał ją Harry. – O wszystkim wiem.

Joanna nabrała tchu i przytrzymała powietrze w płucach.

– I to ma mnie uspokoić? – spytała.

– Dopiero się dowiedziałem. Artur dzwonił.

Nie mogło być inaczej. Gdyby Żelazny zrobił to wcześniej, ryzykowałby, że Harry zawczasu przekaże informację Chyłce. Gdyby zwlekał choć chwilę, spóźniłby się, a ona pierwsza odbyłaby rozmowę z Brytyjczykiem.

– Co powiedział? – zapytała.

– Że Oryńskiego zatrzymano. I że wcześniej załatwił wszystkie formalności, byśmy nie mieli z tym nic wspólnego.

– Do kurwy nędzy…

– Dodał, że partnerzy o wszystkim wiedzieli. Podjęli decyzję większością głosów.

Gdyby miała przy sobie paczkę papierosów, z trudem powstrzymałaby się przed sięgnięciem po jednego. Pokręciła głową, zaciskając usta. Potrzebowała czegoś, dzięki czemu rozładuje choć trochę emocji. Czegokolwiek.

– Skąd ten skurwiel wiedział, że go zatrzymają? – zapytała przez zęby.

– Nie wiem.

– Nie wpadłeś na to, żeby go spytać?

– Próbowałem się czegoś dowiedzieć, ale…

– Ale jesteś w Krakowie i wciągasz ten wasz zasrany smog, zamiast od czasu do czasu pojawiać się w centrali i trzymać, kurwa, rękę na pulsie!

Przez chwilę nie odpowiadał, a Chyłka skorzystała z okazji, by spróbować się uspokoić. Mimo woli ruszyła w kierunku Marszałkowskiej, ku pierwszemu lepszemu sklepowi. Nagle opadło ją dziwne uczucie otępienia i nierealności. Mogłaby przysiąc, że w ułamku sekundy podjęła ledwo uświadomioną decyzję, by kupić butelkę tequili i paczkę marlboro. Niech się dzieje, co chce.

Zatrzymała się tuż za Pałacem Kultury.

– Muszę się z nim zobaczyć.

– W jaki sposób? Tylko adwokat…

– Znam przepisy.

– I realia także – zaznaczył McVay. – A one są takie, że nie jesteś jego obrońcą. I nie będziesz.

– Chyba żartujesz. Zrobię wszystko, żeby go wyciągnąć z tego bagna.

– W żadnym wypadku.

– Posłuchaj...

– Kancelaria nie będzie go reprezentować.

– W takim razie się z nią pożegnam i zostanę jego adwokatem bez waszego szyldu.

Harry głośno westchnął, ale bez krzty irytacji.

– To nasz wspólny szyld, mimo że znajdują się na nim tylko dwa nazwiska.

– A jednak podjęto decyzję bez naszej zgody – zauważyła. – Do cholery, nawet bez naszej wiedzy.

McVay znów nie odpowiadał, najpewniej zastanawiając się nad tym, co to wszystko oznacza. Joanna nie musiała poświęcać temu ani chwili. Od dawna zdawała sobie sprawę, że punkt ciężkości władzy przesuwa się na stronę Żelaznego. Kombinował coś z kancelarią Czymański Messer Krat, a numer, który dziś wyciął, potwierdzał, że ma coraz większe poparcie wśród partnerów.

Nie było to jednak teraz istotne.

– Łachudra dostała jakiś przeciek z prokuratury.

– Nie sądzę, żeby...

– Musiało tak być – wpadła mu w słowo. – Ale mniejsza z tym, przyjdzie czas, żeby rozliczyć Żelaznego.

Przypuszczała, że McVay mógłby się pod tym podpisać, nawet jeśli powód byłby inny. Od pewnego czasu ich relacje pogarszały się coraz bardziej i nic nie wskazywało na to, by miały się poprawić. Z ostrożnych, ale pragmatycznych sojuszników zamieniali się we wrogów.

– Wyciągnąłeś z niego, za co Zordon został zatrzymany?

– Nie. Twierdzi, że nie wie.

– Gówno prawda.

– Nie masz żadnych podejrzeń? – spytał Harry.

Na dobrą sprawę nie miała jeszcze czasu się nad tym zastanowić. Widok wyprowadzanego z Hard Rocka Oryńskiego zadziałał na nią jak cios wymierzony prosto między oczy.

– Mówił coś o numerach.

– O numerach?

– Cyfrach, które znaleźliśmy przy jednej z rzekomych ofiar Tesarewicza.

Czy na pewno o to mu chodziło? Musiała uznać, że tak, było to najlogiczniejsze rozwiązanie.

– Były na świstku papieru – dodała, jakby mogło to mieć jakiekolwiek znaczenie.

– Dlaczego miałby o nich wspominać?

– Nie wiem.

– Jak ofiara Tatuażysty miałaby się wiązać z zatrzymaniem go?

Odpowiedź była zbyt absurdalna – a zarazem zbyt niepokojąca – by ją werbalizować. Chyłka zamilkła, wciąż wodząc wzrokiem dokoła. Nie chciała dłużej tkwić w bezczynności, musiała działać.

Spojrzała w kierunku torów tramwajowych i Carrefoura znajdującego się po drugiej stronie ulicy. Wyobraziła sobie długi rząd butelek na stoisku z alkoholami. Przez moment trwała w bezruchu, a potem ruszyła przed siebie.

– Ktoś dał cynk Żelaznemu. Ktoś, kto wie, co jest na rzeczy.

– Z tym się zgodzę. Co nie znaczy, że to w prokuraturze powinnaś szukać…

– Wiem dobrze, gdzie powinnam. Poczekaj.

Odstawiła telefon od ucha, włączyła aplikację Ubera, a potem stanęła przy przystanku i czekała, rozglądając się nerwowo.

– Prokuratura najprawdopodobniej jeszcze o niczym nie wie – odezwał się McVay.

– Wiedzą sporo. Może nawet więcej.

– Postępowanie może być na poziomie policji – zaoponował. – Nie wiesz, czego dotyczy.

– Wiem. Wrobienia Oryńskiego w jakieś gówno.

– Tak czy inaczej zachowaj...

– Zachowam modelową strategię obrończą – weszła mu w słowo. – Wpadnę na Chocimską na pełnej kurwie, zrobię tam kołchoz, jakiego podczas najbardziej krwawej rewolucji świat nie widział, a potem wyciągnę Zordona.

Harry musiał się zastanawiać, czy jest sens ją uspokajać. W końcu najwyraźniej uznał, że nie, bo przeszedł od razu do rzeczy, nie siląc się na oklepane i zbędne formułki.

– Zatrudnimy kogoś – odezwał się. – Będzie reprezentował go najlepszy adwokat, jakiego znajdę.

– Nie.

– Nie będziesz go bronić, Chyłka. Po prostu nie ma takiej możliwości.

W głębi ducha wiedziała, że ma rację. Mimo pełnej gotowości do rozpętania trzeciej wojny światowej musiała spasować. Partnerzy nigdy się na to nie zgodzą, szczególnie biorąc pod uwagę fakt, że ma wysoko profilową sprawę i jest w ciąży. Ten drugi element właściwie nie powinien jej dyskwalifikować pod żadnym względem, ale prawda była taka, że znacznie ograniczał pole manewru.

Pomijając sam fakt, że Żelazny nie po to pożegnał się z Oryńskim, by teraz go bronić. Imienny partner zrobi wszystko, żeby do tego nie doszło. Nie, nie zrobi. Już z pewnością o to zadbał.

– Zapewnię mu najlepszą obronę – odezwał się Harry. – Możesz mi wierzyć.

Wiedziała, że tak jest. Jeśli na kimkolwiek w środowisku mogła polegać, to właśnie na nim.

– Chyłka?

– Zastanawiam się.

– Nie ma nad czym. Pozwól mi się wszystkim zająć.

– Tobie? – syknęła. – A coś jest nie tak ze mną? Bebzol za duży? A może za bardzo się z Zordonem zbliżyliśmy, żebym mogła trzeźwo spojrzeć na sprawę? Co?

Harry nie odpowiedział, bo nie musiał. Po raz kolejny zapewnił ją, że zrobi wszystko, co w jego mocy, a potem się rozłączył, nie czekając na kolejne mniej lub bardziej kąśliwe odpowiedzi.

Joanna czekała na transport tylko chwilę. Potem pojechała prosto na Chocimską, do siedziby prokuratury okręgowej. Wpadłaby tam podobnie jak do Hard Rocka i staranowała wszystkich w drodze do gabinetu Olgierda Paderborna, ale zatrzymały ją bramki.

Ponaglając ochroniarzy, zastanawiała się, czy Pader się jej spodziewa. Jeśli wiedział o zatrzymaniu Oryńskiego, z pewnością tak.

Wyjęła wszystkie rzeczy z kieszeni, a potem położyła je obok torebki. Wskazała na brzuch.

– Tego nie wyjmę. Przynajmniej jeszcze nie teraz.

Ochroniarze nie docenili tej uwagi choćby zdawkowymi uśmiechami. Nie dziwiła się, bo nieraz dochodziło między nimi do spięć. Dziś jednak się na to nie zanosiło. Nie przeciągali kontroli, nie utrudniali wejścia do środka.

Po chwili poinformowano Paderborna, że adwokat chce się z nim zobaczyć. Spodziewała się, że prokurator przyjmie ją w biurze, ale zamiast tego zszedł na dół.

– Wygląda na to, że to będzie krótka rozmowa – zauważyła Joanna.

Olgierd Paderborn jak zawsze miał na sobie dobrze skrojony garnitur, jakby uszyty pod jego muskulaturę. Nieco dłuższe włosy tylko pozornie były w lekkim nieładzie. W rzeczywistości Paderborn z pewnością codziennie rano musiał poświęcać trochę czasu na to, by przywodzić na myśl Kurta Cobaina z czasów jego świetności.

– Nie chciałem, żebyś się fatygowała na górę.

– Aha – odparła z powątpiewaniem.

Podali sobie rękę. Uścisk był mocny, ale rekordowo krótki.

– Poza tym przypuszczam, że masz apetyt na destrukcję – dodał Olgierd, rozglądając się. – Założyłem, że wśród ludzi może nieco zmaleje.

– Nie liczyłabym na to. Ludzie z zasady mi nie przeszkadzają – odparła. – Jestem ambiwertyczką.

– Kim?

– Osobą zarazem intro- i ekstrawertyczną. Z jednej strony od czasu do czasu potrzebuję samotności i skrywania się w sobie, z drugiej względnie dobrze czuję się wśród ludzi.

– Rozumiem.

– I nie zaimponujesz mi przywoływaniem tytułów płyt Guns N'Roses.

Wzruszył ramionami, a potem rozpiął guzik marynarki i wsunął ręce do kieszeni. Stali naprzeciwko siebie i właściwie powinni czuć się niekomfortowo, trwając w milczeniu. Oboje jednak byli przyzwyczajeni do podobnych niewerbalnych konfrontacji.

– O co chodzi, Pader? – spytała w końcu. – Co wy odstawiacie?

– Nie mogę o tym rozmawiać.

Zaśmiała się i bezradnie rozłożyła ręce.

– Wszystkim wam w końcu zupełnie odbiło? – zapytała. – Mówimy o Oryńskim, do kurwy nędzy. Czemu go zamknęliście?

– Policja go zatrzymała.

– Ale wy o wszystkim wiedzieliście.

Nie odpowiedział, a ona wzięła to za potwierdzenie. Zresztą gdyby Olgierd nie miał pojęcia o sprawie, nie pofatygowałby się na dół. Wiedział, że przyszła do niego z pretensjami. Ludzi wokół potrzebował jednak nie z obawy, że na niego naskoczy. Chciał mieć świadków. Osoby, które potwierdzą, że do żadnego podejrzanego tajnego spotkania nie doszło. Wszystko odbywało się na oczach innych.

A to oznaczać mogło tylko jedno, przynajmniej tak jej się wydawało.

– To ty prowadzisz sprawę? – rzuciła Chyłka.

Znów brak odpowiedzi.

– Będziesz go oskarżać? – dodała.

– Nie mogę rozmawiać o toczących się postępowaniach. Szczególnie z tobą.

– Pader, litości… – rzuciła, zbliżając się o krok. – Czego ty się spodziewasz? To Zordon. Ten sam, którego chcąc nie chcąc zdążyłeś poznać podczas sprawy Al-Jassama. Przecież zdajesz sobie sprawę, że nie mógłby zrobić niczego, o co go oskarżacie.

Co to mogło być? I kto mógłby próbować go w coś wrobić?

Od Paderborna nie uzyska odpowiedzi, prokurator będzie twardo trzymał się zasad. Ale to właśnie tutaj musiała zacząć zbierać pierwsze okruchy informacji.

Jeśli to rzeczywiście Olgierd miał oskarżać, było to już samo w sobie znaczące. Nie spodziewała się tego. Wyszła z założenia, że sfingowany materiał dowodowy będzie słaby. Paderborn szybko przejrzy sprawę, a jako jedna z największych szych nie będzie chciał się zajmować aktem oskarżenia, który upadnie po pierwszej rozprawie.

Najwyraźniej jednak coś mieli. Coś mocnego.

– Jeśli będziesz go bronić, wszystkiego się dowiesz – odparł Olgierd. – Jeśli nie, pozostaje ci czekać.

Przysunęła się jeszcze trochę. Na tyle blisko, że mimo woli zerknął na jej brzuch, oceniając, ile brakuje, by go nim trąciła.

– Dlaczego wziąłeś sprawę?

– Nie powiedziałem, że ją wziąłem.

– Nie, nie powiedziałeś.

– Gdyby tak się jednak stało, zrobiłbym to z tego samego powodu, dla którego biorę wszystkie inne.

– To znaczy?

– Chcę sprawiedliwości.

W ustach innego prawnika zabrzmiałoby to po pierwsze sztucznie, a po drugie zabawnie. Kiedy jednak takie deklaracje składał Paderborn, efekt był taki, jak nadawca zamierzył. Olgierd uścisnął Chyłce dłoń, a potem bez słowa się oddalił. Nie miała zamiaru go zatrzymywać.

Więcej z niego nie wyciągnie. Zresztą tyle wystarczyło, by zrozumiała, że mają z Zordonem niemały problem.

Szybkim krokiem opuściła budynek prokuratury, a potem znów wezwała Ubera. Jadąc w kierunku Skylight, poinformowała Kormaka, żeby czekał na nią w Jaskini. Z gotowymi odpowiedziami.

– Niewiele mogę pomóc – zastrzegł chudzielec.

– Wiesz, który raz to dziś słyszę?

– Tyle że ja naprawdę nic nie wiem.

– Więc dowiedz się.

– Czego?

– Choćby tego, co oznacza ten ciąg cyfr.

– Ten znaleziony przy Lewickim? – spytał niepewnie Kormak. – A co on ma do rzeczy?

– Właśnie to muszę ustalić w pierwszej kolejności.

11

Zakład karny, Białołęka

Tadeusz Tesarewicz nie spodziewał się, że mężczyzna wróci tak szybko. Nie był nawet pewien, czy formalnie istniała możliwość, by tak się stało. Najwyraźniej jednak znał odpowiednich ludzi lub miał odpowiednio gruby portfel. A może jedno i drugie.

Usiadł naprzeciwko byłego opozycjonisty i uśmiechnął się lekko. Nie był to wyraz sympatii, raczej pewna wyniosłość.

– Sprawy posuwają się naprzód – oznajmił.

– Jest pan pewien?

– Trzymam rękę na pulsie. Zapewniam.

– A mimo to straciłem jednego obrońcę.

– Kordiana Oryńskiego? Proszę się tym nie przejmować.

Tesarewicz czuł jednak niepokój i żadne słowa gościa nie mogły tego zmienić. Nie żeby pokładał przesadną wiarę w umiejętności i kompetencje młodego prawnika. Niepokoiło go to, że zatrzymanie z pewnością w jakiś sposób wiązało się z jego sprawą.

– Wszystko jest pod kontrolą – zapewnił mężczyzna.

– Nie wygląda to tak.

– Musi mi pan zaufać.

– Przeciwnie – odparł Tesarewicz. – Nic nie muszę.

Mężczyzna uniósł lekko brwi, jakby chciał pokazać, że jest zaskoczony reakcją, ale nie na tyle, by zbiło go to z tropu. Delikatny uśmiech wciąż nie schodził mu z ust.

– Więc proszę uwierzyć chociaż w to, że wszystko, co robię, będzie skutkowało korzyściami dla pana.

Tadeusz przysunął się do stołu. Od razu przykuł uwagę jednego z klawiszy, więc odczekał moment, zanim znów się odezwał.

– Temu prawnikowi postawiono zarzuty – odezwał się. – To nie przelewki. Komuś zależy na tym, żeby wysłać nam jasny sygnał.

– Proszę się tym nie przejmować.

– Niech pan przestanie mówić mi…

– Od początku działam na pana korzyść – uciął rozmówca. – To ja znalazłem dowody pańskiej niewinności, kiedy wszyscy inni dawno spisali pana na straty. To ja dostarczyłem je Łucji i…

– I zaraz potem zginęła.

Na moment zamilkli. Mężczyzna opuścił głowę, jakby nie mógł znieść świadomości tego, co spotkało żonę Tesarewicza. Nie wyglądało to zbyt wiarygodnie, ale Tadeusz szybko odsunął tę myśl. Owszem, z jednej strony nie miał powodu, by ufać temu człowiekowi – z drugiej jednak nie istniały przesłanki, by mu nie wierzyć.

– A teraz zginie ten chłopak – dodał Tesarewicz.

– Zapewniam, że Maciek jest bezpieczny.

– Miałem na myśli prawnika.

– Jemu też nic nie grozi.

– Tak jak mojej żonie?

– Nie – odparł przybysz, podnosząc wzrok. – W przypadku pańskiej żony doszło do nieszczęśliwego wypadku.

– Wypadku?

– Nie doceniłem tego, jak to wszystko wpłynie na jej serce. Czuję się odpowiedzialny.

Mówił, jakby rzeczywiście tak było.

– Jest pan pewien, że…

– Że nikt nie maczał w tym palców? Cóż, absolutnej pewności oczywiście nie mam. Ostatecznie potrafię sobie wyobrazić, że odpowiedzialni mogliby być ci sami ludzie, którzy spreparowali dowody przeciwko panu.

Tadeusz się zamyślił. Uznał, że na tym etapie nie powinni niczego wykluczać.

– Skąd więc pewność, że tym razem…

– Stąd, że z przypadkiem Oryńskiego ci ludzie nie mają nic wspólnego.

– Oskarżenie jest więc zasadne?

– Tak – odparł z niejaką satysfakcją rozmówca. – A oprócz tego to ja rzuciłem na niego cień podejrzeń.

Tesarewicz wyprostował się i rozejrzał niepewnie. Klawisz tym razem nie zauważył ruchu.

– Pan? Na Boga, dlaczego miałby…

– Dowie się pan wszystkiego w swoim czasie.

Tesarewicz miał wrażenie, że to tylko puste deklaracje. Dowie się części prawdy, ale rozmówca nigdy nie ujawni mu wszystkiego.

Mimo to musiał stać z nim ramię w ramię. Wyglądało na to, że jemu jedynemu rzeczywiście zależało na tym, by wyszedł z więzienia.

– Co się stanie z tym chłopakiem?

– Wbrew temu, co pan mówi, nie postawiono mu jeszcze zarzutów. Ale faktycznie niebawem tak się stanie.

– Co potem?

– Przypuszczam, że zostanie osądzony i skazany.

– Skazany?

– Przesiedzi w więzieniu najwyżej kilka lat, a potem będzie próbował ułożyć sobie życie na nowo. Oczywiście w sposób niezwiązany z prawem, bo będzie ciążył na nim prawomocny wyrok.

– Ale… na Boga, czym on zawinił?

Mężczyzna nie odpowiedział.

– O pewnych rzeczach nie mogę mówić – odezwał się po chwili.

– Więc może chociaż wytłumaczy mi pan, dlaczego w ogóle mi pomaga?

– Bo jest pan niewinny.

Tesarewicz czekał na więcej, ale najwyraźniej było to wszystko, co gość miał zamiar powiedzieć. W innych kwestiach Tadeusz był gotów to akceptować. W tej nie. Chciał się w końcu dowiedzieć, dlaczego ktoś wyciągnął do niego pomocną dłoń.

– Obawiam się, że musi pan być bardziej wylewny – powiedział.

– Nie, nie muszę.

– O ile chce pan, bym nadal milczał, to…

– Niebawem nie będzie miało to już znaczenia.

Tesarewicz zmrużył oczy, czując, jak wokół nich uwydatniają się zmarszczki.

– Wszystko stanie się jasne – zapewnił rozmówca. – W odpowiedniej chwili.

– Ta chwila właśnie nadeszła.

Na twarz mężczyzny znów wrócił lekki uśmiech. Nabrał głęboko tchu i niemal niezauważalnie pokręcił głową, jakby starał się zasugerować, że ma do czynienia z wyjątkowo krnąbrnym partnerem do rozmowy.

– Był pan legendą – odezwał się. – Swojego czasu wręcz ikoną.

Tesarewicz nigdy nie określiłby siebie w taki sposób. Wątpił też, czy zrobiłby to ktokolwiek inny.

– Owszem, nie dostał pan Nobla, nie występował w amerykańskim Kongresie, ale zrobił pan podczas PRL-u to, co należało. A potem nie przekuł pan tego w nic, co wynagrodziłoby panu całą tę walkę. To imponujące.

– Nie pasowałem do zwykłej polityki.

– Być może – przyznał rozmówca. – Lepiej sprawdzał się pan tam, gdzie naprawdę trzeba było walczyć, a nie jedynie pozorować starcia.

Przez chwilę obaj milczeli.

– Miał pan imponujący życiorys – dodał mężczyzna. – Współorganizował pan struktury opozycyjne, pomagał w zwoływaniu strajków, a nawet wykładał pieniądze na Solidarność z własnej kieszeni.

– Nie ja jeden.

– Ale za pana władza wzięła się z wyjątkową zapalczywością. Wyrzucono pana z pracy, był pan ofiarą licznych rewizji i zatrzymań. Na przesłuchaniach tłukli pana bez skrupułów, prawda?

– Prawda.

– Po wprowadzeniu stanu wojennego nie udało się pana zatrzymać, uciekł pan milicji sprzed nosa. Ukrywał się pan, był poszukiwany listem gończym. A kiedy w końcu pana dopadli, pokazali, kto tu rządzi, prawda?

Tesarewicz nie odpowiedział, wychodząc z założenia, że rozmówca moment wcześniej mógł o tym wszystkim przeczytać w Wikipedii.

– Trzymali pana długie lata. Siedział pan w Strzebielinku, potem na Białołęce. Bez kontaktu z rodziną, właściwie bez żadnych praw. Wegetował pan, a całe pana życie się zawaliło. Interweniowało w pańskiej sprawie Amnesty International, uznali pana za więźnia sumienia. W końcu los się do pana uśmiechnął, wyszedł pan wcześniej od kolegów, którzy siedzieli do osiemdziesiątego szóstego. Do momentu amnestii, którą nieco ponad normę rozszerzył Kiszczak.

Tadeusz nie chciał wracać myślami do tamtych czasów. Zgarbił się nieco, wpatrując się w oczy rozmówcy.

– Dąży pan do czegoś konkretnego? – zapytał. – Bo opisał pan życiorys nie bohatera, a przeciętnego opozycjonisty z lat osiemdziesiątych.

Mężczyzna poprawił poły marynarki. Nie miał krawata, ale z pewnością stać go było na najlepsze markowe produkty. Koszula nie miała ani jednego zagięcia, sam materiał sprawiał wrażenie, jakby miał zawsze pozostać wyprasowany. Marynarka prezentowała się jeszcze lepiej, a perfumy były tak wyraźne, że czuć je było nawet mimo więziennego smrodu.

Rozmówca obrzucił wzrokiem salę widzeń.

– Po transformacji państwo polskie powinno zapewnić panu godziwą emeryturę, wielokrotnie wyższą od tych, które pobierają dawni oficerowie ubecji i esbecji. Szczególnie, że nie popędził pan do koryta, jak wielu innych; został pan w cieniu. I jak odpłaciła się panu za to Polska? – Mężczyzna z powrotem skupił spojrzenie na Tesarewiczu. – Takich ludzi jak pan powinniśmy wynosić na piedestały, a nie zamykać w więzieniach.

– Więc realizuje pan jakąś krucjatę? Chce pan, żeby Polacy przypomnieli sobie o Kuroniu, Walentynowicz i innych? – spytał chrapliwie Tadeusz i odchrząknął. – Coś panu powiem: pamiętają o nich. Tyle że o każdym inna strona sceny politycznej.

– Może.

– Reszty nie interesuje to, o czym pan mówi. Nikogo dzisiaj nie obchodzi, że bito nas, skundlono, zamykano, a naszym rodzinom grożono. Samo słowo „solidarność" trąci myszką. A wszystko, co się z nią wiąże, to obciach, prząśne wspomnienie niezrozumiałej przeszłości.

– Cóż...

– I pan chce to zmienić? Wyciągając mnie z więzienia?

Tadeusz widział, że nie w tym rzecz. Mężczyzna nie musiał się odzywać, by były opozycjonista zrozumiał, że w całej sprawie jest drugie dno, a jego rozmówca realizuje zupełnie inne interesy. Swoje własne.

12

Komenda Rejonowa Policji, Śródmieście

Przesłuchanie rozpoczęło się dość szybko. Policjanci wyrecytowali wszystko to, do czego obligowało ich prawo, ale na tym nie poprzestali. Prowadzący czynności zaproponował, że znajdzie w internecie numer do kancelarii – wystarczy, że Oryński wskaże, kto będzie go bronił.

– Nie potrzebuję adwokata – zadeklarował Kordian.

– Jesteś pewien?

Przesłuchujący go funkcjonariusz sprawiał dość neutralne wrażenie. Nie wyglądał na sympatycznego, ale nie patrzyło mu z oczu przesadnie źle. Lekko oskarżycielsko, ale tego należało się spodziewać.

– Tak – zapewnił Oryński.

– W takim razie przejdziemy do rzeczy?

Kordian pokręcił głową.

– Jestem przesłuchiwany w charakterze podejrzanego.

– To było pytanie czy oznajmienie?

– Oznajmienie. I sugestia zarazem.

Policjant uśmiechnął się lekko. Mógł mieć najwyżej czterdzieści pięć lat, choć gdyby szacować wiek wyłącznie na podstawie dużych zakoli, trzeba by mu dać co najmniej dziesięć więcej.

– Sugestia?

– Że mam pełne prawo odmówić składania jakichkolwiek oświadczeń.

– A jednak rozmawiasz ze mną – zauważył policjant. – Co każe mi sądzić, że masz coś do powiedzenia.

Starszy aspirant Gondecki przyglądał mu się przez moment wyczekująco, jakby spodziewał się, że w ten sposób zachęci go do mówienia. Kordian jednak się nie odzywał. Zdecydował się na wymianę kilku zdań tylko dlatego, by wybadać, jakie mają wobec niego zamiary.

Oprócz tego miał wszystkie informacje. Mundurowi dopełnili wszelkich formalności, co z pewnością zdarzało się znacznie częściej w przypadku oskarżania prawników niż osób wykonujących inne zawody. I bez tego Kordian nie tylko znałby swoje prawa, ale także doskonale wiedział, jaki jest powód zatrzymania.

Nie miał za to pojęcia, kto do niego doprowadził. Oczywiste było, że to ta sama osoba, która przysłała mu ciąg cyfr, ale wciąż nie ustalił, kim jest ten człowiek. Możliwości niestety było zbyt wiele.

– Znalazłeś się w bardzo kłopotliwej sytuacji – zauważył Gondecki.

– Bez dwóch zdań.

– Powiedziałbym, że sobie poradzisz, bo masz za sobą adwokacką machinę jednej z największych kancelarii w kraju, ale skoro cię wyrzucili...

– Rozwiązaliśmy umowę za porozumieniem stron.

Starszy aspirant zbył uwagę milczeniem, a Kordian na dobrą sprawę nie wiedział, dlaczego w ogóle o tym wspominał. Robił wszystko, by zachować spokój, ale nerwy powoli musiały wziąć górę. Wiedział, jak niepokojąca perspektywa się przed nim rysowała.

– Liczę, że szybko skierujecie wniosek do sądu – odezwał się.

– Wniosek?

– Niech pan nie rżnie głupa. O tymczasowe aresztowanie.

– Skąd pewność, że to zrobimy?

– Bo najwyraźniej podejrzewacie mnie o ewentualne próby mataczenia.

Gondecki lekko się uśmiechnął, jakby ta sugestia świadczyła, że policja w istocie ma ku temu powody.

– No dobrze… – mruknął. – Ale zakładasz, że jeszcze nie wystąpiliśmy z takim wnioskiem.

– Nie działacie tak szybko.

– Z zasady nie. Staramy się nie pędzić, żeby w całym tym procesie dochodzenia prawdy nie zabrakło czasu na uczciwy osąd.

Oryński miał ochotę się roześmiać.

– W tym wypadku jednak dowody mówią same za siebie.

– Jakie dowody?

– Wszystkiego dowiesz się z dokumentów.

– Jakoś w to wątpię.

– Zapewniam, że z naszej strony nie będzie żadnego, najmniejszego uchybienia.

Co do tego Kordian nie miał żadnych wątpliwości. Sam fakt, że spieszyli się z uzyskaniem pozwolenia na tymczasowy areszt, dowodził, jak są ostrożni. Niestety oznaczało to także, że mają wystarczająco dużo dowodów.

Efekt mógł być tylko jeden. Niebawem Oryński trafi do aresztu śledczego, gdzie przesiedzi czas pozostały do rozprawy. Jeśli prokuratura się postara, warunki będą zbliżone, a być może gorsze niż w więzieniu. A pierwsze posiedzenie sądu odbędzie się na długo po tym, jak Kordian pozna wszystkich współwięźniów.

Spojrzał na krawat, który moment wcześniej zdjął i złożył w kostkę na blacie. Przypuszczał, że szybko go nie założy.

Jak ten system miał dobrze działać, kiedy tak niewiele było trzeba, by zamknąć człowieka? Właściwie wystarczyły dobre relacje z sędzią, który zaakceptuje wniosek o tymczasowe aresztowanie. Reszta zależała od inwencji śledczych.

– Nad czym myślisz?

– Nad liczbami.

Policjant uniósł brwi.

– Niemal pół miliona ludzi siedzi teraz w amerykańskich aresztach śledczych bez skazania.

– Sporo.

– Dwadzieścia procent wychodzi po jakimś czasie, bo ustają przesłanki do wszczęcia procesu albo aresztant zostaje uniewinniony. To całkiem niezły wynik dla wymiaru sprawiedliwości.

– I?

– U nas sytuacja jest mniej więcej taka, jak w Czadzie, Egipcie, Tunezji czy Arabii Saudyjskiej. Przynajmniej jeśli wierzyć raportowi...

– Do czego zmierzasz?

Kordian przesunął złożony krawat na skraj stołu.

– Do tego, że nie macie przesłanek, żeby wsadzić mnie do aresztu – odparł, nie patrząc na rozmówcę.

– To oceni sąd.

– Tak, ale...

– Daj spokój – uciął policjant i machnął ręką. Rozsiadł się wygodniej, jakby dopiero teraz przystępowali do właściwej rozmowy. – Myślisz, że rzucenie kilku statystyk zrobi na mnie wrażenie? Że wezmę cię za kopię Mike'a Rossa?

Oryński przeniósł pytający wzrok na funkcjonariusza.

– Co? – spytał Gondecki. – Sądziłeś, że policjanci to jakiś inny gatunek? Że nie oglądamy *Suits*?

Uśmiechnął się, kręcąc głową. Jego uwagi właściwie potwierdzały to, co Kordian wiedział od samego początku. Aspirant miał zamiar podejść go pokojowo, jawić się jako równy chłop, z którym można porozmawiać. Z którym można wszystko wyjaśnić.

Lepsze to niż bezpodstawne groźby, uznał w duchu Oryński.

– Wiem, co potrafisz, Kordian – zapewnił rozmówca. – Zanim cię tu zamknąłem, dokładnie prześledziłem twoją karierę.

– Nie wątpię, że nie tylko karierę.

– Na studiach trochę się obijałeś, ale potem ruszyłeś z kopyta. Najpewniej dzięki temu, że miałeś wyjątkowo upierdliwą patronkę.

Oryński pokiwał głową.

– Dziwi mnie, że ot tak pozwoliła firmie cię zwolnić. – Wzruszył ramionami. – Ale ostatecznie nie mnie oceniać wasze standardy lojalności.

Kordian milczał, nie mając zamiaru wdawać się w czczą gadaninę. Poza tym był przekonany, że Chyłka zrobiła wszystko, co w jej mocy, żeby nie dopuścić do tego, co się właśnie działo.

A mimo to był to jeden z niewielu momentów, kiedy poniosła porażkę.

– Nie masz nikogo w odwodzie – ciągnął starszy aspirant. – Jesteś zdany na siebie.

– Jakoś mnie to nie martwi.

– A powinno – zauważył Gondecki i nagle spoważniał. – Uświadomisz to sobie już pierwszego dnia za kratkami.

– A więc jednak będzie się pan uciekał do gróźb?

– To przyjacielskie ostrzeżenie.

Oryński się rozejrzał.

– Nic tu nie jest przyjacielskie – odparł. – Mimo że usilnie starał się pan robić takie wrażenie.

– Chcę ci pomóc.

– Pewnie.

Policjant spojrzał na niego tak współczująco, jakby rzeczywiście był gotów wyciągnąć do niego pomocną dłoń. Oryński wiedział jednak, że jeśli za nią złapie, ta natychmiast wciągnie go w jeszcze większe bagno.

– Dowody przeciwko tobie są mocne, dobrze o tym wiesz.

– Zobaczymy.

– Mamy twój materiał DNA, mamy odciski palców i samo narzędzie zbrodni.

Oryński się nie odzywał. Mógłby polemizować z tym ostatnim, ale uznał, że nie ma to sensu. Na wszystko przyjdzie pora, także na poprawianie policjantów, którzy najwyraźniej mocno się zagalopowali.

– Są więc środki, jest motyw, a w końcu jest także ciało.

Młody prawnik próbował trwać w bezruchu, ale mimo woli pokręcił głową.

– Mamy nawet świadków, Kordian.

– Z pewnością.

– Chyba nie sądzisz, że mógłbym cię okłamać.

– Okłamać? Nie, uważa pan na każde słowo – oświadczył Oryński. – A po tym, jak obalę wartość tych rzekomych dowodów, będzie pan twierdził, że był święcie przekonany o ich wiarygodności.

Policjant skrzyżował ręce na piersi i głośno wypuścił powietrze.

– Niełatwo się z tobą dogadać.

– W ogóle nie powinien pan próbować, skoro macie tak mocne dowody.

– Wychodzę ci naprzeciw.

– Tak?

– Jeśli się przyznasz, dostaniesz znacznie mniejszy wymiar kary.

– Względem czego?

– Tego, który ci się należy.

– Jestem niewinny, więc nie należy mi się żadna kara. Trudno, żebym wnioskował o mniejszą – zauważył Oryński, pochylając się. – Poza tym nie może mi pan niczego zagwarantować. A ja nie zamierzam przyznawać się do czegoś, czego nie zrobiłem.

Stanowczy ton głosu i mocne spojrzenie poskutkowały. Policjant w końcu uznał, że niczego nie osiągnie. Rozplótł ręce, klepnął uda, a potem otrzepał dłonie, jakby wykonał tylko to, do czego został zobligowany.

– Jak chcesz – rzucił na odchodnym.

Kiedy otworzył drzwi, Kordian spodziewał się usłyszeć jeszcze jedną propozycję, by skorzystał z ostatniej szansy. Policjant jednak się nie odezwał.

– Czekam na odpis z protokołu zatrzymania – rzucił Oryński.

– Wszystko dostaniesz – zapewnił go funkcjonariusz, wychodząc na zewnątrz. – To i dużo, dużo więcej.

Zanim prawnik zdążył o cokolwiek zapytać, mundurowy się oddalił. Szybko zjawił się inny, po czym zaprowadził zatrzymanego do pomieszczenia, w którym miał czekać na decyzję sądu.

Nadeszła po kilkunastu godzinach. Sędzia nie miał wątpliwości, że należy zastosować środek zapobiegawczy, o który wnioskowano. Niewiele później Kordian trafił do Aresztu Śledczego Warszawa-Mokotów.

13

Starbucks, ul. Emilii Plater

Frappucino brzmiało jak żart, szczególnie w wersji pozbawionej kofeiny. Mimo to Chyłka wzięła największe, a potem szybkim krokiem opuściła Warsaw Financial Center i skierowała się ku siedzibie kancelarii.

W ustach jej zaschło, serce waliło jak młotem, a temperatura jej ciała sugerowała wysoką gorączkę. Mimo to nic jej nie było, przynajmniej nie fizycznie. Pod każdym innym względem sprawa była problematyczna.

Chciała zapalić. Chciała się napić. Do cholery, musiała zrobić cokolwiek, co pozwoliłoby choć trochę zmniejszyć nerwy. Pociągnęła łyk frappucino, skrzywiła się, a potem cisnęła kubek do mijanego kosza.

Wjechała na dwudzieste pierwsze piętro Skylight i natychmiast skierowała się do Jaskini McCarthyńskiej. Kilkoro prawników zaczepiało ją po drodze, ale zupełnie ich zignorowała.

Wszedłszy do gabinetu Kormaka, trzasnęła za sobą drzwiami. Chudzielec nie skomentował, nawet nie podniósł wzroku znad laptopa, nad którym pochylał się jak przed ołtarzem.

– Konkrety – rzuciła Joanna, siadając naprzeciwko niego.

Zrobiła to stanowczo zbyt szybko i bezmyślnie, przez co za bardzo się zgięła. Poczuła ból w kręgosłupie i nieprzyjemny ucisk w brzuchu. Zaklęła cicho, kiedy Kormak w końcu na nią spojrzał.

– Co z tym numerem, do kurwy nędzy? – ponagliła go.

– Przepuściłem to przez narzędzia deszyfrujące.

– I?

– Właściwie jedyny sensowny wynik wyszedł w Base64. To prosty szyfr wykorzystujący kodowanie MIME, które...

– Mniejsza z pierdołami, o których zapomnę szybciej niż o wyrzuconym przed chwilą frappucino, Kormak.

– Co?

– Nieważne – syknęła. – Mów, co te cyfry oznaczają?

– Nie wiem.

– Powiedziałeś, że...

– Przepuszczone przez Base64 dają wynik „irua". I to przy założeniu, że potraktujemy pewne rzeczy umownie.

Widziała, że przez moment miał zamiar zagłębić się w niuanse, ale szczęśliwie dla niego odpowiednio szybko zrezygnował.

– Taki wynik dostajemy po dekodowaniu – dodał. – W odwrotnym przypadku, gdybyśmy chcieli przełożyć liczbę na MIME, mamy to. – Obrócił do niej laptopa.

„NzY3NTU=".

– Co to znaczy? – spytała.

Przesunął komputer na poprzednie miejsce i uniósł bezradnie wzrok.

– Nic – powiedział. – To typowe mambo-dżambo.

– Wygląda jak kawałek źle otwartego załącznika mailowego.

– Poniekąd – przyznał chudzielec. – Wprawdzie dyskutowałbym nad wyrażeniem „źle otwarty", ale maile rzeczywiście koduje się w MIME. Są dzięki temu dużo przystępniejsze dla systemu i…

– Gówno mnie to obchodzi.

Przełknął ślinę i popatrzył na nią z rezerwą. Syknęła cicho, jakby nieopatrznie dotknęła otwartej rany, a potem uniosła lekko ręce. Na bardziej wymowne przeprosiny nie miał co liczyć.

Kormak przez chwilę bacznie jej się przyglądał. Początkowo sprawiał wrażenie, jakby oceniał potencjalne niebezpieczeństwo, ale ostatecznie chodziło o coś innego.

– Wszystko w porządku? – zapytał.

Joanna na chwilę zamknęła oczy i głęboko nabrała tchu, kładąc dłonie na brzuchu.

– Nic nie jest w porządku, Kormaczysko – odparła ciężko.

– Niedługo go wypuszczą. Będzie tak, jak przy sprawie Al-Jassama.

– Nie.

Sytuacja była zupełnie inna. Wtedy chodziło jedynie o realizowanie interesów służb, nikt w istocie nie miał zamiaru ścigać Oryńskiego za cokolwiek. Teraz sprawa była znacznie poważniejsza.

– Tak po prostu? – zapytał Kormak. – „Nie”?

– Mają mocne dowody.

– Kto? Służby?

– Tym razem służby nie mają z tym nic wspólnego, szczypiorze.

– Skąd wiesz?

– Z całego korowodu rozmów, które dzisiaj przeprowadziłam, krążąc wokół Pajaca jak… cóż…

– Nie rozumiem.

– Pajac. Pekin.

– Tak, wiem, jak nazywa się Pałac Kultury, Chyłka. Nie wiem za to, do czego dążysz.

– Wiesz – zaoponowała. – Zordona nie tylko zatrzymają na czterdzieści osiem, ale zaraz potem władują go do aresztu śledczego. Trafi do celi razem z najgorszymi skurwielami, którzy nie będą pod wielkim wrażeniem jego kariery. Ta prawnicza raczej nie przysparza respektu za kratkami.

Miała nadzieję, że chudzielec nie będzie szedł w zaparte, starając się zakłamać rzeczywistość. Nie miała czasu na tłumaczenie mu rzeczy oczywistych i nie chciała, by on tracił go na puste rozważania.

– Daj mi coś – odezwała się. – Cokolwiek.

Zmierzwił włosy i popatrzył na monitor.

– Oprócz tego wyniku w MIME jest sporo innych możliwości. Właściwie zbyt dużo, żeby w ciemno wybrać jedną.

– Pokaż.

Nie czekając, aż obróci laptopa, złapała za skraj ekranu i sama to zrobiła.

– Jak mam ci teraz cokolwiek pokazać?

– Zainwestuj w macbooka i iPada, sklonujesz ekran, czy jak to się tam zwie, i będziesz mógł sprawnie ze mną współpracować.

– Jedyne, do czego byłby mi potrzebny macbook, to wejście na Allegro, żeby zamówić pierwszego lepszego peceta, na którym mógłbym zainstalować ubuntu.

Chyłka nie miała zamiaru zagłębiać się w temat. Poczekała chwilę, a w tym czasie Kormak podniósł się, okrążył biurko i przysiadł na oparciu jej krzesła. Przesunął laptopa bliżej siebie.

– Sama widzisz... – powiedział, wskazując na listę wyników z Google.

– Zebrałeś to gdzieś?

Przesunął palcem po touchpadzie i wyświetlił otwarty plik w programie Calc.

– Masz tu wszystko, co jest istotne. Czy raczej co hipotetycznie mogłoby być...

Chyłka zaczęła przeglądać wpisy. Kormak wykonał tytaniczną pracę, grupując wszystkie wyniki wedle określonych kategorii. Wśród nich znajdowały się rezultaty związane z geografią, jak kody miast, numery budynków czy liczba ludności. Sporo wyników dotyczyło różnej maści produktów, od odkurzaczy do luksusowych samochodów. Część miała związek z chemią i biologią, stanowiła oznaczenie substancji lub genów. Inne dotyczyły informatyki, wiązały się z szeregiem wirusów i trojanów.

– Co z Deep Webem? – zapytała bez większej nadziei.

W szemranej części internetu, po której Kormak poruszał się nad wyraz sprawnie, było właściwie wszystko. Przypuszczała jednak, że bez odpowiedniej motywacji zbierający się tam ludzie nie zewrą szeregów, by poszukiwać odpowiedzi na pytanie, co oznacza kilka cyfr.

– Zarzuciłem temat.

– I?

– Jest tego po prostu za dużo, Chyłka – zauważył chudzielec. – Szperając odpowiednio głęboko, właściwie możesz powiązać to ze wszystkim. Numery zamówień, listów przewozowych, numery telefonów...

Urwał i rozłożył ręce. Było to właściwe podsumowanie całej sytuacji.

– Tylko tyle ci powiedział? – upewnił się Kormak. – Żebyś zwróciła uwagę na liczby?

– Mhm.

– Nie dodał nic więcej? Żadnej wskazówki, niczego, co...

– Nie.

– W takim razie musimy się z nim zobaczyć.

– Nie da rady.

– Nie możesz czegoś wymyślić? – spytał niepewnie szczypior. – Albo stanąć pod oknem i porozumieć się na migi? Nie potrzebuję wiele, wystarczy mi...

– Nie – powtórzyła. – Zordon siedzi teraz w pieprzonym tymczasowym pomieszczeniu przejściowym. Nie wyjrzy na zewnątrz, dopóki nie pozna każdego centymetra kraty oddzielającej go od poprzedniego życia i...

– Dramatyzujesz.

Spojrzała na niego bykiem.

– Nie zwykłam tego robić, Kormaczysko. Szczególnie jeśli chodzi o takie sytuacje.

– Więc twierdzisz, że...

– Że Zordon ma przesrane – odparła, a potem się podniosła. Znów za szybko i zbyt zdecydowanie. – Wypuszczą go stamtąd tylko do kibla, a potem przewiozą prosto do aresztu śledczego.

Kormak wyglądał, jakby zachowywał jeszcze resztki optymizmu. Szybko stopnieją, uznała. Po wszystkich wykonanych dziś telefonach nie miała złudzeń – sąd nie odmówi wniosku o tymczasowe aresztowanie.

Zawahała się, a potem ruszyła w kierunku drzwi.

– Dokąd idziesz?

– Pomyśleć.

– Nad?

– Nad tym, jak skontaktować się z tym durniem. Bez konieczności odchodzenia z kancelarii.

– Hę?

Zatrzymała się przed drzwiami i odwróciła.

– Jedyna możliwość jest taka, że Zordon da mi pełnomocnictwo. I będę go bronić.

– Musi być inna opcja…

– Widzenie z osobą najbliższą – odparła. – Ale dopiero po tymczasowym aresztowaniu. Zresztą musiałabym wykazać, że pozostajemy we wspólnym pożyciu. A to mogłoby być problematyczne.

Kormak przez moment się zastanawiał, po czym musiał uznać, że najlepszą odpowiedzią będzie jej brak.

– Daj mi znać, jak tylko dowiesz się czegoś więcej – powiedział, kiedy wychodziła na korytarz. – Naprawdę nie potrzebuję wiele. Tylko ogólnego kierunku, w którym mógłbym pójść.

Mruknęła potwierdzająco i skierowała się do swojego biura. Ostatnią uwagę rzuciła niemal mimochodem, ale musiała przyznać, że zastanawiała się nad tym, by z gabinetu Kormaka pójść w zupełnie innym kierunku. Prosto do windy. Bez rozmówienia się z Żelaznym, bez zabezpieczenia swoich interesów. Wyjść i nie wracać.

Była bliska podjęcia takiej decyzji. Początkowo wydawała jej się zresztą jedyną możliwością. Nie miała zamiaru pozwolić, by ktokolwiek inny bronił Oryńskiego w sądzie. Dopiero po rozmowie z McVayem głębiej się nad tym zastanowiła.

Decydowała teraz nie tylko za siebie.

Rezygnacja z pracy w kancelarii w tym momencie wiązałaby się z utratą całego wsparcia, na jakie mogła liczyć przed i po porodzie. Kierując się w tej chwili do windy, właściwie zostawiłaby pasożyta na lodzie.

Stanęła przed gabinetem i pochyliła głowę. Nie, nie było sensu dłużej głowić się nad hipotetycznymi możliwościami. Nie wiedziała wprawdzie, co łączy Kordiana z ciągiem liczb znalezionym przy ciele Lewickiego, ale był ktoś, kto miał związek z jednym i drugim.

Czas działać, uznała Chyłka. Odwróciła się, wyciągnęła telefon i szybkim krokiem poszła w stronę wyjścia. Będzie musiała wykorzystać kilka przysług, być może wystawić kilka czeków *in blanco* na przyszłość, ale ostatecznie powinno jej się udać zobaczyć z Tesarewiczem. Były opozycjonista musiał mieć jakieś odpowiedzi.

Szybko przekonała się jednak, że jest inaczej.

Nie podając żadnego uzasadnienia, Tadeusz wypowiedział jej stosunek obrończy.

Próbowała się z nim skontaktować, ale bez skutku. Starała się dowiedzieć czegokolwiek od swoich kontaktów w więziennictwie, od innych w palestrze, a w końcu także od Paderborna. Nikt jednak nie potrafił udzielić jej żadnego wyjaśnienia.

Tesarewicz nikomu nie zwierzył się z powodów, dla których zrezygnował z usług kancelarii Żelazny & McVay. Nie wynajął też żadnego renomowanego warszawskiego adwokata. Wieść niosła, że miał zaangażować kogoś z innego miasta.

Po kilku dniach stało się też jasne, że nie uda jej się wyciągnąć Oryńskiego z bagna, w którym się znalazł. Przewieziono go do aresztu śledczego, Chyłka nadal jednak nie miała jak się z nim zobaczyć.

Nie wystąpił o możliwość zatelefonowania do niej, więc wyszła z założenia, że czegoś się obawia. Nie, nie czegoś – raczej kogoś, kto będzie przysłuchiwał się rozmowie. Być może chodziło o osobę w jakiś sposób związaną z wrobieniem go w przestępstwo. Tak czy inaczej nie miała zamiaru się wychylać. On jeden wiedział, co w istocie się dzieje. I to on musiał zadecydować, co jest dla niego najkorzystniejsze.

Mogła napisać list, ale wiedziała, że korespondencję cenzura także dokładnie sprawdzi. Nie był to najlepszy sposób omawiania jakiejkolwiek strategii sądowej.

Oryński najwyraźniej był jednak innego zdania. Dzień po tym, jak trafił na Mokotów, wysłał jej wiadomość. Na pierwszy rzut oka składała się z samego pustosłowia, nie było w niej niczego znaczącego. Może jeśli nie liczyć dwóch elementów, które rzuciły się Joannie w oczy.

Na początku Kordian zapewniał, że wszystko z nim w porządku, a zarzuty, które mu postawiono, są absurdalne. Miał zamiar szybko je obalić, a potem wnioskować o uchylenie środka zapobiegawczego.

Liczyła na jakieś szczegóły, ale nie zagłębiał się w nie. Wciąż nie miała pojęcia, o co w istocie został oskarżony. Prokuratura sprawiała wrażenie, jakby zebrała porządny materiał dowodowy, a cyfry wskazywały na to, że Kordian ma jakiś związek ze sprawą Tatuażysty. Chyłka wiedziała jednak, że to niemożliwe.

Zapoznała się ze wszystkim, co dotyczyło zabójstw. Nie było tam żadnych luk, które ktoś mógłby wykorzystać, by wrobić Oryńskiego.

Ale dlaczego w takim razie zająknął się o liczbach?

Nie zdradzał tego. Nie wspominał także o tym, jak odnalazł się w nowej rzeczywistości. Przypuszczała, że nie bez powodu. Gdyby wszystko było w porządku, z pewnością znalazłby sposób, by to przekazać.

Spodziewała się tego. Młody prawnik wtrącony między zaprawionych w bojach zwyroli nie mógł poradzić sobie śpiewająco. Na administracji więziennej ciążył wprawdzie obowiązek, by nie doprowadzać do demoralizacji tymczasowo aresztowanych i by oddzielać tych, którzy już w takich miejscach bywali, od nowicjuszy – w praktyce jednak więzienia i tak były przeludnione. Joanna nie łudziła się, że Oryński trafił na dobre towarzystwo.

W liście rozwodził się przez chwilę nad tym, dlaczego chce się bronić sam.

„Ekskulpować najlepiej się własnymi rękoma. Tak, tak, wiem. Ten termin odnosi się tylko do prawa cywilnego i odpowiedzialności deliktowej. Tłumaczyłaś mi to o kilka razy za dużo. Ale pewnie właśnie dlatego tak mi się to podoba".

Wszystko to stanowiło nic niewnoszące memłanie, które miało pogłębić wrażenie, że wiadomość jest zwyczajną, niewiele znaczącą relacją.

W rzeczywistości jednak pod nią znajdowała się inna.

Chyłka zrozumiała to natychmiast, kiedy przeczytała fragment dotyczący powodu, dla którego ktokolwiek miałby próbować wrabiać go w przestępstwo.

„Na tym etapie tego nie rozważam", pisał. „Bo jak wiesz, pytania są dla nas ciężarem, ale odpowiedzi więzieniem, w którym sami się zamykamy".

Owszem, wiedziała. Szczególnie że była to parafraza jej słów z Cymelium, które niegdyś mu zostawiła. Jeśli potrzebowała jakiegokolwiek potwierdzenia, że w liście jest drugie dno, otrzymała je.

Tym bardziej, że o ile jej pamięć nie myliła, nigdy nie wspominała mu ekskulpacji w kontekście deliktów. A już z pewnością nie kilkakrotnie, jak utrzymywał w liście. Mogła być to tylko zasłona dymna, ale fragment z Cymelium kazał jej poświęcić temu większą uwagę.

Przyjrzała się temu passusowi, przeczytała go jeszcze raz. Litera „E" była napisana wyjątkowo koślawo, jakby Kordianowi zatrzęsła się ręka lub ktoś go szturchnął. Mimowolnie zobaczyła tę scenę w wyobraźni, zanim upomniała się, by skupić się na tekście.

Po chwili uznała, że symbol przypomina bardziej grecką niż łacińską literę. Zapisała ją z boku.

„Σ".

Przez chwilę wbijała w nią wzrok, nie mogąc zrozumieć, co Oryński chciał jej przekazać. Jeśli w istocie wpadł na coś, do czego wystarczała tak lapidarna rzecz, będzie musiała go pochwalić. O ile będzie miała okazję.

I o ile uda jej się rozszyfrować znaczenie symbolu.

Rozdział 2
Oskarżyciel posiłkowy

1

Areszt Śledczy Warszawa-Mokotów

Nic nie było takie, jakie powinno. Kordian spodziewał się, że policjanci przewożący go na Rakowiecką będą mu choć trochę przychylni, a problemy zaczną się dopiero później. Nieraz słyszał od klientów, że „psy potrafią być ludzkie". Większość funkcjonariuszy była gotowa zatrzymać się gdzieś między komendą a więzieniem i pozwolić, by ktoś z rodziny dostarczył aresztantowi rzeczy osobiste. Dzięki temu w pierwszych dniach odosobnienia pechowiec mógł liczyć na minimum godności.

Oryński robił niepewne podchody, licząc na cień sympatii ze strony policjantów. Nie był przecież zwyrodnialcem, który miałby na sumieniu Bóg jeden wie co. Przypuszczał, że przy odrobinie szczęścia uda mu się przekonać konwojentów, by wyciągnęli pomocną dłoń. Potem zamierzał skorzystać z okazji, by przekazać wiadomość Chyłce.

Funkcjonariusze jednak szybko uświadomili mu, że nie interesują ich jakiekolwiek rozmowy. A przynajmniej tak Kordian wniósł po niezbyt zawoalowanej komendzie „zamknij pierdolony ryj". W drodze na Mokotów już się nie odezwał.

Na miejscu podał wszystkie dane, dopełnił formalności, a potem odebrał wyprawkę. Odzieży nie dostał, najwyraźniej uznano, że to, co ma na sobie, nie uzasadnia przydziału.

– Niech pan da spokój… – zaapelował do klawisza.

Strażnik leniwie omiótł go wzrokiem.

– Mnie to wygląda na porządne ciuchy – ocenił.

– Zbyt porządne.

Mężczyzna uniósł brwi i uśmiechnął się.

– Zbyt porządne na miejsce takie jak to? No, no… wywyższamy się już na samym początku?

– Miałem na myśli, że będę odstawać od reszty.

– A więc wywyższamy.

– Nie – odparł stanowczo Kordian. – Ale na pewno nie spojrzą na mnie jak na…

– Skąd ta koszula? – wszedł mu w słowo klawisz. – Wólczanka? Vistula?

Oryński pomyślał, że najlepiej będzie zakończyć rozmowę na tym etapie. Dalej mogło być tylko gorzej.

Odebrawszy pakiet składający się z pościeli, plastikowych sztućców i środków higieny, zdeponował u klawisza właściwie wszystko, co miał przy sobie. Odniósł wrażenie, że na dobre żegna się z portfelem – a w szczególności z jego zawartością.

Złożył podpis w dwóch miejscach, potwierdzając, że zostawił określone rzeczy w depozycie, i przyjął te, które mu wydano. Potem klawisz zaprowadził go do celi przejściowej, gdzie Oryński miał czekać na kogoś, kto przedstawi mu tutejsze zasady. Strażnik nie sprecyzował, czy to eufemizm zapowiadający niespecjalnie przyjacielską wizytę któregoś z więźniów, czy może informacja, że zjawi się ktoś z administracji.

Prawdziwa okazała się druga opcja. Na wychowawcę Kordian czekał niecałe pół godziny. W tym czasie zdążył przeczytać wszystkie wyryte na ścianach napisy i poznać każdy centymetr niewielkiego, zabrudzonego okienka.

Podniósł się, kiedy wysoki mężczyzna wszedł do celi. Wychowawca powiódł wzrokiem po pustych pryczach, zanim zatrzymał go na Oryńskim.

Westchnął i usiadł naprzeciwko niego.

– To nie potrwa długo – oznajmił.

– Cieszę się.

– Mam na myśli fakt, że jesteś tutaj sam.

– Słucham?

– Jeszcze dziś lub jutro kogoś dokooptują.

– Ale…

– Myślałeś, że zaraz trafisz do właściwej celi? Nie, to nie działa tak szybko.

Nie wiedział, jak dokładnie wyglądają procedury, ale właściwie powinien się spodziewać, że tutaj nikomu nigdzie się nie spieszy. Jeśli czas miał jakiekolwiek znaczenie, to tylko takie, że w dobrym tonie było jego marnotrawienie.

– Jak długo tu zostanę?

– To zależy.

Jak na wychowawcę, nie miał zbyt wychowawczego podejścia, przeszło przez głowę Oryńskiemu.

– Do dwóch tygodni – dodał mężczyzna. – Zrobią ci szereg badań, a potem…

– Szereg?

– No – potwierdził pod nosem rozmówca. – Lekarskie, osobopoznawcze, sanitarne…

Sanitarne nie brzmiały dobrze. Kordian przypuszczał, że mogły wiązać się tylko z jednym – i nie było to nic, co mieściłoby się w jego pojmowaniu godności.

– Dodatkowo trzeba będzie cię jeszcze zapoznać z zasadami.

Oryński się rozejrzał. Bez względu na to, jak wiele powiedziałby mu ten człowiek, i tak nie pozna większości reguł rządzących tym miejscem.

– Najlepiej zrobisz, jeśli zrezygnujesz z tego milczenia.

– Mhm.

– Chyba że wydaje ci się, że wszystkie zasady znasz i nie muszę nic mówić.

– Wręcz…

– W końcu kończyłeś prawo, prawda? Na pewno przerabialiście odpowiednie kodeksy, które są fundamentem życia w miejscach takich jak to.

Trudno było nie wychwycić kpiny w głosie mężczyzny. Kordian przyjrzał mu się, starając się stwierdzić, czy to naprawdę wychowawca. Sprawiał wrażenie raczej osoby wytypowanej przez innych więźniów, by wyciąć mu jakiś numer na samym początku pobytu.

Nie, takich rzeczy nie będą robić. Jeśli ktoś zdecyduje się do niego dobrać, użyje znacznie większego kalibru.

Oryński wiedział, że musi jak najszybciej opuścić celę przejściową. To tutaj był najbardziej narażony na ataki. Przydział do zwykłych cel regulowały jasne zasady – rezydentów dobierało się tak, by byli w zbliżonym wieku, siedzieli za podobne przestępstwa i mogli pochwalić się takim samym stopniem zdemoralizowania.

Tutaj jednak mógł trafić właściwie na każdego.

– Mimo wszystko muszę przedstawić ci organizację wewnętrzną – odezwał się wychowawca.

– Będę wdzięczny.

Mężczyzna zmarszczył czoło, przechylając głowę na bok. Przez chwilę przyglądał mu się jak okazowi ginącego gatunku, ale ostatecznie nie skomentował. Kordian dopiero po chwili zorientował się, że jego odpowiedź zabrzmiała jak kpina.

– Muszę też zapytać cię o parę rzeczy – dodał wychowawca.

Oryński skinął głową.

– Palisz?

– Tak.

– Leczysz się na coś?

– Nie.

– Mam na myśli: czy bierzesz jakiekolwiek środki?

– Lorafen. Przepisała mi go…

– Cierpisz na jakieś stany lękowe?

– Właściwie to…

– Zaczniesz – zapewnił go mężczyzna. – Ale nie ma problemu, będziesz dostawał swój lek.

– Zamierzałem go odstawić. Na jakiś czas nawet…

– Lepiej będzie, jeśli teraz nie będziesz eksperymentował. Ile przyjmujesz?

– Tabletkę, ale…

– Jeden miligram czy dwa i pół?

– Jeden.

Rozmówca zmrużył oczy i wstrzymał oddech, jakby potrzebował chwili, by przeprowadzić jakieś skomplikowane kalkulacje. W końcu pokiwał głową, najwyraźniej doszedłszy do czegoś konkretnego.

– No dobra – rzucił. – Coś wymyślimy. Nie ma żadnego generyka, ta substancja czynna u nas występuje tylko w lorafenie, ale nie martw się. Znajdę ci coś, po czym będziesz spał jak dziecko.

Oryński przypuszczał, że nawet preparat ze znacznie większą dawką lorazepamu by mu w tym nie pomógł. Przez pierwsze noce z pewnością nie zmruży oka, a kiedy trafi do właściwej celi, będzie mógł liczyć jedynie na płytki, nieprzynoszący wytchnienia sen.

– Skoro to mamy załatwione, przejdźmy do zasad twojego nowego życia, Oryński.

– Proszę.

– Naoglądałeś się filmów, naczytałeś się książek, może byłeś kilka razy w więzieniu.

– O kilka za dużo.

Właściwie o jeden. Ten jeden.

– Nie powiem, że wszystko, co widziałeś, to bzdury, ale część na pewno tak. Przede wszystkim zakłamany jest obraz strażników. Są twoimi sojusznikami w tym miejscu, rozumiesz?

– Rozumiem.

– W celi masz tak zwaną klapę. To przycisk, dzięki któremu dajesz funkcjonariuszom w dyżurce znać, że coś się dzieje i powinni czym prędzej otworzyć. Jasne?

Było to aż za jasne. Kordian wyobraził sobie, jak stara się wcisnąć ową klapę, szarpiąc się ze współosadzonymi. Przypuszczał, że pierwszym, co by zrobili, byłoby zablokowanie mu przejścia.

Wychowawca sięgnął po niewielką teczkę, wyjął z niej krzywo wydrukowany dokument i podał Kordianowi. Młody prawnik przebiegł tekst wzrokiem. Był to jeden z tych materiałów, na które szkoda było zarówno drzew, tuszu z drukarki, jak i energii elektrycznej.

– Jak widzisz, naszym podstawowym obowiązkiem jest zapewnienie ci bezpieczeństwa.

– Tak, widzę...

– Nie możemy jednak ci go zapewnić, jeśli nie będziesz zgłaszał problemów. Zgodne z instynktem jest, żeby tego nie robić, ale zapewniam cię, że wyjdziesz na tym bardzo, bardzo źle.

W głosie mężczyzny nie było cienia współczucia ani troski. Przyjrzał się obojętnie Kordianowi, a potem zamknął teczkę i się podniósł. Rzeczywiście nie trwało to długo, szczególnie jeśli wziąć pod uwagę, że ta rozmowa mogła stanowić preludium do nowego, kilkuletniego okresu w życiu aresztanta.

– Coś jeszcze chciałbyś wiedzieć? – spytał wychowawca.

– Nie.

– Szkoda. O im więcej rzeczy mnie zapytasz, tym większa szansa, że jakoś to przejdziesz.

– To?

– Zapoznanie w celi. Będziesz musiał pokazać białko, czyli…

– Postanowienie o tymczasowym aresztowaniu, wiem.

– W twoim wypadku nie jest zbyt imponujące, nie przysporzy ci sympatii.

– Sympatia to chyba słowo, którego tutaj się nie używa.

Mężczyzna znów bez żadnych emocji pokiwał głową. Z początku Oryńskiemu ta rezerwa wydawała się dziwna, teraz jednak uznał, że właściwie jest normalna. Po latach pracy na lekarzach nie robią wrażenia rozbebeszone zwłoki, a na adwokatach zwyrodniali przestępcy. Wychowawcy w aresztach śledczych zapewne byli również przyzwyczajeni do widoku niepozornych chłopaków, którzy mieli zostać przemieleni na drobno w więziennej maszynce.

– Zastanów się też nad fryzurą – dodał mężczyzna, kierując się do wyjścia. – Zetnij na zero, tak będzie najlepiej.

Kordian postanowił, że tak zrobi. Wprawdzie cudów to nie zdziała, ale łysa pała będzie dużo lepsza od koafiury, która dobrze sprawdziłaby się wieczorami na placu Zbawiciela.

Wychowawca otworzył drzwi, wyszedł na zewnątrz, ale zawahał się przed zamknięciem celi.

– Współpracuj z nami, Oryński – powiedział na odchodnym. – To naprawdę twoja jedyna szansa.

– W porządku.

Mężczyzna bezsilnie westchnął.

– Wiem, co sobie myślisz – oznajmił. – Bo tak samo kalkuluje każdy, kto tutaj trafia.

– Tak?

– Pomijając oczywiste rzeczy, uważasz, że namawiamy do współpracy, bo to wywołuje konflikty między więźniami.

A nam to na rękę, bo lepiej, żebyście żarli się ze sobą niż z nami.

– Szczerze mówiąc, nie wybiegam myślami tak daleko.

– Powinieneś – odparł jeszcze wychowawca, a potem zamknął drzwi.

Kiedy Kordian na powrót został sam w niewielkim pomieszczeniu, odniósł wrażenie, jakby spadła w nim temperatura. Położył się na pryczy i wbił wzrok w sufit. Chłód zdawał się przybierać na sile, z wyjątkiem tych chwil, kiedy na korytarzu rozlegał się dźwięk kroków. Oryńskiego natychmiast oplatała fala gorąca. Spoglądał z niepokojem na drzwi, ale za każdym razem przechodzący go mijali.

Może jednak ta kartka papieru nie była tak dużym marnotrawstwem, jak przypuszczał? Może administracja i wychowawca rzeczywiście starali się, by zapewnić osadzonym bezpieczeństwo? W małych miejscowościach mogło być dużo gorzej, ale w sercu stolicy? Tu powinny obowiązywać najwyższe standardy.

Kordian zaczął powoli się uspokajać, kiedy dobiegł go odgłos odsuwanej zasuwy. Usiadł na pryczy, zwieszając nogi, i spojrzał w stronę wejścia. Drzwi się otworzyły, a w progu stanął chłopak młodszy od niego.

Klawisz wprowadził go do środka i zamknął celę, nie odzywając się słowem.

Aresztanci spojrzeli na siebie niepewnie. Obaj oceniali, jakie mają szanse w ewentualnym starciu. Na pierwszy rzut oka zdawało się, że Kordian ma fizyczną przewagę, ale młody mógł być zaprawiony w ulicznych bojach.

Chłopak zbliżył się do pryczy.

– Robson – odezwał się, wyciągając rękę.

Oryński odetchnął. Wszystko wskazywało na to, że jednak na samym początku mu się poszczęściło. Uśmiechnął się w duchu na myśl, że chyba po raz pierwszy lepiej będzie przedstawić się określeniem, na które z niewiadomych przyczyn wpadła kiedyś Chyłka.

– Zordon – powiedział.

Młody przyjął to z powagą, jakby ksywa była równie zwyczajna, jak ta jego. Usiadł na pryczy po drugiej stronie celi, a potem oparł się o ścianę.

– Wjebali mnie za dziesionę – rzucił.

Niewątpliwą zaletą parania się prawem karnym było to, że Kordian orientował się cokolwiek w gwarze więziennej. Wiedział, że „dziesiona" była stypizowana w artykule dwieście osiemdziesiątym Kodeksu karnego. Przed którąś nowelizacją znajdowała się gdzie indziej, stąd jej nazwa. Najwyraźniej osadzeni albo nie śledzili zmian legislacyjnych, albo postanowili zostać przy poprzedniej.

– Rozbój – odezwał się Oryński. – Paragraf pierwszy czy drugi?

Chłopak spojrzał na koszulę Kordiana i skrzywił się.

– A co ty, kurwa, jesteś?

Dobre pytanie, pomyślał Oryński.

– Hapacz?

– Niedoszły – przyznał. – Oblałem egzamin.

– To dobrze. W sensie, że nie władowałeś się w to gówno.

– Znalazłem się w jeszcze większym.

Robson pokiwał głową w zadumie, jakby całe jego doświadczenie życiowe przemawiało za potwierdzeniem takiej tezy.

– To który paragraf?

– A chuj wie.

– Masz to w postanowieniu o…

– Jebie mnie postanowienie – wpadł mu w słowo chłopak. – Zresztą zostawiłem je w dziurze.

O ile Oryńskiego pamięć nie myliła, dziura była po prostu celą. Ale skoro młodego już do jakiejś przydzielono, co robił tutaj?

– Czekamy tam na ciebie – powiedział, uśmiechając się lekko. – W sensie nie wszyscy, niektórzy mają to w dupie.

– Ale…

– Przede wszystkim nie może się ciebie doczekać Gorzym – dokończył chłopak.

2

ul. Trocka, Targówek

Z jakiegoś powodu w drodze do ginekologa wolała słuchać AC/DC niż Iron Maiden. Nie zabrawszy jednak ze sobą słuchawek, w taksówce musiała odgrywać charakterystyczne riffy *Thunderstruck* jedynie w głowie.

Wizyta była krótka, a wytyczne lekarza konkretne – miała się nie przemęczać, nie denerwować i powoli oswajać z myślą, że przed nią urlop macierzyński. Nowy ginekolog był trzecim, który prowadził jej ciążę. Z dwojgiem wcześniejszych pożegnała się, bo zdawali się zbyt nachalni.

Najpierw wybrała mężczyznę, wychodząc z założenia, że lekarka nie będzie zaglądać jej tam, gdzie żadna kobieta nie powinna. Potem zmieniła zdanie, uznając, że zrozumienie wśród przedstawicielek jednej płci jest ważniejsze. Ostatecznie wróciła do koncepcji z facetem.

I ten kandydat był jednak stanowczo nadopiekuńczy. Zupełnie jakby widok kobiety sukcesu od razu sugerował komplikacje.

– Powinien się pan przejmować raczej tymi, co przychodzą, cuchnąc wódą – zauważyła, kiedy zajęła miejsce na fotelu, a ginekolog na moment niemal zniknął jej z pola widzenia.

– Słucham?

– Wszystkim wam zapala się czerwona lampka alarmowa, jak tylko widzicie garsonkę.

– W jakim sensie?

– W takim, że od razu spodziewacie się szarżowania.

– A nie szarżuje pani?

– Od kiedy banda skurwieli skasowała mi iks piątkę, nie.

Mężczyzna wyprostował się i popatrzył na nią znacząco. Machnęła ręką.

– Nie denerwuję się – zapewniła. – Taki mam po prostu styl bycia.

– Więc powinna się pani zastanowić nad jego zmianą.

– A pan nad tym, żeby mniej gadać, a więcej eksplorować.

Zaległa cisza, która szybko stała się niewygodna. Chyłka odchrząknęła.

– To nie zabrzmiało dobrze – oceniła. – Ale niech pan potraktuje to jako sugestię, żeby się pospieszyć.

– Zrobi się.

Badanie nie wykazało żadnych nieprawidłowości, choć lekarz nie omieszkał jeszcze raz zasugerować, że najrozsądniej byłoby nieco zwolnić. I może Joanna byłaby ten jeden raz w życiu gotowa posłuchać takiej rady, gdyby nie to, że miała pełne ręce roboty.

Zordon był w areszcie, Tesarewicz zmienił reprezentację, a chłopak, który mógł mieć odpowiedzi na wszystkie pytania, naprawdę cierpiał na zaburzenia uniemożliwiające komunikację.

Chyłka obracała to wszystko w głowie, jadąc z powrotem do Skylight. Jakby wszystkiego było mało, konflikt między nią a Żelaznym eskalował. Coraz częściej przyłapywała się na snuciu planów wojennych. Już nawet nie wobec niego samego, ale całej kancelarii.

Tyle że jakikolwiek atak na nią byłby w istocie także wypowiedzeniem wojny McVayowi. A poczciwy Brytyjczyk był jedną z ostatnich osób, którym chciałaby wyrządzać krzywdę.

Zdecydowanym krokiem i bez pukania weszła do Jaskini McCarthyńskiej. Na biurku leżał stały zestaw literatury, przez który chudzielec został odarty ze swojego imienia i nazwiska.

– Mamy to, Chyłka – powiedział Kormak.

Zamarła, nie zdążywszy zamknąć drzwi. Biorąc pod uwagę wszystko, co się działo ostatnimi czasy, trudno było uwierzyć, że naprawdę doszło do jakiegoś przełomu.

– Sigma – dodał szczypior.

Joanna zamknęła drzwi.

– Co z nią?

– To klucz.

Przewróciła oczami, siadając naprzeciwko niego. Przez moment walczyła z naturalnym odruchem, by rzucić uwagę na temat oczywistości tej informacji. W końcu uznała, że tylko niepotrzebnie straci czas. Chciała konkretów.

– Co otwiera? – zapytała.

– Zawężoną listę wyników, a oprócz tego drogę do…

Urwał, kiedy zgromiła go wzrokiem.

– Dobra, już dobra… – mruknął. – Bez tego spojrzenia wiem, że niemądrze jest rozjuszać drapieżnika z młodym. Nawet jeśli…

– Do rzeczy, Kormaczysko. Co nam daje ta sigma?

– Wszystko – odparł z zadowoleniem i wyprostował się. Nie zdarzało się to często, jego kręgosłup właściwie wyglądał, jakby na stałe wygiął się w łuk. – Te numery po dodaniu greckiej litery prowadzą tylko do jednego wyniku wyszukiwania.

– Jakiego?

– Sigma-Aldrich.

– Co to jest?

– Firma biotechnologiczna, która działa niemal na całym świecie. Jedna z największych.

– W Polsce też?

Kormak pokiwał głową, zerkając na ekran laptopa.

– U nas dostarcza głównie odczynniki, ale nie to w tym wypadku nas interesuje, a numer, o którym mówił Zordon.

Chyłka milczała, wychodząc z założenia, że najwięcej informacji uzyska, jeśli nie będzie ponaglać chudzielca. Znała go wystarczająco dobrze, by wiedzieć, że jakiekolwiek pytania dostarczą mu satysfakcji i sprawią, że będzie przeciągał podanie odpowiedzi.

– Zastanawia mnie, dlaczego ten ciąg znalazł się przy odnalezionym chłopaku, ale przypuszczam, że prędzej czy później i do tego dojdziemy.

– Choćbym miała sczeznąć – zapewniła.

Kormak zgarbił się, wracając do swojej naturalnej pozy. Chyłka świdrowała go wzrokiem.

– Sigma-Aldrich jest jedną z niewielu firm na świecie, które produkują pewien środek – odezwał się. – Wiesz, jakie ma oznaczenie?

Joanna nabrała tchu i przytrzymała powietrze w płucach, jakby przygotowywała się do ataku. Szczypior natychmiast uniósł lekko dłonie. Najwyraźniej przypomniał sobie, jak nieroztropnie jest drażnić niebezpiecznego osobnika.

– Siedemdziesiąt sześć, siedemdziesiąt pięć, pięć – powiedział. – Gdybym wcześniej powstawiał myślniki w odpowiednie miejsca, może sam doszedłbym do tego, co to znaczy. Ale tak, dopiero sigma dała mi odpowiedź. Była w wynikach wyszukiwania, ale nie zwróciłem na nią uwagi, bo…

– Kormaczysko – upomniała go.

– Bo nazwa nie dość, że była po angielsku, to jeszcze występowała w pełnej wersji – dodał, znów patrząc na monitor. Skrzywił się. – *Five ethyl five one methylbutyl two thio… thiobarbituric…*

Mamrotał tak, że nic nie zrozumiała.

– Po polsku tiopental.

– Co takiego?

– Te cyfry to numer CAS – ciągnął. – Oznaczenie substancji chemicznej w największej na świecie bazie danych, prowadzonej przez…

– Tiopental? – wpadła mu w słowo. – Przecież to niemożliwe.

Przez chwilę oboje milczeli, patrząc na siebie.

– Dlaczego zaginiony chłopak miałby mieć przy sobie świstek papieru z oznaczeniem substancji, którą Zordon miał rzekomo podać matce?

– Właściwie to jedna z dwóch, których miał użyć.

– Tak, wiem. Oskarżali go o połączenie tiopentalu i chlorku potasu.

Czyli w istocie o stworzenie mieszanki, która miała być śmiertelna. Jego matka przyjmowała lek na padaczkę, w którym znajdował się pierwszy składnik. Dodanie tego drugiego było powszechną metodą przy nielegalnych eutanazjach. Czy też pomaganiu w samobójstwach, jak nazywali to niektórzy.

Chyłka dobrze pamiętała przypadek Jacka Kevorkiana – zwanego Doktorem Śmierć – który świadczył takie „usługi” na terenie USA. W Polsce o te substancje również nie było trudno – na tyle, że przy sprawie Al-Jassama podłożono je do bagażnika daihatsu Oryńskiego.

Tyle że wtedy za wszystko odpowiadał ktoś inny. I wydawało się, że sprawa przestała mieć znaczenie w momencie, gdy prawnicy dowiedzieli się prawdy o Fahadzie.

– To niemożliwe – powtórzyła Chyłka.

Kormak podrapał się po głowie, jakby nagle poczuł się wyjątkowo nieswojo.

– Chyba po raz pierwszy widzę cię w stanie... negującym rzeczywistość – oznajmił.

Nie słuchała go. Starała się zrozumieć wszystkie implikacje tego, że Kordian wskazał na tiopental.

Pokręciła głową.

– To się nie trzyma kupy – powiedziała. – Po prostu...

– A jednak innej opcji nie widzę. Chodzi o ten środek.

Popatrzyła na niego, jakby urwał się z choinki. Dopiero teraz zrozumiała, że ich myśli skierowały się na dwa różne tory.

– Chodzi mi o coś innego, Kormaczysko.

– O co?

– Skąd Zordon miałby wiedzieć, że te cyfry znalezione przy chłopaku odnoszą się do tiopentalu?

– Hę?

– Nie jest przecież chodzącą chemiczną bazą danych, a sam powiedziałeś, że bez tych myślników nie mogłeś zidentyfikować numeru jako wpisu w CAS.

– No tak...

– Więc jak Zordon miałby skojarzyć jedno z drugim? – spytała raczej siebie niż jego.

Kormak nie miał dla niej żadnej odpowiedzi. Oczywiste wydawało się, że skoro jemu nie udało się z morza różnych znaczeń wyłowić tego słusznego, tym bardziej byłoby to niemożliwe dla Zordona.

– Musiał mieć coś więcej – odezwała się.

– Co? Przecież przy Lewickim nie znaleziono niczego poza tym.

– Może jednak znaleziono – odparła. – A może Oryński dostał wskazówkę od kogoś innego.

Kormak znów zaczął nerwowo drapać się po głowie, jakby nabawił się zespołu nadpobudliwości psychoruchowej.

– Ale… – zaczął, a potem urwał i spojrzał bezsilnie na Chyłkę.

Podniosła się i zaczęła krążyć po Jaskini. Myśli nie chciały układać się jej w głowie. Ilekroć zaczynały tworzyć spójną całość, pojawiał się jakiś destrukcyjny element, który obracał wszystko wniwecz. Najczęściej było to wspomnienie papierosów lub alkoholu.

Przysiadła w końcu na skraju biurka, tyłem do Kormaka.

– Wszystko od początku jest z nim związane – odezwała się.

– Z Zordonem? W jaki sposób?

– Nie wiem. Ale sam fakt jest bezapelacyjny – odparła, obracając się przez ramię. – Bo ktokolwiek odpowiada za odnalezienie Lewickiego, jest także odpowiedzialny za to, że Kordian siedzi teraz na Mokotowie.

– No tak.

– Co więcej…

Zawiesiła głos, nie chcąc kończyć myśli. Ta ułożyła się już jednak w głowie i była na tyle wyraźna, że nawet deficyt procentów, nikotyny i kofeiny nie mógł jej wymazać.

– Ta osoba ustawiła nas wszystkich jak pionki na planszy – odezwała się. – Bo jeśli to ona znalazła Lewickiego, istnieje spore prawdopodobieństwo, że właśnie od niej żona Tesarewicza uzyskała informacje.

– Logiczne.

– Logiczne jest też to, że to ta osoba skierowała Łucję do mnie. Może nawet to ona zasugerowała, że jestem jedyną prawniczką, która może pomóc.

– Tyle że tak naprawdę nie chodziło o ciebie.

– Nie. Tym razem najwyraźniej nie.

W jakiś sposób zabrzmiało to arogancko, ale także niepokojąco. Wolała, kiedy sytuacja była jasna, a na celowniku znajdowali się ona lub jej klient.

– To oznacza też, że się pomyliłam – dodała. – Wykluczyłam służby, bo założyłam, że nic by nie ugrały.

– Może słusznie.

– Nie. Tylko one miały dostęp do materiałów obciążających Zordona. Nikt inny nie wiedział o tiopentalu i chlorku potasu w bagażniku.

– Policja wiedziała – zauważył Kormak. – Szczerbiński, jego przełożeni, może nawet kilku niższych rangą funkcjonariuszy.

Musiała przyznać mu rację. Z początku odrzuciła tę możliwość, uznając, że nikt w policji nie miałby żadnego powodu, by wrabiać Kordiana w cokolwiek.

– Chyłka?

– Zastanawiam się.

– Nad motywem?

– Nie. Sprawa jest na tyle mętna, że na tym etapie lepiej w to nie wnikać. Przyjdzie jeszcze pora.

– Mimo wszystko dobrze byłoby mieć choćby hipotezę o motywacjach sprawcy.

Zapatrzyła się przed siebie, zbierając myśli. Miała wrażenie, że jeden łyk tequili podziałałby na nią jak defibrylacja na pacjenta w zapaści.

– Sprawcy lub sprawców – zauważyła. – Jeśli to służby są odpowiedzialne, nikt tu nie działa samozwańczo. Ani w osamotnieniu.

Kormak pokiwał głową.

– Wiemy przynajmniej, za co go wsadzili – dodała. – Byłam przekonana, że chodzi o Tatuażystę, ale najwyraźniej zarzuty nie mają z nim nic wspólnego.

– Zabójstwo eutanatyczne.

Skinęła głową. Artykuł sto pięćdziesiąty Kodeksu karnego, typ uprzywilejowany zwykłego zabójstwa. By wyczerpać znamiona czynu, należało kierować się współczuciem i działać na żądanie osoby, która chciała umrzeć.

– Ludzie ze służb grozili mu tym przy sprawie Fahada – bąknęła w zamyśleniu.

– Wiem.

– Ale osiągnęli cel – dodała, nie słysząc odpowiedzi. – Do czego znów tego potrzebowali?

– Może po prostu…

– Co? – wpadła mu w słowo, potrząsając głową. – Nagle ich tchnęło, że Oryński mógł naprawdę pomóc swojej matce umrzeć? Zwariowałeś?

– Nie wiemy, co się wtedy stało. Jego ojciec do dziś go wini.

– Bo jest nienormalny – odparła stanowczo. – Podobnie jak kilku innych ojców, których skądinąd znam, nic nowego.

– Mój jest…

– Nie obchodzi mnie ani twój ojciec, ani jego – kontynuowała. – Ani tym bardziej absurdalny pomysł, że ktoś w ABW czy AW nagle w trosce o sprawiedliwość doszedł do wniosku, że dobrze byłoby przekazać materiały prokuraturze.

Chudzielec w końcu przestał wykonywać nerwowe ruchy. Sięgnął pod fotel biurowy, odgiął oparcie, a potem zaplótł ręce na karku. Przypuszczała, że będzie obstawał przy wersji z policją, ale się nie odezwał.

– Co teraz? – spytał.

Chyłka popatrzyła na niego z niedowierzaniem.

– Musisz pytać? – odparła.

– Zamierzasz go bronić.

– Nie zamierzam, tylko to właśnie zrobię.

Nie czekając, aż przedstawi wszystkie „przeciw" i nie zająknie się o choćby jednym „za", wyszła z niewielkiej kanciapy, a potem skierowała się prosto do nieodległego gabinetu Żelaznego. Zapukała, ale nie czekała na odpowiedź.

Imiennego partnera zastała w towarzystwie asystentki. Pochylali się nad jakimiś papierami i oboje unieśli wzrok w tym samym momencie. Artur nie potrzebował żadnych wyjaśnień, by wiedzieć, w jakim celu zjawiła się u niego Chyłka.

Pokręcił głową z teatralną bezsilnością.

– Nie – powiedział.

Asystentka szybko ruszyła w kierunku drzwi, ale Żelazny powstrzymał ją ruchem ręki. Nie mógł sugestywniej dać do zrozumienia, że nie zamierza prowadzić z Chyłką żadnych dyskusji.

– Nie będziesz go reprezentować – rzucił.

– Odkryłam nowe fakty.

– Które mnie nie interesują.

– A powinny, bo…

– Nie będziesz go bronić – powtórzył. – Nie pod moim szyldem.

Chyłka zrobiła krok w kierunku biurka i uśmiechnęła się. Oboje wiedzieli, że *status quo* nie pozwala na żadne zmiany w strukturze kierowniczej kancelarii. Ani ona nie mogła pozbyć się Żelaznego, ani on pozwolić sobie na to, by Joanna odeszła. Nie ze wszystkimi informacjami, które przez ostatnie lata zebrała na jego temat.

A mimo to zdawał się rzucić jej wyzwanie.

– Idę na macierzyński – powiedziała.

– Wiesz dobrze, że przepisy Kodeksu pracy nie…

– Nazwij sobie to, jak chcesz – przerwała mu. – Od teraz przebywam na urlopie.

Imienny partner otworzył usta, ale nie zdążył się odezwać.

– Zamierzasz robić problemy? – spytała. – W kraju, gdzie przez gówniane przepisy aktywnych zawodowo jest raptem sześćdziesiąt cztery procent kobiet? Gdzie cztery na dziesięć w wieku produkcyjnym ani nie szuka, ani nie podejmuje pracy? Powodzenia w mediach, Artur.

Uniósł dłoń, ale to nie mogło jej zatrzymać.

– Zafunduję ci taki czarny PR, jakiego świat korporacyjny jeszcze nie widział. „Żelazny & McVay" stanie się synonimem niewłaściwego traktowania kobiet, a ty zostaniesz głównym budowniczym katastrofy demograficznej w kraju.

Żelazny jeszcze przez chwilę ignorował wzrok asystentki, która zdawała się tylko czekać na to, aż szef da znak, że powinna jednak zostawić ich samych. W końcu skinął do niej głową i wskazał wzrokiem drzwi. Dziewczyna skorzystała ochoczo.

Kiedy zostali sami, przysiadł na parapecie i przez moment pocierał dłonią skronie, jakby chciał ukryć twarz przed Chyłką.

– Musisz zacząć myśleć o dziecku – odezwał się. – Rozumiesz?

– Myślę o nim stanowczo za często.

Opuścił dłoń i schował ją do kieszeni.

– Spójrz prawdzie w oczy, do cholery. Zajedziesz się.

– Najpierw zajadę tego, kto wrobił Kordiana.

– Nikt go nie wrobił. Podał matce te środki.

– Skąd…

– Skąd wiem, że o to chodzi? Bo z nim rozmawiałem.

Chyłka starała się nie dać po sobie poznać zaskoczenia. Mimo woli jednak uniosła brwi.

– Zadzwonił do mnie, oznajmiając, żebym przekazał ci jasną wiadomość.

Już wiedziała, jak brzmi.

– Jeśli wpadniesz na szalony pomysł, żeby go bronić, mam ci przekazać, że za żadne skarby nie podpisze twojego pełnomocnictwa.

Trwała w bezruchu, zastanawiając się, czy to prawda. Żelazny miał więcej niż jeden powód, by łgać, ale takie kłamstwo miałoby wyjątkowo krótkie nogi. Do kurwy nędzy, Zordon naprawdę musiał mu to przekazać. A ona powinna była się tego spodziewać.

– Wracaj do pracy, Chyłka – poradził Artur. – Skończ, co masz do skończenia, a potem odpocznij. Zatroszcz się o kogoś poza sobą – dodał, wskazując na jej brzuch.

– Taki mam zamiar.

Wyszła z jego biura bez pożegnania. Planowała od razu zabrać się do roboty. A zacznie od chłopaka, który wedle wszelkiej logiki powinien być martwy.

3

Areszt śledczy, Mokotów

Pozostałe prycze szybko się zapełniły. Oryński obawiał się, że ktokolwiek przysłał mu anonimowego maila z oznaczeniem tiopentalu, zadbał także o to, by w celi przejściowej umieścić nie tylko Robsona, ale także kilku innych swoich ludzi.

Po kilku godzinach przekonał się jednak, że tak nie było. Chłopak zdawał się jedyną osobą, która realizowała plan tego człowieka.

Nazwał go w duchu Guerillą, jako że anonimowa wiadomość nadeszła z serwisu Guerilla Mail. Harry McVay powiedział kiedyś, że trzeba skonkretyzować, nazwać wroga, bo staje się wtedy bardziej realny, a więc mniej straszny. O ile Kordian dobrze pamiętał, chodziło wtedy o grupę ludzi, dla której Chyłka zaproponowała określenie „banda chuja".

Wtedy mgliście zdawali sobie sprawę, kogo mają przeciwko sobie. Teraz Kordian nie miał o tym bladego pojęcia.

Fakt, że ktoś wiedział o Gorzymie i wykorzystał tę wiedzę przeciwko niemu, nie był niczym znaczącym. Nie była to żadna tajemnica, szczególnie jeśli Guerilla miał dojście do kogoś w policji lub w służbach. Lub jeśli sam znajdował się w ich szeregach.

Ale czy naprawdę istniała możliwość, że Gorzym czekał na niego w celi? Na samą myśl Kordianowi robiło się gorąco. To przez to, co zrobił mu ten człowiek, brał lorafen. Choć sam początkowo nie był tego świadom, stany lękowe były skutkiem właśnie tamtego spotkania.

Nocą pod Skylight Gorzym ogłuszył go, a potem wpakował do samochodu. Wywiózł go pod Warszawę i bił dopóty, dopóki Oryński nie stracił przytomności.

Pierwsza noc w celi była gorsza niż ta, którą po pobiciu spędził w szpitalu. Kordian miał wrażenie, że przeżywa wszystko na nowo. Nie było mowy o tym, by zmrużył oko. Tym bardziej, że Robson najwyraźniej był opłacany przez tego, kto wysłał mu maila z cyframi.

Tego, kto ten sam ciąg wręczył Maćkowi Lewickiemu, zanim chłopak wrócił do świata żywych.

Na Boga, to była szeroko zakrojona akcja. Oryński nie pojmował, w jaki sposób ani dlaczego została skonstruowana, ale nie ulegało wątpliwości, że ktoś zadał sobie niebywały trud.

Guerilla była dobrym określeniem. Mogła oznaczać zarówno jednego człowieka, jak i całą grupę.

Przez noc Kordian ułożył w głowie listę osób, które mogłyby chcieć mu zaszkodzić. Zebrał na niej stanowczo zbyt wiele nazwisk, by czuć się komfortowo. Potem zawęził ją tylko do osób, które wiedziały o podłożeniu tiopentalu i chlorku potasu do jego bagażnika.

Na niej nie było już tak wiele podmiotów. Problem polegał na tym, że pod jednym pojęciem mogło kryć się wielu ludzi. „Służby" były tym najbardziej pojemnym.

W dodatku musiał wziąć pod uwagę także inny scenariusz. Mogło nie chodzić o niego, mógł stanowić jedynie rykoszet. Guerilli mogło zależeć na uwolnieniu Tadeusza Tesarewicza, a młody prawnik w jakiś sposób miał w tym pomóc.

Nad ranem miał już serdecznie dosyć wszelkich rozważań, mimo że czas zdawał się pędzić na złamanie karku. Wiedział, skąd to uczucie. Każda upływająca minuta przybliżała go do momentu spotkania z Gorzymem.

Nie miał złudzeń, jak będzie wyglądało.

Chciał rozmówić się z administracją więzienia, ale nie potrafił wymyślić żadnego argumentu, który by do nich przemówił. Sama obawa, że ze strony kafara spotkają go nieprzyjemności, z pewnością okaże się niewystarczająca. Takich jak on było tu na pęczki.

Jeszcze zanim obudzili się współwięźniowie, rozległ się dźwięk odsuwanej zasuwy. Kordian natychmiast usiadł na pryczy i wbił wzrok w drzwi. Strażnik otworzył je i zajrzał niechętnie do środka.

– Cuchnie – ocenił.

Trudno było się z tym nie zgodzić. Być może inaczej byłoby, gdyby tymczasowo aresztowanym prysznic przysługiwał nieco częściej niż raz w tygodniu. I gdyby od razu po osadzeniu mogli z tej okazji skorzystać.

Nic nie stało na przeszkodzie, by to zorganizować. Kordian przypuszczał jednak, że odmawianie osadzonym możliwości umycia się stanowiło jakąś formę pokazania, kto tu rządzi i gdzie jest czyje miejsce. Przy czym oficjalnie chodziło oczywiście o brak możliwości technicznych.

– Oryński – rzucił klawisz.

Kordian spojrzał na niego ze strachem. Już? Tak szybko zapadła decyzja, by przenieść go do właściwej celi?

Podniósł się powoli i napotkał zadowolony wzrok Robsona. Chłopak wyraźnie nie mógł doczekać się zabawy, jaka go czekała. I trudno było mu się dziwić. Konflikt między dwoma więźniami był tu najlepszą rozrywką. Szczególnie kiedy jeden miał w bicepsie tyle, ile drugi w obwodzie pasa.

– Oryński, zbieraj dupę!

Kordian nabrał tchu i spojrzał na swoje rzeczy. Zaczął ścielić łóżko, jakby kilkanaście sekund mogło stanowić jakąkolwiek różnicę.

Na moment zamknął oczy, wrzucając szczoteczkę do zębów do foliowego worka. Przypuszczał, że Gorzym za kratkami nie próżnował, zapewne dorobił się jeszcze większej muskulatury.

Odsunął tę myśl. Nie miała znaczenia. Nawet gdyby przeciwnik zapadł na nieuleczalną chorobę i stracił całą masę mięśniową, i tak potrafiłby go zabić własnymi rękoma. Gorzym był człowiekiem ulicy, bezwzględnym zakapiorem, który wiedział, gdzie i jak uderzyć, żeby ciosy przyniosły zamierzony skutek. Kiedy dojdzie do starcia, Kordian w porównaniu z nim będzie młócił na ślepo.

– Zostaw mandżur – polecił strażnik.

Oryński wykonał polecenie i wyprostował się.

– I ruchy, ruchy, nie mam całego dnia.

Kordian wyszedł na korytarz, choć miał wrażenie, że przemieszcza się jedynie jego ciało, a świadomość została w celi. Klawisz zatrzasnął drzwi, kazał mu stanąć pod ścianą i rozsunąć nogi, a potem niechlujnie przeprowadził rewizję.

– Dlaczego nie mogłem zabrać rzeczy?

– A na chuj ci one?

Na tak postawione pytanie właściwie nie było dobrej odpowiedzi. A gdyby zaczął jej szukać, musiałby dojść do dojmującego wniosku, że potrzebne mu w istocie „na chuj". Wedle wszelkiego prawdopodobieństwa zaraz skończy w kałuży krwi na podłodze. Czy będzie miał ze sobą szczoteczkę do zębów, czy nie, miało drugorzędne znaczenie, bo najpewniej nie będzie czego szorować.

Wzdrygnął się na tę myśl.

– Ruchy – powtórzył strażnik, a potem klepnął go w plecy.

Oryński szedł wzdłuż metalowej, odrapanej barierki, wodząc wzrokiem po wiszących na ścianach plakatach. Widok różnił się nieco od tego, który spodziewał się tutaj zastać. Panowała tu wprawdzie typowa stęchlizna, ale nie było półmroku, jarzeniowe światła paliły się jasno jak na sali chirurgicznej. Żółta farba olejna na ścianach przypominała wystrój dawnych szkół podstawowych, a płyty PCV przywodziły na myśl wczesne, postpeerelowskie przedszkola.

Wszystko było zaniedbane, od starych, odchodzących listew przy podłogach aż po sufity i okna. Jedynie okratowanie wydawało się rezultatem porządnie wykonanej roboty.

Obiekt był nie do wyremontowania, przynajmniej nie przy środkach, jakimi dysponowało w Polsce więziennictwo. Może dlatego podjęto decyzję o jego zamknięciu. Do dwa tysiące dwudziestego roku wszyscy więźniowie mieli zostać przeniesieni, a na miejscu aresztu miało powstać muzeum Żołnierzy Wyklętych.

Oryński sądził, że to dobry pomysł. Szczególnie biorąc pod uwagę, że komunistyczne władze wykonały tu wyroki na trzystu pięćdziesięciu więźniach skazanych na karę śmierci. Takich jak Tesarewicz mordowano tutaj w świetle prawa.

Teraz też zapadały tu podobne wyroki. Tyle że wydawano je w celach.

Kordian z coraz większą niepewnością stawiał kolejne kroki. Nie mógł odegnać wszechogarniającego poczucia, że jest prowadzony na szafot.

– Chciałbym…

– Gówno mnie obchodzi, co byś chciał.

– Muszę porozmawiać z kimś z administracji.

– Właśnie to robisz. Ku mojemu wkurwieniu.

Strażnik odpowiadał pod nosem, niemal automatycznie, jakby taka sytuacja stanowiła dla niego codzienność. Może tak było. Nie pierwszy i nie ostatni raz prowadził kogoś do miejsca, w którym nieszczęśnik nie powinien się znaleźć.

Oryński miał nogi jak z waty, zaczynał się pocić i czuł, że oddech staje się coraz bardziej nieregularny. A powinien spodziewać się takiego finału. Takiego lub podobnego. W końcu musiało dojść do konfrontacji z Gorzymem. Mógł wprawdzie uniknąć zmierzenia się z człowiekiem, ale nie z własnymi obawami.

Klawisz prowadził go wzdłuż cel, a Kordian miał wrażenie, że każda kolejna będzie tą, przy której się zatrzymają. Grube drzwi się otworzą, wejdzie do środka, a potem zobaczy rzeczywistego człowieka, który jak widmo wisiał nad nim od pierwszej sprawy w kancelarii.

Nie zatrzymali się jednak przy żadnej z cel. Strażnik kazał mu stanąć przed jednym z pomieszczeń na parterze.

Oryński spojrzał na niego niepewnie.

Było gorzej, niż przypuszczał. Kimkolwiek był Guerilla, najwyraźniej zadbał o to, by nie było żadnych świadków. Jeśli chodziło o służby, trudno było się dziwić – dobre relacje z wysoko postawionym oficerem z pewnością były niezłą motywacją, by klawisz wyświadczył przysługę. Jeśli to nie służby były odpowiedzialne, w grę mógł wchodzić jeszcze lepszy argument. Płatność w gotówce.

Kordian odwrócił się do klawisza, gdy ten położył rękę na klamce. Funkcjonariusz drgnął, jakby spodziewał się zagrożenia. Dłoń natychmiast chwyciła za pałkę.

– Niech pan posłucha... – zaczął Oryński. – Jeśli tam wejdę, to...

– Wejdziesz, wejdziesz. I nie będziesz tam siedział długo.

– Ale...

– Załatwcie szybko, co macie do załatwienia – poradził strażnik i pozwolił sobie na lekki uśmiech. – Nie chcę tutaj szumu. Jasne?

Kordian nie zdążył zaoponować, funkcjonariusz otworzył drzwi, a potem bez ogródek go popchnął. Oryński wpadł do pokoju na bezdechu. Z trudem utrzymał równowagę, po czym szybko podniósł wzrok.

Spodziewał się, że Gorzym nie będzie się cackał. Nie będzie próbował dowartościować się pustosłowiem, nie będzie mu groził ani czerpał satysfakcji ze strachu Oryńskiego. Po prostu się na niego rzuci.

Tak się jednak nie stało.

Kiedy Kordian się wyprostował, spojrzał prosto na Chyłkę. Stała po drugiej stronie niewielkiego, brudnego pomieszczenia, w którym unosił się dym papierosowy. Ręce miała skrzyżowane na piersi, przyglądała mu się z uwagą.

Stał jak rażony piorunem, nie mogąc się odezwać. Wbijał wzrok w jej oczy, mając wrażenie, że wciągają go jak wir. Długo milczeli. Oryński przypuszczał, że czas ich nagli, ale pewne rzeczy musieli przekazać sobie bez sięgania po słowa.

Cisza przeciągnęła się jeszcze przez moment.

– *Mamihlapinatapai* – odezwała się Joanna.

– Co najmniej.

Wskazała jedno z dwóch drewnianych krzeseł przy kwadratowym stole. Meble wyglądały, jakby razem z wystrojem korytarzy zostały żywcem wyjęte z przedpotopowych wiejskich urzędów.

– Siadaj – powiedziała Chyłka.

Zajęli miejsca naprzeciwko siebie, kładąc dłonie na stole. Był na tyle nieduży, że prawie się dotknęli.

– Co ty tu robisz? – odezwał się Kordian.

– Tobie powinnam zadać to pytanie.

Uniósł wzrok i zawiesił go w rogu pomieszczenia.

– Ktoś dotarł do…

– Do tego, że znaleziono przy tobie tiopental i chlorek potasu, wiem.

– Więc odebrałaś wiadomość.

– Tak, choć była tak pokrętna, jak motywacje, którymi się w życiu kierujesz.

– Odegrałem się za kod z Iron Maiden.

– W żadnym wypadku – zaoponowała. – Mój szyfr był wyrafinowany, twój nosił znamiona prymitywizmu.

– Malunki jaskiniowców też takie noszą, a jednak się je docenia.

– Bo jest w nich krzta kreatywności. W twoich szyfrowych wygibasach jej nie było.

Znów spojrzeli na siebie w milczeniu – i po raz kolejny to nie słowa przekazywały to, co chcieli powiedzieć. Kordian poczuł się nieswojo i dopiero po chwili uświadomił sobie dlaczego. Nie pasowała do tego miejsca. Sama jej obecność w prześmierdniętym, zatęchłym pomieszczeniu stanowiła coś niewłaściwego.

Jakby na potwierdzenie tej myśli rozległ się głośny bulgot. Chyłka się skrzywiła, gładząc po brzuchu.

– Borborygmus – powiedziała.

Oryński otworzył szeroko oczy.

– Wybrałaś imię dla dziecka?

– Nie. To fachowe określenie na burczenie i bulgotanie w brzuchu.

– Szkoda, pasowałoby w sam raz do twojego szkraba – zauważył lekkim tonem, nie chcąc skupiać się na tym, co naprawdę miało znaczenie. – Chociaż stawiałbym też na Ajron.

Chyłka pokręciła głową z wyraźną dezaprobatą.

– No co? – spytał. – Nie jesteśmy w Danii, gdzie masz siedem tysięcy zatwierdzonych przez państwo imion do wyboru. Pod względem prawnym nic nie stoi na przeszkodzie.

– Pod prawnym nie – przyznała. – Ale pod lingwistycznym tak. Ajern, Zordon, ajern. Nie ajron.

Nie był co do tego przekonany, jakkolwiek przypominał sobie jakiś materiał na YouTubie, chyba Arleny Witt, w którym pojawiał się ten wątek.

– Niech ci się to wypali w pamięci jak piętno na krowim zadzie – powiedziała. – I skoro ustaliliśmy już wszystko, co nieistotne, przejdźmy do rzeczy.

Kordian przesunął ręce bliżej niej.

– Nie będziesz mnie bronić.

Przewróciła oczami.

– Kto twierdzi, że bym chciała? Nie biorę z góry przegranych spraw – oznajmiła. – Poza tym chcesz się bronić sam, z tego, co słyszałam.

– Tak.

– Proponuję ci więc przyjąć taktykę Rodneya Alcali.

– Nie znam.

– Był mniej więcej tak rozgarnięty jak ty i też postanowił, że najlepiej będzie, jeśli sam będzie się reprezentował – powiedziała, odsuwając dłonie. Oryński odebrał jasny sygnał. – Ten zwyrodniały seryjny morderca przesłuchiwał się głębokim, gardłowym głosem, a odpowiadał zwykłym. Wczuwał się w swoje role, odgrywał je przez pięć bitych godzin. Zgadnij, z jakim skutkiem.

Oryński nabrał tchu.

– Z takim samym, na jaki ty możesz liczyć, Zordon – dodała. – O ile nie pozwolisz sobie pomóc.

Popatrzył na nią z powagą, a potem opuścił wzrok.

– Nie dotrwam do procesu – powiedział cicho.

– Co? Dlaczego nie? Ktoś ci grozi?

Właściwie groźby byłyby w tej sytuacji przyjemną alternatywą. Szczególnie jeśli mógłby liczyć na to, że pozostaną niespełnione.

– Przenoszą mnie do celi mieszkalnej – oznajmił. – W której siedzi też Gorzym.

Chyba po raz pierwszy zobaczył w oczach Chyłki realny, głęboki niepokój.

4

Pokój widzeń, Areszt Śledczy Warszawa-Mokotów

Zauważyła, że coś jest nie tak, już na samym początku. Spodziewała się wprawdzie, że Kordian nie będzie wyglądał najlepiej, ale głębokie cienie pod oczami i przerażenie na jego twarzy kazały sądzić, że nie doceniła powagi sytuacji.

Łudziła się, że zasadniczo nic mu tutaj nie grozi. Nie był policjantem ani prokuratorem, a jako osoba, która wybroniła kilku zwyroli, mógł liczyć na niewielki kredyt dobrej woli ze strony współwięźniów.

Już po pierwszych słowach, jakie wymienili, zrozumiała, jak bardzo się pomyliła. Uczepił się lekkiego, żartobliwego tonu jak tonący brzytwy. Panicznie starał się wyrwać z tego świata, choćby na ułamek sekundy.

A teraz znała powód.

– To jest absolutnie, kurwa, niemożliwe – oświadczyła, kręcąc głową. – Kto ci o tym powiedział?

– Jakiś gnojek w celi.

– Co dokładnie ci przekazał?

– Że Gorzym na mnie czeka.

– Tylko tyle?

– Powiedziałbym, że aż tyle.

Chyłka odsunęła raptownie krzesło i się podniosła. Podeszła do ściany, stanęła tyłem do Oryńskiego i przez moment się nie poruszała. Potem zerknęła na zegarek. Nie miała wiele czasu, ta nieformalna wizyta była ukłonem ze strony administracji wobec Harry'ego McVaya. Joanna musiała niemal wybłagać Brytyjczyka, by wykorzystał jedną z przysług. I miała wrażenie, że była to ostatnia, jaką ktokolwiek w Warszawie mu wyświadcza.

Zaklęła cicho i się odwróciła.

– Komu tak zalazłeś za skórę? – zapytała.

– Aż tak? Chyba tylko tobie.

– Skończ pierdolić, Zordon.

Popatrzył na nią pytająco, jakby była ostatnią osobą, od której spodziewał się usłyszeć coś takiego. Uniosła dłonie w umiarkowanie przepraszającym geście.

– Dobra – rzuciła, wracając na miejsce. – Zajmiemy się tym jak najszybciej, ale najpierw musimy ustalić, co tu się, do kurwy nędzy, wyprawia.

– Chętnie.

Skinęła zdawkowo głową i schowała ręce do kieszeni, jakby obawiała się, że w pewnym momencie znów mimowolnie położy je na blacie.

– Skąd wiedziałeś, że te numery to oznaczenie CAS tiopentalu?

– Bo dostałem je poprzedzielane myślnikami, podczas gdy przy Lewickim…

– Dostałeś od kogo?

– Od Guerilli – odparł. – Tak go nazywam, bo mail przyszedł z anonimowego konta na Guerilla Mail.

Potrzebował chwili, by wyłuszczyć jej, w czym rzecz.

– Beznadziejny kryptonim – podsumowała, kiedy skończył. – I Kormak będzie musiał w takim razie w tym pogrzebać.

– Nie ma w czym. Te konta są usuwane zaraz po ich założeniu, cały system na tym polega.

– Mimo to jakiś ślad musi istnieć.

– Gdyby tak było, serwis straciłby rację bytu.

Znów na siebie spojrzeli.

– Pieprzę ten twój pesymizm – odezwała się.

– To zwykły realizm. I pragmatyzm.

– Tak, tak. Należysz do ludzi, którzy budzą się rano z myślą, że nic nie ma sensu, bo ostatecznie śmierć dotyka każdego. Koniec końców trudno zaprzeczyć, że każdy z nas ma zerowe prawdopodobieństwo przeżycia... swojego życia.

Oryński wzruszył ramionami.

– Pewnych rzeczy nie przeskoczysz – powiedział. – Choć zazwyczaj nie myślę o tym w taki sposób. Być może zacznę.

Chyłka z niepokojem rozejrzała się po pokoju. Rzeczy do omówienia było stanowczo za dużo, a czasu zbyt mało. W dodatku czuła potrzebę, by wykorzystać go na podniesienie Zordona na duchu. Szybko odsunęła tę myśl. W tym względzie musiał radzić sobie sam.

– Dlaczego Lewicki miał te numery przy sobie, Zordon?

– Nie wiem.

– Ktoś w ten sposób chciał wysłać ci wiadomość?

– Raczej tobie.

– Mnie? – zdziwiła się.

– Przynajmniej jeśli spojrzymy na ostateczny rezultat i uznamy, że był zaplanowany – odpowiedział, obracając się przez ramię i zerkając na drzwi. Najwyraźniej też poczuł, że czas ucieka. – Bo właśnie dzięki kartce Lewickiego doszłaś prawdy.

Być może się nie mylił, ale nie miała zamiaru tego przyznać.

– I? – spytała. – Co z tego? Co mu to dało?

– Mu albo im. Widzisz, „guerilla" to dobry termin, bo może oznaczać zarówno jednego buntownika, jak i całą partyzantkę.

Joanna zamilkła.

– Tylko mówię…

– Mnie? Mnie to mówisz, Zordon?

– Nie jesteś przekonana, więc uznałem, że to warte podkreślenia.

Zbyła to wymownym westchnieniem. Myślami zresztą była gdzie indziej. Jak długo by się jednak nad tym nie zastanawiała, nie sposób było wydedukować, co kierowało Guerillą.

– Zbierzmy wszystko od początku – powiedziała, osuwając się na krześle, by zrobić nieco więcej miejsca odcinkowi lędźwiowemu. – Ktoś po latach odnajduje gówniarza, tak?

– Albo sam go chowa przez cały ten czas.

– Morderca? – rzuciła. – Człowiek, który zabił pozostałych chłopaków?

– Może.

Pytania zadawała sobie, nie Oryńskiemu. Gdyby był to mecz ping-ponga, występowałby w roli ściany, nie przeciwnika. Najwyraźniej jednak nie był tego do końca świadomy.

– Wypuszcza Maćka Lewickiego – dodała zamyślona. – Nieważne, czy wcześniej go przetrzymywał, czy dopiero odnalazł.

– Mhm.

– W jakim celu to robi? Rzeczywiście chce oczyścić Tesarewicza?

– Na to wygląda.

– I jakim cudem ten chłopak w ogóle żyje?

Kordian poruszył się nerwowo, jakby zaraz mieli zacząć snuć rozważania z pogranicza religii i mistycyzmu.

– Nie zrobili jeszcze ekshumacji? – spytał.

– Nie, są zajęci Smoleńskiem.

– Chyłka…

– Czekają na decyzję inspektora sanitarnego – odparła i westchnęła. – Od piętnastego kwietnia do szesnastego października nie można nikogo wyciągać z ziemi.

– No tak.

– Ale to formalność, niebawem ją załatwią – ciągnęła. – Idźmy dalej. Chłopak dostaje świstek papieru z oznaczeniem tiopentalu, a ty wcześniej dostajesz maila, dzięki któremu możesz zidentyfikować ciąg cyfr. Wszystko jest precyzyjnie przygotowane, ale…

– Co?

– Ktoś oprócz ciebie dostaje wiadomość dużo obszerniejszą – zauważyła. – Która pozwala na postawienie ci zarzutów. Ty dostajesz tylko sygnał, że masz spodziewać się nadciągającego gównosztormu.

– To się nazywa gównoburza, Chyłka.

– W moim słowniku nie – odparła, czując, jak zbliża się kolejna fala upierdliwych wzdęć. – Poza tym w tym przypadku to i tak niedomówienie. Powinniśmy mówić o gównotajfunie lub gównoorkanie. Może tym drugim, lepiej brzmi.

Kordian skinął głową, starając się tłumić te rozważania w zarodku.

– Prokuratura dostaje cynk, wszczyna przeciwko mnie śledztwo, wsadzają mnie do aresztu, a Tesarewicz wypowiada ci stosunek obrończy.

– Skąd o tym wiesz?

– Od Żelaznego.

Nie miała zamiaru nawet zająknąć się na temat ich rozmowy. Mimo że perspektywa zrugania go za nią była dość kusząca.

Dotarli do momentu, w którym musieliby zacząć gdybać na temat przeszłości. Oboje zamilkli, jakby jedno spodziewało się, że to drugie podejmie temat. Żadne tego nie zrobiło.

– Jeśli rzeczywiście chodzi o mnie… – odezwał się w końcu Oryński. – Jaki mam związek z Tesarewiczem?

– Mnie pytasz?

Rozejrzał się i rozłożył ręce.

– Tylko ciebie mam.

– Trafna uwaga. Zarówno pod względem tej sytuacji, jak i życia w ogóle.

– Niestety.

– Ale w tym wypadku możesz pytać wyłącznie siebie, Zordon. Co was łączy?

– Nic.

– Może byłeś jednym z chłopaków, których molestował?

– To było cztery lata temu, Chyłka.

– Jej. A ty już tak urosłeś?

– Znałem tego człowieka tylko z mediów, nigdy nie miałem z nim żadnego kontaktu. Z ofiarami też nie.

Gdyby taką deklarację złożył ktokolwiek inny, mogłaby wątpić. W tej sytuacji mogła jednak polegać na takim zapewnieniu. I bynajmniej nie z powodu zaufania, jakim darzyła

Zordona. Wszystko sprowadzało się do tego, że po przyjęciu sprawy Tesarewicza gruntownie przekopał cały materiał dowodowy. Gdyby znalazł coś łączącego go ze sprawą, dałby znać.

– Kto go teraz broni? – zapytał Kordian.

– Nie wiem.

– Dowiedz się, może to coś nam powie.

Uniosła wysoko brwi, niepewna, czy dobrze usłyszała. Był to chyba pierwszy raz, kiedy użył wobec niej trybu rozkazującego.

– Doskonale wiem, co mam robić, Zordon – powiedziała, wyciągając ręce z kieszeni. Położyła je przed sobą i pochyliła się. – I zapewniam cię, że zrobię wszystko, co trzeba, żebyś stąd wyszedł. Rozumiesz?

Pokiwał głową z wdzięcznością.

– Wytrzymasz?

– Tak.

– Jesteś pewien? – spytała, jakby rzeczywiście istniała szansa, że udzieli jej innej odpowiedzi. Prawdziwej.

– Wątpisz we mnie?

– Mam tylko na względzie, że byle frajer tutaj ma połowę ciała w tatuażach. Ty najbliżej zrobienia sobie jednego byłeś, kiedy kupowałeś naklejkę na macbooka.

– Bez przesady – odparł pod nosem. – Jeśli tylko uda mi się z Gorzymem, dam sobie radę z resztą.

Nachyliła się jeszcze bardziej nad stołem i zmrużyła oczy.

– Z nim się nie spotkasz – zapewniła. – Choćbym miała dzwonić co pięć minut z informacją o ładunku wybuchowym na terenie aresztu. Nie pozwolę, żeby umieścili cię z tym psycholem w jednej celi.

Popatrzył na nią z wdzięcznością, ale także brakiem wiary w to, że ta sztuka rzeczywiście się uda. Chyłka już otwierała usta, by go zapewnić, że nie ma miejsca na wątpliwości, ale potwór znów dał o sobie znać. Głośny bulgot odbił się echem w niewielkim pomieszczeniu.

– Twój borborygmus brzmi naprawdę nieźle.

– Zamknij się.

– I powinnaś zastanowić się nad takim imieniem. Robiłoby wrażenie. Prawie jak Demogorgon.

Spojrzała na niego z dużą dozą krytycyzmu.

– Uważaj z takimi odniesieniami tutaj, Zordon.

– Spokojnie. Przecież nie wyskoczę ze *Stranger Things* do jakiegoś kafara.

– Cholera cię tam wie.

Znów rozległ się dźwięk, jakby w jej brzuchu zachodziły reakcje termojądrowe. Zaklęła cicho, ale naraz poczuła, jakby w jakiś sposób był to niewłaściwy komentarz. Pogładziła brzuch.

– Jeszcze trochę i będziesz to miała z głowy – odezwał się Oryński.

– O ile nie pobiję rekordu Beulah Hunter.

– Kogo?

– Dwudziestopięciolatki, która urodziła dziecko po trzystu siedemdziesięciu pięciu dniach. Ustanowiła rekord. – Chyłka wymierzyła palcem w brzuch. – A jeśli to monstrum ma więcej po mnie niż po ojcu, będzie chciało bić wszelkie rekordy.

– Nie liczyłbym na to – odparł Kordian, siląc się na wymuszony uśmiech. – Pasożyt wyjdzie, nim się obejrzysz. Czego nie można powiedzieć o mnie.

Zanim zdążyła odpowiedzieć, rozległo się pukanie do drzwi. Było na tyle delikatne, by nie usłyszał go nikt postronny, ale jednocześnie dostatecznie wymowne, by Chyłka wiedziała, że czas kończyć to spotkanie. Podniosła się, Oryński także.

– Obalimy te podłożone dowody – zadeklarowała. – Nie bój nic.

– Ja obalę.

– Nie będziesz bronił się sam, kretynie.

Obszedł stolik i zatrzymał się przed nią. Znaleźli się stanowczo za blisko, ale nie odsunęła się ani o centymetr. Przeciwnie, wyciągnęła lekko dłoń w jego kierunku, jakby chciała, by ją ujął.

– Będę – odparł. – A ty w tym czasie będziesz na urlopie, odpoczywając i wyczekując, aż...

– Zordon – ucięła. – Wprawdzie ciąża to choroba przenoszona drogą płciową, ale nie znaczy to, że mam dogorywać w domu. Z tego się wychodzi.

Zanim zorientowała się, że inną rozmowę prowadzą za pomocą wzroku, a inną używając słów, wziął ją za rękę. Ścisnął ją, jakby spodziewał się, że natychmiast mu się wyszarpie.

Nie miała takiego zamiaru.

Oryński odczekał moment, a później ujął jej drugą dłoń. Nie odzywali się.

– Doceniam, że nie protestujesz – zauważył.

– Nie mam przed czym.

Spojrzał na ich ręce.

– A jednak nie wyglądasz mi na osobę, która przepada za trzymaniem się za dłonie.

– Fakt – przyznała. – Ale jako że w tej dziurze możesz zginąć w każdej chwili, traktuję to jako twoje ostatnie życzenie.

– Mam jeszcze jedno.

Znów rozległo się pukanie, tym razem bardziej zdecydowane.

– Więc skończ pieprzyć – poradziła.

Nie zastanawiał się długo. Wypuścił jej ręce, a potem objął dłońmi jej twarz, jakby starał się wryć sobie w pamięć każdy szczegół. Chyłka poczuła, jak przyspiesza jej serce.

– *Sic!*, Hey – powiedziała.

– W żadnym wypadku.

Pocałował ją tak, jak powinien. Wsunął rękę między jej włosy, przechylił jej głowę lekko na bok, a potem zewnętrzny świat na moment przestał istnieć. Nieprzyjemny zapach więzienia stał się niewyczuwalny, całe otoczenie zniknęło. Nawet dźwięki zdawały się stłumione.

Chyłka tylko na to czekała.

Językiem przesunęła niewielki kawałek plastiku zza policzka, a potem wsunęła go do ust Kordiana. Otworzywszy oczy, zobaczyła, że Oryński zmarszczył czoło ze zdziwieniem, ale nie przerwał pocałunku.

Parę sekund później strażnik łomotał już bez ogródek. Jeśli potrzebowali potwierdzenia, że nieustannie obserwuje ich przez lipo, właśnie je otrzymali. W końcu otworzył drzwi i spojrzał na dwójkę objętych prawników.

– Kurwa mać... – jęknął. – Nie było mowy o prywatnym widzeniu.

Chyłka go zignorowała.

– To nie mokry pokój – dodał klawisz.

Odsunęła się od Oryńskiego, spojrzała mu prosto w oczy, a potem skinęła do niego głową, mając wrażenie, że nie musi dodawać nic więcej. I bez tego powinien mieć pewność, że Joanna zrobi wszystko, by nie trafił na Gorzyma i wyszedł stąd jak najszybciej. Choćby miała poświęcić wszystko inne.

5

Łaźnia, pawilon C

Nawet minuta spokoju zdawała się błogosławieństwem. Kordian miał świadomość, że w każdej chwili może trafić do celi Gorzyma. W żaden sposób nie mógł się przekonać, czy Chyłce udało się cokolwiek wskórać.

Ilekroć w celi tymczasowej zjawiał się strażnik, Oryński był przekonany, że przyszedł na niego czas. Trwał w ciągłym napięciu, nie spał już którąś dobę z kolei. Nie pamiętał nawet którą. Zaczął odnosić wrażenie, że perspektywa spotkania z kafarem jest gorsza niż samo spotkanie.

Dzień po wizycie Joanny pozwolił sobie na coś, na co nie powinien – na nadzieję. I ledwo dopuścił myśl, że Chyłka w istocie przekonała administrację więzienną, a zjawił się klawisz, by oznajmić, że nadeszła pora przenosin.

Teraz Kordian stał pod prysznicem, nie mogąc odegnać od siebie świadomości, że niebawem stanie się to, co od początku było nieuniknione. Zamknął oczy, pochylając głowę pod strumieniem wody. Była co najwyżej letnia, mimo że z dyszy właściwie powinien lać się wrzątek. Oprócz tego Oryński musiał nieustannie trzymać wciśnięty guzik, by w ogóle leciała. O porządnym umyciu się nie miał nawet co myśleć.

Nikt jednak się tym tutaj przesadnie nie przejmował. Pozostali więźniowie twierdzili, że nawet przy największych letnich upałach władze więzienia pozwalają na jedną kąpiel tygodniowo. Najgorzej mieli ci z pawilonu N, gdzie wentylacja nie działała, a okien nie dało się otworzyć.

Oryński przypuszczał jednak, że nie zabawi tu na tyle długo, by przekonać się, czy to wszystko prawda. W najlepszym wypadku najbliższe miesiące spędzi na więziennym OIOM-ie. Znamienny wydawał mu się fakt, że takie miejsce w ogóle tutaj było.

Ledwo zaczął zmywać z siebie brud, który przylgnął do niego przez ostatnie dni, rozległa się krótka, stanowcza komenda, by wyjść spod pryszniców. Więźniowie posłusznie ją wykonali.

Kordian założył koszulę, która zapewne niebawem przejdzie metamorfozę z białej w kremową, zabrał swoje rzeczy i ruszył za jednym ze strażników.

– Będziesz na oddziale drugim pawilonu C – oznajmił.

– Rozumiem.

– Gówno rozumiesz. Ogarniesz dopiero, jak tam trafisz.

Trudno było powiedzieć, czy klawisz z zasady był nieprzychylny osadzonym, czy też otrzymał zastrzyk finansowy od Guerilli. Jedno było pewne – prowadził Oryńskiego prosto do paszczy lwa.

Nie, nie powinien z góry przesądzać, że trafi do Gorzyma. Chyłce mogło się udać, a jego przenoszono, bo powoli upływał czas, który mógł spędzić w celi przejściowej. Z trudem przełknął ślinę, starając się ocenić, czy jest prowadzony na stracenie, czy nie.

– Kto przydzielił mnie do celi? – spytał w końcu.

– A co cię to, kurwa, obchodzi?

Niespecjalnie go dziwiło, że rozmowy w tym miejscu odbywają się w takim tonie. Prawnicy też dostosowywali język do klienta tak, by zostali zrozumiani.

– Po prostu się zastanawiam.

– To daj se spokój.

Idąc krótkim korytarzem, Kordian wodził wzrokiem po drzwiach cel. Wszystkie wyglądały jednakowo, ale było to złudne. Różnica między jedną a drugą była jak przepaść dzieląca życie od śmierci.

Po kilku metrach zatrzymał ich inny funkcjonariusz. Był znacznie grubszy od tego, który prowadził Oryńskiego, i chyba jako jedyny w całym areszcie miał źle wyprasowany mundur. Z oczu patrzyło mu się jednak nie najgorzej.

– Zaprowadzę go – powiedział.

– Bo?

– Bo zrobisz mi przysługę.

Nie brzmiało to najgorzej. Oryński przypatrywał się nowo przybyłemu, starając się stwierdzić, czy ten człowiek nie jest aby jego wybawieniem. Być może Chyłce nie udało się przekonać władz więzienia, ale istniały przecież inne sposoby, by zapewnić mu tu bezpieczeństwo. Odpowiednie kwoty potrafiły zdziałać cuda.

– Odwdzięczę się – zadeklarował grubas.

Klawisz stojący przy Kordianie westchnął, a potem skinął głową. Najwyraźniej niepisaną zasadą było, by w takiej sytuacji nie wnikać. Nadzieja Oryńskiego nagle urosła do rozmiarów, przy których uniknięcie konfrontacji wydawało się realną perspektywą.

Kiedy jeden ze strażników się oddalił, drugi otaksował go wzrokiem.

– Idziemy – rzucił i wskazał kierunek.

– Dokąd?

– Co za pytanie? Do celi. No już, ruchy.

Oryński skierował się we wskazaną stronę, mając nadzieję, że nie zmierza tam, gdzie wcześniej. Zerkał na funkcjonariusza, ale ten go ignorował. Odezwał się dopiero, kiedy drugi z klawiszy się oddalił.

– Chyłka się ze mną skontaktowała – szepnął.

Oryński odetchnął.

– Zaoferowała więcej, niż się spodziewałem – dodał, a potem skrzywił się, dostrzegając konsternację młodego prawnika. – Coś nie tak?

– Mówi pan o tym dość…

– Otwarcie? No tak, znamy się z Chyłką z innych spraw.

Kordian pokiwał głową, jakby przekazywanie korzyści majątkowych strażnikom więziennym było na porządku dziennym. I jakby nie miało nic wspólnego z łamaniem prawa.

– Współpracowaliśmy już – dodał grubas.

– Cieszę się. Nawet pan nie wie, jak…

– Wiem, wiem – uciął. – Wszyscy tu wiedzą, do czego zdolny jest Gorzym.

Zatrzymali się przed jedną z cel, klawisz rozejrzał się nerwowo, jakby coś było nie w porządku. Potem sięgnął po odpowiedni klucz.

– To kawał prawdziwego skurwysyna – dodał.

– Wiem.

– I każdy z nas ma pojęcie, jak tutaj trafił.

Oryński niechętnie przypomniał sobie swoją pierwszą sprawę. Swoją pierwszą kasację i wszystko, co się z nią wiązało. Pobicie, szantaż, rekonwalescencję w szpitalu. I naciski Gorzyma, które wypełniały znamiona tylu przestępstw, że prokurator mógł przebierać do woli, tworząc potem akt oskarżenia.

– Dlatego większość z nas próbowała coś zrobić – ciągnął strażnik. – Mam nadzieję, że to rozumiesz.

– Słucham?

– Nawet bez udziału Chyłki staraliśmy się pomóc. Nikt nie powinien być narażony na coś takiego.

Dopiero kiedy funkcjonariusz umieścił klucz w zamku, Kordian zrozumiał, co tak naprawdę oznaczają jego słowa.

– Zaraz…

– Decyzja zapadła ponad nami – szepnął grubas i lekko rozłożył ręce.

Oryński wbił wzrok w numer celi na drzwiach. Zrozumiał, że to koniec.

– Ale…

– Musiałeś podpaść komuś naprawdę ważnemu.

Musiał przyznać strażnikowi rację – wszak ktokolwiek odpowiadał za to wszystko, okazał się górą w starciu z Chyłką. Kordian zdążył jeszcze pomyśleć o tym, że były opozycjonista może się wiązać ze środowiskiem służb, a one z wielką polityką. Ta z kolei ma bezpośredni wpływ na naczelników aresztów śledczych i zakładów karnych.

Na postawienie sensownej hipotezy nie miał jednak czasu.

– Nie mogę nic dla ciebie zrobić – oznajmił klawisz.

– Nikt nie może.

Unikając wzroku Oryńskiego, funkcjonariusz otworzył drzwi celi i zerknął do środka, jakby musiał się upewnić, czy naprawdę przyprowadził więźnia na stracenie. Opuścił lekko głowę, a potem cofnął się o krok.

– Odwagi – powiedział cicho.

Kordian popatrzył przed siebie. Zwalisty więzień stał tyłem do wejścia, wyglądając na dziedziniec. Nawet nie drgnął, wysyłając sygnał, że absolutnie nic nie mogło pójść nie po jego myśli. Barki miał szerokie jak rozstaw osi potężnej ciężarówki, kark był niemal niedostrzegalny pod zwałami mięśni. Wszystkie zdawały się pokryte pajęczynami nabrzmiałych żył i nie pozostawiały wątpliwości, że cała muskulatura Gorzyma jest wynikiem systematyczności zarówno jeśli chodziło o siłownię, jak i przyjmowanie suplementów.

– Chyba żartujesz... – odparł strażnikowi Kordian.

– Dasz sobie radę.

Oryński popatrzył na niego z niedowierzaniem. W pierwszej chwili pomyślał, że funkcjonariuszowi na koniec zebrało się na kpiny. Kiedy jednak zobaczył poważny wyraz twarzy, zrozumiał, co ma na myśli.

Sugerował, że koniec końców Gorzym go nie zabije.

– Muszę zamknąć celę – dodał klawisz.

Kordian ruszył przed siebie, ale każdy krok wymagał coraz większej determinacji. Miał wrażenie, że mimo ociągania się, znalazł się w środku w ułamku sekundy.

Drzwi się za nim zamknęły, a on powiódł wzrokiem po pustych pryczach. Sytuacja była odpowiednio przygotowana. Byli sami.

Gorzym powoli się odwrócił i spojrzał na Oryńskiego z obojętnością. Trwało to tylko moment. Potem na twarzy mięśniaka powoli zaczął wykwitać pełen satysfakcji uśmiech.

– Długo kazałeś na siebie czekać – odezwał się Gorzym.

Jego głos był jak echo z zaświatów. Kordian nigdy więcej nie spodziewał się go usłyszeć.

– Ale warto być cierpliwym – dodał kafar.

Oryński właściwie mógł liczyć już tylko na jedno – i właściwie był to dość optymistyczny scenariusz. Zakładał, że w strażniku obudziło się jednak sumienie i został pod drzwiami, gotów interweniować, kiedy dźwięki z celi staną się zbyt makabryczne.

Nie, było to mało prawdopodobne. Wszystko zostało zawczasu dograne i ustalone. Funkcjonariusze wiedzieli, by nie interweniować, a Gorzym zapewne doskonale zdawał sobie sprawę z tego, na ile może sobie pozwolić.

Kordian był zdany wyłącznie na siebie. Rozejrzał się za czymś, czego mógłby użyć do obrony, ale jedynymi rzeczami w zasięgu były plastikowe sztućce.

– Pogadamy sobie – powiedział Gorzym, robiąc krok w jego stronę.

Oryński cofnął się i przylgnął plecami do drzwi.

– Choć nie jesteś zbyt rozmowny.

– Spodziewałeś się, że będę?

– No – mruknął kafar, wciąż się zbliżając. – Mógłbyś prosić, oferować hajs, a nawet grozić. W końcu broniłeś kilku konkretnych zawodników, nie?

– Może.

– Ale wszyscy powychodzili. Ci, co zostali, raczej ci nie pomogą. Bo przede wszystkim zazdroszczą tym, których wyciągnąłeś.

Kordian mimowolnie się cofnął, ale nie było już gdzie się odsunąć.

– I opłacało ci się to? Trzeba było zawalić kilka spraw, zostawić tu paru skurwieli. Miałbyś teraz plecy.

Oryński zacisnął pięści. Słowa Gorzyma właściwie do niego nie docierały, skupiał się tylko na tym, skąd nadejdzie pierwszy cios i jak może go uniknąć. W starciu z tym kolosem możliwość była tylko jedna. Musiał pożegnać się z honorem i walić z całej siły tam, gdzie każdy mężczyzna nosił hipotetyczne zarzewie swojego rodu.

– Ale musiałbyś wiedzieć, że kiedyś cię wsadzą – dodał Gorzym. – I że trafisz tutaj na mnie.

Stanął przed nim i opuścił ręce wzdłuż tułowia, jakby nie miał zamiaru przyjmować konfrontacyjnej pozycji.

– Za co w ogóle gibiesz?

Kordian przypuszczał, że rozmówca doskonale zna odpowiedź. Ktokolwiek to wszystko ukartował, zdradził mu znacznie więcej, niż tylko to, że Oryński trafi do jego celi. Młody prawnik przez chwilę męczył się z przełknięciem śliny, starając się nie uciec wzrokiem przed spojrzeniem Gorzyma.

Poczuł nieprzyjemny zapach potu i czegoś sztucznego, jakby prezerwatywy. Nie powinien się dziwić, w tym miejscu najpewniej korzystano z nich znacznie częściej niż na wolności.

Ledwo ta myśl nadeszła, poczuł jeszcze głębszy niepokój.

– No? Pytam o coś.

– Dobrze wiesz, za co tu trafiłem.

– Nie wiem, żadnego białka nie widziałem. Słyszałem, że chodzi o jakieś gówno z przeszłości, ale nie wiem nawet, kto cię podał do sprawy.

Gorzym wyraźnie się zmienił za kratkami, i to nie tylko dlatego, że operował gwarą więzienną. Zdawał się przesiąknąć tym światem. Patrzył na niego zupełnie inaczej niż kiedyś. Na wolności w jego oczach widać było niechęć, poczucie wyższości i pogardę.

Teraz było w nich coś jeszcze. Coś znacznie bardziej niepokojącego. Apetyt.

– Dobra, koniec gadania – rzucił Gorzym. – Odwróć się.

– Co?

– Cegielnią do mnie – polecił kafar, unosząc demonstracyjnie dłonie. – Ręce na drzwi.

– O czym ty…

– Przyjmiesz w kichę, rozumiesz?

Oryński zacisnął pięści tak mocno, że poczuł, jak paznokcie wbijają się w skórę. Był gotów zrobić wszystko, co trzeba, byle do tego nie doszło. Wątpił jednak, by w ostatecznym rozrachunku miało to cokolwiek zmienić.

– I nie będziesz dołował tylko ze mną – dodał Gorzym. – Więcej, zostaniesz naszym nowym cwelem. Obsłużysz nie tylko mnie, ale i kilka innych cel. Twoja styja stanie się znana na całym pawilonie.

Ryknął śmiechem i zanim Kordian zdążył się zorientować, nadeszło pierwsze uderzenie. Przeciwnik wyprowadził je z dołu, niemal nie biorąc zamachu. Mimo to cios był potężny. Trafił Oryńskiego w podbródek, a echo zdawało się odbić głucho w jego głowie, niemal pozbawiając Kordiana przytomności.

Uderzył potylicą w drzwi, nie mając czasu na unik przed kolejnym razem. Gorzym tym razem przywalił mu w brzuch. Oryński jęknął, zgiął się wpół i miał wrażenie, że ból przeszył mu ciało aż do krzyża.

Upadł na podłogę obok przeciwnika, ale natychmiast się odsunął. Złapał jedną z prycz i poderwał się na równe nogi. Odwracając się do Gorzyma, sam wziął zamach. Nie miało znaczenia, że jego wysiłki z góry były skazane na porażkę. Musiał spróbować.

Udało mu się jednak trafić mięśniaka w podbrzusze i cios okazał się na tyle skuteczny, że Kordian miał kilka sekund do wykorzystania. Nie zamierzał ich tracić. Ruszył na przeciwnika, wyprowadzając kilka niezgrabnych ciosów, ale Gorzym osłonił się przed wszystkimi uniesioną gardą.

Ledwo ostatni z nich spadł na masywne ręce więźnia, ten przeszedł do kontrataku. Zamachnął się nogą, jakby chciał kopnąć piłkę z woleja, i ściął Oryńskiego z nóg.

Prawnik upadł na twardą posadzkę, uderzając o nią głową.

Gorzym wymierzył mu kopniaka w żebra, a gdy Kordian starał się złapać jego nogę i pozbawić go równowagi, kafar runął na niego jak walący się budynek.

Oryński nie czuł krwi cieknącej z nosa ani tej w ustach. Przy którymś uderzeniu, gdy głowa odskoczyła mu na bok, zobaczył jednak czerwony rozbryzg na posadzce.

Oberwał kilkakrotnie, zanim Gorzym przestał. Huczało mu w głowie, nie potrafił zebrać myśli. Przestał rozumieć, co się dzieje i w jakiej sytuacji się znalazł.

Przeciwnik wstał i znowu splunął.

– Lepiej niż ostatnio – powiedział. – Przynajmniej się stawiałeś.

Trącił go nogą, jakby chciał sprawdzić, czy żyje. Kordian oddychał ciężko, czując w gardle coś podobnego do galarety.

Kaszlnął i przewrócił się na bok. Zaraz potem poczuł, jak dłoń Gorzyma zaciska się na jego ramieniu jak imadło.

Agresor obrócił go na brzuch.

– Teraz dostaniesz w dupę – powiedział.

Oryński zaczął się wyrywać, ale przeciwnik przygniótł go ciężarem ciała. Zwały mięśni zrobiłyby swoje, nawet gdyby był o połowę niższy. Kordian nie mógł się wyswobodzić.

– Spokojnie – rzucił Gorzym. – Pierwszy raz będzie chujowy, ale potem przywykniesz.

Kordian zdobył się na ostatnią próbę ratunku, starając się zrzucić kafara na bok. Bezskutecznie.

– Chyba że myślisz, że ktoś cię uratuje.

– Spierdalaj! – ryknął Oryński, mobilizując wszystkie siły.

– Nikt ci nie pomoże – dodał z zadowoleniem Gorzym.

Kordian poczuł, jak przeciwnik sięga za pasek jego spodni.

– Ale nie martw się – dodał, pociągając ręką w dół. – Od teraz będziesz pod moją protekcją.

6

ul. Gniewkowska, Odolany

Mężczyzna w garniturze stał przy kolorowych, choć wypłowiałych kontenerach i z ciekawością się rozglądał. Miejsce spotkania było niecodzienne, biorąc pod uwagę, jak wiele możliwości oferowała Warszawa.

To sprawiało wrażenie, jakby znajdowało się daleko poza stolicą. Z oddali dochodziły wprawdzie co chwilę dźwięki przewalających się po starych torach składów kolejowych, ale oprócz tego okolica wyglądała na zapadłą prowincję. Fabryczny teren był zaniedbany, wokół znajdowały się rozgrzebane place budowy, pordzewiałe płoty, porzucone magazyny i zapuszczone skrawki ziemi, które zdawały się niczyje.

Odrapane budynki i zniszczone nawierzchnie drogowe, pamiętające jeszcze czasy Cyrankiewicza, dopełniały przygnębiającego obrazu. A mimo to właśnie tutaj mężczyzna miał się spotkać z osobą, która była dla niego kluczowa.

Wyjął telefon i sprawdził godzinę. Miał jeszcze kwadrans do umówionej pory. Nie należało się spodziewać, że ta osoba zjawi się wcześniej.

Zanim schował urządzenie z powrotem do kieszeni marynarki, zawibrowało mu w dłoni. Spojrzał na wyświetlacz, spodziewając się, że ten telefon zapewne oznacza, iż będzie musiał poczekać w szemranej okolicy nieco dłużej.

Szybko uświadomił sobie, że się pomylił. Numer był przypisany do zakładu karnego na Białołęce.

– Tadeusz? – spytał ze zdziwieniem.

Nie umawiali się z Tesarewiczem na telefon. Choć właściwie nie było powodu, dla którego były opozycjonista miałby do niego nie dzwonić, ich kontakty i tak niebawem wyjdą na jaw. Mężczyzna w garniturze postawił jednak sprawę jasno – to on dyktuje wszystkie warunki tej gry, łącznie z wyznaczaniem pór kontaktu.

– Co się dzieje? – zapytał.

Tadeusz przez moment milczał.

– Widziałem w telewizji materiał o tym prawniku – powiedział. – Z kancelarii Żelazny & McVay.

– I?

– Trafił na Rakowiecką.

– Jestem tego świadomy. I ty także mogłeś się spodziewać, że go tam umieszczą.

Rozmówca po raz kolejny zamilkł. Tym razem na dłużej.

– Muszę wiedzieć, czy to ma związek ze mną. Z naszą sprawą.

– Nie musisz.

W słuchawce mężczyzna usłyszał ciche, stłumione kaszlnięcie. Tesarewicz był zdrów jak ryba, nie palił i nie miał okazji, by się przeziębić. Była to zwykła reakcja na stres, występująca u wielu ludzi, z którymi mężczyzna w garniturze współpracował. Czy raczej którymi kierował, najczęściej wbrew ich woli.

Z byłym opozycjonistą było inaczej. On robił wszystko dobrowolnie, chcąc oczyścić się z zarzutów.

– Chciałbym jednak znać… zakres tej sprawy. Wiedzieć, jak daleko sięga.

– Rozumiem.

Tesarewicz czekał na coś więcej, ale na próżno.

– Więc te zarzuty, które mu postawiono... – jęknął. – Mają jakiś związek ze mną?

– Tego nie powiedziałem.

– No właśnie.

Znów na linii zaległa cisza. Mężczyzna w garniturze wiedział, jak wymowna się stała. Właściwie potwierdził domysły Tadeusza, choć w prosty sposób mógł im zaprzeczyć i pozwolić mu sądzić, że jedno z drugim nie ma nic wspólnego.

– Wiąże się też z tymi chłopakami? Z ofiarami?

– Nie.

– W takim razie o co chodzi?

– O rzecz, której Oryński dopuścił się w przeszłości.

– Tak, mówili o eutanazji w „Wiadomościach", ale sądziłem, że to tylko zasłona dymna.

– Nie.

– Naprawdę otruł własną matkę?

– To oceni sąd.

Ton głosu Tadeusza nie pozostawiał wątpliwości, że nie wierzy w postawione młodemu prawnikowi zarzuty. Było to o tyle zrozumiałe, że Tesarewicz z jakiegoś powodu nawet po latach odsiadki dostrzegał w ludziach głównie to, co dobre. Miał skrzywione postrzeganie świata.

– Kto będzie go oskarżał?

Mężczyzna w garniturze dobrze znał odpowiedź na to pytanie. Początkowo sądził, że to Olgierd Paderborn weźmie sprawę, chcąc odegrać się za to, co dwójka prawników z Żelaznego & McVaya zgotowała mu podczas procesu Al-Jassama.

Prokurator jednak najwyraźniej nie miał takiego zamiaru – co więcej, wszystko wskazywało na to, że nawet się nad tym nie zastanawiał. Sprawę miała prowadzić zupełna nowicjuszka.

– Pewna prokurator – powiedział mężczyzna.

– Jest dobra?

– To się okaże, dopiero zaczyna.

– To jej pierwszy proces?

– Na to wygląda.

– A jego kto będzie bronił?

– Nie wiem. Mówi się o kimś z Krakowa, z pewnością nikt z Żelaznego & McVaya.

Tesarewicz milczał, marnotrawiąc czas, którego nie miał przecież zbyt dużo. Mężczyzna w garniturze wiedział, że rozmówca czuje się nie tylko odpowiedzialny za los prawnika, ale także winny temu, co go spotkało.

– Wybroni się? – spytał w końcu.

– Trudno ocenić.

– A jednak wszystko inne potrafisz osądzić.

Mężczyzna nie odpowiadał. Nie miał zamiaru wdawać się w dalsze dyskusje, tym bardziej, że osoba, na którą czekał, niebawem miała się tu zjawić. Już otwierał usta, by dać Tesarewiczowi do zrozumienia, że nie ma czasu, kiedy ten się odezwał:

– A więc to prawda, że…

– Prawda nie może być „że" – przerwał mu mężczyzna w garniturze. – Nie ma wersji, odmian ani wariantów.

Na linii zapadła długa cisza. Powietrze wokół mężczyzny z telefonem zdawało się drgać. Czekał jeszcze przez chwilę, przekonany, że Tadeusz tak łatwo nie odpuści. Ostatecznie jednak musiał otrzymać ponaglenie od strażników.

– Mylisz się – odezwał się w końcu Tesarewicz. – Kiedyś być może miałbyś rację, ale nie teraz. Nie kiedy półprawda i postprawda wyznaczają kierunek życia tak wielu osób.

– Być może.

– I obawiam się, że tak jest także w moim przypadku.

– Twoje obawy są nieuzasadnione.

– Doprawdy?

– Muszę kończyć – powiedział mężczyzna w garniturze, dostrzegając w oddali czarną limuzynę.

– Nie chcę, by komukolwiek stała się krzywda.

– Spotka tylko tych, którzy na to zasłużyli. Zapewniam cię.

Nie czekając na odpowiedź, mężczyzna się rozłączył. Samochód zatrzymał się przy głównej ulicy, wysiadła z niego kobieta w garsonce, która pasowała do tej okolicy tak samo, jak wysokiej klasy czarne auto i sam mężczyzna w garniturze. Jej wydatny brzuch zaś kłócił się ze wszystkim, nie tylko z otoczeniem.

7

ul. Ordona, Odolany

Dostrzegła Piotra Langera już z oddali, ale nie chciała, by kierowca Ubera widział, z kim miała zamiar się spotkać. Właściwie nie chciała, by ktokolwiek był tego świadomy. Kluczowe w tym wszystkim było, by o tym spotkaniu w tej chwili wiedziały jedynie dwie osoby.

– Pan tu stanie i sobie zawróci – poleciła, gdy dojechali do skrzyżowania dwóch niewielkich uliczek na tyłach składu kontenerów.

– Jest pani pewna, że…

– Nic mi tu nie grozi.

Było to poważne niedomówienie, jeśli wziąć pod uwagę, z kim miała się spotkać. I pewne niedookreślenie, nie chodziło bowiem jedynie o jej bezpieczeństwo.

– Mogę chwilę poczekać.

– Nie ma potrzeby.

– Na pewno?

– Jedź pan – rzuciła, z trudem wysiadając z samochodu.

Ruszyła niespiesznie w kierunku umówionego miejsca, obracając się jeszcze przez ramię i posyłając ponaglające spojrzenie kierowcy. Ten w końcu ustąpił. Cofnął, a potem zawrócił i odjechał, ociągając się przy tym jeszcze trochę.

Langera nie dostrzegł. Z takiej odległości mógł co najwyżej zobaczyć wysokiego młodego mężczyznę w garniturze.

Twarzy z pewnością nie rozpozna, jeśli ktoś kiedyś będzie starał się to z niego wyciągnąć.

Joanna z każdym kolejnym krokiem utwierdzała się w przekonaniu, że robi poważny błąd. Jednocześnie coś z tyłu głowy nieustannie podpowiadało jej, że nie ma innego wyjścia. Szła niepewnie, kołysząc się na boki.

W końcu zatrzymała się przed Langerem. Spojrzeli na siebie, jakby któreś z nich miało zaraz wyciągnąć zza pleców broń, wycelować i pociągnąć za spust. Bez słowa wyjaśnienia. Na dobrą sprawę żadne z nich go nie potrzebowało.

– Który to miesiąc? – spytał Piotr.

– Od kiedy świat wzbogacił się o najpodlejszą kreaturę? To zależy, ile masz lat. Trzydzieści pięć, Langer? To by dawało jakieś czterysta miesięcy.

Uniósł lekko kąciki ust i nie skomentował. Unikał jej wzroku, wbijając spojrzenie w brzuch, jakby chciał zasugerować, że stojąc przed nim, staje także przed niebezpieczeństwem, że coś się stanie dziecku.

Jeśliby w istocie sformułował taką groźbę, właściwie byłaby całkowicie uzasadniona. Chyłka zdawała sobie sprawę, jak wiele ryzykuje, spotykając się w takim miejscu z człowiekiem, którego stać na wszystko.

– O wiele rzeczy bym cię podejrzewał, ale nie o to, że strzelisz sobie w stopę.

– Strzelam tylko do nieznajomych.

Zbył jej słowa milczeniem, najwyraźniej nie łapiąc, do czego się odnoszą.

– Po co ci to?

Nie zamierzała wdawać się z nim w rozmowy, których scenariusz zapewne ułożył zaraz po tym, jak do niego zadzwoniła i zaproponowała spotkanie.

– Mam na myśli macierzyństwo.

Chyłka milczała.

– Naprawdę chcesz urodzić? – spytał, jakby była w pierwszych miesiącach ciąży.

– Nie – przyznała. – Ale twoja matka też tego nie chciała, a jednak wydaliła na świat takiego…

– Nie mówmy o niej.

Głos miał spokojny, zupełnie pozbawiony emocji. Mimo tej deklaracji nic nie wskazywało na to, by temat matki miał być dla niego trudny. Jeśli Chyłka miałaby zgadywać, powiedziałaby raczej, że Piotrowi zwyczajnie nie chce się o niej rozmawiać.

– I przejdźmy do rzeczy – dodał. – Czego ode mnie chcesz?

– Pomocy.

Roześmiał się i rozejrzał, jakby szukał ukrytej kamery.

– Żartujesz sobie?

– Przez większość czasu tak. Teraz nie.

– Chcesz, żebym ci pomógł? W czym?

– W sprawie Zordona.

Powtórzyła się poprzednia reakcja, a głośny śmiech zadziałał Joannie na nerwy dwa razy bardziej niż wcześniej. Popełniała ogromny, nieodwracalny błąd. Tylko co innego mogła zrobić?

– Jest na Mokotowie.

– Wiem.

– Skąd?

– Z mediów. Trąbią o tym, od kiedy tylko dowiedziała się pierwsza redakcja. Niecodziennie znany prawnik z renomowanej kancelarii idzie siedzieć za zabójstwo jednego ze swoich rodziców.

– Jest niewinny.

– To się dopiero okaże, prawda?

Chyłka patrzyła na rozmówcę, nie do końca mogąc uwierzyć w to, że naprawdę stali naprzeciwko siebie, prowadząc w miarę normalną rozmowę. Była przekonana, że ich kolejne spotkanie będzie się sprowadzało do rzucania się sobie do gardeł.

Zastanawiała się, jak dalej poprowadzić wymianę zdań. Langera nie było sensu podchodzić, nieustannie prowadził własną grę. Wiedziała, że żadna ze stron w tym krótkim starciu nie pokona drugiej. Żadna więc nawet nie próbowała.

– Będziesz go broniła?

– Nie.

– Szkoda, wyszedłby pewnie szybciej niż… to. – Wskazał na jej brzuch i zbliżył się o krok. – Chłopczyk czy dziewczynka?

Chyłka zbyła pytanie milczeniem, patrząc na Langera nieruchomo. Postanowiła, że jeśli zrobi jeszcze pół kroku w jej kierunku, nie pozostanie bierna.

– Kordian zamierza bronić się sam?

– Tak.

– Z pewnością przekonasz go, żeby tego nie robił.

– Zobaczymy – odparła pod nosem. – Teraz mam większe problemy.

– I to właśnie z nimi do mnie przychodzisz, tak?

– Mhm.

– Więc powiedz, jak mogę ci pomóc, Chyłka? – odparł z uśmiechem. – Wiesz, że możesz mnie prosić o wszystko.

Podkreślił słowo „prosić" nie bez powodu. Już teraz sytuacja dostarczała mu sporo satysfakcji, a czuł, że może być tylko lepiej.

– Na Rakowieckiej siedzi też Gorzym – oznajmiła.

– Wiem.

– Oczywiście – mruknęła. – Trzymasz przecież rękę na pulsie, jeśli chodzi o twoich podwładnych.

– To człowiek Siwowłosego.

– A on podlega tobie.

Powinna użyć czasu przeszłego, ale miała wrażenie, że wpływ Piotra Langera rozciągał się nie tylko na kręgi mafijne w Warszawie, ale także grypserskie w więzieniach i aresztach śledczych.

– W żadnym wypadku – zastrzegł. – Nie mam z tymi ludźmi nic wspólnego.

– Przypuszczam, że gdyby ich odpowiednio przycisnąć, będą twierdzić coś innego.

– Jak każdy – odparł Langer, chowając ręce do kieszeni. – Nie znaczy to, że takim ludziom trzeba wierzyć. Poza tym musiałabyś zapewne zapytać ich o to w sądzie, a tym samym złamać tajemnicę adwokacką.

– Znam doskonale swoje możliwości.

– Niezupełnie. Bo nie dostrzegasz, gdzie się kończą. Nigdy nie dostrzegałaś.

Tym razem to ona się zbliżyła. Żałowała, że nie zabrała ze sobą żadnego obucha, którym mogłaby zdzielić go po głowie. Choć gdyby zaczęła, prawdopodobnie nie przestałaby aż do momentu, gdy za kolejne ciosy odpowiadałaby już z paragrafu o znieważaniu zwłok.

Zatrzymała się na tyle blisko Piotra, że niemal dotykała go brzuchem. Było coś niepokojącego w świadomości, że pasożyt znalazł się tak blisko zła w czystej postaci. Chyłka nie dała tego jednak po sobie poznać. Zmrużyła oczy.

– Masz z tym coś wspólnego, Langer?

– Z czym?

– Z faktem, że Kordian ma trafić do celi Gorzyma.

Piotr uciekł wzrokiem. Nie było to przyznanie się, nie popełniłby takiego błędu. Kontrolował każdy mięsień twarzy i niczego nie zwykł robić przez przypadek lub nieświadomie.

– Co jest? – spytała Joanna.

– Już trafił.

Wysunęła głowę w jego kierunku.

– Co? Skąd wiesz?

– Bo wprawdzie nie trzymam ręki na pulsie, ale orientuję się, co się dzieje.

– Jak... jak to trafił już do celi?

Pozwolenie sobie na zdziwienie przed Langerem było jak okazanie słabości, ale w tej chwili nie miało to żadnego znaczenia. Czy za tym stał, czy nie, teraz liczył się tylko ostateczny rezultat.

– Kiedy to się stało? – zapytała.

Piotr podniósł lewą rękę i odsunął rękaw marynarki.

– Dzieje się właściwie teraz. Strażnik chwilę temu musiał wyciągnąć go z celi.

– Ty skurwielu... – syknęła Chyłka, a potem zacisnęła usta.

– Nie miałem z tym nic wspólnego.

– Więc skąd te szczegóły? Co?

– Próbowałem mu pomóc.

– Gówno prawda.

Nie odzywał się, najpewniej chcąc zasugerować, że tylko winny się tłumaczy. Znała go zbyt dobrze, by w tak prosty sposób dać się ograć. Po Langerze spodziewać można było się wszystkiego. Szczególnie niespodziewanego.

Zrobił pół kroku w tył, ale Chyłka natychmiast zmniejszyła dystans. Nie miała zamiaru odpuszczać.

– Nie darzę go sympatią – odezwał się. – Ale nikomu nie życzę tego, co go zaraz spotka. Sam siedziałem, wiem, jakie zasady rządzą takimi miejscami.

– Ty siedziałeś pod protekcją całej bandy sukinsynów gotowych przelać za ciebie krew. Nie porównuj waszej sytuacji.

Popatrzył na nią z powagą.

– Nie życzę mu źle.

– Ty życzysz źle całej rasie ludzkiej, Langer. Na tym polega twoja psychopatyczna wizja.

– Nie.

– Ale dlaczego on, co? W ten sposób odgrywasz się na mnie? Za swoją sprawę, za Salusa? O to ci chodzi?

Pokręcił lekko głową, jakby tłumaczenie jej rzeczy oczywistych było ponad jego siły. Cofnął się jeszcze trochę, ale nie dostrzegła w tym ani odrobiny strachu. Był to raczej wyraz bezsilnej rezygnacji.

– Dlaczego to robisz? – dodała. – Sprawia ci to jakąś chorą satysfakcję?

– Nie odpowiadam za to, co dzieje się za murami mokotowskiego więzienia.

– Wręcz przeciwnie.

Tym razem wycofał się już na tyle, że za winklem dostrzegła jego samochód. Długa limuzyna od Mercedesa wyglądała, jakby w środku czekało kilka osób gotowych spacyfikować prawniczkę.

Piotr w końcu się zatrzymał. Powiódł wzrokiem po zniszczonych zabudowaniach w oddali.

– Jesteśmy tu sami – zapewnił.

– Tak?

– Jeśli nie liczyć całego ciężaru przeszłości.

– Daruj sobie te pseudopoetyckie pierdolenie, Langer.

– Jest jednostronne.

W innych okolicznościach być może pozwoliłaby sobie na zdawkowy uśmiech i ripostę. Teraz jednak myślała tylko o tym, co mogło się dziać przy Rakowieckiej. Czy Langer mógł mieć potwierdzone informacje? Z pewnością. Nawet jeśli nie kontrolował już Gorzyma, miał swoich ludzi za murami.

– Co miałbym osiągnąć, wysyłając Oryńskiego do tej celi? – zapytał.

– Zaspokojenie swoich skrzywionych żądz.

– W jaki sposób? – spytał całkiem poważnie. – Nie uczestniczę w tym przecież. Nie wiem nawet, co się tam dzieje.

W tej kwestii musiała przyznać mu rację. Nie należał do osób, które czerpały przyjemność z biernej roli. Potrzebował bezpośredniego, pełnego udziału w tym, co się działo.

– Zastanów się – dodał.

– Cały czas to robię. I wszystko sprowadza się do tego, że wystarczyłoby jedno twoje słowo, a Gorzym by odpuścił.

– Nie. Zerwał się ze smyczy, nie mam na niego wpływu.

– Masz na innych.

– Może.

– Więc gdybyś rzeczywiście z jakiegoś powodu chciał pomóc, miałbyś narzędzia.

Chyłka uznała, że jeśli usłyszy banał o jego ograniczonych możliwościach, będzie mogła z czystym sumieniem uznać to wszystko za bzdury. Jeśli nie… do cholery, naprawdę rozważała, że Langer nie ma z tym nic wspólnego? Wydawało się to nieprawdopodobne, z drugiej strony ostatnie wydarzenia rzeczywiście nie przyniosłyby mu żadnej korzyści.

– Mogę mu pomóc – zadeklarował.

– Jak?

– Wpłacę kaucję.

Spodziewała się podczas tej rozmowy usłyszeć wiele deklaracji, ale z pewnością nie taką. Zdarzało się jej to wyjątkowo rzadko, ale przez moment po prostu nie wiedziała, co odpowiedzieć.

Abstrahując od motywacji Langera, czy to w ogóle było możliwe? Czy udałoby się wyciągnąć Zordona za kaucją?

W Holandii być może nie, tam likwidowano kolejne więzienia, bo pustych cel było za dużo. Proces postępował od lat, a w tamtym roku zamknięto osiem kolejnych placówek. Niemal dwa tysiące funkcjonariuszy zostało bez pracy. W Polsce było jednak odwrotnie, przeludnienie aresztów powodowało, że coraz chętniej korzystano z innych środków zapobiegawczych. Sędzia mógłby się zgodzić. O ile Langer wyłożyłby odpowiednio dużą kwotę.

– Mówię jak najbardziej poważnie – zapewnił. – Wpłacę poręczenie majątkowe, tyle mogę zrobić.

– To niewiele.

Zrobił lekko zdziwioną minę.

– Mówimy o niemałych pieniądzach, na których przepadek niejedna osoba związana ze Skarbem Państwa będzie liczyła, Chyłka. To z mojej strony gest wyjątkowo dobrej woli.

– Ty i dobra wola to jak…

– Daj spokój tym swoim porównaniom. Jeśli chcesz mojej pomocy, musimy się pospieszyć.

– Jakkolwiek byś się nie spieszył, nie zdążysz mu pomóc. Nie w taki sposób.

Musiał zdawać sobie z tego sprawę. Nawet gdyby w tej chwili złożył przedmiot poręczenia, nie miałoby to żadnego znaczenia. Była to jedynie czynność faktyczna, nie procesowa. Dopiero po wydaniu postanowienia o zmianie środka zapobiegawczego, przyjęciu poręczenia i podpisania protokołu Zordon mógłby opuścić areszt.

– Zanim dopełnimy formalności, będzie za późno – dodała.

– Nic więcej nie mogę ci zaproponować.

Pokręciła głową, nie dopuszczając do siebie tej myśli.

– To za mało.

– Nie, Chyłka. To i tak za dużo, biorąc wszystko pod uwagę.

– Musisz mieć tam kogoś, kto będzie gotowy interweniować.

– Mam, ale nie na tym bloku.

– Posłuchaj…

– Wiem, co mu grozi – przerwał jej. – I próbowałem to powstrzymać, zapewniam cię. Ale w tej chwili nic nie mogę zrobić.

Zaklęła przez zęby i rozejrzała się. Nie miała do kogo zwrócić się o pomoc. Zanim spróbowała u samego diabła, zabiegała o wsparcie u wszystkich, którzy mogliby wyciągnąć pomocną dłoń. Wszędzie spotykała się z taką samą odpowiedzią.

Wszędzie, tylko nie tu.

Ale jaka była cena tej pomocy?

– Dlaczego, Langer? – spytała. – Dlaczego chcesz mu pomóc?

– Odpowiedź jest prosta. Bo chcę cię mieć w kieszeni.

– Co?

– Wpłacę kaucję, ale ty zrobisz coś dla mnie.

Od samego początku wiedziała, że rozmowa w końcu dotrze do tego miejsca. I była na to gotowa. Decyzję podjęła na długo przed tym, jak zobaczyła Piotra. Właściwie zadecydowała po opuszczeniu pokoju widzeń w areszcie.

Była gotowa zrobić wszystko.

– Tylko jeśli w tej chwili wyciągniesz go z celi Gorzyma – powiedziała.

– Mówiłem ci, że…

– W takim razie pierdol się – przerwała mu, a potem odwróciła się i ruszyła przed siebie.

Blef z samymi blotkami nigdy nie należał do najmądrzejszych posunięć. W tym wypadku liczyła jednak na to, że się opłaci.

Myliła się.

– Albo poręczenie, albo nic, Chyłka – rzucił Langer. – Niczego więcej nie mogę zrobić.

Przeszła jeszcze kilka kroków, po czym się zatrzymała. Wiedziała, że ten jeden raz w życiu musi uznać swoją porażkę. Przynajmniej na razie.

Czekała, aż do niej podejdzie, ale Piotr nie ruszył się z miejsca. Kiedy się odwróciła, zobaczyła, że stoi ze skrzyżowanymi rękoma i lekko rozsuniętymi nogami. Podeszła do niego powoli.

– Wpłacisz całą kwotę, jaką zaśpiewa sąd.

– Oczywiście.

– I w razie przepadku...

– Nie będzie żadnego przepadku, Oryński na wolności zachowa się tak, jak powinien.

Chyłka lekko skinęła głową.

– W takim razie mamy umowę? – spytał.

– Tak.

– I nie chcesz wcześniej wiedzieć, czego będę od ciebie wymagał?

Oboje wiedzieli, że na tym etapie zgodziłaby się na każdy warunek. I że jeśli nie wywiąże się z jego spełnienia, Langer natychmiast wycofa poręczenie.

– Widzę, że nie – dodał. – Ale pozwól, że cię oświecę. Myślę, że wyda ci się to dość... ciekawe.

Spodziewała się najgorszego. Jej umysł natychmiast zaczął układać scenariusze, które kończyły się dla niej i najbliższych jej osób tragicznie. Nie miało to jednak znaczenia. Zmierzy się z konsekwencjami później, teraz musiała jak najszybciej wyciągnąć Zordona z więzienia. Póki jeszcze był tym samym człowiekiem, który po raz pierwszy przekroczył próg celi.

Kiedy Piotr zaczął przedstawiać swoje warunki, w pierwszej chwili pomyślała, że to jakiś wynaturzony żart. Żaden z jej scenariuszy się nie ziścił. I nie rozumiała, dlaczego Langer miałby dążyć do realizacji tak osobliwego planu.

8

Cela Gorzyma, areszt śledczy

Kolos leżał na Oryńskim bez ruchu, napawając się świadomością tego, że zaraz odegra się za wszystko, co wydarzyło się przy sprawie Piotra Langera. A przede wszystkim za to, że dwoje prawników sprowadziło na niego i Siwowłosego dopust boży.

– Ty mnie tu wsadziłeś, kurwo – syknął. – Nie żaden prokurator.

Kordian jeszcze raz spróbował się obrócić. I tym razem jednak zwalisty mężczyzna ani drgnął.

– Ale znaleźli się tu tacy, co mi pomogli – dodał Gorzym. – Tobie nikt nie pomoże.

W pewnym sensie się mylił. Niestety, tylko w pewnym.

Chyłka z pewnością zrobiła wszystko, co w jej mocy, żeby nie dopuścić do tego, co teraz działo się w celi, ale miała też świadomość, że może ponieść klęskę. A kto jak kto, ale ona zwykła mieć całkiem dobry plan awaryjny. Częstokroć lepszy od pierwotnego.

Nie w tym wypadku.

Ratunek, który dla niego przygotowała, był beznadziejny. Kordian miał nadzieję, że nie będzie musiał z niego korzystać, ale teraz stało się jasne, że jeśli tego nie zrobi, na dobre pożegna się z życiem, jakie do tej pory prowadził.

Joanna od początku wiedziała, że klawisz będzie ich obserwował. Wprawdzie udało jej się doprowadzić do widzenia, ale Oryński przypuszczał, że nawet solidna zapłata nie sprawiłaby, że zostaną bez nadzoru.

Ponadto miała świadomość, że zostanie dokładnie przeszukana. Gdyby kiedykolwiek wyszło na jaw, że przemyciła cokolwiek do aresztu, poleciałyby głowy nie tylko strażników, ale także naczelnika. A przy odpowiednio dużym kalibrze być może nawet kogoś w ministerstwie.

Stąd pocałunek na końcu.

Chwilę po tym, jak ich wargi się zetknęły, Oryński poczuł, jak Chyłka wsuwa mu do ust kawałek plastiku. Był mały, wielkości wypisanego ołówka. Zanim klawisz otworzył drzwi do pomieszczenia, Kordian umieścił przesyłkę za zębami.

Teraz miał zrobić z niej użytek. Musiał tylko wyczekać na odpowiedni moment, by Gorzym był przekonany, że jest górą. I że nie istnieje żaden sposób, dzięki któremu Oryński mógłby się uratować.

Młody prawnik nie miał wątpliwości, że musi działać natychmiast. Kiedy Gorzym złapał za jego spodnie i szarpnął mocno, Kordian wypluł plastikowy pojemnik na rękę i szybko otworzył.

Szpikulec był niewielki, ale ostry jak końcówka japońskiego noża. Musiał wystarczyć.

Kiedy Gorzym zaczął głośno sapać, Kordian z całej siły zamachnął się ręką w tył. Rozległ się cichy jęk, a czas zdawał się zatrzymać.

Oryński zrozumiał, że udało mu się trafić przeciwnika w kark. Kątem oka dostrzegł, że krew trysnęła na posadzkę, jakby trafił w jedną z tętnic szyjnych.

Mięśniak ryknął z bólu, a Kordian nie miał zamiaru tracić czasu ani okazji. Natychmiast zrzucił z siebie oprawcę i zerwał się na równe nogi. Spojrzał na wijącego się na ziemi Gorzyma, który starał się ucisnąć ranę.

Wylewała się z niej pod ciśnieniem jasnoczerwona krew, co potwierdzało, że Kordianowi udało się uszkodzić newralgiczne miejsce. Przeciekała przez palce przeciwnika, który nie potrafił poradzić sobie z krwotokiem. Gorzym wodził spanikowanym spojrzeniem wokół, szukając ratunku.

Kordian bezskutecznie starał się uspokoić oddech i opanować przyspieszone bicie serca. Wiedział, że musi wziąć się w garść. Nie było łatwo ze świadomością tego, jak blisko przepaści się znalazł. Nabrał głęboko tchu, a potem podniósł plastikowy pojemnik, zamknął go i schował do kieszeni.

– Skurwysynu… – syknął niewyraźnie Gorzym.

Uciskał miejsce ukłucia oburącz, ale na niewiele się to zdało. Oryński nerwowo się rozejrzał. Rzeczy, których mógłby użyć do opatrzenia rany, było aż nadto – brakowało tylko jego woli, by po którąś z nich sięgnąć.

– Zajebię… cię… rozumiesz?

– Rozumiem, że się wykrwawisz.

Gorzym mruknął coś, starając się zbliżyć do Kordiana. Przywodził na myśl ranne zwierzę złapane w sidła myśliwego. Miotał się, ale coś nie pozwalało mu się przesunąć o więcej niż kilka centymetrów.

Mimo to Oryński dał krok do tyłu. Nie było sensu ryzykować.

– Już jesteś martwy… – dodał Gorzym, krzywiąc się.

Serce waliło Kordianowi jak młotem, miał ochotę czym prędzej wezwać strażnika, a potem wybiec na korytarz, nie bacząc na nic. Wiedział jednak, że tym samym wszystko zaprzepaści. Musiał zmusić się do zachowania pozorów.

Na ułamek sekundy zamknął oczy.

– Z nas dwóch to tobie jest do tego bliżej – odezwał się.

Bliżej, ale niedostatecznie blisko, dodał w duchu, dostrzegając, że krew wylewa się pod nieco mniejszym ciśnieniem.

– Dwadzieścia procent – dodał. – Tyle krwi musisz stracić, żeby doszło do wstrząsu hipowolemicznego.

Gorzym znów wymamrotał jakieś przekleństwo. Oryński przykucnął kawałek dalej na trzęsących się nogach, przypatrując się rannemu przeciwnikowi. Gorączkowo starał się ocenić, jak wiele czasu minie, nim kafar rzeczywiście straci te dwadzieścia procent.

– Najpierw pobledniesz i oblejesz się potem – powiedział. – Serce zacznie ci tłuc jak szalone, a potem nagle zwolni. Tętno stanie się ledwo wyczuwalne, a ty będziesz walczył o każdy haust powietrza.

– Chuj ci… w dupę…

– Potem zaczną się zaburzenia świadomości. Nie będziesz rozumiał, co się dzieje, staniesz się zupełnie zdezorientowany. Ostatecznie stracisz przytomność. I wtedy spadnie też ciśnienie w tętnicach. Krew przestanie się tak szybko wylewać, ale nie będzie to miało już żadnego znaczenia.

Oryński rozgrywał ten scenariusz w głowie wielokrotnie. Właściwie znał go na pamięć. Różnił się szczegółami w zależności od wersji, ale prawda była taka, że miał z nim do czynienia na długo przed tym, zanim w ogóle trafił do aresztu śledczego.

Widmo Gorzyma wisiało nad nim od czasu kasacji Langera.

– Jesteś, kurwa... martwy...

Kordian podniósł się. Napastnik po części miał rację. Odebranie życia współwięźniowi za kratkami na dobrą sprawę sprowadzało się do samobójstwa. Nie w sensie dosłownym, ale prawnym jak najbardziej. Prokurator postawi nowe zarzuty, dowodów będzie aż nadto, a linii obrony żadnej. Oryński zostanie tutaj znacznie dłużej, niżby się to stało, gdyby skazano go wyłącznie za zabójstwo eutanatyczne.

Nie miał zamiaru na to pozwolić. Byłby to ostateczny triumf Gorzyma.

Sięgnął po zwitek papierowych ręczników i kilka ubrań, a potem pochylił się nad przeciwnikiem. Bez słowa starał się odsunąć jego ręce od rany, ale mięśniak splunął w niego krwią i zmobilizował się, by kopnąć go w kolano.

Cios nie był mocny, choć celny. Przynajmniej jeśli wziąć pod uwagę, że Gorzym wił się i tłukł na ślepo.

– Uspokój się.

– Spierdalaj! – wycharczał, otwierając szeroko usta.

Oryński dostrzegł krew na zębach i usłyszał niepokojący bulgot z gardła.

– Chcę ci pomóc.

Słyszał, że głos mu się zatrząsł. Nie mógł uwierzyć w to, co się działo, choć przecież powinien był się tego spodziewać. Jak inaczej mogłoby się to skończyć? Konfrontacja była nieunikniona – a jeśli zostanie za murami więzienia, nie będzie to z pewnością ostatni raz, kiedy w czymś takim uczestniczy.

Jeszcze przez moment zapewniał przeciwnika, że ma zamiar zatamować krwawienie, aż ten w końcu odpuścił. Wprawdzie nadal obrzucał go przekleństwami, ale pozwolił, by Kordian owinął mu szyję.

Krew dalej ciekła, ale znacznie wolniej.

Oryński zastanawiał się przez chwilę nad tym, czy cokolwiek mu w tej chwili grozi. Uznawszy, że Gorzym jest zbyt słaby, by kontynuować starcie, schował szpikulec do pojemniczka, a potem umieścił go z powrotem w ustach.

Przesunął go między zęby a policzek i podniósł się. Powtórzył sobie w duchu, że musi zrobić wszystko, by utrzymać pozory opanowania, może nawet wyrachowania. Od jego zachowania może zależeć to, jak Gorzym potraktuje całe to zajście.

– Jaką wersję ustalimy? – spytał Kordian.

– Taką, że cię upierdolę, jak tylko…

– Zrobisz, co będziesz chciał. Teraz potrzebujemy bajki dla klawiszy.

Gorzym milczał.

– Proponuję scenariusz, że zaciąłeś się przy goleniu.

Przeciwnik nie docenił żartu. Był już wyraźnie blady, a cienie pod oczami stawały się niemal fioletowe.

– Więc jak?

– Goń się…

Zważając na całe mięso, którym wcześniej go obrzucił, wypadało uznać, że wraz z utratą krwi stopniowo zmieniało się także podejście do Oryńskiego.

– Właściwie wystarczy, żebyś powiedział, że to wypadek – odezwał się. – I zapewnił, że sam to sobie zrobiłeś. Szpikulca nie znajdą, więc na tym sprawa się zakończy.

– Słuchaj no, kurwa…

– Tak?

– Zrobię wszystko, żeby… wyjebał cię na wylot… cały pawilon…

– Nie wątpię.

Widok rannego agresora i świadomość, że stał się bezbronny, w końcu dodały Oryńskiemu animuszu. W ciągu krótkiej chwili jego postrzeganie całej tej sytuacji diametralnie się zmieniło.

Poczuł się dobrze.

Nawet bardzo dobrze. Zawładnęła nim euforia ocalałego, znikąd pojawiła się przyjemna pewność siebie. Odniósł wrażenie, że jest niezniszczalny i nawet zmasowane starania więźniów całego pawilonu nie mogą mu zagrozić.

Przesunął językiem pojemnik. Były to oczywiście mrzonki. Jeśli Gorzym będzie chciał się odegrać, znajdzie znacznie lepszy sposób niż kolejne spotkanie w cztery oczy w celi. Razem z kumplami napadnie go w łaźni czy na spacerniaku. Kilka szybkich ciosów zrobi swoje.

– Będziesz miał styję rozjechaną jak…

– Wystarczy – uciął Oryński, a potem ruszył w kierunku drzwi.

Wiedział, że uniknął przynajmniej prawnej śmierci. Klawisz przymknie oko na to, co się stało, bo sam uchybił obowiązkom. Administracja zażąda od Gorzyma wyjaśnień, ale ten będzie milczał. Jeśli zakabluje, narazi się wszystkim innym. Niepisane zasady były tu ważniejsze od osobistych animozji.

Kordian załomotał w drzwi, odsunął się o krok, uniósł ręce i czekał.

Klawisz wpadł do środka spanikowany, natychmiast sięgając po pałkę. Oryński zapewnił go, że nic nie zrobił, że doszło do wypadku i trzeba pomóc współwięźniowi.

Żadne słowa nie miały jednak w tej sytuacji znaczenia. Oprócz tych, które wypowiedział klawisz.

– Na ziemię! – ryknął.

Kordian szybko wykonał polecenie, a potem słuchał, jak strażnik wzywa towarzyszy. Cela natychmiast się nimi wypełniła, a Oryńskiego wyciągnięto na zewnątrz, unieruchamiając i krzycząc mu prosto do ucha, jakby był jednym z enek, więźniów niebezpiecznych.

Był wdzięczny za to przedstawienie. Pokazało innym osadzonym, że nie jest byle popychadłem, które na zewnątrz może i coś znaczy, ale za kratkami jest co najwyżej obiektem pogardy.

Nie liczył na to, że uda mu się zyskać prawdziwy respekt, ale przynajmniej znalazł się w hierarchii nieco ponad pedofilami i innymi szumowinami.

Przesłuchiwano go bez końca, Gorzyma z pewnością także. Jeden ani drugi nie zdradził, co w istocie się wydarzyło. Obaj upierali się przy wersji z wypadkiem. Kordian nie wiedział, co dokładnie opisał przeciwnik, ale nie miało to dla niego znaczenia. Sam miał prawo milczeć.

Wróciwszy do celi przejściowej, zignorował zaciekawione spojrzenia współwięźniów. Nikt nie zapytał o krew na koszuli. Razem ze spodniami jeszcze tego samego dnia trafiła do pralni, a potem do depozytu. Zamiast nich Kordian otrzymał zielonkawy uniform. Dopiero teraz poczuł się jak więzień.

W końcu przydzielono go do celi mieszkalnej. Znajdowały się w niej trzy dwupoziomowe prycze, podłużny stolik wzdłuż ściany i parę krzesełek przywodzących na myśl stary sprzęt wędkarski. Cuchnęło niemiłosiernie, a zabrudzona szyba w niewielkim oknie zdawała się jeszcze bardziej zwiększać dystans do świata na zewnątrz.

Kordian odniósł wrażenie, że znalazł się w innej rzeczywistości. Cela przejściowa dawała poczucie, że człowiek zatrzymuje się w niej tylko na moment. Nie miała osobistego charakteru. Z tego miejsca jednak więźniowie uczynili namiastkę domu.

Na wiszących pod sufitem półkach stały ich rzeczy, na tablicy nieco niżej wisiały zdjęcia rodziny. Kawałek dalej na stoliku ułożono książki, przybory, sztućce i inne rzeczy codziennego użytku.

Pięciu mężczyzn skupiło wzrok na Oryńskim, kiedy ten przestąpił próg. Miał ze sobą jedynie pastę, szczoteczkę do zębów i ubranie. Rozejrzał się niepewnie.

– Pierwsze kojo – rzucił jeden z więźniów, wskazując górne łóżko najbliżej wejścia. – I białko.

– Nie mam.

– Dlaczego?

Pojawianie się w celi bez postanowienia o tymczasowym aresztowaniu było co najmniej podejrzane. Ci, którzy siedzieli za budzące respekt przestępstwa, powinni się nim pochwalić. Ci, których wsadzano za gwałty, pedofilię i inne tego typu przewinienia, robili wszystko, by je ukryć.

Kordianowi papier zabrali strażnicy, niechybnie w odwecie za to, że od starcia z Gorzymem na wszystkie ich pytania odpowiadał milczeniem.

– Klawisze mi zatrzymali.

– Bo?

– Bo nie chcę z nimi współpracować.

– W porządku. Siadaj.

Mężczyzna wskazał mu jedno z krzeseł, a Oryński posłusznie zajął miejsce. Szybko przekonał się, że ponura rzeczywistość, którą spodziewał się tu zastać, nie będzie w istocie tak niepokojąca. Współwięzień o ksywie Łupin wyłuszczył mu wszystkie zasady, nie grożąc ani nie starając się choćby lekko go nastraszyć.

– To się różni od tego, co widzisz w telewizji, nie? – rzucił głosem, jakby formułował złotą myśl. – Nikomu nie zależy, żeby tu się jakieś gówno odstawiało. Ptak nie sra do swojego gniazda, nie?

– Ano nie.

– Chcemy odsiedzieć swoje i spierdolić stąd na dobre.

Kordian pokiwał głową.

– Jak jeden ma problem, to wszyscy go mają. Kminisz to?

– W pełni.

Musiał odpowiedzieć jeszcze na kilka pytań, ale wszystkie sprowadzały się mniej więcej do tego samego. Oryński odetchnął. W miejscu wypełnionym przestępcami trafił na grupę, która najwyraźniej składała się ze względnie normalnych ludzi.

Ale może było tak nie tylko w tej celi? Wsadzano tutaj przecież za cały szereg przestępstw. Przy czym ci ludzie nie zostali jeszcze skazani. Nie odbywali kary. Byli tu, bo zastosowano wobec nich tymczasowe aresztowanie.

W świetle prawa byli niewinni.

Choć oczywiście była to tylko ustawowa atrapa. Pewien amerykański dyplomata, który przez lata kierował Yale, podkreślał, że domniemanie niewinności to rzecz fundamentalna. Według niego wynikało ono nie tylko z nakazów prawa, ale także ludzkiej natury, która każe szukać w innych nie tego, co najgorsze, ale co najlepsze.

Oryński nie wiedział, w jakim świecie żył ten dyplomata, z pewnością jednak nie w realnym. W nim widziało się w innych odbicie swoich własnych najgorszych cech. To one rzucały się w oczy jako pierwsze. I to pokazywało, jak wiele warte jest domniemanie niewinności.

Po dwóch dniach spędzonych z nowymi towarzyszami Kordian utwierdził się w tym przekonaniu. Sami traktowali siebie jak skazanych więźniów, a nie aresztantów czekających na proces. Czy można było się dziwić sędziom i ławnikom, że nie patrzyli na nich w inny sposób?

Oryński był jednak przekonany, że trafili mu się w gruncie rzeczy porządni kompani. A z pewnością Łupin mógł do takiego miana pretendować. W wielu celach tak doświadczeni rezydenci jak on nie „waflowali się z cieciami" i traktowali nowo przybyłych jak powietrze. Ten wiarus jednak chętnie udzielał rad. Wieczorem drugiego dnia przysunął do stolika krzesło i wskazał je Kordianowi. Kiedy młody prawnik usiadł, współwięzień spojrzał mu głęboko w oczy.

– Gorzym wali w tabor – oznajmił.

Oryński uniósł brwi.

– Jest transportowany – wyjaśnił Łupin. – I poszła fama, że zebrał ekipę, cobyś szybko uśmiechnął się do sufitu.

Kordian przypuszczał, że to określenie ma jakiś seksualny podtekst, ale tym razem się pomylił.

– Żebyś odwalił kitę – dodał wiarus. – Nie odpuści ci. Podobno ma totalną śrubę, zrobi wszystko, żeby cię zajebać. I zanim zaczniesz mi tu skomleć o pomoc, zastanów się dwa razy. My nie z tych.

– Nie z tych?

– No, zobacz na nas – odparł Łupin, tocząc wzrokiem po towarzyszach. – Nie mamy jak pomóc, więc bez pierdolenia, dobra?

Oryński pokiwał głową. Do tej pory sam uświadomił sobie, że ci ludzie w żaden sposób nie mogli się mierzyć z Gorzymem. I nie mogli pozwolić sobie na to, by mu podpaść.

– Chce cię dojechać – dodał rozmówca. – Choćby miał za to gibać na kółko.

W tym wypadku Kordian wiedział, że chodzi o dożywocie.

– Uratowałem mu życie – powiedział bardziej do siebie niż do Łupina.

– Po tym, jak żeś go kujnął.

– Mogłem go dobić.

– I trzeba było, byle umiejętnie. Upozorować targnięcie się na linie czy coś.

– Miałem raczej ograniczone możliwości.

– A teraz przez to nie masz wyjścia – odparł Łupin i głośno westchnął. – Dojadą cię z samego rana.

9

ul. Argentyńska, Saska Kępa

Zapach kawy sprawił, że Chyłka niemal zwróciła całe śniadanie. Widok czarnego napoju podziałał na nią jeszcze gorzej od aromatu. Mimo to postawiła go przed swoim gościem, a potem usiadła po drugiej stronie stołu. Jeszcze chwilę wcześniej chciała napić się inki, teraz zrezygnowała w ogóle.

– Wyglądasz coraz gorzej – oznajmił Kormak.

– Ja?

– To oczywiście nie twoja wina, tylko symbionta.

– Nazywam go pasożytem – sprostowała Joanna. – A ty powinieneś spojrzeć w lustro.

– Mało spałem.

– Zawsze mało śpisz, Kormaczysko.

Z jakiegoś powodu zabrzmiało to nieswojo. Czyżby uruchamiał się już w niej instynkt macierzyński? Wzdrygnęła się i natychmiast zaczęła myśleć o wszystkich tych rzeczach, które zrobi od razu po porodzie. O litrach alkoholu, jakie wypije. Oparach nikotyny, jakie wciągnie. O miriadach kaw, które zamówi w najlepszych kawiarniach.

Nie, nie było sensu dłużej się oszukiwać. Będzie musiała odczekać jakiś czas, dopóki będzie karmić. Potem jednak wróci do rzeczywistości.

– Odezwała się ta, która jest sztandarowym zwierzęciem sennym – odburknął Kormak.

– Czym?

– Jednym z tych, co to żyją tylko po to, by na jawie zbierać materiały na sny.

Joanna milczała.

– No wiesz – dodał Kormak. – Jednym z tych, co uważają, że życie to tylko seria niefortunnych zdarzeń utrudniających ucinanie sobie drzemki.

– Nie znam takiego gatunku.

– No właśnie… – odparł pod nosem, a potem napił się kawy.

Chyłka poczuła, jak kotłuje jej się zawartość żołądka. Przez moment milczeli, przez co borborygmus wydał się głośniejszy niż zwykle. A może rzeczywiście tak było. Im bliżej końca tej udręki, tym gorzej będzie.

– Co z Zordonem? – spytał chudzielec.

– Sprawa jest załatwiona.

– Chyba jednak nie, skoro nie siedzi tu z nami.

– Formalnie załatwiona – sprostowała Joanna. – Pięćset tysięcy poręczenia i meldowanie się na komendzie pięć razy w tygodniu. Sąd już to klepnął.

– A prokuratura?

– Złożyli zażalenie, ale sąd nie wyznaczył jeszcze terminu jego rozpatrzenia.

– Więc co teraz?

– Czekamy, aż wszystko dopnie się na ostatni guzik.

Kormak się skrzywił.

– Spokojnie – powiedziała Chyłka. – Zordon poradził sobie z Gorzymem, przynajmniej na razie. Znalazł się w bezpiecznej celi, nic mu nie grozi.

– Jesteś pewna?

– Prawdopodobieństwo, że napyta sobie nowej biedy, jest takie jak to, że kiedyś staniesz na Księżycu.

– Bardziej uspokoiłoby mnie porównanie z Rowem Mariańskim.

Zmarszczyła lekko czoło, czując, jak suchą ma skórę. Pasożyt zdawał się wbrew wszelkiej logice wysysać z niej wszystko jak wampir.

– Rowie? – spytała.

– Cztery razy mniej ludzi stanęło w Rowie Mariańskim niż na powierzchni Księżyca.

– Aha.

– To zupełnie inny świat – dodał Kormak. – Wiedziałaś, że żyją tam jelitodyszne stworzenia?

– Nie. I do niczego mi to niepotrzebne – odbąknęła. – Tym bardziej, że sama zmagam się z macicodysznym.

– No tak…

– Liczy się to, że Zordon niedługo wyjdzie, weźmiemy się do roboty i załatwimy tę sprawę raz na zawsze.

– Tę z jego matką?

– Tak, ale równocześnie zajmiemy się Tatuażystą.

– To znaczy Tesarewiczem.

– Nie – odparła cicho. – Wedle wszelkiego prawdopodobieństwa naprawdę jest niewinny. Zresztą masz namacalny dowód. Żywego Maćka Lewickiego.

– Więc dla odmiany będziesz działać w słusznej sprawie. A nie wydajesz się zadowolona.

– Bo muszę zrobić coś, czego nigdy nie miałam zamiaru robić.

– Czyli?

– Dowiesz się w swoim czasie.

Kormak zdawał sobie sprawę, że została do tego zmuszona przez Langera. Nie miała zresztą zamiaru ukrywać tego ani przed nim, ani przed kimkolwiek innym. Sytuacja była przejrzysta, a fakty mówiły same za siebie – Piotr dał poręczenie, a w zamian miał otrzymać coś nie od Oryńskiego, tylko od niej. Rozumiał to każdy, kto choćby oględnie znał sytuację.

– Będę mógł ci w tym jakoś pomóc?

– Nie będziesz mógł.

Kormak się skrzywił.

– Będziesz musiał – dodała z lekkim uśmiechem.

Spojrzała na zegarek i westchnęła. Do wypuszczenia Kordiana z aresztu pozostało jeszcze stanowczo za dużo czasu. Mimo że przed chudzielcem nie okazywała obaw, miała wątpliwości, w jakim stopniu Oryńskiemu udało się zapewnić sobie bezpieczeństwo przy Rakowieckiej.

Odsunęła tę myśl. Zrobiła wszystko, co w jej mocy, teraz pozostało jej tylko czekać. I zająć się tym, co miało znaczenie po tej stronie krat.

– Dalej się upiera, że będzie bronił się sam?

– Tak – przyznała niechętnie. – Ma braki, bo nie zdał egzaminu. Chce się dowartościować.

– Chyba nie o to chodzi.

Popatrzył wymownie na jej wzdęty brzuch, a Chyłka strategicznie zignorowała znaczące spojrzenie.

– Zresztą oblał tylko dlatego, że…

– Tak się składa, że znam powód, Kormak. I nie ma to żadnego znaczenia.

– Nie?

– Będziemy pomagać mu nieformalnie. Będziemy jak byli premierzy sterujący obecnymi z tylnego siedzenia.

– Chyba tylko raz taka sytuacja…

– Nieistotne – ucięła. – Liczy się to, że będziemy pociągać za sznurki, dyrygować marionetką i sprawiać, że cały show będzie nasz. Choć nikt nie będzie o tym wiedział. Przynajmniej formalnie. W praktyce będzie to tajemnica poliszynela.

– Okej…

– Pierwsze, czego potrzebuję, to akt zgonu.

– Matki Zordona? Chyba żartujesz. Skąd mam go wytrzasnąć?

– Przecież to nie tajny raport CIA o traktowaniu jeńców w krajach Bliskiego Wschodu – żachnęła się. – Ojciec Zordona z pewnością otrzymał trzy bezpłatne kopie. Tak stanowi prawo.

– Wiem, ale…

– A oprócz tego znajdziesz go w rejestrze stanu cywilnego. O ile właściwy urząd już go tam przeniósł.

– Znaleźć, może i znajdę – przyznał. – Ale nikt mi go nie wyda.

– Uśmiechniesz się ładnie.

– Dają odpis tylko w uzasadnionych przypadkach.

– Twój jest bardzo uzasadniony – oznajmiła, podnosząc się. Czuła, że wchodzi na nieco wyższe obroty i uznała, że ukoronowaniem tego powinna być kawa. Czy raczej jej zbożowa namiastka. – A jeśli nie uda ci się wydębić aktu od urzędu, zdobędziesz kartę zgonu od lekarza, jasne?

– Jak?

– W sposób jedynie tobie znany, bo mnie ta wiedza do niczego niepotrzebna. Zordonowi tym bardziej. – Nasypała dwie łyżeczki do dużego, czerwonego kubka, a potem nastawiła wodę. Obejrzała się przez ramię. – Dowiemy się, co konkretnie było przyczyną śmierci, a potem obalimy bzdurne zarzuty.

– Jak?

– Wykazując to i owo.

– Czyli?

– Na tym etapie jeszcze nie wiem.

– Rozumiem – odparł nieco zmieszany Kormak. – Ale zastanawia mnie jedna rzecz.

– Zazwyczaj kiedy ktoś tak mówi, zastanawia go całe mnóstwo – zauważyła. – Ale masz rację. Wybierz jedną rzecz, w przeciwnym wypadku mi się narazisz.

Znów spojrzała na zegarek, jakby czas mógł w jakiś cudowny sposób przyspieszyć.

– Czy on będzie mógł jeszcze praktykować? – spytał Kormak. – Po tych wszystkich zarzutach? Po niezdanym egzaminie?

Joanna sprawdziła, czy na pewno włączyła czajnik. Sekundy zdawały się wydłużać coraz bardziej.

– Jesteście rozbrajający, kiedy tak się o siebie troszczycie – odparła. – I tak, jeśli go oczyścimy z zarzutów, za rok przystąpi. I znów obleje.

– To świetnie.

Chyłka wreszcie napiła się kawy, ale od razu odstawiła kubek. Nie miała na nią ochoty. Właściwie nie miała jej na nic poza alkoholem. Przez chwilę trwało milczenie, jakby jakieś wyjątkowo istotne pytanie wisiało w powietrzu. Być może tak było, uznała Joanna.

Kormak chciał więcej szczegółów, nie tylko w sprawie Zordona i jego matki. Być może nawet bardziej interesował go drugi wymiar, z którym Joanna miała się zmierzyć.

Nie pomyliła się – po chwili chudzielec wrócił do tematu Tatuażysty.

– Zbadali DNA tych szczątków w grobie – zauważył.

– Tak?

– Materiał nie ma nic wspólnego z Lewickim. I nie figuruje w żadnej bazie danych.

Chyłka nie miała dostępu do najświeższych wieści, ale nie dziwiło jej, że szczypior potrafił do nich dotrzeć. Czasem sprawiał wrażenie osoby, która na wyciągnięcie ręki miała wszystkie tajemnice państwowe.

– Wiadomo coś więcej? – zapytała.

– Tylko tyle, że pochowano tam innego człowieka.

– Wiek? Płeć?

– Chłopak. Mniej więcej tyle lat, co Lewicki.

– Więc mogła być to po prostu inna ofiara.

– Mogła – przyznał Kormak. – Tylko dlaczego ukrywać ten fakt?

Joanna nie miała odpowiedzi na to pytanie, choć podobne zadawała sobie od samego początku.

– I po co wrabiać Tesarewicza? – dodał chudzielec.

Tego także nie wiedziała. Zamilkła, czekając, aż temat umrze śmiercią naturalną. Spojrzawszy na Kormaka, przekonała się jednak, że nie ma co na to liczyć. Szczypior był wyraźnie zaciekawiony, marszczył brwi i drapał się mechanicznie po skroni.

– Dlaczego cię to w ogóle interesuje? – zapytała. – Tadeusz wypowiedział nam obronę, to koniec.

– A tam, koniec – odbąknął Kormak, dopijając kawę. – Powiedziałbym raczej, że początek.

Popatrzył na nią znacząco, jakby wiedział więcej, niż był gotów przyznać.

– A interesuję się, bo Tesarewicz ewidentnie ma związek z Zordonem. On lub Tatuażysta, cholera wie. W każdym razie…

– Odpuść, Kormak.

Wiedziała, że zabrzmiała zbyt poważnie, zbyt stanowczo. Nie mogło to ujść jego uwadze, a niewiele było mu trzeba, by wywęszył, że ona także wie więcej, niż pozwoliła mu sądzić.

A wszystko dzięki Piotrowi Langerowi.

Nie sądziła, że kiedykolwiek znajdzie się w takiej sytuacji, ale właściwie jej życie zdawało się skonstruowane tak, by nie mogła przewidzieć, co za moment nastąpi. Westchnęła, uznając w duchu, że ciąża najwyraźniej generuje nie tylko gazy, ale też komunały.

Wylała inkę do zlewu, puściła wodę, a potem odwróciła się do Kormaka. Nie podejmował tematu, wiedząc, że niczego z niej nie wyciągnie. Wdali się w nic nieznaczącą dyskusję na temat stworzeń głębinowych i ani się obejrzeli, nadeszła pora, by jechać do aresztu śledczego.

– Naprawdę powinnaś kupić sobie nową iks piątkę – zauważył chudzielec, kiedy włączała aplikację Ubera.

– Kupię. Ale już po tym, jak pozbędę się balastu.

– To dobrze. Choć na tę okoliczność powinni wprowadzić u nas takie rzeczy, jak w Ohio.

Stanęli przed bramką na osiedle, czekając na kierowcę.

– Masz na myśli tego sędziego, który skazał kobietę na osiem godzin siedzenia w śmietniku?

– Co? Nie. Dlaczego miałbym…

– Taką karę wymierzył sędzia Cicconetti kobiecie, która znęcała się nad zwierzętami. Inwencji mu nie brakuje, co jakiś czas gość odstawia takie numery.

– Imponujące – przyznał Kormak. – Ale miałem na myśli pomarańczowe rejestracje.

– O tym nie słyszałam.

– Daje się je osobom, które zostały wcześniej skazane za jazdę po pijaku.

Chyłka spojrzała na niego z rezerwą. Uporała się już z prawnymi przeszkodami, które narosły po niefortunnym zatrzymaniu. Dostała też odszkodowanie za to, co się stało z iks piątką. Pieniędzy na nową również jej nie brakowało.

Sama nie wiedziała, dlaczego jeszcze nie zdecydowała się na kupno. Może było w tym coś znamiennego, jakby nie potrafiła na dobre wrócić do poprzedniego życia. Przesunęła ręką po bliźnie na szyi, wypatrując samochodu, na który czekali.

Kierowca zjawił się chwilę później. Pojechali prosto na Mokotów i Chyłka przypuszczała, że na miejscu będą za jakieś piętnaście minut, ruch nie był duży. Miała nadzieję, że zobaczy Zordona wychodzącego z budynku całego i zdrowego.

Nie miała powodu sądzić, że może być inaczej. A mimo to z każdą mijającą chwilą jej obawy rosły.

10

Areszt śledczy, Mokotów

Data zwolnienia została wyznaczona. Kaucja wpłacona, a wszelkie czynności formalne dopełnione. Kordianowi pozostało tylko wytrwać odpowiednio długo, by stać się wolnym człowiekiem. Przynajmniej częściowo.

Problem polegał na tym, że Gorzym miał zrobić z nim porządek z samego rana, a wypuścić planowano go w południe. Jeśli nic się w tej sprawie nie zmieni, wynieść będą mogli albo zwłoki, albo mocno poturbowanego pacjenta tutejszego OIOM-u.

Oryński przez noc nie zmrużył oka. Nie próbował nawet zasnąć, z góry zakładając, że to daremne. Obracał się z boku na bok, starając się coś wymyślić. Raz udało się ze szpikulcem, na powtórkę jednak nie było co liczyć.

Czy było coś, czym mógł zaskoczyć Gorzyma? Nie, z pewnością nie. Szczególnie jeśli tym razem przyprowadzi ze sobą kumpli.

Kiedy poranne promienie słońca zaczęły niemrawo wypełniać celę, Kordian usiadł na pryczy i zwiesił głowę. Był tak zmęczony, że nie wiedział nawet, czy nie przysnął w nocy na krótko.

Zaraz po nim obudzili się współwięźniowie. Nikt nie musiał pełnić dyżuru, by wyrwać ze snu pozostałych przed porannym apelem. Po długich miesiącach odsiadki każdy wstawał jak zaprogramowany.

Łupin podszedł do pryczy Oryńskiego i oparł się o nią. Spojrzał na chłopaka niemal ze współczuciem.

– Gdybyśmy mogli coś zrobić, to byśmy zrobili – rzucił.

Złota myśl, uznał w duchu Kordian, a potem zeskoczył z koja. Zjadł śniadanie w milczeniu, zastanawiając się, czy to aby nie jego ostatni posiłek. Spodziewał się Gorzyma w każdej chwili, ale ten nie nadchodził. Może coś się zmieniło? Może ten postanowił zająć się nim wieczorem?

Nadzieja była raczej mętna. I krótkotrwała.

Umywszy plastikowe naczynia, Kordian zorientował się, że reszta osadzonych ustawiła się po drugiej stronie celi.

Spojrzał w stronę drzwi. Gorzym stał w progu, patrząc na niego spode łba.

Nie dziwił się, że współwięźniowie przywodzili na myśl gapiów na miejscu wypadku samochodowego. Najmądrzej wprawdzie zrobiliby, kładąc się na pryczach i udając, że nie wiedzą, co się dzieje, ale byli tylko ludźmi. A ludzie lubili patrzeć.

W słynnym Empire State Building było sto jeden pięter, na wszystkich wynajmowano powierzchnie biurowe. Skumulowane przychody ze wszystkich najmów były gigantyczne, ale nie dorównywały pieniądzom, które turyści płacili za to, by spojrzeć na miasto z punktu widokowego. Ci w celi oddaliby każde pieniądze, by móc z oddali obserwować to, co się stanie.

Gorzym powiódł po nich wzrokiem, jakby zastanawiał się, czy Oryński zdołał przekonać współwięźniów, by mu pomogli. Nie ulegało jednak wątpliwości, że zachowają bierność.

– Wychodź – rzucił kafar.

Kordianowi przeszło przez myśl, że lepiej stałoby się, gdyby trafił na oddział z więźniami niebezpiecznymi. Tam drzwi cel były przez cały czas zamknięte, nie można było swobodnie poruszać się korytarzami. Tutaj w określonych porach było inaczej.

Z trudem przełknął ślinę, językiem przesunął pojemnik z igłą do przodu i ruszył w stronę Gorzyma. Nie było sensu stawiać oporu, nie na tym etapie.

Wyszedł na korytarz, stanął przed olbrzymem i przez chwilę trwał w bezruchu. Przypuszczał, że postronnym przywodzą na myśl bokserów podczas ważenia. Zasadnicza różnica sprowadzała się jednak do tego, że nastąpiło pomieszanie wagi piórkowej z ciężką.

Oryński drgnął i się rozejrzał. Nie dostrzegł żadnego strażnika, a więźniowie celowo unikali jego wzroku. Najwyraźniej kilka zwitków banknotów pozostawionych w odpowiednich miejscach zrobiło swoje.

– Masz przyjaciół na zewnątrz – odezwał się Gorzym.

Kordian uniósł brwi. Spodziewał się, że jeśli mięśniak w ogóle jeszcze otworzy usta, to jedynie po to, by mu grozić.

– Przyjaciół?

– Takich, o których bym cię nie podejrzewał.

– To znaczy?

Gorzym popatrzył ukradkiem na boki.

– Langer.

Nazwisko Piotra podziałało na Oryńskiego jak płachta na byka. Strach, który czuł jeszcze przed momentem, nagle przerodził się w złość. Zacisnął pięści.

– Co z nim? – spytał.

– Skontaktował się ze mną.

Kordian próbował dopowiedzieć sobie resztę, ale nie potrafił znaleźć żadnego dobrego powodu, dla którego Langer miałby interweniować w jego sprawie. A tak najwyraźniej się stało, skoro Gorzym jeszcze nie rozkwasił mu twarzy.

– Kazał zostawić cię w spokoju.

– Dlaczego?

Mięśniak zaśmiał się cicho, z wyraźną bezsilnością.

– Mnie o to, kurwa, nie pytaj – odparł, minimalnie się zbliżając. – Nigdy go nie rozumiałem, a teraz już w ogóle. Z nim jest coś nie tak.

Jeśli w jakiejkolwiek sprawie Oryński mógłby zgodzić się z Gorzymem, to właśnie w tej.

– Powiedział, że się odwdzięczy, jeśli dam ci spokój.

– To… niespodziewane.

– No – potwierdził olbrzym. – Kazałem mu wypierdalać.

Kordian automatycznie się cofnął.

– Ale Langer nie odpuścił – dodał Gorzym. – Zaczął mi grozić, rozumiesz? Rzadko sobie na to pozwala, zazwyczaj jest bardzo uważny. Inni robią takie rzeczy za niego.

– Coś o tym wiem.

Oryński spojrzał na niego znacząco, ale rozmówcy najwyraźniej umknęła aluzja.

– A jednak w twojej sprawie sobie na to pozwolił. Dlaczego?

– Nie wiem.

– Musi wyjątkowo mu na tobie zależeć – ciągnął Gorzym, nie odrywając wzroku od oczu Kordiana. – Mówiłem mu, że po tej stronie krat gówno może, szczególnie jeśli chodzi o mnie, ale nie odpuszczał. Nie spodziewałem się po nim czegoś takiego.

– Słuchaj... – zaczął niepewnie Oryński. – Sam chciałbym wiedzieć, dlaczego...

– Mniejsza z tym – uciął mięśniak. – Próbowałem to z niego wyciągnąć, ale nie był w nastroju do takich rozmów. Myślał, że może mną sterować.

Nie brzmiało to dobrze.

– Ale nie może – dodał Gorzym. – Robię tu, co mi się podoba. A podoba mi się, żeby rozpierdolić ci łeb.

Satysfakcja, jaka odmalowała się na jego twarzy, była aż nierealna. Wydawało się, że tak wyraźnej radości nie sposób byłoby ukryć, a mimo to Gorzymowi przez kilka ostatnich chwil się to udawało.

– I tak zrobię – powiedział. – Chuj z Langerem.

Zanim Kordian zdążył na dobre przyjąć do wiadomości, że dawny wróg z jakiegoś powodu starał się go wyciągnąć z aresztu, Gorzym przystąpił do dzieła. Lewą ręką złapał Oryńskiego za ubranie i cisnął nim o ścianę. Prawa pięść natychmiast poszła w ruch.

Pierwszy cios w skroń był ogłuszający. Drugi dezorientujący. Myśli przestały układać się w logiczną całość, ale Kordian zdążył jeszcze uświadomić sobie, że od bezpiecznego opuszczenia tego miejsca dzieliły go zaledwie godziny.

Kilkaset minut. Taka była różnica między życiem a śmiercią.

Chyłka miała po niego podjechać, potem razem skierowaliby się na Argentyńską lub do jego kawalerki. Przez jakiś czas byłoby nieswojo, ale potem wszystko wróciłoby do normy. Może tej sprzed ataku pod Skylight.

Tymczasem Joanna pewnie piła teraz pierwszą poranną inkę, a on po raz kolejny miał stać się ofiarą Gorzyma.

Mięśniak przywalił mu trzeci raz, tym razem z dołu. Zęby uderzyły o zęby, coś zdawało się pęknąć Oryńskiemu w szczęce. Znów poczuł nieprzyjemny, metaliczny smak krwi. Jęknął, a wtedy Gorzym szarpnął nim mocno w bok.

Kordian upadł na podłogę i przetoczył się kawałek. Nie zdążył nawet otworzyć oczu, nim kafar do niego dopadł. Przytrzymał go jedną ręką, a drugą dłoń wepchnął mu do ust. Wyciągnął niewielki pojemnik.

– To tyle, jeśli chodzi o twoje opcje.

Oryński zdołał unieść powieki, ale tylko na moment – i tylko po to, by zobaczyć, że więźniowie wprawdzie przyglądają się rozwojowi sytuacji, ale żaden nie ma zamiaru pomóc.

Kaszlnął, wypluwając krew.

– Mogłem… mogłem cię…

– Mogłeś mnie zajebać, to fakt – odezwał się Gorzym. – Ale okazałeś się cipą. A teraz raz na zawsze zapamiętasz, żeby nigdy więcej nią nie być.

Jeśli to miały być ostatnie słowa, jakie Kordian kiedykolwiek usłyszy, świat naprawdę nie był sprawiedliwym miejscem. Przeciwnik nie mijał się jednak z prawdą. Należało to zakończyć wtedy w celi.

Ale Oryński nie znał tego świata, nie odnajdywał się w nim. Poruszał się po omacku, kierując wytycznymi, które obowiązywały za murami więzienia. Był to błąd. Błąd, który okaże się wyjątkowo kosztowny.

– Jebał cię pies – rzucił jeszcze Gorzym.

Kordian zamknął oczy, godząc się z losem. Nie pozostało mu nic innego.

– Oryński!

Zdecydowany, głośny okrzyk rozszedł się echem w korytarzu. Żaden ze zgromadzonych nie miał wątpliwości, że władczy głos należy do jednego ze strażników. Gorzym również nie.

Kafar natychmiast poderwał się na równe nogi i wtopił między pozostałych. Kordian nie rozumiał, co się dzieje. Umysł odmawiał przyjęcia do wiadomości, że nagle coś się zmieniło. Pojawiła się szansa na przeżycie.

– Oryński! – krzyknął ponownie klawisz. – Widzenie!

Kordian był pewien, że się przesłyszał. Był oszołomiony, ale nie na tyle, by zapomnieć o tym, że nie przysługiwało mu prawo widzenia. Nie miał nawet adwokata, który mógłby o to zawnioskować. O osobach bliskich również nie mogło być mowy.

Nie, to musiała być mrzonka. Omamy słuchowe. Reakcja umysłu, który nie był gotowy dopuścić do świadomości, że to koniec.

– Oryński, kurwa mać!

– Tu jest – odparł ktoś. – Wyjebał się na posadzce.

Strażnik musiał należeć do tych, którym nie zaoferowano łapówki, bo wyglądał na autentycznie zdziwionego. Wyraźnie jednak nie miał zamiaru wychodzić przed szereg. Rozglądnął się, przyjrzał każdemu z więźniów, a potem pokręcił głową. Nie zapytał, co się stało ani kto jest odpowiedzialny. Zamiast tego pomógł Oryńskiemu wstać i poprowadził go w kierunku schodów, podtrzymując.

– W porządku? – spytał.

– Nie.

– Chcesz na oddział szpitalny?

– Nie, nie potrzeba…

– Leje ci się krew z ryja, człowieku.

– Wystarczy, że obejrzy mnie… pielęgniarka…

Funkcjonariusz dodał coś jeszcze, ale Kordianowi zaszumiało w głowie i nie usłyszał słów. Chwilę później trafił do niewielkiego pomieszczenia, w którym unosił się sterylny zapach. Kobieta w fartuchu fachowo i w sposób pozbawiony emocji zaczęła go badać. Był to dla niej chleb powszedni. Nieraz trafiali do niej więźniowie z gorszymi ranami.

– Obejdzie się bez wizyty na chirurgii – oceniła, dotykając delikatnie żuchwy po obu stronach. – Ale z zębami nie najlepiej. – Odsunęła się i przyjrzała mu krytycznie. – Podbródkowy?

Oryński nadal słyszał nieprzyjemne brzęczenie w uszach, ale nie miał już trudności ze zrozumieniem pytania. Z jakiegoś powodu nie mógł jednak udzielić odpowiedzi.

– Ktoś przywalił ci od dołu? – dodała.

Zrozumiał, dlaczego nic nie mówi. Była to wyuczona reakcja obronna – wyuczona dość szybko, choć w tym miejscu takie nawyki zdawały się wchodzić w krew niemal natychmiast.

– Prze… przewróciłem się.

Pielęgniarka machnęła ręką. Poradziła mu, żeby przez jakiś czas nie dotykał językiem zębów – co właściwie wydawało się niemożliwe – nie pił gorących ani zimnych napojów, nie jadł twardych rzeczy i nie palił.

Trzy pierwsze porady wziął sobie do serca.

Po badaniu położył się na kozetce i odetchnął. Był w bezpiecznym miejscu, przynajmniej na razie. Chwilę później dostrzegł, że w progu stoi młoda kobieta, najwyżej trzydziestoparoletnia, przyglądając mu się. Miała jasnoniebieską koszulę wpuszczoną w obcisłe jeansy. Podkreślały szczupłość jej nóg, co nie robiło najlepszego wrażenia. Kobieta była niemal wychudzona.

– Nie ma za co – powiedziała.

Oryński zmarszczył czoło i spróbował się podnieść. Kark natychmiast zaprotestował i przeszło mu przez myśl, że pielęgniarka nie sprawdziła, czy z kręgosłupem wszystko w porządku. A może tam też go zbadała? Pierwsze chwile po trafieniu tutaj pamiętał jak przez mgłę.

Kobieta podeszła bliżej.

– Paulina Feruś – przedstawiła się. – Prokuratura rejonowa dla…

Urwała, kiedy Kordian syknął z bólu, zmuszając się do podniesienia. Usiadł na łóżku, zastanawiając się, jak upiorne wrażenie musi sprawiać z poranioną twarzą.

– To pani będzie mnie oskarżać? – zapytał.

– Na razie chciałam po prostu porozmawiać.

– Wątpię.

– A szkoda. Bo może powinien pan okazać trochę dobrej woli.

Kordian milczał. Nie trzeba było praktyki w Żelaznym & McVayu, żeby wiedzieć, że takie rozmowy nigdy nie kończą się dobrze dla oskarżonego.

– To dzięki mnie pan tutaj trafił.

– Tak?

– Gdybym nie zdecydowała się pana przesłuchać, zakatowaliby pana na tamtej posadzce.

Wiedziała stanowczo zbyt wiele jak na osobę, która musiała stosunkowo niedawno opuścić mury Krajowej Szkoły Sądownictwa i Prokuratury.

– To był jeden człowiek – odparł Oryński nieobecnym głosem.

– Najwyraźniej tyle tutaj wystarczy.

– Najwyraźniej.

– I nadal pan nie podziękował.

Oderwał wzrok od ściany i popatrzył na rozmówczynię. Paulina Feruś. To imię i nazwisko niechybnie zapadnie mu w pamięć, czy tego chciał, czy nie. To głównie od niej zależał teraz jego los.

– Zrobię to, jak uporamy się z bzdurnymi zarzutami – powiedział z trudem.

– Obawiam się, że nie są bzdurne.

– To pani opinia.

– Którą uargumentuję w sądzie.

– Raczej postara się pani uargumentować. Bezskutecznie.

Paulina podeszła do łóżka i usiadła obok Oryńskiego. Zerknęła na niego i uśmiechnęła się lekko, niemal nie unosząc kącików ust. Był to raczej przygnębiający wyraz, a z bliska Kordian jeszcze lepiej mógł dostrzec, jak wątła jest młoda prokurator.

– Nie jest pan mistrzem w okazywaniu wdzięczności.

– W takiej sytuacji nikt by nie był – odparł, krzywiąc się z bólu. Oboje popatrzyli przed siebie, jakby mogli zajrzeć w przyszłość. – Dlaczego w ogóle mi pani pomogła?

– Nie mam interesu w tym, żeby pana zabito.

– Tak, tyle rozumiem… mam na myśli to, skąd pani wiedziała, żeby akurat teraz wezwać mnie na przesłuchanie?

– To nie przesłuchanie.

– Widzenie. Jak zwał, tak zwał.

Kątem oka złowił jej spojrzenie.

– Ma pan przyjaciół – zadeklarowała. – Także w prokuraturze.

Gdyby nie wiązało się to z potencjalnym bólem, parsknąłby teatralnie.

– Ktoś poprosił mnie, żebym się z panem zobaczyła.

Langer? Nie, oczywiście nie bezpośrednio. Jeśli jednak zależało mu na tym, by go stąd wyciągnąć, nie mógł poprzestać na Gorzymie. Musiał próbować dalej, aż w końcu dotarł do jakiegoś prokuratora.

Tylko dlaczego? Na czym zależało mu tak bardzo, że był gotów zadać sobie tyle trudu? Cokolwiek to było, musiało mieć dla niego kolosalne znaczenie.

Feruś podniosła się, otrzepała jeansy i obróciła do Kordiana.

– Ja też się do nich zaliczam – powiedziała.

– Pani? Większa przyjaźń łączy przeciętnego Izraelczyka i Palestyńczyka na Zachodnim Brzegu Jordanu.

– Jeśli ma pan na myśli tych, którzy żyją ze sobą w zgodzie, to adekwatne – powiedziała, a potem jakimś cudem wsunęła dłonie do obcisłych kieszeni. – Wie pan, że może odpowiadać z różnych przepisów.

– Wiem.

– Mogę wystąpić o typ podstawowy zabójstwa.

– Śmiało.

– Mogę też uznać, że działał pan pod wpływem współczucia i na żądanie matki.

Kordian się nie odzywał. Dotarli do momentu, w którym nie miał zamiaru mówić nic więcej.

– Jeśli się pan przyzna, mogę zaoferować dobry układ.

– Mam lepszy pomysł – odparł, wskazując wzrokiem drzwi. – Proszę zaoferować sobie możliwość opuszczenia tego ponurego miejsca.

Paulina pokiwała głową z wyraźnym zawodem. Potem ruszyła w kierunku korytarza. Zatrzymała się jednak jeszcze przed wyjściem.

– Dwa lata, panie Oryński – powiedziała. – To dobry układ, biorąc pod uwagę, że może pan dostać pięć.

– Nie.

– Jeśli przedstawi mi pan wszystkie okoliczności i uznam, że przemawiają na pana korzyść, nie wykluczam, że…

– Jest pani gotowa zejść niżej, wiem – przerwał jej. – Przypuszczam, że nastawia się pani na negocjacje, przy których dolna granica to kilka miesięcy realnej odsiadki.

Uśmiechnęła się lekko i nie odpowiedziała.

– Ale problem polega na tym, że chce pani wsadzić niewinnego człowieka – powiedział, podnosząc się z cichym jękiem. – Który zamierza w przyszłości praktykować prawo.

– Obawiam się, że ta perspektywa przepadła.

– I który zrobi wszystko, żeby nie wrócić do tego miejsca – dodał, ignorując jej uwagę.

Pożegnali się przelotnym, nic nieznaczącym spojrzeniem. Potem Kordian usiadł na kozetce i zwiesił głowę. Mocny ból przeszył mu górne partie kręgosłupa. Przez jakiś czas siedział w bezruchu, potem się położył.

Dwie lub trzy godziny później zjawił się klawisz, który miał wyprowadzić go z aresztu śledczego. Oryński wracał na wolność z licznymi ranami na twarzy – i jeszcze liczniejszymi na psychice.

Opuściwszy teren przez główną bramę, zobaczył czekających na niego Chyłkę i Kormaka. Byli w komplecie – teraz pozostało jedynie dojść do tego, kto i dlaczego starał się wrobić zarówno jego, jak i Tesarewicza.

A potem wybronić się w sądzie. Za wszelką cenę. Bo jeśli kiedykolwiek wróci na Mokotów, nie będzie sensu łudzić się, że Gorzym sięgnie po półśrodki. Zarżnie go we śnie, a jeśli nie, zleci to komuś innemu. I załatwi to z pewnością już pierwszego dnia.

11

ul. Biały Kamień, Mokotów

Zdawało jej się, że Kordian będzie chciał wybrać się do pierwszej dobrej restauracji w okolicy, ale kiedy tylko wsiedli do samochodu, oznajmił, żeby to Chyłka wybrała miejsce. Byleby jak najdalej od Rakowieckiej.

Trattoria il Successo przesadnie daleko nie była, mimo to Joanna nie miała zamiaru tłuc się po mieście tylko dlatego, że Zordon wyniósł z więzienia traumę. Zajęli miejsce przy kwadratowym stoliku pod przestronnym oknem.

Chyłka przyjrzała mu się. Po drodze właściwie się nie odzywali, jakby obecność kierowcy Ubera była nie tyle krępująca, ile niebezpieczna. W restauracji nawiązali rozmowę dopiero po tym, jak złożyli zamówienie.

– Łosoś? Naprawdę? – spytała, oddając menu kelnerowi.

Starała się nie patrzeć na rany Oryńskiego. Każda jedna zdawała się zbyt wymownym świadectwem tego, co go spotkało. Kiedy tylko go zobaczyła, miała ochotę zalać go falą pytań. Nie zadała jednak ani jednego, Kormak też nie.

– To wyjątkowa ryba.

Wziął oczywiście wersję „pod kołderką z koperku, kolendry oraz miodu".

– W dodatku ma w Polsce duże znaczenie gospodarcze.

– Z pewnością.

– Jesteśmy trzecim co do wielkości reeksporterem ryb w Unii, Chyłka, a łosoś to ponad sześćdziesiąt procent naszego obrotu – zadeklarował poważnym tonem, jakby rzeczywiście nie żartował. – Przed wejściem do UE kupowaliśmy od Norwegów cztery tysiące ton, teraz sprowadzamy sto pięćdziesiąt. Wiesz, ile...

– Zordon – ucięła. – Dlaczego ma mnie to obchodzić?

– Bo tylko dziesięć procent zostaje w kraju. Reszta idzie na eksport.

– Nie bez powodu – bąknęła. – Gdybyś mi zamówił to gówienko, też zjadłabym dziesięć procent, a tobie oddała resztę.

Uśmiechnął się i natychmiast skrzywił. Zaległo niewygodne milczenie, które Kormak starał się przerwać wymownym chrząknięciem. Nikt jednak nie zaczął tematu, który wisiał nad nimi jak ciemne chmury.

– Nie musicie zachowywać się, jakbym...

– Masz obity pysk, Zordon – ucięła Joanna. – Wyglądasz, jakby przejechał cię walec, a potem doprawiły jeszcze gąsienice czołgu. Jeśli chcesz utrzymywać, że to, co się tam stało, zwyczajnie po tobie spłynęło, to niespecjalnie znasz samego siebie.

Milczenie znów stało się wyjątkowo niewygodne. Cicha muzyka dochodząca od strony baru powinna poprawić nieco sytuację, ale tak się nie stało. Cała trójka sprawiała wrażenie, jakby miała zamiar czym prędzej zjeść i uciec bez płacenia.

Chyłka wiedziała, że to nie potrwa długo. Pierwszy kamień został już poruszony, niebawem zejdzie lawina.

Nie musiała długo na to czekać. Kiedy zaczęli jeść, skupiając się na czymś innym niż własnych myślach, Kormak rzucił luźną uwagę związaną z więziennymi posiłkami. Tyle wystarczyło.

Oryński odłożył sztućce, nabrał tchu, a potem zaczął opowiadać. Z każdą kolejną informacją Chyłka i Kormak jedli coraz wolniej, aż w końcu oni także przestali. Wysłuchali relacji do końca, ani razu nie przerywając.

Potem wszyscy zamówili sobie po piwie. Chyłka także, choć jej było pozbawione procentów. Musiała mieć przed sobą choćby imitację alkoholowego napoju.

Godzinę później Kormakowi zamówiła taksówkę, a sama pojechała z Oryńskim do jego kawalerki przy Emilii Plater. Dobrze kojarzyło jej się to miejsce. Ostatnim razem, kiedy tu była, doszło do przełomu. Przynajmniej w pewnym sensie.

Weszli do mieszkania i rozejrzeli się uważnie. Wszystko zdawało się w nienaruszonym stanie. Oboje mieli jednak świadomość, że jeśli to służby odpowiadały za niedolę Oryńskiego, powinni spodziewać się podsłuchu.

Dzięki Kormakowi byli na to przygotowani – chudzielec zapewniał, że sprzęt, którego używał podczas sprawy Al-Jassama, powinien wyeliminować wszelkie niebezpieczeństwo. Według niego kilka dipolowych anten, działających na paru pasmach, dawało właściwie stuprocentową gwarancję, że nikt ich nie usłyszy.

Chyłka włączyła zagłuszacz i postawiła go na stole. Stanowił smętne przypomnienie tego, w jak kiepskiej sytuacji się znaleźli.

Starała się jednak nie myśleć ani o tym, ani o wszystkim, co usłyszała od Zordona. On zapewne gimnastykował się, by także tego nie robić.

– Więc jesteś na urlopie? – zapytał, przeglądając zawartość kuchennych szafek.

– Można tak powiedzieć.

Zamknął drzwiczki i otworzył kolejne. Dopiero teraz uświadomiła sobie, że szuka opatrunków. Te, które miał na twarzy, dawno powinien był zmienić.

– W praktyce czeka mnie fura roboty – powiedziała.

Kordian obejrzał się przez ramię i popatrzył na nią z powątpiewaniem.

– Będę bronić się sam, Chyłka.

Uniosła błagalnie wzrok.

– Nie o ciebie chodzi – odparła, siadając przy stole. – Przynajmniej nie bezpośrednio.

Nie zamierzała mówić tego z nadmierną powagą, ale najwyraźniej się nie udało, bo Oryński przerwał poszukiwania i podszedł do niej. Usiadł naprzeciwko i spojrzał na blat stołu.

– Brakuje nerkowców – powiedział.

– Brakuje wielu rzeczy.

Skinął głową, jakby w ten sposób przekazali sobie wszystko, co musiało zostać powiedziane.

– Jaka robota cię czeka? – zapytał.

– Nieprzyjemna.

Położył ręce na stole i opuścił wzrok.

– Dobra – rzucił. – Przejdźmy do rzeczy. Na co musiałaś się zgodzić, żeby Langer mnie wyciągnął?

– A skąd myśl, że w ogóle się na coś zgodziłam?

– Wynika ze zdolności formułowania logicznych wniosków.

– Która u ciebie najczęściej szwankuje.

– Chyłka…

– Spokojnie, spokojnie – odparła, unosząc dłonie. – Przecież wszystko ci powiem.

– Nigdy nie mówisz mi wszystkiego.

– Fakt – przyznała bez ogródek. – Ale tym razem zrobię wyjątek, bo władowałeś mnie w wyjątkowo głębokie bagno.

– To znaczy? – spytał i głos mu się zatrząsł. – Czego Langer od ciebie chce?

Wyobrażał sobie zapewne już najgorsze rzeczy, ona na pewnym etapie zresztą także. Piotr był psychopatą nieznającym umiaru, po którym spodziewać można było się wszystkiego. A może nawet więcej.

– Chyłka?

– Postawił mnie pod ścianą, Zordon.

– Domyślam się.

– I musiałam zgodzić się na coś, co… – Urwała i zawiesiła wzrok za kuchennym oknem.

Pokręciła głową, czując na sobie jego ponaglające, coraz bardziej zaniepokojone spojrzenie. Dopiero teraz uświadomiła sobie, że przygarbiła się nieco. Wyprostowała się, a potem odchyliła na krześle. Ucisk w brzuchu stał się nieco mniejszy. Niestety, tylko nieco.

– W innym wypadku nigdy bym na to nie przystała – powiedziała.

Zauważyła, że jej powaga tylko wzmaga jego strach. Rozchylił lekko usta, jakby miał zamiar ją ponaglić, ale ostatecznie się nie odezwał.

– Na wiele rzeczy byłam gotowa, Zordon, ale nie na to.

– Celowo mnie tak katujesz?

– Nie.

– To mów w końcu, o co chodzi.

– Langer obiecał wpłacić kaucję w zamian za pomoc w pewnej sprawie.

– Więc jednak się znęcasz.

– Nie. Po prostu niełatwo mi o tym mówić.

Zaklął cicho, jakby dopiero teraz na dobre sobie uświadomił, ile musiała poświęcić, by wyszedł z aresztu śledczego. Nie, nie tylko by wyszedł, ale by był bezpieczny. Joanna wprawdzie nie spodziewała się po Langerze bezpośredniej interwencji, ale najwyraźniej wyjątkowo zależało mu na tym, by współpracowała.

Posunął się dalej, niż musiał. Mógł poprzestać po fiasku rozmów z Gorzymem, tymczasem zwrócił się do kogoś z oficjeli. Raczej nie do żadnego z prokuratorów, ale być może do jakiegoś urzędnika w ministerstwie? Łańcuch, który kończył się na Paulinie Feruś, mógł być kilkuosobowy.

– Chyłka? Powiesz mi, czy…

– Powiem.

– Jeszcze dzisiaj?

Skinęła głową, bo nie było sensu dłużej przeciągać. Prędzej czy później Oryński i tak musiał się dowiedzieć. A ona musiała przyznać przed sobą, że nie ma innego wyjścia. I zacząć oswajać się ze wszystkimi konsekwencjami swojej decyzji.

– Zmusił mnie, żebym… żebym stanęła po drugiej stronie.

– Co proszę?

– Langer chce, żebym dołączyła do pewnego procesu jako oskarżyciel posiłkowy.

– Nie rozumiem.

– Mam oskarżać, Zordon. Nie bronić, ale oskarżać.

Właściwie miała wrażenie, że znacznie częściej robiła to ostatnie, choć raczej w sensie życiowym, a nie karnoprocesowym. Oryński przyglądał jej się z niedowierzaniem. Zamarł zupełnie, zdawał się nawet nie mrugać.

– Mam być jak prokurator – dodała pod nosem. – Trudno o większą potwarz.

– Niewiarygodne…

– Prawda? – spytała, kiwając smętnie głową. – Sukinsyn mnie poniżył. Ale czego się dla ciebie nie robi.

Wyglądał, jakby miał zamiar nagle zerwać się na równe nogi i demonstracyjnie wyjść z kawalerki niczym urażony polityk ze studia telewizyjnego. Ostatecznie jednak został na miejscu.

– Przez chwilę myślałem, że naprawdę masz przeze mnie przesrane.

– Mam.

– Sądziłem, że zmusił cię do czegoś naprawdę perfidnego, Chyłka.

– Tak było.

– Daj spokój – odparł i wypuścił głośno powietrze. – Kogo masz oskarżać?

– Nie wiem.

– W jakim procesie?

– Tego też jeszcze mi nie zdradził. Moja niewiedza jest dla niego źródłem erotycznej satysfakcji, przynajmniej tak mi się wydaje.

– Z pewnością – odbąknął Oryński. – Ale jak w takim razie masz przystąpić w charakterze oskarżyciela posiłkowego? Nie musisz przypadkiem być poszkodowaną?

– Muszę.

Przepisy były jasne. Wespół z prokuratorem mogła występować tylko osoba, której dobro albo zostało zagrożone, albo naruszone. Chyłka nie miała pojęcia, w czyjej sprawie mogłaby uczestniczyć w takim charakterze.

Niewątpliwe jednak było, że do tego dojdzie. Skoro Langer zadał sobie tyle trudu, musiał wszystko odpowiednio przygotować.

Będzie miała uprawnienia właściwie takie same jak oskarżyciel publiczny. Będzie mogła z nim współpracować, ale też działać od niego niezależnie. A nawet sama wnieść akt oskarżenia, jeśli nie zrobi tego prokurator.

– Poświęciłam się dla ciebie, Zordon.

– Jak cholera.

– Wątpisz w grząskość piasków, w których stoję?

– Tak.

– Więc chyba zapominasz, że Langer nie robi niczego, co nie przyniosłoby jego skrzywionej naturze satysfakcji. A to oznacza, że nic dobrego mnie nie czeka. – Na chwilę zamilkła, nie chcąc po raz kolejny rozważać pytań, na które nie było odpowiedzi. – Cokolwiek planuje, z pewnością sprawi, że będę gorzko żałowała swojej decyzji.

– Możesz w każdej chwili się wycofać.

– A on podobnie może wycofać poręczenie majątkowe – odparowała. – Sąd chętnie zmieni ci środek zapobiegawczy, Zordon. I trafisz z powrotem prosto do Gorzyma.

Wyraźnie się wzdrygnął, choć starał się nie dać po sobie poznać emocji. Któreś z prawników powinno jak najszybciej się odezwać, zmienić temat, ale żadne nie miało koncepcji. Chyłka zaczęła gładzić się po brzuchu i dopiero po chwili sobie to uświadomiła.

Była to naturalna, choć irytująca reakcja.

– Może to nie wypali – odezwał się Kordian.

– Co?

– Plan Langera, jakikolwiek by był. Zakłada przecież, że wykażesz jako poszkodowana naruszone lub zagrożone dobro.

– Ta.

– Wystarczy, że znajdziemy sposób, by tego nie robić.

Podniosła się i przeszła po kuchni. Otworzyła lodówkę, ale znalazła w niej jedynie czteropak heinekena. Zamknęła drzwiczki i oparła się o nie plecami. Rozmasowała kark, czuła się, jakby przez cały dzień miała na nim uwieszone dwa wiadra wody.

– Nie ma co gdybać – powiedziała. – Dopóki Langer nie wyjaśni, o co chodzi, żadnego planu nie ułożymy.

– Mhm.

– A jak już to zrobimy, i tak nie będzie to miało znaczenia – dodała, wzdychając. – Bo jak wiesz lub nie, każdy plan z momentem ułożenia go staje się nieaktualny.

– Sun Zi?

– Nie, skośnookich nigdy nie cytuję. Von Moltke.

– Nie znam.

– Też bym nie znała, gdyby nie wywiad z jednym z generałów Wojska Polskiego. Słuchaj wojskowych, Zordon, przyda ci się trochę animuszu w nadchodzących dniach.

– Myślisz, że sprawa tak szybko się potoczy?

– Langer nie próżnuje.

Była co do tego przekonana, choć nie to stanowiło główny powód, dla którego spodziewała się pośpiechu. Przypuszczała, że cokolwiek planował Piotr, miał zamiar zrealizować to przed datą porodu. Nie mógł ryzykować, że Chyłka zniknie na kilka miesięcy z życia zawodowego.

Kordian wstał od stołu i podszedł do okna. Spodziewała się, że zaraz się do niej zbliży i będzie chciał kontynuować tam, gdzie ostatnim razem skończyli.

Nie miałaby nic przeciwko. Od kiedy tylko zyskała pewność, że wyjdzie z aresztu, wiedziała, że sprawy potoczą się właśnie w taki sposób.

Oryński przysiadł jednak na parapecie. Uznała, że jeszcze nie pora. Nie żeby konkretny moment miał jakiekolwiek znaczenie – zdawała sobie sprawę, że tej nocy i tak nie spędzi u siebie na Argentyńskiej.

– Co z tym Tesarewiczem? – spytał. – Wiesz, dlaczego wypowiedział stosunek obrończy?

– Nie.

– I nie dowiedzieliście się, co go ze mną łączy?

Pokręciła głową. Był to dla niej cierń w boku, ale wciąż nie mogła go usunąć. Kormak do niczego nie dotarł, a to dowodziło tylko tyle, że prawda zakopana jest pod naprawdę głębokim mułem.

– Dowiemy się wszystkiego, Zordon.

Uciekł wzrokiem.

– Sam nie wiem – mruknął. – Zastanawiam się, czy to w ogóle ma sens. Czy cokolwiek go ma.

– Popadasz w fatalizm?

– Raczej zaczynam patrzeć realistycznie na moją sytuację. Nie mam szans na zrobienie aplikacji.

– Wreszcie! Powtarzam ci to od lat.

– Mówię poważnie.

Starała się złowić jego spojrzenie, ale bezskutecznie. Przemknęła jej przez głowę wyjątkowo nieprzyjemna myśl, że nawet godzina w więzieniu jest w stanie diametralnie zmienić człowieka.

Nie, nie tego człowieka, upomniała się w duchu.

– Trochę ambicji, Zordon. Bierz przykład ze mnie.

– Z ciebie?

– No – potwierdziła. – Bo wiesz, jak to mówią. Jeśli jesteś politykiem, aspiruj, by zostać prezydentem. Jeśli księdzem, dąż do bycia papieżem. Jeśli prawnikiem, próbuj zostać Chyłką.

W końcu lekko się uśmiechnął.

– Nią wprawdzie nigdy nie zostaniesz, ale same starania wystarczą – dodała. – A do tego niezbędne ci będzie drugie podejście do egzaminu.

Zanim zdążył się odezwać, zasygnalizowała ręką „stop".

– Nie bój żaby, masz jeszcze rok. Nauczę cię przez ten czas jakiegoś kodeksu. Może nawet sama go napiszę i promulguję w Dzienniku Ustaw.

– Masz wyjątkowo optymistyczny nastrój.

– Bo fakt, że wyszedłeś na wolność żywy i prawie zdrowy, zakrawa na cud. Trzeba to uczcić dobrym humorem.

– Prawie zdrowy?

– Masz kilka zadrapań i siniaków, wielkie mi rzeczy. Do wesela się zagoi.

– Zagoi się, jak dowiemy się, o co chodzi z Tesarewiczem.

Joanna pokiwała głową, bo właściwie mogłaby powiedzieć to samo – czuła się obita psychicznie i tylko prawda mogła nieco złagodzić efekty.

– Lub jeśli dojdziemy choćby do tego, dlaczego te same cyfry pojawiły się w kieszeni Lewickiego i anonimowym mailu do mnie.

– To akurat jasne.

– Tak?

– To była deklaracja. Głośne oznajmienie, że to jedna osoba odpowiada zarówno za wpakowanie cię do aresztu, jak i za wrobienie Tadeusza lata temu.

Kordian dotknął jednego z siniaków na twarzy i syknął.

– Langer? – zapytał.

– Tak by wynikało z czystej logiki. Pojawił się akurat w momencie, kiedy obie sprawy się połączyły.

– Ale dlaczego miałby mnie wyciągać zza kratek? – zapytał Oryński, unosząc wzrok. – I preparować dowody przeciwko Tesarewiczowi cztery lata temu?

– Im dłużej będziesz zadawał pytania, na które nie mam odpowiedzi, tym bardziej opryskliwych reakcji z mojej strony się spodziewaj.

Znów lekko uniósł kąciki ust, ale był to kontrolowany uśmiech. Widziała, że każde najmniejsze drgnięcie mięśni twarzy powodowało ból.

– W takim razie skończmy na dzisiaj – oznajmił, a potem przeciągnął się lekko i spojrzał w stronę niewielkiego przedpokoju.

Zanim zdążyła się zorientować, że to niespodziewana propozycja, by wróciła na noc do siebie, Kordian już ruszył w kierunku kanapy. Położył się na wznak, głośno wzdychając, a potem skrzyżował dłonie pod głową.

– Daj znać, jakby co – powiedział.

Chyłka ruszyła do wyjścia bez wahania i bez słowa. Dopiero w progu, na moment przed zamknięciem za sobą drzwi, zapewniła, że odezwie się, jeśli tylko się czegoś dowie.

Nie zrobiła tego jednak. Wróciwszy na Argentyńską, odebrała telefon od Langera, który przedstawił jej kolejne kroki, jakie miała podjąć. Słuchała go w milczeniu, coraz mniej rozumiejąc sytuację, w której się znalazła.

– Wszystko jasne? – zapytał na koniec.

Miała zamiar współpracować i zrobić wszystko, czego wymagał, jakkolwiek dziwne by się to nie wydawało, ale nie planowała odpowiadać na takie pytania. Rozłączyła się bez odpowiedzi.

12

Kawalerka Oryńskiego, ul. Emilii Plater

Kilka piw i tabletek powinno zrobić swoje. Dawka zwaliłaby z nóg konia, ale najwyraźniej po pobycie w areszcie proporcje należało zwiększyć. Kordian wlał w siebie znacznie więcej heinekenów niż zwykł, wychodząc z założenia, że rozsądniej przesadzić z alkoholem, niż przeholować ze środkami uspokajającymi.

Był to błąd, który kosztował go kolejną nieprzespaną noc. Tuż po świcie czuł się jak wrak człowieka, wyglądał nie lepiej. Twarz była opuchnięta, rozcięcia na policzkach wyraźnie widoczne. W lewym oku pękła mu cała siatka żyłek, obydwa były podkrążone.

Przez chwilę patrzył w lustro, zastanawiając się, czyje odbicie widzi.

Wrócił do kuchni i otworzył lodówkę tylko po to, by po raz kolejny przekonać się, że nie ma w niej niczego, co pomogłoby w walce z kacem. Nalał sobie wody, a potem włączył telewizor.

Kilka chwil siedział na kanapie, bezmyślnie wgapiając się w ekran. Świat, który pokazywano, zdawał mu się odległy, nierealny.

Nagle uderzyło go, że zapewne podobnie będzie wyglądał każdy jego dzień przez najbliższy rok.

Potrząsnął głową i szybko tego pożałował. Nie, nie pozwoli sobie na popadnięcie w marazm. Zaczepi się w jakiejś mniejszej firmie, niezwiązanej z prawem procesowym. Przetrwa tam czas, jaki dzielił go od ponownego egzaminu.

Najpierw jednak musiał uporać się z ciążącym na nim oskarżeniem.

Na moment przestał myśleć o niepewnym jutrze i skupił się na skrócie wiadomości. NSI podawała właśnie najnowsze informacje na temat legendy opozycji niesłusznie skazanej i prześladowanej nie tylko w PRL-u, ale także w wolnej Polsce.

Tesarewicz został oczyszczony z zarzutów i wypuszczony na wolność. Nikt nie miał wątpliwości, że do skazania doszło niesłusznie. Prokuratura podkreśliła, że w sprawie zabójstw spod Warszawy nie wznowiono postępowania, a wszczęto zupełnie nowe. Rzecznik zapewniał, że nie ma ono nic wspólnego z Tadeuszem.

Przed byłym opozycjonistą otwierała się droga do gigantycznego odszkodowania. Przynajmniej teoretycznie – w praktyce tak szybkie opuszczenie murów więzienia świadczyło, że musiał dogadać się z władzą.

Reporter zapowiedział, że Tesarewicz za kwadrans pojawi się na konferencji prasowej wraz ze swoim adwokatem. Mieli wówczas poinformować, jakiego odszkodowania i zadośćuczynienia będą się domagać.

Chyłka z pewnością zastosowałaby strategię „pięścią w ryj", ale rozsądny obrońca rzuci kotwicę negocjacyjną znacznie bliżej brzegu, nie chcąc antagonizować Skarbu Państwa.

Kordian odpłynął myślami na kilkanaście minut. I być może nie ocknąłby się jeszcze przez jakiś czas, gdyby nie to, co zobaczył na antenie NSI.

Konferencję zorganizowano przed budynkiem prokuratury okręgowej. Tadeusz został precyzyjnie ustawiony – tak, by w oddali widać było tabliczkę z nazwą miejsca oraz polskiego orła.

Obok niego stała Chyłka.

Miała luźną, rozpiętą garsonkę, włosy ściągnęła w koński ogon i ułożyła je tak, by zasłaniały bliznę na szyi.

Oryński wlepiał wzrok w ekran, nie dowierzając. Sięgnął po telefon, przekonany, że omyłkowo wyłączył dzwonki, ale nie miał żadnych połączeń nieodebranych.

– Szanowni państwo – zaczęła Joanna. – Mój klient po czterech latach spędzonych w więzieniu stał się człowiekiem wolnym, co dowodzi, że sprawiedliwość w naszym kraju ostatecznie jednak triumfuje.

„Mój klient"?

Kordianowi przeszło przez myśl, że może jednak wziął więcej tabletek, niż sądził. A może to długi brak snu powodował omamy?

– Jej młyny mielą nierychliwie, ale nie szwankują – dodała Joanna, przerzucając włosy na drugą stronę.

Dopiero teraz Oryński zrozumiał, że ukryła bliznę nie dlatego, by była niewidoczna. Wręcz przeciwnie, zrobiła to po to, by w odpowiednim momencie ją wyeksponować. Przez krótką chwilę milczała.

– Mając to na względzie, mój klient zdecydował się nie pozywać Skarbu Państwa o odszkodowanie – rzuciła.

Wśród zebranych rozległ się pomruk na tyle głośny, że wyłapały go nawet mikrofony kierunkowe wycelowane w Joannę. Prawniczka wyglądała jednak, jakby nie dostrzegała żadnego ze zgromadzonych. Wbijała wzrok gdzieś przed siebie.

– Uznał, że to nie państwo jest tym podmiotem, który naprawdę zawinił – dodała pewnym głosem. – Tadeusz Tesarewicz stał się bowiem ofiarą manipulacji nie instytucji, a jednego człowieka. Człowieka, wobec którego prokuratura dziś rano rozpoczęła czynności.

Kolejny szum był zapewne spowodowany tym, że rzecznik oskarżycieli nie zdążył jeszcze przekazać tej wieści opinii publicznej.

– To on jest winny temu, co się wydarzyło – ciągnęła Chyłka. – To on odpowiada za wszystko, co spotkało mojego klienta. Za odarcie go z zasług w walce z komunizmem, za lata ostracyzmu społecznego, za lata spędzone w więzieniu.

Nabrała tchu, dopiero teraz się rozglądając. Blizna na szyi zdawała się fizycznym odbiciem jej słów, jakby potwierdzała, do czego w istocie zdolny jest jeden człowiek.

– Nie jest winą sądu, że orzekł na podstawie dowodów sprawiających wiarygodne wrażenie – kontynuowała. – Nie jest też winą prokuratury, że szła spreparowanym tropem. Prawdziwy sprawca zadbał bowiem o to, by wszystko jednoznacznie wskazywało na mojego klienta.

Kordian miał trudności z objęciem rozumem tego, co słyszał. Do pełnej konsternacji wystarczyłoby samo pojawienie się Chyłki u boku człowieka, który rozwiązał umowę z kancelarią. To, co mówiła, tylko pogarszało sprawę.

I kłóciło się nie tylko z charakterem Joanny, ale też logiką.

Nikt nie przepuściłby okazji do wyciśnięcia wymion tak dojnej krowy, jaką był Skarb Państwa. Szczególnie w sytuacji, kiedy wszystko było jasne, a zwycięstwo w sądzie właściwie stanowiło formalność.

Kordian oderwał wzrok od Chyłki i spojrzał na stojącego obok Tadeusza. Nie zdradzał żadnych emocji.

– Mój klient nie ma zamiaru ścigać tych, którzy wykonywali swoje obowiązki – dodała Joanna. – Tak samo jak nie ścigano nigdy milicjantów postępujących zgodnie z rozkazami w czasach PRL-u czy wojskowych zmuszonych do pacyfikacji strajków robotniczych. Pan Tesarewicz zdaje sobie sprawę, że winić trzeba tych, którzy układają nuty, a nie tych, którzy dyrygują lub grają na instrumentach.

Oryńskiemu przyszło do głowy, że Tadeusz stanie się teraz kandydatem na prawdziwego bohatera narodowego. Nie dość, że zapisał chlubną kartę historii, został niesłusznie uwięziony, to jeszcze odmówił znacznego wzbogacenia się. Dwudziestu pięciu milionów wprawdzie by nie ugrał, ale kwota z pewnością starczyłaby mu na spokojną emeryturę.

Chyłka odniosła się do tego, nie podając konkretnych wielkości. Podkreśliła, że Tesarewicz woli, by państwo wydało te miliony złotych na ludzi potrzebujących.

Brzmiałoby to jak tandetne pustosłowie, gdyby nie fakt, że było poparte rzeczywistą rezygnacją z fortuny.

– Mój klient do takich osób nie należy. Odzyskał wolność, a to połowa wszystkiego, czego potrzebuje. Drugą jest wymierzenie sprawiedliwości sprawcy. Prawdziwemu Tatuażyście.

Znów się rozejrzała, tym razem lekko mrużąc oczy, jakby chciała szukać tego człowieka gdzieś w okolicy.

– Dlatego postanowił o przystąpieniu do procesu w charakterze oskarżyciela posiłkowego – dodała Chyłka. – Mnie natomiast ustanowił swoim pełnomocnikiem. I właśnie z tego powodu wcześniej rozwiązaliśmy stosunek obrończy. Będę występowała w imieniu pana Tesarewicza w postępowaniu, któremu niebawem zostanie nadany bieg.

Kordian mimowolnie sięgnął do stolika, ale nie było na nim niczego do picia. Oparł się na kanapie i przez moment trwał w bezruchu, trawiąc to, co usłyszał. Żałował, że nie poprzestał na dwóch, trzech piwach, myślałoby mu się znacznie lepiej.

Ale czy aby na pewno? Poziom dezorientacji był tak wysoki, że liczba heinekenów mogła nie mieć żadnego znaczenia.

Poczekał, aż Joanna skończy konferencję, a potem natychmiast sięgnął po telefon. Odebrała od razu. Widział jeszcze na wizji, jak oddalała się, wyciągając komórkę z torebki.

– Oglądałeś?

– Tak. Co się odstawia?

– Nie jestem do końca pewna.

– Wystąpiłaś właśnie w ogólnopolskiej telewizji i…

– To teraz każdy występujący w mediach musi wiedzieć, o czym mówi? Jakieś nowe zasady wprowadzono?

– Chyłka…

Westchnęła, sygnalizując, że naprawdę nie ma pełnej wiedzy.

– Langer zadzwonił do mnie wczoraj wieczorem – odezwała się po chwili. – Powiedział, że będę pełnomocnikiem Tesarewicza.

– Ale… dlaczego?

Chyłka przez chwilę milczała.

– Niewyraźnie mówisz, Zordon. Rozchorowałeś się?

– Cierpię na postchmielne przypadłości.

– Rozumiem. – Mógłby przysiąc, że usłyszał w jej głosie nutę rozrzewnienia. – *Katzenjammer.*

– Co proszę?

– Dosłownie koci wrzask. A powszechnie po prostu określenie kaca.

– To z niemieckiego?

– Jak sam brutalny wydźwięk sugeruje, tak.

– Nie zwykłaś…

– Sięgam do niemieckiego tylko wtedy, kiedy mam bojowy nastrój. Tak jak teraz.

Oryński podniósł się i wrócił do aneksu. Nalał sobie wody z kranu, Sanepid wszak przekonywał, że jest taka sama, jak ta butelkowa. Kordian uchylił okno i usiadł na parapecie. Świeże powietrze powinno pomóc, ale nie poprawiło sytuacji.

– Dlaczego Tesarewicz miałby najpierw cię zwalniać, a potem zatrudniać?

– Nie wiem, bo nigdy nie powiedział mi, dlaczego zrezygnował z usług kancelarii.

– Może warto byłoby się dowiedzieć?

– Z pewnością – przyznała. – I pewnie już bym to zrobiła, gdyby nie fakt, że ktoś zawraca mi dupę telefonami.

Kordian spojrzał na paczkę papierosów. Zapalenie jednego w takim stanie byłoby jednym z największych życiowych błędów.

– Wiesz, kogo masz oskarżać?

– Chryste…

– Co jest?

– Nic. Zabrzmiało to, jakbym była prokuratorką. Śnię koszmar na jawie, Zordon.

– Wiesz czy nie?

– Wiem.

Dziwiło go, że nie zająknęła się o tym na wizji, ale widocznie Langer miał inny plan. Oryński nie łudził się, że cokolwiek w tym przedstawieniu zależało od Chyłki. Cały scenariusz został ułożony przez jednego człowieka.

– Zarzuty postawili Marianowi Skopińskiemu.

Nazwisko coś mu mówiło, miał wrażenie, że widział je stosunkowo niedawno. Jego poziom koncentracji był jednak tak niski, że nie potrafił skojarzyć. Podrapał się po głowie, zerkając na paczkę fajek.

– Nie znam – odezwał się. – Kto zacz?

Joanna odpowiedziała milczeniem.

– Chyłka?

– Chyba sobie żartujesz…

– Nie, pytam poważnie.

– Skopińskiego nie znasz?

– Nazwisko obiło mi się o uszy, ale…

– Nie czytałeś akt sprawy, kiedy mieliśmy bronić Tesarewicza? – rzuciła oskarżycielskim tonem.

– Nie my mieliśmy, tylko ty miałaś. A ja…

– Nieistotne – ucięła. – Jego podpis był na większości dokumentów, Zordon.

– Musiałem skupić się bardziej na meritum niż podpisach. Poza tym miałem głowę zajętą czym innym.

Oryński spojrzał w stronę telewizora. Chyłki nie było już w kadrze, ale nie musiał jej widzieć, by wiedzieć, że bezradnie pokręciła głową.

– Nawet jeśli, to swojego czasu było o Skopińskim głośno w palestrze. Choć mogłeś to przegapić, jako że Marian skończył przygodę z prawem, zanim ty na dobre zacząłeś swoją.

– To jakiś sędzia?

– Nie – odbąknęła. – Naprawdę nie zagłębiłeś się specjalnie w te akta, co?

– Był kociokwik, skupiałem się na ważniejszych rzeczach.

– Teraz będzie jeszcze większy – odparła i nabrała tchu. – Skopiński to emerytowany prokurator, który zasłynął kilkoma głośnymi procesami. Tak się składa, że oskarżał w PRL-u kilku opozycjonistów.

– W tym Tesarewicza?

– *Nein*.

Oryński odchrząknął, uznając, że Joanna naprawdę ma bojowy nastrój.

– A jaki to ma związek ze zrobieniem z niego Tatuażysty? I ze mną?

– Tego jeszcze nie wiem.

– Wiesz, kto jest oskarżycielem publicznym?

– Niestety tak – przyznała. – Dzięki temu wiem też, że ten dług będziesz mi spłacał do końca życia, Zordon. Bo gdyby chodziło o kogokolwiek innego, na sam dźwięk tego nazwiska odwróciłabym się i tyle by mnie widziano.

Mogło chodzić tylko o jedną osobę.

– Paderborn.

– Mhm – potwierdziła. – I dzięki temu wiem, dlaczego nie wziął twojej sprawy. Sadził się na coś większego. Coś znacznie większego.

– Więc musieli wcześniej wiedzieć, że będą ścigać tego…

– Mariana Skopińskiego – dokończyła. – Może. Jakkolwiek by było, to teraz nieistotne. Bo nie dość, że znalazłam się po niewłaściwej stronie barykady, to jeszcze będę musiała współdziałać z człowiekiem, którego nazywają „Chyłką w spodniach".

– Kto go tak nazywa?

– Jak to kto? Wszyscy – odparła pod nosem. – A jak wiesz, Chyłka może być tylko jedna.

– Bez dwóch zdań.

– Dodaj do tego Tesarewicza, który formalnie jest moim mocodawcą, i Langera, który jest nim nieformalnie, a dojdziesz do wniosku, że...

– Że musi ci wyjątkowo na mnie zależeć.

– Raczej że przejawiam tendencje masochistyczne.

Kordian sięgnął po papierosa, uznając, że jeden mu nie zaszkodzi. A przynajmniej nie w takim stopniu, by później tego żałował.

– Wiesz, kto będzie bronił Skopińskiego? – spytał, podpalając sobie.

Nagle w głowie mu zahuczało, jakby spadła na niego cała salwa ciosów dotkliwszych niż razy Gorzyma.

– Nie. Jeszcze nie ustanowił obrońcy.

– Po twojej konferencji z pewnością to zrobi.

– Z pewnością.

Nie pomylili się. Kordian śledził rozwój sytuacji, leżąc na kanapie i przez kilka godzin nie robiąc nic poza bezrefleksyjnym oglądaniem telewizji. Medialny cyrk rozpoczęła Chyłka, ale przedstawienie na dobre rozkręciło się, kiedy Paderborn zorganizował swoją konferencję.

Wyłożył na stół tylko niektóre karty, pobudzając ciekawość opinii publicznej. Oświadczył, że toczy się postępowanie przeciwko byłemu prokuratorowi, który miał dopuścić się zabójstw czterech chłopaków pod Warszawą.

Oryński był zbity z tropu – przypuszczalnie jak większość widzów. Spodziewał się, że Skopiński zostanie oskarżony o przestępstwa przeciwko wymiarowi sprawiedliwości, które doprowadziły do niesłusznego skazania Tesarewicza. Tymczasem nie było o tym mowy. Jedyne zarzuty dotyczyły samych zabójstw. I tego, że to on miał być Tatuażystą.

Zaraz po Paderbornie głos zabrał główny zainteresowany. Zaprzeczył wszystkiemu, a potem oświadczył, że zrobi wszystko, by oczyścić swoje dobre imię. Do tego celu miał skorzystać z usług jednej z najlepszych warszawskich kancelarii.

Kiedy padła jej nazwa, Kordian zaklął cicho. Czymański Messer Krat.

Wyglądało to jak wielka prawnicza kumulacja, a ten, kto wylosuje szczęśliwą kombinację, będzie spieniężać ją przez lata. Oryński miał wrażenie, że omija go coś, co zapisze się w annałach palestry.

Chyłka jako oskarżyciel, peerelowski prokurator jako oskarżony. I główny konkurent Żelaznego & McVaya jako przeciwnik.

A on, Kordian, będzie przyglądać się temu wszystkiemu z boku. Walcząc o to, by nie wrócić do aresztu. I o to, by każdy kolejny dzień nie wyglądał tak jak ten.

Zapowiadała się niepewna przyszłość. I Oryński miał wrażenie, że nie przyniesie niczego dobrego.

Rozdział 3
Elephant in the room

1

Sąd Rejonowy dla Warszawy-Żoliborza, ul. Kocjana

Spodziewała się, że kiedyś zasiądzie wśród publiczności, by obserwować sądowe wyczyny Zordona w starciu, które ten toczyć będzie samodzielnie – nie przypuszczała jednak, że stanie się to w takich okolicznościach.

Ani że Oryński będzie wyglądał jak nie on. Minęły dwa tygodnie, od kiedy odebrała go z aresztu, jego stan jednak zamiast się poprawiać, stawał się coraz gorszy. Rany na twarzy powoli się goiły, ale była to jedynie złuda. W rzeczywistości przybywało ich z każdą nieprzespaną nocą.

Nie miała pojęcia, czy Kordian potrafi uciąć sobie choćby krótką drzemkę. Jeśli miałaby oceniać po wyglądzie, raczej nie. Sprawiał wrażenie, jakby był na chodzie dwadzieścia cztery godziny na dobę. I wspomagał się przy tym wszystkim, co ludzkość wymyśliła na taką okoliczność.

Chyłka przyjrzała mu się z uwagą. Koszulę miał wymiętą, ale przynajmniej z oddali wyglądała na czystą. Dopiero po chwili Joanna zauważyła, że kołnierzyk jest na górze nieco pożółkły. Krawat był dobrze zawiązany, ale węzeł przekrzywiony na bok, jakby Zordon obawiał się spojrzenia na swoje odbicie nie tylko w lustrze, ale w jakiejkolwiek błyszczącej powierzchni. Wystarczyłby rzut oka na mijaną witrynę sklepową, by przesunąć węzeł.

Chyłka doskonale wiedziała, co przechodzi. Potrafiła też rozpoznać objawy systematycznego docierania – i przekraczania – PNR. Punktu bez powrotu. On jeszcze do niego nie dotarł, ale z pewnością był na jak najlepszej drodze.

Zdążyli się przywitać, zanim wywołano sprawę. Stanęła na tyle blisko, by wyczuć ewentualny charakterystyczny zapach. Po alkoholowym oddechu nie było jednak śladu.

Albo znał metodę z pogryzieniem ziarenek kawy lub aromatem waniliowym, albo to ona przesadzała. Być może nie wszyscy tracili kontrolę tak jak ona. Zordon mógł radzić sobie lepiej, niż sądziła.

Ewentualnie mógł zamienić procenty na więcej tabletek. W jego przypadku wydawało się to być może nawet bardziej prawdopodobnym scenariuszem.

Rozprawa zaczęła się od wygłoszenia przez Paulinę Feruś przydługiego aktu oskarżenia. Młoda siksa wypadła blado, przywodząc Joannie na myśl studentkę, która odczytuje referat z kartki, nie mając pojęcia, o czym tak naprawdę mówi.

Kiedy w końcu dotarła do ostatniej linijki, sędzia pouczył Zordona o wszystkich przysługujących mu prawach.

Słuchając tego, Chyłka miała wrażenie, że temperatura w sali sądowej spadła o kilka stopni.

– Czy oskarżony przyznaje się do zarzucanego mu czynu? – spytał przewodniczący.

Oryński się podniósł, a ona dopiero teraz zrozumiała, skąd poczucie przejmującego chłodu. Wszystko to, co obserwowała, działo się naprawdę. W krótkim odstępie czasu Zordon z obiecującego aplikanta stał się bezrobotnym prawnikiem, któremu groziła odsiadka.

– Nie, Wysoki Sądzie – odparł. – Nie przyznaję się.

– Czy oskarżony zamierza złożyć wyjaśnienia?

– Owszem.

Sędzia skinął do niego głową. Chyłka nie znała orzekającego, pierwszy raz spotkała się z jego nazwiskiem. Najwyraźniej zazwyczaj zajmował się sprawami, które zagrożone były niskimi widełkami. Ona najczęściej brała te z drugiej szali.

Kordian kaszlnął kilkakrotnie, zasłaniając usta, a potem lekko się zgarbił.

– Wysoki Sądzie – zaczął obojętnym, niemal zblazowanym głosem. – Akt oskarżenia, który przeciwko mnie wniesiono, jest pozbawiony podstaw. Jak słyszeliśmy, zarzuca mi się, że podałem matce chlorek potasu, który miał wejść w reakcję z przyjmowanymi przez nią lekami na bazie tiopentalu. W efekcie miałem stworzyć mieszankę zbliżoną do tej, którą stosuje się przy wykonywaniu kary śmierci w Stanach Zjednoczonych. I taką samą, za pomocą której zabijał w tym kraju Jack Kevorkian. – Kordian nabrał tchu. – Podkreślam, że zabijał, choć wielu uważa, że jedynie świadczył tak zwane usługi zakończenia życia.

Sędzia popatrzył na niego z powątpiewaniem.

– Chodzi o dokonywanie eutanazji na życzenie. Kevorkian odebrał życie ponad stu osobom, a kiedy zapytano go o to, czy ma czyste sumienie, odparł po prostu, że „umieranie nie wypełnia znamion przestępstwa".

Mocno parafrazował, ale przewodniczący najwyraźniej nie znał dokładnego cytatu. Chyłka natomiast tak. Mimo że nie mogła uczestniczyć w procesie, zaznajomiła się ze wszystkim, co było do przeczytania na temat podobnych spraw. Ze szczególną uwagą prześledziła sytuację w Polsce, ale nie znalazła niczego, co zmusiłoby oskarżyciela do wycofania zarzutów. Oryński musiał zdać się na retorykę sądową.

– Prokurator Feruś z pewnością zna tę sprawę, jak i wszystkie inne. W przeciwnym wypadku z pewnością trudno byłoby jej tworzyć tak absurdalne scenariusze.

Joanna syknęła cicho. Nie wypadło to najlepiej. Nie chodziło o to, co mówił Zordon, ale w jaki sposób to robił. Brakowało mu werwy, zupełnie jakby z góry skazał się na porażkę lub był urażony, że w ogóle musi się przed kimkolwiek spowiadać.

– Rozumiem też, że mój ojciec odegrał dużą rolę w formułowaniu aktu oskarżenia. Od kiedy matka umarła, jego stan psychiczny stopniowo się pogarszał. Ostatecznie zaczął za jej śmierć winić mnie. Najpierw twierdził, że nie dochowałem odpowiedniej staranności w opiece, potem że świadomie doprowadziłem do przedawkowania leków. Teraz założył, że podałem matce śmiertelną mieszankę. Przypuszczam, że to nie koniec, szczególnie że pani prokurator z całą pewnością podsyca jego paranoję. Kiedy zostanie wezwany na świadka, może przedstawić nam zupełnie inną wersję.

Koniec końców wypadł lepiej niż Paulina Feruś, choć o to było nietrudno. Mówił jeszcze przez chwilę, nie zanudzając sądu, ale też nie wzbudzając większych emocji. Chyłka uznała, że potrzebuje porządnego kopniaka w tyłek, by się ogarnąć, wyspać, wypocząć i przygotować nie tylko pod względem merytorycznym, ale też oratorskim.

Dowodów nie było wiele. Sąd zaczął od przesłuchania funkcjonariusza, który zatrzymał Oryńskiego podczas sprawy Al-Jassama i znalazł w jego samochodzie zarówno tiopental, jak i chlorek potasu.

– Substancje znajdowały się w bagażniku? – spytał sędzia.

– Tak. Obydwie zostały ukryte pod kołem zapasowym.

– Pojemniki były nienaruszone?

– Nie, Wysoki Sądzie, obydwa były otwarte. Jednej i drugiej substancji zostały zaledwie resztki.

Kiedy przyszła pora, by to Kordian w końcu zadawał pytania, podniósł wszystkie kwestie, które powinien. Wciąż jednak brakowało mu błysku, dzięki któremu Chyłka nieco by się uspokoiła.

Pasożyt robił swoje, nie było sensu się oszukiwać. Była bardziej nerwowa, serce jakby nie nadążało z wyrabianiem swojej normy, a w dodatku raz po raz musiała zerkać na zegarek, nerwowo wyczekując przerwy. Parcie na pęcherz było nie do wytrzymania.

Starała się skupić na tym, co mówi Oryński. Szedł w dobrym kierunku, mógł jeszcze wyprowadzić kilka celnych uderzeń przed końcem pierwszej rundy.

– Proszę świadka – podjął Kordian. – Czy na znalezionych pojemnikach znajdowały się moje odciski palców?

– Tak.

– Czy mogły zostać podłożone?

– Jak w każdym przypadku.

– Czy mogłem używać tych pojemników do innych celów, następnie wyrzucić je na śmieci, gdzie zostały odnalezione przez…

– Proszę oskarżonego o zadawanie pytań – włączył się przewodniczący.

– Miałem taki zamiar.

– Nie. Odbiega pan od swojej roli.

– Staram się tylko…

– Sąd widzi, co stara się pan zrobić. Proszę kontynuować z pytaniami.

Trafił się służbista, ale może to i dobrze, uznała w duchu Chyłka. Przy tak niewielu dowodach trzymanie się twardych reguł orzekania mogło okazać się dla Oryńskiego korzystne.

Kordian zamilkł, jakby czekał, aż ktoś go ponagli. Joanna skupiła na nim wzrok, starając się stwierdzić, czy zgubił wątek, czy może celowo robi pauzę. Po jego minie wniosła, że pierwsza ewentualność jest prawdziwa.

– Rozumiem, że świadek nie powie nam nic o wielkości dawek, które mogą okazać się śmiertelne przy połączeniu tych dwóch substancji – odezwał się Kordian.

Grał na czas, starając się przypomnieć sobie, co jeszcze miał powiedzieć. Chyłka westchnęła cicho.

– Nie jestem biegłym.

– Szkoda, bo to wiele by nam wyjaśniło. Ale przyjdzie jeszcze na to czas.

– Proszę oskarżonego… – znów upomniał go służbista.

Kordian przepraszająco uniósł dłonie.

– Mam na myśli, że świadek w ogóle niewiele może nam powiedzieć. Poza tym, że to on znalazł w moim samochodzie jedyne obciążające mnie dowody.

– Panie Oryński, naprawdę…

– Mam pytanie, Wysoki Sądzie.

– Proszę więc je zadać.

Kordian spojrzał na funkcjonariusza bez wyrazu. Powinien go przycisnąć na koniec, ale najwyraźniej na ostatniej prostej zabrakło mu paliwa.

– I skoro świadek nie może opisać nam faktów, zapytam o jego opinię. Jest w końcu wieloletnim funkcjonariuszem i ma doświadczenie, z którego grzechem byłoby nie skorzystać.

Mężczyzna lekko skinął głową, sędzia trwał w bezruchu.

– Po co miałbym wozić te substancje w bagażniku auta? – zapytał Kordian. – Gdybym popełnił zarzucany czyn, czy nie lepiej byłoby już dawno pozbyć się dowodów?

– Jest pan prawnikiem.

– I to ma tłumaczyć taką lekkomyślność?

Chyłka usłyszała, że ktoś z tyłu zaśmiał się pod nosem.

– Przeciwnie – odparł świadek. – Wie pan, że porzucone narzędzia zbrodni zawsze się odnajdują. W taki czy inny sposób.

– Mimo wszystko nieroztropnie byłoby je wozić ze sobą.

– Były dobrze ukryte.

– Więc skąd pan wiedział, gdzie szukać?

– Przeszukałem cały pojazd.

– Nie przypominam sobie.

– Więc może powinien pan odświeżyć sobie pamięć, czytając moją notatkę służbową.

– Dziękuję. Jeśli potrzebuję niestworzonych teorii, sięgam po Dana Browna.

Sędzia w końcu poruszył się nerwowo.

– Panie Oryński, wystarczy tego – oznajmił. – Jest jeszcze coś, o co chce pan zapytać?

– Tak.

– A zatem proszę.

– Ponawiam pytanie: po co miałbym wozić te substancje? A co ważniejsze, do czego miałby mi być potrzebny tiopental? Moja matka przyjmowała preparat, który miał ten środek w swoim składzie. Gdybym chciał ją otruć, wystarczyłby mi sam chlorek potasu.

– Z pewnością.

Oryński rozłożył bezradnie ręce. W końcu jakiś wymowny gest.

– Tyle że tym razem potrzebował pan obydwu.

– Tym razem?

– Planował pan powtórzenie tego, co już pan zrobił.

– Obawiam się, że nie rozumiem.

Chyłka natomiast rozumiała świetnie. Po tonie głosu funkcjonariusza wniosła, że mają coś konkretnego. Coś znacznie większego niż sam fakt, że te substancje znaleziono w bagażniku.

Świadek jednak milczał, nie podejmując tematu. Słuszna taktyka, nie usłyszał wszak żadnego pytania.

Kordian rozejrzał się nieco zbyt nerwowo, by uszło to uwadze zebranych.

– Czy świadek może wyjaśnić, co ma na myśli? – zapytał.

– Nie.

Oryński skierował wzrok na sędziego.

– Wysoki Sądzie… – zaapelował niemal błagalnym tonem.

– Proszę świadka o odpowiedź – odezwał się przewodniczący.

– Odmawiam.

– Na podstawie?

– Artykułu sto osiemdziesiątego paragrafu pierwszego Kodeksu postępowania karnego.

Kordian obejrzał się przez ramię i pytająco uniósł brwi, patrząc na Chyłkę. Jego konsternacja nie wynikała z tego, że nie kojarzył przepisu. Przeciwnie, znał go nader dobrze, podobnie jak Joanna. Sprowadzał się do prawa odmowy odpowiedzi, jeśli miałaby ona dotyczyć tajemnicy służbowej.

A zatem naprawdę mieli na niego coś więcej.

Chyłka zaklęła bezgłośnie, przekonana, że Oryński bez trudu z ruchu ust odczyta wymowne „kurwa mać". Powinna była się tego spodziewać, powinna była go uprzedzić. Prokuratura nie stawiałaby mu zarzutów, gdyby chodziło o same oskarżenia ojca i dwie substancje znajdujące się w bagażniku. Oskarżyciele potrzebowali szerszego kontekstu. I najwyraźniej go mieli.

2

Pasaż „Wiecha", Śródmieście

Zaciągając się głęboko, Kordian rozglądał się w poszukiwaniu Chyłki. Pod Słoikiem miała zjawić się kilkanaście minut temu, stolik był już zarezerwowany. Mimo to było już po dziewiątej, a Joanny nadal nie wypatrzył. Zdecydowanie powinna zainwestować w nowy samochód – i przypuszczał, że zrobi to jeszcze przed terminem rozwiązania.

Wypuścił dym, tocząc wzrokiem po tylnej ścianie Empiku przy Marszałkowskiej. Zastanawiał się przez moment, czy kiedykolwiek dowie się, kto jest ojcem dziecka. I czy w ostatecznym rozrachunku człowiek ten będzie miał jakikolwiek wpływ na wychowanie pasożyta.

Jeśli doświadczenie rodzinne Chyłki i Oryńskiego mogłoby cokolwiek sugerować, to lepiej było, by mężczyzna trzymał się z daleka. Oboje przyciągali niespecjalnie dobrych ojców.

W końcu zauważył zatrzymującą się przy Złotej taksówkę. Joanna bez słowa wyszła z samochodu i ruszyła w stronę Kordiana. Stanęła przed nim i najpierw z rezerwą spojrzała na papierosa, a potem na restaurację.

– Słoik?

– Dają tu dobre podpłomyki.

– Nie wiem nawet, co to jest, Zordon. Mają czerwone, krwiste mięcho?

– A powinnaś je jeść?

– Jak najbardziej – odparła bez wahania. – Szczególnie że niedługo będę zbyt zajęta wychowywaniem intruza, by gdziekolwiek wychodzić. Będę żywić się substytutami jedzenia, więc mówiąc wprost: muszę się nażreć zawczasu.

– Rozumiem.

Wziął ostatniego sztacha, a Chyłka zawiesiła wzrok gdzieś w oddali. Westchnęła refleksyjnie.

– Będę musiała go wszystkiego nauczyć – odezwała się.

– Tak to zazwyczaj działa.

Rzucił papierosa i zagniótł go butem, po czym otworzył jej drzwi. Weszli do środka, rozglądając się za kimś z obsługi.

– Nie będzie nawet wiedział, jak prawidłowo się zesrać – rzuciła.

Kilka osób siedzących przy najbliższym stoliku urwało rozmowę i spojrzało na nią niepewnie.

– O oddawaniu moczu nie wspomnę – dodała.

– A jednak to zrobiłaś.

– Bo czeka mnie research w temacie. Wiem, jak to załatwiacie, ale potrzebuję przecież szczegółów, żeby mu wszystko wyłuszczyć.

– Najważniejsze, żeby wiedział o pisuarze buforowym.

– O czym?

– Chodzi o zasadę, że jeden pisuar między tobą a innym mężczyzną korzystającym z publicznego kibla powinien być wolny.

Jedna z kelnerek posłała im serdeczny uśmiech, a potem wskazała miejsce, gdzie czekał na nich zarezerwowany stolik.

– A jak pisuary są obstawione?

– Zasada obowiązuje tylko przy małym ruchu.

– Aha.

– Cóż... nie będziesz miała łatwo.

– Ano nie. W dodatku przez najbliższe trzy lata będę się starała nauczyć go dawać głos – mruknęła z niechęcią. – A przez następnych dziesięć będę robiła wszystko, by się zamknął.

– Krótko mówiąc, same miłe perspektywy przed tobą.

Zajęli miejsce, złożyli zamówienie, a potem popatrzyli na siebie nad wyraz wymownie. Kordian doskonale wiedział, co zaraz usłyszy.

– Przed tobą za to wręcz przeciwnie – odezwała się Joanna. – Powiesz mi, co się stało na utajnionej rozprawie?

– Między innymi po to się spotkaliśmy, prawda?

Drugie posiedzenie sądu odbyło się z wyłączeniem jawności. Był to warunek, który musiał zostać spełniony, by funkcjonariusz zdradził, co konkretnie miał na myśli. Świadek miał opory, ale ostatecznie Oryńskiemu udało się wyciągnąć z niego wszystko, co miało dla niego znaczenie.

Joanna przez chwilę w milczeniu przeglądała menu.

– Sandwiche, sałaty, pierogi, przekąski, podpłomyki – bąknęła. – Co to, kurwa, ma znaczyć, Zordon?

– Spokojnie. Przecież nie zabrałbym cię do miejsca, gdzie nie dają...

Przerwała mu głośnym, pełnym entuzjazmu klaśnięciem. Brakowało tylko, by krzyknęła „bingo!".

– Deska mięs Słoikowych – odczytała pozycję z menu. – W dodatku porcja dla dwóch osób.

Chyba po raz pierwszy widział, jak z satysfakcją gładzi się po brzuchu. Chwilę później złożyli zamówienie, a Oryński przywołał z pamięci to, co miał zamiar powiedzieć. Nie powinien tego robić, zważając na klauzulę tajności, ale po wszystkim, co się stało, nie zamierzał się tym przejmować. Właściwie gorszego kierunku jego życie nie mogło już obrać.

– Chcesz wiedzieć, co się stało podczas procesu? – spytał.

– Tak. Jak słusznie zauważyłeś, po to odbywa się nasze *girls night out*.

– Nie licząc tego, że mamy do załatwienia jeszcze jedną sprawę.

Spojrzał na puste krzesło, które za mniej więcej pół godziny miało zostać zajęte przez człowieka, na którego czekali. Kordian przypuszczał, że do tego czasu zdąży streścić Chyłce wszystko, co się stało. Nabrał głęboko tchu.

– Gość ze służb twierdzi, że tiopental i chlorek potasu, który znaleziono u mnie w aucie, kupiłem stosunkowo niedawno. A więc siłą rzeczy to nie ich użyłem do zabicia matki.

– To ciekawa koncepcja.

– O tyle, że według niego planowałem inne zabójstwo.

Chyłka uniosła brwi i uśmiechnęła się z niedowierzaniem.

– Poważnie? Na czyją szkodę? Moją?

– Niezupełnie – odparł bez emocji. – Facet twierdzi, że owszem, dokonałem eutanazji, i tym samym poznałem sposób, dzięki któremu…

– Stałeś się Doktorem Śmierć!

– Dasz mi powiedzieć?

Wykonała ruch ręką, mówiący „nawijaj".

– Miałem planować nowe zabójstwo, powtarzając *modus operandi*, który przyjąłem przy matce. Bo wiedziałem już, ile obydwu substancji użyć, żeby osiągnąć efekt.

– Aha, aha. I sąd kupił tę bzdurę?

– Nie wiem, co sąd kupuje ani w jakich ilościach.

– Na pierdoły zawsze jest popyt – przyznała Chyłka, rozglądając się za daniem, które kosztowało, bagatela, osiemdziesiąt złotych. – Ale jak esbek uzasadnił te kalumnie?

– Twierdzi, że podczas sprawy Al-Jassama zorientowałem się, że mój klient może w istocie planować zamach – wyjaśnił rzeczowo Oryński. – Trochę się nad tym rozwodził, stąd wyłączenie jawności.

– Zaraz…

– Postawił tezę, że próbowałem otruć Al-Jassama.

– To nie teza, a przyczynek do filmu science fiction, który w połowie okazuje się jednak fantasy – odparła z jeszcze szerszym uśmiechem Joanna. – Mam nadzieję, że zgnoiłeś go jak fani *Gwiezdnych wojen* Jar Jar Binksa.

– Aż tak nie, ale wykazałem absurd tych oskarżeń.

– Powiedziałeś, żeby postawili ci zarzuty, jeśli rzeczywiście mają dowody na planowane otrucie?

– Pewnie.

– I co skurwiel na to?

– Że nie mogą tego zrobić, bo Al-Jassam wciąż uczestniczy w toczących się czynnościach operacyjnych. A ostatnim, czego potrzebują, jest nic nieznaczący proces, który rzuci na niego stanowczo zbyt wiele światła.

– Wygodne.

Na moment urwali, kiedy zjawił się kelner z ich daniami. Kordian zamówił podpłomyk z pomidorami, rukolą i mozzarellą, co w porównaniu z mięsami Chyłki wyglądało jak przystawka.

– Długo ględził o tym, jak poczułem się do odpowiedzialności i postanowiłem, że ważniejsze jest zapobiegnięcie zamachowi niż wypełnianie moich obowiązków adwokackich – ciągnął po chwili Oryński. – Przytoczył szereg przykładów na to, jak łagodnie obchodzę się z regułami wykonywania zawodu.

– O połowie rzeczy nie wie.

– Nie, ale ta druga połowa w zupełności wystarczyła, żeby stworzyć obraz człowieka, który ma wszystkie zasady głęboko w dupie.

Chyłka pokiwała głową z uznaniem, ale trudno było powiedzieć, czy kwituje ten stan rzeczy, czy docenia kilka rodzajów mięs, które miała przed sobą.

Kordian zerknął na zegarek. Do przyjścia osoby, na którą czekali, zostało jeszcze trochę czasu. Oboje zabrali się do jedzenia.

– To czemu obydwa pojemniki były otwarte? – spytała z pełnymi ustami.

– Bo testowałem mieszankę.

– Mhm.

– Miałem starać się odtworzyć odpowiednie proporcje, a potem…

Urwał, widząc, że Chyłka przestała przeżuwać.

– Coś nie tak?

– Może – odparła, odkładając sztućce. Przez moment wyglądała, jakby coś wyjątkowo małego i twardego weszło jej między zęby.

– Coś jest nie tak z mięsiwem?

– Nie.

– Zmieniły ci się smaki? Przerzucisz się na ryby?

– Nie bądź śmieszny – odparła, przesuwając językiem po zębach. Przez moment głęboko się namyślała. – To niepokojące, Zordon – powiedziała w końcu.

– Co? Przecież te zarzuty są kompletnie bzdurne.

– No właśnie – przyznała. – I nie tylko my zdajemy sobie z tego sprawę. Oni także.

– Myślisz?

Spojrzała na niego z powątpiewaniem.

– A skoro tak, to nie powinni być tak pewni siebie – dodała. – Coś tu jest nie w porządku.

Próbowali dojść, co konkretnie, ale oscylowali wokół zupełnie nieprawdopodobnych scenariuszy. Żaden nie wydawał się możliwy, mimo to Oryński powoli utwierdzał się w przekonaniu, że Chyłka ma rację. Służby miały coś więcej.

Joanna była w połowie pochłaniania swojego mięsnego dania, gdy zjawił się mężczyzna, którego oczekiwali. Olgierd Paderborn od razu przykuwał wzrok, pomimo że lokal był wypełniony po brzegi. Wyprostowana postawa, szerokie barki, kwadratowa szczęka i wydatne kości policzkowe sprawiały, że trudno było przegapić jego *entrée*.

Usiadł na wolnym krześle i przywitał oboje prawników. Sprawiał wrażenie, jakby zjawił się tu w celach towarzyskich, ale spotkanie nie miało z nimi nic wspólnego.

Wcześniej tego dnia zadzwonił do Chyłki, twierdząc, że powinni się zobaczyć. Początkowo założyła, że chodzi o wspólną sprawę przeciwko Marianowi Skopińskiemu, ale kiedy prokurator zaproponował, by na spotkaniu pojawił się Zordon, stało się jasne, że powód rozmowy jest inny.

I najwyraźniej wszyscy zamierzali przejść do niego jak najprędzej. Olgierd nawet nie pofatygował się o to, by otworzyć menu.

– Więc? – odezwała się Chyłka. – Po co mitrężymy czas na spotkanie z tobą, Pader?

Paderborn popatrzył na Kordiana, mrużąc lekko oczy.

– Po to, żebyście mieli pojęcie, w jakim śmierdzącym szambie się taplacie.

– Jeśli masz na myśli ciążę, zdajemy sobie z tego sprawę – odparła Joanna.

– Mam na myśli proces.

– Tatuażysty?

– Nie – powiedział, pochylając się nieco nad stołem. Może liczył na to, że dwójka prawników zrobi to samo, ale ci ani drgnęli. – Wasz problem dotyczy przede wszystkim tej eutanazji.

– Rzekomej – zauważyła Joanna.

Oryński się nie odzywał.

– Prokuratura dotarła do materiałów, które w moim przekonaniu wystarczą do wyroku skazującego.

– Z pewnością – burknęła Chyłka. – Szczególnie jeśli masz na myśli wyimaginowane zarzuty w sprawie Al-Jassama.

– Nie. To zasłona dymna – odparł ciężko, rozglądając się. – Konieczna, żeby zająć się sprawą tiopentalu, ale zupełnie nieistotna w ostatecznym rozrachunku. Żadne zarzuty nie zostaną mu postawione w związku z tym, bo…

– Bo trwają czynności operacyjne.

Kordian nadal się nie odzywał, zignorował nawet to, że Paderborn odnosił się do niego w trzeciej osobie. I to, że z jakiegoś powodu był wyjątkowo wylewny.

– Trwają – potwierdził prokurator. – A mimo to Paulina jest przekonana, że uzyska korzystny wyrok.

– Dlaczego?

– Bo ma mocne dowody.

– Niby jakie?

– Tego nie wiem – odparł Paderborn. – A nawet gdybym wiedział, z oczywistych względów nie mógłbym o tym mówić.

Chyłka zaśmiała się pod nosem.

– I to chciałeś nam przekazać? Że wisi nad nami jakieś bliżej niezidentyfikowane gówno?

– Tak – odparł i podniósł się. – I że jest wyjątkowo duże.

– Ale nie wiesz, czym konkretnie jest.

– Nie.

Kordian nadal milczał. Doskonale wiedział, co odnalazła Paulina Feruś.

3

Sąd Rejonowy dla Warszawy-Żoliborza, ul. Kocjana

– Staje świadek, Kazimierz Oryński – oznajmił sędzia do protokołu. – W stosunku do oskarżonego: ojciec.

Po wszystkim, co Chyłka słyszała na temat tego człowieka, była przekonana, że zobaczy niezrównoważonego, neurotycznego, roztrzepanego mężczyznę w średnim wieku. Zamiast niego do mównicy podszedł jednak zwyczajnie wyglądający jegomość. Może nawet miał w sobie coś z dżentelmena. A może takie wrażenie odniosła przez gustowną i dobrze ułożoną poszetkę.

Formalności nie zajęły wiele czasu. Joanna bacznie obserwowała ojca Zordona i nie zauważyła, by choć raz spojrzał na syna. Ten za to nieustannie świdrował go wzrokiem.

Po chwili sędzia oddał inicjatywę Feruś. Ona również nie miała zamiaru tracić czasu.

– Panie Kazimierzu, mam właściwie tylko jedno pytanie.

Stary Oryński skinął głową.

– Dlaczego sądzi pan, że syn odebrał życie pańskiej żonie?

Kazimierz wyprostował się, odginając kark trochę zbyt mocno. Wyszło to nienaturalnie, ale w tej sytuacji mowa ciała i zachowanie świadka nie miały żadnego znaczenia.

– Nie musimy chyba stosować eufemizmów – zauważył.

– Nie, oczywiście, że nie. Nazwijmy więc rzeczy po imieniu: dlaczego uważa pan, że Kordian zabił pańską żonę?

– Nie uważam tak.

Paulina ściągnęła brwi, nie odrywając od niego spojrzenia.

– Nie?

– Nie miało to nic wspólnego z zabójstwem. Była to eutanazja.

– W naszym przekonaniu również – zgodziła się Paulina, jakby jedno z drugim rzeczywiście w Kodeksie karnym nie miało ze sobą nic wspólnego. – Ale skąd pewność, że dopuścił się jej syn?

– Stąd, że tylko on mógł to zrobić. Nikogo innego nie było wówczas w domu. Nikt nie miał dostępu do mojej żony.

– Nie to konkretnie miałam na myśli – odparła Feruś i zerknęła na rozłożone przed nią kartki. – Chodzi mi o to, skąd pewność, że oskarżony w ogóle to zrobił?

– Sekcja wykazała przedawkowanie leków.

– Żona mogła sama do tego doprowadzić.

– Nie, nie mogła. Nie była już w stanie sama zażywać lekarstw.

Joanna obawiała się, że Feruś będzie dążyła do powtórzenia wszystkiego, co usłyszeli od biegłych. Ci dość obrazowo opisali całą sytuację, a na Zordonie odcisnęło to wyraźne piętno. Zaczęli od podania suchych faktów – w surowicy krwi wykryto stężenie potasu przekraczające siedemnaście milimoli, kiedy norma wynosiła niewiele ponad cztery.

Potem zaczęli opisywać szczegóły. Obrzęk płuc, wylewy krwawe w ścianie żołądka, a przede wszystkim znajdujące się w nich rozmiękłe tabletki. Z zawartych w nich substancji miał się utworzyć kożuch, który Chyłka mimowolnie sobie wyobraziła. Zakończyli, mówiąc o nabrzmieniu ścian naczyń sercowych i rozpoczynającym się śródmiąższowym zapaleniu w nerkach.

Joanna z ulgą przyjęła koniec ich wywodów, ale w przypadku Kordiana uczucie z pewnością było spotęgowane. Obawiała się, że nie dojdzie do siebie przed tym, jak przyjdzie mu przesłuchać ojca. A zdawała sobie sprawę, że będzie to kluczowy element procesu.

– Ktoś musiał jej więc pomóc – odezwała się Feruś.

– Owszem.

– Ale… właściwie pomijamy jedną rzecz.

– Jaką?

– Punkt wyjścia dla wszystkich rozważań o tym, czy oskarżony rzeczywiście jest winny zabójstwa eutanatycznego – odparła Paulina, niemal cytując kodeks. – Dlaczego w ogóle sądzi pan, że pańska żona chciała umrzeć?

– Bo cierpiała.

– O wielu nieuleczalnie chorych osobach można to powiedzieć.

– Tak – przyznał Kazimierz. – Ale nie każda zostawia list.

– List?

Chyłka poczuła głęboki niepokój. O żadnym liście nie słyszała. Popatrzyła na Oryńskiego, ale nie zauważyła na jego twarzy zdziwienia. Najwyraźniej doskonale zdawał sobie sprawę z tego, że temat w końcu wypłynie.

– O jakim liście mowa? – spytała Paulina.

– Moja żona napisała go, kiedy jeszcze pozwalał jej na to stan zdrowia. Mam go do dziś. – Sięgnął do kieszeni marynarki i wyciągnął świstek papieru. – To jej własnoręczne pismo.

Sędzia otworzył usta i Chyłka spodziewała się, że zaprotestuje przed taką formą wprowadzania środków dowodowych. Przewodniczący spojrzał na Oryńskiego, jakby to od jego reakcji miała zależeć decyzja. Kordian trwał z kamiennym wyrazem twarzy. Wyglądał, jakby myślami był gdzie indziej.

– Nie zgłosiliśmy listu jako dowodu, Wysoki Sądzie, bo nie wiedzieliśmy, że istnieje – wyjaśniła Feruś. – Pan Oryński poinformował nas o tym po fakcie.

Sędzia znów popatrzył na Kordiana. Odchrząknął, poprawił togę, a potem wygłosił krótkie pouczenie na temat zgłaszania wniosków dowodowych. Nikt go nie słuchał, wszyscy skupiali wzrok na Kazimierzu.

Ten schował kartkę z powrotem, a potem w końcu popatrzył na syna. Przewodniczący dobrnął do końca wywodu i kazał Paulinie kontynuować.

– Do kogo był adresowany list? – spytała.

– Do Kordiana.

– I co zawierał?

– Prośbę o to, by ulżył jej cierpieniom, kiedy przyjdzie pora.

Joanna poczuła, jak zasycha jej w ustach. Mimowolnie zobaczyła cały ciąg przyszłych zdarzeń, które następowały jedno po drugim, jak przewracające się kostki domina. Skazanie, odwołanie się, uprawomocnienie się wyroku, osadzenie w zakładzie karnym...

Zamknęła na moment oczy. Nie, było stanowczo za wcześnie, by cokolwiek przesądzać. Sam list nic jeszcze nie znaczył, a Oryński z pewnością to wykaże.

Nawet jeśli nie, sędzia sam dojdzie do takiego wniosku. Proces karny w Polsce miał tę zaletę, że zasadniczo nie miało wielkiego znaczenia, co powiedzą strony. Sędzia i tak podejmował decyzję na podstawie tego, co sam uważał.

– Czy rozmawiał pan kiedykolwiek o tym z żoną? – spytała Feruś.

Mogła równie dobrze skończyć przesłuchanie, dostała już to, czego chciała. Chyłka na jej miejscu tak by postąpiła.

– Nie. Znała moje poglądy.

– To znaczy?

– Jestem religijnym człowiekiem, przestrzegam zasad wiary.

– A mimo to mówi pan o eutanazji w oderwaniu od zabójstwa.

– Tylko pod względem prawnym – dodał Kazimierz, a na jego twarzy pojawił się wyraz bólu.

Teraz Joanna zrozumiała, po co jeszcze to ciągnęli.

– Nie chcę przecież, by mój syn spędził w więzieniu resztę życia – dodał. – Nie chcę, by odpowiadał za zabójstwo. Z pewnością to pani rozumie.

– Rozumiem – odparła współczująco, jakby potrzeba było dodatkowego teatrzyku, by uwydatnić ojcowską troskę.

Sędzia podziękował oskarżycielce, a potem udzielił głosu Oryńskiemu. Ten podniósł się i zapiął jeden z guzików marynarki. Przez moment się nie poruszał, a Chyłka przypuszczała, że gromadzi siły. Zaraz wyprowadzi mocne, celne uderzenie. Jeszcze przed momentem nie była co do tego przekonana, ale te ostatnie opiekuńcze uwagi z pewnością dodadzą mu werwy.

– Nie mam pytań do świadka, Wysoki Sądzie.

Kordian usiadł z powrotem.

– Jest pan pewien?

– Jak rzadko kiedy – potwierdził Oryński.

Chyłka syknęła na tyle głośno, by to usłyszał, ale Kordian najwyraźniej postanowił ją zignorować. Miała ochotę cisnąć w niego czymś twardym i ostrym. Zanim sędzia wezwał kolejnego świadka, układała już w głowie litanię przekleństw, którą go uraczy, gdy tylko wyjdą z sali.

Do przerwy pozostało jednak jeszcze trochę czasu. Po ojcu Oryńskiego przyszła kolej na przesłuchanie technika policyjnego, który nie tak dawno temu zajął się komputerem Kordiana. Joanna nie bardzo rozumiała, co ma wnieść jego przesłuchanie.

Zeznał jedynie tyle, że Oryński szukał w internecie informacji na temat eutanazji. Nie było to nic podejrzanego, szczególnie jeśli wziąć pod uwagę fakt, że spodziewał się, iż tiopental i chlorek potasu zostaną wykorzystane przeciwko niemu i chciał wiedzieć o wszystkim, co mogłoby pozwolić mu się wybronić.

– Zaciekawiła mnie jednak pewna fraza wpisana w Google – oznajmił technik.

– Jaka? – zapytała Paulina.

– „Oryński eutanazja etyka prawnicza Wojciechowski".

Nie uszło uwadze Joanny, że Kordian nerwowo się poruszył.

– Dlaczego wydało się to panu niecodzienne?

– Bo brzmiało jak jakieś opracowanie. Ale żadnego takiego nie znalazłem, zresztą oskarżony chyba nigdzie nie publikował.

Feruś uniosła wysoko brwi, patrząc najpierw na Kordiana, a potem na przewodniczącego. Przesadna ekspresja nie mogła jej pomóc, ale właściwie nie musiała. Wszystko szło po jej myśli.

– Doszedł pan do tego, dlaczego oskarżony szukał czegoś przez wpisanie takiej frazy?

– Ostatecznie tak.

– I?

– Chodziło o pracę zaliczeniową dla profesora Wojciechowskiego. Zajęcia odbywały się chyba na pierwszym czy drugim roku, dotyczyły oczywiście etyki prawniczej. Oskarżony przygotował referat na temat eutanazji. Niestety, nie znalazłem go nigdzie w internecie.

Kordian z pewnością także nie. I nie mógł się spodziewać, że niewinna fraza w Google sprowadzi na niego kolejne problemy.

Te zaś były spiętrzone do tego stopnia, że Chyłka znów zobaczyła przewracające się kostki domina. Przez jakiś czas łudziła się jeszcze, że fala się zatrzyma. Kiedy jednak na świadka wezwano profesora, cała nadzieja zniknęła.

Zobaczyła, jak Kordian ociera wierzchnią stroną dłoni pot z czoła. Widziała, że denerwuje się coraz bardziej. Sprawa wymknęła mu się spod kontroli.

Wykładowca nie pozostawił żadnych wątpliwości co do tego, jaki wydźwięk miała praca.

Oryński podkreślał w niej, że prawo do śmierci jest naturalnym uprawnieniem każdego, kto cierpi. Wówczas były to poglądy kontrowersyjne, dziś nie tak bardzo. Przynajmniej jeśli wziąć pod uwagę przypadki takie jak ten w Kanadzie, przy którym Sąd Najwyższy zezwolił na humanitarne wspomaganie samobójstw ludzi przeżywających prawdziwe katusze.

– Kordian w swoim referacie podnosił, że wszystko sprowadza się do prostego dylematu. – dodał akademik. – Lepiej pozwolić komuś cierpieć do momentu śmierci? A może umożliwić mu odebranie sobie życia, niejednokrotnie w sposób wykluczający jakąkolwiek godność? Czy może dopuścić pomoc lekarzy, by ci zapewnili umierającemu odpowiednie warunki?

Chyłka znieruchomiała.

– W jego mniemaniu sama dopuszczalność eutanazji nie powinna być w ogóle podawana w wątpliwość – ciągnął profesor. – Zastanawiał się raczej nad tym, w jaki sposób lekarz powinien dokonywać oceny, czy w danym wypadku jest uzasadniona. Czy nie jest to wynik chwilowej depresji, ograniczonej zdolności oceny *et cetera*.

Było to najgorsze, czego Joanna się spodziewała. Nie, właściwie tak fatalnego obrotu spraw nie przewidywała.

– Kordian chwalił oregońską legislację, a konkretnie ustawę z tysiąc dziewięćset dziewięćdziesiątego czwartego roku o umieraniu z godnością, która pozwala kupić w aptece lek w dawce odpowiedniej, by odebrać sobie życie. Receptę wystawia lekarz, musi być także spełniony szereg przesłanek, jak konsultacje z innym doktorem, dwukrotne oświadczenie woli i tak dalej. Mogę je omówić, jeśli...

– Nie będzie to konieczne – ucięła Feruś. – Proszę jednak powiedzieć, co jeszcze twierdził oskarżony.

Wykładowca uniósł wzrok i przez moment się namyślał.

– Podnosił kwestie paliatywnej sedacji.

– Czyli?

– Sytuacji, kiedy pacjenta w hospicjum wprowadza się w stan śpiączki i... cóż, czeka się, aż umrze. Kordian argumentował, że to żadne rozwiązanie. I że prawo do odebrania sobie życia jest w takich wypadkach słuszną alternatywą. Jedyną godną, dodawał chyba.

– Rozumiem. Przywoływał jakieś konkretne przykłady?

– Oczywiście. Pisał przede wszystkim o ALS, o tym, jak stan zdrowia pacjentów pogarsza się z tygodnia na tydzień. Opisywał to dość sugestywnie, twierdząc, że najpierw dochodzi do paraliżu, organizm przestaje radzić sobie z oddychaniem, nie sposób przełknąć śliny, wycieka ona z ust, dostaje się do tchawicy i...

– Może nie potrzeba nam aż takich szczegółów.

– Być może nie – przyznał profesor. – Ale Kordian przyrównywał to ostatnie do waterboardingu, techniki tortur stosowanej przez CIA. I dodawał, że ostatecznie wszystko i tak sprowadza się do decyzji lekarza, czy przedłużać męki pacjenta, czy nie.

– W jakim sensie?

– Przy ALS najczęstszą przyczyną zgonu jest zapalenie płuc. Ma to związek z tym, o czym mówiłem. Można je oczywiście leczyć za pomocą antybiotyków, ale lekarz w pewnym momencie musi podjąć decyzję, czy takie działanie wciąż ma sens. Kordian twierdził, że prawo decydowania powinien mieć sam pacjent. Dużo wcześniej.

Prokurator pokiwała głową, a potem spojrzała na Oryńskiego. Sprawiał wrażenie, jakby miał zamiar opuścić salę rozpraw i nigdy więcej się tu nie zjawiać.

– Coś jeszcze pojawiło się w tym referacie? – zapytała Feruś.

– Kilka, rzekłbym, standardowych tez.

– To znaczy?

– Choćby to, że leki często powodują zaburzenia innego typu i nie każdy pacjent może chcieć przedłużać swoje życie, zastępując jedno cierpienie innym. Chodzi o przypadłości wywołane przyjmowaniem dużych ilości opioidów.

– No tak.

– Swój wywód Kordian konkludował również w dość tradycyjny sposób. Podkreślał, że nikt nie ma prawa decydować o czyjejś śmierci. Szczególnie ten, kto układa przepisy kodeksu karnego.

Paulina nic więcej nie dodała. Wszystko, o co zapytała, wystarczyło w zupełności do stworzenia wizerunku człowieka, który bynajmniej nie miałby oporów przed ulżeniem cierpieniu swojej matki.

4

ul. Kocjana, Bemowo

Kordian trzęsącymi się dłońmi podpalił sobie papierosa, a potem nerwowo wypuścił dym. Fala gorąca, która spłynęła na niego w sali sądowej, wciąż nie chciała ustąpić. Popatrzył na stojącą obok Chyłkę. Jej milczenie zdawało się stawiać kropkę nad i.

– Skażą mnie – powiedział cicho.

Joanna milczała.

– Wsadzą mnie z powrotem za kratki – dodał, odnosząc wrażenie, jakby słyszał nie swój, a czyjś głos. – A Gorzym zrobi wszystko, żeby…

Urwał, kiedy gwałtownie się do niego odwróciła.

– Pamiętam, jak pierwszy raz powiedziałeś mi o matce – odezwała się. – Podczas sprawy Langera. Zapytałam cię wtedy, czy to zrobiłeś.

Skinął głową.

– Odpowiedziałeś, że nie.

– Tak było.

– Nie dopytywałam, a ty byłeś mi za to wdzięczny. Powiedziałam, że wystarczy mi twoje zapewnienie.

– Tak.

– Teraz przestało – rzuciła, zbliżając się na tyle, że musiał wypuścić dym w bok. – Chcę wiedzieć więcej.

– Słyszałaś, co…

– Zrobiłeś to czy nie?

– Nie.

– Więc dlaczego nie powiedziałeś mi o liście? Ani o tym pierdolonym referacie?

Złość wyraźnie widoczna w jej oczach potwierdzała, jak blisko więzienia się znalazł. Może nawet już na powrót znalazł się za jego murami, tyle że nie fizycznie. Reszta była jednak wyłącznie formalnością.

Zakaszlał nerwowo z typowym papierosowym charkotem.

– Zordon!

– Nie myślałem, że…

– Że to ma znaczenie? Nie, nie ma żadnego znaczenia, że matka prosiła cię o pomoc w samobójstwie.

Nie odzywał się.

– Zazwyczaj doceniam milczenie – dodała. – Ale nie w tym wypadku, do kurwy nędzy.

Wzruszył ramionami.

– Czego ode mnie oczekujesz? – spytał.

– Wyjaśnień.

– Wszystko już wiesz.

Chciała chyba pokręcić głową, ale wykonała ruch tak gwałtownie, że potrząsnęła nią. Zgromiła go wzrokiem, jakby miało dojść do rękoczynów. Na dobrą sprawę nie mógł wykluczyć, że tak się to skończy.

– Zacznij od wytłumaczenia, dlaczego mnie okłamałeś – powiedziała.

– Nie okłamałem.

– Mówiłeś, że twoja matka chorowała na toczeń – syknęła Joanna. – A teraz słyszę o lekach, których używa się do leczenia padaczki.

– I?

– Na co w końcu chorowała, co? Chociaż to możesz zdradzić?

– Na toczeń – odparł spokojnie Oryński. – Jedno nie wyklucza drugiego, a wręcz przeciwnie. Ta choroba wpływa na ośrodkowy układ nerwowy, powodując padaczkę. Przy innych zaburzeniach autoimmunologicznych też się to zdarza, ale w przypadku tocznia najczęściej.

Na chwilę złość zniknęła z jej oczu. Zapewne dlatego, że uświadomiła sobie, ile czasu, energii i emocji kosztowała Oryńskich choroba matki Kordiana. Chyłka odwróciła wzrok, a potem cicho zaklęła.

– Zapytam ostatni raz – oznajmiła, nie patrząc na niego. – Pomogłeś jej umrzeć czy nie?

– Nie.

– A list?

– Owszem, napisała go, ale nigdy... nie potrafiłbym...

Urwał, sądząc, że nic więcej nie musi dodawać. Joanna najwyraźniej była jednak innego zdania. Znów się do niego odwróciła, a potem posłała mu znaczące spojrzenie, by kontynuował.

– Nie wiem, co więcej mam powiedzieć.

– To, jakim cudem Feruś zmusiła twojego ojca, by ujawnił list.

– Nie musiała go zmuszać. Sama przecież widzisz, że chce sprawiedliwości.

– Nikt na świecie jej nie chce, Zordon.

– Nie? – bąknął z powątpiewaniem.

– Tak jak nikt nie potrzebuje prawa. Dobrym ludziom jest zupełnie zbędne, a skurwysyny i tak znajdą sposób, by je ominąć.

– Ciąża nastraja cię tak optymistycznie?

– Raczej wizja twojej przyszłości.

Mina mu zrzedła. Nie było potrzeby, by werbalizowała tę myśl. Na tym etapie właściwie nie potrzebował już żadnego dodatkowego potwierdzenia, że całe jego życie posypało się jak domek z kart.

Wyciągnął kolejnego papierosa.

– A ten referat? – spytała Chyłka. – Jak go znaleźli?

– W tym też musiał im pomóc ojciec. Wiedział, że kiedyś go napisałem.

– To stawia cię w wyjątkowo…

– Wiem – uciął, podpalając, po czym głęboko się zaciągnął. – Ile mogą mi dać?

Zaczęła się nad tym zastanawiać, choć Kordian miał wrażenie, że rozważała wysokość ewentualnej kary już od pewnego czasu. W końcu westchnęła, patrząc z rozrzewnieniem na dym wydobywający się z jego ust.

– Zależy, o jakim cierpieniu mowa – powiedziała rzeczowym tonem. – Jeśli twoja matka rzeczywiście przechodziła katusze…

– Tak było.

– To w grę wchodzą dolne widełki.

– Jest też możliwość odstąpienia od wymierzenia kary.

– Tylko w szczególnie uzasadnionych przypadkach – zauważyła.

– Czyli?

– Trudno powiedzieć. Sprawa prawnego uregulowania eutanazji jest u nas w powijakach. Moralnego może też. Orzecznictwo nie jest jednoznaczne, wszyscy są zgodni chyba tylko co do tego, że osoba taka musi być śmiertelnie chora, żebyśmy w ogóle mówili o typie uprzywilejowanym – wyrzuciła z siebie na jednym oddechu Joanna. – Znacznie częściej ględzimy o pięćset plus, mieszkaniach plus, aborcji plus lub minus niż o eutanazji, którą popiera ponad sześćdziesiąt procent społeczeństwa.

Nie musiała mu o tym mówić. Przygotował się do procesu kompleksowo, głównie dlatego, że musiał jakoś zabić czas. Noce nadal spędzał bezsennie.

– Legalnie przeprowadza się ją w Belgii, Holandii czy Luksemburgu, a pomagać w samobójstwie można w Niemczech, Szwajcarii, Kanadzie…

– Wiem.

– U nas takich procesów jak twój jest ile kot napłakał, brakuje praktyki sądowej – dodała Chyłka. – Dlatego mogę jedynie strzelać, że od wymierzenia kary odstąpiliby, gdyby mocno cierpiąca osoba była już na granicy życia i śmierci. Twoja matka do niej nie dotarła.

– Nie, na szczęście nie. Odebrała sobie życie w odpowiednim momencie.

– Więc popierasz to, co zrobiła?

Nie miał odpowiedzi na to pytanie. Mimo że minęło wiele lat, nadal nie potrafił jednoznacznie rozstrzygnąć. Jak zatem jakikolwiek sędzia, obcy człowiek, miał to zrobić?

– Tak czy inaczej zawodowo jestem skończony – odezwał się. – Nawet jeśli dostanę kilka miesięcy albo zawiasy. Tak samo będzie, jeśli sąd odstąpi od wymierzenia kary.

Chyłka nie potwierdziła, przynajmniej nie słownie. Jej milczenie było jednak wystarczająco wymowne. Oboje zdawali sobie sprawę, że teraz nie będzie miało już znaczenia, czy zda za rok egzamin, czy nie. Do palestry i tak się nie dostanie.

– To koniec – dodał.

– Spokojnie, Zordon.

– Spokojnie? Sędzia ma mnie podanego na tacy. Nie będzie musiał nawet specjalnie się wysilać nad umotywowaniem wyroku w uzasadnieniu.

Myśl, że stanie się tak dzięki dziewczynie, która prowadziła swoją pierwszą sprawę, była dojmująca. Dopiero po chwili Oryński upomniał się w duchu, że to niezupełnie tak. Paulina Feruś znajdowała się na samym dole łańcucha pokarmowego – i z tego względu należało przyjąć, że na pewno nie działała w pojedynkę. Owszem, to ona podała tacę z głównym daniem sędziemu, ale upichcił je ktoś inny.

– Nie wszystko stracone – odezwała się Joanna.

Kordian z niepokojem uświadomił sobie, że nie słyszy w jej głosie typowej waleczności.

– Wykażesz, że twoja matka sama zażyła te tabletki. Pomogę ci ułożyć nową linię obrony.

– To nic nie da.

– Dlaczego nie? Każdy może sam przedawkować, bez względu na to, jakie listy pisze. Może i chciała wyczekać do ostatniego momentu przed tym, jak zaczną się najgorsze męki, ale…

– Ojciec powie, że nie byłaby w stanie sama tego zrobić. Nie na tym etapie.

– I co z tego? Nie jest lekarzem. Złożysz wniosek o przeprowadzenie dowodu z opinii biegłego. Może nawet uda się znaleźć kogoś, kto zajmował się wtedy twoją matką i…

– On także potwierdzi, że było już za późno, by sama sobie poradziła.

Chyłka zmarszczyła czoło. Sprawiała wrażenie, jakby cały czas czekała, aż przyzna się do winy.

– Poza tym leki były w zamykanej szafce – dodał Kordian. – Ojciec zadbał o to, by sama nie mogła odebrać sobie życia.

– Aż tak poważnie traktował zasady religii? Naprawdę o to mu chodziło?

– Mhm – potwierdził. – Matka była na drugim biegunie, różnili się jak ogień i woda.

Joanna oparła się plecami o ścianę i głęboko westchnęła. Musiała się zastanawiać, jak dodać mu trochę otuchy, ale na tym etapie być może zdała sobie sprawę z tego samego, co on. Było już za późno na ratunek.

Potrzebowała jeszcze chwili, by na dobre sobie to uświadomić. Potem w zamyśleniu pokiwała głową.

– Tą drogą do niczego nie dojdziemy – oznajmiła. – Ci ludzie walczą z tobą, podkładając ci świnie i manipulując faktami. Musisz przyjąć taką samą strategię.

– Chętnie. Tyle że nie mam żadnego pola manewru.

– Jeszcze nie.

– Jeszcze?

– Teraz, kiedy ja włączę się w sprawę, sytuacja się zmieni.

Zaciągnął się głęboko i wypuścił nosem dym. Nie był co do tego przekonany. Obecność Joanny być może zapewniała mu namiastkę psychicznego komfortu, ale w ostatecznym rozrachunku nie mogła nic zmienić.

– Feruś ma wszystkie mocne karty, Chyłka.

– Pieprzyć Feruś, ona nie ma żadnego znaczenia.

– W sali sądowej ma.

– Gówno prawda – odparła pod nosem Joanna. – Jest tylko narzędziem. My musimy znaleźć tego, kto nim wymachuje jak szympansy karłowate penisami przy jedzeniu.

Oryński niemal zakrztusił się dymem.

– Co?

– Bonobo – powiedziała, jakby to miało cokolwiek tłumaczyć. – Na widok posiłku samce uprawiają coś w rodzaju szermierki za pomocą swoich... przyrządów. Fachowo nazywa się to ocieractwem genitalnym.

– Aha.

– Nie chciałeś tego wiedzieć.

– Bynajmniej – przyznał. – Może wrócimy do meritum?

– Chętnie – powiedziała i odchrząknęła. – Musimy dobrać się do dupy tym, którzy za tym wszystkim stoją, Zordon. Tylko w ten sposób istnieje jakaś szansa, żeby cię z tego wyciągnąć.

– Świetnie. W takim razie po problemie – odbąknął. – Wystarczy tylko ustalić, kto się na mnie uwziął.

– Już to zrobiliśmy.

– Tak?

– Ta sama osoba, która stoi za spreparowaniem dowodów przeciwko Tesarewiczowi – oznajmiła z przekonaniem w głosie. Przekonaniem, którego mu brakowało. – I ta sama, która naprawdę zamordowała tych chłopaków pod Warszawą.

Kordian lekko skinął głową.

– Czyli?

– Czyli najpewniej ta sama, z którą zmierzę się jako oskarżyciel posiłkowy – dodała Chyłka. – I z której zamierzam wydusić wszystko, co jest do wyduszenia.

Zbliżyła się do niego na tyle blisko, że nieopatrznie trąciła go brzuchem. Spojrzała w dół, zaklęła, a potem klepnęła go w ramię.

– Jesteś w dobrych rękach, Zordon – zadeklarowała. – Rękach, które wyciągną cię z tego bagna, choćby miały wyjątkowo się ubrudzić.

5

Prokuratura Okręgowa w Warszawie, ul. Chocimska

Po raz pierwszy Chyłka wchodziła do siedziby prokuratury nie jako intruz. Różnice były wyraźnie zauważalne już od samego początku. Przez bramki przepuszczono ją ekspresowo, nie przedłużano kontroli i od razu skierowano ją do gabinetu Paderborna. Oskarżyciel czekał na nią z kubkiem gorącej herbaty.

– To już naprawdę przesada – jęknęła. – Sprawiacie, że czuję się jak obłożnie chora.

Olgierd podniósł się zza biurka.

– Może nie bez powodu mawiają, że ciąża to choroba, z której leczysz się dopiero po dziewięciu miesiącach i osiemnastu latach.

– Hę? – jęknęła Joanna, siadając przed biurkiem. – Miałam raczej na myśli, że współpraca z wami to jak celowe zarażenie się trądem.

Paderborn na powrót zajął miejsce. W porównaniu z nią przywodził na myśl wolno opadający pyłek na lekkim wietrze. Ona miała wrażenie, jakby zwaliła się na krzesło przy sile grawitacyjnej Jowisza.

– Sama się na to pisałaś – zauważył Olgierd.

– I już żałuję. Przepuścili mnie przez bramki, jakbym była jedną z was.

Paderborn uśmiechał się, ale nie było w tym ani prawdziwej sympatii, ani choćby szczątkowego rozbawienia. Przez moment trwał z tą maską na twarzy, po czym najwyraźniej uznał, że pora zupełnie ją zrzucić.

– Nie traćmy czasu – zaproponował.

– Zgoda. Przejdź więc od razu do tego, jakie zarzuty postawiliście Marianowi Skopińskiemu.

– Wiesz już zapewne wszystko z mediów.

– To niespecjalnie wiarygodne źródło, przynajmniej jeśli chodzi o postępowania, które są w toku – odparła, patrząc na niego ponaglająco.

Brak jednoznacznej, szybkiej odpowiedzi kazał jej sądzić, że sprawa nie pójdzie po jej myśli. Wiedziała już, czego może się spodziewać.

– No? – dodała.

– Dwieście trzydzieści jeden.

– Żartujesz sobie ze mnie…

– Nie.

– Niedopełnienie obowiązków służbowych? – prychnęła. – To jakaś kpina.

– To wstępna kwalifikacja. Może się jeszcze zmienić, jeśli…

– Jeśli wasza prokuratorska sitwa nagle się rozpadnie i zaczniecie podlegać tym zasadom, co wszyscy inni ludzie?

– Chyłka…

– Niewiarygodne – syknęła. – Naprawdę zamierzacie go potraktować ulgowo?

– Nie zamierzamy. I dlatego stawiamy mu zarzuty.

– Za przestępstwo, które jest zagrożone maksymalnie trzema latami! Ten człowiek może okazać się Tatuażystą, do kurwy nędzy. Może okazać się tym, który wrobił Tesarewicza i…

– Równie dobrze może okazać się urzędnikiem, który po prostu popełnił szereg błędów – wszedł jej w słowo Olgierd, starając się, by jego głos zabrzmiał uspokajająco. – I za które poniesie pełną odpowiedzialność. Nie tylko służbową, ale także prawnokarną.

Przewróciła oczami, wciągając głośno powietrze przez nos. Miała wrażenie, że nawet przy płytkim oddechu nadyma się jak balon wypełniony helem.

– Jest na emeryturze, do cholery – zauważyła. – Konsekwencje służbowe ma w dupie. A z prawnymi sobie w takiej sytuacji poradzi.

Dolne widełki nie były określone, w dodatku sąd mógł zastosować nadzwyczajne złagodzenie kary. Chyłki specjalnie by to nie zdziwiło – przez lata pracy Skopiński narobił sobie wielu wrogów wśród przestępców, ale znacznie więcej przyjaciół pośród osób znajdujących się po drugiej stronie.

– Taką decyzję podjęliśmy.

– Jest o kant dupy rozbić.

– Nic na to nie poradzę. Nie tworzymy faktów, tylko je…

– Tworzycie za to postprawdę, którą przedstawiacie jako fakty. Znam doskonale wasz sposób działania – odparła i machnęła ręką. – Właściwie nie powinnam w ogóle łudzić się, że podejdziecie do tej sprawy inaczej.

Paderborn przegładził poły klasowej marynarki. Joanna odniosła wrażenie, że zrobił to jedynie po to, by materiał opiął się na bicepsach i podkreślił ich kształt. Po chwili uznała jednak, że to złudna impresja – Olgierd nie należał do próżnych. Do tej pory była także przekonana, że nie wchodził w szeregi tych, którzy grali nie fair. Najwyraźniej się pomyliła.

– A jeśli to on okaże się zabójcą? – spytała.

– Zmienimy kwalifikację. I postawimy zarzut zabójstwa, domagając się kary łącznej.

– Ta?

– Oczywiście. Ale na razie nic nie wskazuje na to, żeby to on odpowiadał za śmierć tych chłopaków.

– Żeby był Tatuażystą. Nazywajmy rzeczy po imieniu, a bestie po ich przydomkach.

Paderborn pokiwał głową, nie odrywając od niej wzroku. Nie wyglądał na zadowolonego z jej obecności, ale należało się tego spodziewać. Biorąc pod uwagę, że wchodziła na jego teren, przypuszczała nawet, że okaże się jeszcze bardziej oporny.

Po chwili zrozumiała, dlaczego tak się nie stało.

– Wydaje ci się, że szybko się mnie pozbędziesz, Pader.

– To pytanie czy…

– Nie, nie. To oznajmienie faktu – ucięła. – Liczysz na to, że zaraz zniknę z pola walki, bo sprzykrzy mi się taszczenie wszędzie ze sobą tego bąbla. – Poklepała się po brzuchu. Zakotłowało się w nim niepokojąco i rozległ się borborygmus.

Olgierd nie miał zamiaru zaprzeczać.

– Cóż… – dodała Chyłka. – Złudne nadzieje są lepsze niż żadne.

– Te nie wydają się złudne.

– Są. Bo zapewniam cię, że będę walczyć do końca. Prosto z sądu pojadę na porodówkę, jeśli będzie trzeba.

– Nie będzie trzeba.

Spiorunowała go wzrokiem. Nie powinna się dziwić, że będą chcieli odsunąć ją na boczny tor. Ona i Tesarewicz stanowili dla nich niemały problem, jeśli prokuratorzy rzeczywiście zamierzali chronić swoich.

Joanna uśmiechnęła się pod nosem. Nie była gorącą zwolenniczką instytucji oskarżyciela posiłkowego, ale jeśli w jakiejś sytuacji miała ona głęboki sens, to właśnie w takiej.

– Przesłuchaliście już Skopińskiego?

– Tak.

– Choć „przesłuchanie" to chyba nieodpowiedni termin. Jak się to określa w waszej nomenklaturze? Kawka? Piwko? Spotkanko w Sowa i Przyjaciele?

– Daj spokój.

– Zachowaliście chociaż pozory, że wszystko jest *lege artis*?

– Wszystko odbyło się zgodnie z prawem.

– Jasne, jasne.

– Przecież dostaniesz wszystkie materiały, łącznie z protokołem.

– Będzie to fascynująca lektura – odparowała. – Zupełnie jakbym czytała jakieś opowiadania fantasy George'a Martina.

Paderborn w końcu spasował, najwyraźniej uznając, że im mniej będzie reagował na zaczepki, tym szybciej się zakończą. Chyłka nabrała tchu i doszła do wniosku, że nie ma sensu dalej grać na nerwach rozmówcy. W ten sposób nic z niego nie wyciągnie.

– Dobra – rzuciła. – Mów, jakie macie konkrety.

Paderborn ochoczo skinął głową. W jego oczach w końcu pojawiło się coś więcej niż podszyta arogancją obojętność.

– Chłopak, który przeżył, nadal milczy. Nie ma z nim żadnego kontaktu. W dodatku wciąż nie znamy tożsamości ofiary, której ciało jest w grobie Lewickiego. Materiał nie figuruje w żadnej bazie DNA.

– Tyle wiem – burknęła. – Interesuje mnie, w jaki sposób sam Lewicki wyskoczył z mogiły.

– Najwyraźniej nie wyskoczył.

– Nie odstawił Łazarza? Coś takiego. Co się w takim razie stało?

– Ustalimy to – zadeklarował bez przekonania Olgierd. – Na razie wiemy tyle, ile udało się ustalić po sekcji NN.

Joanna zamilkła, czekając na konkrety.

– Czwartej, niezidentyfikowanej ofiary Tatuażysty – dodał prokurator.

– Tak, wiem, o kim mowa, Pader.

– Jego szczątki nie są w dobrym stanie.

– Jego? Więc potwierdzono płeć?

– Aha – potaknął prokurator, odsuwając jedną z trzech szuflad biurka. Wyciągnął teczkę stanowczo zbyt cienką, by znajdowała się w niej choć połowa odpowiedzi. – Wygląda na to, że szkielet należy do osobnika płci męskiej, w chwili śmierci czternastoletniego.

– Jak zginął?

– Tak jak pozostali. Przez uderzenie tępym narzędziem w głowę.

– Konkretniej.

– Uraz czaszkowo-mózgowy – odparł obojętnym tonem Paderborn. – Doszło do krwawienia śródczaszkowego.

– Coś więcej?

– Spowodowała to seria ciosów w głowę, wykonana twardym i tępokrawędzistym narzędziem. Coś jeszcze chcesz wiedzieć?

– Jakieś ślady tuszu w grobie?

– Nie, ale po takim czasie to nic dziwnego. Nie sposób ustalić, czy chłopak miał tatuaże.

– Ani czy został wykorzystany seksualnie jak pozostali.

Paderborn potwierdził cichym mruknięciem, a Chyłka przez moment się namyślała. Prokuratorzy właściwie nie ustalili niczego, co mogłoby się przydać. I nie mieli odpowiedzi na najważniejsze pytanie.

– Będę potrzebowała wszystkich akt tamtej sprawy.

– Nie mogę ot tak...

– Więc nie rób tego ot tak – przerwała mu. – Załatw wszystkie formalności, a potem przyślij mi materiały. Byle nie do kancelarii, bo formalnie jestem na tak zwanym urlopie. – Zrobiła pauzę, gdy poczuła, że zaraz rozlegnie się kolejna salwa bulgoczących odgłosów. – Muszę to wszystko przeanalizować. Każdy tatuaż, każdy uraz, każdy ślad po przemocy.

Olgierd się nie odzywał.

– To kluczowe, Pader.

– Jest pewien problem...

– Jaki?

– Są pewne braki w dokumentacji.

– Co proszę?

Odsunął krzesło, a potem założył nogę na nogę. Zaplótł ręce na karku, znów uwydatniając mięśnie, i głęboko westchnął.

– Przepadły zdjęcia.

– Nie rozumiem. Co to znaczy, że przepadły?

– Sprawa została zamknięta, materiały odłożone *ad acta*. Nikt się nimi nie interesował przez cztery lata, bo nie było powodu. W tym czasie najwyraźniej…

– Chcesz mi powiedzieć, że ktoś zachachmęcił dokumenty? Prosto z waszego archiwum? – żachnęła się Joanna. – I stawiacie zarzut niedopełnienia obowiązków Skopińskiemu? Do kurwy nędzy! Powinniście postawić pod ścianą połowę tego wydziału i od razu rozstrzelać!

Zerwała się z krzesła i popatrzyła na Paderborna z góry.

– Co tu się odstawia?

– Uspokój się.

– Nie mam zamiaru. Pasożyt radził sobie już z moimi gorszymi humorkami.

Skrzyżowała ręce na piersi i czekała. Nie miała zamiaru siadać, nie planowała zostać już długo.

– Kiedy te materiały znikły?

– Nie wiem.

– Od początku sprawy nie mogliście ich znaleźć?

Pokręcił głową, a Joanna cmoknęła z dezaprobatą. Powinna się tego spodziewać. Pierwszą rzeczą, jaką zrobili, kiedy pojawił się Lewicki, powinno być sprawdzenie zdjęć z sekcji. Zapewne nie raz i nie dwa uwieczniono chłopaka, który ostatecznie znalazł się w grobie. W dodatku ktoś musiał dokonać identyfikacji.

– Kto rozpoznał ciało? – zapytała. – Jakiś pracownik bidula?

– Niezupełnie…

– Nie wezwaliście nikogo z domu dziecka?

– Nie. Lewicki miał przy sobie dokumenty. Nie było powodu, by przeprowadzić dodatkowe potwierdzenie tożsamości.

Chyłka miała ochotę wyrzucić z siebie kanonadę przekleństw, ale w ostatniej chwili się powściągnęła. Paderborn był wyrozumiały, na wiele jej pozwalał, ale koniec końców jego cierpliwość miała granice.

Nieznany chłopak w grobie. I drugi, sierota, którego nikt nigdy nie szukał. Bóg jeden wie, co się z nim działo przez te lata.

Chyłka przypuszczała, że poznanie jego przeszłości stanowi klucz do wyjaśnienia zagadki. I była pewna, że uda jej się go zdobyć. Powinna zabrać się do roboty, ale musiała ustalić jeszcze kilka rzeczy.

– Maciek Lewicki przed zniknięciem cierpiał na zaburzenia komunikacji? – zapytała.

– Przypuszczalnie.

– Co to ma niby znaczyć?

– Że pracownicy domu dziecka określali go jako zamkniętego, małomównego, często nieobecnego. Jego zachowanie martwiło ich coraz bardziej. I najwyraźniej słusznie, bo po czterech latach najwyraźniej choroba rozwinęła się w kolejne stadia.

– O jakiej chorobie mówimy?

– Niełatwo to sprecyzować, ale z pewnością o jakiegoś rodzaju postępującym zaburzeniu funkcjonowania ośrodkowego układu nerwowego.

Joanna z niezadowoleniem uniosła brwi.

– Tylko tyle wiem – dodał Paderborn. – Postawienie konkretnej diagnozy zajmie biegłym jeszcze trochę czasu. Ale to sprawa drugorzędna, prawda?

– Może. A może nie.

– Liczy się nie Lewicki, ale NN w grobie.

– To się okaże.

Joanna potrzebowała jeszcze kilku informacji – a gdy je uzyskała, opuściła gabinet Olgierda. Najważniejszą zdobyczą był adres domu dziecka. To od tego miejsca miała zamiar zacząć swoje małe śledztwo oskarżyciela posiłkowego. Mariana Skopińskiego przesłuchać nie mogła, przynajmniej nie teraz. Planowała jednak grillować go na sali sądowej jak wyjątkowo krwisty stek.

Jadąc do domu dziecka, zastanawiała się, czy nie zadzwonić do Oryńskiego. Wprawdzie formalnie nie brał udziału w sprawie, ale oczywiste było, że w jakiś sposób jest z nią powiązany. Nie mógł jej przesadnie pomóc, mimo to być może powinna trzymać go blisko. Przy okazji sprawiłaby, że zajmie czymś myśli między jedną a drugą rozprawą.

Ostatecznie uznała jednak, że z pewnością jest zaabsorbowany układaniem dalszej linii obrony. Jeśli Joannie uda się dotrzeć do czegoś konkretnego, od razu da mu znać. Im więcej w sprawie Tatuażysty odkryje, tym mocniejsze światło rzuci na jego obecną sytuację.

Kiedy dotarła na miejsce, po raz pierwszy ucieszyło ją to, że porusza się taksówkami lub Uberem, a nie swoim samochodem. Jaktorowska zastawiona była wzdłuż i wszerz. Niektóre samochody blokowały wjazd na okoliczne posesje i strażnicy miejscy zapewne już przygotowywali się do żniwobrania.

Chyłka zapłaciła kierowcy, wysiadła z taksówki, a potem się rozejrzała. Kilku nieszczęśliwców bezskutecznie szukało miejsca, by zaparkować. Jeden z nich krążył w charakterystycznym, żółtym daihatsu.

6

ul. Jaktorowska, Wola

Z zasady nietrudno było zauważyć Chyłkę, ale kiedy wychodziła na środek drogi i wyciągała przed siebie otwartą dłoń, przegapienie jej stawało się właściwie niemożliwe. Kordian zahamował, wbijając wzrok w dawną patronkę. Spodziewał się zastać tutaj każdego, tylko nie ją.

Jej wzrok kazał mu sądzić, że ona to samo mogłaby powiedzieć o nim.

Odsunęła się na bok, a potem wskazała mu miejsce parkingowe, z którego przed momentem wyjechał inny kierowca. Wolnej przestrzeni nie było wiele, Oryński musiał się namęczyć, by wykonać manewr parkowania równoległego tyłem.

W końcu z ulgą opuścił YRV. Joanna stała przy samochodzie z rękoma skrzyżowanymi na brzuchu.

– Nie mam drobnych – rzucił na powitanie.

– Co?

– Wyglądasz, jakbyś oczekiwała zwyczajowej zapłaty za wskazanie miejsca.

Podeszła do niego na tyle blisko, że wyraźnie poczuł jej perfumy. Przemknęło mu przez myśl, że zna już ją na tyle dobrze, by bez problemu zidentyfikować, których dzisiaj użyła. Givenchy. Ange ou Démon Le Parfum. Nie był to żaden słodki, subtelny zapach. Przeciwnie, zdawał się wręcz uwodzicielsko walić prosto między oczy, rzucając wyzwanie.

Pasował do Chyłki, choć Oryński miał kilka innych typów, które lubił bardziej.

– Oczekuję czegoś zupełnie innego – syknęła. – I nie ma to nic wspólnego z drobnicą w twoim portfelu.

– Bogu dzięki, bo drobnica to chyba wszystko, co mi...

– Skończysz?

Zbliżyła się do niego jeszcze bardziej i pochyliła lekko głowę. Na jej twarzy nie dostrzegł nawet cienia uśmiechu. I na dobrą sprawę nie powinien się go spodziewać.

– Co tu robisz? – zapytała.

Oczy zdradziły go, kiedy mimo woli spojrzał w stronę domu dziecka. I bez tego jednak sytuacja byłaby jasna. Nie ułoży naprędce żadnej wiarygodnej wymówki.

– No? – ponagliła go.

– Cóż...

– Bez plątania się, Zordon. Skąd się tu wziąłeś?

– Trafiłem na trop, który mnie tu zaprowadził – odparł, drapiąc się po głowie. – Dowiedziałem się, że Lewicki mieszkał w tutejszej placówce.

– Tego się domyśliłam.

Zamilkła, czekając, aż zdradzi, skąd czerpie wiedzę. W mediach nie pojawił się konkretny dom dziecka, właściwie nie podano jeszcze informacji, że Maciek Lewicki wychowywał się w jednym z nich. Próżno było szukać też tej informacji w aktach sprawy, które otrzymali, gdy kancelaria Żelazny & McVay reprezentowała Tesarewicza. Zresztą nawet gdyby było inaczej, Oryński nie miałby do nich dostępu. Zwolnienie w Hard Rock Cafe było tylko formalnością, pracę stracił już *de facto* w momencie, kiedy opuścił salę egzaminacyjną.

– Kto cię tu skierował? – spytała.

Rozejrzał się niepewnie.

– Nie odstawiaj mi Szpiega z Krainy Deszczowców – rzuciła. – Mów!

– Nie wiem.

– Nie wiesz? Upośledziło cię do reszty?

Uznał, że nie ma sensu ani powodu, by utrzymywać przed Chyłką cokolwiek w tajemnicy. Przynajmniej jeszcze nie teraz. Im bliżej terminu porodu, tym przyczyn będzie więcej.

– Dostałem kolejnego anonimowego maila – wyjaśnił.

– Znów z konta na Guerilla Mail?

– Tak.

– I jaka była jego treść?

– Adres, nic więcej.

Joanna zmarszczyła brwi, a w jej oczach pojawił się wyraźny błysk. Kordian dobrze go znał – i zdawał sobie sprawę, co oznacza. Chyłka dostrzegła smakowity kąsek.

– A ty skąd się tu wzięłaś? – spytał.

Zrobiła pół kroku w tył, a potem popatrzyła w stronę budynku.

– Byłam u Paderborna, wyciągnęłam z niego wszystkie najważniejsze rzeczy. Między innymi adres bidula.

– I przyjechałaś od razu tutaj?

– Jak widzisz.

– Bo?

– Uznałam, że to najlepsze miejsce, żeby rozpocząć prawnicze śledztwo – odparła, mrużąc oczy. – I najwyraźniej nie tylko ja.

Przez moment milczeli.

– Albo to wyjątkowy zbieg okoliczności, albo Guerilla trzyma rękę na pulsie – zauważył Oryński.

– Brawo, Zordon. Potrafisz konstruować wnioski dysjunkcyjne.

– Co potrafię?

– Tworzyć niewspółzachodzenie. Alternatywę. A w tym przypadku właściwymi określeniami byłyby też komunały i rzeczy absolutnie oczywiste.

Kordian patrzył na nią w milczeniu.

– Nic z tego nie łapiesz – oznajmiła.

– Tylko tyle, że ze mnie kpisz.

– I właściwie tyle wystarczy – odparła, a potem skinęła na niego ręką i ruszyła w kierunku domu dziecka. – Choć równie ważne jest to, że najwyraźniej trafiliśmy na dobry trop. Inaczej Guerilla by ci go nie podsunął.

– Lub nie podsunęła. Albo nie podsunęli.

– Daj temu spokój – odburknęła. – Dla uproszczenia wizualizujmy tego intryganta jako mężczyznę.

– Nie wiem, czy…

– To bez dwóch zdań wyjątkowa gnida, a tak się składa, że one zazwyczaj są rodzaju męskiego.

Minęli ogrodzenie i weszli na teren placówki. Żadne z nich nie podejmowało tematu, zdając sobie sprawę, że do żadnych konstruktywnych wniosków nie dojdą. Oryński powiódł wzrokiem po fasadzie budynku, kojarzyła mu się raczej z urzędem niż z placówką opiekuńczą.

Znalezienie osoby chętnej do rozmowy zajęło im tylko chwilę. Wszyscy pracownicy śledzili na bieżąco doniesienia na temat Maćka Lewickiego i każdy był ciekaw losu wychowańca. Nikt jednak nie potrafił powiedzieć o nim zbyt wiele.

Z jednym z opiekunów zasiedli w niewielkiej salce. To on miał wiedzieć najwięcej, choć nawet w jego przypadku wiedza była najwyżej szczątkowa.

– Maciek był wyjątkowo skryty – oznajmił. – Od kiedy do nas trafił, podejrzewaliśmy, że może to być coś więcej niż zwykła nieśmiałość. Z czasem stawał się coraz bardziej nieobecny.

– To znaczy?

– Bywało, że uczestniczył w grach czy zabawach, czerpał z nich wyraźną przyjemność, a potem nagle jakby… odpływał, zawieszał się. Oprócz tego coraz częściej widywaliśmy, jak wpatruje się w jakiś punkt, porusza lekko ustami, ale nic nie mówi.

– Przeszedł jakieś badania? – zapytał Kordian.

– Nie zdążyliśmy ich wykonać.

– To znaczy? – dopytała Chyłka. – Znikł akurat, jak je zleciliście, czy nie byliście w ogóle na tyle zaniepokojeni, żeby zacząć działać?

Opiekun spojrzał na nią z zawodem.

– Po prostu pytam – zastrzegła. – Nie oceniam.

Mężczyzna nie podjął wątku, a Oryński podziękował mu za to w duchu. Ostatnim, czego potrzebowali, były przepychanki słowne.

– Zastanawialiśmy się nad skontaktowaniem się ze specjalistą – powiedział wychowawca. – To jednak zawsze trudna decyzja, część z tych dzieci nie reaguje dobrze na takie sytuacje.

– Lewicki zareagowałby źle? – spytała.

– Tego się obawialiśmy. Stawał się coraz mniej ufny wobec obcych, a obecność niektórych zupełnie ignorował, jakby w ogóle ich nie dostrzegał.

– Podejrzewaliście coś konkretnego? – odezwał się Kordian. – Zespół Aspergera? Autyzm?

– Nie – przyznał opiekun. – Choć część z nas była zdania, że jego zachowanie może być autystyczne.

– O jakim zachowaniu mowa?

– Powtarzał często pojedyncze słowa, wyrwane z kontekstu, jakby nie odpowiadał na zadawane pytania, ale prowadził jakieś wewnętrzne rozmowy. Komunikacja z nim była coraz bardziej utrudniona. Stąd tak niewiele możemy wam na jego temat powiedzieć.

– Wdawał się w konflikty? – spytała Joanna.

– Nie, był jednym z najspokojniejszych wychowanków. Ale zdarzało się, że ktoś czasem go zaczepiał.

– Przez jego dziwne zachowanie?

– Poniekąd – odparł mężczyzna i zmrużył oczy, jakby starał się przypomnieć sobie, od czego zaczęły się te scysje. – Nie chodziło o jego stopniowe dystansowanie się, a raczej ogólne ugrzecznienie. I religijność, jak przypuszczam.

– Był wierzący?

– Wyjątkowo – przyznał wychowawca. – Modlił się rano i wieczorem, klęcząc przy łóżku. Możecie sobie wyobrazić, że było to przedmiotem szykan. Robiliśmy oczywiście wszystko, żeby…

– Tak, tak – ucięła Chyłka i machnęła ręką. – By nie prześladowano chrześcijan, wiem. I słyszę to na okrągło. Wszyscy twierdzą, że z tym walczą, tymczasem utrzymujemy świetne kontakty z Arabią Saudyjską, gdzie policja religijna regularnie zatrzymuje ludzi pod zarzutem nawracania muzułmanów na chrześcijaństwo.

– Z tego, co wiem…

– Nie wspomnę już o krajach, którym rzeczywiście można by dosrać sankcjami, jak Korea Północna, Somalia czy Iran. Na tym froncie też stagnacja.

Rozmówca przez chwilę milczał.

– Robiliśmy wszystko, by Maciek zaadaptował się do warunków grupy wychowawczej i by…

– Nie przyszliśmy tu po urzędowe formułki – zauważyła Joanna. – Interesują nas konkrety. Z kim możemy pogadać?

– Wydaje mi się, że nikt lepiej ode mnie nie poznał Maćka.

– Nie mam na myśli opiekunów.

– Chcą państwo rozmawiać z naszymi wychowankami? Nie wiem, czy to dobry pomysł.

– Nie jesteśmy przecież z policji.

Mężczyzna sprawiał wrażenie, jakby chciał skwitować to wymownym „no właśnie". Nie potrzeba było wiele, by zrozumieć, że znacznie chętniej rozmawiałby z dwójką osób w mundurach.

– Więc?

– Proszę wybaczyć, ale…

– Co? Nie ufa pan nam? Boi się pan, że zdemoralizujemy dzieciaki naszymi pytaniami? Że poruszymy jakieś tabu? Rozdrapiemy stare rany? Wywleczemy na światło dzienne rzeczy, które…

– Chyłka…

– Które powinny na zawsze pozostać zamknięte w tych murach?

Opiekun odpowiedział milczeniem i stało się jasne, że dotarli do miejsca, w którym jego dobra wola się kończyła. Na dobrą sprawę nie musiał z nimi rozmawiać, być może niektórzy uznaliby nawet, że nie powinien.

Najwyraźniej doszedł do podobnego wniosku, bo podniósł się, a potem skierował wzrok na drzwi.

– Obawiam się, że w niczym więcej państwu nie pomogę.

Prawnicy również wstali z krzeseł.

– A mnie się wydaje, że to dopiero pierwsza z wielu rozmów, które odbędziemy – zapowiedziała Joanna, wyciągając do niego rękę. Mężczyzna nią potrząsnął, krótko i bez serdeczności.

Opuszczając budynek, rozglądali się uważnie. Zdawało się, że placówka nie wyróżnia się niczym na tle innych domów dziecka. Z zewnątrz wszystko wyglądało tak, jak powinno. A jak było naprawdę? Kordian nie miał pojęcia. Kiedy badało się tak mętną sprawę, umysł zawsze szukał podejrzanych elementów, tworząc najbardziej niepokojące scenariusze. Nic jednak nie wskazywało na to, by za murami tej placówki działo się coś złego.

Oryński zatrzymał się tuż za głównym wejściem i wyciągnął paczkę papierosów. Zapalił, lustrując wzrokiem okolicę.

– Co sądzisz? – zapytał, wypuszczając dym.

– Że gnoili go tutaj jak żuka bagiennego.

– Bez przesady. Nie możesz mieć pewności.

– Pewności nie mam, jedynie domysły.

– Poparte czymś?

– Tym, że wiem, jak wygląda życie w takich miejscach.

– Albo wydaje ci się, że wiesz.

W odpowiedzi jedynie westchnęła.

– To tak, jakbyś twierdziła, że wiesz, jak wygląda życie we wszystkich tego typu miejscach prowadzonych przez siostry zakonne, bo czytałaś książkę Justyny Kopińskiej.

Spojrzała na niego wymownie.

– Siostra Bernadetta była odosobnionym przypadkiem – zauważył Oryński.

– Pewien jesteś?

– Tak.

Stuprocentowej pewności oczywiście nie mógł mieć, ale cierpienie, jakiego doznawali wychowankowie w ośrodku sióstr boromeuszek, było zbyt wielkie, by przyjmować, że w innych miejscach takie rzeczy są na porządku dziennym. Kordian doskonale pamiętał zeznania, jakie składał jeden z chłopaków, kiedy dochodził przed sądem odszkodowania.

Opisywał, jak zamykano go w pokoju z innymi wychowankami. Jak go gwałcono, jak krzyczał, chował się pod kołdrą, jak jego siostrę przykuwano kajdankami do kaloryferów. Samo słuchanie tych zeznań sprawiało, że nie dało się wyrzucić z głowy pewnych obrazów. Kordian nie dziwił się Chyłce, że po takich sprawach patrzy podejrzliwie na podobne ośrodki. Tyle że traktowanie ich wszystkich przez pryzmat wydarzeń w Zabrzu było tak samo krzywdzące dla pracujących tu ludzi, jak tamtejsze gwałty dla wychowanków.

Oryński zaciągnął się głęboko.

– Nic nie wskazuje na to, żeby działo się tu cokolwiek podejrzanego – odezwał się.

– Nigdy nic na to nie wskazuje.

– Więc lepiej upatrywać wszędzie zła?

– Nie trzeba go upatrywać, Zordon. Jest wszechobecne.

Właściwie po lekturze książki Kopińskiej należałoby się z tym zgodzić. Wiwisekcja polskiego społeczeństwa zakończyła się tam śmiercią pacjenta.

Chyłka przez chwilę rozglądała się w milczeniu, jakby spodziewała się, że w ostatniej chwili pojawi się jeden z wychowanków, by podsunąć im trop i oznajmić, że za murami domu dziecka dzieje się więcej, niż widać z zewnątrz.

Nikt jednak się nie zjawił. A przynajmniej nikt z dzieci.

Zanim opuścili teren placówki, zatrzymał ich ten sam mężczyzna, z którym rozmawiali. Wychowawca otworzył bramkę i uwiesił się na niej niczym gospodarz na obejściu swojego przybytku.

– Jest ktoś, z kim możecie porozmawiać – oznajmił.

– Kto?

– Osoba, którą Maciek darzył dużym zaufaniem. I właściwie chyba jedyna, która zdążyła dobrze go poznać.

– Prowadź – rzuciła Joanna, patrząc w kierunku budynku.

– Tutaj tego człowieka nie znajdziecie.

Prawnicy popatrzyli po sobie. Oryński od razu pomyślał o byłym wychowanku, który już opuścił to miejsce, lub o wychowawcy, który z jakiegoś powodu zmienił pracę. Okazało się jednak, że jego myśli pobiegły w złym kierunku.

– To gdzie mamy szukać gościa? – zapytała Chyłka.

– W kościele Świętego Klemensa.

– Ksiądz? – spytała Joanna, a w jej oczach natychmiast pojawił się cień podejrzeń. – Mówisz poważnie?

Opiekun skrzywił się, jakby niewypowiedziana sugestia była tak absurdalna, że nie warto na nią odpowiadać. Wyszedł za ogrodzenie, a potem wskazał w prawo.

– Kościół jest po sąsiedzku – rzekł. – Ojciec Mieleszko kiedyś często nas odwiedzał. To o niego musicie zapytać, jest wikariuszem u Klemensa.

Oryńskiego zastanawiało, dlaczego rozmówca nie wspomniał o duchownym na samym początku, ale postanowił nie drążyć tematu. Może nie przyszedł mu na myśl, może nie chciał dzielić się wszystkim z nieznajomymi, a może zwyczajnie musiał najpierw zapytać księdza, czy nie ma nic przeciwko.

– Mówisz, że was odwiedzał – odezwała się Chyłka. – Już nie przychodzi?

– Od jakiegoś czasu nie.

– A konkretniej? – spytała. – Cztery lata?

– Nie, nie. Od kiedy został zastępcą proboszcza, a to będzie jakieś… półtora roku.

Joanna skinęła głową, a Oryński podziękował pracownikowi domu dziecka za informacje. Prawnicy bez słowa ruszyli w stronę znajdującego się nieopodal kościoła. Niespecjalnie atrakcyjna architektonicznie bryła wyłoniła się zza zakrętu już po tym, jak przeszli kilkanaście metrów.

– Wiem, co myślisz – bąknął Kordian.

– Nie wydaje mi się.

– A jednak…

– Pewnych rzeczy nie przeskoczysz, Zordon. Ameba nigdy nie ogarnie procesu myślowego Einsteina. Może jej się wydawać, że łapie ogólne założenia teorii względności, ale ostatecznie jest tylko amebą.

Popatrzył na nią z ukosa.

– Czasem naprawdę nie rozumiem, jak z tobą wytrzymuję – zauważył.

– Właśnie o tym mówię. Ograniczone zdolności umysłowe.

Zaśmiał się pod nosem.

– A więc dla ciebie to całkowicie zrozumiałe?

– Oczywiście. Miłość zniesie wszystko.

Gdyby nie prześmiewczy ton głosu, być może ta rozmowa doprowadziłaby do tematu, który wisiał w powietrzu. Ale w tej chwili nie było takiego niebezpieczeństwa.

– Przedstawić ci to matematycznie?

– Nie.

– Szkoda, bo wszystko sprowadza się do prostych równań. Dzielenia smutku, pomnażania szczęścia, odejmowania samotności i dodawania otuchy.

– W twoich ustach brzmi to niemal romantycznie. Mimo to spasuję.

– Okej – odparła. – Ale nie uciekniesz przed innym równaniem.

– Jakim?

– Ksiądz plus dom dziecka plus autystyczny chłopiec plus zaginięcie – wyrecytowała. – Plus niejasna sprawa zabójstw. Jaki wynik przewidujesz?

– Żaden. Za dużo zmiennych.

– Więc usuńmy kilka – powiedziała, patrząc na kanciastą bryłę przed nimi, jakby to tam znajdowały się wszystkie odpowiedzi.

Weszli do środka, a potem skierowali się do zakrystii. Kościół zdawał się pusty, ale Oryński zachował komentarz dla siebie, przekonany, że Chyłka zripostowałaby jakąś celną uwagą na temat nieustannej obecności siły wyższej.

Obeszli budynek i na tyłach wypatrzyli mężczyznę, który sprzątał teren wokół.

– Panie! – zawołała Joanna. – Gdzie jakiś ksiądz?

– Wyszedł.

Zbliżyli się do mężczyzny, który oparł się na miotle i przechylił głowę, przyglądając im się.

– To tylko jednego tu macie? – spytała.

– Nie, ale teraz nie ma żadnego. Kogo szukacie?

– Mieleszki.

Zatrzymali się przed rozmówcą, a ten zagwizdał pod nosem.

– To go nie znajdziecie – oznajmił. – Przynajmniej nie tutaj.

Chyłka prychnęła cicho, jakby nie mogła uwierzyć, że los rzucił im pod nogi kolejną kłodę.

– A gdzie jest? – spytała.

Dozorca wymierzył palcem wskazującym w górę.

– Na tamtym świecie. Zmarł jakieś półtora roku temu, pochowali go na Bródnie.

7

Most Marii Skłodowskiej-Curie, Białołęka

Opierając się o barierkę, Tesarewicz patrzył w kierunku Śródmieścia. Z tej perspektywy można było zapomnieć, że niedaleko znajduje się tętniące życiem centrum największego miasta w kraju. Na jednym brzegu w oddali widać było pojedyncze kominy, na drugim osiedlowe zabudowania. Próżno było szukać wielkomiejskich elementów krajobrazu.

Tadeusz obrócił głowę w bok, wypatrując Piotra Langera. Przypuszczał, że rozmówca zjawi się przed czasem, bo spotkanie z pewnością dotyczyło ważkiej sprawy.

Miejsce było nietypowe, ale Tesarewicz nie miał zamiaru polemizować z wyborem. Cokolwiek robił Langer, należało uznać, że dobrze się na tym zna. Na tyle, że udało mu się nawet wyciągnąć Kordiana Oryńskiego z aresztu śledczego.

Rozmówca w końcu się zjawił, choć nadszedł z przeciwnego kierunku, od strony Bielan. Powitali się zdecydowanymi uściskami dłoni, a potem obaj oparli o barierkę.

– Dlaczego akurat tutaj? – spytał Tesarewicz.

– Lubię to miejsce. Daje ciekawe złudzenie.

– To znaczy?

Obejrzał się przez ramię.

– Za plecami nieustannie przetacza się cała fala samochodów – zauważył. – I jeśli na nią spojrzysz, od razu przypominasz sobie, gdzie jesteś. A jednak kiedy patrzysz w jakiekolwiek inne miejsce, czujesz się, jakby od Warszawy dzieliło cię wiele kilometrów.

Tadeusz spojrzał na niego z niewypowiedzianym pytaniem w oczach. Mógł zainteresować się, do czego konkretnie ma się odnosić ta myśl, ale wolał tego nie robić. Odnosił wrażenie, że im mniej wie o tym człowieku, tym lepiej dla niego.

– Dlaczego chciałeś się spotkać? – spytał dla porządku były opozycjonista, choć sam mógł udzielić sobie odpowiedzi.

– Potrzebuję od ciebie czegoś.

Tesarewicz pokiwał głową. Spodziewał się, że prędzej czy później zacznie spłacać raty kredytu, który zaciągnął u Langera.

– I chcę cię poinformować, że wszystko idzie w dobrym kierunku – dodał.

– To dobrze.

– Postawią zarzuty Marianowi Skopińskiemu.

Tadeusz sięgnął za pazuchę starej marynarki i wyciągnął paczkę papierosów. Zaproponował jednego Piotrowi, ale ten pokręcił głową.

– Chyłka oczywiście będzie uczestniczyć w procesie jako oskarżyciel posiłkowy – dodał Langer.

Tesarewicz przez moment obracał papierosa między palcami, po czym ostatecznie go nie zapalił. Schował paczkę z powrotem do kieszeni.

– Nie ma żadnych komplikacji? – spytał.

– Minimalne.

– To znaczy?

– Wygląda na to, że Chyłka i Oryński dotarli do ojca Mieleszki.

– Jakim cudem?

– Byli w domu dziecka, jeden z pracowników o nim wspomniał – wyjaśnił Langer, wychylając się za barierkę. – Nie znam jeszcze szczegółów, ale wszystkiego się dowiem. Znając Chyłkę, przypuszcza, że doszło do wykorzystywania chłopaka.

Tadeusz uznał, że jednak zapali.

– A doszło? – spytał.

– Nie wiesz?

– Nie.

Langer obrócił się, oparł plecami o balustradę, a potem rozsunął szeroko ręce. Wodził wzrokiem za przejeżdżającymi samochodami.

– Ksiądz nigdy go nawet nie tknął – powiedział. – Ani jego, ani żadnego innego chłopaka. W tym domu dziecka nie dochodziło do żadnej przemocy, powinieneś o tym wiedzieć.

– Skąd miałbym…

– Zakładam, że sprawdziłeś dokładnie wszystko i wszystkich – przerwał mu Piotr. – Jesteś wyrachowanym graczem.

Przez moment milczeli. Langer najpierw odgiął kark, a potem cały się odchylił. Wbił wzrok w przesuwające się wolno nad nimi chmury.

– Sprawiasz wprawdzie wrażenie poczciwego idioty, ale obaj wiemy, że to bzdura – dodał Piotr. – Jesteś profesjonalistą.

Tesarewicz się nie odzywał. Nie miał zamiaru wdawać się z tym człowiekiem w takie rozmowy. Zaciągnął się głęboko, czekając, aż Langer przejdzie do powodu, dla którego się spotkali.

Piotr się wyprostował.

– No nic – rzucił. – Najwyraźniej masz zamiar trzymać się pozorów. Nie zapominaj jednak, jak łatwo je przejrzeć.

Nie dodawszy nic więcej, rozmówca posłał mu lekki uśmiech, a potem odwrócił się i ruszył z powrotem w kierunku Bielan.

– Poczekaj… mówiłeś, że mam coś dla ciebie zrobić.

– Już zrobiłeś – odparł Langer, nie obracając się.

8

ul. Argentyńska, Saska Kępa

Biurko stojące obok okna właściwie sprawdzało się jedynie jako mebel, na którym lądowało wszystko, co nie mogło sobie znaleźć miejsca. Chyłka nigdy przy nim nie pracowała, z laptopa korzystała na kanapie, a dokumenty trzymała... właściwie gdzie popadnie. Kiedy nad czymś pracowała, rozkładała je na podłodze w salonie, tworząc coś na kształt mapy drogowej sprawy, którą prowadziła.

Tym razem jednak musiała skorzystać z biurka. Siedzenie na podłodze na dłuższą metę okazało się niemożliwe, a pochylanie się w ogóle nie wchodziło w grę.

Rozłożyła materiały związane z Tatuażystą przed sobą. Paderborn przysłał jej wszystko, czego potrzebowała.

Od kilku dni analizowała raporty, zdjęcia, notatki służbowe i akta sądowe. Nic z nich nie wynikało. Gdyby zignorować fakt, że Lewicki pewnego dnia się pojawił znikąd, należałoby uznać, że śledczy zrobili wszystko, co powinni.

Kiedy rozległ się dźwięk domofonu, Chyłka z trudem podniosła się zza biurka. Otworzyła bez pytania, po czym pokołysała się w stronę drzwi. Kordian zapukał chwilę później.

Chciał od razu wejść, ale zatrzymała go w progu.

– Masz to? – spytała.

Potrząsnął siatką z Żabki i skinął głową. Przepuściła go.

– Ale wędzona ryba i lody migdałowe to niespecjalnie dobre połączenie – zastrzegł.

– Zamknij się.

Moment później dorwała się do zakupów. Trudno było sprecyzować, czy ma większą ochotę na makrelę, czy na lody. Zmieniało się to na przestrzeni kilku minut, może nawet kilkudziesięciu sekund. Kiedy usiedli w salonie, przegryzała na zmianę jedno i drugie.

– Wiesz, co wkurwia mnie najbardziej? – spytała.

– Że jesz rybę zamiast krwistego steku?

– Nie. To, że moje zmysły są rozregulowane. Papierosy i kawa mi śmierdzą.

– Niemożliwe.

– A jednak – odparła, krojąc makrelę. – Czuję się jak papież, którego skóra zapiekła w kontakcie z wodą święconą. Coś jest bardzo nie w porządku.

Przeżuła kawałek ryby, a potem nabrała na łyżeczkę dużą porcję lodów.

– Nie tylko z tobą – ocenił. – To samo można powiedzieć o szeregu spraw.

– Nie zaczynaj.

– O nas, o ojcu dziecka, o sprawie Tatuażysty, o Lewickim, o moim procesie, o…

– Nadal nic w sprawie księdza?

Pokręcił głową, rozpiął marynarkę, a potem rozsiadł się wygodnie na fotelu. Mimo że nie musiał, nadal ubierał się tak, jakby miał za moment stawić się na posterunku w Żelaznym & McVayu. Chyłka uznawała, że to dobry znak. Dostrzegała też, że jego kondycja psychiczna zdaje się poprawiać.

Zachowywał się znacznie żywiej, nie odpływał myślami, był wyraźnie skupiony na robocie. Być może dla takich ludzi jak ich dwoje to właśnie ona stanowiła odpowiedź na wszelkie problemy.

Była to nieco przygnębiająca myśl.

– Kormak przeszperał wszystko, co się dało – odezwał się Oryński. – Wygląda na to, że ojciec Mieleszko niczym nie wyróżniał się z tłumu. Żadnych zarzutów, żadnych wyraźnych skaz, żadnych podejrzanych zachowań.

– Ideał.

– Bynajmniej – odparł Kordian, sięgając po łyżeczkę wbitą w zmrożoną masę. Chyłka szybko odsunęła lody. – Był zwyczajnym, przeciętnym duchownym. Nie miał szans na żadne wysokie stanowiska w hierarchii kościelnej, nie zasłynął niczym specjalnym.

– Nie taka rola księży, Zordon.

– Chodzi mi o to, że nie był typem społecznika, odpowiednikiem Franciszka, powiedzmy. Nie poświęcał całego czasu dla biednych, nie organizował akcji dla potrzebujących, skupiał się na…

– Na tym, na czym powinien się skupiać wikariusz.

– Może. W każdym razie nie miał jak komukolwiek podpaść.

Chyłka zerknęła na rybę, a potem na lody. Wróciła wzrokiem do makreli. Nie mogła się zdecydować nawet na to, co jako kolejne władować do ust.

– I nic nie wskazuje na to, żeby ktoś go zabił – dodał Oryński.

– A przeszłość? – spytała, w końcu decydując, że najlepiej będzie zmienić koncepcję posiłku. Poszła do kuchni, by sprawdzić, co ma w lodówce. – Kormak przyjrzał się jej dokładnie?

– Chyba aż nadto.

– To znaczy?

– Znalazł znajomych Mieleszki z czasów szkolnych. Podpytywał, czy interesował się dziewczynami, jak się zachowywał, jakie miał plany na przyszłość i tak dalej.

– I nic?

– Ano nic – przyznał Oryński, wchodząc do kuchni. – Wygląda na to, że był równie zwyczajnym nastolatkiem, jak duchownym.

– A później?

Omiotła wzrokiem niezbyt bogate zapasy jedzenia. Zawsze najlepiej radziła sobie z gromadzeniem trunków, teraz jej lodówka sprawiała wrażenie, jakby gdzieś na dnie znajdowała się wsysająca wszystko czarna dziura.

– Poszedł do seminarium, uczył się całkiem nieźle. W pewnym momencie znalazł się w otoczeniu ludzi, którzy potem współpracowali blisko z metropolitą, ale ostatecznie usunął się na boczny tor.

– Dlaczego?

– Nie wiem, może nie chciał znajdować się w centrum wydarzeń.

– To było w PRL-u?

– No tak.

– Współpracował wtedy z opozycją?

– O tyle, o ile. Nie wychylał się specjalnie, ale co mógł, to robił.

– W stanie wojennym odwiedzał areszty?

– Nie, ale pomagał rodzinom internowanych. Chodził do nich, udzielał duchowego wsparcia, ale nie tylko. Organizował też wyjazdy wakacyjne, jakieś paczki i tak dalej.

– Był w Komitecie Prymasowskim?

– Chyba tak.

Nic dziwnego, stwierdziła w duchu Chyłka. Przeszło pięciuset księży w Warszawie wstąpiło do komitetu zorganizowanego przez Józefa Glempa tuż po wprowadzeniu stanu wojennego. Wielu poniosło za to dotkliwe konsekwencje, choć Mieleszko zdawał się wykonywać na tyle bezpieczne zadania, że służby PRL-u raczej by się nim nie zainteresowały.

– Więc nie ma żadnego związku z Tesarewiczem – burknęła, zamykając lodówkę.

– Nie. Zresztą dlaczego miałby mieć? Na księdza trafiliśmy po tropie Lewickiego, który sam z Tesarewiczem nie ma nic wspólnego.

– Nic oprócz tego, że Tadeusza wrobiono w jego zabójstwo.

– Mhm. Oprócz tego.

Joanna wróciła na kanapę i kontynuowała jedzenie. Przemknęło jej przez głowę, że mogłaby zamówić jakieś mięsne danie na dowóz. Zaraz jednak skrzywiła się, czując niemal obrzydzenie na samą myśl o kawałku wołowiny lub wieprzowiny.

– Czuję się, jakbym była obca we własnym ciele – odezwała się, przełykając porcję lodów.

– Bo?

– Mam mięsowstręt.

Kordian sprawiał wrażenie, jakby właśnie usłyszał o najbardziej niestworzonej rzeczy pod słońcem. Usiadł obok niej, a potem założył rękę za oparcie kanapy. Popatrzył na nią z powątpiewaniem.

– Może za dużo zdjęć ze sprawy Tatuażysty się naoglądałaś.

Chciała zaprzeczyć, zrzucając całą winę na pasożyta, ale właściwie miał rację. Stanowczo zbyt wiele czasu poświęciła na analizowanie fotografii zwłok i czytanie protokołów sekcyjnych.

Największą uwagę poświęciła samym tatuażom, które zabójca wykonywał pośmiertnie. Wyszła z założenia, że może kryć się w nich więcej, niż początkowo sądzono. Śledczy potraktowali je po macoszemu – na pierwszy rzut oka wyglądały, jakby ich autorem był niezrównoważony amator.

Wszystkie przedstawiały pozbawione liści drzewa, choć przy niektórych taka interpretacja wymagała nieco dobrej woli. Niektóre gałęziste twory przywodziły na myśl pierwsze sceny serialu *True Detective* i Chyłka byłaby gotowa przyjąć nawet, że właśnie nim inspirował się zabójca – morderstwa miały jednak miejsce na długo przed premierą pierwszego sezonu.

Wielokrotnie zastanawiała się, czy poszarpane, powykrzywiane, rachityczne kształty nie mają oznaczać czegoś innego, a ona i śledczy błędnie zinterpretowali je jako nieudane ilustracje drzew. Ostatecznie jednak nie ukuła żadnej sensownej koncepcji.

Jedno było pewne – z każdą kolejną ofiarą Tatuażysta wykonywał swoje dzieła coraz lepiej. Doskonalił technikę, być może udało mu się zdobyć lepszy sprzęt.

– Chyłka? – odezwał się Oryński, wyrywając ją z zamyślenia.

– Hm?

– Gdzie masz te zdjęcia?

– Na biurku.

Poszedł po nie, a potem zaczął przeglądać. On także znał je na pamięć, to samo zapewne mogli powiedzieć wszyscy ci, którzy formalnie uczestniczyli w śledztwie. Joanna przypuszczała, że wielu śniły się po nocach.

Kordian przez chwilę przyglądał się materiałom, powoli je przerzucając. Wśród nich znajdowało się mnóstwo zdjęć przedstawiających same tatuaże, ale jak na lekarstwo było tych, na których widać było coś więcej.

Przede wszystkim brakowało szerszych kadrów czwartej ofiary. Ktokolwiek wykradł część dokumentacji z archiwum, zadbał o to, by po latach nie sposób było zweryfikować, czy ostatnim zabitym chłopakiem był Maciek Lewicki.

– Nie znaleźli żadnych odcisków palców? – spytał Kordian.

– Hm? – mruknęła po raz kolejny, uświadamiając sobie, że coraz częściej zdarza jej się odpływać myślami. Nie potrafiła odpowiednio się skupić, a sprawa wydawała jej się nie do rozwiązania.

Może dlatego, że miała za dużo innych rzeczy na głowie, a może ze względu na to, że ktoś naprawdę umiejętnie zadbał o to, by prawda nigdy nie wyszła na jaw.

– W archiwum – sprecyzował Oryński. – Żadnych odcisków?

– Na aktach było ich od groma. Przy czym pewnie żadne nie należały do złodzieja.

– Zakładasz więc, że ktoś z zewnątrz rzeczywiście włamał się i nie zostawił żadnych śladów?

– Na tym etapie niczego już nie zakładam.

Kordian przekartkował materiały.

– Bardziej prawdopodobne, że dowody buchnął jakiś policjant, prokurator lub technik.

– Może.

– A w takim układzie powinniście…

– Przesłuchać wszystkich, którzy przez te cztery lata wchodzili do archiwum? Nie żartuj.

– Muszą być jakieś rejestry dostępu.

– Nawet jeśli, to wystarczy dobry burger na wynos z Maka, a wejdziesz do archiwum bez konieczności składania autografu – odparła i głośno wypuściła powietrze. Czuła się nie jak balon, ale ogromny sterowiec.

Zaczęła chodzić po pokoju z nadzieją, że tym samym poruszy też właściwe neurony w mózgu. Zdawały się jednak uśpione.

– Tą drogą nie dotrzemy do Tatuażysty – powiedziała. – Nie możemy pędzić za nim jak śledczy.

– Nie?

– Musimy znaleźć inną trasę i odciąć mu drogę ucieczki.

– Na moje oko już dawno zgubił ogon i zbiegł.

Pokiwała smętnie głową, zatrzymując się przy ekspresie do kawy. Oparła się o blat, a potem na moment zamknęła oczy. Pod powiekami zdawała się mieć odciśnięte piętno Tatuażysty.

– Więc jaką drogę obieramy? – odezwał się Kordian. – Przyciskamy Lewickiego?

– Po co? Chłopak praktycznie nie kontaktuje.

– Może pozoruje?

Odwróciła się i posłała mu powątpiewające spojrzenie.

– Sugerujesz, że to on zabił pozostałych, wyżył się seksualnie na zwłokach, a potem wykonał te bohomazy?

– No.

Przez chwilę patrzyli na siebie w milczeniu. Teoretycznie możliwość istniała, a Chyłka w tym momencie właściwie nie powinna wykluczać żadnej hipotezy. Ta wydawała jej się jednak mało prawdopodobna.

– Te gałęzie mogą być reprezentacją tego, co działo się w jego psychice – zauważył Oryński. – Właściwie to mogą nawet nie być drzewa, a coś abstrakcyjnego, co dostrzega tylko on.

– Nie sądzę.

– Dlaczego nie?

Westchnęła głośno.

– Weź pod uwagę, jak to wszystko zostało zaplanowane, ile wysiłku kosztowało, jak wielkie ryzyko ktoś musiał podjąć, żeby miało ręce i nogi – powiedziała, wracając do stołu. – Komu miałoby aż tak zależeć na tym, by Lewicki uniknął kary?

Pytanie zawisło w powietrzu jak pokrywa smogu nad najbardziej zanieczyszczonymi miastami.

– I dlaczego? – dodała. – Ten dzieciak nie miał nawet rodziny.

– Mimo to powinien być w gronie podejrzanych. Jako jedyny żyje, a czterech innych chłopaków nie.

Z punktu widzenia oskarżenia był to najgorszy z możliwych kandydatów. Gdyby okazało się, że to Lewicki odpowiada za zbrodnie, wyrok nie przyniósłby prokuraturze chluby. Chłopak zostałby uznany za niepoczytalnego, nie mógłby odpowiadać za popełnienie jakiegokolwiek przestępstwa.

– Ja bym go sprawdził – dodał Kordian.

– Nie ty jeden – odburknęła. – Jestem pewna, że Paderborn miał cały zespół ludzi starających się dowieść, że cała ta choroba psychiczna to bzdura.

– Miał? A może ma? Może nie porzucili tej koncepcji?

Joanna machnęła ręką.

– To już przeszłość, Zordon. Ustalono ponad wszelką wątpliwość, że nie udaje.

Nie wyglądał na przekonanego, ale ona nie miała zamiaru drążyć. Skoro prokuratura uznała ten wątek za zamknięty, należało przyjąć, że nie warto tracić na niego czasu.

Chyłka znów zaczęła chodzić po mieszkaniu. Świadomość, że nie może dojść do niczego konkretnego, uwierała ją bardziej niż obcisły gorset. Po kilkuminutowym krążeniu jak ćma wokół ognia w końcu położyła się na kanapie.

Na moment zamknęła oczy, ale tyle wystarczyło, by zmęczony organizm natychmiast wyprowadził atak. Ani się obejrzała, przysnęła. Gdyby kiedykolwiek wcześniej zdarzały jej się nagłe drzemki, być może byłaby na to przygotowana. Nie miała jednak w tej kwestii żadnego doświadczenia.

Zbudziła się po kilku godzinach. Otworzywszy oczy, powiodła zdezorientowanym spojrzeniem wokół i jęknęła cicho. Kordian siedział przy stole, pochylony nad laptopem. Obok leżały jakieś papiery.

Sprawiał wrażenie robota. Zerkał nerwowo to na monitor, to na dokumenty. Pisał coś, przerzucał nerwowo kartki, potem znów przenosił uwagę na laptopa.

– Zordon?

Obejrzał się przez ramię i posłał jej lekki uśmiech. Natychmiast wrócił do tego, czym się zajmował. Chyłka z trudem usiadła, podpierając odcinek lędźwiowy. Na Boga, wszystko ją bolało.

– Co robisz? – spytała.

– Pracuję.

– Nad nowym konceptem równowagi w grach niekooperacyjnych?

– Co?

– Wyglądasz jak John Nash, który wpadł w swój naukowy wir...

– Kto?

– Russell Crowe w *Pięknym umyśle* – odparła, podnosząc się.

– Aha.

Podeszła do niego, ale nawet na nią nie spojrzał. Naprawdę przywodził na myśl naukowca cierpiącego na schizofrenię paranoidalną. Chyłka spojrzała na rozłożone materiały i przyszło jej do głowy, że teoretycznie za udostępnianie ich Kordianowi mogłaby ponieść nieprzyjemne konsekwencje.

– Dotarłeś do czegoś?

– Może, może. Sam nie wiem, badam sprawę, daj mi chwilę.

Mówił szybko, jakby strzelał pociskami z karabinu maszynowego, a nie wypowiadał kolejne słowa. Jednocześnie przenosił uwagę z jednego miejsca w drugie w ciągu raptem kilku sekund.

Chyłka lekko się nad nim pochyliła.

Zanim zorientował się, co się dzieje, chwyciła go za głowę i obróciła do siebie. Przytrzymała go obiema dłońmi i spojrzała mu prosto w oczy.

Szybko oceniła sytuację. Wyraźnie rozszerzone źrenice mimo dobrego światła. Rozbiegany wzrok. Szybki oddech, drganie warg. Pobudzenie.

– Kurwa mać… – jęknęła.

– Co jest?

Lalochezja dała o sobie znać nie bez powodu. Chyłka poczuła wzbierającą falę złości, zawodu i głębokiego rozczarowania. Wycedziła pod nosem jeszcze kilka przekleństw, przyglądając się Oryńskiemu. Potem puściła go i wyprostowała się.

– Wciągasz gandalfa białego – powiedziała.

– Ja?

Takie pytanie mógł zadać tylko po dawce amfetaminy, nie było sensu łudzić się, że jest inaczej.

– Zwariowałeś? – spytała. – W takiej sytuacji znowu sięgnąłeś po speeda, krępa maso? Kiedy codziennie musisz się stawiać na komendzie? Kiedy jesteś sądzony i możesz trafić do więzienia?

– Nie mogę, a trafię – odparł, odwracając głowę.

Przypuszczała, że zaraz usłyszy całą litanię na temat korzystania z życia, póki można. Kordian jednak się nie odezwał, wracając do tego, co robił wcześniej. Chyłka trwała w bezruchu, wbijając w niego wzrok.

Dopiero teraz zrozumiała, skąd u niego ostatnia poprawa. Zdawał się mieć więcej sił, ale była to jedynie amfetaminowa złuda.

– Zapomniałeś już, czym to się ostatnio skończyło?

– Nie.

– Kormak też znowu wciąga?

– Nie.

– Ale to od niego masz gandalfa?

Pokręcił głową, a ona właściwie nie miała powodu sądzić, że i tym razem to chudzielec dostarcza towar. W środowisku prawniczym o amfetaminę było łatwo. Popyt wśród korporacyjnych prawników pracujących ponad dziesięć godzin dziennie był duży, a podaż jeszcze większa. Swojego czasu wciągali wszyscy, od pierwszego do ostatniego piętra w każdym biurowcu. Nie było to nawet tajemnicą poliszynela, a powszechną wiedzą.

– Kretynie – rzuciła. – Jeśli to wyjdzie w sądzie...

Nagle uniósł otwartą dłoń i uderzył w plik kartek. W pierwszej chwili myślała, że to wybuch złości. Kiedy jednak spojrzała na niego, dostrzegła szeroki uśmiech.

– Zobacz – powiedział, wskazując na monitor. – Trop.

Mimo woli spojrzała na ekran.

– Widzisz?

– Nie.

– Zestawiłem jedno z drugim – wyrzucił z siebie Oryński. – Ułożyłem całą chronologię zdarzeń, od kiedy Tesarewicz zaczął działać w opozycji aż do amnestii w osiemdziesiątym szóstym.

Na monitorze widniały schematy, drzewka i wykresy, które sprawiały równie abstrakcyjne wrażenie, jak dzieła Tatuażysty.

– Spójrz, spójrz – dodał Kordian, stukając palcem w ekran. – Wyszedłem z założenia, że to Tesarewicz może mieć na wszystko odpowiedzi, nawet jeśli sam o tym nie wie, nawet jeśli nie ma pojęcia, że kiedyś się z kimś spotkał. Mogła przecież śledzić go SB, mogli donosić na niego inni opozycjoniści, mógł...

– Zordon.

– Wszystko jest możliwe!

– Tyle sama wiem – mruknęła. – Do czego doszedłeś?

– No popatrz – rzucił, wskazując jeden z wykresów.

Przecinały się na nim dwie linie.

– To zaraz po tym, jak Tesarewicz trafił do Strzebielinka. Tego ośrodka, gdzie zamykano opozycjonistów po osiemdziesiątym pierwszym. Siedzieli tam Tadeusz Mazowiecki, Lech Kaczyński i…

– Wiem.

– Ale to nieistotne, to w ogóle nieistotne – dodał na wdechu. – Liczy się to, co wtedy działo się z rodziną Tadeusza. Zostali w Warszawie, oczywiście, ale musieli zmagać się z wszystkimi tymi problemami, na które narażone były rodziny opozycjonistów. Władza się za nich wzięła. I jak to mówisz, jest zasada, wedle której gnój nigdy nie spada z wozu porcjami, a idzie całą falą. Na żonę i rodziców Tesarewicza spłynęła wyjątkowo duża.

Chyłka nie mówiła tak szybko, nawet kiedy była po kilku mocnych kawach.

– Ale ktoś im pomógł – dodał Kordian. – Ktoś, na czyj trop trafiliśmy w związku z Lewickim.

Na dobrą sprawę nie musiał dodawać nic więcej.

– Lewickim, który przecież nie jest w żaden sposób związany z Tesarewiczem!

– Spokojnie, Zordon.

– To ten ksiądz, Chyłka. To on jest ogniwem łączącym wszystko. Mieszko.

– Mieleszko.

– Bez znaczenia! – odparł, obracając się do niej raptownie. – Ważne jest to, że gość odwiedzał rodzinę Tesarewicza, pomagał im, przynosił jakieś paczki. Znali się, Chyłka. Znali się wtedy, więc…

Urwał, a potem rozejrzał się, głośno oddychając. Nie sformułował żadnego wniosku, zamiast tego zwrócił się z powrotem w kierunku laptopa. Sprawiał wrażenie, jakby uchodziło z niego powietrze.

– Więc co, Zordon? – zapytała.

Przypuszczała, że od niego nie uzyska odpowiedzi. Wiedziała za to, u kogo powinna ich szukać.

9

Skwer im. Sue Ryder, Stara Ochota

Usiedli na ławce naprzeciwko gmachu ministerstwa środowiska, pod rozłożystym drzewem. Kordian nie czuł się najlepiej. Miał wrażenie, jakby przez kilka godzin przebywał na siarczystym chłodzie, śliniąc co chwila usta. Przypuszczał, że przez cały czas, kiedy utrzymywały się efekty speeda, przygryzał wargi.

Był osłabiony, zupełnie jakby zbliżała się jakaś infekcja. Apetyt też mu nie dopisywał. Koniec końców mogło jednak być gorzej. Gdyby w pewnym momencie zwyczajnie nie zabrakło mu gandalfa białego, pewnie wciągnąłby więcej.

Razem z Chyłką rozglądali się, czekając na Tesarewicza. Mieszkał niedaleko, miał zjawić się za kilka chwil. Oryński przypuszczał, że do tej pory Joanna zdąży zrugać go kilkukrotnie za amfę, ale nie poruszała tematu. Właściwie w ogóle się nie odzywała, od kiedy opuścili mieszkanie.

Nie wynikało to jednak z tego, co zrobił. Było spowodowane raczej tym, że starała się ułożyć wszystko w logiczną całość.

Ciągu przyczynowo-skutkowego nadal nie sposób było stworzyć, ale pojawiły się uzasadnione powiązania między kilkoma elementami w równaniu, które spędzało jej sen z powiek.

Lewicki miał zginąć pod Warszawą z ręki Tatuażysty. Przeżył, a jego miejsce zajął ktoś inny.

Wrobiono Tesarewicza.

Tesarewicz nie miał żadnego związku z Lewickim. Najwyraźniej znał za to księdza, który jako jedyny miał dobry kontakt z chłopakiem.

Kordian nie rozumiał, co to wszystko oznacza, a konstrukcja była na tyle wątła, że co chwilę chwiała się w posadach. Liczyło się jednak to, że wreszcie mieli się czego uczepić. I nie zamierzali odpuszczać dopóty, dopóki się czegoś nie dowiedzą.

Tadeusz w końcu się pojawił, nadchodząc od strony Zieleńca Wielkopolskiego. Był lekko przygarbiony, robił znacznie gorsze wrażenie niż wtedy, gdy spotkali się z nim podczas widzenia.

Nie postarzał się, ale jakby posmutniał. Mimo to zmusił się do lekkiego uśmiechu, kiedy zatrzymał się przy prawnikach. Oryński podniósł się i podał mu rękę, Chyłka nawet nie drgnęła. Nadal zdawała się odpływać gdzieś myślami.

– Coś nie tak? – spytał Tesarewicz.

– Niech pan siada – odparła.

– Nasiedziałem się już.

Trudno było powiedzieć, czy cały dzień spędził w domu, czy była to metafora. Obrócił się, niemal rozmarzonym spojrzeniem wodząc po gęstych koronach drzew. Nie było w tym żadnej teatralności, ten człowiek rzeczywiście doceniał każdy element świata, do którego wrócił.

– I może jeszcze pan posiedzi – rzuciła Joanna.

Spojrzał na nią z góry.

– Nie rozumiem, co pani…

– Taaak – ucięła. – Sugeruję, że wróci pan za kratki.

Jego oczy nagle jakby poszarzały. Nie miał już postawionych zarzutów, czekał tylko na to, by sąd formalnie przyznał, że Skopiński nie dopełnił obowiązków i jest winny wpakowania niewinnego człowieka za kratki. Nie miał powodów, by się czegokolwiek obawiać. Tymczasem oskarżyciel posiłkowa działająca w jego imieniu wyskoczyła z czymś takim.

Usiadł obok niej.

– O czym pani mówi? – odezwał się. – Co to za brednie?

– Dotarliśmy do pewnych niepokojących informacji.

Było to nadużycie, ale Kordian nie miał zamiaru protestować. Obserwował bacznie reakcję rozmówcy, a ta kazała mu sądzić, że Tadeusz jest szczerze zdziwiony. Jednocześnie jednak nie widać było po nim żadnego niepokoju.

Może nie miał nic do ukrycia? Może był tak porządnym facetem, jak wszyscy obecnie sądzili? Nie dość, że miał piękną kartę opozycyjną, to jeszcze przesiedział kilka lat za morderstwa, których nie popełnił. Nie wspominając już o tym, że odmówił ubiegania się o odszkodowanie i zadośćuczynienie.

Oryński nadal tego nie rozumiał. Otrzymanie od państwa rekompensaty za utracone lata nie było niczym niepatriotycznym. Nic nie stało na przeszkodzie, by Tesarewicz powalczył o przyzwoitą kwotę. Nikt nie miałby mu za złe, może nawet przeciwnie, niektórzy oczekiwali, że będzie dochodził sprawiedliwości.

Tymczasem Tadeusz wciąż stanowczo wykluczał taką możliwość. Pojawiły się propozycje, by przyznać mu jakieś wysokie odznaczenie państwowe, ale oświadczył, że otrzymał już za działalność opozycyjną wszystkie nagrody, jakie mu się należały.

Czy taki człowiek rzeczywiście mógł mieć coś na sumieniu?

Kordian patrzył na niego, poszukując odpowiedzi. Niczego jednak nie potrafił stwierdzić.

– Wie pan, o czym mowa? – spytała Chyłka.

– Obawiam się, że nie.

Obróciła się w jego stronę i zmrużyła oczy.

– Będę musiała to z pana wyciągać?

– Naprawdę nie rozumiem, co...

– Jasne, jasne – ucięła, podnosząc rękę. – Zostawmy te zaprzeczenia na formalne przesłuchanie. Teraz niech pan odpowie na kilka zupełnie niezobowiązujących pytań.

Otwierał już usta, zapewne by powiedzieć, że chętnie na wszystko udzieli odpowiedzi, ale Joanna nie dała mu czasu.

– Zna pan Lewickiego?

– Przecież doskonale pani wie, że nie. Usłyszałem o tym chłopaku dopiero, kiedy postawiono mi zarzuty.

– Nigdy wcześniej się z nim pan nie kontaktował?

– Nie. Oczywiście, że nie.

– Nigdy go pan przypadkiem nie spotkał? Nie słyszał o nim?

– Nie – odparł spokojnie Tadeusz. – Dlaczego miałbym kłamać?

– Dobre pytanie, szczególnie że miał być pańską rzekomą i niedoszłą ofiarą.

Zawiesiła wzrok gdzieś za Tesarewiczem. Potem potrząsnęła lekko głową i na powrót spojrzała mu prosto w oczy.

– Więc nigdy się pan na niego nie napatoczył – podsumowała. – Nie pojawił się nawet jako temat w rozmowie z osobami trzecimi.

– Nigdy.

– Może pamięć pana zawodzi?

– Chybabym pamiętał, biorąc pod uwagę, co działo się później…

– Może – odparła bez przekonania, wzruszając ramionami. Zmieniła pozycję, nerwowo, jakby nie mogła znaleźć wygodnej. – A może po prostu mija się pan z prawdą.

– Nadal nie rozumiem, jaki miałbym w tym cel.

– Ja też nie – przyznała. – Ale to tylko kwestia czasu, zanim to się zmieni. Dowiem się i tego, i wszystkiego innego.

– Mam nadzieję, bo sam chciałbym…

– Zna pan księdza Mieleszkę? – wpadła mu w słowo.

Słuszna strategia, uznał w duchu Oryński. Nie pozwoliła rozmówcy przygotować się na to pytanie, bacznie obserwowała, jak reaguje. Wyraz twarzy Tadeusza jednak się nie zmienił. Nadal był zdziwiony, ale próżno było szukać obawy.

– Niestety, nie kojarzę – powiedział.

Prawnicy wymienili się spojrzeniami.

Istniała teoretyczna możliwość, że Mieleszko pomagał rodzinie Tesarewicza i samego opozycjonisty nigdy nie spotkał. Kordianowi wydawało się to jednak mało prawdopodobnym scenariuszem.

– Redemptorysta – dodała Chyłka. – Ostatnim razem widziany w parafii Świętego Klemensa Hofbauera.

Tadeusz ściągnął brwi, jakby sięgał w głąb pamięci. Pokręcił bezradnie głową.

– Na Mirowie. Bywał pan tam?

– Nie.

– Nigdy?

Tesarewicz skrzywił się i po raz pierwszy dał po sobie poznać, że nie podoba mu się to wypytywanie. Może przywodziło na myśl czasy słusznie minione, a może przesłuchania związane z Tatuażystą. Traumatycznych przeżyć miał pod dostatkiem.

– Do czego pani dąży?

– Do tego, że znał pan ojca Mieleszkę.

– Pierwszy raz o nim słyszę.

– Doprawdy?

Tadeusz westchnął głęboko. Wyraźnie drgnął, jakby miał zamiar wstać i pożegnać prawników, ale w ostatniej chwili z jakiegoś powodu się rozmyślił.

Oryński pomyślał, że jego zachowanie dowodzi, że coś jest na rzeczy. Wreszcie trafili na konkrety.

– A Mieleszko znał Maćka Lewickiego – dodała. – I to dość dobrze.

– Nie wiem, o czym ani o kim pani mówi.

Joanna zagwizdała cicho, a potem założyła rękę za oparcie ławki. Przyglądała się rozmówcy z coraz szerszym uśmiechem.

– To dziwne – oceniła. – Szczególnie biorąc pod uwagę to, co działo się podczas stanu wojennego.

– Siedziałem wtedy.

– Tak, właśnie o to mi chodzi. Pan siedział, a pańska żona i rodzice mieli na karku peerelowskie służby.

– I to pani zdaniem…

– Niech pan skończy z tymi farmazonami – przerwała mu, nagle poważniejąc. – Oboje wiemy, że Mieleszko wyciągnął do pana pomocną dłoń.

– Jeszcze raz powtórzę: po raz pierwszy słyszę to nazwisko.

– Więc co? – bąknęła. – Anonimowo was wspierał? Był tak głęboko zakonspirowany, że nawet wy nie wiedzieliście, kim jest?

– Pani mecenas…

– Bywał zarówno w pana mieszkaniu, jak i u pańskich rodziców – kontynuowała. – Sprawdziliśmy to.

Przez moment Tesarewicz sprawiał wrażenie, jakby dotarł do granicy cierpliwości. Zacisnął mocniej usta, patrząc na Chyłkę z pretensją.

– Rzekomo ma pani być po mojej stronie.

– Niezupełnie.

Uniósł krzaczaste brwi, a jego czoło zmarszczyło się jak u Eastwooda.

– Wprawdzie to z pana pełnomocnictwa występuję jako oskarżyciel posiłkowy, ale moim głównym zadaniem jest wyprowadzenie nokautującego ciosu Marianowi Skopińskiemu. A nie mogę tego zrobić bez pełnej wiedzy na temat sprawy.

Prawda była zupełnie inna. Chyłka drążyła, bo była przekonana, że w ten sposób dotrze do czegoś, co pozwoli obalić zarzuty wobec Kordiana. Obydwie sprawy były ze sobą związane, to nie ulegało wątpliwości. Istniał między nimi most, tyle że żadne z prawników nie mogło dostrzec go przez mgłę, która spowijała oba brzegi.

– Mieleszko przynosił do pańskiego mieszkania paczki, pomagał w radzeniu sobie z bezpieką i dawał namiastkę poczucia bezpieczeństwa pańskiej żonie, kiedy została sama.

– Jak już mówiłem…

– Szkoda, że jej nie możemy o niego zapytać – dodała Joanna. – Z pewnością miałaby coś do powiedzenia.

Tadeusz podniósł się gwałtownie, a potem nerwowo pociągnął za poły starej marynarki, jakby chciał rozerwać materiał. Właściwie nie musiał manifestować swoich emocji, by wiedzieli, że ma serdecznie dosyć.

– Nie zamierzam dłużej tego...

– Niech więc pan zacznie mówić – wpadła mu w słowo Chyłka. – Bo jeśli postanowi pan dalej brnąć, pójdę z tym do mediów.

Zgromił ją wzrokiem.

– Jest pani moją pełnomocniczką, nie może pani...

– Ale nie obrońcą.

– I? Nie ma pani prawa działać na moją niekorzyść.

– Nawet gdyby, to Zordon z chęcią zainteresuje którąś redakcję za mnie – odparła, patrząc z zadowoleniem na Oryńskiego. – Przekaże jej wszystkie materiały, a dziennikarze szybko złapią trop. Ksiądz i mały chłopak to chodliwy temat, bez względu na to, czy dochodzi do czegoś zdrożnego, czy nie. A jeśli dodamy do tego powiązanie z panem i wypieranie się znajomości z Mieleszką...

Uniosła wzrok i pokręciła głową, jakby nie mogła objąć umysłem ogromu kłopotów, w które może go to wpędzić. Tesarewicz najwyraźniej był podobnego zdania, bo mimo że wyglądał, jakby miał zamiar zniknąć, nie ruszył się o krok.

Powściągnął emocje, zaczął na chłodno kalkulować.

Potrzebował chwili, by się uspokoić. Potem usiadł z powrotem obok Chyłki.

– Naprawdę nic mi nie mówi to nazwisko – oświadczył. – Wiem, że ludzie z Komitetu Prymasowskiego pomagali, ale nie przypominam sobie, by Łucja kiedykolwiek wspominała o ojcu Mieleszce. Miała kontakt z wieloma osobami, zresztą w komitecie działało ponad pięciuset ludzi dobrej woli, nie tylko księża. Były i znane postacie, Maja Komorowska,

Daniel Olbrychski, Danuta Szaflarska… takie nazwiska się pamięta, ale niestety wielu zostało zapomnianych. Obawiam się, że w tym ojciec Mieleszko.

Tym razem Joanna nawet nie próbowała mu przerwać. Jego wywód brzmiał wiarygodnie, ale Tesarewicz przez lata walki z komunistyczną machiną nauczył się, jak sprawnie rozmijać się z prawdą.

– Ci ludzie pomogli niemal dwudziestu tysiącom opozycjonistów – dodał. – Taka była skala tego przedsięwzięcia. Nie każdy pamięta każdego.

Prawnicy milczeli, przypatrując mu się.

– Jeszcze raz państwa zapytam: w jakim celu miałbym kłamać?

Chyłka podniosła się, wspierając o oparcie ławki. Kordian także wstał.

– Nie wiem – powiedziała. – Ale jestem przekonana, że pan to robi.

– Myli się pani.

Prychnęła, kręcąc głową, jakby dalsze odbijanie piłeczki nie miało sensu.

– Ma pan dwie godziny – oznajmiła. – Potem idę prosto do redakcji „Newsweeka". I jeśli dotychczas martwił się pan, że prokuratura do czegoś dotrze, szybko się pan przekona, że dopiero teraz będą powody do obaw.

Ruszyli w kierunku Krzyckiego, a Tesarewicz natychmiast się podniósł. Zrobił to zbyt szybko i zbyt nerwowo, właściwie tym samym zdradzając, że coś jest na rzeczy.

– Zapewniam, że na jaw niedługo wyjdzie wszystko, co chce pan utrzymać w tajemnicy – oznajmiła Chyłka. – A może nawet więcej.

10

Green Caffè Nero, ul. Filtrowa

Oboje zdawali sobie sprawę z dwóch rzeczy. Po pierwsze, że nie muszą zastanawiać się, dokąd iść. Po drugie, że nie będą musieli czekać dwóch godzin, zanim Tesarewicz się odezwie.

Zajęli miejsca w lokalu na rogu Filtrowej z Grójecką, po czym Chyłka zaczęła kawiarnianą ekwilibrystykę, starając się wybrać coś ze stanowczo zbyt bogatego menu. W końcu syknęła z niezadowoleniem i spojrzała na Oryńskiego.

– Zamów mi coś, do cholery – poleciła.

– Ja?

– W tej zeptosekundzie, Zordon.

Konsternacja, jaka zarysowała się na jego twarzy, nie uszła jej uwadze. Rozłożyła szeroko ręce, przykuwając zainteresowanie innych klientów siedzących przy oknie.

– To najzwyczajniejsza jednostka czasu – powiedziała.

– O której pierwszy raz słyszę.

– Śledziłbyś doniesienia na temat bozonu Higgsa, tobyś wiedział, że pojawia się on właśnie na zeptosekundę. Czyli na jakąś trylionową bilionową sekundy.

Kordian nie wyglądał na przekonanego.

– To najmniejsza miara czasu – dodała Joanna. – I wystarczająca, bym podczas jej trwania zmieniła zdanie dwa razy. Odciąż mnie więc choć trochę i wybierz coś dla mnie.

Normalnie nie byłby to najlepszy pomysł, ale ze względu na to, że mogła pozwolić sobie jedynie na imitację kawowych napojów, Zordon jako organ decyzyjny był trafnym wyborem.

Po chwili wrócił do stolika z kubkiem gorącej czekolady z bitą śmietaną. Postawił napój ostrożnie przed Chyłką, odczekał chwilę, i gdy nie spotkał się z żadnym protestem, wrócił do lady.

Moment później przyniósł kilka drożdżówek.

– Co to ma być? – spytała.

– *Bulle*.

– Wygląda mi jak byle chałka.

– To szwedzka drożdżówka, teraz każdy to je.

– Każdy, ale nie ja. Czym to się różni od zwykłej buły?

Usiadł naprzeciwko niej i wzruszył ramionami.

– Pochodzi ze Szwecji.

Joanna patrzyła na Oryńskiego znacząco, czekając na więcej. Odchrząknął, a potem ruchem ręki zaproponował, by sama się przekonała. Ugryzła kawałek i uznała, że rzeczywiście smakuje inaczej. Korzennie. Więcej uwagi poświęciła jednak bitej śmietanie.

Kordian popatrzył za okno.

– Ile czasu mu dajesz, zanim zadzwoni? – spytał.

– Jeszcze góra kwadrans.

– I co potem?

– Przyjdzie tu na *bulle*, bo w przeciwnym wypadku przemodeluję mu gębullę.

Oryński zachował strategiczne milczenie. Przez moment jedli w ciszy.

– Myślisz, że coś naprawdę jest na rzeczy?

– Pewnie – odparła bez wahania. – Nie widziałeś, jak się cały spiął, kiedy daliśmy mu ultimatum? Boi się, że sprawa trafi do mediów.

– Dlaczego?

– Bo ma coś za uszami.

– Co?

– Jezus Maria, Zordon… – jęknęła. – Może gwałcili razem chłopaków z domu dziecka, może któryś współpracował z bezpieką, może żona Tesarewicza miała romans z księdzem, może…

– Dobra, dobra. Rozumiem.

Ugryzła kawałek szwedzkiego wypieku i przeżuwając, przyglądała się Oryńskiemu. Nie wyglądał najlepiej. Przechodził wyraźny zjazd po amfetaminie i niebawem poczuje potrzebę, żeby zaaplikować sobie kolejną dawkę. Niewątpliwie zrobi to w toalecie, jeszcze zanim pojawi się Tadeusz.

Tesarewiczowi dawała piętnaście minut, Kordianowi najwyżej pięć.

W tym drugim wypadku pomyliła się tylko o jedną lub dwie. Upił parę łyków kawy, wziął niewielki kęs drożdżówki, a potem oznajmił, że zaraz wraca.

– Idziesz niuchnąć?

– Idę nakarmić ślepego.

– Oho, gwara więzienna. To lubię – przyznała. – Chociaż nie jestem pewna, czy ją do końca łapiesz, Zordon. Masz na myśli wykręcenie szmaty czy pędzla?

Oryński rzeczywiście nie bardzo rozumiał. I dobrze, pomyślała Chyłka, oby tak pozostało.

– Zaraz wracam – rzucił, a potem się oddalił.

Nie miała zamiaru go zatrzymywać. Bo to on jeden wciągał speed? Studenci prawa trenowali już przed egzaminami na pierwszym roku. Do piątego stawali się specjalistami, a w korporacyjne życie wchodzili zazwyczaj lepiej obeznani od kolegów po fachu, którzy wprawdzie mieli dłuższy staż, ale nie nadążali za nowymi trendami.

W pierwszej chwili go zrugała, ale przecież nie miała zamiaru mu matkować. Poza tym to jego życie.

Nie, nie było sensu się oszukiwać. Nie był jej obojętny, nie powinna ani go usprawiedliwiać, ani tym bardziej mu odpuszczać. Dobierze mu się do dupy, kiedy tylko sytuacja nieco się uspokoi. Na razie najważniejsze, by go nie antagonizować.

I dbać o to, żeby nie było po nim widać objawów abstynencji, kiedy będzie pojawiał się na komisariacie, by podpisać dozór.

Wrócił dość szybko, wyraźnie pobudzony.

– Trochę zostało ci pod nosem.

Ręka nawet mu nie drgnęła. Najwyraźniej przed wyjściem sprawdził dokładnie, czy wciągnął całą krechę.

Telefon Chyłki odezwał się chwilę później. Tesarewicz nie chciał powiedzieć wiele, stwierdził jedynie, że muszą się spotkać. Joanna podała mu adres i oznajmiła, że czekać na niego będą jeszcze przez dziesięć minut, potem termin mija.

– Powiedziała pani, że mam…

– Jestem w ciąży – ucięła. – Ciągle zmieniam zdanie.

Nie odpowiedział.

– Niech się pan pospieszy – poradziła. – Nero jest od pana rzut kamieniem, nie chcieliśmy się zanadto oddalać.

Tadeusz wszedł do kawiarni po kilku minutach, rozglądając się niepewnie. Podszedł powoli do stolika i usiadł, unikając spojrzeń prawników. Mimo że od rozmowy nie minęło wiele czasu, Chyłka odniosła wrażenie, jakby w tej uczestniczyły dwie zupełnie inne osoby.

Kordian był ożywiony, pełen sił, Tesarewicz wręcz przeciwnie. Nie przypominali siebie samych sprzed kilkudziesięciu minut.

Ona być może także nie.

– A więc jednak instynkt samozachowawczy działa – oceniła, próbując ściągnąć spojrzenie Tadeusza. Bezskutecznie.

– Gdyby działał, nie byłbym tu, gdzie jestem.

– Zostawmy to – odparła i upiła trochę gorącej czekolady. – I zajmijmy się konkretami. Znał pan Mieleszkę czy nie?

– Tak – przyznał w końcu.

Stwierdziła w duchu, że wygląda na mocno zakłopotanego, ale po chwili się poprawiła. To określenie nie oddawało wstydu, który najwyraźniej odczuwał.

– Skąd?

– Poznaliśmy się po tym, jak wyszedłem z Białołęki.

Chyłka wykonała zachęcający ruch ręką.

– Niech pan opowiada – poradziła.

Nabrał głęboko tchu, a potem zaczął opisywać, jak Mieleszko i inni starali się mu pomóc. Brzmiało to jak jeden z dziesiątków innych przypadków, które ostatecznie skończyły się zaostrzeniem represji wobec duchownych. Pomoc prawna, ubrania, wsparcie duchowe, dbanie o rodziny – to wszystko powtarzało się we wspomnieniach wielu opozycjonistów.

– Mieleszko ponosił dotkliwe konsekwencje – dodał Tadeusz. – Kilka razy go napadnięto, pobito. Zdemolowano też dom, w którym mieszkał.

Takie rzeczy się zdarzały. Najgłośniejszym przypadkiem, o którym Chyłka pamiętała, było zniszczenie klasztoru przy Piwnej. ZOMO-wcy sobie pofolgowali, bijąc nie tylko mężczyzn, ale też kobiety.

– Kiedy wyszedłem, chciałem mu za wszystko podziękować…

– I?

– Zawiązała się między nami przyjaźń. Trwała do późnych lat osiemdziesiątych.

– Dlaczego nie dłużej?

– Bo kiedyś…

Kiedy urwał, Chyłka wiedziała już, co usłyszy. Uznała, że aby zaoszczędzić czas, najlepiej będzie poprowadzić Tesarewicza przez ten trudny teren.

– Nakrył go pan z jakimś chłopakiem.

Spojrzał na nią na tyle wymownie, że nie musiał potwierdzać.

– To zdarzyło się tylko raz? – zapytała.

– Zapewniał, że tak, ale… – Tadeusz znów zamilkł, nerwowo pocierając dłonie. – Nigdy nie miałem pewności.

– Nie zgłosił pan tego?

– Nie. I do dziś żałuję. A teraz jest za późno, nie ma sensu rozgrzebywać starych ran.

Jeśli Maciek Lewicki był ofiarą księdza, rzeczywiście, nie miało to sensu. Nawet jeśli Kościół pośmiertnie napiętnowałby Mieleszkę, chłopak i tak nie byłby tego świadomy.

Jakakolwiek sprawiedliwość, choćby jej namiastka, nie miałaby dla niego żadnej wartości.

Ale mogli być inni. I najprawdopodobniej byli, skoro Tesarewicz nakrył z kimś księdza już w latach osiemdziesiątych. Chyłka nagle poczuła ożywienie, niemal tak duże jak Oryński. Odsunęła kubek i niedojedzone *bulle*, a potem się wyprostowała.

– Może nie jest za późno – zauważyła. – Nie wie pan, ilu chłopaków to dotknęło.

– Nie wiem – przyznał. – Ale po tylu latach są już dorośli, być może pozakładali rodziny, wiodą normalne życie, zapomnieli o…

– Zapewniam, że o takich rzeczach się nie zapomina.

Tadeusz spojrzał na nią pytająco, ale kiedy Chyłka odwróciła wzrok, musiał zrozumieć, że to temat, którego prawniczka nie ma zamiaru ciągnąć. W tle słychać było odgłosy parzenia kawy i tylko one ratowały całą trójkę przed wyjątkowo niewygodną ciszą.

– Słyszał pan pewnie o skandalu w australijskim Kościele – podjęła Joanna. – Skala była ogromna, wypłacono ofiarom ponad osiemset sześćdziesiąt milionów, przeliczając na złote. A od momentu gwałtów do złożenia skarg minęło przeszło trzydzieści lat.

Tesarewicz smętnie pokiwał głową.

– Prędzej czy później takie sprawy wychodzą – dodała. – I dobrze by było, gdyby miał pan udział w ujawnieniu tej. W niczym to panu nie ujmie, wręcz przeciwnie.

– Ten człowiek mi pomógł. Wspierał moją rodzinę, kiedy tego potrzebowała.

– I spłacił pan dług. Pora zająć się tymi, którzy teraz potrzebują wsparcia.

– Nie wiem, czy…

– Niech pan mi wierzy, że tak jest – ucięła. – Nawet jeśli sami o tym nie wiedzą.

Rozmawiali jeszcze przez kilkanaście minut, ale Chyłka była przekonana, że Tesarewicz ostatecznie podejmie decyzję, by ujawnić, czego Mieleszko przez lata mógł się dopuszczać.

Tak się jednak nie stało. Mimo że kilkakrotnie wyglądał, jakby miał zamiar się zgodzić, w końcu jednoznacznie odrzucił tę możliwość. Dwójka prawników popatrzyła po sobie ze zdziwieniem.

– Przepraszam – powiedział Tesarewicz, wstając od stolika. – Nie mogę. Nie po tym wszystkim, co ojciec Mieleszko dla nas zrobił. Nie zasługuje na to, by…

– A jego ofiary zasługują na to, żeby wszystko zostało w tajemnicy?

Tadeusz schował ręce do kieszeni i ściągnął ramiona.

– Inaczej nie potrafię, przepraszam – powtórzył. – To… to byłoby sprzeniewierzenie się wszystkim zasadom, którym hołdowaliśmy.

Nader podniosły ton kazał sądzić, że złamanie reguł, o których mówił, sam potraktowałby jak zdradę stanu. Przez moment stał przy stoliku, patrząc to na jedno, to na drugie. Zupełnie jakby spodziewał się, że któreś z nich ostatecznie się z nim zgodzi.

Chyłka nie miała zamiaru tego zrobić. Przekonywała go jeszcze przez chwilę, wciąż podkreślając, że sprawa tak czy inaczej wypłynie.

– Jak? – spytał. – Oboje wiemy, że tak naprawdę nie pójdzie pani do mediów.

– Taki pan pewny?

Zawiesił wzrok za oknem, a potem powiódł nim za przejeżdżającym autobusem.

– Tak – odparł ciężko.

– W takim razie nie wie pan, do czego jestem zdolna.

– Owszem, wiem. I wiem też, że groziła mi pani tylko dlatego, że chciała usłyszeć prawdę.

Kiedy nie doczekał się żadnej odpowiedzi, pokiwał głową ze zrozumieniem, a potem zerknął w stronę wyjścia. Na jego twarzy odmalowała się wyraźna bezsilność. Przeprosił jeszcze raz, a potem skierował się do drzwi. Oryński ani Chyłka nawet nie próbowali go zatrzymać.

Minęło kilka chwil, nim którekolwiek z nich się odezwało.

– Co teraz? – zapytał Kordian.

Joanna szukała odpowiedzi na to pytanie, od kiedy Tesarewicz zaczął snuć swoją opowieść. I dość szybko ją odnalazła.

– A jak myślisz? – spytała, lekko się uśmiechając.

– Przyciśniemy księży w parafii?

– Nie.

Oryński zmarszczył brwi, ale się nie odezwał. Najwyraźniej nie miał zamiaru dociekać, z jakiego powodu Chyłka gotowa była im odpuścić.

– W takim razie pozostaje nam przepytać wszystkich rówieśników Lewickiego z domu dziecka. Może Mieleszko dobierał się nie tylko do niego, ale też do innych.

– Nie.

– Nie? – mruknął Kordian. – Tak po prostu?

– Jedno ani drugie nie ma sensu, Zordon.

– Bo?

– Bo Tesarewicz łgał jak twój operator, który dzwoni do ciebie, by przedstawić ci rzekomo korzystniejszą ofertę na przedłużenie umowy.

Kordian potarł nerwowo nos, pochylając nieco głowę.

– O czym ty mówisz?

– O tym, że to jedna wielka bzdura. Nie było żadnego molestowania ani żadnych gwałtów.

Oryński czekał na więcej, nie mając zamiaru ciągnąć jej za język.

– Nie zapytasz, skąd wiem?

– Nie, bo to nie żadna wiedza, tylko twoje domysły.

– Graniczące z pewnością.

Uśmiechnął się lekko.

– A ona wynika jedynie z intuicji – ocenił. – Która wbrew temu, co twierdzisz, nie jest twoim pajęczym zmysłem. Ani sekretnymi poradami Chyłki z przyszłości, która wynalazła wehikuł czasu, by przekazywać ci wiadomości.

Joanna pokiwała głową z uznaniem. Zbił dwa argumenty, które zamierzała podnieść.

– Wiedzy mam pod dostatkiem, Zordon, nie muszę zdawać się na intuicję – odparła.

– Więc może się nią ze mną podzielisz?

– Jasne. Dziejowym obowiązkiem bardziej rozwiniętych jednostek jest dzielenie się wiedzą z tymi mniej rozwiniętymi.

– Mhm.

– Po pierwsze, Tesarewicz jest zbyt porządny.

– To znaczy?

Oryński sięgnął po jej niedopitą czekoladę i pociągnął duży łyk. Właściwie była mu wdzięczna. Dopijanie zimnego napoju zdawało się ponad jej siły. Odgięła się lekko na oparciu i jęknęła, kiedy kręgosłup zaprotestował.

– Nigdy nie sypnął innych opozycjonistów, angażował się we wszelką pomoc innym represjonowanym, siedział w więzieniu, nie chce odszkodowania od państwa i tak dalej – wyrecytowała. – To facet, który od razu interweniowałby, widząc krzywdę dzieciaków.

Oczy Kordiana lekko się zwęziły, jakby dostrzegł światełko w ciemnym tunelu, które z jej punktu widzenia było gigantyczną iluminacją.

– Może nie poszedłby z tym do prasy, ale z pewnością nie pozostałby bierny. Rozmówiłby się z Mieleszką, być może zabrał tych chłopaków z dala od niego, a w ostateczności postawiłby księdzu ultimatum. Jakkolwiek by było, nie pozostałby bierny. A tymczasem uparcie twierdzi, że nic z tym nie zrobił.

Oryński wykonał głową ruch, którego nie mogła potraktować ani jako potwierdzenie, ani jako zaprzeczenie.

– Może – przyznał. – Ale żeby od razu zakładać, że…

– Po drugie – przerwała mu. – Nie ma żadnego powodu, dla którego miałby teraz nie ujawnić tego, co wiedział. Sobie nie zaszkodzi, cieszy się zbyt dużą sympatią. Nawet fakt, że milczał przez lata, nie postawi go w złym świetle.

– Ale…

– Mówi o zasadach – ciągnęła Joanna. – Ale jakich? Zastanów się.

– Zastanawiam się cały czas – odparł Oryński, przyjmując podobną do niej pozycję na krześle. – Tyle że to wszystko niewystarczające, żeby mieć pewność, że Tadeusz kłamie.

– Tak?

Pokiwał głową.

– To zastanów się jeszcze nad dwoma rzeczami – powiedziała Chyłka, nachylając się w jego kierunku. – Czy środowiska opozycyjne nie wyłowiłyby księdza-pedofila ze swoich szeregów? Myślisz, że tak po prostu udałoby mu się ukrywać swoje przewinienia przez te wszystkie lata?

– Czy ja wiem…

– Gdyby chodziło o sam Kościół, mógłbyś przy odrobinie złej woli twierdzić, że chronili swojego i tuszowali ślady. Ale Mieleszko działał aktywnie w opozycji, miał kontakt ze zbyt wieloma osobami. – Na moment urwała i nabrała tchu. – Osobami, które w latach osiemdziesiątych uchodziły za najczujniejsze w kraju, rozumiesz?

Nadal nie wyglądał na przekonanego.

– I na koniec pogłów się jeszcze nad jedną rzeczą.

– Jaką?

Uśmiechnęła się, znów rozsiadając się wygodniej.

– Tesarewicz poszedł siedzieć za rzekome zabójstwo chłopaka, który miał być wykorzystywany przez Mieleszkę.

– No i?

– Wygląda ci to na przypadek?

– Tak.

– I nikt ci nigdy nie powiedział, że przypadki nie istnieją? Że są tylko iluzją, mamidłem umysłu? – Cmoknęła i pokręciła głową. – To wszystko coś znaczy, Zordon. Nie wiem tylko jeszcze co.

– Nie wiesz też, dlaczego Lewicki miał w kieszeni numery identyfikujące tiopental.

– Ano nie.

– A więc nie masz też pojęcia, jak ta sprawa się ze mną wiąże. Ani kim jest Guerilla.

– Długo będziesz tak pytlować?

– Jeszcze przez chwilę – odparł z przekąsem. – Poczekaj, aż dojdę do roli Langera w całej sprawie. Bo że jakąś odegrał, nie ulega wątpliwości.

– Fakt – potwierdziła. – Sukinsyn nigdy nie pojawia się bez powodu.

Spojrzeli na siebie, jakby oboje starali się usilnie zobaczyć w oczach drugiego choćby cień nadziei na rozwikłanie tej sprawy.

– Krótko mówiąc, nie mamy nic – zauważył Oryński.

– Niezupełnie. Mamy trop.

– Jaki?

Chyłka miała nadzieję, że znaczący. Postanowiła jednak, że lepiej będzie pokazać go Zordonowi, niż o nim mówić.

11

Lobby hotelu Novotel Centrum, ul. Marszałkowska

Prokurator Marian Skopiński wszedł do hotelu od strony parkingu dla pracowników. Nie sądził, by odbycie spotkania, w którym miał uczestniczyć, było przesadnie dobrym pomysłem. Nie miał jednak wyjścia.

A przynajmniej tak twierdził Tadeusz Tesarewicz.

Skopiński rozejrzał się po przestronnym holu. Wokół kłębili się ludzie, dało się słyszeć rozmowy prowadzone w kilku językach. Przy recepcji tworzyły się niewielkie zatory, a goście z walizkami zdawali się wlewać do lobby niemalejącą falą.

Prokurator przez moment szukał wzrokiem osoby, z którą miał się spotkać. W końcu wypatrzył ją na jednym z foteli. Ruszył przed siebie z duszą na ramieniu, nie mogąc oprzeć się uczuciu, że wszyscy na niego patrzą. Kiedy zatrzymał się przed mężczyzną, ten wskazał mu miejsce obok.

– Niech pan sobie klapnie – rzucił Piotr Langer.

Skopiński z trudem przełknął ślinę.

– Nie powinniśmy się spotykać – powiedział, ale posłusznie usiadł na fotelu. – A szczególnie nie w takim miejscu.

– Wręcz przeciwnie. Miejsce jest idealne.

– Zbyt dużo świadków…

Langer westchnął protekcjonalnie, po czym założył nogę na nogę.

– Jeśli chcesz ukryć drzewo, najlepiej zrób to w lesie – oznajmił. – Nikt nie zwróci tu na nas uwagi. Niech pan tylko weźmie gazetę i sprawia wrażenie, jakby wszystko było w porządku.

Nic nie było w porządku. Przeciwnie, wszystko się sypało.

Mimo to Skopiński zrobił, jak mu kazano. Wybrał pierwszy lepszy dziennik, rozłożył go, a potem udawał, że leniwie przewraca strony. Langer wyjął telefon i zaczął przesuwać po nim palcem.

– Jak dużo Tadeusz panu powiedział? – spytał Piotr.

– Tylko tyle, że musimy się spotkać.

– Słusznie. Powinniście ograniczać swoje kontakty do absolutnego minimum.

To samo można by powiedzieć o nim i Langerze, pomyślał Skopiński, podnosząc ukradkowo wzrok.

– W końcu będzie pana oskarżał – dodał Piotr z lekkim uśmiechem, jakby dzięki temu odczuwał pewną satysfakcję. – Ciekawy układ.

– Nie z mojego punktu widzenia.

– A z mojego tak – odparł Langer, nie odrywając spojrzenia od komórki. – Najpierw to pan oskarżał go za przewinienia Tatuażysty, a teraz role się odwróciły.

– Niezupełnie, bo w jego imieniu…

– Wiem doskonale, kto występuje w jego imieniu – uciął Piotr, nagle poważniejąc. – I to właśnie Chyłka jest problemem.

Skopiński lekko potrząsnął dziennikiem.

– To znaczy? – zapytał cicho. – Myślałem, że wszystko jest jak należy…

– Zaczęła interesować się tym, czym nie powinna. Dotarła do ojca Mieleszki.

Prokurator odniósł wrażenie, jakby ślina w gardle nagle zmieniła stan skupienia. Przywodziła na myśl raczej watę niż płyn.

– Jak? – jęknął Skopiński.

– Przez dom dziecka.

– Przecież…

– Najwyraźniej nie wszyscy są tak małomówni, jak powinni – odparł z wyraźnym niezadowoleniem Langer. – Jeden z opiekunów zdradził jej, że chłopak był blisko z Mieleszką.

Skopiński potarł nerwowo czoło. Czuł, że zaczyna mu się robić gorąco. Na Boga, wszystko to przybierało coraz bardziej niepokojący kierunek. Jeszcze kilka tygodni temu był przekonany, że gorzej być nie może, tymczasem teraz z każdym dniem sytuacja przedstawiała się w coraz ciemniejszych barwach.

Zamknął gazetę i na moment opuścił powieki.

– Niech pan dalej czyta – poradził Langer.

– Nie.

Prokurator podniósł wzrok i pochylił się do przodu. Oparł się na kolanach, po czym posłał rozmówcy długie spojrzenie.

– Trzeba się zająć tą prawniczką – zauważył.

Piotr zaśmiał się cicho.

– Niech pan sobie daruje te eufemizmy – poradził. – I przy okazji też wszystkie plany na usunięcie jej. Ona jest jak zaraza.

– Na pewno istnieje jakiś sposób, by w porę ją spacyfikować.

– Tadeusz robi, co może.

– Czyli co?

– Stara się przekonać ją, że to przypadek pedofilii.

Skopiński uniósł brwi, nie bardzo rozumiejąc, co Piotr ma na myśli. Dopiero po chwili dotarło do niego, jaki scenariusz został naprędce ułożony.

– Ta wersja nie przejdzie – zauważył. – Ojciec Mieleszko nigdy nie spojrzał nawet krzywo na żadnego z chłopaków.

Langer uniósł głowę.

– I? – spytał. – Jakie to ma znaczenie?

– Nie spreparuje pan dowodów na kilka lat wstecz.

Stanowczy wzrok Langera kazał mu sądzić, że rozmówca potraktował to niemal jako wyzwanie.

– Nie, kiedy ona się temu przygląda – dodał Skopiński. – I nie sądzę, by w ogóle w to uwierzyła. Nie na podstawie samych słów Tadeusza.

– Zobaczymy – odparł Piotr.

Ton jednoznacznie świadczył o tym, że rozmowa na ten temat nie jest głównym powodem, dla którego się spotkali. Prokurator zrobił głęboki wdech, a potem na powrót rozłożył gazetę. Ale nawet gdyby rzeczywiście chciał skupić się na treści artykułów, nie potrafiłby.

– W jakim celu się spotkamy? – zapytał.

– Zrobi pan coś dla mnie.

Oczywiście. Wszystko musiało się do tego sprowadzać. Nie chodziło o ostrzeżenie go, że Joanna Chyłka może dobrać się do niego od innej strony, niezwiązanej z zarzutami, które formalnie na nim ciążyły. Langer czegoś od niego oczekiwał.

Kiedy Skopiński usłyszał czego, przez pewien czas nie dowierzał. W pierwszej chwili chciał odmówić, wstać i po prostu opuścić lobby, nie zastanawiając się nad konsekwencjami. Wystarczyła jednak chwila, by zdał sobie sprawę z ich rozmiaru. A wówczas skinął tylko głową na znak, że zrobi to, czego się od niego wymaga.

12

ul. św. Wincentego, Bródno

Po podpisaniu dozoru na komisariacie Kordian pojechał po Chyłkę na Argentyńską, a potem wraz z nią ruszył w kierunku prawobrzeżnej części miasta. Ranek był zimny jak na tę porę roku, ale Chyłka zdawała się jeszcze chłodniejsza. Niemal przez całą drogę milczała, odezwała się dopiero, kiedy Oryński zaparkował pod pasażem sklepowym nieopodal Kondratowicza.

– Znowu zacząłeś dzień od gandalfa białego – zauważyła, wychodząc z auta.

– Nie.

– I zameldowałeś się w takim stanie na posterunku?

– Posłuchaj...

– Nikt nie powiedział ci *you shall not pass*?

– Nie. I nikt mi nie powie, bo wszystko jest w jak najlepszym porządku.

Chyłka parsknęła, kierując się na drugą stronę ulicy. Zamknięte osiedle wysokich bloków pochodziło z lat, kiedy ówczesne obrzeża Warszawy przeżywały boom deweloperski. Wtedy budowano jak najwięcej na jak najmniejszej przestrzeni, teraz wszystkim zależało na czymś zupełnie odwrotnym.

Dwójka prawników szła powoli w kierunku budki ochrony, Joanna lekko się kołysała.

– Będzie w porządku tylko do czasu. Dopóki nie trafi się ktoś, kto spojrzy ci głęboko w oczy i zobaczy w nich amfetaminowy doping.

Kordian uznał, że najrozsądniej będzie nie podejmować tematu.

– Sypiasz w ogóle, Zordon? Czy jedziesz cały czas na speedzie?

– Sypiam.

– Gówno prawda.

Złapał ją za rękę na wysepce oddzielającej pasy ruchu i obrócił do siebie. Popatrzyła na niego, jakby miała zamiar mu przyłożyć. Tuż obok przejechał samochód, kierowca wyraźnie zainteresował się zachowaniem dwojga pieszych.

– O co ci chodzi? – zapytał Oryński.

Chyłka przyjrzała mu się z niedowierzaniem.

– Naprawdę mnie o to zapytałeś?

– Wiesz, co mam na myśli.

– Niespecjalnie – odparła, zbliżając się. – Ale czekaj, przy odrobinie szczęścia może zgadnę. Chodzi ci o to, że sama jestem dla siebie siłą tak destrukcyjną, że nie mam prawa przejmować się, kiedy ty się staczasz? Czy może o to, że jako osoba, która była na dnie, straciłam moralne prawo, żeby kogokolwiek upominać? Co? Która wersja jest dobra?

Spojrzał na nią, a potem przeniósł wzrok na najbliższy blok. Zastanawiał się zarówno nad tym, co odpowiedzieć, jak i nad tym, co tak naprawdę miał na myśli. W końcu machnął na to ręką, uznając, że nie ma sensu się nad tym głowić.

– Chodźmy – powiedział, wskazując budkę. – Pogadamy, jak załatwimy to, co istotne.

W rozmowie z kimkolwiek innym taka deklaracja mogłaby stanowić zarzewie konfliktu. W przypadku Chyłki jednak było wręcz przeciwnie – właśnie pracę, a nie relacje międzyludzkie, uznawała za rzecz istotną.

– W porządku – rzuciła. – Ale jeszcze raz mnie szarpniesz, od razu ci odwinę.

– Umowa stoi.

Odetchnął w duchu, a potem ruszył za nią na osiedle. Przekonanie ochroniarza, że muszą porozmawiać z jednym z mieszkańców, okazało się niełatwym zadaniem. Oryński przypuszczał, że prędzej czy później Chyłka wymusi na nim swoją wolę, ale trafili na wyjątkowego służbistę. Oznajmił, że nie wpuści ich na teren osiedla, jeśli nie otrzyma zgody któregoś z mieszkańców.

– Dobra – rzuciła Joanna. – Niech pan więc dzwoni do Baumanna.

– Proszę o numer mieszkania.

Chyłka wywróciła oczami, a potem sięgnęła po telefon. Kordian zastanawiał się, czy w istocie zna dokładny adres Stanisława Baumanna, szybko przekonał się jednak, że tak właśnie było. Może pomógł Kormak, a może była przygotowana. Tak czy inaczej po chwili ochroniarz wybrał odpowiedni numer.

– Dzień dobry, panie prokuratorze – powiedział.

Najwyraźniej Baumann był tutaj znany. Specjalnie to Oryńskiego nie dziwiło – z materiałów, które zebrał dla nich Kormak, wynikało, że Stanisław Baumann miał aż nadto czasu wolnego. Sporo spędzał go na osiedlu, przechadzając się niespiesznie i bez celu, jak robiły to na dziedzińcu kobiety z wózkami. Siadywał na ławkach, czytał gazety, spacerował po nieodległym Lasku Bródnowskim. Zapewne kilka razy dziennie napatoczył się na ochroniarza, być może ucinali sobie pogawędki.

– Dwie osoby do pana – odezwał się służbista, patrząc spode łba na prawników. – Joanna Chyłka. Druga osoba się nie przedstawiła.

Mężczyzna odstawił na moment słuchawkę od ucha i spojrzał na Oryńskiego. Ten podał mu imię i nazwisko, nie chcąc tracić czasu. Potem oboje wbili wyczekujące spojrzenie w ochroniarza.

– Twierdzą, że muszą z panem porozmawiać. Tak, chcieli, żebym ich wpuścił. Nie, powiedziałem, że bez… oczywiście, rozumiem. Wpuszczam.

Rozległ się brzęczek furtki, a ochroniarz wskazał wzrokiem na dziedziniec, nie odzywając się słowem. Minęli go, weszli na ogrodzony teren osiedla, a potem skierowali się w stronę budynku, w którym mieszkał Stanisław Baumann.

Prokurator odebrał domofon, ale się nie odezwał. Zamiast tego od razu otworzył im drzwi.

– Najwyraźniej wie, po co tu jesteśmy – odezwał się Oryński, przepuszczając Chyłkę w progu.

– Trudno, żeby nie wiedział.

– Co nie znaczy, że jest w cokolwiek zamieszany – zauważył Kordian i ruszył za nią w stronę windy. – Może po prostu sądzić, że chcemy wypytać go o Tesarewicza.

– Nie.

Oryński wcisnął guzik.

– Mówiłam ci, że to wszystko nie przypadek.

Owszem, mówiła – nadal jednak sądził, że całe jej rozumowanie opiera się na intuicji. Wyszła z założenia, że wszystko, co się teraz działo, było konsekwencją jakichś wydarzeń ze stanu wojennego. I że Maciek Lewicki oberwał jedynie rykoszetem.

Według niej liczyli się tylko Tesarewicz i Mieleszko, a ponieważ mieli ze sobą kontakt wyłącznie w PRL-u, to właśnie w przeszłości należało szukać odpowiedzi.

Droga do ich poznania była tylko jedna. Joanna była przekonana, że ktoś, kto miał z nimi styczność w tamtym czasie, mógł pomóc w wyjaśnieniu sprawy. Logicznym wyborem byli rodzice Tesarewicza lub jego żona, wszyscy już jednak nie żyli.

Joanna drążyła, analizowała i zmieniała koncepcje, zanim w końcu oznajmiła, że muszą przyjrzeć się Stanisławowi Baumannowi – peerelowskiemu prokuratorowi, który oskarżał Tadeusza w czasie stanu wojennego.

Kordian nie sądził, by przyniosło to jakiekolwiek efekty. Wprawdzie wcześniej nie mieli powodu, by zajmować się Baumannem, ale sprawdzili go pobieżnie tuż po wzięciu sprawy Tesarewicza.

Nic wykraczającego poza normę nie rzuciło im się w oczy. Oskarżyciel nie wsławił się ani chwalebnie, ani niechlubnie. Wykonywał swoją pracę, skazując zarówno przestępców, jak i osoby, które walczyły z systemem. Nie pomagał opozycjonistom, ale też nie stawiał sobie za punkt honoru, by ponosili dotkliwe kary.

Zdawał się zwyczajnym facetem. I Kordian utwierdził się w tym wrażeniu, kiedy Baumann otworzył im drzwi. Miał na sobie niewyróżniający się sweter z Reserved lub H&M, nieco sprane spodnie i stare kapcie.

Powitał ich lekkim uśmiechem.

– Spodziewałem się państwa dużo wcześniej – powiedział.

– Ta? – rzuciła Chyłka. – A to dlaczego?

– W końcu bronili państwo Tadeusza.

Joanna podeszła bliżej, a mężczyzna jakby dopiero teraz zreflektował się, że blokuje przejście. Wykonał zamaszysty ruch ręką, zapraszając ich do środka. Prawniczka natychmiast z tego skorzystała.

– W wolnej Polsce jesteście na ty? – spytała.

– Już wcześniej byliśmy – odparł Stanisław. – Ale proszę, niech państwo wejdą. Wszystko opowiem.

– Żeby pan wiedział, że opowie.

Usiedli w salonie połączonym z kuchnią. Mieszkanie było gustownie urządzone, meble sprawiały wrażenie drogich, może nawet robionych na zamówienie. Właściwie miało to sens, skoro były prokurator większość emerytury spędzał właśnie tutaj.

Z researchu, który Kormak przeprowadził na prośbę Chyłki, wynikało, że Baumann żyje sam. Jego żona zmarła, a dzieci przebywały za granicą. Starsza córka pracowała w jakimś resorcie w Nowej Zelandii, młodsza uczyła pływać w Australii. Powodziło im się całkiem nieźle – i to nie od dziś. Baumannowie wysłali bowiem dzieci za granicę już po liceum. Obydwie córki kończyły renomowane brytyjskie uczelnie, a potem rozjechały się po świecie. Trzecim dzieckiem Baumanna był chłopak z nieślubnego związku, o którym niewiele było wiadomo. Podobnie jak jego przyrodnie siostry, udał się za granicę i tam ułożył sobie życie.

Stanisław sprawiał wrażenie człowieka w pełni ukontentowanego, jakby osiągnął wszystko, co sobie zamierzył, a teraz korzystał z należnego mu odpoczynku.

Prawnicy usiedli na rozłożystej, obitej jasną skórą kanapie, a gospodarz zaproponował im kawę. Oboje odmówili. Chyłka z oczywistych względów, Oryński zaś dlatego, że czuł się dostatecznie pobudzony.

– Może w takim razie doktor pepper? – zapytał Stanisław.

– Co takiego? – wypalił Oryński.

Gospodarz spojrzał na niego z konsternacją, nie bardzo rozumiejąc, skąd to zdziwienie.

– Nie, dziękujemy – odparła Joanna. – Po czymkolwiek gazowanym robi się ze mnie ludzki saturator.

– A ja od jakiegoś czasu nie piję niczego, co jest słodzone acesulfamem K.

Baumann popatrzył najpierw na jedno, potem na drugie.

– Ciekawy z państwa duet.

Żadne z nich nie skomentowało, a gospodarz spróbował jeszcze z herbatą i wodą, po czym zrezygnowany opadł na fotel po drugiej stronie niewielkiego stolika kawowego. Mimo że ubierał się skromnie, w jego gestach i zachowaniu było coś arystokratycznego. Oryńskiemu przywodził na myśl Hugh Hefnera, wiekowego szefa „Playboya". Wizja ta dość dobrze współgrała z wystrojem wnętrz.

Regały na książki miały nieregularne, wymyślne kształty, których raczej próżno było szukać w Ikei, a na ścianach wisiało co najmniej kilkanaście płócien przedstawiających artystyczne wizje księżyców z Układu Słonecznego. Oryński większości nie rozpoznawał. Kojarzył jedynie Europę, naturalnego satelitę Jowisza. I to pewnie tylko dlatego, że niedawno oglądał *Europa Report*.

Obok stały niewielkie repliki planet, tradycyjnie w skali zupełnie nieodpowiadającej rzeczywistości. Było to o tyle uzasadnione, że mało kto skojarzyłby je z właściwymi obiektami, gdyby proporcje zostały zachowane. Wówczas Słońce trzeba by przedstawiać w wielkości odpowiadającej piłce do koszykówki, Jowisz byłby piłką do tenisa, a Ziemia nawet nie piłeczką do ping-ponga. Nie wspominając o Merkurym, który stałby się właściwie kropką.

Stanisław obrócił się i powiódł wzrokiem po swojej kolekcji.

– Pan też zafascynowany kosmosem?

– Tylko tym w skali mikro – odparł Kordian. – I w wydaniu korporacyjnym.

Baumann pokiwał głową ze zrozumieniem.

– Na nic innego nie starcza mi czasu – dodał Oryński, choć w obecnej sytuacji nie była to do końca prawda.

– No tak – odezwał się były prokurator. – Ja zacząłem interesować się wszechświatem dopiero na emeryturze. I powiem panu, że to zupełnie zmieniło mój sposób postrzegania samego siebie.

– Fascynujące – bąknęła Chyłka. – Ale nie przyszliśmy po to, żeby ględzić o obrotach ciał niebieskich.

– Oczywiście, chcą państwo porozmawiać na temat Tadeusza.

– Dziwnie się czuję, jak pan tak o nim mówi.

– Co proszę?

– Coś mi zgrzyta. To tak, jakby Hitler odnosił się do jednej z ofiar Holocaustu per Izaak, Szaweł, Jozue, Juda, Łazarz czy tam Mordechaj.

Oryński poruszył się nerwowo.

– To chyba przesada – odezwał się Stanisław. – Do wielu osób mnie już porównywano, ale…

– Fakt, Hitler to nieadekwatny przykład. Pan musiałby raczej być jednym ze sługusów. – Zmrużyła oczy, przyglądając mu się. – Himmler odpada, zbyt wysoko postawiony. Goebbels to samo. Może w takim razie... czy ja wiem? Zordon, pomożesz?

Kordian pokręcił głową.

– No tak, on zna tylko czarne charaktery z *Power Rangers*. Tych z drugiej wojny światowej nie jest w stanie wymienić – odparła pod nosem. – Postawiłabym w takim razie na Heinza Auerswalda.

Stanisław wyraźnie nie wiedział, jak zareagować na to, że rozmowa przybrała taki obrót. Sprawiał też wrażenie, jakby pierwszy raz słyszał o Auerswaldzie. Po prawdzie, Oryński także nie kojarzył nazwiska.

– Komisarz do spraw dzielnicy żydowskiej w Warszawie – oznajmiła Chyłka. – Krótko mówiąc, gość odpowiadał przez jakiś czas za wszystko, co działo się w getcie. Szczegółów chyba nie muszę przytaczać?

Żaden z nich nie miał czasu odpowiedzieć.

– A mimo to po wojnie nie postawili mu żadnych zarzutów.

Spojrzała wymownie na Baumanna, a na jego twarzy po raz pierwszy zagościł niepokój.

– Widzę, że łapie pan, do czego piję – dodała. – Świetnie. W takim razie możemy przejść do konkretów.

– Zaręczam, że...

– Że powie nam pan wszystko, co chcemy wiedzieć? Nie trzeba. To ja zaręczam, że powie pan jeszcze więcej.

Przełknął ślinę z wyraźnym trudem, a potem rozsiadł się na fotelu, jakby chciał zaznaczyć, że są na jego terenie. Jeśli rzeczywiście tak myślał, mylił się. Gdziekolwiek wchodziła Chyłka, stosowała taktykę spalonej ziemi – i natychmiast anektowała całą okolicę.

Oryński zdawał sobie sprawę, że w tym wypadku też tak będzie. Porównanie byłego prokuratora do członka hitlerowskiej organizacji stanowiło tego zapowiedź.

– Powiem państwu wszystko, co wiem na temat Tadeusza – zadeklarował jeszcze raz. – Ale nie bez powodu wspominałem, że spodziewałem się państwa wcześniej.

Spojrzał na nich znacząco, jakby czekał, aż dopytają o szczegóły.

– Dlaczego nie przyszli państwo, gdy go bronili? – zapytał, nie doczekawszy się żadnej reakcji. – Wtedy być może mógłbym jakoś pomóc, ale…

– Teraz pan nie może?

– Teraz nie wiem, w czym miałbym się przydać – odparł. – Tadeusz jest wolny, a państwo zajmują się czymś zgoła innym.

– Nie tak całkiem zgoła – odburknęła Chyłka.

Baumann wydawał się nieco skołowany.

– Oskarżają państwo posiłkowo Mariana Skopińskiego, nieprawdaż?

– Prawdaż.

– W takim razie to nie ma nic wspólnego z przeszłością Tadeusza. Przynajmniej nie z zamierzchłą. Skopiński prowadził śledztwo cztery lata temu, mnie już wtedy w prokuraturze nie było.

– Tak, tak, znamy cały *timeline* pańskiej zawrotnej kariery – odparła Chyłka i machnęła ręką. – W aktach brakuje tylko zaznaczenia, któremu pierwszemu sekretarzowi KC PZPR najsprawniej lizał pan...

Kordian kaszlnął głośno, Chyłka zmierzyła go wzrokiem.

– Zostawmy to – powiedziała. – Szczegóły zabierze pan pewnie ze sobą do grobu. Oby niebawem.

Jeśli do tej pory Stanisław łudził się, że ma do czynienia z prawniczką taką jak inne, powinien zwątpić w swój prokuratorski instynkt. Przyglądał się rozmówczyni przez dłuższą chwilę, a potem potrząsnął głową, jakby nie dowierzał temu, co właśnie usłyszał.

– Lepsze to niż sąd i więzienie, prawda? – spytała. – A jak sobie o tym myślę, to właśnie się panu należy. No, ale zamiast tego pan i inni peerelowscy prokuratorzy zrobiliście kariery, część nawet wyciska dojną państwową krowę, zasiadając w ławach sejmowych.

Baumann chciał się odezwać, ale ostatecznie zrezygnował.

– Niektórzy dostają jednak od losu szansę, żeby odkupić przynajmniej część win. Tak jak pan w tej chwili.

– Robiłem tylko to, czego wymagało prawo.

– No, pewnie – bąknęła. – Powiedział esesman, strzelając do Żyda i powołując się na ustawy norymberskie.

Twarz gospodarza jakby stężała. Oryński wiedział doskonale, że mężczyzna jest na granicy utraty cierpliwości, ale Joanna celowo go do niej doprowadziła. Chciała sprawdzić, z czego jest ulepiony. I jak bardzo jest wyrachowany.

Prokurator ukształtowany w czasach głębokiej komuny musiał mieć twardą skórę. A fakt, że nie dał się sprowokować, dowodził, że Baumann z pewnością zalicza się do grona profesjonalistów.

Patrzył na Chyłkę bez wyrazu, nie odzywając się. Prawniczka zaplotła dłonie na brzuchu i odgięła się.

– Czeka pan na więcej? – spytała.

– Czekam, aż pani skończy te tyrady.

– Dopiero się rozkręcam.

– W takim razie być może powinna pani spotkać się z kimś innym. Ja liczyłem bowiem na konstruktywną rozmowę.

– To ciekawe – odparła, trwając w niemal całkowitym bezruchu. Oryński odnosił wrażenie, że przestała nawet mrugać. – Bo ja spodziewałam się raczej wykrętów, bujd i straty czasu.

Uciekł wzrokiem w stronę drzwi, jakby chciał zasugerować, że prawnicy powinni przynajmniej rozważyć opuszczenie jego mieszkania.

– Więc po co tu pani przyszła?

– Chciałam przekonać się, kogo mam przeciwko sobie.

Niedowierzanie odmalowało się na jego twarzy, kiedy cicho parsknął.

– Przeciwko? – spytał. – Nie jestem stroną w żadnym postępowaniu. Ani przeciwko pani towarzyszowi, ani prokuratorowi Skopińskiemu.

W końcu się poruszyła, ale tylko po to, by pogrozić mu palcem.

– Niech pan lepiej nie szafuje tak tym określeniem. „Towarzysz" w pana ustach nie brzmi najlepiej.

Stanisław westchnął głęboko, a potem jakby w poszukiwaniu wsparcia spojrzał na Kordiana. Wyglądało na to, że nie zabawią tutaj już długo. I po prawdzie Oryński nie wiedział, dlaczego jeszcze nie wyszli.

Jeśli Chyłka zakładała, że w istocie niczego przydatnego się od gospodarza nie dowiedzą, powinna dawno dać sygnał do wyjścia.

A mimo to z jakiegoś powodu sprawiała wrażenie, jakby zadomowiła się tu na dobre.

– Chce mnie pani o cokolwiek zapytać czy nie? – odezwał się Baumann.

– Tak.

– Więc może najwyższa pora?

– Opowie mi pan o czasach PRL-u. O akcie oskarżenia przeciwko Tadeuszowi, o procesie, o wszystkim, co się wiązało z jego późniejszą odsiadką w Strzebielinku i na Białołęce. Tudzież z jego przedwczesnym wyjściem.

– Przedwczesnym? – spytał cicho Stanisław. – Żadne wyjście opozycjonisty nie było przedwczesne, pani mecenas. Raczej spóźnione.

– I pan to mówi?

– Tak. Dlatego warto to wziąć do siebie.

– Biorę do siebie tylko to, co sama uznam za właściwe – odparła. – A w tej chwili najchętniej przyjęłabym trochę kawy. Ma pan?

Spojrzał niepewnie na jej brzuch.

– Mam na myśli zbożową.

– Niestety nie mam.

– W takim razie herbata.

Skwaszona mina rozmówcy świadczyła, że propozycja podania im czegoś do picia przeterminowała się w momencie, kiedy Joanna sięgnęła po hitlerowskie porównania.

– Zordon napije się kawy. Z mlekiem sojowym, aromatem waniliowym, bitą śmietaną i happy mealem *Czarodziejki z Księżyca*. Jeśli pan ma coś takiego pod ręką.

Stanisław odchrząknął niepewnie.

– O gustach się nie dyskutuje – dodała. – Przynajmniej w przypadku Zordona. A w szczególności, jeśli chodzi o jego preferencje muzyczne. – Na moment zamilkła, jakby wymagało to odpowiedniego przypieczętowania. – W kwestii napojów w ostateczności wystarczy mu po prostu kawa.

Kordian miał wątpliwości, czy gospodarz spełni prośbę, ale ten po chwili podniósł się i przeszedł do kuchni. Kiedy tylko obrócił się do nich tyłem, Chyłka wyciągnęła swój telefon z pękniętą szybką. Zaczęła robić zdjęcia mieszkania, zerkając znacząco na Oryńskiego. Ten w odpowiedzi uniósł pytająco brwi.

– Foć – rzuciła szeptem.

Zrobił, jak kazała, choć nie bardzo wiedział, w jakim celu ma obfotografowywać mieszkanie. Zanim Baumann wrócił z herbatą i kawą, mieli już właściwie tyle zdjęć, że mogliby stworzyć trójwymiarowy model wnętrza.

– Proszę – powiedział Stanisław, stawiając przed Chyłką filiżankę.

– Zielona? – spytała.

– Nie, czarna.

– Podaje pan kobiecie w stanie błogosławionym czarną herbatę? – fuknęła.

– Nie sądziłem, że…

– Że teina podnosi ciśnienie krwi i tętno? Do cholery, dorobił się pan dwójki dzieci, powinien pan wiedzieć to i owo.

Odsunęła filiżankę, a potem pokręciła głową.

– No nic – rzuciła. – Siadaj pan i opowiadaj. Zaczniemy od tego, jak trafił pan na Tesarewicza, kiedy jeszcze ścigał pan wszystkich tych solidarnościowych wywrotowców. Potem chcę usłyszeć, co sprawiło, że Tadeusz wyszedł przed amnestią.

Prokurator nabrał głęboko tchu i zaczął opowiadać. Kordian przyglądał się bacznie, jednak nie jemu, a Chyłce. Doskonale znała całą historię, wiedziała, że to Amnesty International interweniowało w sprawie Tesarewicza. Zresztą nie tylko w jego, choć starania organizacji najczęściej kończyły się fiaskiem. W tym wypadku udało się jednak ugrać coś z władzami komunistycznymi.

Nie było powodu, dla którego Joanna miałaby słuchać tego samego z ust Baumanna. I Oryński w pewnym momencie przekonał się, że w istocie nie słuchała, a tylko udawała.

Kordian ledwo zdążył wypić kawę, gdy Chyłka oznajmiła, że więcej do szczęścia nie potrzebuje, i niezgrabnie się podniosła.

– Ale… – zaczął Stanisław.

– Dowiedziałam się wszystkiego, czego chciałam.

– Ale niczego pani w istocie…

– O nie, nie. Zdradził mi pan znacznie więcej, niż pan sądzi.

Wychodziła z mieszkania, uśmiechając się pod nosem. Oryński nie do końca rozumiał, co się właśnie stało, ale jedno było pewne – Chyłka rzeczywiście trafiła na coś konkretnego.

13

Sąd Okręgowy w Warszawie, al. Solidarności

Znajdowanie się po niewłaściwej stronie sali sądowej było dla Chyłki jak spartaczony cover któregoś numeru Iron Maiden. Wszystko było niby znajome, a jednocześnie nie takie, jak powinno.

Wierciła się, co chwilę lekko trącając siedzącego obok Paderborna. Ten zdawał się ignorować jej nadpobudliwość, skupiając się na wyjaśnieniach, które z miejsca dla świadków właśnie wygłaszał oskarżony.

Marian Skopiński nie przyznał się do winy, ale zaznaczył, że odnosi się jedynie do sfery prawnej. Zapewnił, że wykonał wszystkie swoje obowiązki należycie, co nie znaczy, że nie poczuwa się do odpowiedzialności moralnej za to, co się wydarzyło.

– Wydaje mi się to naturalną reakcją – podkreślił. – Bo nawet jeśli zrobimy absolutnie wszystko, co w naszej mocy, niejednokrotnie towarzyszy nam poczucie, że mogliśmy zrobić więcej.

Chyłka przewróciła oczami. Była wprawdzie przygotowana na takie dyrdymały, ale nie sprawiło to, że słuchała ich z mniejszym trudem. Obejrzała się przez ramię i powiodła wzrokiem po publiczności. Na próżno szukała Oryńskiego. Miał się zjawić, ciekawy, czy podczas rozprawy pojawi się jakiś wątek, który połączy tę sprawę z jego, ale najwyraźniej zaspał.

Powinna była się tego spodziewać. A przede wszystkim wziąć pod uwagę, że organizm w końcu musiał odmówić mu posłuszeństwa i przejść w stan hibernacji. Być może stało się to właśnie dzisiaj.

Nie widziała go przez kilka dni, ostatnim razem rozmawiali po opuszczeniu mieszkania Baumanna. Wtedy wszystko było w porządku, przynajmniej na tyle, na ile w tej sytuacji było to możliwe. Teraz jednak Chyłka nie wiedziała, czy słusznie zrobiła, przestając trzymać rękę na pulsie.

Zordon odczuwał nieustanną presję. Nie, coś znacznie większego. Napór świadomości, że z każdym kolejnym dniem przybliża się coraz bardziej do powrotu do więzienia. A nie trzeba było mu przypominać, co – lub kto – tam na niego czeka.

Czy mogła się dziwić, że w tej sytuacji sięgnął po gandalfa białego? Nie, raczej nie. Na jego miejscu postąpiłaby podobnie. Albo gorzej. Zatopiłaby się w morzu alkoholu, a nikotyny przyjmowałaby więcej niż tlenu. W przypadku amfetaminy plus przynajmniej był taki, że wzmagała tempo pracy.

Tyle że w końcu musiała go wykończyć.

Chyłka spojrzała w stronę drzwi, a potem usiadła prosto.

– Jesteś pewna, że wszystko w porządku? – szepnął Olgierd, kiedy po raz kolejny go trąciła.

– Pytasz trzeci raz.

– A ty wciąż się mościsz, jakbyś szukała dogodnej pozycji, by urodzić.

– Spokojnie. Nie zamierzam wydalić pasożyta w sądzie. A już szczególnie nie po tej stronie sali. Byłoby to jak spoliczkowanie go, jeszcze zanim zdążył się na dobre urodzić.

Paderborn skwitował jej odpowiedź milczeniem, wciąż patrząc na swojego kolegę po fachu.

Sformułowany przez Olgierda akt oskarżenia nie był dla Chyłki zaskakujący. Wnioskował w nim o karę w dolnych granicach ustawowych widełek, argumentując, że nie doszło do przyjęcia korzyści majątkowej ani jakiejkolwiek innej. To, co się wydarzyło, było spowodowane zwykłym ludzkim błędem, który wprawdzie nie powinien był się zdarzyć, ale nie mógł też powodować nadmiernie dotkliwych konsekwencji dla Skopińskiego.

Większość tej argumentacji przedstawił jedynie Chyłce, nie sądowi. Dla wszystkich uczestników postępowania było jasne, że skład orzekający potraktuje prokuratora łagodnie. Joanna spodziewała się, że ten dostanie karę w zawieszeniu.

Rozprawa rozpoczęła się o planowanej porze, ale szybko okazało się, że się przeciągnie. Przesłuchania kolejnych świadków szły opornie i mozolnie, Skopiński skrupulatnie korzystał z przysługującego mu uprawnienia, by składać wyjaśnienia co do każdego przedstawianego dowodu.

Tłumaczył ze szczegółami, jakie czynności podejmował, na jakich opiniach techników kryminalistycznych się opierał, co brał pod uwagę, co dokumentował i jak przesłuchiwał potencjalnych świadków.

Z jego zeznań wyłaniał się taki obraz, jaki powinien – i gdyby Chyłka była na miejscu sędziów, zapewne uznałaby, że oskarżony odfajkował wszystko, by można było wymierzyć niezbyt dotkliwą karę.

Wszystko wydawało się przesądzone. Ale tylko pozornie.

Jeśli bowiem się nie myliła, stanowiło to tylko wierzchołek góry lodowej. W dodatku takiej, której lwia część była niewidoczna pod powierzchnią wody.

Kiedy miejsce na mównicy zajął jeden z badających miejsce zdarzenia techników kryminalistycznych, Paderborn oznajmił, że nie ma żadnych pytań. Sędzia skierował wzrok na Tesarewicza, który był następny w kolejce, ale ten również odmówił. Podniosła się dopiero Chyłka.

– Potwierdza pan to, co mówili wcześniej pańscy koledzy?

– To znaczy?

– Że materiał DNA mojego mocodawcy znajdował się na wszystkich czterech ciałach?

– Tak.

– Ale nie na miejscach zdarzeń. Tylko na zwłokach.

– Owszem.

– I panu też nie wydało się to dziwne?

– Nie – przyznał technik. – Bo zarówno okolica, jak i ciała zostały skrupulatnie oczyszczone. Materiały, które znaleźliśmy, stanowiły nieopatrznie pozostawione ślady.

– To znaczy?

– W związku z tym, że proces nie jest utajniony, wolałbym nie podawać szczegółów. Ktoś mógłby później zrobić z nich użytek wbrew prawu.

– Niech pan nie przesadza. I się nie krępuje – odparła Joanna. – Przestępcy doskonale wiedzą, jak unikać odpowiedzialności. Wystarczy, że przeczytają dobry kryminał.

Świadek milczał.

– Nie wspominając już o tych, którzy mieli pewien kontakt z organami ścigania. W taki czy inny sposób. I którzy są w miarę rozgarnięci.

– Ma pani jakieś pytanie? – odezwał się sędzia przewodniczący.

– W istocie, Wysoki Sądzie – odparła z uśmiechem i ukłoniła się lekko. – Chciałam zapytać, czy mój mocodawca wygląda świadkowi na totalnego kretyna?

Technik popatrzył na sędziego, a ten głęboko westchnął.

– Pani mecenas…

– Inaczej sformułować pytanie?

Przewodniczący sprawiał wrażenie, jakby się nad tym zastanawiał. Ostatecznie jednak musiał uznać, że szkoda na to czasu i poprosił świadka o udzielenie odpowiedzi na ostatnie dwa pytania.

– Jak wiadomo z akt sprawy, ofiary zostały wykorzystane seksualnie przez sprawcę – bąknął technik, patrząc na Tesarewicza.

– Niezupełnie wykorzystane, bo już wówczas nie żyły – zauważyła Chyłka.

Świadek uniósł brwi.

– Naprawdę ma pani zamiar…

– Mam zamiar poprawiać pana, ilekroć będzie pan nieprecyzyjny – odparła twardo. – Zeznaje pan na rozprawie, która jest kluczowa zarówno dla mojego klienta, oskarżonego, organów ścigania i społeczeństwa. Warto byłoby wyrażać się starannie.

Technik mruknął coś pod nosem.

– Jeśli to do protokołu, proszę wyraźniej – rzuciła Joanna.

– Nie.

– W takim razie wróćmy do tematu. Jakie ślady znaleźliście na zwłokach?

– Mleczanu dehydrogenazy.

– Czyli?

– Jest to jeden z elementów składowych nasienia.

Joanna wykonała ponaglający ruch ręką, a kiedy sędzia posłał kryminalistykowi znaczące spojrzenie, ten nabrał tchu i przygotował się do wyjaśnienia poruszonej kwestii.

– Podobnie jak w innych tego typu sprawach, tak i w tej sprawca użył prezerwatywy. Odnaleźliśmy ślady substancji nawilżającej i plemnikobójczej, które zazwyczaj w takich przypadkach znajdują się w otworach ciała.

Znów zerknął na przewodniczącego, jakby miał nadzieję, że nie będzie musiał zagłębiać się w szczegóły.

– Plemniki znajdujemy rzadko. Nawet kiedy nie dochodzi do użycia prezerwatywy. W przypadku kobiet po kilku godzinach szanse na to maleją prawie do zera. Przynajmniej jeśli chodzi o żywe ofiary. – Odchrząknął i przestąpił z nogi na nogę. – W zwłokach plemniki mogą przetrwać kilka dni, a jeśli warunki są odpowiednie, nawet dłużej.

– A w tym wypadku?

– Odnaleźliśmy jedynie ślady wspomnianego mleczanu.

– Plemników nie było?

– Nie.

– Co to oznacza?

– Prawdopodobnie to, że po dokonaniu aktu sprawca ściągnął prezerwatywę i niewielkie ilości nasienia znalazły się na ciele. Wynika to z reakcji zachodzącej między nasieniem a substancją pokrywającą prezerwatywę.

– Prawdopodobnie? Nie na pewno?

– Oczywiście, że nie na pewno – odbąknął technik. – Nic nie jest w takich sytuacjach absolutnie pewne.

– Powiedziałabym, że nie tylko w takich sytuacjach, ale też w życiu. Jeśli nie liczyć trzech rzeczy, które pewne są. Śmierć, podatki i to, że nigdy nie kupię produktu firmy, która zmusza mnie do obejrzenia trzydziestosekundowej reklamy przed odtworzeniem jakiegoś materiału wideo w internecie.

– Pani mecenas…

– Spokojnie, Wysoki Sądzie, zmierzam do czegoś konkretnego.

– Proszę więc nie brać objazdów.

Skinęła lekko głową, a potem położyła dłonie na brzuchu, jakby chciała podkreślić, że ciąża upoważnia ją do nieco większej swobody. W pewnym sensie tak było. I oczekiwała pobłażliwości od sędziów – nie po to taszczyła te dodatkowe kilogramy, by nic z tego nie mieć.

– Mówiąc po ludzku, jakaś kropelka skapnęła na ciała po stosunku – dodała.

Technik chciał chyba zaoponować, że z „ludzkim" sposobem wyrażania się niewiele ma to wspólnego, ale ostatecznie ograniczył się do krótkiej odpowiedzi.

– Tak – powiedział.

– We wszystkich czterech przypadkach?

– Owszem. Wynika to zapewne z tego, że sposób działania był podobny, a zatem moment ściągnięcia prezerwatywy także. Ma to nawet fachową nazwę, pani mecenas. *Modus operandi*.

– Ach, naprawdę?

Nie odezwał się, zamiast tego pokręcił lekko głową.

– Jak precyzyjnie ustalono czas zgonu ofiar? – spytała.

– Na tyle, na ile pozwalała ówczesna technika.

– Czyli? Ile czasu minęło od momentu śmierci do momentu odnalezienia zwłok w każdym przypadku?

– Pierwszą ofiarę znaleziono po kilkunastu godzinach, drugą po niecałych dwóch dniach, trzecią po kilku godzinach, czwartą podobnie.

– Czy więc w dwóch ostatnich przypadkach nie powinniście odkryć plemników, a nie tylko mleczanu?

– Powinniśmy, o ile nie zostałaby użyta substancja plemnikobójcza. A tak było, jak już mówiłem.

– Ciekawe – odparła Joanna, unosząc wzrok i mrużąc oczy. – Bo nawet sami producenci kondomów twierdzą, że to nie wybija w stu procentach tych małych wojowników. I mogę to potwierdzić.

Poklepała się lekko po brzuchu, ku konsternacji chyba każdego członka składu orzekającego. Przewodniczący skarcił ją wzrokiem.

– Materiału nie było wiele – odparł świadek. – Jak pani obrazowo zauważyła, chodzić mogło o niewielką kroplę, być może niewidoczną gołym okiem.

– Mhm.

Na moment zaległo milczenie. Joanna wbijała wzrok w technika, zdając sobie sprawę z tego, że cisza w tym momencie jest najbardziej niewygodna właśnie dla niego. Sprawiała, że odczuwał presję, by się wytłumaczyć.

Wiedziała także, że im dłużej nie zada kolejnego pytania, tym większa szansa, że przesłuchiwany sam podejmie temat.

Nie pomyliła się. Technik kontynuował, tym samym nieopatrznie wysyłając podprogowy sygnał, na który każdy sędzia i ławnik byli wyczuleni – tylko winny się tłumaczy.

– Prawdopodobieństwo, że w tak małej próbce znalazłyby się plemniki, które nie zostałyby zniszczone przez środek w prezerwatywie, było naprawdę znikome.

– Tak? Jakie konkretnie?

– Nie sposób tego precyzyjnie ustalić, ale…

– Proszę oszacować.

– To wszystko zależy od konkretnego przypadku. Nie ma jednej, stałej liczby plemników na milimetr nasienia.

– A ile wynosi ona przeciętnie?

Technik przez moment się zastanawiał. Chyłka obawiała się, że odmówi odpowiedzi, w końcu nie musiał znać takich szczegółów. Kiedy jednak milczenie się przeciągało, stało się jasne, że mężczyzna nie zamierza pozwolić sobie na okazywanie niewiedzy.

– Powiedziałbym, że norma to jakieś kilkanaście, może piętnaście milionów plemników w mililitrze.

Chyłka złożyła usta, jakby chciała zagwizdać.

– Nieźle – powiedziała. – I nie było ani jednego.

Świadek pokiwał głową.

– Na moje oko wygląda na to, że mamy tylko dwa możliwe scenariusze, które wyjaśniają, dlaczego po kilku godzinach od stosunku odnaleźliście sam mleczan, a nie plemniki – dodała Joanna. – Pierwszy: mój klient jest bezpłodny. Drugi: nasienie było starsze.

– Starsze?

Nie odniósł się do pierwszej kwestii, bo była oczywistą bzdurą. Przeprowadzone badania dowiodły, że u Tesarewicza wszystko było w normie.

– Że nasienie pochodziło sprzed wielu godzin, przynajmniej kilkunastu. A jak pan może pamięta, mówiliśmy o odnalezieniu ciała kilka godzin po śmierci. I o stosunku *post mortem*.

Chyłka powiodła wzrokiem po członkach składu orzekającego.

– Czy tylko mi to nie współgra?

– Nie tylko pani – przyznał przewodniczący i chciał kontynuować, ale nie dała mu na to czasu.

– W dodatku mówimy o tak małej próbce, że właściwie... – Na moment zawiesiła głos, potrząsnęła głową, jakby sobie o czymś przypomniała, i popatrzyła na kryminalistyka. – Niech pan powie, dałabym radę załatwić sobie ten materiał?

– Co proszę?

– Gdybym chciała podłożyć go na miejscu zdarzenia – wyjaśniła. – Potrzebowałabym, dajmy na to, użytej przez mojego klienta prezerwatywy czy może wystarczyłaby pościel, na której wraz z małżonką uprawiał *coitus*?

Joanna obawiała się, że Tadeusz zgromi ją wzrokiem na wspomnienie o zmarłej żonie, ale ten zdawał się daleko odpłynąć myślami.

Technik przez dłuższą chwilę głowił się nad odpowiedzią.

– Proszę świadka o odpowiedź – upomniał go przewodniczący.

– Przypuszczam, że wystarczyłaby pościel.

– Ja też tak przypuszczam – burknęła Joanna, a potem przeniosła wzrok na sędziego. – I dziwi mnie, że podobnie nie pomyślał oskarżyciel, który prowadził śledztwo. Szczególnie że nam wszystkim te rozbieżności czasowe wydają się co najmniej podejrzane.

Wiedziała, że wyprowadziła celne uderzenie.

– Podsumujmy – rzuciła, zerkając na świadka. – Jaka była kolejność zdarzeń?

– Cóż…

– Najpierw wytrysk, potem zabójstwo, a na końcu stosunek? Tak by wynikało z ustaleń prokuratora Skopińskiego?

– Po latach naprawdę nie sposób…

– Ale dobrze rozumuję, prawda?

Technik odkaszlnął, na chwilę znów zamilkł, a potem skinął lekko głową. Sędzia podał to do protokołu.

– Więc dlaczego wtedy prokurator Skopiński tak nie rozumował? – zapytała Chyłka.

Nie czekała na odpowiedź. Zamiast tego posłała pełne satysfakcji spojrzenie oskarżonemu.

– Dziękuję, Wysoki Sądzie, nie mam więcej pytań – dodała.

14

Kawalerka Oryńskiego, ul. Emilii Plater

Wszystko wskazywało na to, że w pewnym momencie jawność procesu zostanie wyłączona. Kiedy technik po raz kolejny podniósł argument, że nie wszystko powinno pojawiać się w mediach, sędzia w końcu się z nim zgodził.

Prawo do zadawania pytań po Chyłce mieli jeszcze obrońca, sam Skopiński oraz członkowie składu orzekającego. Kordian przypuszczał jednak, że najaktywniejszy będzie pierwszy z tych podmiotów – adwokat z Czymańskiego Messera Krata.

Wraz z Chyłką spodziewali się, że CzMK wytypuje którąś z prominentnych person, być może nawet imiennego partnera. Okazało się jednak, że miejsce obok Skopińskiego zajął nikomu nieznany prawnik.

Kordian przypatrywał mu się, kiedy kamerzysta zdecydował się zrobić ostatnie zbliżenie przed tym, jak media zostały wyproszone z sali.

– Humbug – ocenił siedzący obok Kormak.

Oglądali całą relację na kanapie, z nogami wyciągniętymi na niewielkim stoliku do kawy. Między nimi stał popcorn, a oni robili to, co w takiej sytuacji zrobiłoby dwóch innych facetów w każdym miejscu na globie – uważali, by w tym samym momencie nie sięgnąć do miski. Mimo to raz czy dwa musnęli się dłońmi.

– Humbug? – jęknął Oryński.

– Dużo szumu o byle gówno.

Kordian mruknął z dezaprobatą.

– Przerzuciłeś się z McCarthy'ego na Nałkowską i Sienkiewicza?

Chudzielec zmierzył go wzrokiem. Stanowczo zbyt długo i zbyt badawczo, by prawdziwy sens spojrzenia uszedł uwadze Kordiana. Niemal mógł zobaczyć odbicie samego siebie w oczach przyjaciela. I nie podobało mu się to, co widział. Narkotyczne zmęczenie zdawało się przebijać na pierwszy plan, przyćmiewając nawet oznaki braku snu i złej diety – czy może raczej głodówki, którą raz po raz przerywał czymś na szybko z KFC.

Od kilku dni zjeżdżał coraz niżej po równi pochyłej, w którą zamieniło się jego życie. A najgorsze było to, że cały czas miał tego świadomość. Nie dopadło go amfetaminowe otumanienie, za którym szła błogość. Przeciwnie, wiedział doskonale, w jak niepokojącym kierunku zmierza.

Mimo to wciągał coraz więcej. Ostatnio w coraz większym stopniu dzięki Kormakowi, bo jemu samemu powoli kończyły się środki. Przez lata pracy w Żelaznym & McVayu zgromadził trochę kapitału, ale trzymał go na rachunku oszczędnościowym. Stanowiło to nie tylko formalną, ale też psychologiczną barierę przed sięganiem po te pieniądze. Przypuszczał jednak, że długo taki stan rzeczy się nie utrzyma.

– Jak długo będą odstawiać tę szopkę? – burknął Kormak.

– Koło godziny.

– Nie mam na myśli zamkniętych drzwi, tylko cały proces.

Oryński spojrzał na stolik. Pojedyncze białe kryształki wyglądały, jakby ktoś trzęsącą się ręką słodził kawę lub herbatę, ale z cukrem nie miały nic wspólnego. Przed momentem obaj wciągnęli po kresce. Niewielkiej, ale wystarczającej, by nieco pobudzić umysł.

– Przecież to jakiś cyrk – dodał szczypior. – Dlaczego w ogóle ten gość jest sądzony?

– Hę?

– Nie powinni najpierw przeprowadzić postępowania w sprawie uniewinnienia Tesarewicza?

– Przeprowadzili. Uznali, że został niesłusznie skazany.

– Bo?

Kordian spojrzał na przyjaciela z niedowierzaniem, jakby ten nagle zmienił strony.

– Nie żebym to kwestionował – zastrzegł szybko chudzielec. – Ale ciekawi mnie, jakim cudem to się stało tak szybko. Nagle ten cały mleczan okazał się nie należeć do Tesarewicza? Co?

Oryński wzruszył ramionami. Błądził w myślach między sprawami zupełnie niezwiązanymi z rozprawą, najwyraźniej gandalf biały potrzebował jeszcze trochę czasu, by poprowadzić go we właściwym kierunku.

Kormak nerwowo wystukiwał jakiś rytm na kolanie, raz po raz sięgając po popcorn. Zrobili całą miskę, spodziewając się dobrego show w teatrze przy Solidarności, ale oprócz wystąpienia Chyłki właściwie obyło się bez emocji.

– No? – ponaglił Kordiana chudzielec. – Czemu tak szybko mu odpuścili?

– Bo pojawił się Lewicki.

– No i? To wystarczyło, żeby oczyścić Tesarewicza?

– Sama prokuratura tak uznała.

– Wiem. Pytam o to, dlaczego tak się stało. To jeden chłopak, a przecież ofiar było kilka.

Oryński na moment zamilkł, bezmyślnie patrząc na telewizor. Po chwili poczuł, że serce zabiło mu nieco szybciej. Nadchodziła fala pobudzenia. Czekał na nią, choć zaczynał już się obawiać, że organizm jest tak zmęczony, że nawet amfetamina nie wprowadzi go na wyższe obroty.

Wrócił myślami do rozmów z Chyłką na temat sprawy. Wygrzebał z pamięci wszystko, co przekazała mu po rozmowach z Paderbornem. W pewnym momencie oni także zastanawiali się nad tą kwestią – stało się to już jednak po tym, jak Tesarewicz wypowiedział im stosunek obrończy. Niewiele mogli się wtedy dowiedzieć.

– Dogadali się – mruknął Kordian.

– Kto z kim?

– Prokuratura z Tesarewiczem. To oczywiste.

– Tak oczywiste, że przed momentem nie miałeś pojęcia, co odpowiedzieć.

– Miałem chwilową pomroczność.

– Chwilową, znaczy mniej więcej trzydziestoletnią.

Oryński zbył przytyk przyjaciela milczeniem.

– W zamian za to, że Tesarewicz zrezygnował z dochodzenia odszkodowania czy zadośćuczynienia i obiecał, że nie będzie cisnął ich jako oskarżyciel posiłkowy, mieli szybko załatwić sprawę. I załatwili. Wyszedł z więzienia w try miga.

– To normalna praktyka?

Dobre pytanie, pomyślał Kordian. Właściwie najczęściej zdarzało się tak, że prokuratura w obawie przed nadmiernymi konsekwencjami dla Skarbu Państwa szła w zaparte.

Do końca broniono zasadności oskarżenia, a jednak w tym wypadku po prostu przyznano się do porażki i rzucono na pożarcie Mariana Skopińskiego.

Na pożarcie? Nie, w żadnym wypadku. Oryński uświadomił sobie, że Kormak ma rację. Wszystko było ukartowane, łącznie z wyrokiem, który zapewne zapadnie stosunkowo szybko. To, co się działo, było kolejnymi etapami wcześniej ustalonego planu.

– Widzę, że ruszyły jakieś trybiki w twojej głowie – ocenił Kormak.

Oryński się nie odzywał. Owszem, ruszyły. A skoro stało się tak w jego przypadku, zapewne miało miejsce także, jeśli chodzi o Chyłkę.

– Ona coś kombinuje – odezwał się.

– Kto, królowa brytyjska? Ano, pewnie osiągnięcie nieśmiertelności. Ta kobieta jest nie do zajechania.

– Chyłka.

– A – odparł Kormak. – Ta jest jeszcze gorsza.

– Mówię poważnie.

– Ja też. Ale nie wiem, co konkretnie masz na myśli.

– Że czymś im zaraz dowali – powiedział Oryński, ściągając nogi ze stolika. Pochylił się i wbił wzrok w telewizor. – Jeszcze przed końcem rozprawy.

Poczuł, że serce przyspiesza mu jeszcze bardziej. Najpewniej jednak nie miało to związku z tym, co działo się w sali sądowej, a ze środkiem, który napędzał go od pewnego czasu. Kordian uważał, żeby nie przesadzać, ale nawet w stanie mocnego pobudzenia nie opuszczała go świadomość, że stopniowo zwiększa dawki.

Tętno miał już podwyższone, nawet kiedy nie wciągał. Największą różnicę odczuwał jednak, jeśli chodziło o oddech. Spodziewał się tego, bo zdawał sobie sprawę, że przedawkowanie amfetaminy najczęściej prowadziło do paraliżu mięśni oddechowych lub mikrowylewów.

Podobne myśli wracały co jakiś czas, szczególnie podczas zjazdów. Ze stanami lękowymi walczył jednak wytrwale z pomocą alkoholu. Nie pił dużo – tylko tyle, by nie dopuścić do siebie wewnętrznego głosu niepokoju, który rozlegał się, gdy efekty działania narkotyku nikły.

Spojrzał w stronę aneksu kuchennego, na kilkanaście pustych puszek po heinekenie. Jeszcze kilka lat temu taka kolekcja byłaby powodem do dumy, zrobiłby jej zdjęcie i wrzucił na Facebooka, oznajmiając, że przygotowania do sesji idą pełną parą. Teraz wypite piwa stanowiły dowody jego upadku.

Potrząsnął głową, uświadamiając sobie, że Kormak coś do niego mówi.

– Hm? – mruknął.

– Wszystko w porządku?

Dopiero teraz spostrzegł, jak badawczo przyjaciel mu się przygląda. Wciągnął znacznie mniejszą kreskę, był mniej pobudzony, ale równie czujny.

– W jak najlepszym.

– Nie wygląda mi na to.

– Zawiesiłem się.

Kormak przestał śledzić relację z rozprawy i odwrócił się do niego.

– Byłeś dzisiaj na komisariacie?

– Mhm.

– Tak czy nie? – dopytał stanowczo chudzielec. – Wiesz, że to nie są jaja, prawda? Nie trzeba wiele, żeby sędzia dziabnął Langerowi tę kaucję, a tobie wolność. Żaden z was nie zaskarbił sobie sympatii sądów.

– Wiem.

– A jak przydybią cię za gandalfa białego…

– Kormak – przerwał mu Oryński kategorycznym tonem. – Przed chwilą ściągnąłeś ze mną ścieżkę.

– I?

– W momencie, kiedy śluzówka twojego nosa oszalała, straciłeś moralne prawo krytykowania mnie.

– Nie wydaje mi się. Ja mogę wciągać, ty nie – odparł, rozsiadając się. – Przynajmniej pod względem moralnym, pod prawnym niekoniecznie.

– Akurat pod prawnym nie ma żadnych przeciwwskazań.

– Nie?

– Zażywanie narkotyków w Polsce jest w pełni legalne.

– Ano tak – odparł z satysfakcją chudzielec, jakby doskonale zdawał sobie z tego sprawę, ale chciał to usłyszeć od kogoś, kto zawodowo para się prawem.

– Zażycie to tylko ewentualny dowód poszlakowy mogący sugerować, że popełniasz przestępstwo posiadania – dodał Oryński.

– No… chociaż jak wciągnę, to posiadam w nosie, prawda? Więc samo wciągnięcie to już przekroczenie prawa.

– Tak?

– Na moje oko tak, ale sędzią Sądu Najwyższego nie jestem.

– A jak poszedłbym teraz do Ikei po nóż hackig, wrócił i zadźgał cię za bezsensowne rozmowy, samo kupno potraktowałbyś jako przestępstwo?

Kormak się skrzywił.

– Znasz nazwy noży z Ikei?

– Kupowałem ostatnio ceramiczny do krojenia warzyw. Połamał mi się dzień później, to sobie zapamiętałem.

Chudzielec pokiwał głową w zamyśleniu, jakby ta myśl wymagała przetrawienia. Toczyli podobne rozmowy właściwie każdego wieczora, najczęściej w tempie wymiany ognia z kałasznikowów. Dziś w porównaniu z poprzednimi dniami było spokojnie. A dyskusja była bardziej rzeczowa od wcześniejszych rozważań. Niechybnie dlatego, że obaj przynajmniej część uwagi poświęcali sprawom ważnym.

W końcu poświęciła im czas także Chyłka. Pod koniec rozprawy podniosła się, a materiał bluzki opiął się wyraźnie na jej wydatnym brzuchu. Żakiet, który kupiła w sklepie z ciuchami XXL, przywodził na myśl raczej pelerynę.

– Wysoki Sądzie – podjęła. – Pragnę złożyć wniosek dowodowy w imieniu mojego mocodawcy.

– O?

– O przesłuchanie kolejnego świadka.

Sędzia nie wyglądał na zadowolonego, a Kordian mu się nie dziwił. Wprawdzie Tesarewicz mógł do woli korzystać z przysługującej mu inicjatywy dowodowej, ale wszystko to sprawiało, że proces, który sędziowie i prokuratorzy chcieli mieć jak najszybciej za sobą, musiał się przeciągnąć.

– Po wysłuchaniu wyjaśnień prokuratora Skopińskiego nie ulega wątpliwości, że doszło do zaniedbań. I to takich, których doświadczony śledczy nie powinien się dopuścić.

– Tak, wskazali to państwo już w akcie oskarżenia.

– Nie omówiliśmy jednak wyczerpująco doświadczenia zawodowego oskarżonego.

– Zostało to opisane w toku postępowania.

– Niezupełnie.

Przewodniczący był na przegranej pozycji i najpewniej od początku zdawał sobie z tego sprawę. Chyłce w całej jej karierze nie zdarzyło się chyba zgłosić wniosku dowodowego, który zostałby odrzucony.

Do czego dążyła? Oryński starał się skupić, ale myśli wirowały mu w głowie jak liście na wietrze. Za dużo piwa, uznał w duchu. Sam speed pozwalał się skupić, to alkohol tworzył zamieć.

– Oskarżony spędził całe swoje zawodowe życie w warszawskiej prokuraturze – kontynuowała Joanna. – Chciałabym przepytać kilka osób na okoliczność tego, jak dużym doświadczeniem mógł się pochwalić.

– Powtarzam: to już zostało wykazane.

– W moim przekonaniu niedostatecznie.

Przewodniczący westchnął i popatrzył na swojego zastępcę. Jemu jednak najwyraźniej w zupełności wystarczała bierna rola w procesie.

– Mogę ograniczyć się do jednej osoby, jeśli Wysoki Sąd preferowałby takie rozwiązanie.

Sędzia pokiwał głową z wyraźnym niezadowoleniem.

– Musiałaby to jednak być osoba, która nie jest związana z oskarżonym, a jednocześnie świetnie orientuje się w kwestii śledztwa, przez które mój mocodawca trafił do więzienia.

– Zgoda.

– Nie ma wiele takich osób – dodała Chyłka, lekko rozkładając ręce. – Szczególnie kiedy weźmiemy pod uwagę, że świadek sam powinien móc pochwalić się odpowiednim doświadczeniem, by ocenić postępowanie oskarżonego.

– Niewątpliwie.

– Mogę pomyśleć tylko o jednej osobie. Mianowicie o Stanisławie Baumannie.

Sędzia ściągnął brwi, jakby nie mógł przypomnieć sobie, o kogo chodzi. Po chwili jednak w jego oczach pojawiło się zrozumienie. Przewodniczący był dużo młodszy od prokuratora, ale powinien go znać. Swojego czasu było przecież o nim głośno.

– Prokurator Baumann nie figuruje w aktach sprawy – zauważył.

– To prawda – przyznała Joanna. – Ale być może powinien.

– Ponieważ?

– Z kilku powodów. Przede wszystkim: kiedyś oskarżał mojego klienta, a zatem prokurator Skopiński musiał się z nim kontaktować, kiedy sam wszczął postępowanie przeciwko panu Tesarewiczowi.

Kilka osób zerknęło na oskarżyciela. Ten jednak nawet nie drgnął.

– Oprócz tego pan Baumann z pewnością skrupulatnie przyglądał się śledztwu w sprawie byłego opozycjonisty – dodała Chyłka. – Wszak sam kiedyś stawiał mu zarzuty, z pewnością chciał się przekonać, jak zakończy się sprawa. Musiała żywo go interesować.

Kordian po raz pierwszy pożałował, że nie ma go w sądzie. Miał się pojawić, ale ostatecznie uznał, że lepiej spędzić ten dzień na kanapie w towarzystwie gandalfa i Kormaka.

Teraz uwierała go świadomość, że może obserwować proces jedynie przez pryzmat mediów. Obraz z kamer był dzielony. Na większej części widać było skład orzekający, na mniejszej NSI pokazywała Joannę. Prawniczka wodziła wzrokiem po osobach, do których się zwracała, wyraźnie szukając poparcia. Dwoje ławników lekko kiwnęło głowami.

– Ponadto prokurator Baumann dysponuje odpowiednią wiedzą i doświadczeniem, by rzeczowo ocenić czynności podejmowane przez pana Skopińskiego. Jeśli dodamy do tego fakt, że nie jest już czynny zawodowo, a zatem nikt nie może wywierać na niego presji...

– Pani mecenas – przerwał jej przewodniczący. – Brzmi to jak wniosek o powołanie biegłego, nie świadka. Zechce pani wytłumaczyć?

– Oczywiście. Jak tylko świadek zajmie miejsce na mównicy.

Sędziowie popatrzyli po sobie, lekko skołowani.

– Obawiam się, że będzie musiała to pani umotywować. Świadek w tym wypadku nie ma wiedzy na temat faktów badanych w toku tego postępowania.

– Wręcz przeciwnie, Wysoki Sądzie – zaoponowała spokojnym, neutralnym głosem. – Chyba że mówimy wyłącznie o faktach zewnętrznych, wówczas, rzeczywiście, bezpośredniej wiedzy nie ma. Ale wartość dowodowa sprowadza się w tym wypadku do sfery wewnętrznej. Refleksji, reakcji, oceny intencji prokuratora Skopińskiego *et cetera*.

Ględziła jeszcze przez moment i Oryński przypuszczał, że nie przychodzi jej to z łatwością. Musiała jednak zaspokoić doktrynalną potrzebę sędziego, by ten z czystym sumieniem mógł dopuścić dowód.

W końcu tak się stało, a Joanna mogła ogłosić sukces. Kordian nie miał jednak pojęcia, jak duży. Sam wniosek był niezbyt znaczący, wszystko zależało od tego, co Chyłka miała zamiar wyciągnąć ze Skopińskiego.

– O co chodzi? – odezwał się w pewnym momencie Kormak, jakby przebudzając się z letargu. – To ten gość, u którego byliście na Bródnie?

– Mhm.

– A co on ma wspólnego ze sprawą?

– Nie wiem.

Kormak wymierzył palcem w telewizor.

– Ale ona wie – rzucił. – I powinieneś to z niej wyciągnąć.

Kordian nie miał zamiaru wspominać, że ostatnimi czasy niezbyt często się kontaktują. Chudzielec doskonale o tym wiedział.

– Szczególnie po tym, jak kazała ci obfotografować całe mieszkanie – dodał Kormak. – Po co to było?

Oryński wzruszył ramionami.

– Wzięła w ogóle od ciebie te zdjęcia?

– Wysłałem jej wszystkie jeszcze tego samego dnia.

– I sam też im się przyjrzałeś?

Nie odpowiedział, patrząc na obraz na antenie NSI. Zastanawiał się, jak długo potrwa wymierzenie Skopińskiemu pozornie surowej, ale tak naprawdę niezbyt dotkliwej kary. Odbędzie się pewnie najwyżej kilka rozpraw, o ile Chyłka nie będzie przewlekała postępowania. Pół roku to absolutne maksimum.

Szybko okazało się jednak, że był to wielce zaniżony szacunek.

Stanisław Baumann bowiem nie tylko nie odebrał wezwania z sądu, ale także nie otwierał drzwi, kiedy w nadchodzących dniach prawnicy starali się z nim rozmówić.

Chyłka z Oryńskim próbowali kilkakrotnie, zanim w końcu uznali, że nie ma to sensu. Zaczęli szukać rodziny Baumanna, z nadzieją, że ktoś ma zapasowy klucz i zechce ich wpuścić. Na próżno.

Do mieszkania przy Świętego Wincentego dostali się dopiero w asyście policji, spodziewając się już najgorszego.

Zastali jednak pustkę. Mieszkanie zostało wyczyszczone, nie pozostał w nim ani jeden mebel. Podłoga została zerwana, widać było wylewkę i ślady po panelach. Wnętrze zdawało się pulsować zapachem środków do dezynfekcji. Po właścicielu nie było śladu.

15

ul. Argentyńska, Saska Kępa

Jednym, gwałtownym ruchem Chyłka zrzuciła większość materiałów z biurka, a potem poderwała się na równe nogi. Nerwowo ruszyła w kierunku lodówki. Z furią otworzyła drzwiczki, niemal wyrywając je z zawiasów, a potem omiotła wzrokiem puste półki. Zaklęła głośno, unosząc ręce, i przez chwilę trwała w bezruchu.

Słuchała swojego oddechu. Ten wybuch kosztował ją sporo sił i czuła się, jakby przebiegła sprintem kilkunastometrowy odcinek.

Miała dosyć. Ciąży, abstynencji, a przede wszystkim tej sprawy. Nie doszła do niczego konkretnego, oprócz tego, że Baumann musiał mieć związek nie tylko z tym, co działo się w przeszłości, ale także z obecnymi wydarzeniami.

Nie potrafiła go jednak dostrzec.

Zerknęła na zegarek, by ocenić, jak wiele energii musi poświęcić, by zdążyć się uspokoić, zanim zjawi się Harry McVay. Stary znajomy i przełożony był przez kilka dni w Warszawie i mimo jej protestów oznajmił, że zabierze ją na kolację. Długo pozostawała nieugięta, ale w końcu musiała pójść na kompromis.

Meksykańskie żarcie na dowóz miało dotrzeć przed dwudziestą, Harry – równo z wybiciem pełnej godziny. I wprawdzie catering nieco się spóźnił, ale na brytyjskiej punktualności mogła polegać jak na Zawiszy.

O dwudziestej zero sześć zasiedli do jedzenia. Dziesięć po Chyłka odniosła wrażenie, że pochłonęła już całą swoją porcję.

– Jestem jak pieprzona koparka – jęknęła.

– *Nihil novi.*

Zmierzyła go wzrokiem.

– Dodatkowy rezydent w twoim ciele znacząco nie wpływa na czas, jaki poświęcasz na przeżuwanie – dodał.

– Przyjechałeś, żeby znęcać się nad ciężarną? To jedna z waszych dziwacznych tradycji?

– Nie mamy dziwacznych tradycji.

– Nie? A jak nazwiesz wlewanie mleka do herbaty?

– To zwyczajny sposób picia i…

– A doroczne toczenie się za spadającym z górki kręgiem serowym w jednym z hrabstw?

– Prawnie tego zakazano.

– Ale nieoficjalnie nadal to robicie – odparowała. – Oprócz tego dorocznie i zgodnie z prawem ważycie jakiegoś burmistrza, by stwierdzić, czy w ciągu danego roku urzędowania przypadkiem nie utył. Bo to by znaczyło, że zbyt dobrze mu się powodzi kosztem podatnika.

Harry uniósł brwi.

– Słyszałam, jak jakiś polityk o tym mówił – wyjaśniła Chyłka i wzruszyła ramionami. – Choć z zasady staram się ich nie słuchać.

Westchnęła głęboko, a potem położyła łokcie na stole i zaczęła masować skronie.

– Zresztą nie tylko ich. Ignoruję ostatnimi czasy dziennikarzy, adwokatów, świadków, biegłych i sędziów.

McVay spokojnie kroił kawałek krwistej wieprzowiny, nie dopytując. Ceniła go między innymi za to, że wiedział, kiedy się nie odzywać i okazać uprzejmą obojętność. Tylko Brytyjczycy to potrafili. Harry zajmował się swoim daniem, jakby było najważniejsze na świecie, a rozmowa toczyła się niejako przy okazji. W rzeczywistości jednak zjawił się u niej, by zaproponować wsparcie. Może w ogóle w tym celu przyjechał z Krakowa.

– Wszyscy naciskają, żeby zakończyć ten proces – dodała Joanna. – Skopiński dostanie po łapach, Tesarewicz w końcu zamknie ten rozdział swojego życia, organy ścigania skupią się już wyłącznie na odnalezieniu prawdziwego Tatuażysty, a ja będę mogła pełną gębą zająć się sprawą Oryńskiego.

Harry podniósł wzrok, ale tylko po to, by zasygnalizować, że słucha.

– Nie ma sensu tego ciągnąć – dodała. – Zasrany Baumann przepadł jak kamień w wodę, nie mam żadnego tropu.

– W mieszkaniu nic nie znaleziono?

– Coś tam znaleziono – odbąknęła. – Ale nic pomocnego. Przed wyjazdem sukinkot zatarł nawet ślady osmologiczne. Woniało tam jak na szpitalnym oddziale, którego ordynatorem jest pasjonat sterylności.

– Profesjonalna robota.

– Baumann zna się na rzeczy.

McVay znów przez moment milczał, przeżuwając kawałek mięsa. Odezwał się dopiero, gdy przełknął.

– On lub ktoś inny – zauważył.

– Sugerujesz, że nie zniknął z własnej woli?

Nie miała wątpliwości, że Harry trzyma rękę na pulsie i analizuje każde zdarzenie. Przypatrywał się wszystkiemu z zewnątrz, ale być może to dawało mu lepszą perspektywę. Może było coś, co przegapiła. Coś, co jednoznacznie wskazywałoby na przestępstwo.

– Przez lata nigdzie nie wyjeżdżał – zauważył McVay. – Ani razu nie odwiedził córek ani syna. I nagle wyprowadza się po tym, jak się u niego zjawiliście?

– Może planował to od jakiegoś czasu.

– Może – przyznał Brytyjczyk. – Nie popełnił w końcu żadnego przestępstwa, mógł wyjechać, kiedy mu się żywnie podobało. Tyle że nikomu o tym nie mówił.

– Rozpytałeś w środowisku?

Harry odpowiedział lekkim skinieniem głowy, a Chyłka uśmiechnęła się pod nosem. Powinna się spodziewać, że jeśli ktokolwiek z własnej woli wyciągnie pomocną dłoń, to będzie to właśnie McVay.

– Znam kilku prokuratorów.

– Raczej kilkudziesięciu. I w większości emerytowanych.

– Taki urok jesieni życia – odparł i odłożył sztućce. – Im starszy jestem, tym robi się ich więcej. I tym bardziej przekonuję się, że cała moja egzystencja sprowadza się do wynajdywania nowych sposobów na walkę ze zmęczeniem.

Westchnął chrapliwie i odkaszlnął. Joanna popatrzyła na niego badawczo.

– Jeśli przechodzisz kryzys wieku średniego, to... cóż mogę powiedzieć? Wiesz, gdzie są drzwi.

Harry się wyprostował.

– Mam na myśli dosłowne drzwi – sprostowała. – To nie żadna metafora o zejściu ze sceny niepokonanym.

– Nie, chyba nie w tym rzecz – odparł stanowczo zbyt poważnie McVay. – W pewnym momencie uświadomiłem sobie po prostu, że nadal wszędzie pędzę, a nigdzie już mi się nie spieszy.

Przewróciła oczami, świadoma tego, że to wszystko tylko teatr z jego strony. Przedstawienie, które w jego przekonaniu miało poprawić jej humor.

– A więc jednak kryzys – bąknęła.

– Gnam codziennie z biura do domu na złamanie karku – ciągnął, jakby jej nie słyszał. – I robię to tylko po to, by potem przez kilka godzin siedzieć w fotelu i oglądać telewizję.

– Znajdź sobie hobby. Tak robią starzy ludzie.

Dopiero teraz zdawał się usłyszeć, co mówi.

– Znalazłem – odparł i uniósł delikatnie kąciki ust. W jego oczach pojawiło się coś, co kazało jej sądzić, że z jakiegoś powodu dążył do tego, by rozmowa poszła w tym kierunku. – Może nie wystarczy to na dłuższą metę, ale na pewien czas nowe hobby zapewne mnie zajmie.

– Tak? I co to takiego?

– Sprawa Langera.

Chyłka gwałtownie odłożyła widelec i mocniej ścisnęła nóż. Zgromiła rozmówcę wzrokiem, ale ten natychmiast posłał jej uspokajające spojrzenie.

– Chcę tylko pomóc – zadeklarował.

– Chyba nie rozumiesz, co znaczy hobby – odparła, odkładając drugi ze sztućców. Straciła apetyt. Przynajmniej na moment. – To zasadniczo coś niezwiązanego z pracą.

– Langerem nie zajmuję się zawodowo.

Przez chwilę chciała zaoponować, ale ostatecznie uznała, że nie ma sensu. Przesunęła palcem po piętnie dżihadu, uświadamiając sobie po chwili, że robi to bezwiednie.

Najwyraźniej po raz pierwszy w życiu nabawiła się odruchu bezwarunkowego.

– To typowo hobbystyczne podejście.

– Z pewnością – bąknęła. – Szczególnie biorąc pod uwagę naszą przeszłość.

W sprawie głośnej kasacji, kiedy Langer był klientem Żelaznego & McVaya, drugi z imiennych partnerów brał czynny udział. Dla niego również była to zadra. Z pewnością jednak nie na tyle, by po latach się mścić. Fakt, że interesował się obecną sprawą, wynikał z chęci pomocy Chyłce. Przynajmniej częściowo.

– Wiesz, że jest w to wszystko zamieszany – odezwał się McVay.

– Oczywiście. Zawsze podkreślam, że sukinsyn nigdy nie pojawia się bez powodu.

– Ale nie odkryłaś, jaki to powód tym razem.

– Nie – przyznała. – Ty za to tak?

Pokręcił głową.

– To na cholerę budujesz napięcie? – ofuknęła go. – Myślałam, że coś masz.

Uśmiechnął się w odpowiedzi, co kazało jej sądzić, że jednak nie zjawił się u niej z pustymi rękoma. Oboje odsunęli talerze w jednym momencie, jakby tym samym wysyłali sobie sygnał, że najwyższa pora przejść do konkretów.

Harry pochylił się lekko nad stołem.

– Przyglądałem się sprawie od początku.

– I co dojrzałeś?

– W pierwszej chwili jedynie widok znany mi doskonale z Wysp.

– Mgłę.

Potwierdził ruchem głowy, doceniając, że mogli porozumiewać się niemal bez słów. W takich momentach Joanna żałowała, że gdy doszło do poróżnienia między partnerami, opowiedziała się po stronie Żelaznego. Artur nigdy nie poświęciłby czasu, energii, a prawdopodobnie także pieniędzy, by pomóc w prowadzonej przez nią poza kancelarią sprawie.

– Kiedy chciałaś powołać Baumanna na świadka, obraz przesłoniło mi jeszcze gęstsze mleko – ciągnął McVay. – Nie wiedziałem, skąd ten pomysł. W swej istocie nie był chybiony, ale… nie twój. Nie wiedziałem, co mogłabyś na tym ugrać, a ty z zasady robisz tylko to, co może przynieść ci szybką i wymierną korzyść.

Skrzywiła się i pogładziła po brzuchu.

– Z zasady – mruknęła.

– Zacząłem rozpytywać wśród znajomych w palestrze.

– Mogłeś po prostu zadzwonić do mnie i…

– I wysłuchiwać najpierw litanii na temat wtrącania się w nie swoje sprawy, potem ciekawostek związanych z moją ojczyzną, a na końcu kilku rzeczy, które nic by mi nie wyjaśniły?

– Mniej więcej – przyznała.

– Poszedłem inną drogą.

– I wyprowadziła cię z tej mgły?

– Owszem. W dodatku do miejsca, w które nie spodziewałem się trafić.

Teraz ją zainteresował. Harry rzadko dawał po sobie znać, że jest podekscytowany, ale tym razem widać było to w mimice i mowie ciała. Poruszał się nieznacznie, ale niemal gorączkowo, jakby chciał wyjawić, co odkrył, ale nie zamierzał pozbawiać się przyjemności obserwowania jej reakcji na każdy strzępek wiedzy.

– Starczy tego kluczenia – rzuciła. – Czego się dowiedziałeś?

– Że to nie sąd i nie obrońca wykonali świetną robotę w czasach PRL-u, ale Baumann.

– Hm?

– To jego starania doprowadziły do wcześniejszego wypuszczenia Tadeusza z Białołęki.

Czekał na odpowiedź, ale Joanna się nie odzywała. Nie współgrało to ze wszystkim, czego sama się dowiedziała. Wedle jej najlepszej wiedzy Baumann był typowym komunistycznym oskarżycielem. Nigdy nie wyciągnął pomocnej dłoni do żadnego solidarucha.

– Nie wydaje mi się – odparła. – Gdyby tak było, Baumann po osiemdziesiątym dziewiątym chełpiłby się tym i ogłaszał wszem wobec, że pomagał represjonowanym w stanie wojennym.

– Moi rozmówcy twierdzili, że nie pomagał.

– Przecież…

– A konkretnie, że pomógł tylko raz. Tesarewiczowi.

– Niby dlaczego miałby to robić?

– Nie wiem. Wcześniej i później doprowadzał do skazania szeregu opozycjonistów, żaden nie mógł liczyć na pobłażliwość z jego strony.

Chyłka wsunęła palce w grzywkę i odgarnęła ją na bok, przechylając przy tym głowę. McVay mimowolnie spojrzał na bliznę na szyi, ale natychmiast uciekł wzrokiem. Przez moment się nie odzywali.

– To nie ma sensu – powiedziała w końcu Joanna. – Wiesz dobrze, jak to wyglądało w PRL-u.

– O tyle, o ile. Nie było mnie wtedy w Polsce.

– No tak... – przyznała zamyślona. – Ale wyobraź sobie tę sytuację.

Nie przerywał jej, najpewniej zdając sobie sprawę z tego, że Chyłka w istocie mówi do siebie, a nie do niego.

– Tesarewicz powinien siedzieć aż do amnestii w osiemdziesiątym szóstym. Wychodzi dużo wcześniej i... co? Od razu przykuwa uwagę wszystkich swoich kumpli w opozycji. Niejeden musiał się obawiać, że Tadeusz został tajnym współpracownikiem i dlatego go wypuścili.

Harry założył nogę na nogę i zaplótł dłonie na kolanie. Jeśli wcześniej nie wyglądał jak typowy Brytyjczyk, teraz z pewnością tak było.

– W takim razie kompleksowo by go przemaglowali, dowiedzieliby się, że to zasługa Baumanna – ciągnęła Chyłka. – Jakim cudem to by po latach nie wyszło? Dla każdego prokuratora w III RP byłoby to jak los na loterii.

– Widocznie mieli coś do ukrycia.

– Co? Tesarewicz współpracował z bezpieką?

– Sprawdzali go kilkakrotnie w IPN-ie, jest czysty.

– Fakt, że w Instytucie nic nie ma, nie dowodzi żadnej czystości – odbąknęła. – Akta mogły zostać wyniesione do domu Kiszczaka albo innego paszczaka.

– Niewykluczone.

– Mogły też zostać zniszczone – dodała, marszcząc czoło coraz bardziej. – Albo sfałszowane.

– Trudno to wykluczyć.

– Trudno – przyznała. – Sam Wałęsa po transformacji wypożyczał teczki, usuwał z nich, co mu nie pasowało, a potem oddawał. Robił to bez ogródek, nie certolił się, nie krył z tym, i za to ma mój dozgonny szacunek – dodała.

– A więc należysz do tych, którzy…

– Którzy uważają, że Bolek jest tylko jeden. Ten, który występował ramię w ramię z Lolkiem, odwiedzając Dziki Zachód, rajską wyspę i tak dalej.

Harry milczał.

– Ale nie wszyscy byli tak otwarci w… porządkowaniu akt.

– Z pewnością.

– Tak to jest. – Westchnęła. – Nigdy nie dowiemy się, ilu osobom w historii udało się skutecznie sfingować własną śmierć, prawda? Co dopiero mówić o współpracy z esbecją.

McVay sprawiał wrażenie, jakby musiał się nad tym zastanowić, zanim ostatecznie potwierdził nieznacznym skinieniem głowy. Chyłka przypuszczała jednak, że w istocie głowi się nad czym innym.

– Jaką wersję przedstawił ludziom z Solidarności? – spytała.

– Nie miałaś tego w aktach?

– Miałam niewiele – odparła ciężko, jakby chciała zasugerować, że na nikogo nie można liczyć, szczególnie na peerelowskich urzędników. – Napisano jedynie, że adwokat przedstawił dobrą linię obrony, przy której akt oskarżenia miał upaść w apelacji. Podjęto więc decyzję, żeby Tadeusza wypuścić.

Na twarzy Harry'ego znów pojawił się wyraz satysfakcji.

– Rozmawiałem z tym obrońcą – oznajmił. – I potwierdził to, co przeczytałaś. Zresztą słusznie zauważyłaś, że gdyby było inaczej, inni opozycjoniści natychmiast by się dowiedzieli.

– Więc dlaczego obierasz kły?

– Co proszę?

– Tak chyba po brytyjsku się mówi na suszenie zębów? – spytała pod nosem. – *Peel one's ivories*?

– To niezupełnie…

– Mniejsza z waszymi dziwactwami, już je przerabialiśmy. – Machnęła dłonią. – Najwyższa pora, żebyś przestał się szczerzyć. I powiedział mi o wszystkim, co wiesz.

Rozsiadła się jak basza i spojrzała na niego spode łba. McVay nabrał tchu, najwyraźniej gotowy, żeby w końcu dojść do sedna.

– Ówczesny obrońca Tadeusza przedstawił prokuraturze nowy dowód – rzekł. – Nie trafił nigdy do sądu, więc nie został uwzględniony w materiale. Było to zeznanie świadka.

– Który poświadczył, że co?

– Że Tesarewicz nie miał nic wspólnego z zarzutami, które mu wtedy postawiono. A nawet więcej: że nie miał nic wspólnego z antykomunistyczną opozycją.

Chyłka prychnęła.

– Tyle by nie wystarczyło, żeby uniknął dalszej odsiadki.

– To zależy.

– Od czego?

– Nie od czego, a od kogo – odparł z zadowoleniem Harry. – Kluczowe było nie to, co powiedział świadek, ale kim był. A tak się składa, że była to wyjątkowo ważna osoba.

– To znaczy? Jakaś gruba ryba z PZPR?

– Nie. Przedsiębiorca.

Joanna rozmasowała kark, starając się nie okazywać powątpiewania. Ktokolwiek, kto prowadził biznes w schyłkowym okresie komuny, nie mógł uchodzić za istotną personę. Przeciwnie, zeznania takiej osoby mogłyby tylko zaszkodzić Tesarewiczowi.

– Sam nigdy nie był w partii, ale utrzymywał świetne kontakty z prominentnymi działaczami z ZSRR.

Teraz sprawa wydawała się jaśniejsza.

– Handlował z Rosjanami na dużą skalę, a w dodatku czasem szepnął dobre słowo swoim towarzyszom. Nasi politycy chętnie korzystali z jego koneksji, a on sam dorobił się małej fortuny, którą pomnożył po transformacji ustrojowej.

– O kim mowa?

– O Piotrze Langerze.

– Co takiego?

– Seniorze, rzecz jasna.

Chyłka miała wrażenie, że cała zastygła i choćby chciała, nie byłaby w stanie się poruszyć. Drgnął jedynie pasożyt w brzuchu.

– Chcesz powiedzieć, że stary Langer znał Tesarewicza?

– Tego nie wiem. Nie ulega za to wątpliwości, że to on się za nim wstawił. I sprawił, że Stanisław Baumann wycofał akt oskarżenia.

Joanna milczała.

– Nie muszę chyba mówić, że mimo ogromnego researchu, jaki wykonałem, nie znalazłem ani jednego dowodu na to, by Langer i Baumann kiedykolwiek się spotkali. Ani by cokolwiek ich łączyło.

– Co oznacza, że coś jest na rzeczy.

Harry znów pozwolił sobie okazać samozadowolenie.

– Tak się składa, że nawet wiem co – powiedział.

16

ul. Wilcza, Śródmieście

Ten moment musiał nadejść. Kordian stał przed wejściem na komisariat, chwiejąc się niepewnie w przód i w tył. Zastanawiał się, czy dobrym pomysłem jest wchodzić tam w takim stanie, ale pora, kiedy miał się stawić, już minęła. Narażał się poprzez samo spóźnienie, a stan wskazujący na spożycie może okazać się gwoździem do trumny.

Nie, to nie fakt, że jest lekko wstawiony, dobije deko. Stanie się tak za sprawą zainteresowania policjantów, które prędzej czy później przełoży się na badanie krwi. A to z kolei wykaże zawartość niedozwolonych substancji.

Oryński odwrócił się i ruszył z powrotem w kierunku Emilii Plater. Uszedł kilka kroków, zanim uświadomił sobie, że nie może uchybić obowiązkowi stawiennictwa. Zawrócił, znów pokonał kilka metrów, a potem się zatrzymał. Wykonał manewr jeszcze kilkakrotnie, zanim w końcu znalazł rozwiązanie.

Przeciął Marszałkowską i skierował się ku białym parasolom w oddali. Wszedł do piwiarni Warki szybkim krokiem, zdecydowany i bez wątpliwości co do tego, że podjął słuszną decyzję.

Zamówił duże piwo, a oprócz tego krewetki smażone w maśle czosnkowym i winie. Pachniały kolendrą, a on delektował się każdym kęsem i łykiem. Dopiero, gdy zjadł i zamówił drugi kufel, wyciągnął telefon, by zrealizować swój plan. Wybrał numer Chyłki i czekał.

Odebrała dopiero przy drugiej próbie.

– Co jest? – rzuciła.

Gdyby jej nie znał, mógłby dojść do wniosku, że rozmówczyni gdzieś się spieszy, a on dzwoni akurat w niewłaściwej chwili. Ponieważ jednak nie miała przed nim tajemnic, doskonale wiedział, że każdy moment taki jest.

– No? – ponagliła go.

Odbiło mu się, więc mimo woli jeszcze przez chwilę trzymał ją w niepewności.

– Mam pewien problem – oznajmił.

– Jeden? Naprędce jestem w stanie wymienić sześć.

Podrapał się po skroni, niepewny, czy rzeczywiście jest ich tyle. Może tak.

– To dodaj do tego jeszcze jeden.

– Jaki?

– Nie stawiłem się na komisariacie.

– Aha.

Ściągnął palcem szron z kufla i czekał na nieuchronną tyradę. Joanna jednak milczała.

– Lekko się zakropiłem – przyznał.

– Słyszę.

Wydawało mu się, że głos niczego nie zdradza, ale właściwie nie było to nic nowego. Odchrząknął i postarał się, by mówić płynnie i wyraźnie.

– Wolałem nie iść… no wiesz. Uznałem, że lepiej będzie to odłożyć.

– Policja na pewno będzie wyrozumiała – odparła obojętnie Chyłka. – Sąd też będzie sympatyzował, w końcu wielu orzekających ma problem alkoholowy. A jak się dowiedzą, że niuchasz speed, być może w geście solidarności oddalą wszystkie zarzuty.

Napił się i z trudem przełknął łyk.

– Było tylko jedno rozwiązanie – powiedział. – Nie iść i zdobyć zwolnienie lekarskie.

– Bardzo mądre posunięcie. Teraz musisz tylko znaleźć lekarza, który wystawia L4 na policyjny dozór.

– Chyłka, posłuchaj...

– Nie, to ty mnie posłuchaj, imbecylu – syknęła, w końcu rezygnując z pozorów cierpliwości. – Nawet gdybyś wypełniał co do litery każdy twój zasrany obowiązek, i tak balansowałbyś na wyjątkowo cienkiej linie. Jeśli uchybisz choć jednemu...

– Będę miał zwolnienie.

– Jakie zwolnienie, do kurwy nędzy!

– Lekarz może...

Rozległa się kanonada przekleństw, która uniemożliwiła Oryńskiemu powiedzenie czegokolwiek. Szybko dopił piwo, jakby to mogło go uratować. Odstawiwszy pusty kufel, uznał, że na tym zakończy.

– Nie masz nawet pojęcia, co w takiej sytuacji zrobić, kretynie!

– Mam niejakie...

– Tak? To po co pieprzysz o zwolnieniu?

– To był skrót myślowy.

– Który skrócił ci mózg, najwyraźniej – odbąknęła. – Bo usprawiedliwienie musi pochodzić od ciebie, lekarz tylko je potwierdza. Składasz je i liczysz na to, że ktoś się na to złapie.

Jak się nie złapie, zapytają cię o miejsce pobytu, a jak go nie ustalą, zlecą policji, żeby się tym zajęła.

Kordian milczał. Wizyta funkcjonariuszy w jego kawalerce mogłaby okazać się tragiczna w skutkach.

– Wiesz, co dzieje się potem?

– Nie.

– Nic, gówno! – odparła, niemal krzycząc prosto do słuchawki. – Sąd zmienia środek zapobiegawczy, uznając, że sobie z niego zakpiłeś.

Na linii zaległa cisza. Kordian rozejrzał się po pustym przybytku i złowił wzrok zaciekawionego kelnera. Ten szybko na powrót zajął się ustawianiem kufli na tacce.

– Plus byłby taki, że Langer zubożeje o pokaźną kwotę – zauważył Oryński.

Joanna nie odpowiadała.

– Halo?

– Jestem.

– Ale nietypowo milczysz.

– Bo zastanawiam się…

Sądził, że usłyszy nad czym, ale się nie doczekał. Nie musiał widzieć Chyłki, by wiedzieć, że utkwiła wzrok w jakimś odległym punkcie, będąc już myślami gdzie indziej. Wprawdzie nie mogła przepuścić okazji, by go zrugać, ale ostatecznie zdawała sobie sprawę, że Kormak zna jednego czy dwóch lekarzy, którzy postawią podpis pod odpowiednim papierkiem.

Chyłce najwyraźniej jednak coś innego zaprzątało myśli.

– Nad czym się zastanawiasz? – dopytał.

– Przede wszystkim nad tym, czy się nie rozłączyć.

– A oprócz tego?

– Nad związkiem tego, co kiedyś zrobił stary Langer, z tym, co teraz robi młody.

– Hę?

– Mam pewien trop, Zordon – powiedziała. – Wygląda na to, że całkiem obiecujący.

– Jaki?

– Dowiesz się w…

– W swoim czasie, oczywiście – uciął i znów musiał na moment urwać, kiedy bąbelki z piwa nagromadziły mu się w brzuchu. Przeczekał chmielowy borborygmus i odchrząknął cicho. – Ale może przedstawisz mi to chociaż oględnie?

– Bo?

– Skoro jest związane z Langerem, wiąże się także ze mną.

Była to dojmująca myśl, ale prawdziwa. Piotr stał się stałym elementem kruchego *status quo*, w którym Oryński funkcjonował. Gdyby go usunąć, wszystko by się zawaliło. A jednocześnie to właśnie on sprawiał wrażenie tego, który dąży do demontażu całości.

Do cholery, czego on chciał? I dlaczego w ogóle zaangażował się w sprawę? Jak wiązał się z Tesarewiczem, jeśli w ogóle?

Kordian potrząsnął głową, a potem uniósł pusty kufel w kierunku kelnera. Uniwersalny sygnał został odebrany.

– Mam prawo wiedzieć – odezwał się.

Chyłka nie odpowiadała.

– Chociaż to – dodał przez zęby.

Nie przypuszczał, że w jego głosie zadrgała nuta pretensji i zawodu, ale szybko przekonał się, że tak musiało być.

– Chociaż? – jęknęła Joanna. – Czyżbym wyczuwała gdzieś tam zadawnionego focha?

– Nie musisz niczego wyczuwać. Dobrze wiesz, co mam na myśli.

– Tak, tak – odbąknęła. – Twoim zdaniem masz prawo wiedzieć, kto zaraził mnie pasożytem.

– Kto jest ojcem dziecka – sprostował, mając serdecznie dosyć eufemizmów i określeń, które w żaden sposób nie sprawiały, że fakty stawały się mniej realne. – I owszem, mam pełne prawo.

– Bo?

Parsknął, zdając sobie sprawę z tego, że takie reakcje doprowadzą tylko do pogorszenia sytuacji. Coraz bardziej jednak to alkohol mówił za niego.

– Naprawdę muszę to wyartykułować? – bąknął.

– W tej chwili wszystko artykułujesz z trudem, Zordon.

– Tym bardziej powinnaś…

– Nic nie powinnam – ofuknęła go. – Nic nie muszę. To moja sprawa, do kurwy nędzy.

Chciał się odezwać, ale nie dała mu szansy.

– To mój problem – ciągnęła na jednym wdechu. – Mój gnój, w który się władowałam. Nie uzurpuj sobie prawa, żeby mnie z niego wyciągać. I nie poczuwaj się do takiej odpowiedzialności.

Wiedział, że im prędzej się rozłączy, tym lepiej. Mimo to miał zamiar doprowadzić tę rozmowę do końca. Kiedyś musiał, a ten moment był dobry jak każdy inny. Czy może zły jak każdy inny.

– Za kogo ty się masz? – dodała, a jej głos stawał się coraz ostrzejszy. – Za mojego kochanka? Partnera? Co?

– Dobre pytanie.

– Na które nie umiesz odpowiedzieć.

– Podobnie jak ty – wybełkotał.

– Właśnie – odparła, jakby to miało wszystko tłumaczyć.

Kordian sądził, że milczeć będą tylko przez moment. Najwyraźniej jednak jedno krótkie słowo wystarczyło, by oboje zrozumieli, w czym tkwi problem. Cisza się przeciągała, a razem z nią ich relacje zdawały się gnić w niepokojącym tempie.

– Nie wiesz nawet, kim dla mnie jesteś – dodała po chwili.

– Nie, nie wiem. I to chyba powinien być zarzut wobec ciebie.

– Wobec mnie?

– To ty komplikujesz sprawę, ty nie potrafisz się zaangażować i…

– Jesteś nawalony, Zordon – syknęła. – Wytrzeźwiej, to pogadamy.

– I kto to mówi?

Chyłka znów zamilkła, a Oryński przypuszczał, że zaraz usłyszy dźwięk przerwanego połączenia. Właściwie dziwne było, że do tej pory się nie rozłączyła.

– Po prostu się ogarnij – mruknęła.

Nie wiedział, co odpowiedzieć. Mógłby dać jej do zrozumienia, że na tym etapie nie widzi już sposobu, by to zrobić. Nie samodzielnie. Potrzebował nie tyle pomocy Chyłki, ile jej obecności. Nie miał jednak zamiaru o tym wspominać.

Nie miał także okazji. Zanim zdążył się nad tym zastanowić, Chyłka w końcu zakończyła połączenie. Oryński spojrzał ze złością na telefon, trzasnął nim o blat stołu, a potem na moment zamarł. Myśli pędziły mu w głowie i na dobrą sprawę był pewien tylko jednego – powinien szybko wypić kolejne piwo. Przynajmniej jedno.

Skończyło się na trzech.

Wyszedł z pubu chwiejnym krokiem, wspierając się o ścianę. Poczuł mdłości, kiedy odbiło mu się przeciągle. Obraz przed oczami miał nieco zamazany, ale mogło być gorzej. Ostatnie trzy wypite na hejnał piwa zrobiły swoje, nie pamiętał nawet, ile zamówił ich przed rozmową z Chyłką.

Pieprzona Chyłka. Przynajmniej połowa tego wszystkiego, co się działo, wynikała z jej życiowego szarżowania. To przez nią trafił na Langera, Gorzyma, wdał się w konflikt ze służbami i Bóg jeden wie kim jeszcze. To ona wciągnęła niczego nieświadomego młodego aplikanta w świat, który powinien poznawać stopniowo. Nie na dziko, nie na oślep, do kurwy nędzy.

Prychnął, kręcąc głową. Jakby wszystkiego było mało, zniszczyła mu życie osobiste, właściwie je zdemolowała. Nawet jeśli sama Chyłka miała jakiś zamysł na ich wspólną przyszłość, należało obiektywnie przyjąć, że nie czeka ich nic dobrego. O normalnym związku nie ma mowy. O szczęściu tym bardziej nie.

Ruszył przed siebie, jak przez mgłę uświadamiając sobie, że to nie obiektywizm przez niego przemawia, a połączony z amfetaminowym zjazdem alkohol. Powinien jak najszybciej ściągnąć kreskę.

Nie, nie, powinien zrobić coś innego.

Skończyć z tym wszystkim. Wyjść na prostą, w końcu stawić czoło konsekwencjom, a nie uchylać się od nich i lawirować gdzieś na obrzeżach moralności. Tak postępowała Chyłka, nie on.

Powinien wrócić do tego, co było. Na powrót stać się osobą, którą był, zanim ją poznał.

Wsparł się o najbliższy budynek, unikając zderzenia ze spieszącym się gdzieś mężczyzną w garniturze. Ten posłał mu długie, zaniepokojone spojrzenie. Zapytał o coś, ale Kordian nic nie zrozumiał. Skinął tylko głową i natychmiast zrobiło mu się niedobrze.

Ale będzie lepiej. Wiedział już, co musi zrobić.

Ruszył w kierunku komisariatu. Kolejne metry pokonywał z trudem, w końcu jednak dotarł na miejsce. Znów mu się odbiło, kiedy stanął przed wejściem. Wyjął komórkę, zmrużył oczy i postarał się napisać SMS-a. Chyłka powinna wiedzieć, do czego doprowadziła.

Litery dwoiły mu się przed oczami, zdania były nieskładne, ale nie miało to żadnego znaczenia. Wysłał wiadomość, informując ją, że to koniec. Potem wszedł do budynku.

17

ul. Argentyńska, Saska Kępa

Chyłka wiedziała, że ma większość elementów układanki. Wprawdzie nie sposób było jej ukończyć, nie znając ostatecznego obrazu, ale najważniejsze sprawy wydawały się jasne.

Baumann nie tylko oskarżał Tesarewicza, ale także doprowadził do jego uwolnienia.

Zrobił to, współdziałając z Piotrem Langerem seniorem.

Już same te fakty w połączeniu z tym, co Joannie udało się odkryć na własną rękę, mówiły jej więcej, niż McVay mógłby przypuszczać. Nie miała jednak zamiaru go o tym informować.

Czekała jeszcze na to, by Brytyjczyk postawił kropkę nad i. Wprawdzie musiała zrobić krótki przerywnik, by ujarzmić pijacko-infantylne ekscesy Zordona, ale teraz zamierzała poświęcić Harry'emu całą uwagę. Wyciszyła dzwonki w telefonie, a potem wróciła do stołu.

– *Pardon* – rzuciła. – Kryzys w rodzinie.

– Ojciec wciąż wydzwania?

– Nie. Tym razem niedoszły mąż.

McVay zdawał się nieco zbity z tropu.

– Jak popije, włącza mu się tryb uczuciowego szwendacza – wyjaśniła. – Chodzi i szuka problemów. I zazwyczaj jakieś znajduje. – Machnęła ręką, jakby takie rozmowy rzeczywiście były dla niej na porządku dziennym. – Wróćmy lepiej do rzeczy istotnych.

McVay zgodził się ruchem głowy.

– Odkryłeś więc związek Langerów z Baumannem.

– Tak. Stary wstawił się za Tesarewiczem i wygląda na to, że to on doprowadził do uwolnienia.

– Przycisnął Baumanna? Miał coś na niego?

– Wręcz przeciwnie. Złożył mu jakąś ofertę, a potem wykorzystał swoje koneksje, by wyciągnąć Tesarewicza z więzienia.

– Jaką ofertę?

– Tego nie udało mi się ustalić.

– Więc co ci się udało?

Uśmiech Harry'ego sugerował, że wcale niemało. Chyłka usiadła obok niego na kanapie i posłała mu ponaglające spojrzenie. McVay poprawił kraciastą marynarkę, która przywodziła na myśl stare filmy z Jamesem Bondem. Sam jej właściciel zresztą kojarzył się Joannie z Rogerem Moorem.

– Wyszedłem z założenia, że to niemała intryga – zaczął. – Skoro przez tyle lat te związki pozostawały w tajemnicy, coś naprawdę dużego musiało być na rzeczy. Zacząłem więc przyglądać się obecnym powiązaniom młodego Langera.

– Współczuję. Junior otacza się osobami, które cuchną gorzej niż najbardziej spocone osobniki w brojlerni.

McVay zmarszczył czoło.

– Mam na myśli prawdziwe zwierzęta – sprostowała. – Nie tuczniki w norzeoborze.

– Nie wątpię – odbąknął Brytyjczyk i również odwrócił się w jej kierunku. – Wygląda jednak na to, że na tej farmie nie ma miejsca dla Baumanna.

– Więc gdzie jest?

– Nigdzie. Na żadnym poletku Langera nie...

– Zostawmy te hodowlane porównania, Harry.

– W porządku – odparł z lekkim zawodem. – W każdym razie nic nie łączy juniora z Baumannem.

– Pozornie – sprostowała Chyłka, przyglądając się rozmówcy. – Ale ty przejrzałeś pozory.

– Tak – przyznał.

Wiedziała, że cokolwiek zrobił, musiało kosztować go to sporo wysiłku, być może nawet nagięcie moralnych zasad, które uznawał za świętość. Zdawała sobie sprawę, dlaczego to zrobił. I nie była z tego powodu zadowolona.

– Po śmierci seniora Piotr sprzedał właściwie cały majątek ojca... to znaczy ten prywatny, niezwiązany z biznesem. Mieszkanie, garaż i tak dalej.

– Mhm.

– Zostawił sobie jednak niewielkie lokum na Ursynowie.

– O, moja ulubiona dzielnica.

McVay zbył tę uwagę milczeniem, a jego twarz zdawała się nieco poszarzeć.

– Zastanawiało mnie, co jest w tym mieszkaniu takiego, że Piotr się go nie pozbył, ale nie dotarłem do niczego konkretnego.

– A jak w ogóle trafiłeś na ten trop?

– Przez pozory.

– To znaczy?

– Langer przez pewien czas jawił się jako przykładny obywatel, co przykuło moją uwagę.

– To znaczy? – powtórzyła nieco poirytowana Chyłka.

– Uiszczał systematycznie podatek ryczałtowy za wynajem. Co w przypadku zwykłego człowieka nie jest rzeczą wykraczającą poza normę, ale jeśli chodzi o Piotra...

Harry rozłożył ręce, a Joanna w duchu przyznała mu rację. Podatkowa szara strefa w przypadku wynajmu mieszkań była gigantyczna. Ściągano należności od przeszło sześciuset tysięcy wynajmujących, ale ich prawdziwa liczba była wielokrotnością tego stanu. A osoba taka jak Langer z pewnością powinna znajdować się wśród uchylających się od płacenia.

– Okej – rzuciła pod nosem. – Więc wydało ci się to podejrzane.

– Niezupełnie.

Uniosła brwi.

– Podejrzane było dopiero to, że w pewnym momencie przestał płacić podatek, ale mieszkania się nie pozbył. Nie wyglądało też na to, by kiedykolwiek tam przebywał.

Chyłka mruknęła z zainteresowaniem.

– Nie masz zamiaru spytać, jak do tego doszedłem? – spytał McVay.

Doskonale zdawała sobie sprawę z tego, że ktoś w urzędzie skarbowym pospieszył mu z pomocą. Wszystko wskazywało więc na to, że jej przypuszczenia o nagięciu etycznych reguł były trafne.

– Nie – powiedziała.

– Świetnie. W takim razie pozostaje mi jedynie dokończyć historię.

– Nie krępuj się.

– Pojechałem na miejsce – podjął, mrużąc oczy, jakby rzeczywiście trenował do roli agenta w tajnej służbie Jej Królewskiej Mości. – Rozpytałem wśród sąsiadów, ale oczywiście nikt nie widział tam nigdy ani młodego, ani starego Langera. Ani Baumanna, choć przypuszczałem, że może korzystał z tego lokum.

– Ale nie korzystał?

– Nie, sąsiad z mieszkania naprzeciwko twierdzi, że od wielu lat było wynajmowane różnym osobom. Nie miał żadnych zarzutów co do któregokolwiek z lokatorów.

Harry nieco się rozchmurzył.

– Ale i tak wolałby, żeby wróciła właścicielka – dodał. – Wyjechała lata temu do Australii lub Nowej Zelandii, mój rozmówca nie pamiętał dokładnie.

Joanna zagwizdała cicho.

– Więc to któraś z córek Baumanna dostała mieszkanie od starego Langera?

– Na to wygląda. I z jakiegoś powodu Baumann przekonał młodego, że powinno czekać na jej powrót.

– I co nam to daje?

– Możliwość uruchomienia Kormaka.

– Hę?

– Zrobiłbym to sam, ale wiesz, że moje kontakty z nim ostatnio... nie są takie, jak powinny. Lepiej żeby prośba nie wyszła ode mnie.

Chyłka kiwnęła głową.

– Ale ty możesz go uruchomić.

– Już widzę, w czym problem – odbąknęła. – Traktujesz go jak maszynę, a on tego nie lubi.

– Jest maszyną. Buldożerem dla kłamstw i półprawd.

– Przekażę mu to, może doceni twoje instrumentalne podejście.

– Powinien – odparł Harry, jakby rzeczywiście mógł to być komplement. – Tak czy inaczej Kormak może prześledzić operacje finansowe, rejestry, księgi wieczyste, pogrzebać w internecie i tych wszystkich miejscach, do których nikt poza takimi buldożerami nie ma dostępu.

– Szukać może – przyznała. – Pytanie, czy coś znajdzie.

– Jestem przekonany, że tak. Zauważ, że nie zatarli śladów, uznają to mieszkanie za jakiś niuans w ich relacjach, niewiele znaczącą bzdurę. A to oznacza, że mogli być w tej kwestii nieostrożni.

– Jakiej konkretnie kwestii?

McVay wzruszył ramionami. Wiedziała, że niczego więcej się nie dowiedział, a mimo to wydawało mu się, że trafił na żyłę złota. Z jednej strony w istocie mogło tak być. Z drugiej Harry mógł po prostu przeceniać możliwości chudzielca. Nieraz to robił, walcząc o niego z Żelaznym jak lwica o własne dzieci.

– Trzeba ustalić, która córka ma tytuł własności. I prześledzić wszystko, co robiła w ostatnim czasie – odezwał się McVay. – Przy odrobinie szczęścia…

– Przy odrobinie szczęścia może uda ci się uniknąć konsekwencji za szperanie w zeznaniach podatkowych – wpadła mu w słowo.

Przez moment mierzyli się wzrokiem. Odbiegli myślami od tematu Langera, Baumanna i zajmującej mieszkanie córki prokuratora.

Coś zupełnie innego zaprzątało im głowę.

I oboje wiedzieli doskonale, co chcieliby sobie powiedzieć – a jeszcze bardziej, czego by nie chcieli. Chyłka osunęła się lekko na kanapie, stękając przy tym. Nadzieja, że kolejna pozycja okaże się wygodniejsza, była płonna.

– Trzeba nazwać jakoś tego słonia – odezwała się w końcu.

Harry popatrzył na nią ze zdziwieniem, a ona zatoczyła ręką krąg.

– Tego w pokoju.

– O czym ty…

– *Elephant in the room*, słoń w pokoju. Wasze powiedzonko na smród, który wisi w powietrzu, ale wszyscy udają, że go nie czują.

W oczach McVaya nadal próżno było szukać zrozumienia.

– Wymyślił to bodaj Mark Twain – dodała.

– Właściwie Iwan Kryłow, a spopularyzowało się na początku dwudziestego wieku w brytyjskiej prasie i…

– Mniejsza z genezą. Liczy się fakt, że słoń stoi w rogu i łypie na nas ponaglająco, kręcąc przy tym trąbą.

Harry mimowolnie się rozejrzał.

– Dobrze wiesz, co mam na myśli – dodała Joanna.

– Wiem.

– I zdajesz sobie sprawę, jak to na ciebie wpływa?

– Tak.

– Złamałeś prawo właśnie ze względu na to, Harry – ciągnęła, uważnie mu się przypatrując. – W przypadku każdego innego prawnika takie zdanie brzmiałoby jak zaproszenie do żartów, ale w twoim nie.

Nie odpowiedział. Nie poruszył się nawet.

– Nie chcę więcej słyszeć o czymś takim – dodała Chyłka. – Nie chcę w ogóle widzieć cię w pobliżu tej sprawy. Nie chcę słyszeć, że idziesz choć o pół kroku za daleko. Rozumiesz?

Chwilę to trwało, ale w końcu skinął głową. Joanna powiodła wzrokiem dookoła, a potem wskazała róg pokoju.

– Nie muszę chyba dodawać, że ten słoń powinien tu zostać.

– Nie musisz.

– Jeśli prawda wyjdzie na jaw, ucierpię na tym nie tylko ja. Ty także.

– Jestem tego świadomy.

Myślała, że będzie trudniej. Że przyszedł tutaj też ze względu na to, by przekonać ją do wyjawienia tajemnicy. Ta jednak najwyraźniej była bezpieczna, przynajmniej na razie.

Chyłka nie miała jednak złudzeń, że na drugim froncie nie ma co liczyć na zwycięstwo. Harry mógł ją zapewniać, że odsunie się na boczny tor, ale zdawała sobie sprawę, że każda deklaracja będzie w istocie pusta.

Mimo to przed wyjściem powtórzył jeszcze, że jego rola zależy wyłącznie od jej woli. Przekazał jej, co miał do przekazania, a teraz to właśnie jej oddawał inicjatywę. Jej i Kormakowi.

Ledwo zamknęła za nim drzwi, sięgnęła po telefon. Miała jedno połączenie nieodebrane od Zordona i nieprzeczytanego SMS-a, ale to nie był czas na kolejne przepychanki. Ani tym bardziej na godzenie się. Wybrała numer Kormaka i przyłożyła słuchawkę do ucha.

– Córka Baumanna miała mieszkanie na Ursynowie – rzuciła, pomijając powitanie.

– Przy Lasku Brzozowym?

– Co? Nie.

– Szkoda, byłaby to dziejowa…

– Szkoda czasu, Kormaczysko – ucięła. – Potrzebuję wszystkiego, co na ten temat możesz znaleźć.

Odpowiedziała jej cisza.

– Znaleźć... gdzie?

– Wszędzie – odparła, stając przy lodówce. Otworzyła drzwiczki i po raz kolejny omiotła wzrokiem puste półki. – To jeden z tych momentów, w których musisz być jak nornik.

Burknął coś niezrozumiale, ale nie miała zamiaru dopytywać co. Odłożyła telefon, wyciągnęła jogurt grecki, a potem wlała do niego grenadynę. Pomyślała, że naprawdę dziwaczeje na stare lata. Potem upomniała się w duchu, że kwiat wieku jeszcze przed nią.

Niech tylko znikną rozstępy po ciąży. Nie miała wątpliwości, że w przeciwieństwie do matki jednak się ich nabawi.

Usiadła w fotelu i pochłonęła jogurt w niecałą minutę. Wstała, pokrążyła po pokoju, potem starała się wybrać którąś z książek, które ostatnio zakupiła. Chyba już z myślą o tym, by mieć co czytać w szpitalu.

Szybko się zmęczyła. Wzięła nowego Grishama i usiadła z nim na kanapie.

– Oby było lepiej niż ostatnio, John – mruknęła, patrząc na zdjęcie autora z tyłu okładki. Książka z Sebastianem Ruddem niespecjalnie przypadła jej do gustu, przypominała bardziej Connelly'ego niż Grishama.

Zdążyła przeczytać kilkadziesiąt stron i zjeść miseczkę nerkowców, które kupiła parę dni temu zupełnie bezwiednie, zanim zadzwonił Kormak.

Natychmiast odebrała.

– Wyniuchałeś coś – rzuciła.

– Więcej niż sądzisz – odparł z zadowoleniem. – Do mieszkania przypisany jest garaż.

– Znaczy się miejsce na parkingu podziemnym?

– Nie, nie. To stare osiedle, nie ma tam takich rzeczy. Garaż jest kilka ulic dalej, w oddzielnym budynku.

– I co w związku z tym?

– To, że nigdy nie był wynajmowany. A kilku najemców mieszkania, których sprawdziłem, miało samochody.

– No i? Mogło im się nie chcieć drałować kilka ulic.

– Żadnemu z nich? I Langer nie wynajął tego miejsca nikomu innemu? Któremuś z mieszkańców okolicznych bloków?

Chyłka się podniosła.

– Dawaj adres – poleciła, a potem automatycznie poszukała wzrokiem kluczyków do iks piątki.

Kilka przekleństw i minut później schodziła już na dół. Pod klatką czekał na nią kierowca Ubera, wydawało jej się, że już gdzieś go widziała. Weszła do czarnego auta i podała adres osiedla na Ursynowie.

Po drodze była nieobecna myślami. Robiła wszystko, by nie głowić się nad tajemnicą, którą dzieliła z Harrym McVayem. Słoń w jej umyśle był jednak wyjątkowo nieustępliwy.

Garaż znajdował się na uboczu, na końcu długiego rzędu niskich, zapuszczonych budynków. Chyłka nie była pewna, czy to dalej Ursynów, czy tereny podmiejskie. Zdawało się, że w okolicy nie ma żywej duszy.

Tym razem kierowca nie upewniał się, czy chce tu wysiąść. Może był to ten sam, który podwoził ją na spotkanie z Langerem.

Sama jednak zadała sobie podobne pytanie. Podczas rozmowy z Piotrem wiedziała mniej więcej, czego się spodziewać. Teraz czekała ją wielka niewiadoma.

Odprowadziła wzrokiem samochód Ubera, po czym ruszyła w kierunku właściwego garażu. Drzwi wszystkich sprawiały jednakowe wrażenie, jakby transformacja w latach dziewięćdziesiątych objęła tylko ustrój, a nie infrastrukturę.

W powietrzu unosił się wyraźny zapach smaru, spalin i spróchniałego drewna. Chyłka zatrzymała się przed drzwiami i nabrała głęboko tchu. Oddychała tym, do czego przywykły jej płuca. Poczuła się nieco pewniej.

Przynajmniej przez chwilę.

Potem na powrót ogarnął ją nie do końca zrozumiały niepokój. Przyjrzała się kłódce, stwierdzając, że nawet gdyby właściciel garażu ją zamknął, pierwszy lepszy żul poradziłby sobie ze sforsowaniem skorodowanego metalu.

Zdjęła liche zabezpieczenie i cisnąwszy je na bok, podniosła dolny rygiel. Z trudem otworzyła drzwi garażowe. Ze środka buchnęły stęchlizna i wilgoć, Chyłka się skrzywiła.

Postawiła nóżkę blokującą drzwi, a potem zajrzała do środka. Od razu stało się jasne, że ktoś przez jakiś czas tu mieszkał. W rogu leżał porządny, drogi śpiwór, który nijak nie pasował do tej zapuszczonej klitki. Tuż obok znajdowały się przenośna kuchenka, kilka toreb z jedzeniem i niewielka lodówka, wyglądająca, jakby ktoś przed momentem ściągnął ją z wystawy sklepowej.

Chyłka powoli zbliżyła się do śpiwora i trąciła go nogą, by upewnić się, że jest tu sama. Na podłodze obok zauważyła kilka powerbanków i komórkę podłączoną do jednego z nich. Tuż obok leżało parę zdjęć. Pochyliła się i podniosła dwa z nich. Przedstawiały dzieła Tatuażysty, które morderca wykonał na ciałach swoich ofiar.

Znów nadszedł niepokój.

I tym razem uczucie było uzasadnione.

– Dzień dobry, pani mecenas – rozległ się męski głos zza jej pleców.

Obróciła się gwałtownie, aż zakotłowało jej się w brzuchu.

– Nie spodziewałem się pani – dodał Stanisław Baumann.

Wbiła wzrok najpierw w niego, a potem w lufę pistoletu, z którego do niej mierzył.

Palec nie leżał bezpiecznie na kabłąku, znajdował się na spuście. Wystarczyło, by Baumann lekko go zgiął, a byłoby po sprawie. Joanna z trudem przełknęła ślinę. Po raz pierwszy w życiu poczuła się naprawdę przerażona.

Szczególnie kiedy emerytowany prokurator wymierzył w jej brzuch.

Rozdział 4
387

1

Sielce, Mokotów

Huk, który się rozległ, zdawał się uderzać z fizyczną siłą. Kordian otworzył oczy, zdezorientowany i niepewny, czy w ogóle się przebudził. Wbił wzrok w pochylającą się nad nim postać i szybko uznał, że albo tkwi w koszmarze, albo jego życie przybrało gorszy obrót, niż się spodziewał.

Langer się uśmiechnął. Złożył ręce jak do klaśnięcia.

– Powtórzyć gong? – spytał.

Oryński z trudem się podniósł, uświadamiając sobie trzy rzeczy. Znajdował się w obcym miejscu. Leżał na kanapie. Był jeszcze mocno wstawiony.

W głowie mu szumiało, obraz przed oczami się rozmazywał. Był tak skołowany, że nie potrafił przesądzić, czy to naprawdę Piotr stoi obok niego.

– Bez obaw – odezwał się Langer. – Nic ci nie grozi.

Kordian kaszlnął, czując w ustach ohydny smak rzygowin.

– No, prawie nic, bo kac jest murowany. Przypuszczam jednak, że nie pojawi się szybciej niż jutro. Porządnie popiłeś.

Nie tylko popił. Nie miał jednak zamiaru o tym wspominać, właściwie w ogóle nie planował się odzywać. Cokolwiek się stało, należało jak najszybciej odzyskać kontrolę nad sytuacją. I opuścić to mieszkanie.

Oryński ze zgrozą pomyślał o tym, na jak długo mógł urwać mu się film. Odwrócił się w kierunku kanapy i dostrzegł wyraźne ślady krwi w miejscu, gdzie przed momentem przykładał głowę.

– Co jest, do…

– Nic się nie dzieje – wpadł mu w słowo Langer. Lekko się uśmiechał, co świadczyło o tym, że coś jednak działo się z całą pewnością. – Zachowaj spokój.

Kordian dotknął twarzy i skrzywił się z bólu. Wyraźnie poczuł też zakrzepłą krew nad łukiem brwiowym, na powiece i policzku. Dopiero teraz dotarło do niego, że dziąsła pulsują mu, jakby chciały wypchnąć zęby.

Spiorunował Piotra wzrokiem.

– Co się stało? – zapytał.

– Miałeś trudne przejścia.

– Czuję – odparł przez zęby Oryński. – Ale chcę wiedzieć, co konkretnie się…

– To może trzeba było dać sobie w pewnym momencie spokój? – przerwał mu Langer, podchodząc bliżej. – Na przykład zanim zdecydowałeś się pójść na komisariat? Zdajesz sobie w ogóle sprawę, czym skutkowałaby twoja niefrasobliwość?

Wiedział aż za dobrze. Dopiero po chwili uświadomił sobie jednak, że Piotr nie miał na myśli jego losu. Martwiło go pół miliona, które położył na szali. Kordian pokręcił głową i wykrzywił usta w grymasie bólu. Szybko pożałował, bo żuchwa sprawiała wrażenie, jakby miała się rozpaść.

Musiał mocno oberwać. Ale od kogo? I w jakich okolicznościach?

– Podałbym ci środek przeciwbólowy, ale podobno niemądrze go łączyć z amfetaminą.

Kordian milczał. Nawet nie drgnął, nie chcąc dać po sobie poznać, że rozmówca zaskoczył go swoim rozeznaniem w sytuacji.

Langer uniósł wzrok, wydął usta i na moment się zamyślił.

– Z drugiej strony zdajesz się coraz częściej robić wszystko, co niemądre, więc może powinienem zostawić decyzję tobie?

Oryński się rozejrzał.

– Gdzie ja jestem?

– U schyłku kariery zawodowej i w bardzo niekorzystnym momencie życia.

Kordian nie miał zamiaru wysłuchiwać typowego dla Langera ględzenia. Bez słowa odwrócił się i ruszył w stronę przedpokoju. Zrobił to za szybko, zakręciło mu się w głowie i musiał przytrzymać się ściany.

– Nie interesuje cię, co ci się stało?

– Dowiem się z innego źródła – odparł Oryński. – Wiarygodnego.

– Wiarygodniejszego ode mnie nie znajdziesz.

Piotr zatrzymał go przed drzwiami, łapiąc za ramię. Kordian natychmiast odtrącił jego dłoń. Przez moment patrzyli na siebie, jakby drgnięcie któregoś miało stanowić katalizator dla bijatyki.

– Kazałem cię śledzić, to chyba dla ciebie jasne – odezwał się Langer.

Powinien był się tego spodziewać. Nie, więcej. Powinien być tego absolutnie pewien. Tak duża kaucja była wystarczającą motywacją, by Piotr nie spuszczał go z oka.

– I wyobraź sobie moje zdziwienie, kiedy doniesiono mi, że zataczasz się w kierunku komisariatu. Wiesz, co by z tego było?

– Gówno.

Langer uniósł brwi.

– Taki poziom teraz prezentujesz? – spytał.

– O ile mnie pamięć nie myli, to ty swojego czasu kazałeś wykonywać Chyłce robotę pod stołem.

Piotr zaśmiał się z teatralną serdecznością, jakby wspominali dobry, wspólnie spędzony czas. Cała jego twarz wydawała się okazywać tę jedną, pozytywną emocję – z wyjątkiem oczu. W nich zawsze można było dostrzec, jakim człowiekiem naprawdę jest Langer. Lub jak niewiele z człowieka w sobie ma.

Sadysta z Mokotowa.

– Ech – westchnął Piotr. – Tamte czasy już nie wrócą, prawda?

– Nie.

– Szczególnie gdy wziąć pod uwagę to, że teraz Chyłka będzie zajmować się jedynie robotą związaną ze zmianą pieluch.

– Jakoś tego nie widzę.

Langer znów się roześmiał.

– Nie, ja też nie – przyznał. – Ale technika idzie do przodu, pewnie wymyślono już coś, co pozwala nawet takim osobom jak ona być dobrymi matkami.

Trzy tysiące pieluszek. Tyle mniej więcej przez pierwszy rok trzeba będzie wymienić pasożytowi. Iloma z nich zajmie się Joanna? Pewnie ułamkiem. Cała reszta spadnie na... opiekunkę? Tak, należało uznać, że Chyłka jakąś wynajmie.

Kordian potrząsnął głową, starając się odpędzić te myśli. Poruszył się zbyt energicznie i znów musiał skorzystać z dobrodziejstwa ściany.

– Nie leży ci ten temat? – spytał Piotr.

Troska w jego głosie była niemal demonstracyjna, ale jednocześnie nie sprawiała wrażenia sztucznej. W tym tkwił talent tego człowieka do manipulowania innymi. Był świetnym aktorem, który nawet z jasnej sytuacji potrafił uczynić skomplikowaną, zamgloną sprawę.

– Wcześniej chętnie o tym rozprawiałeś – dodał.

– Hm?

– Z Kormakiem – dodał Langer, jakby wszyscy trzej byli dobrymi kumplami. – Rozmawialiście przez dobrą godzinę.

Oryński sięgnął do kieszeni po komórkę i przekonał się, że Piotr mówi prawdę. A przynajmniej że istnieje takie prawdopodobieństwo, bo połączenie z Kormakiem rzeczywiście znajdowało się na liście. I było niekrótkie.

– Na pewno nie chcesz usłyszeć, co się stało?

Kordian w końcu spasował. Nie było powodu, by nie wysłuchać relacji Langera. Ostatecznie może po prostu uznać ją za szereg bredni, w niczym mu to nie zaszkodzi.

– Możesz zresztą nawet zobaczyć pewne rzeczy na własne oczy – dodał Piotr.

Oryński posłał mu długie spojrzenie. Na dobrą sprawę nie musiał o nic pytać, mógł się wszystkiego domyślić. Przeklął w duchu alkohol i speed jako najgorsze używki, choć miał na tyle przytomności umysłu, by nie mamić się złudną perspektywą odstawienia jednego lub drugiego.

– Nagrałeś mnie? – spytał.

Langer rozejrzał się po mieszkaniu.

– Nagrywam wszystko, co tu się dzieje.

– Po co?

– Z tego samego powodu, dla którego zawsze biorę paragon w sklepie, kiosku, na stacji benzynowej czy…

– Czyli?

– By mieć alibi – odparł z niemalejącym uśmiechem Piotr. – W tym wypadku potrzebowałem dowodu, że u mnie byłeś jeszcze jako żywy, a nie jako zwłoki.

– Że co?

– Przypuszczałem, że ta noc może skończyć się dla ciebie tragicznie. Widziałeś *The Night Of*?

– Nie. Mam wystarczająco dużo prawniczego bagna w życiu, żeby wdeptywać w to serialowe.

– Szkoda. Zobaczyłbyś, co mogłoby cię spotkać, gdybym cię w porę nie zatrzymał.

Kordian przez chwilę świdrował go wzrokiem, czekając. Langer w końcu skinął głową, po czym wskazał zamknięte drzwi jednego z pokojów. Weszli do gabinetu, który wielkością bił na głowę całą kawalerkę Oryńskiego.

Usiedli przy stoliku do kawy, na niewielkiej kanapie. Przed nimi stał otwarty laptop.

– Na pewno chcesz to zobaczyć?

Kordian pomyślał o krwi, urwanym filmie i fakcie, że obudził się w mieszkaniu Langera. Czy raczej jednym z jego mieszkań. Właściwie spodziewać mógł się najgorszego.

Ale równie dobrze wszystko to mogło stanowić jedynie rozrywkę dla Langera, który naoglądał się zbyt dużo seriali. Zanim Oryński zdążył przesądzić, jak jest w tym wypadku, Piotr włączył nagranie. Miał wszystko przygotowane. Jak zawsze.

Na ekranie widać było, jak wprowadza pijanego Kordiana do mieszkania. Ten mamrotał coś niezrozumiałego, gestykulował bez ładu i składu, a głowa co chwilę mu opadała. W pewnym momencie targnął nim spazm, a Langer poprowadził go do łazienki. Dało się słyszeć odgłosy, które jasno świadczyły o pozbywaniu się treści żołądka.

– Jak widzisz, krew już miałeś zaschniętą – odezwał się Piotr.

– Widzę też, że to ty mnie tu przyprowadziłeś.

– Odebrałem cię pod klatką od mojego człowieka. To on cię tutaj przywlókł, choć ze Śródmieścia nie było łatwo.

Kordian spojrzał na niego bez przekonania.

– Mówiąc wprost, po drodze przynajmniej kilkakrotnie się wyjebałeś. Stąd krew.

– Mhm.

– Wierz lub nie. Nie interesuje mnie to.

Oryński wbił wzrok w ekran, czekając, aż dwie postacie wyjdą z łazienki. Znów rozległ się dźwięk rzygania. Kordian skrzywił się, odchrząknął i zerknął na siedzącego obok mężczyznę.

– Co stało się potem? – spytał.

– Upierałeś się, że musisz się dowiedzieć, kto jest ojcem dziecka.

Na dobrą sprawę nie powinien spodziewać się czegokolwiek innego.

– Dziwię się, że jeszcze ci nie powiedziała – dodał Piotr. – Ale to jej decyzja, prawda?

– Tak – odparł dla świętego spokoju Oryński.

Langer gwizdnął krótko.

– Teraz wydajesz się przekonany – powiedział, jakby rzeczywiście był pełen uznania. – Ale jeszcze parę godzin temu byłeś innego zdania. Na tyle, że zadzwoniłeś do Kormaka, żeby to z niego wyciągnąć. Powołałeś się chyba na każdą zasadę kodeksu bracholi.

Trudno było uwierzyć, że naprawdę tak to określił. Tym bardziej, że w końcu przestał się szczerzyć.

– Mimo to chudzielec nie pisnął słówka. Przyciskałeś go przez bitą godzinę, bez skutku.

– Masz to na nagraniu?

– A nie wierzysz mi na słowo?

Kordian nie musiał odpowiadać, a Langer po krótkim westchnięciu pochylił się nad laptopem i przesunął suwak odtwarzacza w prawo. Trafił dokładnie na moment, kiedy Oryński wpatrywał się z pijacką intensywnością w ekran swojego smartfona, zapewne starając się wybrać numer przyjaciela.

Potem rozpoczęła się długa i niezbyt składna rozmowa. Kordian rzeczywiście starał się przycisnąć szczypiora, by ten zdradził mu wszystko, co wie. Przywoływał każdą przysługę, za którą Kormak rzekomo miał mu się zrewanżować, ale ten był nieugięty.

W końcu doszło do jedynego możliwego finału. Zaczęło się od zarzutów, skończyło na obelgach i deklaracjach, że taką przyjaźń Kormak może sobie wsadzić w dupę. Langer przysłuchiwał się temu z obojętnością, ale Oryński z trudem trzymał nerwy na wodzy.

Był zły na siebie, ale nie tylko. W takiej sytuacji, przy tak dużej desperacji, jaką okazał, chudzielec powinien stanąć po jego stronie. Wymagały tego zasady męskiej przyjaźni, jakkolwiek absurdalnie Langer by jej nie określał.

– To kwestia lojalności – odezwał się Piotr.

Kordian nie miał zamiaru wnikać, co gospodarz w istocie ma na myśli. Najzdrowiej dla otoczenia Langera było, jeśli wszelkie konkluzje pozostawały jedynie w jego głowie.

– Wybrał wierność robocie kosztem lojalności wobec ciebie – dodał Piotr. – Bo tym było dla niego dowiedzenie się, kto jest ojcem dziecka. On nie traktuje tego jako gest przyjaźni skierowany do Chyłki ani...

– Nie musisz tłumaczyć mi, jaki system wartości ma Kormak – uciął Oryński.

– A może jednak muszę? Bo wydajesz się zbity z tropu, podczas gdy powinieneś spodziewać się, że...

– Możemy skończyć?

Piotr lekko skinął głową, a Oryński wyłączył nagranie. Zobaczył już wystarczająco dużo.

– Przejdźmy więc do rzeczy – odezwał się Langer, wstając. Rozejrzał się, jakby czegoś szukał, ale nie mógł przypomnieć sobie, gdzie to zostawił. – Bo zapewne zdajesz sobie sprawę, że tracę na ciebie czas nie bez powodu.

W końcu pstryknął palcami i ruszył w stronę kuchni. Szybko wrócił ze świstkiem papieru, potrząsając nim przed sobą.

– Twoje zbawienie – oznajmił.

Kiedy podał mu kartkę, Kordian przekonał się, że ma rację. Była to opinia lekarza, który potwierdzał, że tego dnia oskarżony nie mógł stawić się na komisariacie ze względów zdrowotnych. Pieczątka i podpis na dole doprawdy zdawały się błogosławieństwem.

– Nie ma za co – rzucił Piotr.

Oryński złożył kartkę i wsunąwszy ją do kieszeni, również się podniósł.

– Nie oczekujesz ode mnie żadnych podziękowań – stwierdził.

– To prawda.

– A więc czego?

– Tylko tego, że pozwolisz Chyłce cię bronić.

Kordian spodziewał się wielu rzeczy, ale ta do nich nie należała. Skupił wzrok na Langerze, jakby dzięki temu mógł przejrzeć motywacje, które nim kierują.

Jaki był jego udział w całej sprawie? I czy w ogóle sprowadzał się do czegoś innego poza zaspokojeniem skrzywionej potrzeby przyciągnięcia uwagi?

– To mój jedyny warunek – dodał Piotr.

– Jaja sobie robisz?

– Nie. Chcę was zobaczyć w duecie.

– Nie ma mowy.

– Poza tym jeśli ktokolwiek ma cię wybronić, to właśnie ona.

– Nie – powtórzył Oryński. – Zresztą to niemożliwe, prowadzi teraz inną sprawę.

– Rozdwoi się – zapewnił z uśmiechem Langer. – I dosłownie, i w przenośni.

– Ta dosłowność to raczej ważna kwestia. Nie da rady zajmować się moimi problemami i jednocześnie rodzić.

– W takim razie chyba nie znasz jej tak dobrze, jak ci się wydaje.

Dalsze prowadzenie tej rozmowy było zupełnie bezcelowe. Oryński ruszył w stronę drzwi, nie mając zamiaru wymieniać z Piotrem ani słowa więcej. Ten jednak poszedł za nim, najwyraźniej uznając, że muszą zamknąć temat.

– Powinieneś teraz powiedzieć, że to ty masz wszystkie dobre karty – zauważył Langer. – Że możesz po prostu nie zjawić się któregoś razu na komisariacie, przez co przepadnie każdy grosz, którym za ciebie poręczyłem.

Kordian otworzył drzwi i wyszedł na korytarz.

– Obaj jednak wiemy, że tak się nie stanie. Raz, w pijacko-narkotycznym odurzeniu byłeś gotów to zrobić, ale drugi raz tego błędu nie popełnisz. Chyba że znów przejedziesz się na swoich wybujałych wyobrażeniach o relacji z Chyłką.

Oryński zatrzymał się przed schodami i odwrócił. Posłał Piotrowi długie spojrzenie, czując, jak wzbiera w nim gniew. Przez moment obawiał się, że okaże się silniejszy od racjonalności.

– Cieszę się, że jesteśmy zgodni – dodał Langer. – A jeśli interesuje cię, kim jest ojciec dziecka, zapytaj Harry'ego McVaya.

Kordianowi nie udało się w porę powstrzymać wyrazu zdumienia na twarzy, co dostarczyło rozmówcy wyraźnej satysfakcji.

– To tyle z mojej strony – dodał Piotr, zerknąwszy znacząco na kieszeń, do której Oryński schował świstek papieru. – Idź i nie grzesz więcej.

Kordian odszedł bez słowa, odsuwając od siebie wszystko, co nie było naprawdę istotne. Skupiał się wyłącznie na tym, dlaczego Langerowi miałoby zależeć, by broniła go Chyłka. Jaki miało to związek ze sprawą Tesarewicza? Jakiś z pewnością istniał, a Piotr był spoiwem.

Oryński wyszedł z budynku żwawym krokiem, zdeterminowany, by więcej nie dopuścić do sytuacji, w której zasypywałyby go podobne pytania. Stracił inicjatywę we własnym życiu, oddał ją Langerowi i innym osobom.

Nie, nie innym. Wyłącznie Piotrowi.

To on był reżyserem i scenarzystą tego przedstawienia, to on od początku wszystkim dyrygował. Być może naprawdę nie miał już wpływu na Gorzyma, ale wszystko, co stało się po tym, jak Oryński ponownie na niego trafił, było wynikiem działania Langera.

Kordian przeszukał kieszenie, licząc na to, że po jego alkoholowych wyczynach jakimś cudem ostała się paczka papierosów. Nie znalazłszy jej, skierował się do kiosku.

W połowie drogi zatrzymał się, słysząc dzwonek telefonu. Zerknął na wyświetlacz i prychnął.

Było kilka osób, od których nie miał zamiaru odbierać połączenia. Kormak w tej chwili był jedną z nich.

Oryński przesunął czerwoną słuchawkę po wyświetlaczu, a potem ruszył ku kioskowi. Zanim kupił paczkę marlboro, Kormak zdążył podjąć jeszcze dwie próby kontaktu. Potem wysłał mu SMS-a, którego Kordian nie miał zamiaru odczytywać.

Chwilę później przyjaciel znów próbował się dodzwonić, a zaraz po nim to samo zrobił Harry McVay. Po tym, co Kordian usłyszał od Langera, nie zamierzał rozmawiać także z imiennym partnerem.

Dopiero kolejny SMS sprawił, że sytuacja się zmieniła.

Kormak pisał, że nie mogą się skontaktować z Chyłką. Samo w sobie nie byłoby to niepokojące, ale tym razem sytuacja była inna. Przyjaciel dodawał, że wcześniej Joanna trafiła na pewien trop. I najwyraźniej nie czekała na wsparcie, by nim podążyć.

2

Dąbrówka, Ursynów

Harry McVay pojawił się na miejscu jako pierwszy. Zaparkował nieopodal garażów i wysiadł z samochodu, nie mając zamiaru czekać na dwóch młodych kompanów. Ruszył między rzędami odrapanych, starych drzwi, wodząc wzrokiem po kłódkach. Wszystkie były zamknięte, nie sposób było ocenić, który garaż przynależy do mieszkania córki Baumanna.

Brytyjczyk zrobił dwie rundki między niewysokimi budynkami, zanim dostrzegł jedno zamknięcie, które odróżniało się od reszty. Nowa kłódka znajdowała się na bramie garażu niemal na końcu całego ciągu.

Harry przyjrzał jej się, a potem załomotał do drzwi. Nasłuchiwał przez moment, ale nie usłyszał żadnego dźwięku z wewnątrz. Westchnął i znów się rozejrzał. Kormak zapewniał, że to tutaj skierował Chyłkę – i że to tutaj należałoby jej szukać.

A jednak nie było po niej śladu. McVay omiótł wzrokiem żwirowe podłoże, nie dostrzegł jednak żadnych pozostałości traseologicznych po oponach ani wgłębień po szpilkach. Przez chwilę się namyślał, po czym uznał, że najlepiej będzie przyjąć tradycyjny sposób poszukiwań. Ponownie ruszył wzdłuż garaży, tym razem łomocząc w drzwi każdego z nich.

Skutek był marny. Z jednego z budynków doszedł jakiś niewyraźny odgłos, ale Harry przypuszczał, że to szczur czy inne małe zwierzę reaguje na jego desperackie działania.

W końcu dosłyszał dźwięk silnika. Spojrzał w kierunku miejsca, gdzie zaparkował swoje auto i zobaczył żółte daihatsu stające obok. Wysiadło z niego dwóch młodych mężczyzn, którzy szybko ruszyli w jego stronę.

McVay rzadko rezygnował z formalnych powitań i kurtuazji, ale w tym wypadku nie miał zamiaru tracić więcej czasu.

– Który to garaż? – spytał.

– Jeden z ostatnich – odparł Kormak, wskazując na właściwą bramę.

Harry zaklął cicho w swoim ojczystym języku.

– W takim razie będziemy potrzebowali łomu. W przeciwieństwie do pozostałych, tam kłódka jest nowa. Porządna.

– Skąd niby… – zaczął Kormak, ale urwał, gdy Oryński minął go bez słowa.

Pozostali mężczyźni spojrzeli po sobie, po czym ruszyli w ślad za Kordianem. Ten podbiegł do garażu, a potem bez zastanowienia zaczął kopać w bramę. Spróchniałe drewno zatrzeszczało i szybko stało się jasne, że żaden łom nie będzie potrzebny.

Podczas gdy Kormak i Oryński zajmowali się forsowaniem jednego z zawiasów, McVay zastanawiał się nad tym, co mogło się wydarzyć. Chyłka trafiła tutaj kilka godzin temu, jeśli wierzyć szacunkom chudzielca. Od tamtej pory nie było z nią żadnego kontaktu, telefon miała wyłączony.

Harry spodziewał się najgorszego. Obawiał się, że znalazła się zbyt blisko prawdy i ktoś zadbał, by z nikim nie podzieliła się tym, co odkryła.

Po chwili Kordian w końcu wyważył drzwi. Wraz z chudzielcem natychmiast wpadli do środka, a McVay wszedł zaraz po nich. W garażu panował półmrok, niewielkie okienko przy suficie nie dawało wiele światła.

Nie ulegało wątpliwości, że ktoś zatrzymywał się tu przynajmniej przez kilka dni. Harry dostrzegł zapasy picia i jedzenia, śpiwór i szereg innych rzeczy świadczących o tym, że najpewniej to właśnie tutaj ukrywał się Baumann.

– W mordę… – jęknął Kormak, wskazując na rozrzucone na podłodze zdjęcia.

Oryński zebrał je i podniósł, Harry stanął obok niego.

– To z autopsji? – spytał chudzielec.

– Nie – odparł McVay. – Wyglądają raczej na zrobione amatorskim sprzętem, przed właściwymi czynnościami lub po nich. Nie widać nawet przyrządów do mierzenia długości. Kadry też są niezbyt…

– Baumann zrobił je dla siebie – wtrącił Kordian.

– Najwyraźniej.

– Ale po co? Na pamiątkę tego, czego się dopuścił?

Harry pokręcił głową.

– Nie ma żadnego dowodu świadczącego o tym, że to on jest Tatuażystą.

– Dowodu nie – przyznał Oryński. – Ale poszlak jest aż nadto.

McVay poczuł wyraźną woń alkoholu w oddechu młodego prawnika. Specjalnie by się tym nie przejął, gdyby nie fakt, że niedawno zmieniono mu środek zapobiegawczy, a on dotarł tutaj samochodem.

– Wiemy jedynie tyle, że istniał związek między Baumannem, Langerami i Tesarewiczem. Wszystkie dodatkowe poszlaki mogą prowadzić na manowce.

Mówiąc to, Harry właściwie nie słuchał samego siebie. Rozglądał się powoli, metodycznie, całą uwagę poświęcając szukaniu śladów tego, że Chyłka rzeczywiście tu była.

Nic jednak na to nie wskazywało. Wyciągnął telefon i jeszcze raz spróbował się do niej dodzwonić. Efekt był taki jak poprzednio.

Kordian skończył przeglądać zdjęcia i podał je Brytyjczykowi. Kilka tatuaży McVay kojarzył, być może widział jakieś rekonstrukcje, kiedy o sprawie było głośno. Pozostałe widział po raz pierwszy.

– Ustalono, co oznaczały? – spytał.

Nie miał wiele informacji dotyczących samych zabójstw. Od kiedy zajął się tą sprawą, skupiał się przede wszystkim na tej bardziej zamierzchłej przeszłości. Ufał, że im dalej od teraźniejszości odejdzie, tym bliżej znajdzie się odpowiedzi.

Przypuszczał, że był to dobry kierunek. Tyle że nie podążył nim do końca.

– Analizowano je, ale niezbyt wnikliwie – odezwał się Oryński, kucając przy śpiworze. – Przede wszystkim dlatego, że Tesarewicza ujęto dość szybko. Właściwie zanim śledztwo na dobre się rozkręciło.

– Więc nie wiadomo, co mają symbolizować te gałęzie?

– Mogą być zarówno zwykłymi bohomazami, jak i odwołaniem się do słów Jezusa.

McVay zmarszczył czoło.

– Przytoczonych przez Świętego Jana – dodał Oryński. – O tym, że Jezus jest gałęzią, a apostołowie latoroślami. Jakoś tak.

– Ale koncepcji było sporo – włączył się Kormak. – Niektórzy twierdzili, że to gałęzie konkretnych drzew. A tak się składa, że każde wiąże się z jakąś symboliką. Choćby dąb, który reprezentuje siłę, honor, życie, lojalność i...

– I mnóstwo innych rzeczy – dokończył Kordian. – Podobnie jak pozostałe gatunki drzew. Śledczy do niczego pomocnego nie dotarli.

– Bo nie musieli, mając pod ręką dobrego kandydata na sprawcę.

– Mhm – potwierdził pod nosem Oryński, po czym odsunął śpiwór na bok i nagle się wzdrygnął.

– Co się dzieje? – spytał Harry.

Kordian się nie odzywał.

– Co znalazłeś?

McVay podszedł bliżej, spodziewając się najgorszego. Spojrzał najpierw na stojącego obok Kormaka, który odpowiedział wzruszeniem ramion, a potem na plecy Oryńskiego. Młody prawnik nadal sprawiał wrażenie, jakby poraził go piorun.

– Kordian?

W końcu Oryński powoli się obrócił, a Harry odniósł wrażenie, że z twarzy odpłynęła mu cała krew. Wiedział już, czego się spodziewać. Niemal wbrew samemu sobie skierował wzrok na podłogę.

Zobaczył wyraźne czerwone smugi. Świeżą krew.

Naraz sam poczuł się sparaliżowany. Kordian podniósł się powoli, a potem wsparł o ścianę. Przez moment wyglądał, jakby nogi miały odmówić mu posłuszeństwa.

– O kurwa – wypalił Kormak. – To chyba nie...

Urwał, patrząc na dwóch towarzyszy, ale nikt nie podjął wątku. W końcu to McVay poczuł się do odpowiedzialności, by przerwać milczenie.

– Nie mamy pewności, do kogo należy – odezwał się. – Ani… ani czy to naprawdę krew.

Nieczęsto zdarzało mu się mijać z prawdą, ale uznał, że w tym wypadku było to uzasadnione. Tak naprawdę nie miał wątpliwości, na co patrzy. Z pewnością była to krew. I z jeszcze większą pewnością mógł stwierdzić, że należała do Chyłki. Innej możliwości po prostu nie było.

Kałuża była spora i komuś wyraźnie się spieszyło, skoro zdążył jedynie ukryć ją pod śpiworem. Rozminęli się nieznacznie z Baumannem. Ten musiał wyprowadzić stąd Chyłkę na moment przed tym, jak się zjawili.

Nie, to nie tak, poprawił się w duchu Harry. Gdyby tak wyglądał ten scenariusz, ślady krwi znajdowałyby się też w innych miejscach.

– Trzeba to sprawdzić – odezwał się nieobecnym głosem Kormak. – Ale najpierw wezwać policję, służby, sam nie wiem…

Wszyscy wbijali wzrok w plamę krwi, jakby pochylali się nad kształtem odlanym z wosku na dwudziestego dziewiątego listopada i starali się coś z niego wyczytać.

McVay wyjął telefon.

– Załatwię to – oświadczył.

Miał nadzieję, że zabrzmi pewnie, uspokajająco, ale głos mu się zatrząsł. Nabrał głęboko tchu, a potem wybrał numer znajomego w policji. Telefon do jednego z zastępców komendanta stołecznego wydawał się znacznie lepszym pomysłem niż obranie formalnej drogi zgłoszenia tego, co mogło się wydarzyć.

Znajomy nie upewniał się, nie dopytywał, nie podawał w wątpliwość, że Chyłka się tutaj znalazła. Zawierzył

McVayowi na słowo, być może ze względu na pewność w głosie Harry'ego. Brytyjczykowi wydawało się niemożliwe, by po informacji od Kormaka Joanna udała się gdziekolwiek indziej.

– Niczego tam nie ruszaj – polecił młodszy inspektor. – I swoim towarzyszom powiedz to samo.

Harry milczał. Wszyscy trzej wciąż wlepiali wzrok w czerwony zaciek.

– Słyszysz, Harry?

– Tak.

– I jak najszybciej stamtąd wyjdźcie. Każdy wasz ruch może...

– Wiem, wiem. Zachowujemy ostrożność.

– Sama wasza obecność może zatrzeć ślady. Wystarczy, że naniesiecie trochę piasku z zewnątrz, że któremuś z was spadnie włos, że któryś z was ma mocną wodę po goleniu, która...

– Zanieczyści materiał osmologiczny – przerwał mu McVay. – Tak, nie od dzisiaj się w to bawię.

– Mimo to nie słyszę, żebyś polecił swoim kolegom opuścić garaż.

Zrobił to po chwili, gdy schował telefon z powrotem do marynarki. Wyszli na zewnątrz, nie protestując. Każdy zdawał sobie sprawę z tego, że do tej pory i tak mogli pozacierać kluczowe ślady.

Stanęli przed garażem. Harry i Kormak wymienili się nic niemówiącymi spojrzeniami, Oryński wbijał wzrok w jakiś punkt w oddali. Oddychał ciężko, jakby przebiegł sprintem spory kawałek. W końcu potarł nerwowo czoło i wbił wzrok w McVaya.

– Kiedy technicy tu będą?

– Niedługo, zastępca komendanta zapewnił mnie…

– Dzwońcie, jak tylko cokolwiek ustalą – rzucił Kordian, a potem ruszył w kierunku daihatsu.

– Hej! – zaoponował Kormak.

– Harry cię odwiezie – odparł na odchodnym Oryński, po czym przyspieszył kroku. Wpadł do samochodu jak huragan, zatrzasnął drzwi, a potem gwałtownie ruszył, wyrzucając żwir spod kół. Sprawiało to wszystko wrażenie, jakby doskonale wiedział, gdzie jechać.

I gdzie szukać Chyłki.

3

Droga krajowa nr 79, gmina Piaseczno

Samochód dostawczy podskakiwał na wybojach, a Chyłka miała wrażenie, że po spotkaniu z każdą kolejną nierównością jej stan szybko się pogarsza. Krwawienie nie ustawało, coraz trudniej było jej utrzymać otwarte powieki, a sił nie przybywało. Wręcz przeciwnie. Stopniowo odpływała – i miała tego bolesną świadomość.

– Skurwysyny… – wycedziła, krzywiąc się z bólu.

Siedzący obok Tadeusz Tesarewicz popatrzył na nią z niepokojem. Nadal nie mogła uwierzyć, że tu jest.

– Oszczędzaj siły – poradził.

– Ty zasrany, skurwiały…

– Straciłaś dużo krwi, rozumiesz?

– Rozumiem tylko, że to wszystko było…

Musiała na moment urwać, by zebrać siły. Uniosła głowę, chcąc spojrzeć Tadeuszowi prosto w oczy, ale samochód najechał na następną koleinę i Joanną znów szarpnęło, jakby ktoś fizycznie chciał przyprzeć ją do podłogi. Zawyła z bólu.

– Jeśli się nie uspokoisz, nie dotrwasz do…

– Czego? – wydusiła. – Szpitala? Raczej… raczej mnie tam nie zabieracie, sukin… syny…

Zawiesiła głos, obawiając się, że na nic więcej jej już nie stać.

– Zabieramy cię w bezpieczne miejsce.

– Gów…

Nie miała sił, by dokończyć. Zamknęła oczy, ale natychmiast skarciła się w duchu. Musiała wytrzymać, musiała pozostać przytomna. Nie dla siebie, dla pasożyta. Odpowiadała za niego i nie mogła się poddać. Nie teraz.

– Gdzie… mnie…

– Oszczędzaj siły – powtórzył Tesarewicz.

Obróciła głowę i popatrzyła na niego. Teraz z niepokojem zerkał w kierunku przodu samochodu, nerwowo bębniąc palcami o kolana, jakby wygrywał jakiś rytm.

Powinna była wcześniej się do niego zabrać. Powinna była zorientować się, że to od niego trzeba rozpocząć badanie prawdziwego, drugiego lub trzeciego, dna tej sprawy. Miała wystarczająco dużo informacji, by zrozumieć, że Tesarewicz nie jest ofiarą.

To, że wraz z Baumannem wieźli ją teraz Bóg wie gdzie, stanowiło ostateczne potwierdzenie tego faktu.

– Wytrzymaj jeszcze trochę – dodał Tadeusz.

– Dokąd…

Nie zdołała dokończyć pytania, ale nie miało to żadnego znaczenia. Tesarewicz i tak nie miał zamiaru odpowiadać. Zerknął na nią, a potem znów wbił wzrok przed siebie. Nie wyglądał na zadowolonego, ale widocznie Baumann nie pozostawił mu żadnego wyboru i kazał pomóc sobie w uporaniu się z problemem. Problemem, którym była Chyłka.

Jak przez mgłę pamiętała to, co wydarzyło się w garażu. Minęło niewiele czasu, ale miała wrażenie, jakby zdarzyło się to w innym życiu. Stary prokurator nie miał zamiaru jej grozić, stawiać ultimatum ani szantażować – wiedział, że w żaden sposób nie zmusi jej do milczenia.

Postanowił od razu działać. Ona na jego miejscu zrobiłaby to samo.

Na moment przegrała walkę z ciężkimi powiekami. Szybko jednak pomyślała o dziecku i udało jej się odnaleźć ostatnie pokłady sił.

Zapewniła się w duchu, że Kormak wie, dokąd się udała. Zapewne już jej szuka, może nawet poinformował Zordona. Jeśli ten nie będzie akurat pod amfetaminową narkozą, uda mu się poskładać wszystkie elementy. Ruszy jej tropem, niedługo ją znajdzie.

Powtarzała sobie to jeszcze przez moment.

Potem jej myśli stały się nieskładne.

Tesarewicz coś powiedział, powtórzył, po czym zaczął do niej krzyczeć. Nie mogła nic zrozumieć, a obraz przed oczami zamglił się jeszcze bardziej. Poczuła się, jakby zanurkowała w basenie pełnym chloru. Nieprzyjemny smak w ustach, woda w nozdrzach, szczypiące oczy. Powoli przestawała rozumieć, co się z nią dzieje.

– …szysz? – dotarło do niej.

Potem Tesarewicz krzyknął coś do kierowcy. Poczuła jeszcze, że samochód gwałtownie hamuje. Potem odpłynęła.

4

Skrzyżowanie Puławskiej z al. Lotników

Światła zdawały się zablokowane. Kordian wbijał wzrok w czerwony okrąg, uderzając nerwowo o kierownicę. Kiedy w końcu sygnalizacja się zmieniła, wcisnął gaz do dechy i niemal od razu wrzucił dwójkę. Wyciskał z YRV siódme poty, przeklinając się w duchu za to, że nie kupił auta z lepszym silnikiem.

Pod mieszkanie Tesarewicza zjechał dużo później, niż powinien. Wybiegł z samochodu, ani myśląc o tym, by zamknąć drzwi. Oczami wyobraźni wciąż widział plamę krwi. Przypominała mu, że nie ma czasu do stracenia. Taka ilość świadczyła jednoznacznie o tym, że Chyłka znalazła się w kryzysowej sytuacji.

Oryński walił do drzwi mieszkania, jakby miał zamiar je przebić gołymi pięściami. Z lokalu obok wyszła jakaś kobieta, ale nie zwrócił na nią uwagi.

– Dzwonię na policję! – wrzasnęła sąsiadka.

Kordian w końcu przestał. Popatrzył na kobietę, sapiąc przy tym, jak podczas najbardziej wyczerpującego gema w meczu z Kormakiem. Sąsiadka zrobiła krok do tyłu.

– Kiedy go pani ostatnio widziała? – spytał.

Kobieta z trudem przełknęła ślinę.

– Kiedy?! – ryknął Oryński, zbliżając się do niej.

Niemal się przewróciła, wycofując do swojego mieszkania. Przytrzymawszy się progu, spojrzała na trzymaną w ręku komórkę.

– Niech pani dzwoni, gdzie się pani podoba – rzucił, robiąc jeszcze jeden krok w jej kierunku. – Ale teraz niech mi pani powie, kiedy ostatnim razem widziała Tesarewicza?

– Ja…

– Do kurwy nędzy, kiedy?!

– Dwie… może dwie godziny temu… wychodził w pośpiechu i…

Więcej nie było mu potrzeba. Spojrzał przelotnie, przepraszająco na kobietę, ale nie miał zamiaru tracić czasu na uspokajanie jej. Puścił się pędem schodami w dół, klnąc przy tym jak szewc. Zrozumiał, że popełnił błąd. To nie tutaj powinien pojechać.

Było dla niego oczywiste, że Tadeusz musiał coś wiedzieć. Po tym, co przekazał mu Kormak, nie było innej możliwości.

Z jakiegoś powodu w PRL-u uformował się układ Tesarewicz – Baumann – Langer – Mieleszko. Dwóch ostatnich już nie żyło, były prokurator był tym, który miał Chyłkę, a zatem pozostawało zająć się tym pierwszym.

Kordian nie wziął jednak pod uwagę, że w tym układzie doszło do wymiany jednego z elementów.

Pędząc w kierunku Mokotowa, był przygotowany, by zrobić wszystko, co konieczne. Reakcja Langera będzie bez znaczenia, Oryński miał zamiar wyciągnąć z niego całą prawdę. Piotr mógł straszyć go wycofaniem poręczenia, grozić jemu czy jego bliskim, ale nic nie mogło odwieść go od tego, co zamierzał.

Zatrzymał się pod wjazdem na osiedle i wyszedł z samochodu. Nie miał zamiaru tracić czasu na spisywanie numeru rejestracyjnego i inne formalności. Przeskoczył przez zamknięty szlaban, a potem pobiegł przed siebie. Nie miał pojęcia, czy ochroniarz go zauważył. Nie słyszał za sobą żadnych nawoływań, więc uznał, że nie. Może akurat oglądał coś na niewielkim telewizorze, może grał w coś na komórce. Tak czy inaczej poszczęściło mu się. Wziąłby to za dobry omen, gdyby nie to, że wiedział, na jak niewiele zda mu się nawet dziesięć podobnych uśmiechów losu.

Zatrzymał się przed klatką schodową i wcisnął guzik domofonu. Langer odezwał się dopiero po drugiej lub trzeciej próbie.

– Otwieraj! – krzyknął Oryński.

– Kordian? Muszę przyznać, że…

– Otwieraj, do kurwy nędzy!

Na moment zaległa cisza, potem rozległ się brzęczyk. Oryński popchnął z impetem drzwi i wpadł do klatki schodowej. Nie zamierzał czekać na windę, pobiegł schodami na piętro.

Chwilę później zatrzymał się przed drzwiami Langera, ale zanim zdążył zapukać, gospodarz otworzył.

Kordian wparował do środka, popychając przy tym Piotra. Ten w pierwszej chwili był wyraźnie zdezorientowany, niemal stracił równowagę. Szybko jednak doszedł do siebie, obrócił się i pozwolił, by siła, z jaką naparł na niego Oryński, okazała się dla niego kłopotem. Młody prawnik niemal sam stracił balans. Zdawał sobie sprawę, że niewiele było trzeba, by Langer przejął inicjatywę.

Piotr jednak uniósł otwarte dłonie i spojrzał na niego w sposób, który stanowił wyjątkowo rzadki widok.

W jego oczach Kordian dostrzegł realne zdziwienie. I powagę.

– Co ty odstawiasz? – spytał. – Tak mi dziękujesz za wszystko, co zrobiłem?

– Mów, gdzie ona jest!

Był dobrym aktorem, stanowczo zbyt dobrym. Gdyby Oryński już kiedyś się o tym nie przekonał, być może teraz uwierzyłby, że Piotr rzeczywiście nie ma bladego pojęcia, o czym ani o kim mowa.

Kordian doskoczył do niego i złapał go za fraki. Langer nie zareagował, pozwolił sobą potrząsnąć, jakby w głębi ducha wiedział, że nic mu nie grozi.

– Gdzie?! – ryknął mu prosto w twarz Oryński.

– Nie wiem, o czym…

– Mów, kurwa, ale już!

Uderzył nim o ścianę, czując, że przeciwnik pozwala mu na zbyt wiele. Zupełnie jakby oczekiwał, że zaraz przekroczy cienką linię, zza której nie będzie powrotu. Zupełnie jakby Langer był ciekawy, do czego Kordian jest naprawdę zdolny.

Oryński zbliżył się do niego i zacisnął usta. Patrzyli na siebie w milczeniu.

– Musisz powiedzieć mi znacznie więcej, jeśli chcesz, żebym…

– Znalazła garaż – uciął Kordian.

Nie było sensu ani czasu bawić się w podchody. Langer musiał wiedzieć o wszystkim, co się działo, być może jako jedyny. Wspomnienie o garażu powinno wystarczyć, by dopowiedział sobie resztę.

I jeśli wyraz jego twarzy mógł o czymkolwiek świadczyć, to należało uznać, że rzeczywiście szybko wszystko zrozumiał. Spoważniał jeszcze bardziej i z jego oczu nagle zniknęła ta pobłażliwość, która pozwalała Oryńskiemu robić, co mu się podobało.

Langer odrzucił jego ręce, a potem się odsunął. Kordian zrobił krok w jego stronę, ale napotkawszy zupełnie inne spojrzenie, inne ułożenie ciała i… właściwie innego przeciwnika, zatrzymał się.

– Znalazła ten twój garaż i pojechała tam – powiedział. – I przypuszczam, że na miejscu zastała Baumanna.

Piotr milczał, przyglądając mu się uważnie.

– Mam rację, prawda? – zapytał przez zęby Oryński.

– Tak.

– Znaleźliśmy ślady krwi. Sporo.

Langer uniósł lekko brwi, demonstrując stanowczo zbyt małe zainteresowanie, by uznać to za zwyczajny ludzki odruch. Był to raczej wyraz umiarkowanego zaciekawienia człowieka o psycho- lub socjopatycznej osobowości.

– Cokolwiek się tam stało, jest ranna – dodał Kordian.

Piotr nadal nie odpowiadał.

– Baumann miał broń? – zapytał Oryński.

– Jak wielu byłych prokuratorów.

– I byłby na tyle zdeterminowany, żeby jej użyć?

– Owszem – potwierdził Langer.

Jego spokój był jednocześnie niepokojący i zbawienny. Dowodził bowiem zarówno tego, że Piotr o wszystkim wiedział i maczał w tym palce, jak i tego, że w końcu opadła maska. Pokazał się prawdziwy Langer.

Sprawiło to, że Oryński poczuł się pewniej. Teraz widział przeciwnika wyraźnie, a nie jako zniekształcone odbicie w rozbitym lustrze.

– Nie tak miało być – odezwał się Piotr.

– A jak?

– Nie powinna była trafić na jego trop.

– Ale trafiła.

Kordian znów się zbliżył, zaciskając pięści. Langer z pewnością to dostrzegł, ale jego wzrok nawet ukradkowo nie uciekł w kierunku rąk młodego prawnika. Demonstrował taką pewność siebie, że nie sposób było jej nie odnotować.

– To wszystko komplikuje – odezwał się Piotr, kręcąc lekko głową. – A wy nic nie rozumiecie. Absolutnie nic.

– Więc najwyższa pora, żebyś wszystko wyjaśnił, Langer.

– Być może.

– Ty wszystkim sterujesz, prawda? Od samego początku?

– Nie wszystkim.

Kordian starał się trzymać nerwy na wodzy, nie ciągnąć go za język, nie naciskać nadto. Czuł jednak presję czasu, świadomy, że każda minuta może mieć dla Chyłki znaczenie. Szukał złotego środka, ale nie wiedział, na jak wiele może sobie pozwolić, by nie zantagonizować rozmówcy.

– Nie taki był plan – powtórzył Langer, unosząc wzrok. – Mieliście nigdy nie dotrzeć do Baumanna. Nic nie miało wam grozić.

– Ale teraz grozi. Chyłce.

– Niewątpliwie.

Oryński czekał, aż Piotr doda coś jeszcze, ale ten zamyślił się i zamilkł. Trudno było powiedzieć, czy w jego deklaracjach tkwi ziarno prawdy. Kordian przyjął jednak, że istnieje przynajmniej hipotetyczna możliwość. Langer nie miał powodu, by kłamać, nie teraz.

– Więc zrób coś – powiedział Oryński.

– Zamierzam.

Odszedł kawałek, sięgając po telefon. Posłał Kordianowi ostrzegawcze spojrzenie, które jasno sugerowało, że tę rozmowę musi odbyć sam. Przyłożył komórkę do ucha, po czym przeszedł do drugiego pokoju i zamknął za sobą drzwi.

Oryński ze świstem wypuścił powietrze. Nie czuł się za dobrze ze świadomością, że wszystko zależy teraz od Langera. Nie było jednak innego wyjścia, niż zdać się właśnie na niego. Kordian zrobił krok w stronę drzwi, choć nie przypuszczał, by udało mu się cokolwiek podsłuchać.

Naraz jednak zawibrował mu w kieszeni telefon. Wyjął smartfona i zobaczył połączenie przychodzące. Numer nieznany. Odebrał, nie zastanawiając się długo.

– Tak?

– Olgierd Paderborn z tej strony.

Głos prokuratora był ostatnim, który spodziewał się usłyszeć. Nie wiedział nawet, że oskarżyciel ma jego numer.

– Dzwonię, bo od jakiegoś czasu nie mogę skontaktować się z Chyłką – wyjaśnił Paderborn. – Nie masz jej gdzieś przy sobie?

– Nie.

Oryński nie miał zamiaru ciągnąć tej rozmowy, wychodząc z założenia, że na nic mu się nie przyda. W tej chwili nie było sensu szukać pomocy u prokuratorów. Przeciwnie, najmądrzej było trzymać się od nich z daleka. Realizowali własne interesy i zależało im przede wszystkim na korzystnym wyroku dla Skopińskiego, wszystko inne było dla nich sprawą drugorzędną.

– Może wiesz, w jaki sposób mógłbym...

– Jest chwilowo niedostępna.

– To znaczy?

– Znaczy, że nie skontaktujesz się z nią w najbliższym czasie.

Kordian nerwowo patrzył na zamknięte drzwi, mając nadzieję, że Langer załatwi coś konkretnego i ten „najbliższy czas" wyraźnie się skróci.

– A teraz przepraszam, ale muszę...

– Poczekaj – wpadł mu w słowo Olgierd. – To ważna sprawa.

– Tak czy inaczej musi poczekać.

– Nie może.

Oryński zmarszczył czoło, odwracając się od drzwi. Może jednak sensownie było zainteresować się tematem, uznał.

– O co chodzi? – zapytał.

– Doszło do przełomu w sprawie Skopińskiego.

– Co? Jakiego przełomu?

Paderborn wypuścił powietrze prosto do mikrofonu.

– Złożył wniosek o dobrowolne poddanie się karze – oznajmił. – I nie muszę chyba mówić, że nam wszystkim jest to na rękę.

Kordian przez moment milczał. Nie mógł pozbyć się wrażenia, że nieprzypadkowo stało się to w tym momencie. Obejrzał się przez ramię, zastanawiając, czy to także był element planu Langera.

Odpowiedź wydawała się jasna.

– Wszystkim? – spytał.

– Oczywiście.

– Chyłce niekoniecznie.

– To się okaże – odparł Olgierd. – Po tym, jak z nią porozmawiam. I teraz rozumiesz, dlaczego muszę szybko się z nią skontaktować. Trzeba kuć żelazo, póki gorące.

Oryński wątpił, by miało ostygnąć. Sprawa Skopińskiego była rozstrzygnięta na długo przed tym, jak trafiła na wokandę. Tesarewicz i prokuratura mieli się zgodzić na dobrowolne poddanie się karze, dalsze rozprawy miały stać się bezzasadne. Prokurator dostanie wyrok w zawieszeniu, większość brudów zostanie zamiecionych pod dywan, wszyscy będą zadowoleni.

Kordian mógł drążyć, ale szkoda mu było na to czasu. Teraz nie liczyły się źle prowadzone śledztwo, ewentualne motywacje Skopińskiego ani próba wrobienia Tesarewicza. Istotne było jedynie to, żeby znaleźć Joannę.

– Odezwę się, jak tylko samemu uda mi się z nią skontaktować – zapewnił Paderborna.

– Postaraj się. Potrzebujemy tylko…

– Klepnięcia ze strony oskarżyciela posiłkowego, oczywiście – uciął Oryński. – Przekażę jej.

– Świetnie, ale…

Słysząc, że Langer skończył rozmowę, Kordian rozłączył się, nie pozwalając prokuratorowi dokończyć. Drzwi pokoju obok się otworzyły, a Piotr szybkim krokiem wyszedł na korytarz. Posłał Oryńskiemu zdecydowane, ponaglające spojrzenie.

– Chodź – rzucił.

– Wiesz, gdzie ona jest?

– Tak.

Nie zatrzymując się, minął Kordiana i skierował się do wyjścia. Oryński nie miał zamiaru się ociągać. Po chwili wsiedli do czerwonego forda mustanga, który czekał na nich w podziemnym garażu.

Langer wyjechał z niego, niemal zahaczając o jeszcze podnoszącą się bramę.

– Z kim rozmawiałeś? – zapytał.

– Z Paderbornem.

Wymienili się krótkimi spojrzeniami.

– Skopiński złożył wniosek o dobrowolne poddanie się karze? – zapytał Piotr.

– Tak.

– I nie chcesz wiedzieć, czy mam z tym coś wspólnego?

– Chcę.

– A jednak nie pytasz.

– Bo nie muszę – odparł pod nosem Kordian, patrząc przed siebie. Miał nadzieję, że znajdą Chyłkę w porę.

5

Droga krajowa nr 79, Żabieniec

Ocknęła się, choć wolałaby chyba pozostać nieprzytomna. Ciężar, jaki poczuła wraz z uświadomieniem sobie tego, co się wydarzyło, był przytłaczający. W jej pamięci nadal rozgrywały się sceny, które umysł zarejestrował w garażu na Ursynowie.

Baumann wymierzył w nią pistoletem, ręka mu się trzęsła. Był spanikowany, niepewny, co powinien zrobić. Wiedział tylko jedno – że musi działać natychmiast, jeśli chce w ogóle myśleć o tym, by go nie odnaleziono.

Nie miał jednak zamiaru pociągnąć za spust. A przynajmniej tak wydało się Chyłce, kiedy ruszyła w jego kierunku. Owszem, były prokurator był zdolny do wielu rzeczy, ale przecież nie do zabicia jej z zimną krwią.

Rzeczywistość szybko zweryfikowała jej założenia. Ledwo znalazła się obok niego, obrócił broń, zamachnął się, a potem uderzył ją z całej siły w brzuch. Ból był porażający. Joannę ścięło z nóg, upadła bezwładnie na bok. Przez moment nie wiedziała, co się dzieje, a pokrzykiwania Baumanna wydawały się nieskładne. Nie mogła ułożyć ich w zdania. Wiedziała jedynie tyle, że obwinia ją za to, co musiał zrobić.

Potem kopnął ją po raz pierwszy. Miała irracjonalną nadzieję, że to jednorazowy wybuch, że na jednym kopniaku się skończy. Uderzył jednak jeszcze kilkakrotnie, zanim udało mu się opanować.

Za każdym razem but trafiał w brzuch. Jakby Baumann uwziął się, by zniszczyć przynajmniej jedno życie. Jakby chciał atakować tego, kto był najbardziej bezbronny. I uderzać tam, gdzie bolało najbardziej.

Teraz, leżąc z tyłu samochodu dostawczego, Joanna widziała plamę krwi rozlewającą się na podłodze. Była coraz większa. Chyłka nie przestawała krwawić i nie miała wątpliwości, że jeśli szybko nie trafi do szpitala, straci dziecko.

Zamknęła oczy. Lepiej było pozwolić, by niemoc zwyciężyła. I nie mieć świadomości tego, co się dzieje.

Siły jednak nieco jej wróciły, przynajmniej na tyle, by zrozumieć, że po okrzykach gdzieś się zatrzymali. Droga była wyboista, zdawała się składać z samych kolein. Najprawdopodobniej dostawczak zaparkował gdzieś pod lasem, z dala od zabudowań.

Przemknęło jej przez myśl, że tutaj to skończą. Spojrzała w kierunku Tesarewicza i Baumanna, ale przekonała się, że nie ma ich w samochodzie. Wytężyła słuch i usłyszała cichą rozmowę na zewnątrz.

Potem doszedł ją dźwięk silnika. Wysokoprężnego, na niemałych obrotach. Zaraz potem szum świadczący o tym, że auto gwałtownie wyhamowało na polnej drodze.

Przez moment miała wrażenie, że słyszy głos Oryńskiego. Silnik jednak z pewnością nie należał do daihatsu. Zresztą Kordian nie trafiłby tak szybko na jej ślad. A gdyby nawet, zjawiłby się tutaj z policją, nie sam. I nie spotykałby się jak gdyby nigdy nic z Baumannem i Tadeuszem.

Powieki znów zrobiły się ciężkie. Nie walczyła z nimi, przyjęła to jak błogosławieństwo.

Zanim straciła przytomność, znów odniosła wrażenie, że słyszy głos Oryńskiego.

6

ul. Fińska, Siedliska

– Gdzie ona jest?! – ryknął ile sił Kordian.

Tesarewicz i Baumann już dwukrotnie zapewniali go, że Joanna znajduje się w bezpiecznym miejscu, nic jej nie grozi i jest pod dobrą opieką. Nie wierzył w ani jedno słowo, choć stojący obok niego Langer zdawał się spokojny, jakby tych dwóch rzeczywiście zadbało o Chyłkę.

Piotr przysiadł na masce czerwonego mustanga, włożył ręce do kieszeni, a potem przechylił głowę na bok. Milczał, patrząc na swoich towarzyszy z wyższością, która kazała Oryńskiemu sądzić, że to on w tym tercecie rozdaje wszystkie karty.

– Gdzie?! – krzyknął jeszcze raz Kordian, zbliżając się do Tesarewicza.

Były opozycjonista zachował wręcz nienaturalny spokój. Baumann wydawał się bardziej poruszony, choć był daleki od paniki. Wzrok miał nieco zamglony, jakby czymś się wspomógł.

– Radzę wam, do kurwy nędzy…

– Spokojnie, wszystko jest w porządku – powiedział Tadeusz. – Nikt nie wyrządził jej żadnej krzywdy.

Spojrzeli na Langera, jakby to jego, a nie Oryńskiego, chcieli uspokoić. Piotr nadal się jednak nie odzywał.

– Muszę ją zobaczyć – syknął Kordian. – Natychmiast.

– Jak tylko lekarz opatrzy jej rany – odparł Tesarewicz, ale natychmiast tego pożałował. Uniósł lekko ręce i wykonał uspokajający gest. – Powierzchowne. Nie ma się czym...

Oryński nie miał zamiaru dłużej zdawać się wyłącznie na słowa. Dopadł Baumanna, popchnął go na samochód, a potem złapał za fraki. Zanim zdążył choćby nim potrząsnąć, doskoczył do niego Tadeusz, starając się pomóc prokuratorowi. Kordian odtrącił jego rękę, nie odrywając wzroku od mężczyzny, którego koszulę ściskał drugą dłonią.

– Co jej zrobiłeś, skurwysynu?! – zagrzmiał.

Baumann być może odpowiedziałby, gdyby nie to, że obaj kątem oka dostrzegli, jak Langer wstaje. Ruszył powoli w ich kierunku, trzymając ręce w kieszeniach. Wszyscy trzej obrócili się do niego.

– Zawiodłem się na was – odezwał się, nie patrząc na żadnego z nich. – Nie tak to miało wyglądać.

Kordian ścisnął mocniej materiał koszuli.

– Jak do tego doszło? – rzucił Piotr i westchnął, mrużąc oczy. Zdawał się zupełnie nieobecny. – Przecież wszystko było precyzyjnie ułożone.

– Musiała z jakiegoś powodu się mną zainteresować – odezwał się Baumann, z trudem przełykając ślinę. – I dotrzeć do związku z Tadeuszem... lub z twoim ojcem.

– Najwyraźniej.

Zaległa cisza. W oddali słychać było typowe dla niewielkiej wsi odgłosy. Gdzieś zapiał kogut, zaszczekał pies, a wiatr lekko poruszył znajdujące się nieopodal drzewa. W zasięgu wzroku nie było żadnego domostwa, a pola zdawały się nieurodzajne. Nie było na nich śladu ludzkiej ręki.

Kordian dopiero teraz pomyślał o tym, że Piotr wybrał tak odludne miejsce nie bez powodu. Puścił byłego prokuratora i odwrócił się do Langera. To z jego strony powinien spodziewać się niebezpieczeństwa.

– Nie wiem, jak znalazła garaż – dodał Baumann. – Ale jedyny trop to ten związany z tobą.

Langer uśmiechnął się lekko.

– Ze mną? – zapytał. – A więc to ja jestem odpowiedzialny?

– Tego nie powiedziałem, ale…

– Nie, nie powiedziałeś. Ale dałeś mi to wyraźnie do zrozumienia.

Piotr minął Oryńskiego i zatrzymał się przed rozmówcą.

– I jak mam na to zareagować? – zapytał, wciąż nie wyciągając rąk z kieszeni.

Kordian spojrzał na samochód dostawczy, nie mogąc opędzić się od myśli, że to właśnie nim przetransportowano gdzieś Chyłkę. Ale gdzie? Może opłacali jakiegoś lekarza w tej wiosce? Może znajdowała się niedaleko?

O ile w ogóle wzmianka o doktorze miała cokolwiek wspólnego z prawdą. Kordian popatrzył ponaglająco na Langera, ale ten zupełnie go ignorował. Wbijał nieruchome spojrzenie w Baumanna.

Tkwiła w nim groźba, ale były prokurator być może jej nie dostrzegał. Trzeba było dobrze znać Piotra, by potrafić rozpoznać ten pierwotny zew, który stanowił odbicie jego złości. Złości, która szukała ujścia.

Oryński cofnął się o krok. Spojrzał na ręce Langera i dopiero teraz uświadomił sobie, dlaczego nie wyciąga ich z kieszeni. Zanim jednak dotarło do niego, co się za moment stanie, było już zbyt późno.

Kolejne wydarzenia były jak przewracające się kostki domina.

Langer wykonał kilka szybkich, zdecydowanych ruchów. Chwycił Baumanna za ramię, obrócił go tyłem do siebie i zakleszczył mu kark mocnym chwytem jedną ręką. Druga dłoń, także w nylonowej rękawiczce, sięgnęła po broń zatkniętą za pasek spodni byłego prokuratora.

Kordian miał wrażenie, że czas się zatrzymał, kiedy Langer wymierzył w Tadeusza Tesarewicza.

Powietrze zdawało się stężeć, chmury przestały przesuwać się na niebie. Wszystko na moment jakby zaszło mgłą i stało się równie mętne, jak sama sprawa, która doprowadziła do tej sytuacji.

Rozległ się strzał, którego echo zdawało się rozbrzmiewać po całej wsi.

Ciało Tesarewicza nie zdążyło upaść na ziemię, a Langer już przyłożył lufę pod brodę mężczyzny, którego trzymał nieruchomo.

Drugi wystrzał sprawił, że Kordian poczuł, jakby to on oberwał.

Krew rozbryznęła się na karoserii samochodu dostawczego, a zwłoki osunęły się na ziemię. Zwolniwszy chwyt, Langer cofnął się o krok.

W głowie Oryńskiego pogłos obydwu strzałów dźwięczał ogłuszająco.

– Chyłka jest w samochodzie – oznajmił spokojnie Piotr.

Kordian nie potrafił się poruszyć. Miał wrażenie, że czerwona maź, która trysnęła z ciał Tesarewicza i Baumanna, trafiła prosto do jego oczu, przesłaniając mu wizję. Potrząsnął głową, starając się odzyskać władanie nad swoim ciałem. W tej chwili zdawało się jednak należeć do kogoś innego.

– Kordian?

– Co... co ty, do kurwy nędzy... co ty zrobiłeś...

– Uprzątnąłem to, co było do uprzątnięcia.

Oryński spojrzał na pistolet leżący obok drugiego z ciał. Potem na rękawiczki na dłoniach Langera. Ten ściągnął je, a potem podał Kordianowi.

– Joanna jest w aucie – powtórzył. – Proponuję działać szybko, bo kiedy z nimi rozmawiałem przez telefon, twierdzili, że się wykrwawia.

Oryński powoli zaczynał rozumieć najistotniejsze rzeczy. Spojrzał na dostawczaka. Czerwony fresk na białej karoserii sprawił, że zrobiło mu się słabo. Przeniósł wzrok na swoje dłonie i zorientował się, że ściska rękawiczki tak mocno, aż pobielały mu palce.

– Ale...

– Naprawdę szkoda czasu.

– Co z...

– Zajmę się wszystkim.

– Ktoś musiał słyszeć... ktoś na pewno słyszał...

Dlaczego o tym pomyślał? Fakt, że któryś z mieszkańców wsi zobaczy, co się tu wydarzyło, był sprawą drugorzędną. Najwyraźniej jednak umysł błądził swoimi ścieżkami.

Kordian ruszył chwiejnym krokiem w stronę bocznych drzwi samochodu. Zatrzymał się przed nimi, starając się założyć rękawiczki. Teraz było najważniejsze, by nie zostawić na miejscu zbrodni swoich odcisków palców. Ręce mu się trzęsły, były całe spocone. W końcu jednak mu się udało.

Rozsunął drzwiczki i znów znieruchomiał. Tym razem jednak tylko na moment. Krew zdawała się pokrywać całą podłogę, Chyłka leżała nieruchomo na plecach, miała zamknięte oczy.

Kordian natychmiast wskoczył do środka i dopadł do Joanny. Trzęsącą się ręką sprawdził puls, zupełnie nie myśląc o tym, że przez rękawiczki i tak go nie poczuje. Potrząsnął głową.

– Langer! – krzyknął.

Piotr szybko pojawił się przy otwartych drzwiach.

– Pomóż mi, już!

Nie trwało długo, nim przenieśli Joannę na siedzenie pasażera w mustangu. Ledwo przypięli ją pasami, fotel pod nią zdawał się cały namoknąć krwią.

– Jedź – rzucił Piotr. – Ja zaraz będę miał transport.

Nie musiał powtarzać tego dwa razy. Oryński usiadł za kierownicą, wycofał, a potem ruszył raptownie przed siebie, wyrzucając piach spod kół. Popędził w kierunku Piaseczna, pamiętając, że mieści się tam szpital Świętej Anny. Po drodze starał się znaleźć adres w nawigacji, ale był zbyt zajęty ciągłą redukcją biegów i wyprzedzaniem kolejnych samochodów, by zdążył to zrobić przed wjechaniem do Piaseczna.

W pewnym momencie wydało mu się, że Joanna się poruszyła.

– Chyłka?

Zerknął na nią, ale nadal miała zamknięte oczy. Siedziała ze zwieszoną głową, która kiwała się na boki, ilekroć gwałtownie wyprzedzał. Krew skapywała już z fotela na dywanik podłogowy.

Kordian zaklął i przyspieszył jeszcze bardziej. Nie myślał o tym, jak wytłumaczy lekarzom, co się stało. Ani o tym, że będzie musiał także przedstawić jakąś wersję policji.

Wjechał do miasta, mając ponad sto dwadzieścia na liczniku. Zahamował na głównej drodze przelotowej, zatrzymując się przy kobiecie idącej z naprzeciwka. Zapytał tylko, którędy do szpitala, a potem wcisnął gaz do dechy.

Nie miał pojęcia, czy zdąży. I czy lekarze będą ratować jedną, czy dwie osoby.

7

Szpital św. Anny, ul. Mickiewicza

Echo krzyków, strzałów i ryku silnika zdawało się potwierdzać, że to wszystko wyłącznie zły sen. Ostatnie zdarzenia nie miały nic wspólnego z rzeczywistością, uznała Chyłka. Były rezultatem ogólnego wycieńczenia, nadmiaru problemów, stresu i szalejących hormonów. Innej możliwości nie przyjmowała. Przynajmniej przez pewien czas.

Po kilkunastu minutach od przebudzenia rzeczywistość zaczęła jednak ją doganiać. Joanna próbowała przed nią uciec, ale bez skutku.

Pół godziny później zjawił się Zordon. Przysiadł na łóżku, wziął ją za rękę i trwał w bezruchu, patrząc gdzieś za okno. Żadne z nich się nie odzywało.

Kiedy chwilę później do sali wszedł lekarz, Oryński się podniósł i podszedł do okna. Nie odwracał się.

– Przykro mi – odezwał się doktor.

Chyłka przełknęła ślinę. Miała wrażenie, jakby była na gigantycznym kacu, jakiego wcześniej nie doświadczyła. Nie mogła pozbierać myśli, a jednocześnie wszystko docierało do niej aż nazbyt wyraźnie.

– Robiliśmy, co w naszej mocy, ale…

Odchrząknęła, krzywiąc się przy tym, jakby każdy ruch śliny w gardle powodował ból.

– Rozumiem – powiedziała.

Lekarz był młody, być może jeszcze niedoświadczony w takich sprawach. Przez moment szukał odpowiednich słów, po czym nabrał głęboko tchu i chyba zrezygnował z jakichkolwiek prób pocieszania pacjentki.

Stał przy łóżku, nie poruszając się. Dopiero po jakimś czasie przysunął sobie krzesło i usiadł obok. Kordian odwrócił się do nich, a potem oparł się o parapet. Spuścił wzrok, unikając spojrzenia Chyłki, jakby to on czymś zawinił.

Joanna niepewnie dotknęła brzucha. Wzdrygnęła się, czując sflaczałą skórę.

– Usunęliśmy łożysko i…

– Nie chcę tego słuchać – ucięła. – Kiedy mogę stąd wyjść?

– Pani Joanno, to…

– Wystarczy Chyłka – przerwała mu trzęsącym się głosem. – I skoro już niczego w sobie nie mam, nie widzę powodu, żeby zostawać na oddziale neonatologicznym.

Dopiero po chwili uświadomiła sobie, że jest raczej na ginekologiczno-położniczym, jeśli nie na chirurgii. Nie było powodu, by umieszczono ją tam, gdzie zajmowano się noworodkami.

Poruszyła się niespokojnie. Zrobiło jej się niedobrze i tylko cudem nie pozwoliła odruchowi wymiotnemu targnąć jej ciałem.

– Więc? – spytała. – Mogę wracać do domu?

– Proszę choć trochę…

– Przypuszczam, że jestem tu już jakiś czas, tak?

– Od kilku godzin.

– Wystarczająco długo.

Próbowała podciągnąć się do wezgłowia, ale zrezygnowała, czując przemożny ból. Odniosła wrażenie, jakby coś rozrywało jej brzuch od środka.

– Musi pani dać sobie czas na regenerację.

– Dałam sobie. Właśnie się skończył.

Lekarz spojrzał na Oryńskiego, jakby ten mógł przemówić jej do rozsądku. Kordian jednak nawet nie odnotował jego wzroku.

– Naprawdę nie ma możliwości, żeby teraz pani…

– Szwy założyliście porządne?

– Proszę mnie posłuchać…

– Przypuszczam, że tak – ciągnęła, czując, że ma szkliste oczy. – Jeśli się nie rozerwą, dam sobie radę. A nie mam zamiaru tu wegetować bez powodu. Zresztą czeka na mnie robota, muszę wsadzić za kratki pewnego prokuratora.

Słyszała, jak słabo brzmi jej głos, ale nie zwracała na to uwagi.

– Nie mogę pani na to pozwolić.

– Nie masz pan nic do gadania.

Kordian w końcu podniósł spojrzenie.

– Chyłka – odezwał się. – Skopiński dobrowolnie poddał się karze.

– Gówno prawda – odburknęła. – Zresztą bez… bez zgody oskarżyciela posiłkowego może sobie co najwyżej…

Ból zdawał się coraz wyraźniejszy, utrudniał jej formułowanie myśli. Skrzywiła się, zaklęła pod nosem, a potem znów spróbowała się podciągnąć.

– Tesarewicz nie jest już uczestnikiem postępowania – powiedział beznamiętnym, kamiennym głosem Oryński.

– Co? Dlaczego?

Kordian w odpowiedzi pokręcił tylko głową. Właściwie mogło to znaczyć wszystko. W pierwszej chwili chciała wyciągnąć z niego szczegóły, ale ledwo otworzyła usta, poczuła, że oplata ją pajęczyna bólu. Zrezygnowała z drążenia, dochodząc do wniosku, że przyjdzie na to jeszcze pora. Teraz musiała skupić się na tym, żeby wrócić do domu.

Znaleźć się w bezpiecznym, znanym miejscu.

– Gdzie ja w ogóle jestem? – jęknęła.

– W Piasecznie – odparł Oryński.

Lekarz spojrzał na nich, jakby fakt, że pacjentka nie wie nawet, w którym mieście się znajduje, zupełnie zbił go z tropu. Jakby obawiał się, że świadomość utraty dziecka dopiero miała do niej dotrzeć.

Może w istocie tak było. Może nie uświadamiała sobie jeszcze, co się wydarzyło. Ponownie dotknęła brzucha. Mdłości wróciły, kiedy przesunęła dłonią po pofałdowanym nadmiarze skóry.

Próbowała odpędzić od siebie dojmujące myśli, ale uderzyły w nią jak tajfun. Przez moment czuła się zupełnie bezbronna. Szybko jednak się zmitygowała.

– Może nas pan zostawić? – spytała, patrząc na lekarza.

Wyraźnie się zmieszał.

– Jest kilka rzeczy, które powinniśmy omówić – zauważył.

– Jakich?

– Niebawem…

– Niebawem otrzymam od was tak zwaną kartę martwego urodzenia. Nie do rąk własnych, rzecz jasna, wyślecie ją od razu do Urzędu Stanu Cywilnego. Dzięki temu będę mogła zarejestrować tam dziecko – wyrecytowała.

Doktor otworzył usta, ale się nie odezwał.

– Bez tego nie otrzymam zasiłku pogrzebowego z ZUS-u – dodała Chyłka. – W wysokości czterech tysięcy złotych, o ile dobrze pamiętam.

– To prawda, ale…

– Jeszcze o czymś musimy porozmawiać?

– Choćby o tym, co się wydarzyło.

– Chyba potrafię sama to ocenić.

– Tak, tym niemniej…

– Doszło do martwego urodzenia, zgadza się?

Lekarz lekko skinął głową.

– W takim razie wystarczy, że otworzę rozporządzenie ministra zdrowia z drugiego lutego dwa tysiące piątego roku w sprawie pisemnego zgłoszenia urodzenia dziecka – wyrzuciła z siebie.

Nikt się nie odzywał. W jej głosie nie było zwyczajowej pewności siebie. Przeciwnie, brzmiał, jakby znajdowała się na granicy zupełnej paniki.

– Tam znajduje się definicja – dodała. – Chodzi o zgon, do którego dochodzi przed wydobyciem płodu z ustroju matki.

Kordian znów spuścił wzrok, doktor się nie poruszył.

– Płód nie oddycha, nie ma czynności serca, pępowina nie tętni i…

– Zna pani ustawową definicję – uciął lekarz.

– Nazwałbym ją raczej normatywną, jako że nie znajduje się w akcie rangi ustawy, a jedynie w wykonawczym. Ale jak zwał, tak zwał, nie będę kruszyć o to kopii.

Ponownie zaległa cisza. Chyłka odnosiła wrażenie, jakby każda sekunda była jej przeciwnikiem. Odchrząknęła, patrząc znacząco najpierw na lekarza, a potem na wyjście na korytarz. W końcu ustąpił.

Kiedy opuścił salę, Joanna poklepała skraj łóżka.

– Przycupnij, Zordon.

– Chyłka…

– Błagam cię, bez dramatyzmu.

Wiedziała, że nie brzmi przekonująco. Czuła też, że kilka łez popłynęło z kącików oczu. Uczucie było dziwne, nie pamiętała, kiedy ostatnio się z nim zmagała.

Oryński podszedł do łóżka, a potem przysiadł na jego skraju.

– Zameldowałeś się dziś na komisariacie? – spytała.

– Nie muszę.

– Ty też dobrowolnie poddałeś się karze?

– Nie. Mam opinię lekarską, która… – Zawiesił głos, a potem lekko machnął ręką i pokręcił głową. – To teraz nieważne.

– To może i nie. Ale Skopiński tak. Naprawdę poszedł na układ?

– Tak.

Joanna lekko zacisnęła dłoń. Nie wiedziała, czy udało jej się uformować pięść.

– Powinien skończyć z literą „K" na czole – mruknęła.

Oryński sprawiał wrażenie, jakby nie wiedział, o co chodzi.

– Tak w Rzymie karano prokuratorów, którzy wnosili oskarżenie przeciwko niewinnym ludziom… To od słowa *kalumnia*.

– Chyłka… – jęknął Kordian, rozkładając ręce. – Do cholery…

– No co?

Wyraźnie nie wiedział, jak odpowiedzieć na to zasadniczo proste pytanie.

– Powiesz mi, jak się czujesz? – odezwał się po chwili.

– A jak mam się czuć?

Powinien wiedzieć, że okazywanie troski tylko ją rozsierdzi. I najwyraźniej sobie to uświadomił, bo tylko skinął głową i nie odpowiedział.

– Chcę stąd wyjść, Zordon.

– Wiem.

– Trzeba to załatwić jak najszybciej. I jako twoja mentorka obliguję właśnie ciebie, żebyś mi w tym pomógł.

Stanowczo zbyt długo patrzył na nią wzrokiem bez wyrazu.

– Coś nie tak?

– Mentorka to chyba nieodpowiednie słowo – zauważył.

– Wręcz przeciwnie. Pochodzi ono z dzieł Homera, konkretnie z *Odysei*. Mentor to nikt inny, tylko Atena w przebraniu, która doradza Telemachowi. Porównanie jest więc bardzo adekwatne.

Kordian się nie odzywał.

– No, dalej, Zordon, podejmij któryś temat, do kurwy pierdolonej maci nędzy.

Uniósł brwi.

– Lalochezja – dodała Joanna. – Nie traktuj tego personalnie.

– Nie traktuję.

Czekała, aż doda coś więcej, zmieni temat, pociągnie któryś z tych, które ona podrzuciła, ale najwyraźniej było to ponad jego siły. Westchnęła głęboko, tocząc wzrokiem po suficie. Obudziła się stosunkowo niedawno, ale i tak miała już serdecznie dosyć leżenia w szpitalnym łóżku. Źle jej się kojarzyło.

– Nie radzisz sobie przesadnie dobrze, Zordon.

– Nie, nie radzę.

– I to kolejny raz potwierdza moją tezę o słabości twojej płci.

– Mhm.

– Ale jak mogłoby być inaczej? My w ciągu miesiąca krwawimy bardziej niż wy w trakcie całego życia.

Spojrzał na nią z niedowierzaniem, być może nawet z pewną pretensją. Zupełnie jakby oczekiwał, że będzie rozpaczała i pogrążała się w smutku, bo tak wypada. Nie, więcej – bo tylko w taki sposób może oddać cześć pamięci swojego nienarodzonego dziecka.

Chyłka wyszła z założenia, że najlepiej zrobi to, nie dając się sparaliżować tym wszystkim uczuciom, które próbowały się do niej dobić.

Zamknęła oczy. Tylko na moment, ale nawet to okazało się zbyt długim okresem. Umysł natychmiast zarysował przed nią małą trumnę. Widziała, jak zostaje opuszczona do dziury w ziemi, a ona stoi obok, ubrana w czerń, wspierająca się na ramieniu Oryńskiego.

Wyraźna wizja na moment zupełnie ją sparaliżowała. Chyłka mogła udawać, okłamywać samą siebie i wszystkich wokół, wspinać się na wyżyny gry aktorskiej, ale wszystko to na nic. W jednej chwili całe jej jestestwo zostało zredukowane do straty, którą poniosła.

Od tej pory to zdarzenie będzie rządziło całym jej życiem. Nigdy o nim nie zapomni, nigdy tak naprawdę nie uda jej się na dobre uporać z konsekwencjami. Ukryje je, ale ilekroć na siebie spojrzy, będzie widziała matkę, którą nigdy się nie stała.

Nie bez powodu mawiano, że żałoba po stracie dziecka zaczyna się w momencie jego śmierci, a kończy wtedy, gdy rodzic do niego dołącza.

Joanna otworzyła oczy, odsuwając te myśli. Spostrzegła, że Zordon na nią patrzy.

– Wszystko w porządku?

– Nie.

Pokiwał głową, nie odrywając od niej wzroku. Nie dostrzegła w jego oczach żadnego zarzutu, którego jeszcze przed momentem tam upatrywała. Było w nich jedynie współczucie. I gotowość, by ją wspierać.

– Mów, co się stało – poleciła.

– A ile pamiętasz?

– Tylko tyle, że trafiłam do garażu Baumanna, znalazłam zdjęcia tatuaży, a potem…

Urwała, sama będąc tym zaskoczona. Szukała słów, ale nie mogła ich znaleźć. Tym bardziej zmusić się do tego, by je wypowiedzieć.

Dlaczego w ogóle tam pojechała? Mogła poczekać na wsparcie, mogła poinformować McVaya, co zamierza. A jednak zamiast tego postanowiła działać sama. Nie, nie sama.

We dwoje.

Znów zamknęła oczy. Tym razem z premedytacją, by zobaczyć obrazy, które przyniosą cierpienie. Uświadomiła sobie, że nie powinna ich unikać. Przeciwnie, należało potraktować je jako karę, pokutę. Na obie te rzeczy w pełni sobie zasłużyła.

– Jak trafiłaś na jego trop? – usłyszała głos Kordiana.

Podniosła powieki i przez moment patrzyli na siebie w milczeniu. Mimo że zadał pytanie, oboje zdawali sobie sprawę, że nie czeka na odpowiedź. Jakiejkolwiek rozmowy by teraz nie prowadzili, stanowiłaby jedynie grę pozorów. Słowa nie miały znaczenia.

Mamihlapinatapai, pomyślała Chyłka.

– I dlaczego kazałaś mi robić zdjęcia w jego mieszkaniu? – dodał Zordon.

Najwyraźniej w końcu zrozumiał, że musi spróbować pociągnąć jakiś temat. Wyrwać ich z klinczu spojrzeń, którymi przekazywali sobie stanowczo zbyt wiele.

Joanna nabrała tchu i wreszcie udało jej się podciągnąć chociaż kawałek w stronę wezgłowia.

– Ze względu na tatuaże – powiedziała.

– To znaczy?

– Nie zobaczyłeś tego?

– Nie.

– To przyjrzyj im się jeszcze raz, a potem porównaj je z tym, co widzieliśmy w mieszkaniu Baumanna.

Oryński ściągnął brwi, patrząc na nią, jakby plotła trzy po trzy. Pochylił się lekko, opierając na jednej ręce.

– O czym ty mówisz?

– Te tatuaże nie przedstawiały żadnych gałęzi, Zordon. Były odwzorowaniem kształtów, które Baumann zawiesił na ścianach.

– Masz na myśli…

– Jego zamiłowanie do ciał niebieskich.

Kordian nie odpowiedział.

– Jeden z tatuaży przedstawiał na przykład powierzchnię Europy. Księżyca Jowisza.

Oryński sięgnął po telefon i przez moment szukał odpowiedniego zdjęcia. Przyglądał mu się przez chwilę, a ona zauważyła w jego oczach błysk zrozumienia. Nie wyrył sobie w pamięci widoku tatuaży tak jak ona, ale jeśli wiedziało się, na co zwrócić uwagę, nie trzeba było wiele, by skojarzyć jedno z drugim. Wystarczyło znaleźć jeden podobny fragment, umysł sam wykonywał resztę roboty.

Linie na ciałach ofiar odpowiadały szczelinom, które przecinały powierzchnie księżyców w Układzie Słonecznym. Najwierniej oddane były te pochodzące ze skutych lodem satelitów Jowisza.

Kordian zamrugał kilkakrotnie, przyglądając się zdjęciom z coraz większą uwagą. Przesuwał palcem po ekranie, powiększał, a potem przybliżał telefon do oczu. Kilkakrotnie niemal niezauważalnie pokręcił głową. W końcu podniósł wzrok.

– To...

– Niemożliwe? – spytała Chyłka. – Wszystko jest możliwe, szczególnie to, że prokurator okazuje się zwyrodnialcem.

Mówiła o nim, jakby był jednym z wielu zwyczajnych przestępców. W rzeczywistości jednak stał się dla niej ucieleśnieniem czystego zła. Człowiekiem, który odebrał jej przyszłość.

Na Boga, musiała coś ze sobą zrobić. Jak tak dalej pójdzie, za kilka godzin zwariuje od natłoku podobnych myśli.

Tequila.

To było jedyne rozwiązanie, które wydawało się sensowne.

– Wszystkie tatuaże to odwzorowanie powierzchni księżyców? – odezwał się Zordon.

– Tak. Na ciele pierwszej z ofiar Tatuażysta wyrysował rowy z Ganimedesa, konkretnie z okolicy czterdziestego równoleżnika – wyjaśniła Joanna. – Na zwłokach drugiej wytatuował kawałek Oberona, najdalszego księżyca Urana, na trzeciej widnieje fragment powierzchni Trytona, satelity Neptuna. Na czwartym ciele jest oczywiście Europa.

Kordian z niedowierzaniem pokiwał głową.

– Dlaczego miałby to robić? – zapytał.

– Nie wiem, nie odkryłam w tym żadnej symboliki.

– Ale jesteś pewna, że…

– Tak, jestem absolutnie pewna, Zordon. Te tatuaże odpowiadają temu, co widzieliśmy w jego mieszkaniu. Z jakiegoś powodu je skopiował.

Myślenie o tym, o dziwo, stanowiło dobrą odskocznię. Długo zastanawiała się, dlaczego Baumann wybrał akurat takie wzory, nie odkryła jednak żadnego sensownego wytłumaczenia. Teraz, kiedy jej umysł na powrót zaczął się na tym skupiać, odczuła wyraźną ulgę. Im bliżej zbrodni były jej myśli, tym dalej znajdowały się od wyrządzonej jej krzywdy. To na tym powinna się skoncentrować.

– Więc… – zaczął Kordian.

– To on zabijał, tak. Co nie powinno cię dziwić.

– Nie?

– Biorąc pod uwagę, co teraz o nim wiemy.

– Ale… ale dlaczego? I jak wrobił Tesarewicza?

– Z pewnością przy pomocy Skopińskiego. Ten albo świadomie mu pomógł, albo łyknął jak pelikan podsuwane mu przez Baumanna spreparowane dowody. Tak czy inaczej powinien skończyć z literą „K" na czole.

Nie odpowiedziała na pierwsze pytanie nieprzypadkowo. Mimo że długo starała się ustalić motyw, do niczego nie doszła. Baumann zdawał się nie mieć powodu, by pozbawiać życia tych chłopaków. Tym bardziej nic nie tłumaczyło jego *modus operandi*. Pasowało ono raczej do kogoś po przejściach, wychowanego w patologicznym środowisku, z mocno skrzywioną psychiką i aspołecznego. Tymczasem były prokurator stanowił właściwie przeciwieństwo takiej osoby.

Mimo to zbieżność jego kolekcji z tatuażami była bezsprzeczna.

Tylko czy stanowiła wystarczający dowód jego winy?

8

ul. Mickiewicza, Piaseczno

Przytrzymał dym w płucach jak astmatyk, który właśnie wziął wziewny preparat na rozszerzenie oskrzeli. Zamknął oczy i oparł się o jedną z bocznych ścian szpitala. Przeszedł na tyły, nie chcąc napatoczyć się na nikogo. Potrzebował chwili samotności.

Odgłos strzałów nadal odbijał się echem w jego głowie. Wciąż widział też plamę krwi i leżącą w niej Chyłkę.

Kolejne sceny były jak szybko zmieniające się szkiełka w kalejdoskopie.

Otwarte, pozbawione życia oczy Tesarewicza. Krew tryskająca z głowy Baumanna. Dwa ciała leżące na drodze, między samochodem dostawczym a mustangiem.

Oryński zaciągnął się jeszcze raz, a potem wyrzucił papierosa i zadeptał go. Ruszył w kierunku głównego wejścia, choć przed momentem obiecał Joannie, że uda się prosto do Warszawy. Miał spędzić noc u siebie, Chyłka upierała się bowiem, że nic tu po nim.

Może rzeczywiście tak było. Postanowił jednak, że prześpi się w poczekalni, a z samego rana oznajmi, że owszem, pojechał na Emilii Plater.

Niemal uśmiechnął się w duchu na myśl o tym, jak wielkim jest optymistą. W tej sytuacji nie było co liczyć na sen. Spędzi noc na przeglądaniu szpitalnych gazet, drenowaniu baterii w komórce i snuciu się bez celu.

Zatrzymał się przed wejściem do izby przyjęć i usiadł na kamiennej ławce, tyłem do drzwi. Wyciągnął paczkę papierosów i przez moment obracał ją w rękach. W końcu uznał, że nie zaszkodzi zapalić jeszcze jednego.

Chwilę po tym, jak sobie podpalił, dostrzegł znajomy samochód zaparkowany tuż pod zakazem zatrzymywania się po drugiej stronie ulicy. Kierowca nie był jedynym, który złamał przepis, sznur aut ciągnął się od parkingu do najbliższego skrzyżowania.

W pojeździe nikogo nie było, ale Oryński nie miał wątpliwości, do kogo należy. Szybko zgasił papierosa w stojącym obok koszu, a potem ruszył z powrotem do szpitala. Bez pukania wszedł do sali, w której leżała Chyłka.

McVay siedział na krześle przy łóżku, przywodząc na myśl poczciwego wujka, który zjawia się w chwili kryzysu, kiedy nikt inny z rodziny nie potrafi stanąć na wysokości zadania. Być może było to zasadne skojarzenie, szczególnie że Magdalena ani Filip nie pojawili się w szpitalu. W ich przypadku powodem było jednak to, że ani siostra Chyłki, ani jej ojciec nie wiedzieli o tym, co się stało.

W pobliżu nie kręcił się żaden mundurowy, więc Oryński uznał, że Harry najwyraźniej zajął się sprawą. Lekarze nie mieli wątpliwości, jak powstały obrażenia Chyłki, i z pewnością od razu zgłosili ten fakt policji. McVay wciąż jednak cieszył się rozległymi znajomościami, musiał zrobić z nich użytek.

– No nie – bąknęła Joanna. – Miało cię tu nie być.

– I przez chwilę nie było. Na nic więcej nie licz.

Kiedy podszedł do łóżka, Harry się podniósł. Wymienili się krótkim uściskiem dłoni, po czym McVay zajął swoje miejsce.

– Nie dość, że mamy słonia w pokoju, to jeszcze doszedł Zordon – oznajmiła Chyłka, a potem głęboko westchnęła.

Kordian nie miał zamiaru dopytywać, o co chodzi.

– Choć właściwsze byłoby powiedzenie, że to padły słoń w zoo – kontynuowała prawniczka. – Swoją drogą, zawsze zastanawiało mnie, w jaki sposób ogrody zoologiczne się ich pozbywają. – Powiodła wzrokiem po obydwu mężczyznach. – To jakieś osiem ton cielska. Trzeba je pewnie potraktować dźwigiem albo wrzucić pod plandekę jakiegoś TIR-a. Ewentualnie pokroić na miejscu. Nie orientujecie się, jak jest?

Żaden nie odpowiedział, a Kordian przesunął jedno z krzeseł na drugą stronę łóżka i usiadł.

– Czuję się osaczona – burknęła Joanna. – Naprawdę potrzebny nam cały ten cyrk?

Harry zdawał się nie zwracać na nią uwagi. Skupiał się niemal wyłącznie na Oryńskim, choć ten nie rozumiał, co jest powodem.

– Najwyższa pora mu powiedzieć – oznajmił Brytyjczyk.

– Nie. Pora już dawno minęła, teraz dyskusja jest bezprzedmiotowa.

McVay pokręcił lekko głową, ale zrobił to, jakby chciał okazać raczej bezsilność niż sprzeciw.

– Ma prawo wiedzieć – odezwał się. – I nie tylko on.

– Wiedzieć o czym? – spytał Kordian.

– O kim – wtrąciła się Joanna. – Harry ma na myśli ojca pasożyta. Co właściwie nie ma teraz żadnego znaczenia, oprócz tego, że…

– Obaj powinni wiedzieć – uciął McVay.

Oryński spojrzał najpierw na Chyłkę, a potem na Harry'ego. Nie ulegało wątpliwości, że imienny partner, którego w kancelarii nazywano pieszczotliwie Old Manem, wie znacznie więcej niż on. Ale dlaczego? Owszem, przez kilka lat utrzymywał zażyłe relacje z Joanną, ale tamte czasy dawno minęły.

Odpowiedź mogła być tylko jedna.

Kordian w mig wszystko zrozumiał. Nie miał wprawdzie pojęcia, jak to możliwe, ale Chyłka właściwie była zdolna do wszystkiego. Młody prawnik przymknął oczy i ciężko wypuścił powietrze.

– Fajki – rzuciła Joanna. – Czuję fajki.

Podniósł powieki i popatrzył na nią z wyrzutem, jakby sam fakt, że próbowała poruszyć jakikolwiek inny temat, był nie do przyjęcia.

– Daj mi papierosa, Zordon. Najwyższa pora, żebym...

– To jego syn, prawda? – przerwał jej Oryński, patrząc na Harry'ego. – „W" to pierwsza litera jego imienia.

Kiedy Kordianowi udało się wyłowić je z pamięci, stanęło mu przed oczami jak wielki neon rozświetlający nocny mrok. William. William McVay był ojcem dziecka?

W sali zaległa cisza.

– To dlatego Kormakowi w ogóle udało się go znaleźć. Nie chodziło o żadną anonimową osobę.

Joanna się nie odzywała.

– I teraz rozumiem, dlaczego skorzystałaś z Tindera. W alkoholowym przypływie głupoty zobaczyłaś tam znajomą osobę, Williama. Pomyślałaś, że zabawnie będzie, jeśli...

Urwał i zaśmiał się pod nosem z rezygnacją.

– Tak było, prawda?

Nie potwierdziła, ale nie musiała.

Oryński doskonale wiedział, jak poczyna sobie syn Harry'ego McVaya. Prowadził biznes w Wielkiej Brytanii, w Polsce pojawiał się od wielkiego dzwonu, tylko po to, by podpisać którąś z większych umów lub spotkać się z kontrahentami. Musiał przyjąć sposób działania taki, jak wielu kolegów po fachu. Tinder był dla biznesmenów tym, czym niegdyś przypadkowe spotkania w hotelowym lobby podczas wyjazdów służbowych.

Kordian zgarbił się trochę, a potem oparł ręce na kolanach. Trwał przez moment w bezruchu, czekając, aż ktoś się odezwie. Po chwili milczenia podniósł się i zaczął krążyć po sali ze zwieszoną głową.

– Cóż... – powiedział.

Właściwie nie było nic więcej do dodania, więc postanowił, że nie będzie na upartego szukał odpowiednich słów. Harry unikał jego wzroku, Chyłka zaś wręcz przeciwnie. Wbijała spojrzenie prosto w niego, jakby wyzywała go, by dał upust emocjom.

Nie mógł tego zrobić. Nie w tej sytuacji.

Oryński zatrzymał się na środku pomieszczenia, wsunął ręce do kieszeni i w końcu popatrzył na Joannę.

– I on o niczym nie wie? – spytał.

– Nie.

– Może powinien.

– Mało mnie to interesuje. Daj mi fajki, Zordon.

Zawahał się, ale tylko na moment. Potem wyjął rękę z kieszeni, trzymając w niej paczkę. Podał ją Joannie, odwrócił się i skierował na korytarz. Zanim wyszedł z sali, posłał jeszcze blady uśmiech Chyłce. Nie zareagowała na ten niewiele znaczący gest.

Wyszedł na zewnątrz i uznał, że potrzebuje chwili, by się uspokoić. Stał przed wejściem, nie dostrzegając mijających go ludzi. Dopiero kiedy jeden z ratowników medycznych się nim zainteresował, Oryński zorientował się, że przykuwa uwagę przechodniów.

– Wszystko w porządku? – spytał pracownik szpitala.

– Nie.

Zbliżył się o krok, przypatrując mu się z chłodną, profesjonalną troską, jaką widać było jedynie w oczach ludzi zawodowo zajmujących się pomaganiem innym.

– Mogę jakoś...

– Nie – uciął Kordian i poszedł w stronę parkingu.

Nikt nie mógł pomóc. Ale za to Oryński mógł zrobić coś, co dawno powinno zostać zrobione.

Był przekonany, że to na nim spoczywa odpowiedzialność, by zająć się Langerem. Wciąż przed oczami miał niedawne zdarzenia, nie mógł ich od siebie odpędzić. Piotr był degeneratem, bestią w ludzkim ciele. Wykolejeńcem, który nie powinien funkcjonować w społeczeństwie.

Ale czy Oryński naprawdę musiał zobaczyć zabójstwa na własne oczy, by się o tym przekonać?

Tak, najwyraźniej tak. Towarzyszył mu relatywizm moralny, jak większości ludzi na całym świecie. Od długiego czasu wiedział przecież, że Langer jest Sadystą z Mokotowa. Że zabił Bogu ducha winnych ludzi, a potem uciekł przed odpowiedzialnością.

Tyle jednak najwyraźniej nie wystarczyło. Słowa „wiedzieć" i „widzieć" dzieliła różnica jednej litery, ale przepaść znaczeniowa była gigantyczna.

Oryński wsiadł do mustanga, zatrzasnął za sobą drzwiczki, po czym wycofał i skierował się ku Wojska Polskiego. Nie oszczędzał silnika, przeciwnie, piłował go do najwyższych obrotów, jakby samochód Langera mu w czymś zawinił.

Na Mokotowie był dwadzieścia parę minut później. Otworzył bramkę pilotem, niemal nie zwalniając, jakby w razie potrzeby był gotów staranować szlaban. Wyhamował dopiero przed powoli podnoszącą się bramą garażową.

Nie zastanawiał się nad tym, co zamierza zrobić. Nie kwestionował pierwszych myśli, jakie pojawiły się w jego głowie. Skupił się wyłącznie na zadaniu.

Wyszedłszy z mustanga, udał się prosto do mieszkania Piotra. Załomotał do drzwi i nasłuchiwał. Obawiał się, że Langer będzie jeszcze zajęty tuszowaniem wszystkiego, co zaszło w Piasecznie, i Kordian nie zastanie go w domu. Dźwięk kroków szybko jednak przypomniał mu, że Piotr na pewno ma od tego ludzi.

Gospodarz otworzył, ale nie zdążył nawet się odezwać. Oryński bez ogródek wpadł do środka, po raz kolejny popychając Langera w progu. Ten wycofał się o kilka metrów, nie przyjmując postawy obronnej ani tym bardziej nie sprawiając wrażenia, jakby miał zamiar sam zaatakować.

– Pójdziesz siedzieć, skurwielu – rzucił Kordian.

Piotr wciąż się cofał, a Oryński szedł za nim w stronę kuchni. Kiedy weszli do środka, młody prawnik z niepokojem zerknął na kilka noży sterczących ze stojaka na blacie.

Langer znajdował się na tyle blisko, by wziąć jeden z nich, ale nadal zdawał się stawiać na bierność. Zupełną, nienaturalną, podszytą dziwną ciekawością.

– Słyszysz, co mówię?

– Aż za dobrze – odezwał się w końcu.

– Odpowiesz za te zabójstwa.

– Te?

To krótkie pytanie właściwie mówiło o nim więcej niż cały ciąg zdań oznajmujących. Mogło chodzić o którekolwiek ofiary Langera. Było w czym wybierać.

– Tesarewicza i Baumanna.

Piotr zmrużył oczy, obchodząc stół. Musieli sprawiać wrażenie dwóch bokserów, którzy przez pomyłkę znaleźli się na ringu. Żaden nie chciał rozpoczynać walki, ale obaj zamierzali zachować pozory, że są na to gotowi.

– Usiądź – poradził Langer. – Uspokój się.

– Nie uspokoję się przez kilka najbliższych tygodni, więc…

– W takim razie po prostu się zastanów.

– Nie ma nad czym – syknął Oryński. – Kilka razy ci się udało, Langer, ale nie teraz. Jestem naocznym świadkiem. I potwierdzę w sądzie wszystko, co się stało. Znajdą krew na tamtej drodze, odciski kół mustanga i…

– Którym ty jechałeś – wpadł mu w słowo. – I dowodów tego w aucie jest od groma, prawda?

Kordian pokręcił głową. Nie miał zamiaru dać się zmanipulować. Sytuacja była jasna, wystarczyło wyłożyć ją przed nawet średnio rozgarniętym śledczym.

– I naprawdę chcesz karać mnie za to, że zrobiłem to, co należało?

– Chyba sobie kpisz…

– Nie widziałeś, co tych dwóch zrobiło Joannie?

– Tych dwóch? – spytał Kordian i parsknął. – Doskonale wiem, kto za to wszystko odpowiada.

Piotr zatrzymał się za jednym z krzeseł, złapał za oparcie i pochylił się lekko. Westchnął, nie odrywając wzroku od Oryńskiego, który stanął po drugiej stronie stołu.

Przez moment obaj milczeli.

– Nie demonizuj mnie. To mi schlebia, ale ma niewiele wspólnego z rzeczywistością.

– Chyba jednak ma całkiem sporo.

– Mylisz się.

– Więc nie masz nic wspólnego z tym, co się wydarzyło?

Langer wyprostował się, odsunął krzesło, a potem usiadł przy stole. Spojrzał znacząco na wolne miejsce naprzeciwko, ale Kordian nie miał zamiaru robić tego, czego oczekiwał Piotr. Miał wrażenie, że w ostatnim czasie działo się to stanowczo zbyt często.

– Nie mamy o czym rozmawiać – rzucił. – Przyszedłem tu tylko po to, żebyś wiedział, kto wyśle cię do więzienia.

Odwrócił się i ruszył w stronę drzwi.

– W takim razie spotkamy się na miejscu.

Kordian się nie zatrzymał. Zdawał sobie sprawę, że właśnie taką odpowiedź usłyszy.

– Bo nie dość, że wycofam poręczenie, to jeszcze sprawię, że odpowiesz za współudział.

Dopiero teraz Oryński się obrócił.

– Pierdol się – rzucił.

Langer wstał od stołu i podszedł do Kordiana. Wciąż sprawiał wrażenie zaciekawionego, ale w żadnym wypadku nie zaniepokojonego. Cała ta sytuacja dostarczała mu satysfakcji.

– Zapewniam cię, że pociągnę cię ze sobą na dno – odezwał się Piotr. – I nie będzie mnie to kosztowało wiele wysiłku. Nawet bez mojego udziału przegrywasz ten proces o eutanazję.

Dopiero fakt, że o tym wspomniał, sprawił, że Kordian poświęcił mu nieco uwagi.

– Ale jeśli miałbym ci pomóc...

– To co?

– To może się okazać, że odejdziesz wolny.

– O czym ty mówisz?

– Mam dowód na to, że jesteś niewinny. Że nie podałeś matce śmiertelnej mieszanki.

– Jaki dowód?

– Właściwie najlepszy ze wszystkich – odparł Langer, a potem cofnął się do kuchni.

Kordian z trudem przełknął ślinę. Jeszcze kilka sekund temu nie miał najmniejszych wątpliwości, co powinien zrobić. Wiedział, po co tutaj przyszedł, i nie przyjmował innej możliwości niż udanie się prosto z mieszkania na najbliższą komendę policji. Chciał złożyć zeznania, wyjaśnić wszystko i pozwolić, by dalej sprawy toczyły się same.

Wiedział, jaki ciąg zdarzeń nastąpi. Langer ujawni, że Oryński miał w posiadaniu amfetaminę. Wycofa poręczenie majątkowe, a sąd szybko zmieni środek zapobiegawczy. Kordian wyląduje z powrotem w areszcie przy Rakowieckiej, a Piotr zadba o to, by Gorzym szybko pojawił się w jego celi. Mógł mówić, co chciał, oczywiste było, że to on wciąż kontroluje tego człowieka.

Nic z tych rzeczy jednak nie miało znaczenia. Liczyło się tylko to, że Langer w końcu trafi tam, gdzie jego miejsce. Po wszystkim, co zrobił, nadeszła jego pora.

Teraz jednak stanęło to pod znakiem zapytania. Kordian spoglądał w kierunku kuchni, zastanawiając się. Zrobił pół kroku w tamtą stronę, po czym rozmyślił się i cofnął.

Ostatecznie jednak nie mógł tak po prostu wyjść. Nie teraz.

Nie kiedy pojawiła się nadzieja, że może uniknąć więzienia. Nadzieja na normalne życie, na ocalenie tego wszystkiego, na co przez długie lata pracował. Na dokończenie aplikacji, pracę w zawodzie.

Zdał sobie sprawę, że był gotów zrezygnować z tego wszystkiego wyłącznie przez to, czego dowiedział się w szpitalu. Mimo że tak naprawdę niczego to nie zmieniało.

Zamknął na chwilę oczy i powściągnął emocje, powtarzając sobie w duchu, że nie może pozwolić im decydować. Zrobił kilka głębokich wdechów.

Znajdował się na tonącej tratwie, powinien chwytać każdą dłoń, której pojawienie się mogło przesądzić o życiu lub śmierci. I to niekoniecznie w przenośni. Jeśli Gorzym otrzymałby kolejną okazję, zająłby się nim raz a porządnie.

Po chwili Kordian wszedł do pomieszczenia, w którym czekał na niego Langer. Tym razem usiadł we wskazanym miejscu.

– Świetnie – odezwał się Piotr. – Racjonalizm zawsze u ciebie bierze górę.

– Może.

– To w tobie cenię.

Oryński położył ręce na stole.

– Mów, o jaki dowód chodzi?

– Wszystko po kolei.

Kordian uniósł brwi, dopiero teraz spostrzegając, jak zadowolony jest Langer. Prawnik uświadomił sobie, że rozmówca cały czas dążył do tej sytuacji. Do tego konkretnego spotkania, do tej rozmowy. Już dawno zaplanował, że się odbędzie, znał cały scenariusz.

– Po kolei? To znaczy?

– Chciałbym podzielić się z tobą kilkoma... informacjami.

Nie brzmiało to dobrze. Właściwie było wyjątkowo niepokojącą zapowiedzią, która potwierdzała, że wszystko to Langer wyreżyserował.

Uśmiechnął się i przechylił głowę.

– Jest parę rzeczy, które muszę ci wyznać.

– Nie interesuje mnie to – oznajmił Kordian. – Chcę wiedzieć tylko, jaki masz dowód. I czy jest na tyle dobry, żeby...

– Żebyś trzymał język za zębami? – przerwał mu z zadowoleniem Langer. – Zapewniam cię, że tak, jest na tyle dobry. I mogę też zaręczyć, że to, co mam ci do powiedzenia, okaże się dla ciebie wyjątkowo interesujące.

Oryński się nie odezwał. Czuł, że przesuwa się coraz bardziej na straconą pozycję.

– Chyba że nie interesuje cię, o co chodzi w całej sprawie Tatuażysty? – spytał Piotr i zaplótł dłonie na karku.

Kordian wciąż milczał.

– No? Nie jesteś ciekaw, kto i dlaczego zabił tych chłopaków?

Oryński pochylił się lekko i spojrzał na rozmówcę spode łba. Czy to możliwe, że to on był Tatuażystą? Nie można było tego wykluczyć, szczególnie biorąc pod uwagę *modus operandi* świadczący o tym, że zabójca miał mocno skrzywioną psychikę.

– Nie. – Piotr się zaśmiał. – To nie ja jestem odpowiedzialny.

– Więc kto? Baumann?

– Nie, nie, w żadnym wypadku.

– Tesarewicz?

Langer pokręcił głową z uśmiechem.

– Nie masz o niczym pojęcia, Kordian – powiedział. – Szczęśliwie jednak możesz liczyć na takich ludzi jak ja.

– To znaczy? Ludzi, którzy stoją za tym wszystkim?

Piotr uniósł wzrok i przez moment się namyślał. Potem lekko skinął głową.

9

ul. Argentyńska, Saska Kępa

Minęło znacznie więcej czasu, niż Chyłka się spodziewała. I bynajmniej nie chodziło o okres, jaki spędziła w piaseczyńskim szpitalu. Przypuszczała, że Zordon zjawi się u niej w mieszkaniu jeszcze tego samego dnia, gdy ją wypisano.

Stanął przed jej drzwiami jednak dopiero następnego.

Wszedł do mieszkania bez słowa, snując się jak widmo. Pociągnął nosem kilkakrotnie, ale nie mogła stwierdzić, czy to narkotyczny katar, czy próba oceny stężenia oparów alkoholowo-nikotynowych w powietrzu.

Usiadł na fotelu w salonie, nie ściągając nawet butów. Oparł się na kolanach i opuścił głowę, nerwowo pocierając włosy.

– Zordon?

– To wszystko jest… popierdolone – odezwał się.

– Mnie to mówisz?

Podniósł oczy. Nie musiała w nie patrzeć, by wiedzieć, że poranek rozpoczął od wciągnięcia ścieżki gandalfa białego, a potem poprawił jakimś alkoholem. Na moment przestał wykonywać nerwowe ruchy i potrząsnął głową.

– Nic nie rozumiesz – powiedział.

Nie miała zamiaru dopytywać, czego konkretnie nie łapie, bo przypuszczała, że odpowiedź brzmiałaby: „wszystkiego”. Postanowiła dać mu chwilę na dojście do siebie.

Zaparzyła dwie kawy, a potem wróciła do salonu. Znów siedział ze zwieszoną głową.

– Trzymaj – powiedziała, podając mu czerwony kubek Nescafé.

Odebrał go mechanicznie, jakby nie zwrócił uwagi na niecodzienny gest. Był to bodaj drugi raz w trakcie całej ich znajomości, kiedy podawała mu kawę. Poklepał kieszenie, skrzywił się, a potem rozejrzał.

– Masz fajki? – spytał.

– W szufladzie ze świeczkami.

– Hę?

– W burdelkaszcie.

– O czym ty mówisz?

– Kaszta. Szuflada używana przez drukarzy, w której chowają...

– Wiem, czym jest kaszta. Nie wiem tylko, co masz na myśli.

– Nie mówiłam ci? – spytała, podchodząc do jednego z mebli. – Mam taką burdelkasztę, zresztą nie tylko ja. Jest u każdego w domu. Jedna szuflada, w której zawsze są świeczki urodzinowe. Wrzuca się do niej wszystko, co nie może sobie znaleźć miejsca, więc to burdelkaszta.

Zbył jej słowa milczeniem, a ona rzuciła mu jedną z zamkniętych paczek. Sama jeszcze po wyjściu ze szpitala nie zapaliła. Nie łyknęła też ani grama alkoholu. Jedyne, na co sobie pozwoliła, to kawa.

W jakiś sposób stanowiło to oddanie szacunku pasożytowi.

Usiadła na fotelu i popatrzyła na dym, który Oryński wypuścił w kierunku zamkniętego okna. Smuga była nęcąca, stanowiła obietnicę powrotu do czegoś, bez czego jeszcze jakiś czas temu Chyłka nie wyobrażała sobie życia.

– Czego nie rozumiem, Zordon?

– Hę?

– Powiedziałeś, że jest coś takiego.

– No tak... – odparł i zaciągnął się głęboko. Cienie pod oczami zarysowały się jeszcze wyraźniej. Kaszlnął kilkakrotnie.

– Masz na myśli to, co stało się w Piasecznie? – spytała.

Jeśli tak było, to miał rację. Nie wiedziała, co tam się wydarzyło. Zdawała sobie sprawę jedynie z tego, że Baumann i Tesarewicz zginęli. I że ktoś z wyjątkową skrupulatnością zatarł wszelkie ślady świadczące o tym, by ci dwaj kiedykolwiek tam byli.

Z punktu widzenia osób postronnych tych dwóch po prostu nagle rozpłynęło się w powietrzu.

Tadeusza wciąż próbowano znaleźć, w przypadku Baumanna nie było powodu do prowadzenia poszukiwań. Zniknął wszakże już jakiś czas temu i nikt nie miał powodu sądzić, że doszło do zabójstwa.

– Zordon?

– Nie... to znaczy tak. Poniekąd...

– Mów, o co chodzi. W tej zeptosekundzie, zanim stracę cierpliwość.

Obrócił dymiącego się papierosa między palcami, jakby trzymał długopis. Trochę popiołu spadło mu na spodnie, ale zdawał się tym nie przejąć.

– Langer – odezwał się. – To on od samego początku... no wiesz.

– Nie.

– Stoi za tym wszystkim.

– Za wszystkim, czyli?

– To od niego się zaczęło, rozumiesz?

– Nie rozumiem, Zordon. Mów składnie.

– On poinformował żonę Tesarewicza…

– Łucję.

– Tak, Łucję. Poinformował ją o tym, że to nie jej mąż zabił te dzieciaki. I to on polecił jej, by zwróciła się do ciebie.

Chyłka jak przez mgłę przypominała sobie pierwszy kontakt z żoną Tesarewicza. Kobieta rzeczywiście wspominała, że ktoś powiedział jej, iż tylko Joannie może w pełni zaufać.

Poruszyła się nerwowo. Owszem, dopuszczała możliwość, że Piotr odegrał istotną rolę, ale świadomość, że to on wyzwolił całą lawinę, napawała ją prawdziwym niepokojem. Popatrzyła na Kordiana badawczo.

– Skąd o tym wiesz?

– Powiedział mi. Powiedział mi o wszystkim.

– Dlaczego?

– Bo jest chorym skurwysynem! – ryknął Oryński, ciskając papierosa na podłogę.

Spojrzeli na siebie, a on uniósł lekko ręce, jakby chciał powiedzieć, że to tylko jednorazowy wybuch. Szybko podniósł niedopalonego marlboro i wrzucił go do kubka z kawą. Rozległ się syk.

– Dlaczego miałby ci cokolwiek mówić? – spytała Joanna.

– Bo wie, że jestem jedyną osobą, która dochowa tajemnicy.

Chyłka zmarszczyła czoło. Jedyną? Raczej ostatnią, przeszło jej przez myśl.

– Ma mnie w garści – dodał Oryński, choć na dobrą sprawę nie musiał. – Może zrobić z moim życiem, co mu się żywnie podoba. Może wsadzić mnie do więzienia, może doprowadzić do mojego uniewinnienia.

– Jak?

Machnął ręką.

– To bez znaczenia… liczy się tylko to, co się stało.

– Czyli co, Zordon?

Widziała, że jest gotowy wszystko jej zdradzić. Najwyraźniej nie pomyślał o tym, że nawet jeśli on musi dochować tajemnicy, na niej nie ciąży taki obowiązek.

A może miał tego świadomość. Może właśnie dlatego przyszedł.

– Wiem, nad czym się zastanawiasz – odezwał się. – Po co chcę… dlaczego zamierzam… cię tym obciążać. Jakbyś miała mało swoich problemów.

Nie odzywała się.

– Zasługujesz na to, żeby wiedzieć – dodał.

Zabrzmiało to jak wyrzut. I z pewnością nim było.

– Potem zrobisz z tą wiedzą, co będziesz chciała. Wpakuj go do więzienia, niech pociągnie mnie za sobą, mam to gdzieś.

Zmierzyła go wzrokiem, mając nadzieję, że nie będzie musiała sięgać po bardziej wymowne ponaglenie.

– Wiesz, kiedy to wszystko się zaczęło? – spytał.

– Przypuszczam, że mniej więcej wtedy, kiedy internowano Tesarewicza.

– Nie, nie, wcześniej. Na początku lat osiemdziesiątych.

Chyłka nachyliła się w stronę Oryńskiego.

– Tadeusz był jeszcze na wolności, nic nie wskazywało na to, żeby komuniści mieli dobrać mu się do skóry. Radził sobie wyjątkowo dobrze, jeśli chodziło o ich unikanie.

– Więc nie był tajnym współpracownikiem?

Zordon zmrużył oczy i potrząsnął głową.

– Nie – odparł. – Skąd ta myśl?

– To tylko jedna z moich wcześniejszych hipotez. Kontynuuj.

Wstał i zaczął krążyć wokół fotela, drapiąc się po głowie. Wodził mętnym wzrokiem wokół, jakby gdzieś w powietrzu wisiały wszystkie elementy układanki, które miał złożyć i jej przedstawić.

– Słyszałaś o pomocy finansowej dla Solidarności z zagranicy?

– Jasne.

– Na wsparcie opozycji w walce z reżimem wysupłano w sumie dziewięćdziesiąt pięć milionów. I to właśnie Tesarewicza wyznaczono, by trzymał nad nimi pieczę. Bo potrafił unikać peerelowskich służb, bo pozostawał poza radarem.

– Więc był skarbnikiem?

– Przez jakiś czas.

Słyszała o takich wpłatach, chociażby w przypadku działaczy Solidarności na Dolnym Śląsku. Na ich konto wpłynęło około osiemdziesięciu milionów, które przed wprowadzeniem stanu wojennego ukryto na antresoli u pewnego biskupa. Przeleżały tam wiele lat, niewidoczne zarówno dla władzy, jak i opozycjonistów. Niektórzy twierdzili, że było to najgorsze wyjście, bo zamiast pomnażać fundusze, środki zostały zamrożone. Inni utrzymywali, że dzięki niewielkim wypłatom Solidarności w regionie udało się przetrwać stan wojenny. Prawda pewnie leżała gdzieś pośrodku.

– Choć... nie wiem, czy skarbnik to dobre określenie – dodał Oryński. – Chyba raczej był depozytariuszem.

– Taaa – odparła Chyłka. – Znam takie przypadki.

– Wątpię.

– Bo?

– Bo ten jest trochę inny niż pozostałe – wyjaśnił. – Jeśli chodzi o tę kasę, zgłoszono jej zaginięcie.

– Zaginięcie niemal stu milionów? Nie żartuj sobie.

Nie żartował. Skoro osiemdziesiąt przepadło na Dolnym Śląsku, tutaj równie dobrze mogło zniknąć kilkanaście milionów więcej.

– Nie żartuję – powiedział Kordian, wracając na fotel. – Całość została zainscenizowana tak, by pozostali działacze byli przekonani, że to władza zainkasowała fundusze.

A zatem Tesarewicz nie był w latach osiemdziesiątych tak nieskazitelny, jak Chyłka początkowo sądziła. Teraz jej to nie dziwiło, ale jeszcze kilka dni temu byłby to pewien cios.

Zerknęła na paczkę papierosów, którą Oryński postawił na sztorc na podłokietniku fotela.

– Więc w tym wszystkim chodziło o kasę? – spytała. – Cóż, właściwie...

– Nie – uciął Kordian. – A przynajmniej nie tylko. Chcesz papierosa?

– Chcę usłyszeć resztę, Zordon. Skup się.

Pokiwał głową i odchrząknął.

– Tesarewicz ukrył te pieniądze razem z tym księdzem, Mieleszką – powiedział. – Tyle że nie mieli zamiaru przywłaszczać sobie ani grosza. Chodziło im tylko o zabezpieczenie funduszu, bo służby PRL w końcu zaczęły interesować się Tadeuszem.

– Najwyraźniej coś im nie wyszło.

– Ano nie – przyznał Oryński. – Ale to nie była do końca ich wina.

– Pewnie.

– Mówię poważnie – zastrzegł. – Wszystko to splot wyjątkowo parszywych okoliczności.

Zawiesił wzrok gdzieś za oknem i przez moment się namyślał.

– Trudno nam było trafić na związek Tesarewicza i Mieleszki, bo już w latach osiemdziesiątych zadbali o to, żeby nie zostawiać śladów. Pozwolili sobie jedynie na to, by ksiądz pomógł rodzinie Tadeusza. I dzięki temu…

– Wiem, jaki związek odkryliśmy, Zordon. Interesuje mnie to, do czego nie udało nam się dotrzeć.

– No tak.

Sięgnął po kolejnego papierosa, zapalił, a potem strzepnął popiół do czerwonego kubka.

– W tym domu są popielniczki – zauważyła Joanna.

Zignorował ją.

– Tesarewicz i Mieleszko byli swego czasu bliskimi przyjaciółmi, właściwie może nawet kimś więcej. Rodziną. I to na długo przed tym, jak zamknięto Tadeusza.

Chyłka zaczynała powoli rozumieć, co musiało się wówczas wydarzyć.

– Okej – rzuciła. – Więc po tym, jak Tesarewicz trafił za kratki, ksiądz za wszelką cenę próbował go wyciągnąć.

– Ano – potwierdził Kordian i się zaciągnął. – Mieleszko gorączkowo szukał sposobu, a tymczasem cały czas miał pod ręką dość pokaźną sumę.

Joanna podeszła do Kordiana, podniosła paczkę marlboro, otworzyła ją i wciągnęła głęboko zapach tytoniu. Pachniał wręcz obłędnie, mimo to odłożyła papierosy na podłokietnik.

Na moment weszła do kuchni, wyjęła opakowanie nerkowców z szafki i wróciła na kanapę. Oryński spojrzał znacząco na orzeszki, ale nie skomentował.

– Mieleszko zaproponował Baumannowi łapówkę – podjął. – Na tyle pokaźną, że prokuratora przestało interesować skazanie Tesarewicza. Za to zainteresowało go, skąd nisko postawiony duchowny ma takie środki. Zaczął węszyć, przyciskać Mieleszkę, aż w końcu dotarł do źródła.

– Więc go ograbił?

– Nie. Ale z chęcią przystał na propozycję łapówki. Przypuszczam, że nie on jeden w tamtym czasie.

– Z pewnością nie.

– Tyle że sam nie mógł wprowadzić tych funduszy do obrotu, więc zwrócił się o pomoc do…

– Langera seniora.

– Otóż to. A ponieważ wiedział już, jak pokaźne są środki, mógł wydzielić z nich odpowiednią zapłatę dla ojca Piotra. Ten uruchomił swoje kontakty, i to właśnie dzięki temu Tesarewicz wyszedł z więzienia.

Chyłka rozplotła włosy, wsunęła w nie rękę i rozczochrała trochę. Przez moment układała sobie wszystko, co usłyszała, w logiczny ciąg zdarzeń.

– Na tym etapie cztery osoby wiedziały o pieniądzach – ciągnął Oryński. – Tesarewicz, Mieleszko, Baumann i Langer. Umówili się na równy podział funduszu między nich.

– Mhm – mruknęła Joanna. – Tak po prostu? Nikt nikogo nie chciał wygryźć? Nikt nie miał wątpliwości?

Kordian zaśmiał się cicho, ale próżno było szukać w jego śmiechu wesołości.

– Obydwu tych rzeczy miałaś w tym gronie pod dostatkiem – oznajmił. – Tadeusz i Mieleszko mieli ogromne wątpliwości, ale prokuratura miała swoje sposoby, żeby je pomniejszyć. Przynajmniej do znośnego rozmiaru. Sam Baumann i Langer oczywiście chcieli wszystkiego dla siebie, ale wiedzieli, że wystawiając któregoś z pozostałych, narażą się na upublicznienie całej sprawy. I kasa przepadnie.

Chyłka otworzyła paczkę i wrzuciła do ust parę nerkowców.

– Nikt nie miał się nigdy o tym dowiedzieć – kontynuował Oryński, niepewnie patrząc na Chyłkę, jakby spodziewał się, że zacznie strzelać w niego orzechami. – Ale ktoś zwietrzył sprawę.

– Kto?

– Ten, kto po latach miał oskarżyć Tadeusza o bycie Tatuażystą.

– Skopiński?

Kordian skinął głową.

– We własnej osobie – dodał, wrzucając peta do resztki kawy.

– Ale gdzie w tym wszystkim sam Tatuażysta? I Maciek Lewicki, który po latach zmartwychwstał?

– Do wszystkiego dojdę – zapewnił Oryński, a potem znów otworzył paczkę.

10

ul. Lotaryńska, Saska Kępa

Przyjemny dźwięk obijających się o siebie butelek rozległ się, kiedy Kordian wychodził z Żabki, potrząsając torbą. Musiał się napić, a Chyłka nie miała w mieszkaniu niczego, co miałoby chociaż pół procenta.

Twierdziła, że produktem najbliższym alkoholowi jest jej T-shirt z emblematem Mrocznego Rycerza. Początkowo nie mógł załapać, jaki związek Batman miałby mieć z procentami, ale po chwili wytłumaczyła, że tequilę robi się z agawy, która jest zapylana przez nietoperze. Bez nich na półkach sklepowych nie byłoby butelek z charakterystycznymi zakrętkami przypominającymi sombrero, twierdziła.

Oryński wrócił do mieszkania i otworzywszy jedno z piw, usiadł z powrotem na fotelu. Obok dostrzegł popielniczkę.

– Idźmy dalej, Zordon – ponagliła go. – Bo czuję, że zbiera mi się na lalochezję.

– W porządku.

– Więc co się spierdoliło?

Uniósł brwi, nie bardzo rozumiejąc, do czego się odnosi.

– Coś musiało, skoro większość członków tej niezbyt wesołej grupki kopnęła w kalendarz.

– No tak…

– Ktoś się połakomił na całą kasę? Stary Langer wykręcił jakiś numer?

– Nie, nic z tych rzeczy – odparł Oryński i pociągnął łyk piwa.

Przeszło mu przez myśl, że alkohol jednak jest cudownym środkiem. Nie dość, że goił powierzchowne rany, dezynfekując je, to jeszcze sprawdzał się równie dobrze w leczeniu tych wewnętrznych.

A może była to złuda. Nie miał zamiaru się nad tym zastanawiać.

– Właściwie stary Langer rozwinął swój biznes dzięki tej kasie – kontynuował Kordian. – Bez niej przepadłby jak większość przedsiębiorców, którzy w PRL-u trzymali z władzą, a potem niespecjalnie potrafili odnaleźć się w gospodarce rynkowej.

– Mniejsza z nim.

– Słusznie. Bo nie on był najistotniejszy z nich wszystkich.

– Kto w takim razie? Baumann?

– Aha – potwierdził pod nosem Kordian. – Zajmował wysokie stanowisko, miał dojścia w kręgach gospodarczych i politycznych, mógł pozwolić sobie na znacznie więcej niż ktokolwiek inny z tej grupy. I korzystał z tego ochoczo. Był jednym z tych w wolnej Polsce, którzy przez długie lata wspominali czasy komuny z rozrzewnieniem.

Oryński miał wrażenie, że im więcej czasu mijało od transformacji ustrojowej, tym więcej takich osób dochodziło do głosu. Ale może był to tylko wynik tego, że czas łagodził rany. I wraz z jego upływem zapominało się o tym, czego brakowało, a pamiętało się to, czego było pod dostatkiem.

– Szalał, jak mógł – dodał. – Korzystał z życia, wykorzystywał koneksje, pozycję i…

– I do rzeczy, Zordon.

– Okej – odparł. – Doszłaś do tego, dlaczego tatuaże przedstawiały kolekcję Baumanna?

– Przypuszczałam, że po prostu je powielił.

– Niezupełnie. Bo to nie on był Tatuażystą.

Joanna nabrała powietrza i przytrzymała je w płucach.

– A więc kto? – spytała.

Kordian jednym porządnym łykiem opróżnił pół butelki. Odłożył ją na podłogę, tuż przy fotelu, a potem za pomocą zapalniczki otworzył kolejną. Chyłka zerknęła w kierunku kuchni, ale nie zająknęła się na temat tego, że otwieraczy u niej nie brakuje.

– W zmierzchowym okresie PRL-u Baumann pofolgował sobie z pewną opozycjonistką.

– Co takiego?

– Zmarła na początku lat dziewięćdziesiątych, zabierając ze sobą wstydliwą tajemnicę do grobu.

– Znaczy…

– Zgwałcił ją podczas przesłuchania – wyjaśnił Oryński, jakby referował wynik ostatniego meczu Legii, a nie bestialskie nadużycia komunistycznej władzy. – Nie przejmuj się, że do tego nie dotarłaś. Nikt o tym nie wiedział, przynajmniej do pewnego czasu. Nawet kiedy pojawiło się dziecko, nic nie wiązało go z Baumannem.

– Masz na myśli tego nieślubnego syna, który wyjechał do… Australii? Nowej Zelandii?

– Nie, tam udały się córki. Nigdy nie ustaliliśmy, dokąd wybył chłopak.

– No tak – potwierdziła, zamyślając się.

– I nie jest to nic dziwnego – dodał Oryński. – Jako że to właśnie on był Tatuażystą.

Joanna ściągnęła usta, sprawiając wrażenie, jakby z jej punktu widzenia nic w tej sprawie się nie zgadzało. Wbijała wyczekujący wzrok w Kordiana, a ten wiedział, że kiedy przedstawi jej wszystko, każdy element wskoczy na odpowiednie miejsce.

Sam też początkowo miał kłopot z pojęciem tego wszystkiego. Dopiero, gdy uzyskał od Langera wszystkie informacje, obraz się wyostrzył.

– Tajemnica przez lata była bezpieczna. Zarówno ta związana z gwałtem, jak i przywłaszczoną kasą – powiedział. – Każdy zamieszany w tę sprawę był zadowolony ze *status quo*. Mniej więcej do dwa tysiące trzynastego roku.

– Co się wtedy stało?

– Nie wiem do końca. Może Tesarewicz przeżył kryzys wieku średniego, pokłócił się z żoną, zakochał w jakiejś młodszej kobiecie, obejrzał jakiś archiwalny materiał z najlepszych czasów Solidarności, naoglądał się tłumaczącego się ze współpracy Wałęsy czy poruszyła go śmierć Torańskiej, Thatcher, Mrożka, Niziurskiego, Chmielewskiej, Kozłowskiego lub innego dawnego działacza podziemia…

– Jeśli już, to raczej Mazowieckiego – zauważyła. – Ale do czego dążysz?

– Do tego, że zaczął mieć wątpliwości. Przeszłość go dogoniła.

– Chciał ujawnić przywłaszczenie kasy?

– Najprawdopodobniej. W każdym razie coraz częściej uwierała go świadomość tego, co zrobili z Mieleszką.

Chyłka pokiwała głową w zadumie.

– Wyspowiadał się Mieleszce, ale ksiądz… cóż. Jak to ksiądz.

– Zachowaj swoje antyklerykalne poglądy dla siebie.

– W porządku. – Oryński nerwowo odchrząknął. – Powiedzmy, że Mieleszko nie był przesadnym entuzjastą tajemnicy spowiedzi, przynajmniej nie w tej sprawie. Powiedział o wątpliwościach Tesarewicza pozostałym członkom grupy, obawiając się, że to może sprowadzić na nich wszystkich dotkliwe konsekwencje. Właściwie mogło zniszczyć życie każdego z nich.

Kordian przypuszczał, że Joanna do tego czasu nada jej jakąś nazwę, ale najwyraźniej nie miała takiego zamiaru. A może zrobiła to tylko w myślach.

– Zanim jednak zdążyli cokolwiek w tej sprawie zrobić, doszło do zabójstw pod Warszawą. Tatuażysta zaatakował trzykrotnie i…

– Syn Baumanna.

– Tak, tak – potwierdził dla porządku Kordian. – Nigdzie nie wyjechał. Ani wtedy, ani nigdy później.

Chyłka znów przesunęła dłońmi po włosach.

– Nic nie rozumiem – powiedziała ku zaskoczeniu Oryńskiego. Dostrzegłszy jego zdziwienie, machnęła ręką. – Co się wtedy stało, Zordon?

– Baumann rozpoznał te tatuaże. Doszedł do tego, że to jego syn je wykonał. I miał też świadomość, że to prędzej czy później wyjdzie na jaw. Ponieważ jednak Skopiński prowadził śledztwo, mógł liczyć na jego pomoc. A jak mówiłem, mieli wspólny problem…

W oczach Joanny w końcu pojawiło się zrozumienie.

– Upiekli dwie pieczenie na jednym ogniu – zauważyła.

– Zgadza się. Postanowili jednocześnie usunąć Tesarewicza i…

– Ochronić chłopaka.

– Niezupełnie.

– Jak to niezupełnie? Wrobili Tadeusza, więc syn Baumanna mógł odejść wolny.

– Mógłby, gdyby nie to, że już nie żył.

– Co?

– Mówiłem, że Tatuażysta zaatakował trzy razy – odparł Kordian. – Zabił trzech chłopaków pod Warszawą i na tym się skończyło. Czwarta ofiara to on sam. Syn Baumanna.

Na moment zaległa cisza.

– Umieścili jego ciało w grobie jako rzekomego czwartego zabitego chłopaka. Jako zwłoki Maćka Lewickiego, bezdomnego chłopaka z postępującą chorobą psychiczną, który świetnie nadawał się do zrealizowania ich planu. Mieleszko przedstawił kandydata idealnego.

Joanna zacisnęła usta i przez moment patrzyła na Oryńskiego, jakby to on w jakiś sposób zawinił.

– Nigdy nie sprawdzono tego ciała, bo to Skopiński prowadził wszystkie czynności. Po tym, jak wykopano szkielet, nie sprawdzono zbieżności z DNA Baumanna, bo nie było ku temu powodów. Na papierze nic nie łączyło go z tą sprawą. Zresztą sami nie odkrylibyśmy związku, gdyby nie Langer. To on był spoiwem.

Skinęła głową i znów na chwilę zamknęła się sam na sam ze swoimi myślami. Widział, że coś jej nie pasuje, ale nie potrafił stwierdzić co. Z każdym kolejnym łykiem piwa coraz gorzej mu się myślało. Nie wiedział, czy powiedział jej wszystko, co miał do przekazania.

– Chcesz powiedzieć, że ci ludzie zabili syna Baumanna? – spytała w końcu.

– Nie, nie. To nie tak.

– Więc jak?

– Baumann doprowadził do konfrontacji z synem, powiedział mu, że wie, kto jest Tatuażystą. Wywiązała się między nimi kłótnia, przepychali się, a ostatecznie... posunęli się za daleko. Doszło do wypadku. To była przypadkowa śmierć.

– Tak bym tego nie nazwała.

Zbył tę uwagę milczeniem, nie mając zamiaru zagłębiać się w to, czy los wymierzył zabójcy sprawiedliwość.

– Umieścili ciało w grobie Lewickiego, a samego Maćka po prostu się pozbyli. Nie mieli zamiaru go zabijać, bo...

– Zwłoki to problem.

– Otóż to – bąknął Oryński. – Za to chłopak wysłany na drugi kraniec kraju, który nie potrafi komunikować się z otoczeniem...

Rozłożył ręce, wiedząc, że nie musi kończyć.

– Gdyby się nie odnalazł, prawda nigdy nie wyszłaby na jaw.

Chyłka zmarszczyła czoło.

– A jednak nie tylko się odnalazł, ale miał też wiadomość dla ciebie – zauważyła.

Kordian smętnie pokiwał głową. Wiadomość od Langera, rzecz jasna. Oboje byli tego świadomi i dotarli do tej części rozmowy, której chciał uniknąć. Mimo to wiedział, że mu się to nie uda. I że w istocie nie powinien jej wszystkiego przekazywać. Patrzył za okno, jakby odwleczenie tej chwili mogło przynieść mu ulgę.

Potem spojrzał na Chyłkę. Mogła wszystko sobie dopowiedzieć, ale czekała na konkrety. Nie miała zamiaru opierać się dłużej na domysłach.

– Po śmierci ojca Langer zainteresował się wynikami finansowymi z początkowego okresu działalności rodzinnego biznesu – podjął cicho, bez emocji Oryński. – Znalazł kilka podejrzanych rzeczy, potem dotarł między innymi do mieszkania Baumanna i innych nieruchomości. Część zdążył sprzedać, zanim Baumann się do niego zgłosił.

– To mieszkanie… – mruknęła Chyłka. – Nie należało do córek.

– Nie. Do nieślubnego syna.

Pokiwała głową ze zrozumieniem.

– Piotr odkrywał kolejne fakty, a pozostali członkowie grupy wiedzieli, że prędzej czy później pozna całą prawdę. Zaproponowali mu dobry układ, ale…

– Ale nawet najlepszy układ nie jest dla Langera dostatecznie dobry – dopowiedziała. – Żadna bitwa nie jest wygrana, dopóki nie zostawi po sobie spalonej ziemi.

Kordian przechylił się na bok i oparł na podłokietniku.

– Może chcesz dokończyć za mnie? – spytał.

– Mogłabym, ale nie mam jeszcze kilku pomniejszych elementów. Nie krępuj się, Zordon, mów.

Przeszło mu przez myśl, że powinien sobie wszystko rozpisać, zanim przystąpił do wyjaśnień. Szczególnie że alkohol robił swoje. Nie miałoby wielkiego znaczenia, czy wypił jedno, czy dwa piwa, gdyby nie to, że niedawno wciągnął kreskę. Pociągnął nosem.

– Langer zwietrzył okazję, żeby ich wszystkich ograć.

– Ograbić. Mów wprost.

– Jak zwał, tak zwał – odburknął Oryński. – W każdym razie po tym, jak skontaktował się z Łucją, miał już pierwszą figurę rozstawioną. Ciebie.

Chyłka sprawiała wrażenie, jakby zachowywała spokój, ale Kordian wiedział, że to zasługa jej niewątpliwych umiejętności aktorskich.

– Chciał kontrolować wszystko od początku do końca, więc potrzebował swoich ludzi po każdej stronie barykady.

– Nie jestem jego człowiekiem.

– Ani ja – odparł ciężko. – A mimo to wykonaliśmy robotę, której od nas oczekiwał.

– To znaczy?

– Mnie trzymał w szachu przez tiopental. Przez areszt. I przez toczący się proces. Właściwie na każdym etapie mógł mnie przymusić do czegokolwiek. Tyle że nie o to mu chodziło. Nie tak naprawdę.

– Więc o co?

Oryński wzruszył ramionami.

– To kompletny psychol, Chyłka.

– Tego nie musisz mi mówić.

– Potrzebuje poczucia kontroli jak normalny człowiek tlenu – ciągnął zamyślony Kordian. – Chce być panem twojego i mojego życia, chce dyrygować każdym naszym posunięciem. Nie wiem, czy to nie wymyka się jakiejkolwiek racjonalności. Sam Langer może twierdzić, że robił to wszystko, by się wzbogacić, ale…

– Zwyrodnialcy chodzą swoimi ścieżkami, tak, tak – ucięła. – Mniejsza z jego motywacjami, bo im bardziej je rozumiem, tym mniej czuję się człowiekiem.

Było w tej myśli coś dojmująco prawdziwego.

– Co konkretnie sobie zaplanował? – spytała.

– Że wyciągnie Tesarewicza z więzienia, zakłóci chwiejną równowagę.

– Która do tamtego momentu opierała się na czym?

– Na tym, że reszta unieszkodliwiła Tadeusza. I trzymała go w szachu. Mógł twierdzić, że został wrobiony, ale sfabrykowane dowody jednoznacznie przemawiały przeciwko niemu. W dodatku gdyby puścił parę, przepadłaby jego część funduszu. Część, dzięki której utrzymywała się jego żona.

– Więc Langer ją usunął.

– Nie wiem, czy to on…

– A potem wbił klin między nich wszystkich – dodała Chyłka, jakby ta pierwsza konkluzja nie wymagała potwierdzenia. – Chcąc zgarnąć całą pulę.

– Mhm – potwierdził Kordian. – Skopiński miał zostać skazany za niedopełnienie obowiązków albo samemu poddać się karze, nie mając wyjścia. Baumanna chciał obciążyć odpowiedzialnością za… cóż, za to, co zrobił, czyli ochronę samego siebie i syna.

– A Tesarewicz?

– Miał mu oddać swój udział za wyciągnięcie z więzienia – wyjaśnił Oryński beznamiętnie. – Langer zamierzał zgarnąć pulę dla siebie, miał wszystko zaplanowane. Od początku do końca. I czerpał z tego dziką satysfakcję.

– Nie, nie z tego, Zordon. Sprawiało mu ją manipulowanie nami.

Kordian skinął głową. Nie powinni mieć co do tego najmniejszych wątpliwości. Piotr podsuwał im tropy, pogrywał sobie z nimi, na każdym etapie udowadniał, że to on jest górą i potrafi poradzić sobie z każdym przeciwnikiem.

– Skurwysyn… – syknęła Joanna.

– Który okazał się górą, choć po drodze nie wszystko poszło tak, jak by sobie tego życzył.

Oryński skupił całą uwagę na Chyłce, starając się nie pozwolić obrazom spod Piaseczna dotrzeć do jego świadomości. Nocami wciąż słyszał dźwięki strzałów i widział rozbryzgującą się krew. Los okazał się dla niego wyjątkowo parszywy. Jakby nie miał wystarczająco wiele traumatycznych przeżyć, które go nawiedzały.

Przez moment wraz z Joanną milczeli.

– Wygrał – odezwał się w końcu Kordian. – Na każdym froncie. Nie dość, że nas pokonał, skończył z fortuną w kieszeni.

Chyłka nie skomentowała, przynajmniej nie werbalnie. Jej wzrok mówił jednak sam za siebie. Nie była gotowa przyjąć do wiadomości tego, co cię stało.

– Co z tobą? – zapytała. – Z procesem?

– Langer ma dowód na moją niewinność.

– Jaki?

– Zeznania mojego ojca.

Joanna potrząsnęła głową.

– Jakie zeznania?

– Ojciec poświadczy, że nie miałem nic wspólnego ze śmiercią matki.

– Skąd ta zmiana zdania?

– Nie wiem – odparł Kordian i dopił piwo. – I nie chcę wiedzieć.

Przypuszczał, że mógł to być wynik szantażu, ale nie miało to dla niego żadnego znaczenia. Liczyło się tylko to, że przynajmniej jeden koszmar się skończy. Widmo powrotu do aresztu śledczego zniknie, a on będzie mógł zbierać okruchy swojego życia i zacząć od początku. Przynajmniej po części.

Podniósł się i spojrzał w kierunku korytarza.

– To by chyba było wszystko – oznajmił.

– Chyba.

Joanna również się podniosła i zbliżyła się do niego. Unikał jej wzroku, sam nie wiedział dlaczego. Może obawiał się, że Chyłka zobaczy inną osobę? Człowieka, którego nie rozpozna?

– Miałaś nie odkryć związku z Baumannem – dodał. – Gdybyśmy na niego nie trafili, nigdy nie straciłabyś…

Urwał, sądząc, że nie musi kończyć. Kiedy nie podjęła wątku, upewnił się, że dobrze zrobił. Wspomnienie o pasożycie wydawało się nie na miejscu. Po prawdzie, Oryński nie wiedział nawet, czy powinien w ten sposób określać dziecko w myślach. Chyłka jednak z pewnością tak robiła, więc może nie musiał mieć oporów.

– Jest czas narodzin i czas śmierci, Zordon – odezwała się po chwili. – Czasem przypadają na jeden moment. Nic nie zrobisz.

Uznał, że najlepiej będzie, jeśli na tym skończą temat. Chyłka najwyraźniej też. Mogła mówić, co chciała, i do woli okazywać twardość. Prawda była taka, że ostatnie wydarzenia niemal ją zniszczyły.

Zrobił krok w kierunku wyjścia, irracjonalnie licząc na to, że go zatrzyma. Nie zrobiła tego. Odwróciła się dopiero, gdy otworzył drzwi. Posłali sobie niepewne spojrzenia.

– Jedno pytanie kołata mi się po głowie – odezwał się.

– Chcę wiedzieć jakie?

– Pewnie nie.

– A mimo to je zadasz.

– Jasne – potwierdził z bladym uśmiechem. – Co teraz?

– Nic.

– Tak po prostu? Odpuszczasz Langerowi?

– Nigdy mu nie odpuszczę – zadeklarowała. – I pewnego dnia go zgnieciemy jak zasranego insekta. Możesz być co do tego…

– Ty go zgnieciesz.

– Hę?

– Ja nie mam zamiaru dłużej iść tą drogą.

Ściągnęła brwi, raczej gniewnie niż z zaciekawieniem.

– Nie wracam do Żelaznego & McVaya, Chyłka. Nawet jeśli zdecyduję się podejść drugi raz do aplikacji i…

– Chcesz mi powiedzieć, że dezerterujesz?

– Tak – odparł, a potem wyszedł na korytarz i zanim zdążyła cokolwiek odpowiedzieć, zamknął drzwi.

Nie czekał, aż Joanna je otworzy. Wiedział, że nie ma sensu na to liczyć.

Chyłka doskonale zdawała sobie sprawę z tego, że podjął już decyzję. I nic nie mogło jej zmienić.

Wyszedł z budynku i powiódł wzrokiem dookoła. Zastanawiał się, co czeka go w najbliższym czasie. Dłuższą perspektywę mógł zobaczyć, rysowała się na horyzoncie dość wyraźnie. Nie potrafił jednak dostrzec drogi, która do niej prowadziła.

Opuścił osiedle, raz po raz wyciągając telefon i sprawdzając, czy Chyłka aby nie wysłała krótkiej wiadomości. Właściwie wystarczyłoby lakoniczne „wracaj". Nie dyskutowaliby ani o sprawie, ani o przyszłości. Po prostu podzieliliby między siebie ciężar tego wszystkiego, co się stało.

Dotarł jednak na przystanek, a telefon milczał.

Joanna odezwała się dopiero po tygodniu. I przekaz nie był długi. Poleciła mu stawić się w wyznaczonym miejscu o wyznaczonej porze. I zabrać ze sobą sole trzeźwiące, bo nie miała zamiaru obchodzić się z nim łagodnie.

11

ul. Zawodzie, Mokotów

Po pierwszym secie Kordian wyglądał, jakby miał serdecznie dosyć. Usiadł na ławce przy korcie, oparł rakietę o kolano i próbował złapać oddech. Podniósł wzrok i spojrzał na swoją przeciwniczkę. Sprawiała wrażenie, jakby nawet lekko się nie zmęczyła.

– Nie wiedziałem… – wydukał.

Chyłka podbiła kilkakrotnie lotkę, złapała ją w lewą rękę, wymierzyła, a potem posłała ją w kierunku Oryńskiego. Oberwał w ramię i skrzywił się.

– Nie miałem pojęcia, że umiesz grać w badmintona, do cholery – wysapał.

– A powinieneś.

– Nigdy o tym nie wspominałaś.

– Bo myślałam, że nie muszę. Tak samo jak nie widzę potrzeby, żeby mówić, że znam sztukę *taijiquan*.

– Co takiego?

– Nieważne – odparła, siadając obok niego. – Istotne jest to, że powinieneś podejrzewać mnie o wszystko.

Zerknął na nią z ukosa.

– W dobrym znaczeniu – dodała.

Przez chwilę milczeli. Chyłka przypatrywała mu się, starając stwierdzić, w jakim stopniu za jego zmęczenie odpowiada jej gra, a w jakim jest to skutek nadmiernej ilości gandalfa białego i alkoholu. Wyglądał coraz gorzej, a ona nie do końca wiedziała, jak podejść do tego tematu, by go nie zrazić.

Nie była nawet pewna, czy powinna. Były bardziej palące kwestie do załatwienia.

– Dokładnie odwrotnie niż do mnie powinieneś natomiast podejść do Langera – zauważyła.

Widziała, że tą uwagą lekko zbiła go z tropu. Najwyraźniej przypuszczał, że umówiła się z nim tutaj, by porozmawiać o przyszłości, a być może oczyścić przedpole, wyjaśniając kilka kwestii, które były już za nimi.

Prawda była jednak taka, że tylko zachowywała pozory.

Zdawała sobie sprawę, że Langer przez najbliższy czas będzie uważnie przyglądał się zarówno jej, jak i jemu. Ten człowiek nic nie robił bez powodu. I należało uznać, że zdradzenie wszystkiego Oryńskiemu również miało jakiś cel. Tym bardziej, że musiał wiedzieć, do kogo ostatecznie dotrze ta wiedza.

Joanna nie miała złudzeń, że są śledzeni. Spotkanie się na partyjkę badmintona wydawało się idealnym pomysłem.

– Nie… – jęknął Kordian. – Nie mam zamiaru o nim rozmawiać.

– A jednak on trzyma twój los w swoich rękach.

– A ja jego.

– Nie, Zordon. Tak ci się tylko wydaje.

Podniósł rakietę i obrócił ją w dłoni.

– Są dwa trupy – zaoponował. – Mogę w każdej chwili złożyć zawiadomienie.

– Nie pierwsze dwa i nie ostatnie – odparła cicho, jakby ktoś mógł ich usłyszeć. – A oprócz tego nie masz dowodów, będzie słowo przeciwko słowu. Że nie wspomnę już o gwarancjach, o które Langer zadbał.

Pomijając poręczenie, oboje wiedzieli, że ojciec Kordiana może jeszcze zmienić zeznania. Do rozprawy pozostało sporo czasu – aż nadto, by Oryński wrócił do aresztu i kilkakrotnie miał wątpliwą przyjemność spotkania z Gorzymem.

– Ta gwarancja ma termin ważności – odparł.

– Jak każda.

– Kiedy wygaśnie, będę mógł…

– Nie łudź się – ucięła. – Langer zadbał o swoje bezpieczeństwo.

– Jak?

– W prosty sposób. Jeśli wywleczesz jego brudy na światło dzienne, on zrewanżuje się tym samym. Nawet zdana aplikacja na nic ci się nie przyda.

Kordian lekko uniósł kąciki ust.

– Pod warunkiem, że pójdę tą drogą.

Westchnęła nieco zbyt teatralnie, ale chciała wyraźnie dać mu do zrozumienia, co o tym myśli.

– Dalej upierasz się, żeby wszystko zaprzepaścić?

– Już zaprzepaściłem – odparł, sięgając do torby po bidon. – To jedyna szansa, Chyłka. Musisz to dostrzegać.

– Dostrzegam zmęczonego życiem ćpuna, któremu wszystko jedno.

Popatrzył na nią ze zdziwieniem, jakby jej bezpośredniość po takim czasie rzeczywiście go zaskakiwała. Uśmiechnął się lekko.

– Może to prawdziwy obraz – zauważył. – Tak czy inaczej nie ma innego sposobu. Jeśli zrezygnuję z prawa, Langer nie będzie nic na mnie miał. W każdej chwili będę mógł pójść na komisariat i wyjaśnić, co się wydarzyło.

– I jak to potwierdzą?

– Sama dobrze wiesz, że jakieś ślady musiały zostać na miejscu zabójstw.

– Musiałyby – poprawiła go. – Gdyby nie to, że mówimy o Langerze. Jak go znam, wysterylizował każdy skrawek okolicy. Oprócz mustanga, w którym znajdują się twoje odciski palców. I ślady mojego DNA.

W sądzie nie wyglądałoby to najlepiej, szczególnie gdy wziąć pod uwagę, że przyczyna poronienia pozostawała tajemnicą. O tym, co się zdarzyło, wiedziało tylko kilka osób. I tak powinno zostać, uznawała Chyłka.

– Poradzimy sobie z tym – zapewnił ją. – Najważniejsze jest to, żeby Langer nie miał mnie czym szantażować. A nie zniszczy mi kariery, jeśli...

– Jeśli zrobisz to sam? Genialny pomysł, Zordon. Genialny.

– Jedyny – odparł i wzruszył ramionami.

– I chybiony.

– Bo?

– Bo Langer jest przygotowany na taką ewentualność. Musi być.

Oryński potarł nerwowo dłońmi o uda, jakby do tej pory nie dopuszczał do siebie takiej myśli. Być może tak było, bo jego intuicja i zdrowy rozsądek doznały pewnego uszczerbku przez stan, w którym się znajdował.

Dla Chyłki było jednak jasne, że podobny scenariusz musiał choćby przyjść Piotrowi do głowy. A skoro tak, to miał plan awaryjny. Nie mogła tylko wpaść na to, do czego się sprowadzał.

Zaczęli drugiego seta i wszystko wskazywało na to, że tym razem kolejne gemy Joannie uda się zdobyć z jeszcze mniejszym wysiłkiem. Kordian powoli opadał z sił, a w pewnym momencie stwierdził, że musi skorzystać z toalety.

Chyłka zbyt dobrze znała słownik osób uzależnionych, by wierzyć w to, że takie sformułowanie ma cokolwiek wspólnego z załatwianiem potrzeb fizjologicznych.

Utwierdziła się w tym przekonaniu, kiedy Oryński wrócił wyraźnie pobudzony. Podczas gdy on wciągał, ona zastanawiała się nad tym wszystkim. Endorfiny sprawiły, że myślało jej się nieco lepiej. Nadal jednak niewiadomych było zbyt wiele.

Wydawało się, że jest tylko jedna osoba, która może wiedzieć coś konkretnego.

– Twój ojciec – rzuciła.

– Co z nim?

– Doszedłeś do tego, dlaczego zezna na twoją korzyść?

– Nie. I nie interesują mnie jego pobudki.

– Może powinny.

– Dlaczego? – odbąknął. – Niech powie w sądzie wszystko, co powinien, a potem da mi spokój.

Dobrze rozumiała to podejście. W tym wypadku jednak nie była gotowa na nie pozwolić.

Zordon nie musiał o tym wiedzieć, właściwie może nawet nie powinien. Dograli mecz do końca, wypili kawę w kawiarni nieopodal, a potem Chyłka oznajmiła, że jest umówiona w salonie BMW. Była to prawda, choć tylko w pewnym sensie. Do spotkania z dilerem miała jeszcze kilka godzin.

Udała się na Żoliborz, do ojca Oryńskiego. I im bliżej jego mieszkania się znajdowała, tym większą miała pewność, że postępuje słusznie.

Utwierdziła się w tym przekonaniu, kiedy wysiadła z taksówki i zobaczyła siedzącego na klatce Piotra Langera. Nie zdziwiło jej to, była niemal pewna, że śledzi każdy jej ruch, spodziewając się kłopotów z jej strony.

Podniósł wzrok i uśmiechnął się do niej. Odpowiedziała tym samym.

Sądził, że rozdaje wszystkie karty, ale mylił się.

– Przewrotny z ciebie kawał chuja, Langer – powitała go, siadając na schodach obok niego.

Spojrzał na nią, jakby usłyszał wyjątkowy komplement.

– Ale brakuje ci mojej finezji.

– Doprawdy?

– Tak.

W milczeniu obserwowali samochody przejeżdżające pobliską dwupasmówką. Joanna obróciła się do Langera i zobaczyła cień niepokoju w jego oczach. Musiał rozumieć, że nie zjawiła się tutaj bez powodu. I że nie okazywała pewności siebie bezzasadnie.

– Naprawdę powinnaś przestać jeździć taksówkami. Nie przystoi ci to.

– Dziś kupuję auto.

– Dobra decyzja.

– Dobra, ale nie najlepsza ze wszystkich, które tego dnia podjęłam.

Dostrzegła na jego twarzy zaciekawienie i poczuła, jakby tym samym w pewien sposób ją wyzywał. Jakby oczekiwał, że nie złoży broni.

– A więc jaka była ta najlepsza?

– Ta, która dotyczyła ciebie.

Chyłka podniosła się, sięgnęła do torebki, a potem wyjęła paczkę czerwonych marlboro. Otworzyła ją i zapaliła jednego. Dym wypuściła prosto w twarz Langera.

– Kupno samochodu, powrót do papierosów… – mruknął, również wstając. – Wygląda na to, że wracasz do siebie.

– Nigdy się od siebie nie oddaliłam.

– Ty tak uważasz.

Zaciągnęła się głęboko, mrużąc oczy. Przez moment chciała zaproponować, by skończyli to pieprzenie, ale wiedziała doskonale, jak będzie brzmiała odpowiedź. Fakt, że mieli tak bogatą historię, sprawił, że poczuła się nieswojo.

Odsunęła myśli związane z tym, co było. Powinna skupić się na przyszłości.

– Mam dla ciebie propozycję nie do odrzucenia, Langer.

– Tak sądziłem.

– Więc nie muszę ci jej przedstawiać?

– Dla pewności powinnaś, bo…

– Istnieje sposób, żebyś był bezpieczny.

Zaśmiał się i rozejrzał, a potem skrzyżował ręce na piersi.

– Nigdy nie byłem zagrożony – odparł.

– Ale będziesz, kiedy tylko Zordon dobierze ci się do dupy.

– Nie zrobi tego.

– W takim razie najwyraźniej go nie znasz.

– Znam – zapewnił, jakby mówił o bliskiej osobie. Nawet bliższej niż rodzina. – A jeszcze lepiej znam ciebie.

– Potraktuję to jako wyjątkowo ohydną obelgę.

– Traktuj to jak chcesz – odparł nonszalancko. – Prawda jest taka, że oboje doskonale wiemy, po co tu przyjechałaś.

– A mimo to chcesz, żebym ci wszystko wyłożyła.

Pokiwał głową z zadowoleniem. Chyłka zaciągnęła się jeszcze kilka razy, a potem wyrzuciła papierosa na schody. Chwilę po tym, jak sam dopalił się do końca, przekazała Langerowi wszystko, co zamierzała.

Potem wezwała taksówkę.

12

Skylight, ul. Złota

Nie przypuszczał, że kiedykolwiek jeszcze się tutaj zjawi, chyba że w charakterze klienta. A mimo to wyszedł teraz na korytarz prosto z gabinetu imiennego partnera, który zapewnił go, że jego dawne stanowisko wciąż na niego czeka. I że Oryński będzie mógł znów je zająć, kiedy tylko zostanie oczyszczony z zarzutów.

Kordian przypuszczał, że Chyłka nie musiała długo przekonywać Harry'ego McVaya, by ten podjął taką decyzję. Podobnie jak niewiele było trzeba, by Langer pokierował Oryńskiego w stronę, która była mu na rękę.

Kordian omiótł wzrokiem korytarz, niemal nie widząc wszystkich kłębiących się tutaj ludzi. Myślami był daleko. Rozważył wszystkie scenariusze, zebrał wszystkie plusy i minusy, i jego decyzja mogła być tylko jedna.

Potrząsnął głową i ruszył przed siebie. Zamierzał czym prędzej opuścić świątynię korporacyjnego świata, ale już po kilku krokach się zawahał. Spojrzał na wejście do Jaskini McCarthyńskiej, a potem skręcił. Wszedł do środka bez pukania.

Widok, który zastał w środku, podziałał na niego niemal uspokajająco. Kormak siedział z nogami wyciągniętymi na biurku, trzymając na kolanach książkę. Leniwie podniósł wzrok znad lektury, spodziewając się najwyraźniej kogoś innego.

Kiedy zorientował się, że to Oryński wparował bez zapowiedzi, jego oczy się rozszerzyły.

– Zordon?

– We własnej osobie.

Popatrzył najpierw na jego fryzurę, potem na krawat, a ostatecznie na marynarkę. Uniósł wysoko brwi, aż przy linii włosów pojawiły się wyraźne zmarszczki.

– Raczej nie we własnej – ocenił, odkładając książkę. – Wyglądasz jak... jak człowiek.

Kordian usiadł po drugiej stronie biurka.

– Pozory – bąknął. – Nie czuję się bynajmniej jak istota ludzka, ale jak pieprzone widmo.

Chudzielec ściągnął nogi z blatu i zgarbił się. Unikał wzroku Oryńskiego, zapewne aż za dobrze pamiętając wszystkie obelgi, jakie wymienili podczas ostatniej rozmowy. Odchrząknął z nerwowością, jakby spodziewał się, że było to tylko preludium.

– Więc co tu robisz? – spytał. – Nie powinieneś dochodzić do siebie w domu?

– Powinienem. Ale okazuje się, że chcą mnie na powrót zatrudnić.

– Co?

– McVay postawił sprawę jasno. Najwyraźniej Żelazny albo nie ma wyjścia, albo uznał, że nie ma o co kruszyć kopii.

Kormak potarł ramiona.

– Ale co robisz... tutaj? – spytał, rozkładając ręce. – Myślałem, że...

– Nie rób scen.

– Ja? To ty ostatnim razem sobie pofolgowałeś.

– Zwykła męska przepychanka. Nie będziemy się przecież przepraszać.

– Ano nie.

– Szczególnie że przez tyle miesięcy nie zająknąłeś się na temat Williama McVaya słowem.

Szczypior z powrotem sięgnął po książkę, jakby w jakiś cudowny sposób mogła ustrzec go przed tą rozmową.

– Prosiła o dochowanie tajemnicy – mruknął.

– Chyłka? Prosiła? Chyba coś źle zapamiętałeś.

– W porządku, kazała mi milczeć jak grób, grożąc, że inaczej urwie mi jaja, a potem wepchnie je prosto w…

– Nie muszę znać szczegółów – uciął Oryński. – Zresztą w ogóle nie potrzebuję wiedzieć, co i jak. Temat zamknięty.

Poniewczasie uświadomił sobie, jak niefortunne było to sformułowanie i co w istocie oznaczało. Obaj na moment spuścili wzrok i zamilkli. W końcu ciszę przerwał Kormak, głośno wypuszczając powietrze.

– Zarzekałeś się, że nie wrócisz – zauważył. – Nawet jeśli cię oczyszczą z zarzutów i zdasz aplikację.

– Wiesz, jak jest.

– Niezupełnie.

Kordian założył rękę za oparcie i posłał przyjacielowi długie spojrzenie. Po wcześniejszej kłótni właściwie nie powinno być śladu, a mimo to wciąż zdawała się wisieć w powietrzu jak smród, którego nie można wywietrzyć.

Coś się zmieniło. Nie tylko w ich relacji. Oryński odnosił wrażenie, jakby trafił do miejsca zupełnie innego niż to, które tak dobrze poznał.

– Langer? – zapytał chudzielec. – To on pociąga za sznurki?

Kordian pochylił głowę i spojrzał na przyjaciela krytycznie.

– Przy takim postawieniu sprawy wychodzi na to, że jestem marionetką.

– A nie jesteś?

– Właściwie...

– No więc właśnie – skwitował Kormak, a potem zawiesił głos i podrapał się po skroni. – Dużo na ciebie ma?

– Dosyć sporo, przynajmniej w tej chwili.

Chudzielec wciąż się nad czymś zastanawiał.

– Doceniam, że nie pytasz, co konkretnie – dodał Oryński.

– Nie pytam, bo nie to mnie najbardziej interesuje.

– A co?

– To, dlaczego zmusił cię do powrotu.

– Bo taki układ zawarł z Chyłką.

Kormak przez chwilę sprawiał wrażenie, jakby nagle znalazł się w rzęsistej ulewie i deszcz lał mu prosto w twarz. Mrużył oczy, patrząc na przyjaciela z niedowierzaniem. Dopiero moment później zrozumiał, jak wiele w ostatnich dniach wydarzyło się bez jego wiedzy.

Joanna nie pozostawała bierna, wzięła sprawy w swoje ręce. I zrobiła to tak, by nikt inny nie był tego świadomy.

– Co ty pieprzysz? – spytał. – On i Chyłka?

– Innego wyjścia nie ma – odparł ciężko Oryński. – Poszli na współpracę, przynajmniej częściową. Tylko w ten sposób oboje mogli osiągnąć to, czego chcieli.

– Czyli?

Kordian długo się nad tym zastanawiał. Być może jeszcze dłużej odsuwał od siebie jedyny sensowny scenariusz, nie chcąc przyjąć, że Joanna rzeczywiście postanowiła współdziałać z Piotrem.

Ostatecznie jednak nie miała innego wyjścia. Nie jeśli zamierzała wymóc na Oryńskim swoją wolę.

– Langer obiecał jej, że zmusi mnie do powrotu – odezwał się Kordian. – A w zamian ona zapewniła go, że będzie miała na mnie oko. Przekonała go, że tylko w taki sposób może liczyć na to, że będę trzymał język za zębami.

– W sprawie?

Nie miał zamiaru mówić Kormakowi wszystkiego. A w szczególności wspominać o dwóch ofiarach Langera. Owszem, być może Baumann i Tesarewicz zasłużyli na to, co ich spotkało, ale świadomość, że Piotr wykonał na nich egzekucję, nie była chudzielcowi do niczego potrzebna. Przeciwnie, stanowiłaby jedynie obciążenie. Nie tylko pod względem prawnym.

– Nieistotne – odparł Kordian. – Ważne jest to, że się dogadali.

Szczypior nie wyglądał na przekonanego, Oryński przypuszczał jednak, że kiedy porządnie się nad tym zastanowi, dojdzie do takich samych wniosków jak on. Chyłka była gotowa zrobić wszystko, by ocalić jego karierę. Nawet jeśli oznaczało to zbratanie się z diabłem, a potem zmuszenie Kordiana, by podpisał cyrograf.

Nie liczyły się dla niej zamiary innych. Nie miało znaczenia, jak moralnie wątpliwe kroki podejmowała. Istotne było jedynie to, że jak zawsze postawiła na swoim, przekonana, że to ona wie, co dla innych najlepsze.

Oryński czekał, aż przyjaciel potwierdzi jego ocenę, ale Kormakowi najwyraźniej nie spieszyło się z wyciąganiem wniosków.

– Tak czy inaczej wracam do roboty – oznajmił Kordian, wstając z krzesła.

– O ile zostaniesz oczyszczony z zarzutów.

– To też już załatwione – odparł pod nosem, po czym wyszedł na korytarz.

Nad tym także nie miał zamiaru się rozwodzić. Sam zresztą nie znał szczegółów. Przypuszczał, że ojciec łatwo się nie zgodził na warunki Langera, ale istniało przynajmniej kilka sposobów, by go przekonać. W grę mogła wchodzić zarówno metoda kija, jak i marchewki.

Kiedy Kordian stawił się na rozprawie, ojciec wyraźnie unikał jego wzroku. Sprawiał wrażenie zażenowanego. Wstyd widoczny w jego oczach kazał sądzić, że bardziej prawdopodobna była hipoteza z marchewką. Piotr mógł obiecać mu pieniądze lub inną korzyść, możliwości na dobrą sprawę miał nieograniczone.

Zanim ojciec zajął miejsce na mównicy, Oryński obejrzał się przez ramię. Langera w sali nie było, ale Chyłka się zjawiła. Usiadła z tyłu, patrząc na niego wzrokiem bez wyrazu.

Zerknął na nią tylko na moment. Po tym, co zrobiła, nie miał zamiaru choćby dawać jej do zrozumienia, że dopuszcza podreperowanie ich relacji.

Kordian skupił się na ojcu. Ten stanął na miejscu dla świadków, zapiął jeden guzik marynarki, a potem odkaszlnął. Wbijał oczy w jakiś punkt przed sobą. Oryński dobrze znał i pamiętał ten wzrok. Ojciec przypominał sobie coś, co wcześniej zapamiętał. W tym wypadku z pewnością chodziło o treść zeznań, które ułożył dla niego Langer.

Zeznań, które sprowadzały się do deklaracji o współodpowiedzialności.

Ojciec bowiem występował nie tylko jako osoba, która miała oczyścić Oryńskiego. Miał zrobić nieco więcej – przyznać się do tego, że obaj zawinili. I zadeklarować, że obaj powinni występować w charakterze oskarżonych.

Było to konieczne, by plan ułożony przez Langera został sprawnie przeprowadzony.

Paulina Feruś poinformowała sąd o zamiarze ojca Kordiana już na samym początku rozprawy. Niewiele to zmieniało, Piotr zadbał bowiem o to, by przedstawiona wersja nie pociągała za sobą konsekwencji dla któregokolwiek z Oryńskich.

Wszystko było przemyślane, ustalone i skrupulatnie zaprojektowane.

Kordian jednak nie miał zamiaru tańczyć tak, jak mu zagrano.

Jeszcze przed rozpoczęciem rozprawy bez wiedzy Langera dogadał się z prokurator.

I dlatego zanim ojciec zaczął mówić, Oryński podniósł się powoli. Podobnie jak mężczyzna na miejscu dla świadka, tak i on zapiął jeden guzik marynarki. Potem przesunął po niej dłońmi.

Nadszedł czas, by zmienić swoje życie, skwitował w duchu. Nabrał głęboko tchu, patrząc na sędziego, którego wyraźnie zdziwiło nietypowe zachowanie oskarżonego.

– Wysoki Sądzie – odezwał się.

– Coś nie tak, panie Oryński?

– Owszem.

Sędzia zmarszczył czoło z zaciekawieniem, a ojciec nerwowo się poruszył. Kordian wyprostował się. Jedynymi osobami na sali, które sprawiały wrażenie, jakby wiedziały, co się dzieje, byli on i Feruś.

– Przyznam, że nie bardzo rozumiem, co konkretnie – odparł przewodniczący. – Może raczy pan rozwinąć?

– Oczywiście – odparł Oryński.

Obejrzał się na Chyłkę. Na jej twarzy pojawił się wyraźny niepokój, ale Kordian nie miał żadnych wątpliwości, że nie wie, co się święci.

Nikt nie wiedział. Choć być może właśnie ona powinna domyślić się, że Oryński nie da się tak po prostu rozegrać Langerowi. Uśmiechnął się lekko, a obawa w oczach Joanny jeszcze się pogłębiła.

Mimo że nie znała jego planów, musiała już dostrzec jego determinację.

– Wysoki Sądzie – podjął Oryński, po czym popatrzył na ojca. – Ponieważ nie przesłuchano jeszcze wszystkich oskarżonych, stwarza to możliwość skorzystania z artykułu trzysta osiemdziesiątego siódmego Kodeksu postępowania karnego.

Kątem oka dostrzegł jeszcze, że Chyłka się podnosi. Poczuł, że serce mu przyspiesza.

Sędzia popatrzył na niego z niedowierzaniem. Szukał odpowiednich słów, ale najwyraźniej nie mógł ich znaleźć. W końcu skrzywił się, jakby nie był pewien, czy dobrze usłyszał.

– Chce… chce pan przyznać się do winy?

– W żadnym wypadku – odparł Kordian. – Chcę złożyć wniosek o wydanie wyroku skazującego i wymierzenie mi kary bez dalszego postępowania.

Po sali przeszedł cichy szmer. Oryński odniósł wrażenie, jakby podłoga lekko zadrżała. Kilka osób się podniosło, zapewne dlatego, że zrobiła to Chyłka.

Próbowała mu pomóc, była gotowa na wszystko, by wyciągnąć go z kłopotów. Gdyby jednak jej na to pozwolił, oboje pozostaliby zależni od Langera. A także od ojca Oryńskiego. Kordian nie miał zamiaru na to pozwolić.

Chciał nowego startu. Oczyszczenia przedpola.

I widział tylko jedną możliwość, by to zrobić. Przekreślała całe jego dotychczasowe życie, ale za jakiś czas pozwoli mu rozpocząć je na nowo. Będzie różniło się od poprzedniego, ale najważniejsze dla Kordiana było to, że nie będzie niczyją marionetką.

– Wraz z prokurator Feruś zgodziliśmy się też co do wysokości sankcji – dodał.

Paulina z zadowoleniem skinęła głową. Pierwsza sprawa, jaką prowadziła, nie mogła zakończyć się lepiej. Wtrąci oskarżonego do więzienia, będzie mogła zapisać tę rozprawę jako zwycięstwo.

Reszta była formalnością, sędziemu pozostało tylko jedno – uwzględnić wniosek i zakończyć postępowanie.

– Uzgodniliśmy, że sześć miesięcy pozbawienia wolności to właściwy wymiar kary – dodał Oryński.

Opadł ciężko na krzesło, mając wrażenie, że cisza, która zaległa w sali, długo nie zostanie przez nikogo zakłócona. Zamknął oczy.

Czuł ulgę.

Posłowie

Nie bez powodu mawia się, że ludzie mają bardziej sprecyzowane plany na wypadek apokalipsy z udziałem zombie niż na swoją przyszłość. Sprawdza się to z pewnością w przypadku Oryńskiego – a także jeśli chodzi o to, co ja zaplanowałem zarówno dla niego, jak i dla Chyłki.

Kiedy zaczynałem pisać *Kasację*, byłem przekonany, że tworzę jednotomową historię. Znałem zarys przeszłości obojga bohaterów, mniej więcej orientowałem się też co do ich przyszłości.

Jedno i drugie okazało się jednak zupełnie nieobliczalne. I po raz kolejny potwierdziło się, że z większą dozą prawdopodobieństwa jestem w stanie przewidzieć hipotetyczny koniec świata niż to, co spotka dwójkę prawników.

Z tego względu, nawet gdybym chciał, nie potrafiłbym udzielić odpowiedzi na pytanie „co teraz?" – i właśnie to sprawia, że robota, którą dzięki Tobie wykonuję, jest najlepszą pracą na świecie.

Podziękowania należą się więc przede wszystkim Tobie, Stały Czytelniku. Stephen King często w posłowiach lub przedmowach odnosi się podobnie do entuzjastów jego książek, a ja mam wrażenie, że w naszym wypadku jest to równie uzasadnione. Spędziliśmy razem wiele czasu, tworząc wspólnie w naszej wyobraźni historie Chyłki, Zordona i innych. Znamy się jak łyse konie. Mimo to mam nadzieję, że udaje mi się jeszcze Cię zaskoczyć – i że będę mógł robić to w dalszym ciągu przez wiele, wiele lat.

Wyrazy wdzięczności kieruję także do Rodziców i przyjaciół, którzy w niezrozumiały dla mnie sposób są na bieżąco ze wszystkimi moimi książkami, a do tego znajdują czas, by mnie wspierać.

Dziękuję również:

– Monice, wspomnianej matce chrzestnej tej serii;

– Robertowi, ojcu chrzestnemu tejże;

– Karolinie, najlepszej *consigliere*;

– Ani, handlowej *caporegime*;

– Piotrowi, marketingowemu odpowiednikowi Luki Brasiego;

– mecenasowi Krügerowi, który posłużył mi cennymi wskazówkami;

– Kasi, Karolowi i wszystkim innym z Czwartej Strony, którzy nieustannie zajmują się tym, żeby literackie riffy tego cyklu rozbrzmiewały jak najgłośniej.

Remigiusz Mróz, 28 lutego 2017 roku, Opole
(Część pisałem na lotnisku w Kopenhadze,
w drodze na Wyspy Owcze – da się!).